［新編］日本女性文学全集

岩淵宏子＋長谷川啓［監修］
岩淵宏子［編集］

5

六花出版

監修
岩淵宏子
長谷川啓

第五巻　目次

凡例

◆本文には、原則として常用漢字を採用した。ただし、底本に用いられている字体が、常用漢字ほかの場合は、できるだけ正字体にするようにつとめた。その際、人名用漢字も、原則として常用漢字と同様のものとして扱った。

[例]　欝→鬱　壷→壺　纒→纏

◆字体表の如何に拘わらず、底本の字体を優先する場合がある。

[例]　恥⇅耻　灯⇅燈　伜⇅倅　妊⇅姙　州⇅洲　竜⇅龍　濶⇅闊

◆括弧の取り扱いや数字表記、単位語などは、底本に従い、全集として統一を図ることはしない。

◆総ルビの原稿は、その難易度を測って調整した。

◆字体における例示以外の詳細は、版元・六花出版の内規によった。

◆［　］は、六花出版編集部の補足であることを示す。

野上弥生子

噂

亡父の四十九日の忌日がすむと、茂子はおひ〳〵東京に帰る事を考へるやうになりました。初めの計画では父が斯う急に亡くならうとは思ひもかけませんし、久しぶりの帰国でもありましたから、看護がてら冬の間は故郷に留まつて、春頃暖かい、好い気候になつて途中の名所めぐりでもしながら帰る積りなのでありましたが、父の死と共に考へも違つて了ひました。茂子は年の内に帰らうと思ひ立ちました。而《そ》して帰るとなれば余り寒くならぬうちでなければならないと思ひました。汽船にしても汽車にしても、東京の家へ帰りつくまでには二三日がかりの旅行でありますから、小さい子供達の健康の事にも気を配らなければなりませんでした。茂子は防寒具の註文などと一緒に、一と月ほど先に帰京してゐる良人へ宛て丶相談の手紙を書きました。

「年の内に帰る事にしても差し支へはないでせうか。それとも初めの計画通り春まで滞在した方が御都合よろしいようでしたらさう致しませう。此方《こちら》では皆んなして、母でも嫂《あね》でも本統の心から、私達の帰つてゐる事を悦んで呉れます。不幸な事のあつた淋しい家の中が子供達のために少しでも賑やかに保たれてゐる事を喜んでゐるのですから、いつまで世話になつてゐたところで、その方面の気兼はちつともあるわけでは御座いません。そんなら何故帰るのだと云ふ理由を探せば、私の心が慣れた静かな書斎や、自分の小さい家の煩ひのない単純な生活を想ひ出して来たから、と申すより外はないので御座います、私は此節自分の家と云ふことに就いて、今まで以上の深い意味を考へてゐます。この田舎の故郷の古い大きな家族の中へ久しぶりに帰つて見て痛切に感じたので御座います。この家は主婦たる母、嫁たる嫂《あね》にも「自分の家」とは云ひ兼ねるやうな点が沢山あるやうで御座います。厳格に申せば亡くなつた父自身にさへ本統の意味では自分の家でなかつたのかも知れません。これは××家と云ふ或る血族の家、祖先の家で御座いますから。それには代々の主人――これを自分の物として受け取つた人々――にさへ如何《どう》する事も出来ない面倒な規則や、古い習俗や、繁忙な職業が附随してゐるので御座います。私はこの間仲のいゝ嫂と二人して「家」や「人間の生活」と云ふようなことに就いて話をしました時、「私にはお嫂《あねえ》さんの役は到底務まりさうもありませんわ。又今度兄《あに》さんやお嫂さんのものになる筈の沢山な財産だつて私にはちつとも有難いものには思はれません。そりやお金だけなら欲しうも御座んすけど、一緒について来るものが堪らないんですもの、私には貧乏しても矢張り東京の小さい家の方がよう御座いますわ。」

と申して笑つた事が御座いました。全くこんな煩はしさの中から其処に在る家をふり返つて見ますとこれこそ自分の家だと云ふ気がはつきり致します。誰から貰つたのでも受け嗣《つ》いだのでもなく、私達自身が新らしく造つたもので御座いますから。と同時に裄丈《ゆきたけ》の合つた着物でなくては身につかぬと同じやうに、親の家、兄姉の家よりも矢張りその家の中に持つ生活が自分の心にも身体にも一番適当した幸福なものだと感じられます、私は丁度空の遠くに遊びに出た小鳥が、もとの林の巣を想ふような心持ちで、自分の家を窓の外から眺めてゐるもので御座いますよ。――兎に角御返事を待つて、帰るにしても、亦このまゝ留《と》まるにしても、凡ての支度を致さうと存じます。」

　茂子が良人へあてゝわざ〳〵こんな事を問ひ合せたには訳がありました。東京の良人は妻子の留守の間に為る計画になつてゐた机の上の仕事を持つてゐたのでありました。家族的繋累を脱した静かな朝夕は屹度彼の心を乱す事なく机に向はせるだらうと思はれました。実際東京からの手紙にも仕事が気持ちよく捗るやうな事が書いてありましたから、それの完成も待たないで又子供達の騒がしい声を聞かせる事は気の毒に感じられたのでありました。けれども間もなく届いた返事には仕事と云つてもさう急に片づきもしないから、帰るなら今の内に帰つたらよからうと云つて参りました。手紙はいつものやうに細かく毎日の生活のもやうや読んだものゝ感想などが書いてありました。この頃仕事に飽きるとよく仏弟子伝を読んでゐる。迦留陀夷《カルダイ》と云ふ青年の性格がとりわけ特殊で面白い。之から「四分律」「十誦律」なぞを読んで見て、それから暫く頭に溜めて置いた上で短い劇に書いて見度いと考へてゐると云ふような事もありました。茂子はまだ仏弟子なぞに関した書物を読んだ事がありませんから、そんな名前は聞くのも初めてゞありました。どんな性格や閲歴を持つた人だらうと思ひながら見て行く中に手紙のおしまひの方に書き添へたこんな二三行の文字が茂子の注意を引きました。

「――お前が長い間留守をあけてゐるために僕は世間から妙に憐愍の目で見られたり、又飛んでもない評判が立てられたりしていゝ迷惑だ。しかし僕とお前の間に何も秘密にしたり気に病んだりする事はないと思ふから僕は平気に安心してゐる。――」

　これがどんな事を意味して書かれたのかを考へた時、茂子の胸には様々な想像が湧きました。けれどもそれは少しの危惧も不安もない楽観的なもので、寧ろ面白半分な軽い遊戯の気分をさへ交へてをりました。茂子は折返し手紙を書いてその事に就いて具体的な委《くは》しい話を聞きたがりました。返事は又直ぐ届きました。それに依つて見ますと良人と茂子即ち一対の夫婦が久しい間遠く離れて住んでゐた事が二三の友達の間に可なり深い疑惑を起させてゐる事が分りました。この事に一番に注意の目をむけたK氏の解釈に依ると二人は屹度夫婦喧嘩をしたに相違ない。でなければ幾ら親の不幸があつたところで茂子が斯ういつまで田舎に引つ込んでる筈はない。殊にその葬式の時には準三（茂子の良人）がわざ〳〵そのために帰国したのにも拘はらず茂子は子供と一所にまだあとに残つた。もう疑ふ余地はない。準三の何かの情的事件《アムウレット》を茂子が嫉妬して出て来ないのだとしたのでありました。K氏は夫婦に親しく交はつてゐる女友達の間から此の事件の女主人公《ヒロイン》らしい人を物色してA子とC子の二人を見出しました。そして今度準三の相手の一役を演じたのは果してどちらだらうと考へるのは、困難なと同時に興味ある想像でなければなりません。K氏はその判断に一週間を費したのださうであります。終に未解決のまゝその想像のローマンスをS氏の所へ持ち込みました。而《そ》して夜の十二時過ぎまでもそれを話題に心配して見たり、又笑つたり、面白がつたり、批評したりしてゐる中に、話はいよ〳〵確実らしく重大らしくなつて行きました。それは生一本で、善良な感激性を持つたS氏がこれをその儘傍観してすます事は友情に於て忍びない事だと感じ出した程でありました。ところへ又そのあけの晩同じ友達仲間のO氏がビールを一打《ダース》さげてS氏の家へ飛び込んで来ました。二人はビールの泡を吹きながら準三のローマンス一件を夜の二時まで話しました。結果は終にS氏が準三に手紙を書く事になりました。何か我々の友情と尽力を待つ事件が出来たのなら遠慮なくさう云つて呉れと云ふ頼もしい、深切な申出でなのでありました。

　準三はそれを見て非常に驚いたと茂子に云つて寄起《よこ》しましたが、茂子は驚くよりかをかしさが先に立ちました。殊に単純で善良で、てつ取り早い事が好きで、且つ詩人的の空想と雄弁を備へてゐるK氏が、さも大発見をしたかの如き亢奮した赤い顔で、S氏の許へ行つて話し込んだ様子などを想像すると吹き出し度くなりました。実際のところ茂子は良人の手紙を散らかしたまゝ声を立てゝ笑つたのでありました。側で縫物をしてゐた嫂がどんな面白い事が書いてあれば、さう笑ふのだと尋ねた程でありました。

「まあ御覧なさいな、この手紙を。」

　嫂は茂子から手紙を受け取つて示された箇所を一と息に目を通して仕舞ふと、

「なんてそゝつかしい間違ひをしたものでせうねえ。」

と云ひ〳〵手紙を自分で捲いて封筒に収めて呉れました。しかし嫂は茂子のようにをかしがりも笑ひも致しませんでした。黙つてそんな事をしてゐて呉れてゐる胸の中には、

「お茂さん。でも大丈夫なんですか。」

と問ひ糺し度いらしい一点の危惧を持つてゐる事は確かでありました。でも茂子はわざと黙つてその話をそれ以上進める事を避けました。自分達の夫婦関係が十年近くの月日の間に漸次《だん〳〵》と異様な変化、複雑なつながりを取つて来たことを、二言三言の対話で第三者に誤解なく分らせる事の六ケしいのを知つてゐたからでありました。

　十五分程して居間に帰つて来た茂子は再びその手紙を取り出して見ました。而《そ》して嫂に説明する代りに自分から自分を、良人を、又二人の愛をその変化を、それが原因となつて生じたに外ならぬ今度の噂を、静かに考へ省《かへりみ》る人になつてゐました。

　K氏が茂子の長い留守を夫婦間の不幸な間隙に基くものと考へたのは全く見当違ひではありましたが、準三の情的事件《アムウレット》を想像してA子をその女主人公《ヒロイン》に擬した事は、(C子は全然無関係であります。此処へC子を連れて来たのはK氏の見当違ひを一層滑稽なものにいたしまし

た。）稍事実に近い観察でありました。二人の間に友情以上の或物が存してゐる事は茂子もよく承知してゐました。それも彼女自身の本能的な警戒の目から気付いた事ではなく、彼女は良人に聞かされてそれを知つたのでありました。初めは準三が何か冗談でも云つてると思つて相手にしなかつた程でありました。

「お前は呑気な奴だね。あの眼が分らないのかい。Aさんが僕を見る時のあの眼が。」

　準三はこんな調子で凡てを妻に打ち明けようといたしました。でも茂子は矢張り本統にせられないやうな気持ちでゐました。

「A子さんの眼は一体 sensuel にできた眼なんですよ。い丶加減な感違ひなんかしちや大笑ひだわ。」

　全くA子は特徴のある眼の持主でありました。一寸《ちよい》と見ると混血児《あひのこ》の人の眼を思はせるような灰色がかつた一双の長い眼は、美しいカーヴを持つて上下《うへした》から取り回《かこ》んでゐる睫毛の中にいつもうるんだやうな濃い複雑な陰翳を纏《まつ》はらしてゐました。ぢつと人の顔など見詰める時、その眼は如何にも感情の溢れた、色つぽいと云ふ風なまでの表情を現はすのでありました。

「あなたのお眼はい丶、お眼ね。大変 expressif ですわ。役者におなんなさるとい丶。」

　茂子は当人に向つて少しは冗談もありましたが、可なり本気でこんな批評をした事がありました。全くその眼を云はぬとしても、よく発育した身体《からだ》、長い肉附きのい丶手や足、道具の揃つた稍大ぶりな顔は、女優として似合はしいタイプでありました。その時彼女のした返事を茂子はよく覚えてゐました。

「わたくし眼の事ぢやよく正雄（これは一年ばかり同棲してゐたA子の亡夫であります）に叱れてゐましたの。お前は人を見る時に色目をするつて。だつてこつちにはそんな積りは微塵もないんですものねえ。時によると腹が立つて喧嘩しつちまひましたわ。」

　これは去年の秋あたりの事で、A子の顔にまだ亡くなつた良人を思ふ涙が乾かぬ頃でありました。「時」がだん〳〵と濡れたその顔を清めて来た事には気が付いてゐましたけれども、それと共に亡き人の危惧であつたと云ふその眼が特別の意味を持つて外部に注がれ出した。殊に彼が兄貴分の友人として死ぬまで信頼してゐた自分の良人に注がれてゐやうとは意外でありました。しかし準三の話を聞けば凡ての筋道がよく分りました。

　彼女はこの頃よく準三が勤め先から帰る時刻を見計ら

つて或る乗換場から同じ電車に乗るやうに工夫しました。而《そ》して郊外の終点まで来てその辺を一緒に歩いたり、近くの森をぶらついたりしてゐる間にその思ひを洩らしたのださうであります。準三はその言葉を聞いてゐると彼女の心の動き方が一々明瞭に分つて来たと語りました。彼女がその告白に際して一番気の引ける事は、死んだ正雄と自分との事――若い詩人と閨秀画家の恋として仲間《サークル》以外にまで広く知れ渡つた関係でなければなりません――準三を恋ひ縋る事のどれ程強く、純なるかを示さねばならぬと同時に、その多彩な過去のローマンスを裏切るもの、男は墓の下に悲しく持つて行つた愛を、未練げもなく古手袋の如く捨て去る女だとは思はれ度くないでありませう。彼女は正雄とのあゝした結びつきを悔いないと云つたさうであります。準三にめぐり合ふためには正雄を通らなければならなかつた。あの廻り路をしなければならなかつた凡てが運命の印した路筋であつたと云ふのださうでありました。

「可なりな artificiel な弁解だわねえ。」

茂子は苦笑なしには聞かれませんでした。

「さうも取れないことはない。けれどもどう云つたらよく思はれようか、同情されようかといふ努力が先に立つてるからなのだらう。」

「それだつて矢張しそんな事を云はれりや嬉しいんでせう。のろいものねえ。」

「馬鹿云つちやいけない。そりや僕はのろいかも知れないさ。けれどもAさんの心にだつて誠実なところが十分あるのだから僕だつて真面目にならないわけには行かないよ。仮りにもそんな機会を利用して人の感情を遊戯的に弄ぶなんて事は陋劣な事だからな。左様ぢやないか。」

茂子も無論それには同意見でありました。自分の良人をそんな恥しらずにするには堪へられませんでした。と云つて女の情らしい甘い囁きの一言、二言に、直ぐ魂の奥までも擒《とりこ》にせられて仕舞ふようなのろい男にはしたくないのでありました。

「それにAさんだつてその Liebe に大した酬いを得ようとは思つてやしないらしい。そんな感情の発酵の順序として思つてる事が打ち明けたかつたに過ぎないのだらう。要するに今までの友情以外に、一種の情的友愛《アミチエ・セクジュエル》が加はつたと云ふまでなのだ。何もお前と競争しようの、お前の持つてるものを奪はうのと云ふんぢやないからいゝぢやないか。お前だつて寛大でなければいけない。僕はお前に対して秘密にしてちやいけないと云つてやつたんだ。Aさんもそれを承知してる。しかしAさんはどことなく怖がつてゐるやうだ。お前がどんなにか怒るだらうの、憎まれやしないかのつて。僕は、大丈夫だ、茂公はも少し発達した大きい理解を持つてる筈だから安心してるがいゝと云つてやつた。」

「おだてたつて知らないわ。馬鹿々々しい。性的友愛《アミチエ・セクジュエル》なんてものは何処までも成長性を持つたものぢやありませんか、爆烈弾を懐に入れて暖めて置くやうなものだわ。もし火焔《ひ》になつたらどうするの。」

「大丈夫だよ。お前の持つてるものまで燃して仕舞ふような事は断じてさせないから。」

「なんだか科白《せりふ》じみた問答になつたのね。」

　茂子は斯う皮肉らしく囁くと同時に非常に複雑なある感情が頭の中から咽喉の底へ流れ込んで来るのを感じました。それはこんな場合に本能的に生ずべき単なる嫉妬ではありませんでした。女を怒る情でもありませんでした。良人の思つた程もない脆さに対しての驚きでもありませんでした。或はそれは怜悧から出た良人の佯《いつ》はりではあるまいかといふ邪推でもありませんでした。ひとりで確実に握つてゐたものを、他の者にねらはれ、掠められた悲しみとも違つてゐました。足許から飛び立つたような競争者の出現を怖るゝのでもありませんでした。恐らくはこんな色々の情緒の集まり絡んだ渦であつたかも知れません。同時にその渦を載せた下の方には一つの平静な乱れぬ流れがありました。而《そ》してその中には有らゆるものを見よう。身にふりかゝる凡ての事件、凡ての事物、凡ての接触をぢつと見詰めよう、味はうとする癖のついてゐる眼が、既に冷やかに鋭く目醒めてゐたのでありました。

　其処には二三分間の厳粛な沈黙がありました。茂子は良人と向ひ合つて坐つた机の端に片肱をついて右手《めて》の先を額に加へたまゝぢつとしてゐました。視線は良人の顔から離れてその背後《うしろ》になつた本箱の二番目あたりの棚に注がれてゐました。すると

「茂公。」

と準三がいつも打ちとけた気分の時に使ふ愛称で呼びかけるのが耳許に響きました。その声にふり向いて彼の心配さうに自分を見てゐる顔と出逢ふと、茂子はその瞬間準三がある見当違ひな不安と怖れを感じてゐる事がよく分りました。

「茂公、泣いてるんぢやないだらうね。お前が本気に心配したりしちやこまるよ。ねえ、お前を悲しませるよう

な事を僕は決してする積りぢやないんだから。それだけは分つてるだらうねえ。おい、顔をあげて御覧。」

良人は単なる嫉妬が自分をこの沈黙に陥れたとのみ考へたのだらうか、と思ふと何んだか微笑し度くなるやうな気分が湧きました。と同時に今の言葉に現はした優しい心使ひ――それは間違ひなく準三の本統の心の声であるものを、いとほしく、可愛げに受け入れました。茂子は机から離れて機嫌よく笑ひながら話し出しました。

「私今ねえ、おもしろい事を想像して見たの。」

「どんな事を。」

「あなたがA子さんとそんなお話をしてる時のこと。矢張しメロドラマのラヴ、シイン見たいに、甘つたるい誓ひごとや約束を繰り返して嬉しがつてたのかも知れないと思つて。」

「なんだ馬鹿。」

「だつて、をかしくなるんですもの。」

茂子が胸を叩いて笑ひ出すと、準三も一緒に笑ひました。

「一とうぼんやりの間抜けは私だつたのねえ。だつてついこの間まで正雄さんのお墓詣りに引つ張り出されちや、よく泣かされたんですからねえ。A子さんがお墓の前で色んな事を話し出しちや泣くでせう。ですから私も本統に悲しくなつて、つい泣いちまうんですわ。今になつて見ると少しすつぽかされたやうな形で馬鹿々々しい。」

茂子はその他にもいろ〳〵A子に関する記憶を探り出しては話しました。そしてそんな話の中に自分の不意にかき乱された心の濁りがだん〳〵と消え澄んで、透明に平らかに落付いて行くのを感じました。準三にも茂子の朗らかに晴れて来た心持ちが分つたようでありました。二人は自分たちには何んの係はりもない他人の恋愛事件《アムウレット》でも噂するかのように、平気に稍可笑し味の調子を作つていつまでもその事を話し合つてゐました。その打ち明け話は二人の愛情の中には水ではなくつて却つて油でありました。それに依つて今までにない新らたな親しみの火が加へられるのでありました。準三は初めからそれを知り、且つそれを得ようとしたのかも知れません。

「茂公。気取りなしに云つて見ろ。本統にお前は妬けないかい。」

「まあ、妬けないわ。A子さんぢやねえ。その代り私は見てる人なのよ。それも皮肉な見物人なのですからその積りでゐらつしやいよ。どんな残酷な批評をするかも知れなくつてよ。」

「いやな奴だな。そんな事を云ふところがまだお前の気取り屋で、そして下素《げす》な点だよ。」

「おや、私そんな悪口を云はれて割りに合ふか知ら。」

　茂子はこんな場合こんな会話を準三も自分も毒気なく取り交はし得るにつけても、二人の愛の自からなる推移を思はないではゐられないのでありました。わけても良人を見る彼女《かれ》の眼には著しい変化がありました。今の彼女に取つては良人はもう単なる良人ではありませんでした。兄であると同時に友達でもありました。勿論仲の悪い兄である事もあれば、親友の場合もありました。父でもあれば母でもありました。八釜しい叔父さんでもあり、尊敬すべき先生でもありました。凡てが初めの火の激しい燃焼と共に、胸の堝壺《るつぼ》に混乱のまゝ投げ込まれてゐた一塊の情緒を、「時」が徐《おもむ》ろに、分解して来たのでなければなりません。茂子は時々その火をくゞつて出て来る結晶物をぢつと見詰めて暮らすような気分に浸る事があります。どれもみんな自分の真実な心の影だと認めます。けれどもこの頃の自分に何が一番多くなつてゐるだらうかと考へて見ると、それは友愛《アミチエ》に等しいある物だと感じられました。どれほど深い思慕も愛着も夫婦らしい燃ゆる火にはならないで、透明な淡々たる情味になつて流れるのでありました。凡てのショックは不良導体のごとく肉に伝る事なしに霊にのみ響きました。肉を思ふ事は一種の不快を生ずる事さへありました。

「なんと云ふ醜い姿だらう。」

　彼女《かれ》は或る瞬間の男女《なんによ》の姿態などがふと心の端に閃いたりする時、何か非常に劣等な獣類をでも見せられるような厭悪を感ずる事がありました。時々何処からともなく来てはその胸を封ずる憂鬱性《メランコリイ》がそんな感情と結び付く時が茂子の最も苦しい期間でありました。その時は何事にも気短かく腹立しく、もどかしく、煩はしく、一図に他人を責め咎めないではゐられないような、彼女の最も醜い弱点を包む事が出来なくなりました。同時にその尖つた感情の裏には青瀝《ちやん》のような重いうら悲しい憂鬱がこびりついて、あらゆるものを忌み、嫌ひ、厭ひ、さげしむ情で一杯になるのでありました。良人も子供も友達も仕事も何もかも打ち捨てゝ、ぢつとたつた一人のところに身をすくめてゐ度い。凡ての人間的の繋累から身を免れ度いと云ふ祈願がしきりに湧きました。

　暫くしてこんな心の痛みが漸く癒えかけて来る頃には茂子は一番平静な善良な自分を見出しました。透明な涙が胸一杯に満ちて、一寸とした嬉しい事、優しい事、美しい事、有難い事にも単純に素直に流れ出るのを感じるのでありました。子供の如何にかした笑顔や無邪気な動作に抱き締めて泣き度い程の愛を感ずるし、良人との接触にも新らたな強い執着を覚えました。併しそれも矢張り友愛的の温和な情緒に過ぎないようでありました。

準三は何処からか様々な古い絵本などを持つて来て見せて呉れました。それは昔から何処にあるともなく秘密な調度の片隅などに伝へられて来たような書物でありました。茂子は甘い érotique な夢の国の住民として、ほのかに噂だけを聞き知ってゐた男女《なんによ》の群れに初めて逢ひました。而《そ》して彼等の妖艶な昔風俗の衣類や調度や、しなやかな曲線の組み合せから出来た異様な姿体などをよく見ました。けれども何等かの誘惑を受くべくそれに現はれた時代も風俗も気分も余りに自分たちとはかけ離れて感じられました。exotique な絵画的の面白味はあつても決してそれに実感を引き出される事はありませんでした。

「或る程度の教養を持つた今の若い者でこんなものに誘惑され得るだらうか。」

茂子は信じられませんでした。ことに髪を結《い》つた昔の遊治郎《ダンディ》の、「情事」以外に神経を働らかした事のないやうな、弾力性のない、だらけた顔や態度は、彼女の最も嫌ひな男性のタイプでありましたから、どんな意味から云つてもこんな絵画は無効な、寧ろ不快なものでありました。

肉に対してこれまで峻厳な清教徒《ピュリタン》であると同時に、頭の中の世界には可なり柔らかい、しなやかな情緒の流動を感じられる事は、茂子の持つてゐる性質の不思議な矛盾でありました。異性に対する稀れなる讃美、崇拝、憧憬、驚歎の裏には知らず識らず一脈のこの流れがにじんで行きました。それと共にその高貴な対象を古い美術、伝説中の人物、偉大な文芸上の性格に求めやうとした事は茂子のやうな空想的で、潔癖で且つ書斎の中にのみ生きてゐるようなものに取つて自然な事でありました。彼女は家の書架の中に古い希臘の彫刻を集めた絵画集を持つてゐました。その中の神々の姿はある意味に於て彼女の恋人たる事を辞《いな》む事は出来ませんでした。とりわけデルフィの青銅《ブロンズ》のアポロの大きな横顔の首は彼女の持つてゐるかぎりの歎美と憧憬とを奪つたものでありました。茂子はその首を見る度にその頁《ページ》に触る、自分の指先の醜い色や形を恥づる心持ちになりました。こんな神々の味方として立つたジュリアノも彼女の好きな異性の一人でありました。メレヂュコフスキィの小説を読んでゐる間、茂子はこの若い羅馬人《ろーま》を思つてもの悩ましいやうな日を暮らしたことを記憶してゐます。その他芸術上のえらい天才の伝記や顔にはきつと幾分の幻影を感じないではゐられませんでした。ことに美貌の人には直ぐひきつけられました。まだ女生徒であつた頃、一人のお友達の持つてゐたシェレーの大きな肖像画を一とかけのリボンと取つ換へこして大事に書斎の壁に張りつけて眺めてゐた事は今思ひ出してもほゝ笑まれました。心の引かる丶、閲歴も性格も知らない、名前さへ知らない、紙の上の顔が、或瞬間強い陰を投げる事さへ珍らしくありませんでした。ある西洋雑誌のコ、アかなんかの広告絵の中に茂子が毎号その雑誌を手にする度にひきつけられるやうにして見る一人の印度人の顔がありました。

「私は大変な浮気者だ。」機会のある時茂子は斯う口に出して云はないではゐられませんでした。

「私のやうなのは魂の放蕩者と云ふのだらう。矢張しサマリヤの娼婦に石を投げつける権利のない一人だ。」

準三は身持の正しい青年でありました。妻はその貞操を信じてゐました。仮令《たとひ》自分と同じやうな、魂の上でのドン・ファンではあつたかも知れないけれど、今度のやうに女の捧げたものを臆せずに受け取つた事は恐らく初めてだと云ふ事を知つてゐました。茂子はなんだか彼が急に大胆に発達して来だしたやうな気がしました。

「又逢つたよ。」

準三はA子に出逢つた日には帰つて洋服を脱ぐ時に、笑ひながら斯う云つて小指をあげてそれと教へました。夫婦の間にはいつとなく彼女の事を「小指さん」と云ふ渾名で呼びました。

「何処で。矢張し電車で。」

「春日町から一緒になつて、そこいらまでぶら〳〵話しながら来た。」

「なんだか中学生の出会ひ見たいでいやねえ。家に寄てゐらつしやればいゝのに。構やしないもの。」

「向はさうも出られないだらうよ。しかしお前に逢ひ度いと云つてゐたぜ。何んでも結婚が持ち上つてるとかで亢奮したつけ。」

「いやなの。」

「いやなんださうだ。」

「あなたの為めに。」

「さうかも知れない。左様でないのかも知れない。」

「何故はつきり分らないの。」

「おれの側に居る時はおれの気に入りさうもない事は云はないだらうからな。それを嘘と云つて了へばそれきりだが、そんな嘘のあるのも、あの女の可憐な一つの点なのだ。お前にはもう頼んだつてそんな嘘はつけなくなつてるだらう。併し男は時々は女の嘘が欲しくなるものだよ。」

茂子は準三とA子とを繋ぐ糸目がはつきり分る気がしました。而《そ》してそれは自分に取つては大した事ではありませんでした。茂子は何処までも寛大な目を持たうとしたのでありました。且つ、

「自分もサマリヤの女に石は投げられない一人だ。」

と云ふ思ひはいよ〳〵その決心を堅くさせました。実際さうして国に帰つてゐる間でもA子の事など思ひ出しもしなかつたのでありました。

夜明け方の富士の附近で一度明るい光りを洩らした空は汽車が東へ進むに従つてだん〳〵暗い膜に蔽はれて行つて、三四時間後に着いた東京は全く物悲しく陰鬱に無愛想に見えました。これまで南国の明るい海に馴れて来た茂子たちは、今更に寒い都の冬を思はないではゐられませんでした。荷物などを取りまとめて車室から一歩足を下ろすと、もう空気の違ふ事がすぐ感じられました。海辺でのぼうツとした柔らかさは見出す事も出来ませんでした。寒い東京の空気は、ことに今日のやうに悪く時《し》雨《ぐ》れ込んだ日の空気は、不思議な劇薬の粉末をでもふりまいたかの如く皮膚に浸み入りました。茂子は子供達に風邪を引かせてはならないと思ひました。外套や手袋やありつたけの防寒具を身につけさして手を引きました。而《そ》してたゝきの上に鳴る多くの旅客の雑多な、奇妙な履物の合奏に交りながら吹き晒らしのプラットフォームを急いで行きました。

「お父様がお迎ひにゐらしてるのよ。」

茂子は何度も斯う子供に云つて聞かせました。久しぶりの父を見る事を悦ぶ児と一緒に、彼女も良人を嬉しく待ち設けたのでありました。

「何処にゐるの。」

「あちらの方。」

茂子は遥かの開札口の低い柵に添うて群がつてゐる人の顔の方へ当て度なく指《ゆび》さしました。

「赤さん。お父様がゐらしてるのよ。」

小さい兄はふり返つて後に続く下婢の背中の弟にその悦びを分けました。全く皆んな嬉しがつて、元気で、父の懐へ、良人の腕へ帰つて来たのでありました。

けれども開札口を出ても心当ての顔は何処にも見出されませんでした。

「そんな筈はない。三ノ宮からの電報が届かないなんて筈はない。それと一緒にきつと迎ひに来て呉れる約束だつたのに。」

と思ふと茂子は云ひやうもない程の失望を覚えました。一緒に下りた乗客が、親しげに出迎への者に囲まれて挨拶したり、又はさつさと手廻しよく乗物の方へ急いだりするのを見てゐると、赤帽から運ばれた荷物のまはりにかたまつて、ぼんやり悄れ込んでゐる自分たちの一群れが、如何にも物あはれに、貧しげに、みじめらしく感じられました。子供の欺されたやうな気の抜けた顔も気の毒でありました。自分で車を傭つて帰れば何んでもない事なのでありましたが、一と足違ひにでもなつて駆けつけた良人の失望を思ふと、も少し待つて見る気になるのでありました。寒い停車場の入口で二十分計りの時間は直ぐたちました。でも矢張準三の姿は現はれませんでした。茂子の最初の失望はだん〳〵腹立しさに変りました。

「また屹度愚図々々してゐたのだらう。而《そ》してとうと間に合はなくなつたのだ。」

茂子はいつも時間の約束などには当てにならぬ準三の気まぐれな一部の性情を、今日はどんなに責め咎めてもいゝやうな気がしきりにしました。とうと車に乗つて家の方へ行く間も矢張りいら〳〵してゐました。自分の子供らしい落胆や怒りを嘲笑する今一つの心が十分ありながら、帰る早々受けたこの不快な心持ちをどうする事も出来ないのでありました。

「今までだつて何をしてたんだか分りやしない。真面目に勉強なんかしてたんぢやないに極まつてゐるわ。」

茂子は出来るだけ、悪く、下らなく、詰らない準三を描き上げやうとしました。その瞬間ふと一滴の斑点のやうに彼女の意識に落ちて来た或物がありました。それは出立前に準三から知らして来たあの噂の事でありました。頓て家に着いて見ますと、準三は昨夜はS氏の家へ泊まつて今朝になつて帰つた。而《そ》して来てゐた電報を見て驚いて停車場へ出掛けたと云ふ事が分りました。留守居の老婢がその行きちがひの事をひとりで残念がるのを聞き流しながら、茂子は何んとなく胡散《うさん》らしい顔をして久しぶりの家の中をあちこちと見て歩きました。（一月十日）

真知子

一

結婚問題について、母がこのごろ急にあせり出したのを、真知子は見遁さなかつた。

父の死後、殊にふたりの姉たちが片づいてからは、未亡人らしく小石川の古い家に引つ込んでゐた母が、口実をつくつては彼女をひとなかへ連れ出さうとしたり、自分でも気軽く附きあひ先を訪ねたりするのは、そのためであつた。専門学校を出て、なほ大学の講義まで聴いてゐる、才能のある、独立の考を持つた、美しい娘に取つては、忍ぶことの出来ないそれは屈辱であつた。

或る日。

「ねえ、お母様。」

外出の支度をしてゐる母に対し、真知子はわざと隠さない不機嫌でぶつつかつた。

「よそで、私の話なんかあんまりしないで頂戴ね。」

母は羽織の紐を結んでゐた手をとめ、眼の隅で娘をふり返つた。

「何んだつて、そんなこと云ふんです。」

「自分のことひとの家で問題にされるのは、誰だつて厭でせう。」

「結構ぢやないか、問題にならないやうな娘なら、いくら頼んだつて問題にしてくれやしないんだから。」

「頼むなんて。――ぢや、なにを頼むの。厭なことだわ。誰がそんな。――見つともないからよして頂戴。恥ぢやありませんか。」

わなく〳〵する怒りで、真知子は納戸の板戸をうしろに、突つ立つたまゝ、母を睨んだ。娘のこの興奮は、未亡人が一度は真面目に話し合はなければならないと考へてゐたことに、丁度機会を与へた。

「ちよつとお坐りなさい。」

この言葉で、そこだけ板敷になつて、薄べりの敷かれた、硬い床に、未亡人は自分で先にぴつたり坐つた。

「母さんが斯《か》うして気をもんでるのを、何か余計なおせつかいでもしてるやうにあんたは思つてるんですか。考へて御覧。あと二た月たてば幾つになるのだか。」

併し七十日足らずの後に二十四になることが、母を脅やかしてゐるほど娘を脅やかしてはゐなかつた。

「年のことなんかよくつてよ、幾つだつて、そんなものに運命を支配されちやたまらないわ。」

「たまらないつて、年は立派にその力を持つてるのですからね。もしあんたがひとりで暮らすのでなかつたら。――それとも一生結婚しないつもりかい。」

真知子は返事しなかつた。自分から余計なことを云ひ出したのを後悔してゐた。母に限らず、誰とでも斯んなことを、斯んな事務的な態度で話すことは我慢ならなかつた。で、ふだんから、細心な警戒と出来得るだけの冷淡で遁げ廻つてゐた話題であつた。それだけ未亡人は捕へた機会を放さなかつた。

「真逆あんただつて、そんな無鉄砲なことを考へてはゐないだらうから、もうそろ〳〵分別をつけて呉れなけりや。――そりや当節のことだから学問もよござんすよ。出来ることをしとく分に損はないともつて、私はそんなことであんたに反対したことは一つだつてない。でも、北海道の嫂《ねえ》さんたちや親類の人たちにして見れば、あんたがいつまでも結婚しないのは、私が甘やかして、好き自由な真似をさしておくからだとしきや考へないんですからね。」

未亡人は外出着の袂から新しいハンカチを出し、鼻をかんだ。

北海道の大学で生物学を教へてゐる曾根家の当主は、未亡人とは義理ある間柄であつた。父は可なり高い地位の官吏であつたが、金を残さなかつたので、未亡人と真知子はやつと昔の家に住んでゐると云ふだけの生活しか出来なかつた。講座料を入れても三百円の収入しかない北海道の方だつて、楽ではない筈であつた。この不足は、内科の著名な博士で大きな病院を持つてゐる妻の父から容易に補充された。同時に、どんな関係の間でも威力を失はない金銭の価値は、此処でもそれ自身の発揮すべきものを発揮した。彼等は、夫であり妻であると共に、債権者であり債務者であつた。でなくも温順で、寡慾で、悪く云へば朴念仁で、人間の社会よりは、検微鏡の下の世界により多くの興味を持つてゐる夫を操縦することは、妻に取つては何でもなかつた。

この勢力のある、可なり美しい、年から云つても真知子と七つしか違はない嫂《あね》は、その若さと美しさを北海道で消耗させる気は決してなかつた。適当な場合に、実家の父の手を利用すれば、東京の大学か、それに劣らぬ地位を夫のために見つけるのはむづかしくはないと考へてゐた。またそれには現在の古ぼけた陰気な邸宅を、もつと快適な当世風の様式に改築しなければならなかつた。実際あんな時代後れの不便な家で、東京の空に描いてる彼女の楽しい夢を実現させることは、思ひもよらなかつた。にも拘らず、まだその儘で手をつけないでゐるのは、転任が確定しないためばかりではなかつた。その理由を誰よりもよく知つてると信じてゐるのは未亡人であつた。

「馬鹿々々しい。」自然の発展から、話がそこまで及んだ時、真知子は寧ろをかしがつて云つた。「お嫂さんに気に入つた家を建てさせるために、急いで結婚しなけりやならないなんて、そんな滑稽な話つてあるか知ら。建てたけりや、私なんかに関係なく、いつだつて建ててよ。」

「さうは行きません。あんたや母さんのために建てる家ぢやなし、余計なものがゐるうちに無駄なことをするものか。」

「さう云ふ風に取るのは、お母様のひがみぢやない。」

「そんな考をしてをるから、あんたは母さんに同情がないのです。——お父さまはあれだけ確《しつ》かりした気性だけに、なかなか扱ひ悪いところのあつた人だつたし、亡くなれば亡くなつたで、今日まで一日だつて母さんには苦労の絶えた日はありやしない。それだのに、あんたつて人は、ひとの気も知らないで——」

「そんな話を聞かされると、私なほと結婚しようなんて思はなくなつてよ。お母様だつて、私を無理にどこかへやつて、同じやうな苦しみをさせたくはない筈でせう。」

「それは別問題ですよ。母さんが苦労したつて、あんたまで結婚して仕合せになれないつて法はないんだから。それどころぢやない、今までにだつてあんたがその気なら、どんな幸福な結婚でも出来たのぢやありませんか。」

「もう沢山よ、お母様。」

この遮りを、真知子は同時に立ち上り、さつさと部屋を出て行くことでやつと有効にした。

幸福な結婚と云ふものが、母の云ふやうにさう容易に誰にでも手に入るものだとは彼女には信じられなかつた。反対に、春燕の飛ぶのを見て急いでネルを着はじめるやうな、また十二時の時計に促されて、胃の腑が空かなくても空いても昼の食卓に坐らされるやうな、謂はば慣例に過ぎない一つの儀式を境界として、突然特定した或る存在が自分の存在に結びつき、話すことも、笑ふことも、考へることも、食べることも、眠ることも、一人の相手を意識することなしには許されないと云ふ奇妙な生活の中で、真の幸福や、自然な暢《の》びやかな楽しさがあり得ようとは思はれなかつた。真知子には、結婚する婦人たちは皆んな怖るべき冒険者に見えたと共に、自分が結婚に対して斯んな考へ方しか持たないのは、まだ誰をも愛したことがないからだ、と云ふことも知つてゐた。と云つて、誰を愛すればよいのであらう。真知子は決してそんな人には出逢はなかつた。彼女が今日まで結婚しないで来たのは、明かにそれが理由の一つではあつたが、そのために神経質になるほど愚かではなかつたし、知識に対する慾望も十分彼女を落ち着かした。今日のやうな話の後でさへ、真知子はふだんと変らない平静さで、学校に行き、帰るとノートの整理をしたり、参考書を読んだり、演習の下調べをしたりし、夕方からは一人の女中に手伝つて、大騒ぎして晩の料理を拵へたりすることが出来た。それをまた何の屈託もなくお腹《なか》いつぱい食べることも。

しかし、食後の風呂でいゝ気持にあたゝまり、大タオルにくるまつて、つぎの化粧部屋の姿見の前に立つた時、真知子はいつもより確かに五分長くその場を離れなかつた。鏡面の、洗ひあげられたばかりの美しい、健康な、五尺三寸の身体は、なんにもあわてる必要のないことを彼女に証明した。

「――いつだつていゝのだわ、結婚なんて。」

部屋に帰つても暢び〳〵と楽しい気持が去らなかつたので、いつもだとすぐ何か読みはじめるのに勉強机の前の籐椅子を廊下に引つ張つて行き、それに凭つかゝりながら気取つた中音で知つてる歌を次々にうたつた。綺麗なたつぷりした声を彼女は持つてゐた。外にはひえ〴〵した夜気の中に、仲秋の月が少し曇つて現はれ、広いが、手入が届かないのでどこか廃園の趣のある庭を照らした。虫が鳴いた。彼女はこの荒れた庭が好きであつた。

二部屋へだてた茶の間の時計が十時を打つ頃には彼女も寝支度をはじめてゐた。其処でまだ女中のまつに肩を揉ませてゐた母にお休みなさいを云ひに行つた序《つひ》でに、茶棚からチョコレートを摑み出し、寝床に持つて入つてしやぶりながら雑誌を拾ひ読みした。が、十五分もしないうち、最後の一つを剝いた銀紙と共に枕許に散らかしたまゝ、十三の娘のやうに他愛なく眠つてしまつた。

目白の奥にある嫂《あね》の実家の田口家では、毎年十月の半ばになると菊見を兼ねた園遊会を催し、各方面の懇意な家族や、親類や、病院関係の人々を招待するのが例であつた。今年は第三日曜が選ばれ、曾根にも大きな封筒の案内状が届いた。未亡人は、真知子のために是非行かなければならないと思つてゐるらしかつた。しかしその朝になると持病の偏頭痛で床を離れることが出来なかつた。真知子は自分もやめにしようと云つて見たが、それは許されなかつた。

「誰も影を見せないつて思はれちやまづいから、あんただけはいらつしやい。お嫂さんたちが東京にゐなけりやゐないだけ、斯んな時には義理は欠かされませんよ。」

未亡人はまた、真知子の一番上の姉で、芝の上村家に縁づいてゐる辰子も行く筈であつたから、向ふで落ち合へばひとりでも困りはしないだらうと云つた。真知子の躊躇は介添役の有無と云ふやうなことからではなかつた。そんなお嬢さんじみた取扱には、もうずつと以前から服してはゐなかつた。ただ真知子は、田口家の毎年の園遊会は、年頃の息子や娘を持つ母達に巧妙に利用され、主人の老博士は、停年で大学をやめる前からプロフェッソル・フェルミットレルの渾名を貰つてゐたのを知つてゐたので、このことが一週間前の母のお説教や、近頃よく田口家を訪ねたことなどと連絡がないとは考へられなかつた。同時に、それを意識して行かないやうには思はれ度くない気も一方には強かつた。

「――構やしない。何かあんな人たちでたくらんでたつて、自分の考さへ変へなけりや、どうすることも出来やしないんだもの。平気に行つてやるわ。」

禿げて、血色のいゝ、鼻の大きな、まつ白な顎鬚を持つた、好々爺らしい陽気さと、医者の職業的な物柔らかさの混和した見本のやうな主人は、丈も幅も夫に負けない位大柄な、権《けん》のある顔をした、器量自慢の紋服の夫人とともに、庭の入口のテントに立つて客を迎へてゐた。

「まあ、真知子さん。」

五六人たて込んだ後のきれ目に、ひとりで静かにその前に進み寄つた彼女を見ると、夫人は愛想よく呼びかけた。「よく入らして下さいました。お母様は。」

真知子は母の頭痛のことを話し、なほその伝言として、折角の招待を外づす残念さを述べた。

「そりやいかん。悪い風邪がぼつ〳〵流行つてるから、御用心なさらんと。」

主人は医者らしい質問の二三を、お愛想の代りにした。熱も何んにもないのだからと真知子は答へた。

「なら直ぐと快くおなりになりますわ。でも、あなただけでも入らつして下すつてどんなに嬉しいでせう。お母様には、この節はそれでもちよい〳〵お目にかゝるのですけれど、あなたといつたら、本統に少しも顔をお見せにならないんだから。」

夫人は冗談と真面目をいつしよにして咎めた。真知子は顔のほてるのを感じた。未亡人だつて、以前は近頃のやうにしげ〳〵この家を訪ねはしなかつたから。――真知子自身の疎遠に就いて云へば、それは夫人から持ち込まれた縁談を二度まで拒絶したことに原因してゐた。

「何でした、真知子さんが大学で聴いてるのは。」

「社会学ですわ、ね、さうでしたね。」

真知子が返事する前に夫人が引き取つた。

「ほう、偉いものを勉強してるんだな。」

「ですから私云つてますの。真知子さん見たいなお美しい方が、社会学なんて似合ひませんつて。」

それはどう云ふ論拠だか真知子には分らなかつたが、たゞ礼儀の微笑で黙つて聞いてゐる外はなかつた。主人はそれを見ると愉快らしい、無意味な、それで斯んな場合に一番役立つ東洋流の哄笑で、妻の奇抜な断定と相手の間の悪さを二つながら葬つた。

新しい客が近づいた。真知子はその関所から放免されるのが嬉しかつた。その前に夫人は、今日は是非とも晩御飯まで残つて欲しい、久しぶりだからそれ位のことは聞いて呉れてもよい筈だと云ひ、真知子が母の頭痛を楯に辞退しようとした隙をも与へず、丁度庭から其処へ来合せた末の娘で、真知子よりは二つ下であつたが、それでも五ケ月前にもう結婚した富美子に、上手に彼女を引き渡した。

「富美ちやん、真知子さんよ、ごいつしよに花壇の方でも廻つて御覧なさいな。――相変らず何んにもおもてなしは出来ないのですけれど、菊だけは今年は上出来でした。」

二人は連れ立つて、云はれたものを見るために並んで歩いて行つた。言葉の通り菊は見事であつた。しかし客は花壇の前よりは、広い庭の其処此処に設けられた模擬店の方へ熱心に集まつてゐた。この無邪気な心理の働き方は、ことは違ふが、案内者の富美子の上にも同じく作用してゐた。打ち明けて云へば、三ところにも作つてある花壇をいち〳〵見て廻つて、父の受売の菊作りの説明をさせられるよりは、もつと当面の、話し度くてたまらない話を富美子は持つてゐた。で、一番手近な一つを三分の一見てしまはないうち、そんなものは打つちやつて、大事な話題の方へ近づいた。

「――でも、真知子さんはいゝわ。」

富美子は斯う云ふ風ではじめた。

「なにが。」

「いつまでも呑気で、好きなこと御勉強出来るのですもの。」

「あんただつて、なさらうと思へば何んだつてお出来になるぢやないの。」

「駄目。――ほんとに駄目よ、家を持つちまつちや。いちんち忙しくつて。」

真知子はもう少しで笑ひ出しさうになつた。父の病院に勤務してゐる養子同様の夫を持ち、同じく父に供給された田園都市の文化住宅に二人だけで住み、これも同じく父の供給に相違ない婆やと小婢《こをんな》を使つて暮らしてゐる二十一の細君でも、結婚したとなれば人並に斯んなことを云ふのを教へられるのであらうか。でも田口の娘たちの中では、この気のよい、そばかすのある、小さい富美子が真知子は割に好きであつたから、相手の可憐な嘆声を無視しないやうに気をつけた。

「私また、あんたなんか毎日ひま過ぎて困つてらつしやるんだともつてたわ。」

「あら、どうして。」

富美子は驚いた嬉しさうな声で叫んだ。「それどこぢやないのよ。それだのに、誰にでもそんな風に思はれてるから口惜しくなつちまふわ。だつて、宅ひとりにだつてとても手がかゝるんですもの。ひとつは寝坊するからいけないのよ。私だつてそりや九時前には起きられないけれど、あの人つたら、それよかどうしても三十分は遅いでせう。それからやつと起きて来たともふと、さあ顔だ、頭だ、着替だつて家ぢう大騒ぎさせて、それで靴下一つ自分で穿かうとはしないんだから、憎らしいつてないの。」

しかし留守の間は十分ひまな筈だ、と真知子が一言挟《さしはさ》んだのに対して、富美子は決してさうでない訳を十近く並べた。先づ小鳥の世話と、一匹のペルシア猫の手入と、その猫の毛と同じくらゐ綺麗にウェーヴさせるためには可なり時間のかゝる自分の髪結ひと、訪問と接客と、料理と編み物と、今でも一週に二度づゝ稽古に通つてるピアノの練習と——

「ピアノつてば、」

富美子は思ひ出したやうに、其処で話を転じながら、

「この間の帝劇のX——お聴きになつて。」

その著名なポーランド生れのピアニストは月初めに十日間帝劇で演奏した。真知子は行けなかつた。

「まあ、惜しかつたのね。私、二晩だけは行つたけれど、お仕舞ひのショパンがどうしても聴きたくて、その積りで切符買つておいて貰つたのよ。ところが、どうでせう。病院の方で手の放せない患者さんが出来たとかつて、たうとう行かずじまひ。残念で当分諦らめきれなかつたわ。ですから、あんな時にはA—の従妹が私いつでも羨やましくなるの。旦那さん眼科でせう。どんなことしたつて夜まで引つ張り出されることは決してないんですもの。それから見ると内科は面倒で、気骨が折れて、本統にいやだともつてよ。さうはお思ひにならない。」

実際、一方は命の問題であり、一方はこの上なく悪く行つたところで、誰かを盲目にするに過ぎないのであつたから、その訴に対しては真知子は理論的に同意しないわけに行かなかつた。と、富美子は、すつかり満足し、なほ幾ら話しても話し足りない話題を続けるために、割に人の少ない洋菓子のテントを選んで休まうとしてゐたところへ、夫の木村自身が入つて来た。医者らしく身についたモーニングの胸に、接待係のしるしの赤いリボンをつけた木村は、真知子と形式的な挨拶を交換するとすぐ、妻に近づき、明らかにそのため彼女を探してゐたやうに、何とかさんのお嬢さんが見えたと云ふ報告をした。

「奥さんも。」

「うむ。」

「よかつたわ。母さんさつきから待つてらしたのよ。」

富美子はその言葉で自分もまた同じ客を待つてゐる熱心を正直に表はしながら、でも傍にゐる真知子を忘れるほど不作法ではなかつたので、聞いた。「あんた御存じだつたわね、柘植《つげ》さんのお嬢さん。」

「柘植さん——」

真知子は思ひ出せなかつた。

「ほら、あの子爵の。——貴族院へ出てゐらつしやる。」

「いゝえ。」

真知子はそんなお嬢さんは知らなかつた。

「この春私たちの音楽会の時お逢ひになつたと思つたけれど。――入らつしやらなかつたの。だうりで。多喜子さんつて、快活ないゝ方だわ。ピアノが御いつしよなもんだから、この節私の一とう仲よしなの。」

　富美子はこの打ち明けを無邪気な笑ひでし、真知子とも屹度いゝ友達になれるから、一緒にあちらへ行つて紹介しようと云つた。真知子はもう少し足を休めて、其処のおいしいお菓子を食べて行きたいと云つたので、彼等は別れることになつた。

「ぢや、また後でね。――お菓子もだけれど、向ふのおすし、ちよつとおいしいのよ。めし上つて見て頂戴。」

　富美子はそんなことを云ひ残し、妻がしやべつてゐる間余計な口を入れないでにや〳〵と温順に待つてゐた夫と並んで、楽しさうに、而《し》かも十分奥様ぶつて済まして出て行つた。

　一杯の珈琲と、一皿の菓子は、三分間手のつかないまゝ真知子の卓に載つてゐた。云ふまでもなく彼女を其処に引き留めたものは、そんな飲み物や食べ物ではなかつた。真知子は斯かる場合に未婚の娘が普通感じさせられるやうな羨望からは自由であつた。仮りに何か似た感情があつたとすれば、それは富美子の幸福な結婚そのものよりは、その結婚に、寧ろその夫に満足し切つてゐる、彼女自身の単純な慾望に対してであつた。真知子は、一年ばかり前母が急性の腎臓炎で入院してゐた関係から、木村をば富美子の夫としてより前に、病院の一医員として知つてゐた。丁度彼女との結婚を決定的にする第一条件であつた学位が取れたばかりの頃で、彼は小さい稍〻尖つた頭を仮漆《ワニス》塗の羽目板のやうに綺麗に光らせ、それも誰のよりも綺麗なまつ白い上つ張りをふは〳〵させて、廊下を気取つて歩きながら、こつそり看護婦にからかつた。特別に親密だと云ふ噂のあつた、上方訛りの、眼の可愛い看護婦をも真知子は知つてゐた。

　しかしあの楽しさうな富美子に取つて、斯んな余計な回想が何の役に立つだらう、と考へると真知子は馬鹿々しかつたし、下らないことを忘れもせず覚えてゐる自分に対しても厭な気がした。で、急いで卓の上のものを空にしてそこを出ると、ふた足と離れないうち誰か後から右の肩を突いた。

「幾ら探したか知れやしない。」

　この言葉と姉の派手な美しい顔は、同時に真知子の目と耳に入つた。

「そんなに探して。」

「だつて、斯んな隅つこの不景気な店にゐたんぢや、分りつこないぢやないの。」

「これでも、富美子さんの御案内なのよ。」

真知子は云ひながら、彼女が引き受けて呉れたその役目に対して、どんな報酬を自分が払つたかを姉に知らせたら、屹度面白がるだらうと思つた。が、話さないうち、辰子は田口の奥さんに聞いたと云つて母の病気のことを云ひ出した。

「大したことはないんだつて。」

「いつもの頭痛。」

「ならい丶けれど、お母様この節は少し弱つたわね。まあちやんも余計な心配をさせないやうにした方がい丶のよ。」

「お母様が余計な心配をしたがるからいけないんだわ。」

「あんなこと云つて。」

「でもさうぢやないの。」

「さうぢやありませんよ。」

「さうですよ。」

議論の主題についてはどちらも口を出さなかつた。でもそれが何であるかはお互ひに分りきつてゐたから決して負けず、姉妹《きやうだい》らしい微笑で云ひ張りながら歩いた。

昔の大名の下屋敷であつた庭は、どちらに向いても十分広かつた。また違つた方向で違つた特色を持つてゐた。二人の進んだ方は雑木と赤松の自然の森に続き、旨しい食べ物のテントも其処まではなかつたし、従つて一般の客は近づかなかつたから、歩きながら話すには便利であつた。暫くぶりに逢つて、身内のものだけ分りもすれば楽しくもある話を二人はためてゐた。例へば北海道の方の話。真知子のすぐの上の姉で、Y—の高等学校の教師の山瀬に嫁いでゐるみね子や、その一人の小さい娘の話。都合で近いうちに皆んなして出て来るかも知れないと云ふ便りのあつた話。——

「さう云へば、その手紙に、」

真知子は右に並んだ姉の表情を探るやうに見詰めて、

「お姉さんのことひどく心配して来てよ。」

「どうして。」

「誰か東京から行つた人に、義兄《にい》さんのこと聞いたらしいの。」

「だつて、上村の道楽の話なら、今更めづらしくもないぢやないの。」

辰子は平然とそれを云つた。近県の多額納税議員の息子で、高商を出た後、父と縁故の深い会社で重役並みの待遇を受けてゐる上村は、遊ぶ金と時間に不自由はしなかつた。器量好みで大騒ぎして貰つた辰子に対しても、半年と誠実な夫でなかつたのは関係者に知れ渡つてゐた。

「でもこの節の様子はあちらに分つてなかつたから、いろ〳〵聞いて驚いたらしいの。」

「誰だか知らないがそんな田舎まで行つて、そのひとも余計なお世話ぢやありませんか。それで、一体、どんなこと饒舌つたつて書いてあるんです。」

　真知子の処女らしい羞恥と厭悪は、義兄の悪い噂の詳細を口に出して、その妻なる姉に報告することを許さなかつた。で、それには答へず、自分の感想を代りにした。

「でもよく我慢出来てねえ。私なら決してそんな生活には堪へられないわ。」

「さう思ふのはまあちやんが二十三で、私はそれより六つ上だつて証拠ですよ。」

「いゝえ、私なら二十三で我慢出来ないことが、二十九だつて三十だつて出来るとは信じないわ。」

「ぢやそれが出来るんだから、うんと感心して貰つてもいゝ訳ね。」

　その言葉の通り、自分の生活を巧みに調節することを知つてゐた辰子は、夫の放蕩に対してもヒステリにはならなかつた。その代り彼女は着道楽をし、芝居に行き、色んな芸事に手を出し、同じやうに不幸な、金持の、お洒落の、中には浮気者もある気楽な婦人たちの遊び仲間を持つてゐた。子供がなく、両親は田舎の家に別居してゐるので、どんなことでも出来た。真知子は姉のこれ等のやり方には賛成されないものがあつたし、傾向や趣味から云つても違つてゐたに拘らず、かつきりした、女々しい点のない自由なその性格は嫌ひではなかつた。寧ろ非常に違つたものが非常に似てゐると云ふ有り勝ちな例に準ずれば、兄姉《きやうだい》ではその姉が最も自分に近い気がした。顔も二人が一番よく似てゐた。たゞ辰子の方は幾らか肥りかけて、結婚した三十女の瑞々《みづぐ》した膨らみを持つてゐたに比べると、真知子は中学生のやうにたゞまつ直ぐであつた。並んで歩いてゐる肩を見ても、姉よりは二寸高かつた。

　二人は十月の午後の太陽の下を黄色く繡びた森に沿うて歩きながら、再び庭の方へ出ようとした。余興の太神《だいかぐ》楽《ら》が子供つぽく、陽性な太鼓の音を伝へた。真知子は晩までゐるか姉に尋ねて見た。辰子は友達と芝居の約束があるので頓《やが》て行かなければならぬと云ひ、客がたて込んでゐれば黙つて帰るから家の人たちには後でさう伝へて貰ひ度いと云つた。真知子は引き受けた。併しまだ森からすつかり離れて仕舞はないうち、辰子が逢はずに行くかも知れないと話したばかりの主人夫妻が、富美子と共に同じ年頃の美しく着飾つた娘と、その母らしい中年の夫人と、今一人の若い立派な様子をした紳士を案内しながら、反対の路を歩いて行くのが目に入つた。真知子たちは斜面の小高くなつた木立の間を抜けてゐたので、向ふからは気づかれないで過ぎた。

「あのお嬢さん知つてゐる。」

「柘植さんて云ふんぢやない。」

真知子は富美子が先刻《さつき》話したことを思ひ出しながら答へた。辰子は連れの紳士に就いても知識を持つてゐて、彼が有名な旧家で千万長者の河井家の一門であること、早くからケンブリッヂに留学して考古学を専攻し、日本にはやつと半年前帰つたのだと云ふことを伝へた。

「北海道のお兄さんなんぞも、あちらで懇意にしてゐたらしいの。何んでもそんな話だつたわ。」

「どこでお逢ひしたの。」

「この間の歌舞伎の慈善興行の時。今日とすつかり同じお取り巻よ。」

この最後の言葉で話したものも聞いたものも一緒に微笑した。云ふまでもなく、田口夫妻が目的なしにそんな役目を勤める筈はなかつたから。同時に真知子は、当面のさう云ふ大事な仕事がある間は自分にまで余計なおせつかいをする筈はなかつたのだと思ひ、今日要らない心配をして来たのを滑稽に感じた。

晩餐は仏蘭西風なあつさりした、それで完備した食堂の装飾に負けない贅沢なものであつた。人数は多くはなかつた。大部分内輪の人々で、その中に残つた河井は最も大切な客として取り扱はれ、多喜子と並んで掛けさせられた。真知子は反対の側に富美子と並び、右の椅子には食堂が開くばかりになつて飛び込んで来て、女主人の倉子からの親密らしい打ち解けた調子で遅刻を詰じられながら、竹尾と云ふ名前で紹介された若い医者がかけた。しかし真知子の注意は、そんな知りもしない、鄭重にもされない男のひとよりは、向側の二人の方へ引かれた。まはりの人々はみんなその二人を目標にして話したり聞いたりしてゐたし、それを傍観することは面白くないとは云へなかつたから。

最初は河井の邸内に建てゝゐる研究室のことで話が賑はつた。

「B―君の説によれば、」

主人は主任の建築家の名前を挙げながら、「完成の上は、日本では他に類のない理想的な研究室になるだらうと云ふことでしたが。」

「それ程のものではありません。」

河井はもの静かな、おつとりした態度で受けた。

「いつ頃お出来になりますの。」

夫の後を継いで倉子は聞いた。

「予定の通りに行くと、あと二た月位で大抵すむ筈です。」

「お出来になりましたら、是非ねえ、奥様。」

倉子夫人が柘植夫人に誘ひかけながら、一緒に参観したいものだと云ふ意味を述べると、夫人は勿論賛成し、同時に娘もそんなものを見ることに非常に興味を持つてゐると云ふことをつけ加へたので、多喜子はそれに依つて都合よく話の仲間入をした。

「参考品の整理だけでも大変ですわね。」

「まだ打つちやつてあるんです。」

「あちらのお珍らしいもの、随分おありなのですつて。」

「整理がついたら、そのうちお目にかけませう。」

「多喜子さん如何です、少しお手伝ひなすつたら。」

主人は勧めた。「さう云ふ仕事は婦人の方に適当だと思ひますね。」

柘植夫人は多喜子が細かい分類をしたり、片附けものをしたりするのが子供の時分から好きであつたと云ふ証明を其処に挟《はさ》んだ。

「でも、その方の知識が幾らかなければ駄目ですわね。」

「なに、馴れゝば誰にだつて出来ます。」

この返答で多喜子自身は元より、その会話に口を入れた他の三人も非常に満足さうに見えた。それに続いた話の間に、河井は中央亜細亜の方を廻つて、今少し貴重な標本を集める積りであつたが、既に未亡人になつてゐる母の病気の報知で旅程を繰りあげて帰つたのだと云ふことを真知子は知つた。

「あの当時の御容態では、御母堂が今の程度にまで恢復されようとは、私はじめ誰も信じなかつたのですからね。」

「それにしても、よくまあ長い間お母様がお手放しになつたと思ひますよ。」

倉子は今独逸に行つてゐる長男を引合に出しながら、

「殊にお宅様では外にかけ掛へのないお後嗣でゐらつしやいますもの、ねえ奥様。」

倉子の言葉には何んでも決して異議を立てないことに

極めてあるらしい柘植夫人は、この場合もすぐ同意し、あゝ云ふ確《しつ》かりした立派な方でなければ中々出来ないことだと云つて賞め立てた。

「C—家から来てゐらつしやるのよ。」

丸煮にした鶉の肉を上手に骨から放してゐた富美子は、その時徳川氏の血統を引いた大名華族の名前を挙げ、小声で隣の真知子に噂の人のことを説明した。

「今でもおわるいの。」

「一体にふだんお弱いのですつて。でも綺麗な、如何にも貴族らしい方だわ。ですからほら、違つてるでせう、河井さん。」

確かに、貴公子に見るやうな上品な風采と態度は、誰でもすぐ目につく彼の特長であつた。しかしさう云ふ型の人の陥り勝な気取つた風や高ぶつた様子は彼にはなかつた。それでも周囲の露骨な諂《へつら》ひに対して平気で、愧かしさうな色もなく、鷹揚ににこ〱してゐるのを見ると、真知子は一種反感に近いじれつたさを感じないではゐられなかつた。あんな人は到る所でちやほやされつけてゐるから、見え透いたお世辞を云はれても多分無感覚なのだ——真知子には思へた。さうして何か奇妙な、異種の動物を見るやうな珍らしさで、間の盛花の向ふにフォークと共に動いてゐる、彼の華奢な女のやうな指を眺めた。

食事がすんだ。客はつぎの広間に移つた。食堂で醸されてゐた空気は其処でも変らなかつた。河井の意を迎へ、彼の注意を少しでも多く多喜子の上に向けさせようとするためには、あらゆる努力が費やされた。彼女が富美子を相手にして弾かされたピアノのヂュエットも、云はばそのプログラムの一つであつた。

演奏は申分なく行つた。人々はわざとほんものの音楽会の時のやうに喝采した。河井も一緒に手を叩いた。好きな酒のあとで禿げた円い顱頂部《ろちやうぶ》を、赤々と上機嫌に輝やかしてゐた主人は、人一倍はしやいで、誰よりも高くぱち〱とやつた。

「ほんとうに、多喜子さんはいつ何つてもお立派で。」

倉子はさう云つて柘植夫人を顧みながら、河井の同意を求めた。「ねえ、あれ程お弾きになる方は、黒人《くろうと》の中にだつてさう沢山はございませんわ。」

河井は短い讃辞でそれを肯定した。それから夫人が返報に富美子の技倆を賞め立てるのを邪魔しないやうに注意しながら、彼は二三脚向ふの椅子に菊の大きな鉢を傍にしてかけてゐた真知子に話しかけ、彼女も何か弾いてくれるなら仕合せだと云つた。真知子はびつくりした。

食堂に入る前、曾根の妹として形式的に紹介されたきりの彼から不意にそんな所望を受けたのと、富美子や多喜子と共に人の前で弾くほど上手ではなかつたから。

「私駄目ですわ。」

真知子は断つた。

「あら、お弾きになる癖に。」

富美子が向側の椅子から口を入れた。「そんなこと仰しやつたつて承知しないわ。」

「私の下手はあなたが一等よく御存じぢやないの。」

「だつて、私たちにばかり弾かしたんぢやお狡いわ。ねえ、多喜子さん。」

多喜子も富美子の抗議に同意した。他《ほか》の人たちもその後について勧めた。殊に倉子は主人役の礼儀として、当然彼女から云ひ出すべきであつた手落ちを償《つぐの》ふために、同時に河井が、本統に真知子は上手でないのか、単なる謙遜か分らないので、自分の発言の結果に当惑してゐるのを救ふために、是非弾かせようとした。倉子は、丁度ピアノの近くにゐた竹尾を呼び立て、楽譜を真知子のところへ持つて行かした。

正直に云つて、真知子は斯んな場合は率直に振舞ふ方が好きであつた。しかし有るほどの楽譜は練習なしに弾けるやうな易しいものではなかつた。同時にそれが弾けない羞かしさよりは、自分の拒絶を女らしいコケットリとして誤解されることの方が真知子には何倍か厭であつたので、もう一度きつぱり断り、ピアノなんかいつ弾いたか覚えない位だと云つた。

「若いお嬢さんが、そんなことつてありませんよ。それは学問も結構でせうが、そのためピアノまで捨てゝ、お仕舞ひになるなんて――」

「学校のためによしたのぢやありませんわ。」

この弁明は倉子には認められなかつた。今日すでに一度問題になつた彼女の勉強のことと、選択学科の話が再びそこに出た。社会学と云ふ言葉を聞いた時、柘植夫人の濃い尻上りの眉は、何か不気味な毒虫の名前を耳にした如く、額で痙攣した。

「ですから、今日もさう申したところなのですが、」

倉子は最も反応のあつた夫人を主として相手にしながら、「何も社会学なんて、そんなものを勉強なさらなくたつてよささうなものぢやありませんかつて。だいち、誤解され易うございますからね。ちやんとした家のお嬢さんで、さう云ふ学問をなさつては。」

「左様でございますともね。」

「それ位なら何故フランス文学でもなさらないかと思ひますよ。当節は私どもの若い頃と違つてフランス語流行《ばやり》ですし、世間の聞こえもどんなにいゝか知れませんし、性質から申しても、お嬢さんには向いた学問でございますもの、ねえ。」

「全くフランス文学は思ひつきでございますね。フランス語をお稽古なさるだけでも調法でございますわ。」

「ほら、真知子さん、柘植さんの奥様もあゝ仰しやるぢやありませんか。」

倉子は非常に知識的な立派な話をしてゐると云ふ自信で、得意になつて、「どうしても哲学の方でなければお悪いんなら、美学なんかでもございませう。それなら間違のない学問でせうし、社会学なんてものより聞いただけでも優美でよろしうございますわ。ねえ、さうお思ひになりません。」

この問は柘植夫人よりは、河井の方へ向けて云はれたので、河井は相変らず鷹揚にこく〳〵しながら、畑違ひで自分には断定は出来ないが、美を対象とする意味からすれば、美学も優美な学問と云はれない筈はないだらうと答へ、序でに彼は真知子に聴講生の人数や、学校の模様に就いて聞いた。真知子は意識的に素つ気ない返事をした。彼女は倉子のお談議にがつかりし、帰ることばかり考へてゐたから。で、三十分程してやつと迎への車が来るまで、向ふの隅の卓《テーブル》で、主人が今度は婿の木村や竹尾や、同じ病院関係の人々と、医学上の術語を使つて何かしきりに話し込んでゐるのや、富美子が昼からの疲れで、何度も袖に隠しては欠伸《あくび》するのや、並んだ多喜子が同じやうに眠い眼つきをしながら、河井に対してはどこまでも愛想よく話しかけたり、微笑したりしてゐるのを、ぼんやり空虚な気持で眺めてゐた。

明けの日から数日の間は、真知子は新にされた刺戟を以つて学校に出た。これは家の関係から何の役にも立たない社交じみた会合や訪問に引つ張り出された後、常に起る変化であつた。大学の講義も馴れて見れば想像したほどではなかつたし、三四のものを除けば、家で書物を読んだ方が増しな位であつたが、あゝ云ふ場所に顔を出して、あゝ云ふお饒舌《しやべり》に悩まされるに較べれば、どんな評判の悪い講義でも我慢が出来た。ほんとを云ふと、真知子はこの頃は学校に来てもひとりぼつちで寂しかつた。同じ学校から来た聴講生で、もとの組は一年上であつたが、同じ社会学を聴いてゐるので親密になつた大庭米子が、夏休みで東北の田舎に帰つたきり出て来なかつたからであつた。のみならず彼女はもう学校に来ないのではないかと疑はれてゐた。

「大庭さん、矢張りよすらしいんですつて。あんたのとこに何か云つてよこした。」

今日も控室で仲間の一人から質問された。真知子は久しく手紙も貰はなかつた。ずつと前様子を聞いてやつた時には、急に出られさうもないこと、それに就きいろく書きたいが、もう少し気持が落ちついてからにすると云ふ返事があつたきりであつた。この友達を今まで故郷の兄の許に引き留めてゐるのは、傾きかけた地主の家の経済的の事情だと云ふことを真知子は知つてゐたから、噂のやうなことがあり得ないとも思はれなかつた。誰かに委しい便りでもあつたのか聞いて見たが、相手はよく知らなかつた。真知子は自分が一番仲もよければ信頼されてもゐる積りであつたし、今日のやうな質問を受ける位その友情ははたからも認められてゐたので、それが自分自身でなかつたことに軽い娘らしい嫉妬があつた。兎に角すぐ手紙を出して事情を確かめなければならなかつた。少しは恨みも云つてい丶筈であつた。

帰つて裏門のくゞりを入る時、真知子は郵便箱を覗いて見た。空つぽであつた。家の中も女中がひとりしかゐなかつた。

「お母様は。」

「田口様へお出掛けになりました。四時頃までにはお帰りになるやうに仰しやつてゐらつしやいました。」

きちやうめんな母は、予定から十分とはおくれないで帰つて来た。

「お暇しようとしてゐたとこへ、柘植さんの奥さんが見えたものだから。」

土産の菓子と茶道具が真知子の部屋の方へ運び込まれた。

「そのうち是非あんたに遊びに来てくれるやうにつて仰しやつてゐたよ。」

「お世辞だわ。」

「あんた見たいに、人の云ふことを何んでもそんな風に取るのは悪い癖ですよ。」

「お母様のやうに、お世辞を真に受けるのだつてい丶癖ぢやないわ。」

真知子はシュークリームで口を一杯にしながら笑つた。実際この間の晩のやうに、社会学と云ふ言葉を聞いてもびくくする夫人が、自分の娘に真知子を近づけようとは信じられなかった。

「さう云へば、あのお嬢さん中々人柄な美しい方ぢやないか。」

「御一緒。」

「富美子さんを待ち合せて、皆さんどこへか出掛けるらしい様子だつた。」

それが田口で橋渡しをしてゐる河井家との縁談に関した会合であることは、未亡人も知つてゐた。もし成功すれば、一番満足するのは柘植夫人であり、その気持は最もよく自分に想像されると話し出したので真知子は警戒した。あとに何が続くかは分つてゐた。それで斯んなところへ坐り込んだのだ。——而かも持ち出されたものは、真知子が期待した以上であつた。母は竹尾の名前を挙げた。

「この間の晩、いらしてたでせう。」

「えゝ。」

「どんな風な人だい。」

「どんな風つて、忘れつちまつたわ、もう。」

これは七分嘘で、三分本統であつた。彼はそれ位特色がなかつた。もし隣りに坐つたり、楽譜を持つて来てくれたりしたことがないなら、（それも今から考へれば倉子の策略に相違なかつたのであるが、）真知子はあの晩彼がゐたのさへ気がつかなかつたであらう。その竹尾をひそかに自分の夫に選択されてゐた驚きも、結婚するとなれば、彼が九州の或る県立病院の副院長になつて行く関係から、大急ぎで二週間以内にしなければならないと聞かされた面白さに比べれば何んでもなかつた。その話は真知子を吹き出させた。

「何が可笑しいのです。もう少し真面目に考へて呉れなけりや困るぢやありませんか。」

「だつて、真面目に考へられやしないわ、そんな滑稽な話。」

「どうしてさ。竹尾さんなら面倒な係累もなければ、人物も極おとなしい方だし、それに学位も立派に取つてゐるのだから、どんなうちからでも貰ひかねないのだつて田口では云つてるんですよ。」

「でも二週間で大急ぎだから、私にして置かうつて云ふの。」

「呆れてしまふ、あんたつて人には。どうしたらさうなんです。」

真知子がいつまでも本気にならなかつたので、母は仕舞ひには怒つた。今度断れば田口は勿論、誰だつてもう彼女の結婚の世話はして呉れないだらうし、いつまでもオールド・ミスで、一生半ぱもの扱ひにされるやうなことになるだらうと。

「今度の話こそ誰が考へたつて申分はない訳なのに、一体なにが不足なんです、あんたには。」

「なにが不足だか、私にはそれさへ分らない位よ。たつた一遍逢つて、たつた一遍お辞儀しただけですもの。」

「そんなことならどうだつてなるぢやありませんか、あんたに嫁《い》く気さへあるんなら。木村さんと仲のいゝお友達だつて云ふから、富美子さんによく様子を聞いてもいゝし、逢つて見ようと思へば、それだつて出来ないことぢやなし――あんたは二週間きやないつてことで馬鹿にしてるけれど、縁談つてものはさうしたもんぢやないのですからね。」

寧ろ二週間あれば、大抵の結婚に差し支へない筈だと云ひ、海外に赴任するばかりになつてゐた官吏と急に婚約の整つた或るお嬢さんが、約束の船を五日後の船に変へて貰つただけで、立派に結婚をすまして夫と一緒に出立した例まで引いた。真知子はもう笑はなかつた。母の言葉は正しかつた。もし女が運命の真実な相手にめぐり逢つたならば、二週間は愚か、一瞬の瞥見でも十分足りたであらうから。この際の不便は、真知子が竹尾に対して特別な感情を持つことが出来ないことであつた。木村の親友だと云ふ点だけでも不信用な気がした。恐らく旅行用の鞄を買つたり、膝掛を探し廻つたりするのと違はない気持で、あの晩あの部屋に現はれたのだと思ふと、自分が気がつかなかつただけ口惜しく、厭な気がした。

母の腹立ちが、例に依つて北海道の嫂《あによめ》たちを引き合ひに出しての愚痴や溜息に変るまで、真知子は辛抱強く黙つてたゞ聞いてゐた。それは斯んな場合に彼女がこの頃とることにしてゐる唯一の防禦法であつた。其処へ廊下の障子が開いて、女中が風呂の沸いたことを知らせに来た序でに、一通の手紙を置いて行つた。

「あんた、先にどう。」

「お母様、入つて。」

手紙は米子からであつた。切手が二枚貼つてあつた。めつたにそんなことは米子にはなかつたから心待の便りを手にした満足よりは当り前の手紙ではないと思ふ不安の方が強かつた。で、母が口小言を云ひ〳〵出て行つたのをうはの空で聞きながら、封を切つた。彼女のノートのやうに正確な細字で充たされた洋罫紙が五六枚畳み込まれてあつた。何より気になつてゐた退学のことは、一頁で分明になつた。

「――この決心をするまでには、私も可なり迷つたのですが、矢張り思ひ切つてよすことに極めました。直接の理由は、兄から学資を貰ひたくないためです。と云ふより、毎月四五十円の金を私のために割いてくれてゐたことが、兄に取つてどんなに苦しかつたかを、今度こそ痛切に知つたからです。斯う書くと、私がいつも貧乏話をする時示す、あの半分疑つたやうなあなたの顔が此処からでもはつきり見えます。衰へたと云つても年に二千俵以上からの小作米を取る地主の家が、どうしてさう貧乏なのかあなたには理解されないのです。斯う云ふ私自身だつて、兄からこの夏委しい話を聞くまでは、困るとは知つてゐても何故困るか、またどの程度に困るかは十分に飲み込めなかつた位ですから。いつでしたか、亡くなつた父の話をしたことがありましたね。この父の政治運動や、彼の義務だと信じて行つた地方的な公共事業や、その他持ち前の寛大と弱い意志を利用されたために生じた夥しい負債が、兄を今日の悲境に陥れた一半の原因なのです。私が此処に一半と云ふ言葉を使つて、何故すべてのと云はないかお分りになつて。それは特別の負債や欠損がなくても、現在の田舎の地主の窮乏は、少くとも窮乏の運命は、殆んど全般的なものになつてゐるからです。彼等は田地や山林は持つてゐるかも知れないが、金は持つてゐません。従つて小作米が唯一の収入で、それによつてすべての税金を支払ひ、用水や灌漑の諸設備をし、大抵係累の多い無駄な費用のかさむ一家の生活を支持すると共に、家についた所謂格式と品位を守つて行かねばならないのです。若し何かの必要が生じて、その田地や山林を担保に銀行から金を借りようとしても、余程よい手蔓でもない限り容易に出来ず、また運よく出来たところでその不動産はあるべき価格の十分の一にも評価されない上、それに対してうんと高い利子を支払はされると云ふ結果になります。私の家の例を挙げて見ても、全収入の殆んど八割を斯う云ふ利子のために兄は取られてゐるのです。非常に巧妙な、若しくは非常な勤勉な、今一歩進んで非常に強慾なやり方でもしてゐるのでない以上、普通のお檀那風の寛濶でぼんやり暮して来た地主の家は、例外なしに似た状態に陥つてゐるのださうです。で、彼等が土地や山林を持つてゐると云ふことは、要するに所定の収入では決して支払ふことの出来ない利子を課せられてゐると云ふだけに過ぎません。彼等は決心し、その土に対する先祖代々の権利を放棄することに依つて現在の窮状から、同時にすでに小作争議でその兆候を現はしてゐる対耕作人との将来の面倒な拮抗から脱しようと企てます。それが彼等を救ふ唯一の方法なのです。さうです、買ひ手さへあるならば。――併し近くの地主は皆んな同じ貧乏仲間です。その他の金持や企業家は、礦脈があるか、石油が出るか、温泉でも湧くかでない以上、斯んな田舎の荷厄介な土地に、誰が今更手を出すやうな愚かなことをするでせう。

斯んな書き方をしたからと云つて、私の関心が自分の生れた階級の上にのみあつて、それと当然対抗の位置にある小作人たちに冷淡だと云ふやうな誤解は、あなただけはしないで下さるでせうね。それどころではない、私は地主が困つてゐる以上に彼等が困つてをり、地主が幾らもがいてもその窮迫から遁れることが出来ないと等しく、彼等は幾ら働いても目下の小作制度と社会状態の下では裕福になり得ないこと、同時に彼等の鍬や鋤の生産力は、他の電気や蒸気の機械力に依るそれとは比較にならないほどあはれなものだ、と云ふことを知つてゐます。突然妙なことを聞くやうですけれど、一人の百姓が一段の田地を耕したとて、秋の収穫期にどれ程の米が取れるかお分りになつて。平均三石とこの辺では見積られてゐます。云ひ換へれば、一坪の土地から僅に一升の米しか生じない訳になるのです。あなたに限らず、都会に住んで、お米なんぞ用聞きの小僧に云ひつけさへすれば幾らでも手に入るやうに考へてゐる人達には、この事実は非常に驚くべきことのやうに見えるだらうと思はれます。而かも百姓は、その収穫の少くとも半分を小作料として地主に納めなければならないのです。前の例で云ふと、一坪の土地から辛うじて得た一升の中の五合を、完全に奪はれるのです。彼等はその残りのものに依つて何人かの口を養ひ、何人かの身体に着せ、肥料や種子《たね》を仕入れ、租税を納め、子供たちの学用品を買ひます。斯う云ふ風で、彼等の支出は昔の百姓よりもずつと複雑になつてゐる上に、所謂文明の普及に伴つてその傾向は年々著しくなるばかりです。草屋根の下に新たについた電燈も、調法ではあるが決してたゞではないのですし、もう少したつて雪が来ると、以前はすぐ持ち出された手製の藁の雪靴も、今では都会から仕入れたゴムの長靴に殆んど変つてゐると云ふ有様です。同時にこれ等の如何なる変化にも拘はらず、一坪の土地からは決して一升以上の米は取れないのだと云ふことを考へて見て頂戴。その米さへ、自分たちの作つたものは口にし得ないで、安い粗悪な外国米と買ひ換へて食べてゐるのだと云ふことを。否、否、それもまご〲すると食べられないのだと云ふことを。――彼等が地主と争うて、どうかして一合でも多く自分たちの取り前を増さうと骨折るのは、当然過ぎることです。

一方地主の困窮もはじめに述べた通りの状態です。私はこの辺にも既にぽつ〲始まつた小作争議を見てゐると、誰かに首を締められた者が、苦しまぎれに仲間と首の締め合ひつこしてゐるやうな気がします。曲者は最初の下手人です。彼の敏活な黒い手こそ、地主と百姓の両方の懐から掠め取り、あらゆる方法と機関に依つてこれを彼の工場や、会社や、製作所に吸収してゐるのです。財力の都市流入――あらゆるものゝ資本化――その利用階級に生ずる富の偏積――これは併し農村の疲弊にのみ結びつけて考ふべきではなく、現在の若しくは将来のすべての貧困と社会的不平均は、この一つの怖ろしい力の圧迫に拠るのだと云ふことを、学者の議論でもなければ引例でもなく、実感として今こそしみ〲分つた気がしてゐます。」

米子の手紙は其処で一度切れ、別に違つた日附で書いた紙が入つてゐた。三日後に書き添へたものであつた。彼女は、余計なことを書き過ぎたのでやめにしようかと考へたが、書き直すとまたいつになるか知れないからこの儘出すことにした。その代りこれで田舎の様子も自分の気持も、多分分つて呉れることと思ふとあり、最後に斯う附け加へてあつた。

「学校をやめるにしたところで、この儘兄の厄介になつてゐる訳には行かないから、矢張り東京で仕事を見つけたいと思つてゐます。そのことに関しては、亡くなつた次兄の高等学校時代からの親友で、私の勉強方面のことに就いても、これまで相談をかけてゐた人に頼んでやつてありますからそのうちどうにかなることと信じてゐます。どんな詰らない仕事でも、どんな乏しい報酬でも、不平は云はない積りです。兄の世話にならないで、云ひ換へれば、あの百姓たちのものを掠め取らないで生活することが出来さへすれば、今の私にはそれが何よりの満足なのですから。この希望と決心のために近頃は割に元気に暮らしてゐます。では、遠からずお目にかゝれるやうな運びになることを念じて

――」

この数枚の罫紙は、それが封筒に押しつまつてゐたとすつかり同じ形で、真知子のこゝろに一杯に嵩張つた。晩御飯に呼ばれても、ほかのことは考へてゐなかつた。で、食卓の向側に、母がいつになく気まづく黙り込んでゐるのが、何のためか気がつかないで、母にも手紙のことに就いて話さうとした。

「ねえ、お母様、この畳が二枚、田だつたとして――」

「藪から棒に、何んのこと。」

「仮りに、田だとして見るのよ、さうしたら、そこからお米が幾ら取れるとおもひになつて。」

「私はお百姓ぢやないよ。」

この突つ放しが、やつと竹尾のことを思ひ出さした。真知子はそれつきり言葉をつがないで、箸を動かした。

しかし手紙で何よりも強く彼女を打つたことは、今話さうとしてゐた話より、米子が職を求めて自活しようとしてゐた点であつた。若い進歩した娘たちには既に常識となつてゐる考へ方に依つて、真知子は婦人の経済的独立の価値を知つてゐた。殊に今日は場合が場合であつただけ、友達の前に開けた新しい生活が羨やましかつた。

その晩すぐペンを執つた返事にもその羨望を一番に書いた。別に具体的には打明けなかつたけれども、竹尾との馬鹿々々しい縁談をもほのめかし、さう云ふ問題と共に常に絡んでゐる自分の周りの中流的な、もの五月蝿さに就いて不平を並べた。

「何んの用事。」

「それが分らないで入らしたの。」

「お姉さんの葉書には、学校の帰りに寄つて呉れつてあつただけでせう。」

「成る程ね。それで何の話か見当もつかなかつたつて云ふ積り。」

「そんな訳ぢやないけれど。」

「なら分つてるんぢやありませんか。」

「いゝえ、分らないわ、――何んだつてお姉さんまであんな話に口を入れる気になるのだか。」

真知子は云つた通り辰子に葉書を貰つたので、学校から芝の家へ廻つて来たのであつた。上方風の洒落れた好みで、居間と云ふより会席料理屋の一室でもあるやうな姉の部屋で二人は話した。

「ぢや、どうしても、まあちやんには嫁《い》く気はないのね。」

「だつて、お姉さんが私だつたつて、一度逢つたきり別に何とも思はない人に嫁く気になれて。それも二週間以内つて日限までついてるのよ。まるでお話ぢやないの。」

「そんなことを云ひかゝれば、もつとをかしな話が世間にはざらにあるぢやありませんか。兎に角、私がまあちややんならいちがいに嫁かないとは云はないかも知れないわ。」

姉の美しい顔には、ふだん冗談口を利いてゐる時とはまるで違つた表情が、斯んな場合には現はれた。

「お母様もさう云つてゐらつしやる通り、竹尾さんの条件なんかこの節ではまあ申分のない方ですからね。たゞあんたが、一遍逢つたきりで何んとも思はない人だなんて云ひ出すから、ことがむづかしくなるのよ。もつと斯う呑気に考へて見たらどう、結婚つてものを。」

「どう呑気に考へろつて云ふの、ひとの結婚でもないのに。」

「自分のだつていゝのよ。たゞ本統の結婚は、小説だのお芝居だのとは違ふつてことさへ分ればいゝのだから。よく見て御覧なさい。どこの御夫婦もはじめ皆んな好きになつて、あの人でなければならないつて結婚したのだかどうだか。よしんばさうやつて一緒になつた人たちだつて、半年もたてば喧嘩するんぢやありませんか。」

「したつていゝんぢやない。そんな喧嘩なら。はじめから嫌ひな人とするのとは別なんだもの。」

「ぢやあんたはどう。竹尾さんが嫌ひで嫁かないつてより、嫌ひだか何んだか本統にはまだ分らないんでせう。」

それに相違なかつた。しかし好きになれようとは思はれなかつた。真知子がすぐ返事をしなかつたので、辰子は続けた。

「大して気に入らない着物だつて、季節になつて代りがなけりや、着て見たつていゝぢやありませんか。」

「だけど、身につかなかつたらどうするの。あとで脱ぐ位ならはじめから着ない方が悧巧だわ。」

一生脱ぐことも出来なければ、安心して着てゐることも出来ない人が幾らあるか知れない、と云ひかけ真知子は口をつぐんだ。放埒な夫との関係だけで云つても、着心地のよい着物を着てゐるのではない筈の姉に対して、云ひ過ぎたのを後悔した。

辰子には妹の無意識な突撃を微笑で受けるだけの余裕があつた。

「あてつけ。」

「そんな積りぢやなかつたのよ。」

「どちらだつていゝわ。でもね、私が厭で仕方がないのに着てる着物を脱げないんだとは考へないで頂戴。だいち私は、上村が幾ら放蕩したからつて私を嫌つてしてるとは思はないんだから。あの人は生れつきの浮気者よ。遊ぶのが好きなんだわ。たゞそれだけよ。」

辰子はたしかに愛情を以つてこの批評をし、同時に着物に対して贅沢な選択をするのは金持の特権であると同じ意味に於て、結婚も離婚も財産があり、帰つても親兄弟の厄介にならずにすむ人でない限り、自由な考へ方は出来ない筈だと云つた。

「そんな境遇の女なんてめつたにありはしないでせう。云はゞ皆んな裸かですもの。相応な着物なら我慢するのがいゝのだし、また着た以上脱ぐのは損よ。」

「それがお姉さんの哲学。」

「ぢや、まあちやんなら。」

「裸かのまゝ、働くわ。」

ふん！　――辰子の象牙彫のやうな鼻が笑つた。

「流行り言葉ね、それが、この節の若い人たちの。でもね、今の世間で女が働いて食べるつてことは口で云ふほど景気のいゝものぢやないわ、屹度。」

これまで家の中で流してゐた涙を、家の外に流しに行く、たゞそれだけの相違に過ぎないと辰子は主張した。真知子は言葉に出しては反対しなかつた。姉の説くことが半分の真理ではないとは云へなかつた。しかし働くことが選択でなく必要となつた婦人に取つては、それは無意味であつた。三日前に貰つた米子の手紙は尚ほ強く頭にあつた。もし自分にも何かの職業と収入があつたならば、今度のやうな場合でももつと自然な権威のある拒絶が出来たであらう。真知子はそれを全知覚で感じた。

晩御飯まで遊んで行かないか。主人の清三も久しぶりで家で食べる筈だから何か御馳走をしよう、と留められたけれども、真知子は学校のことがあるからと云ひ、二時を聞くと姉の家を出た。本統は幾日も家を開けて帰つた夫と妻の間に坐らせられるのが、二人とも平気にしてゐるならゐるで、どんなに堪へ難いかを思つたからであつた。

電車を原町で降りた時、真知子は前の花屋で母に頼まれた活花用の蔓物を買つた序でに、自分の部屋の小さい花瓶のためにも黄色い薔薇の花を二三本添へさせた。花屋は花屑の散らかつた土間の台の上に紙をひろげて花を包んだ。そこへ次の電車が留まり、どやくと外の街路に客が降りて来た。真知子はラッパ型の花包みを受け取つて花屋の硝子戸を出ようとした。と、降りながら気のついてゐた河井は、帽子に手をかけ、迎へるやうに近づいた。

彼は考古学で有名な教授の家をこれから訪問するところだと云つた。老博士は真知子の家からあまり遠くないところに住んでゐたので、二人は連れ立つて同じ方向に歩くことになつた。順序としてこの間の園遊会の晩のことが話し出された。河井は自分の無遠慮なピアノの注文に就いて詫を云つた。真知子はもしや富美子や多喜子の半分位でも弾けたら悦んで弾いたのだけれどもと答へた。河井も二人の技倆を改めて讃めた。殊に多喜子は、彼の母と同じ師匠に就いて鼓の稽古をしてゐるが、それも非常にたちがよいと噂したので、真知子は河井のお坊ちゃんらしい正直さが少しをかしかつた。他の者なら当然自分の妻となるのだと見なされてゐる相手を、人の前でさう云ふ風に噂するであらうか。

こんな話がすむと、もう話すことはなかつた。河井は北海道の兄に就いてこの前も聞いたやうなことをもう一遍聞いた。真知子は彼の研究室のことでも尋ねようと思つたが、それもこの間の晩の話題の一部を繰り返すに過ぎなかつた。と云つてほかに人通りもない位静かな屋敷町を、殊に大して懇意でもない人と馬鹿のやうに黙り込んで歩くのは厭であつたから、真知子は絶えた話を繋ぐだけの意味で、彼が教授をしば〲訪ねるのかどうか聞いて見た。一と月に一度ぐらゐだと云ひ、彼女の家がそんなに傍にあつたとは知らなかつたと附け加へた。

「伺つて見れば知つてるかも知れません。子供のころはこの近所に住まつてゐたのですから。」

「どの辺に。」

「植物園裏です。学校も四年で麴町の方へ変るまでは、そこから本郷の小学校に通つたのです。」

「誠之ですの。」

「さう、誠之です。あなたも。」

「私も誠之。」

古い小学校に対する共通の思ひ出が、その後の会話に一種子供らしい寛ぎを与へた。彼等は校庭の古い藤棚や、その下の砂場や、三本の桜の木や、また特色のある年取つた小使に就いて話すことが出来た。

林町の角で別れようとして、河井はそれから真知子の家はどう行くかを尋ね、教授との用談には手間は取らないので、序でで非常に失礼であるけれども帰りに寄ることを許して貰へるなら未亡人に逢つて挨拶をして行きたいと云つた。真知子は母も悦んでお目にかゝるだらうと答へた。で、二人は別れた。

　娘の知らせに依つて未亡人が茶菓子の用意をしたり、座敷の床のすがれた花を買つて来たのに活け換へたりして待つてゐたところへ、河井は訪ねて来た。親子を相手に十分ほど簡単な、しかし鄭重な物腰で話し、もし折があつて自分の方にも彼等を迎へることが出来るなら仕合せだ、と云ふ意味を述べて帰つた。

「なかく〱立派な方ぢやないか、鷹揚で、品があつて。」

　後で未亡人は頻りにその噂をした。「それにロンドンで兄さんと懇意にしたと云つて、わざく〱挨拶に寄つて呉れるなんて、今時の若い人にはちよつと出来ないことですよ。」

「あれが英国式なのよ、多分。」

　真知子はそれで片づけようとして、「十五分間で直ぐきちんと帰るところなんか、如何にも訪問のための訪問つて風だわ。」

「英国式にしろ何にしろ、あの人なら、自慢になるから。」

　多喜子さんは仕合せな娘だと羨ましがつた末、未亡人は急に話を竹尾のことに転じた。財産だけは仕方がないとしても、それを除けば竹尾だつて大してひけは取らない筈だと信じたらしかつた。で、同じ位な年配か、脊はどちらが高いか、また似たやうな風采かどうかと云ふやうな質問が細かに発せられた。真知子は相手にならない積りでゐた。が、その間に彼女の半面のふざけ好きな気持がふと頭をもたげたので、竹尾は彼よりも若く見えるし、脊も高いし、風采だつてもつと綺麗な位だと云つた。

「この間はそんなことはちつとも云はなかつた癖に。」

　母は満足らしく、同時に真知子の変に笑つてゐる顔を疑り深く眺めながら、「それでどこが一体不足なんです、あんたには。」

「ぢや、立派過ぎるのよ、私には。」

「何んですつて。」

「多喜子さん見たいな、華族のお嬢さんでも貰つてあげた方がいゝのだわ。」

「真知子。」

　母が厳しい声を出したので、真知子は急いで真面目になつて宣言した。

「この話はもうこれつきりにしませうね、お母様。お姉さんにもさう云つて来たんだから。」

明け方までつゞいた雨が、小春日和の午後を晴れやかになごましてゐた。洗滌されたアスファルトの路は、中高かに、紫つぽく輝いた。表通りが広くなつて、却つて見すぼらしさの目立つ場末の町並も、なにか整然とした美しさを持ち、八百屋と隣合せになつた映画館の剣劇の絵看板まで、雨上りの爽快さで浮き上つてゐた。

真知子は八百屋の葉つぱの散らかつた横町を入つた。不規則なS字形に屈折した路が、稍〻急な樹木の多い坂の方へ彼女を引きあげた。坂上にある二つ目の小路を曲らなければならなかつた。が、突きあたりの正面は寺の入口であつた。

真知子は古びた寺門に立ち、ポケットから紙片を出して見た。米子はもう出て来て三河島のセツルメントで働いてゐた。それは田端のやどの道順を書いてよこした略図であつた。

彼自身より大きな籠を自転車につけた洗濯屋の小僧が寺の内側から駈けて来た。通り抜けが出来るのか聞かうとした間に、坂の二分の一を辷り下りた。真知子はかまはず石畳を裏へ廻つて見た。低いかなめ垣を境に植木屋のトタン屋根があつた。つゞく苗木畑の向側に、磨り硝子の窓を思ひきり広く取つた、一見して画家か彫刻家の仕事場らしい建物の側面が目に入つた。一部のあいた窓に乾してある焦茶色の雨コートには見覚えがあつた。

「あんなめちやめちやな地図つてないわ。」

「分りにくかつた。」

「だつて、曲れば袋横町だつたり。」

真知子は三月ぶりで友を見たたのしさを悪口にして、揃へてくれたスリッパを穿いた。「植木屋に間借りでもしたのかともふと、斯んな堂々たる家を持つたり。」

「驚かしてあげようと思つて書かなかつたの。」

「あんたの一番わるい癖だわ、それが。」

東北人らしい口重さと沈着の一緒になつた米子には、よくそんなことがあつたので、真知子はわざとその不平を誇張しながら、画室の外に畳を敷いた四畳半と台所のついた小さい家を、もの珍らしくのぞいて歩いた。

米子が、以前から持つてゐる大きな机と、高い書棚は、静物と風景と二枚かゝつてゐる壁の画や、その他女らしい趣味で加へた一二の簡単な家具で、画室は気持のよい書斎になつてゐた。フランスに行つてゐる、米子の遠縁の画家が建てたのであるが、久しく空いてゐるので留守番代りに彼女が住むことになつたのだ、と説明された。真知子は彼女のために好都合を悦びながらも、この辺には多分沢山ゐる筈の同じ画家仲間が、どうしてこの家を見過してゐたらうかを疑つた。

「場所は、静かで、気持がいゝし――」

米子は意味のある笑ひ方で遮つた。

「さう見えるんでせう。でも本統は見たほど気持のいゝ家ぢやないのよ。だから居着かないの、誰が越して来たつて。」

「どうしてなの。」

「今に分るわ。」

「またあんたの秘密主義ね。」

「秘密のうちだけ面白いんぢやない。何んでも。」

「お化け。」

「えゝ、お化け。」

二人は笑つた。真知子はお化け位出たつて構はないから、出来れば自分も越して来たいと云つた。

「あんたの手紙見た時は羨ましかつた。」

「あんな貧乏話が羨まれるの。」

「なら貧乏の結果が。」

「怖ろしい贅沢ね。」

「さう見えて。」

真知子はそれが忌々しかつた。ほんとうは彼女と同様に無一物である筈の自分が、家の名や親類や、兄の地位に依つて、富裕な何不足ない階級の中へ数へ込まれてゐる。――それ以上迷惑なことはなかつた。もしこれ等の掩蔽物を払ひ除け、崖の上の静かな小家で、彼女とふたり質素な虚飾のない生活を営むことが出来たならば、彼女を悩ましてゐる結婚問題や、その他の面倒な家庭的の束縛を容易に遁れさうな気がした。

「ねえ。」

真知子はその空想を相手に打ち明けることに依つて、たのしい興奮を感じながら、「あんたを世話して下すつた方が、私にも何か見つけて下さるか知ら。」

「私のしてるやうな仕事、あんたに出来て。」

「信じない。」

「少くとも関さんは信じないでせう。」

「関さんつてひと。」

「えゝ。」

「何故信じないだらうつて云ふの。」

「あの人はプロレタリアトの意識は血の問題だと云ふ信仰を持つてゐるんだから、私なんかでも、どんな考へ方をしたつて関さんから見れば附け焼刃なんだわ。」

「ぢや、純粋なプロレタリアト。」

「私の隣り村の水車小屋の息子よ。」

「でも大学は出たんでせう。亡くなつたお兄様と御一緒だつたんなら。」

「卒業するばかりになつて止めさせられたの。ほら、T―事件のお仲間だわ。」

この異常な知らせは、真知子の若い感情に断層を生じさせた。三年前、関西の大学に起つた、多くの学生の放校や若い教授の免官に終つた左傾的な騒動を、彼女は忘れてはゐなかつた。それは純粋な実行運動と云ふより、社会科学の研究を標榜したもので、官権の圧迫に依つて却つて英雄的にされた彼等の言動は、同じ学問に志す若い者の同情と興味を煽つたので、当時の新聞紙に報道された公判やその他の記事に対しても、最も熱心な読者であつたと云つてよかつた。

「関何んて云ふの。」

「三郎。」

関三郎、――初めて聞く名前ではないやうな気がした。たしかに、処罰された学生の一人であつたのを思ひ出したので、自然な強い好奇心から、真知子は彼に関してもつと多くのことを聞かうとした。その時、窓の外に恐ろしい叫び声が起つた。人間の声と云ふより、野獣の咆哮に近かつた。

「殺すんだな。――畜生！　おつ母さん――お母さん――お母さん――」

真知子は知らずく椅子を米子にすりよせ、黙つた注視で、質問の対象を変へた。

「下が脳病院なの、だからこの家借りても誰もゐつかないのよ。」

米子は真知子の瞬間的な怖れを面白がりながら、腰かけたまゝ後むき、窓をあけて見せた。細長い縦の空間に、碧い空と、一列の雑木と、底に病舎の黒い屋根があらはれた。硝子板に遮断されない叫喚は、一そう激しい怒りと絶望の訴に充ちて響いた。

「関さんが暫くここにゐた時分には、もつと凄い狂躁性のものがゐたんだつて。」

「いゝ気持のもんぢやないわ。しめて頂戴。」

「ところが関さんには、」

米子はまた後むいて、友の注文に応じてから、「気狂ひの怒鳴つたり騒いだりするのが変に痛快で、鎮静剤の加減でおとなしくしてゐられると、もの足りない気がしてゐたんですつて。事件のすぐ後でむしやくしやしたからよ。」

「いやなひと、何をぼんやり考へてゐるの。」

米子がをかしがつて笑ひ出したので、真知子もてれ隠しに一緒に笑みながら、云つて見たかつた。関さんとあんたのことを疑つて見たのだと。――いかに打ちとけた間柄でも、すつかりなくならない女らしい慎しみが、それを口留めした。

関が訪ねて来たのは、簡単な夕食のあとで真知子が頓て帰らうとし、米子も買物がてら停留所まで送らうとした時であつた。彼は客ならばまた来るからと云つて、引つ返さうとした。米子は真知子の名前を云つて上ることを勧めた。

半分開いた部星のドアを隔て、真知子は一種矛盾した心理で二人の話声を聞いてゐた。今日あれだけ話題になつた彼を見たくないことはなかつた。それでゐて上らずに帰つて呉れゝばよいと念ずる気持が一方にあつた。彼女は耳をすました。矢張り上つて行くことになつたらしく、暗い入口の板の間で外套でも脱ぐけはひがしてゐる間《ま》に、米子が先触れに戻つて来た。部屋には椅子が二つしかなかつた。

「ストックから持つて来るわ。」

米子はそんな冗談を云ひ、窓の横の狭いドアをあけて、

「そんな風な感じ方をする人、ほかの事に対しても。」

「幾らかさうね、はじめは純文学の方をする積りだつたつて位だから。」

話が再び関に返るとともに、真知子の好奇心にも或ひそかな変化が生じてゐた。彼女は、彼がどんな人であるかを想像するのみでなく、米子との正しい関係を知らうとする望を捨てることが出来なかつた。田舎からの手紙を読んだ時、すでに漠然とあらはれてゐたものが、関の人柄が分るにつけて一つの興味に形づくられた。しかしどう気をつけて見ても、その間に普通以上の感情が潜んでゐるとは考へられない位、米子が関に就いて語る態度は明るくこだはりがなかつた。ことによると夕方訪ねて来るかも知れないから逢つて見たら、とまで話した。

「逢つてもいゝけれど、」

真知子は生返事をし、普通の意味で美しいとは云へないかも知れないが、寒い国の人らしく滑らかな白い皮膚と、鳶色がゝつた表情的な眼をした、米子の稍〻しやくれた小さい顔を見守つた。矢張《やつぱ》し何んでもないんだわ。でなけりや逢つて見たらなんて云ふ筈はないから。――

「夕方まではゐらつしやれない。」

「――」

画家の余計な家具が詰め込まれてある物置に取りに行つた。入れ違へに関が入つて来た。彼は其処にひとりきり見出した真知子に対し、冷然と一瞥を投げ、軽く頭を下げただけで、立つてゐた。真知子も一緒にお辞儀した。彼が何んとも云はなかつたから、自分でも離れた椅子の傍に同じやうに立ち、同じやうに黙つてゐた。奇妙な初対面であつた。且つ関の外貌は、彼女が米子から得た知識に依つてぼんやり想像してゐたものとは可なり違つてゐた。少くとも紺の脊広のぴつたり身についた、中肉の恰好のいゝ身体つき、額と眼に特長のある蒼白の容貌には、東北の寒村の水車場の息子らしいところや、事件の後は労働者の間で暮らしてゐるのだと云ふ人のやうなところは見えなかつた。――真知子は考へた。文学をやつても屹度出来たのだわ、この人なら。でも何んて威張つてるんだらう。ひとがゐるのに鼠一匹ゐるやうな顔もしないのだもの。――少し口惜しかつたので、真知子は自分でも負けないで済ましてゐようと思つた。一脚の小さい籐椅子を抱へて米子が引つ返して来るまで、それに成功した。

しかし、関の真知子に対する素つ気なさは、三人になつた後でも大して変りはなかつた。多分誰にでも斯んな風なのだ、真知子はさう思はうとした。また当然さう思つていゝ位彼は寡黙で、余計なことは何んにも云はなかつたが、それでも米子に対しては不自然でない親しみの口調で、家はどうにか整頓したか、別に不自由なものはないかと云ふやうなことを尋ねた。話の模様では、米子が其処に落ちついてからやつと二度目の訪問のやうであつた。

「下の形勢はどうです。」

彼は話のつゞきにそれを聞いた。

「病院。」

「相変らずやつてますか。」

「日によつて違ひますわ。今日はちよいと騒いで真知子さんを喫驚させたとこなの。ね。」

真知子は出し抜けにあんな声を聞かされて驚かなければ、驚かない方が嘘だと云つた。

「ぢやお化けの方よかつたの。」

「えゝ。」

「負け惜み。」

二人は昼笑つた話を思ひ出し、もう一度親密にほゝ笑み、序でに米子はその意味を関に説明した。

「あんたさへ仕事を見つけてくれゝば、お化けぐらゐ平気だから越して来ようつてことになつたの。なにか探してあげて頂戴。それとも気狂ひなら見合せ、真知子さん。」

「さあ、どうしませう。」

真知子はわざと重々しい言葉と、唇の笑で、米子の調子に応じた。彼女がはじめからこの話をまじめに取り扱はないのは、真知子の境遇をよく知つてゐるからだと云ふことを、真知子自身も知つてゐた。たゞそれに対し、関がどんな返事をするかを聞かうとして、米子から彼の方を眺めた。関はそんなことは問題にしようともしないで、まるで別な問ひをかけた。

「学校は一週何時間ぐらゐ聴きます。」

「二十二時間。」

「毎日ですね。」

「え、。」

「どんな面白い講義があるんです。」

この質問には素直に答へることは出来なかつた。どんな面白い講義があれば、飽きもせず一週二十二時間も聴けるのか。——彼は明かにさう云つてゐた。でなくも先《さつ》刻《き》からの拮抗的な気持が消えてなかつたので、真知子は報いた。

「あなただつて、大学で面白いお講義ばかりお聴きになつて。」

関はじろりと彼女を見据ゑた。その白い頰の線に、かすかな、微笑に似たものがあつた。それ以上は続けず、五分ほどして静かに立ち上ると、米子には何か先刻話してゐた会合の日取りに就いて念を押すことに依つて、真知子には来た時よりも一層冷淡に見ゆる一礼に依つて、暇を告げた。怒つたのか知ら。——米子に見送られ、ドアの外に去る彼の後姿を眺めながら真知子は考へた。だつてあんな皮肉な聞き方をするんだもの、あのくらゐ云つてやつたつてい、んだわ。さう思つた。胸の透《す》いた気がした。

しかし頓て自分でも帰らうとして、最初の約束通り買物に行く米子と連れ立つて暗い道に出た時、真知子はやはり聞いて見ないではゐられなかつた。

「いつでもあんなの、あのひと。」

「あんなつて。」

「何んだか、怒つてる見たいぢやない。」

「皆んなあれなのよ、故郷《くに》のひと。」

米子は無造作にそれで片づけた。二人は寺へ廻らず、植木屋から細い坂道の方へ出た。病院の黒く塗つた板塀が、その細い斜面に底辺を与へた。たつた一本其処に突つ立つてゐる街燈の光の幅の中を真知子は塀について米子と並んで歩きながら、昼間聞いた物凄い叫び声を思ひ出してゐた。と、不思議な聯想に依つて、関のあのよそ〳〵しい凝視が、いつしよに意識に浮んだ。変な不快さと気味悪さに於いて、二つは相通ずるものを持つてゐるやうに感じられた。

二

三日の後、真知子は学校からセツルメントに廻つた。あらゆる種類の工場と屑屋の延長が町であつた。荒削りの南京じたみに、埃りのたまつた褐いろの建物は、メリヤス工場と材木置場の間に見出された。頸のかぼそい少年工が、メリヤス屋の二階の窓から見下ろしてゐる。さゝやかな空地のブランコと辷り台に、小学校の楽しい夢を、彼は追うてゐるのだ。

きれいに洗はれたおむつが、運動場の一部を乾場にして、たか〴〵と洗濯屋のやうに翻つてゐる。

米子は階下の日当りのよい一室で、十人あまりの子供たちを相手に折紙を折つてゐた。

「あら。」

ドアから覗いた顔を見つけると、米子は五色の正方形の紙の散らかつた卓から立ち上つて来た。一度見に行く約束はしたのであるが、今日すぐ果されようとは考へてもゐなかつたらしかつた。真知子は午後からの講義が休みになつたので、その時間を利用する気になつたことを話した。

「どなた。」

「D—先生。」

「相変らずなのね。」

「聴きたいお講義ほどお休みが多いんだから、厭になつちまふの。」

社会学を全然経済学の基礎の上に置かうとしてゐるその教授のやり方は、大学でも最も評判のよい講義であつたが、時間の半分出ないことも有名であつた。しかし如何なる理由からにもせよ、それを見捨てゝ、斯う云ふ場所で働いてゐる友だちに対して、呑気らしく学校の話を続けるのは気がさした。真知子は代りに聞いた。

「邪魔ぢやなかつた。」

「ちつとも。斯んなところ初めてなんでせう。」

云はれた通りであつた。電車を下りて何軒あつたか知れない屑問屋のむかつくやうな屑の集積。それを分類するために同じ屑の塊まりになつてゐる人々。鉄工場の見透しになつた盛んな炉と、灼けた真赤な鉄板と、火花と、荒いぶつ切るやうな金槌の音と、振りあげた逞ましい腕。染物工場のトタン塀から往来いつぱいに溢れ出した臭い水、その中をどこから現はれたかぼしやく歩いてゐる二羽の貧しげな家鴨。――そこに米子を取り巻いてゐる子供たちも、云はばその家鴨の子であつた。彼等はあの臭い水から、鉄板と火花から、ぼろと紙屑の中から来たのだ。どこか知ら繃帯したり、膏薬をはつたりしたものが多かつた。女の子は、赤つ毛の短いおかつぱをしつきりなしに掻いた。

この子供たちを、米子が最上の優しさで手際よく取り扱つてゐる有様は、真知子を喫驚させたほどであつた。彼女の態度には少しも職業的なところがなかつた。細工物の出来を讃めてやるのでも、何か仲間にいたづらした男の子を叱るのでも、また誰かがへうきんなことを云つたのを面白がつて笑つたりするのでも、自然で、楽しさうで、ふだんの彼女よりはずつと生きくして見えた。大学の聴講生になる前の一年間、或る外国婦人の経営してゐる伝習所で厳正なフレーベル式の教習を受けたことは真知子も知つてゐたのであるが、正直に云つて、斯うまで立派に役目を果してゐようとは信じてゐなかつた。で、玩具で自由なお遊びになつて、二人が少し話をする暇が出来た時、何より先にそれを讃めた。米子は、百姓たちが働いてゐる間、田の畔や閉め切つた小屋の中に打つちやられてゐる彼等の子供たちのために、このセツルメントでやつてる託児所と幼稚園を兼ねたやうなものがして見たかつたのだと云つた。

「兄にお金の都合がついて、私の計画した仕事が田舎で出来てゐたら、それつきり東京には来なかつたかも知れないわ。」

「ぢやそのことが旨く行かなかつたのは、私たちに取つては仕合せだつたのね。」

「それはさうよ。大学で一緒になるまでは。」

そこまで云ひかけ、米子は灰がかつた眼で狡さうに瞬きながら。「怒らない。」

「なにを。」

「あんたのこと、正直に云つても。」

「いゝわ。」

「私のやうな田舎者には、取つつき場のないお嬢さんに見えたんですもの。」

真知子は怖い顔を装つて相手を睨んだ。返報として、見知り越しの上級生のうちで、一番陰気でむつちりして、底が知れなかつたのは米子だつたと云ひ返した。二人はこの悪口の交換が楽しかつた。

壁にかゝつた、多分寄附らしい、他の道具類とは不似合にハイカラなクックウ時計が二時を打つた。米子は子供たちにもう玩具を片づけなければならない時の来たのを注意した。これで「左様なら」の歌をうたへば、彼等は帰れるのであつた。

「私に弾かしてくれない。」

真知子はふとさう云ふ気になつた。部屋の隅のオルガンの方へ行きかけた米子はよろこんで譲つた。子供たちにも、今日は先生のお友だちが弾いて呉れるのだから、いつもよりも上手にしませうと云ふやうなことを云ひ聞かせ、彼等の輪の中に交つて、左様なら、皆さま、左様なら、ごきげんよう、と云ふ別れの言葉をうたひながら、お辞儀し合つた。

真知子は歌に合せ、単純な音譜を何遍も繰り返して弾いた。ひどい楽器であつたが、オルガンの持つ哀愁と、子供等の可憐な肉声が、見すぼらしい小さい群の合唱であるだけ、もの悲しい、和やかな柔らぎを与へた。彼女は弾きながら、周りの有様とはまるで別なことを思ひ浮べてゐた。弾条のゆるい、こはれた鞴《ふいご》のやうな音を立てる楽器の代りに、一と月前の園遊会の晩、富美子と多喜子とでリストのヂュエットを弾いた素晴らしいベヒシュタイン製のグランド・ピアノや、贅沢な広間や、着飾つた客がそこにあつた。あの時無理に弾かされて、先に弾いた二人よりもつと立派に出来たとしても、今これ等の子供たちのために、となりのメリヤス機械の伴奏で弾くほど愉快ではなかつたことを信じた。

子供たちが帰つてしまふと、真知子はM―と云ふ富豪の有名な洋画の蒐集を主として、半月ばかり前から上野で催されてゐる展覧会が、今日で終る話をした。

「よかつたら、一緒に行つて見ない。」

「行きたいけれど。」

何か思案する時の癖で、米子は白い長めな顎を傾け、ひとり言のやうに云つた。義務としては幼稚園だけでよかつたが、夕方まで託児所の仕事を手伝つてゐた。

「あんたもまだ。」

真知子は一度は行つて見たこと、何度見に行つてもいゝくらゐ立派な画が揃つてゐること、今日来たのも半分は誘ひ出すためであつたことを打明けた。米子が画の好きなことは真知子は知つてゐた。

「どうしても都合わるければだけれど——あれを見ないのは惜しいわ。」

「何時まで。」

「たしか五時よ。でもすぐ暗くなるから早い方がいゝの。」

二人はめいくの手頸をのぞいた。頓て三時に近かつた。米子はあちらの様子を見た上にすると云ひ、真知子を入口の廊下に残しておいて奥へ去つた。赤ん坊の泣き立てる声が聞こえた。それでも米子は帰り支度になつて引つ返して来た。


鶯谷まで十五分とはかゝらなかつた。早い落葉の散つた坂を、二人は急いでのぼつた。博物館に沿うた路から、向ふの広場に立つ寂びた鮭色の建物と、正面の灰がかつた大理石の円柱や階段が、晩秋らしい榎のしづかな木立を通して眺められる場所に出ると、その時まで黙つて歩いてゐた米子が、彼女を黙らせてゐたものに就いて、口を開いた。

「ふだん考へてることなんか、何んにもなりはしないのね。」

「どう云ふ意味、それは。」

「斯んな場合になつて見れば、これまでの生活を一歩も出てないことがはつきり分るんですもの。」

彼女の最初のためらひも、その内省からであつたのが真知子には分つてゐたから、わざと強く、働くことと優れた画を見ることが抵触する筈はないと抗弁した。

「それにあんたの仕事は幼稚園ですんでるのだわ。」

「でもね、夕方あの赤ん坊を受け取りに来るかみさんたちのことを考へると、画を見るなんてことがどんなに暇の多い贅沢かともふの。」

「画ぐらゐ見るのが贅沢なら、——もしそれを悪いと云ふんなら、——」

「画を見て悪いなんて。」

米子は急いで云ひ直しながら「そんな意味ぢやないわ、誘はれゝばすることを打つちやつても行つて見たくなる気持が、まだ駄目だと思ふだけよ。」

「さう云ひかければ——」

しかし美術館の階段は、セツルメントの埃りつぽい窓、ぼろつ屑の山、工場のハンマ、旋盤、煙突の咆哮《うなり》、煤煙のうづ巻きから二人を、絶縁させた。彼等は青茶いろの粗い布張りの壁の中で、今まで話してゐたことを忘れた。

十八九世紀のイギリス及びフランスの代表画家の作品を主として、一層古いフランドル派や南欧のものをさへ交へた豊富な蒐集は、これまで写真版で想像したり、名前を聞いたりしてゐた画家たちの原作を見せて呉れる点だけでも、貴重な観物であつた。たとへばセガンチニの「羊毛刈」の画に向ふ時、彼等は板小屋の前で一匹の羊の毛を刈つてゐる女の脊中、腰、羊を押さへつけた左の腕と鋏を動かしてゐる右の腕の素晴らしさに先づ驚かされる。金髪の上に載つてゐる、うす藍色の着物に対して最も効果的な赤い帽子。女と向ひ合つて、反対の側から同じ仕事に従事してゐる男の、中こゞみになつた素朴な姿。二人の周囲に散らかつてゐる和やかな絮毛《わたげ》。後の柵にうごめいてゐる羊の群。その上に遥かに澄み渡つた蒼い空と灰黄色の土の拡がり。——これ等に依つて、如何にもアルペンらしい高原の空気と、自然と、生活を味ふ楽しみに酔ふと共に、同時にひそかな子供らしい感激に打たれる。今こそ真実のセガンチニを見る、と云ふ悦びでそれはあつた。

ロゼチの三つの作品の前では、二人ともそのこゝろを言葉に出し合つた。プリ・ラファエル派の絵画を我々の上野で自由に鑑賞されることを誰が想像し得たらう。——取り分け、「生」の哀愁を表象してゐるやうな灰がかつた肉づけで仕上げられた婦人の半裸像が、顔面と頸の特異性に依つて、疑ひもなく詩人なる画家の妻で、若くして逝いたシダルであつたことは、画の価値以外になつかしい興味であつた。米子は今日が初めてであるだけ、一層強くその思ひを感ずるらしかつた。長く前に佇み、それから回顧的な微笑で真知子の方へふり向くと、学校時代に教はつた英文学の若い教授の名前を囁いた。ロゼチと彼女とのロマンチックな結婚や、その塋窟に収めた詩が再び世に現れるに至つた顚末を話して、三四年前のもつと呑気に無邪気であつた彼女たちを面白がらせたのはその人であつた。

同じやうな女らしい追懐から忘れることの出来ない画家を、真知子も他《ほか》に一人持つてゐた。それはバスチアン・ルパアジュであつた。最も堅実な写実主義の上に立脚した外光派の代表画家としてよりも、マリ・バシュキルツェフの死の前の哀《かな》しい愛人であつた点で、深い興味が彼にあつた。で、その「林間樵夫《せうふ》」の図は最初に見た時から非常に好きとは云へなかつたし、傑作とも信じなかつたが、それでも画面の前は懇意な家の門口のやうな親しみを今日も彼女に感じさせた。真知子はしばらくその場所から離れなかつた。お仕舞ひには画のみを見てゐたのではなかつた。マリの手記に残されたバスチアンに関する記事の断片を、それより、二巻の記録に示された彼女の驚くべき生命力を、而かもマリが自分と同じ年まででしか生きなかつた婦人であり、それに比べて、どんなに貧弱な見すぼらしい生活しか自分が持つてゐないかを思ひ続けることに依つて、丁度愛読書にしてゐる彼女の手記を読む時、感じさせられると同じ発奮と嘆称が画を通じて湧いてゐた。入つて来る人々も既に数へるほどしかない、また四面の絵画の性質から、普通の展覧会よりもどこか外国の古い町の画廊にでも在るやうなその場の静寂の中では、何を思つても、どの画の前に立ち留まつてゐても、邪魔はされなかつた。

そばに近づいた人のけはひで、真知子は我に返つた。同じ画の前をあまり長く塞ぎすぎた遠慮から、急いでのかうとして、ふと見ると、意外にも関が立つてゐた。

「お一人ですか。」

「いゝえ。」

米子と一緒だと云ふことがすぐ続かなかつたくらゐ、その不意打ちは彼女をあわてさせた。なほそれより、彼に気がつかない前から、彼の方ではバスチアンの前にぼんやりしてゐた自分を知つてゐたのだと想像することが、変に腹立たしかつた。何んだつて、逢つたたびにいやな思ひをさせるのだらう。——真知子は三日前の晩の彼の露骨な素つ気なさを考へ、また斯んなところで出逢つた運のわるさにじれながら、米子を探し出さうとあたりを見廻した。つぎの部屋につゞく隅のオランダ画の前から、米子は後戻つて来た。

「御一緒だつたんですか。」

「曾根さんに引つ張り出されて。」

お互ひだけに分る調子で米子は答へながら、真知子を振り向いた。それに就いて彼になにか説明する気は真知子にはなかつたから、わざと知らぬ顔をし、さつさと向側の壁にうつつた。

それでも同じものを同じ順序で見て廻る関係から、その後もすつかり離れぐ〵にはならなかつた。二人の方が先に進んでゐても、何かの画に少し長く立ち留まつてゐるうちには、関に追ひ越された。追ひ越した関も同一の理由で後に残された。斯うして出口に近づいた時には、彼等は最初からの伴れのやうに三人で並んで階段を下りた。

外には早い灯がつき、僅かに風が出てゐた。が、申分なく上天気であつた名残りの夕陽で、時間にしては明るく、空気も冷えてゐなかつた。却つてまだ黄昏になり切れない影が、あた丶かい霧のやうに低く地面をぼかし、木立、森、青銅の円屋根、その上の広い葡萄いろの空と雲、それ等に残つてゐる輝きに対して、奇妙に美しい陰翳を作り出してゐた。

米子は、もし疲れてなく、これから谷中の墓地を抜けて田端まで歩いて呉れるなら、わるい散歩ではないだらうと云つた。しかし関には訪問しなければならない人があつた。真知子もまつすぐに帰つた方が今日は都合がよかつた。

「本統はね、」

鶯谷までいつしよに出ることになつて歩きかけると、米子は云つた。「私たちの来るときの話、関さんに批評して貰はうともつたの。」

「何です。」

真知子より先に、右の端を歩いてゐた関自身が口を入れた。

「このつぎ落ちあつた時のことにするわ。ねえ。」

さつきの話だけならば、何も関に聞かせるまでもない、と真知子は考へた。逢つたたび気まづい思ひをさせられる彼にいつかまた出逢ひたいとも感じなかつた。が、絵画と云はず一般の芸術に対する彼等のマルキシストの立ち場から新しい見解が何か聞かれるならば、聞いて見たい興味がないことはなかつた。真知子がそれを云はうとしかけると、誰か女の声で遠いうしろから彼女を呼んだ。なほその呼びかけを確実にしようとするかのやうにそのひとは手を叩いた。大した人通りもなかつたとは云へ、まだ十分明るい公園の広場でのこの仕方は、連れ立つた二人をも驚かし、彼等はいつしよに振り返つた。今あとにして来たばかりの階段前の砂利道に、海色に塗つた幌型の自動車を傍にして、顎鬚の白い田口と、その肥つた老博士の横では一層高く見える河井が多喜子と共に佇み、それから一間ばかり先のところに、富美子が両手をらつぱにして口に当て丶ゐるのを真知子は認めた。彼女は自分の呼びかけが成功したのを見ると、今度はその手でさし招いた。それからあとの人たちを顧みて何か面白さうにしやべつた。避けることが出来なかつた。すぐ追つつくから遠慮なしに歩いてくれるやう真知子は米子に頼み、彼等の方へ引き返した。

「今云ひあひしたとこなのよ、あなたか、あなたでないかつてことでもつて。」

富美子はまだ二間から距離のあるうちはじめながら、「多喜子さんと父は違ふ方の組で、河井さんと私はきつとあなただつて云ひ張つたの。でもお連れがあるし、もしかしてほかの方だつたら大変だともつて、こちら向くまではとても心配したの。勝つてようございましたわね、河井さん。」

河井はたゞしづかな微笑で勝利の満足をあらはしただけであつたが、田口はこの負けは富美子から必ずたゞではすまされないだらうとおどけ、多喜子はまた、これまで一度でも真知子の洋装を見てゐたら自分も間違ひはしなかつたのだとくやしがつた。

「そんなこと仰しやれば。」

富美子はおもしろい冗談の材料を容易に捨てまいとして、「河井さんだつておわかりにならなかった筈ですわ。」

しかし河井は、その洋服の真知子に原町の停留場で出逢つた話をしたので、それなら彼の勝にはハンディキャップをつけなければならないと抗議された。

「黙つてゐらしたんですもの、ねえ富美子さん。」

「さうよ、お狡いわ。」

真知子は自分のほこりのたまつたふだん着が、彼等のお稽古のお饒舌に利用されるのは厭であつたから、それを打ち切るためにわざと河井に話しかけた。

「今日はじめていらつしやいましたの。」

「ちよつと旅行してたものですから。」

「今朝帰つて来られたので、お誘ひした訳なんです。」

田口は新しくつけた葉巻の煙の中から言葉を添へ、序でに河井に向つて予想したものと違つたかどうかを尋ねた。非常に立派なものが多いやうだ、と河井は讃めた。

「これは一部分で、尚この何倍と云ふほどM―さんでは蒐めてゐられるのださうですから、大したものですね。それに就いては実は面白い話があるのでして。」

何か興味のある話を持ち出さうとする人の、誰よりも先づ自分自身面白がつた様子で、田口はこの展覧会を見た或る男の批評を伝へた、「仲々警句家ですが、それが云ふのです。M―さんなんて人間が一代にあれだけの富を成すには碌なことしてないのは事実だが、斯う云ふ画を日本のものにした功績で、過去のことは帳消しにしてやつてもいゝだらうつて。これも一解釈だと思ひますね。」

河井は直接彼の意見を述べる代りに、真知子を顧み、それをどう考へるか尋ねた。彼女はそんな話よりも、どうかして彼等から別れるきつかけを探す方に熱心であつた。自分を待つため意識してゆつくり歩いてゐるらしい関と米子の後姿が、向ふの榎の下の道にいつまでも遠ざからないで目に入るのも気になつた。そこへ田口の兵隊上りの岩丈な運転手が、動物園の方の通りからいそいで帰つて来た。何か使ひにやられてゐたのだと見え、彼は返事の言葉を伝令のやうな口調で報告し終ると早速、その間の遅延を取り返さうとするやうに車の戸を開けた。

富美子は真知子にも乗つて行かないかと勧めた。

「目白の家でちよいと珍らしいものが出来てる筈なのよ。御一緒に入らして下されば母さん悦ぶわ。お宅には電話でさう仰しやればいゝんでせう。ねえ、お父様。」

田口も好人物らしい気軽さで娘の申出でをくり返した。

真知子は連れの待つてることを云つて断つた。

「どこに。――まだ待つてらつしやるの。」

云ひながら富美子はくるりと向き直り、その茶つぽいいたづらつ児じみた眼で二人の方を眺めた。彼等は木蔭の道から博物館前の広い通りへ出ようとしてゐた。薄暮《うすぐれ》の斜光に印象づけられた、関の横顔は、富美子のみでなく、他の人々の注意をも新たに惹いたやうに見えた。しかし彼が、またその向側の彼女が誰であるかを聞かうとするほど彼等は無作法ではなかつたから、真知子は別に説明させられないので別れを告げることが出来た。なにか遁れた感じであつた。でそのまゝ、後につゞいて疾走し去つた威勢のよい乗物とは反対の方向へ、俄かに黯《くろ》ずみかけた道を少年の如く駈けて行つた。

関と米子は博物館の門のところで彼女を待ち受けた。

「すまなかつたのね。」

「うゝん。」

河井たちが二人に対して慎しみのある沈黙を守つたと等しく、彼等もその華美な仲間に就いて余計な質問をしようとはしなかつた。この黙殺は真知子にはむしろ苦痛であり、一緒にあゝして立つてゐた間、明白にその同類と見えたであらうことも恥かしかつた。真知子は何かひけめのあるもののやうにしばらく黙つて歩いた。

と、関が突然、米子を中にして話しかけた。

「あなた方の議論を聞きましたよ。」

「どちらに賛成なすつて。」

真知子は待ち構へてゐたやうな速度で聞き返した。彼に持つてゐたさつきの反感は忘れられた。何か話すことは、その場の感情を紛らすに便利であつた。

「私のこと、安価なヒューマニズムだつてうんと悪口云はれたとこなの。」

間から米子が説明しようとしながら、後半は関に対して続けられた。「いくら古くても、この考へ方は私にはまだ魅力がありますわ。」

「古いの新しいのと云ふ問題ぢやないでせう。」

「どちらにしろ、愛の精神を基礎としない社会主義の効果は、わたしは十分信じられないのだから。」

「さう云ふ人にはオーエンあたりが丁度いいのです。」

「いつもオーエンね、私の悪口つて云ふと。」

「最も正直な批評ぢやありませんか。あなたがオーエン的な思想から一歩も進み得ないのは。」

「もう沢山よ、ねえ。」

米子はそのまつ白なしやくれ顔に、憐れつぽい微笑を浮べて真知子に訴へた。今までの例ですれば関の斯う云ふ調子に現はれる冷酷さは、真知子には不快な筈であつた。が不思議とこの場合にはそれが面白かつたと共に、彼に聞くことに興味を感じてゐた質問を持ち出して見ようとする望みが再び誘ひ出された。で、彼女は直ぐ率直にはじめた。米子をオーエン的だと云ふならば、オーエン的でない考へ方——正統なマルキシズムの見地から、今日のやうな絵画の価値はどう解釈されるだらう。資本主義的イデオロギの表現として、そのすべての特長が否定さるべきであるか、と云ふ風な尋ね方で。——

「ルーヴルなんか焼いてしまへと云ふ人があるくらゐですつて。」

「そんなことを聞いたら、マルクス自身が驚くでせう。」

彼は皮肉な快活さで応じながら「希臘《ギリシア》劇が好きで、シエイクスピアやモリエールを悦んで読んだと云ふ彼が、ルーヴルを愛しない筈はなかつたでせうから。たゞ絵画に限らず芸術の本質的価値は、麻布や小麦を解剖したやうには解剖されてゐないので、いろ〳〵な議論が生じてゐるのですね。」

「解剖され得るものだとお思ひになつて。絵画や詩の価値が、麻布や小麦のやうに。」

「ロシアやドイツの新しいマルキシズムの芸術学者は、そこまで突進しようとしてるんぢやないですか。僕は畑違ひだから委しいことは知らないんですが。」

関はそれ以上はつゞけず、口を出さないで、明らかに悄《しよ》げて下むいてゐる米子をのぞき込み、まへの辛辣な言葉を償《つぐの》はうとするかの如く、兄貴らしい優しさで語つた。今日の絵画を見るために彼女がしたやうな心配は、到来すべき新たな時代に於ては滑稽な昔話に過ぎなくなるだらうと。

「その時には、屑屋のかみさんも一人前の鑑賞家として美術館に来ますよ。」

もう暮れてゐた。彼等はわざと博物館裏の淋しい場所を遠廻りして歩いた。木立の道では三人は通れなかつたので、一列になつたり、一人と二人に別れたりした。その時は、浅い松林を抜けようとして、米子と関が先に立ち、真知子は後になつてゐた。

「関さん、」

彼女は今までになかつた親しさと熱心で彼を呼びかけた。関は振り返り、足を留めた。今度は二人が並んだ。

「本統にあなた方は、それを信ずることがお出来になるのですか。」

「さう云ふ時代の来ることをですか。」

「と云ふより、一切の不公平を取り除く組織の実現を。」

「ぢや、あなたは信じないんですか。」

真知子は咄嗟には答へることが出来なかつた。と、関は彼女の暗い耳許に顔を差し寄せ、ずかりと圧しつけるやうに云つた。

「それを信じないのは、人類を信じないのです。」

その晩、勉強をはじめかけると、真知子は自分の注意力がいつもほど純粋になり得ないのに気がついた。分りきつた綴を間違へたり、引例すべき参考書の或る章が容易に探し出せなかつたりした。その癖午後を潰して、やらなければならないことが多く残つてゐたので、急いで片附けようとすればするほど思ふやうに行かなかつた。そのじれつたさは、同時に何が自分の集注を妨げてゐるかを考へることに依つて、一層不安定な状態に彼女を置いた。初めはすべてを展覧会の影響にしようとした。しかし優れた画から引き起された興奮ならば、もつと朗かに楽しかるべき筈であつた。彼女をかき乱してゐるものは性質に於いて確かに違つてゐた。真知子は長く自分を胡魔化すことが出来なかつた。それが画そのもの、感銘であるよりも、それに媒介された関との対話の効果であることを認めないわけに行かなかつた。

「それを信じないのは、人類を信じないのです。」

彼女の鼓膜の内側には、この一言が云はれた瞬間の波動でまだ響いてゐた。それ以上、それを云つた時の彼の大胆な接近と、男性らしい熱つぽい息の感じまで、左の半面から消えてゐなかつた。普通ならば、何等か性的の顧慮なしには考へられなかつたかも知れないこの追憶が、その場合の真知子には少しの羞恥をも与へなかつた。彼女はたゞ驚くべきことを聞いたと云ふ思ひで一杯であつた。

あの人は、あの人の云つたやうなことを理論でなく、実行として本統に信じるのかしら。――いつの間にかペンを捨て、左右の組み合せた手で頬を支へ、真知子は机の上の電燈の青い笠をぢつと見守つた。単に彼がソシアリストの口馴れた科白《せりふ》の一つとして云つたのであつたならば、あゝ云ふ最大級の言葉は、却つて空虚な嫌味なものに響いたであらう。が、それは何等の誇張もなく、素朴に、さうして非常な自然さで彼から迸つた。それが真知子を打つた。あの人がどこか昂然としたところを持つてるのは無理もないのだわ。――真知子は思ひ続けた。威張つていゝ仕事をしてるんだから。よしんば、あの人たちの考へてるやうな社会がさう容易に出来上るものではないにしたつて、寧ろ困難なら困難なだけ、あの人たちは素晴らしい仕事に参加してる訳なのだわ。――これまでは書物や新聞雑誌を通じてわづかに煙をかぎ、火花の音を耳にするだけで、何処にどんな姿で燃えてゐるか知ることの出来なかつた火焔に、不意にぶつつかつた感じであつた。

彼女は参考書の抜萃をやめた。脳細胞が一つの強い感激でぜんめん粒立つた。その刺戟の来かたはどこか特殊でありながら、真知子にはじめてではない気がした。質も、量も寸分違はないものを彼女はいつかたしかに感じた記憶を持つてゐた。まだほんの子供の頃、まつ青に晴れ渡つた朝の大空に悠々と現はれた巨大な飛行船を目にした時の、突然な烈しい衝動でそれがあつたのをふと思ひ出した。

朝、七時過、電話室のベルがけたゝましく鳴つた。真知子は廊下一つ隔てた茶の間から急いで出て行つた。

「もしもし、――あら、お姉さま、お早う、――えゝ、えゝ――まあ、さう、それで――今日になつたのですつて、えゝ――築地のいつもの家――えゝ、分つてよ――お昼御飯――わたしは学校があるわ、――だつて駄目、お母様は屹度入らつしやるでせう、――お呼びしませうか、――えゝ、今すんだところよ。」

朝つぱらから何の用事だらうと云ふ顔つきで、食後の爪楊子を使ひながら硝子戸の中から出て来る娘を待つてゐた母に、真知子は芝の辰子からの電話の意味を取り次いだ。或る外交官の夫人で、暫くぶりで日本に帰つてゐた彼等の従妹のひとりが、来月の船で夫の任地に帰る筈になつてゐたところ、関西にある郷里の家で姑が病気だと云ふ知らせが来たので、俄かにその方へ廻らなければならなかつた。で、多分そのまゝ神戸から出発するだらうから、彼女のために計画してあつた送別の会食を、今日の午餐ですまさうと云ふのであつた。

「大そうまた急な話になつたものだね。」

　未亡人はひとり言のやうに云ひ〳〵食卓の前を離れ、継《つ》いだまゝの電話に娘と入れ代つた。二人は重に餞別の種類や価格に就いて、年配の母娘《おやこ》だけが持つ信頼の調子で打ち合せた。なにかの相談ごとになると、辰子は未亡人に取つてはなくてならぬ人であり、真知子の方は平生こそ一人前の道徳や義務を強制されるが、斯う云ふ場合は相手にされなかつた。この矛盾はいつも彼女をおかしがらせた。しかしそれの方が面倒でなくてよかつたし、なりたけ状態の変化しないやうに自分でも気をつけてゐたので、部屋に戻つた母を見てもそれに就いて口を入れようとはしなかつた。未亡人の方でも辰子と極めたものを単に知らせたに過ぎなかつた。

「小早《こばや》に出かけて、高島屋にでも寄つて見ようね。」

　たいした時間も取らないだらうからと話し、「でなくも、お昼御飯だと云へば何をする間もありはしないよ、その積りで支度をしなけりや。」

「わたし、矢張し行かなきやいけない。」

「またそんなことを云ひ出した。」

「だつて学校があるんぢやないの。」

「それで母さんだけやつておけばいゝ、買物ぐらゐひとりだつて出来ない筈はないと云ふのかい。」

　未亡人はだん〳〵気色ばみながら「——さあつてば学校だ。それがどうしたんです。小学校や女学校ぢやあるまいし、一日や半日休んで休めない道理はないぢやありませんか。母さんにはちやんと分つてる。そんなことは皆んなあんたの口実だつてことが。」

　それに相違なかつた。彼女の非社交的な気持は、丁度上流の下部と中流の上部に位して、プチ・ブルジョアの標本的な退屈と滑稽と醜陋に充ちてゐる親類仲間の環境に於いて、近頃ます〳〵いちじるしくなつてゐた。

「そんな我儘が、この世間で通るものだかどうだか、よく考へて御覧。」

「わたし自身には理由があるのよ。我儘ぢやないわ。」

「それが我儘ぢやないか。どんな理由があつたつて、行きたくなけりや義理を欠いても行かない、気に入つたところなら、どこへでも、夜何時までも飛び歩いてゐるよ

う と云ふ、それで我儘でないと云へますか。ひとが黙つてゐれば、いゝ気になつて――」

それは一時間半も無断で晩飯におくれた昨日の当てつけに相違なかつた。真知子は黙つて、うは目に、母の痙《ひき》攣《つ》つたこめかみを見詰めた。遅い帰宅の説明として米子のセツルメントに寄つたこと、いつしよに美術館の画を見たこと、河井たちに出逢つたこと、それから気持のよい夕暮の公園をぶら〳〵歩いて来たことは話したが、その他に就いては何故と云ふことなく話しそびれた。その些細な秘密のため、母の干渉がましい言葉に対しても、真知子はいつもほど単純に怒れなかつた。

予定の時間に家を出ると彼等は先づ贈物の買物をすました。未亡人は朝とは打つて変つて満足さうに見えた。反対に真知子は隔意のあるよそ〳〵しい顔をしたまゝ、電車の中も話しかけなければものも云はなかつた。母のだん〳〵上機嫌になつた訳が見通せるだけ一層忌々しかつた。買物が案外安かつた――それが半分の原因であつた。月々極まりきつた金で暮らしてゐる、恐らく親類ぢうで一番余裕のない未亡人の家計簿に取つては、斯うした臨時支出の場合には、十銭の高下も大問題であつた。それに彼等は、十銭の代りに五十円高くても平気らしく装はなければならなかつた。

同じ理由によつて、今日小石川の奥から築地まで電車で運ばれて行くのだつて、決して自動車代を惜しむのではなく、ガソリンの臭気とひどい動揺が、未亡人を持病の偏頭痛にするためでなければならなかつた。相手の方ではまた、それを信じないでも信じるやうな顔をすることを知つてゐた。

昨日とはまるで違つた、寒い曇り日の昼の電車には数へるほどしか乗つてゐなかつた。真知子は一定のリズムで閑《ひま》らしく躍つてゐる、吊皮のセルロイドの、しら〳〵とつめたい輪の列を眺めながら、それ等の乗客が、どこに何の用事で行きつゝあるにしても、自分よりはずつと仕合せな時間をこれから過すに相違ないやうな気がした。

目的の場所は、居留地あとの横町にあつた。上村の贔屓の家で、支那風の燈籠や、壺や、聯や、呉昌碩の画で飾られた奥の広間は、粛親王の厨人《ちうじん》であつたと云ふ北京生れの老人の料理の味と共に真知子には親しかつた。それに割に早く着いたから、今日の世話役を引き受けた姉の辰子と、正客の弓子が来てゐた外には、気立ての優しい、皆んなに好かれてゐる父方の伯母が見えてゐただけであつた。この年寄が母に取つて丁度よい話相手であつたと等しく、弓子は親類うちの同じ年頃の婦人たちの中では姉と合ひ口であり、自分に対しても好意を持つてくれてゐるのを知つてゐた。

真知子は途中とは幾らか違つた軽い気持で、二人の間の紫檀の椅子にかけた。

「でも、まあちやんに逢へてよかつたこと。」

弓子は無地御召に包んだ細長い脚を、着馴れた洋服の時のやうに右を上にして重ね、組み合せた左右の手でその膝を抱へながら、辰子の話では彼女は今日は来ないかも知れないと云ふことであつたから失望してゐたのと話した。

「だつて、今朝の電話ではちやんと勿体ぶつたお断りがあつたんですもの。学校があるから駄目――つて。」

辰子は意地悪く誇張した冗談で附け加へた。「それでよく図々しく出て来られたものね。」

真知子も姉の調子を外づさないで応じた。

「急に燕窩《エンウオー》が食べたくなつたのよ。」

「ほら、斯う云ふ我まゝ屋さんだから叶はない。」

「結構ぢやないの、ねえ、まあちやん。」

弓子は軽快に引き受けながら、

「お嬢さんの間に出来るだけ我まゝをさして貰つた方がい、んだわ。幾らしたくもされない時が来るのだから。」

「ところで、」

向ふの壁際の火鉢の前に、さつきから伯母と二人しきりに何か話し込んでゐる母の方を、辰子はちらと警戒的に見やつてから「そのお嬢さんの間が、このお嬢さんにはあまり長過ぎると云ふので母さん大頭痛なのよ。それにこのお嬢さんつたら相変らずで――」

「いやお姉さん、よしてよ、そんなこと。」

「何故さ、弓子さんに隠すことはないぢやありませんか。」

でも、彼女の説得で真知子の結婚忌避病が少しでも減退するならば、何よりの置き土産だらうと云つた。「母や私の云ふことなんか、てんで受けつけやしないのよ。」

「まさか。――私のまあちやんがそんな分らず屋ぢやないわ、ねえ。」

真知子は、母は兎に角として姉までが、この頃無条件に結婚させたがつてゐることの不平を述べた。

「あちらでも斯んなに五月蝿いもの、周りの人たち。」

「皆んな同じですとも。小説なんかを見ても分る通り、一度のお茶の会だつて娘さんや妹さんのことを考へないで開く家はないんですからね。」

「でも、結婚に対して日本ほどあわてないつてことは確かでせう。」

「その代り機会さへあれば決して遁さないことも確かだわ。」

弓子は外交官の細君の機智をもつてそれを云ふと、銀のケイスから細巻を一本抜き出して辰子につけて貰ひ、綺麗に爪みがきの出来た指で伊達らしくくゆらせながら、経済的並びに社会的の事情から、年と共にます〳〵稀になりつゝあるその機会に対して、彼等が如何に敏感であるかを話した。

「殊にあちらの女のひとは、どんな用心深いものでも一つの大事なことだけは忘れないわ。分つて。」

真知子は、いゝ匂の煙の中でほゝ笑んでゐる、相手の姉さんぶつた顔を眺めたのみであつた。

「五十の独身者でも、男は結婚しようとなれば十六の娘とでも結婚される、と云ふことなの。ね――どう。」

と、その時まで口を入れなかつた辰子が、宝石のはまつた指先で、真知子の琥珀いろした頰を、白い窪みのつくほど突いた。いゝお説教を忘れないでゐらつしやい。――真知子は美しい眼でさう云つて笑つてゐる姉が憎らしかつた。うま〳〵と彼等の穽《おとしあな》にかけられた気がした。で、何か非常に気の利いたことを云つて仇打ちがしてやりたかつたが、その時入つて来た新しい人々で妨げられた。

鄭重なお辞儀と一層鄭重な挨拶の交換。――順序として先づ弓子を取巻いてなされ、それからお互ひ同士の間に繰り返された。急な催の上に昼の食事で、客の大部分は婦人であつたから、人数が増すに従つて、この上なく賑やかな、言葉数の多い、且つ複雑な折衝となつた。彼等は流行の着物や贅沢な装飾品といつしよに、家、財産、父や夫の地位をめい〳〵身につけてゐた。同時にまた、それ等から生ずる権威や区別は、単なる親族の繋がりだけではどうすることも出来なかつた。如何に慇懃に見え如何に親密らしく装つても、ちよつとした口の利き方や、お辞儀の角度でそれは露見した。

田口夫人の倉子は、どうしたのであらうかと噂されてゐたところへ漸く現れた。いつしよの筈であつた老博士は、丁度危篤に陥つた或る著名な貴族の邸に詰め切つて抜けられさうにないため、不参する旨が伝へられた。

「昨日私もちよつとお見舞にうかがひましたら、あのお綺麗な侯爵夫人が別な方見たいにおやつれになつて――」

斯んな侯爵の病気や侯爵夫人の話は、話手の彼女自身にも一種の威厳を附与するやうに見えた。でなくも親類で最も羽振のよい、またその意識のもとに行動することに馴れてゐた倉子は、今日のやうな会合では取り分けうはてな勿体ぶつた態度を示した。

人々は、倉子のこのやり方に就いて蔭では悪口を云つた。それでも逢ふと他の親類の誰に対するよりもちやほやし、気を迎へようとするのが共通の習慣になつてゐた。

真知子は母のあとから彼女に近づいた。

「おや、お珍らしい。」

倉子はこの一言と、年齢《とし》のわりに派手な化粧をした顔に浮べたわづかな微笑で、真知子の挨拶に答へた。それつきりで、周りの人たちに見せたやうな、真知子自身にも一と月前の園遊会の日までは確かに惜しまなかつたお愛想を、微塵も表はさなかつた。さう云へば未亡人に対してもいつもよりよそ〱しかつた。このぶあしらひは真知子には寧ろ笑止であつた。で、自分もその儘引き下つて知らん顔をしてゐればすむのであるが、それでも怖れたやうに思はれたくなかつたから、平気で尋ねた。

「富美子さん、今日はお見えになりませんの。」

「いゝえ、参ります。」

都合で少し後れるだけだと云ふ意味を、切り口上で述べたと思ふと、急に何か考へついたやうに、

「さう云へば、昨日お逢ひしたんですつて。」

「上野で、ちよつと。」

「どなたかおつれがおありだつたとかつて。」

夫人の調子にあらはれた明白な軽蔑は、今まで余裕のあつた真知子の心を俄かに硬くした。云ふまでもなく、それは関のことを打ち明けなかつたために母の前で感じた後めたさとは、別な感情であつた。彼女は、自分の昨日の伴《つれ》がもつと目立つやうな服装をし、河井たちの如く自動車で乗りつけてゐたならば、倉子が斯んな云ひ方はしないであらうことを知つてゐた。

食事がはじまつた。倉子は弓子と並んで重な椅子に着いた。真知子は彼等からなりたけ離れた席を見つけた。それはいろ〱な意味でよい選択であつた。第一には倉子との交渉が避けられたし、その他にはすぐ横にかけてゐた支那通の老人から、面白い料理の話を聞くことが出来たから。

丁度家鴨の出た時であつた。老人は薄い肉片を葱といつしよに上手に衣に包みながら、それが何処から持ち来たされたものと思ふかと真知子に尋ねた。支那だと云ふだけは分つてゐた。しかしその手順は彼女を驚かした。

老人の説明に依れば、それ等の家鴨はやつと雛から出たばかりの頃、遠い四川省の奥から筏で揚子江に運び出される。家鴨飼の一家はその日から筏を家とし、何千羽といふ家鴨の雛をその上に飼ひながら江を下りはじめる。天気次第、風次第の航行である。雨季にかゝつて雨に降り籠められると、いつまでも同じ岸の楊柳の蔭に筏を繋いで晴れる日を待つ。かう云ふ悠長な明け暮れの間に、雛で積まれた家鴨はだん〳〵と大きくなり、六ケ月目でやつと目的地の上海に着いた時には、立派に成育した家鴨になつてゐる。しかしそれがすぐ食膳に上される訳ではなかつた。その前に家鴨は問屋の暗室作りになつた倉庫に閉ぢ込められ、豊富な旨い餌と熟練で養はれる。さうして十分肥つて脂肪が乗り切つた頂上に取り出されて、丸焼にして諸方へ送られる。

「どうです、支那とは斯う云ふ国だ。」

老酒《ラウチウ》の影響で、無口な平生とは別人の如くなつた老人は、この古い文明国が有してゐる、日本などでは想像もされない多様な生活様式と、その背景に就いてなほ語り、斯う云ふ立派な研究対象がすぐ手近にあるのに、今の若い者たちが何んでも西洋の学問でなければならぬやうに考へてゐるのは愚《おろか》だ、と云ふいつもの気焔をあげた。その頃には、食卓の向側で盛んになつてゐるほかの話の方へ気を取られてゐたので、真知子は前ほど熱心な聴き手ではなかつた。

はじめ二三の婦人たちは、親類で最も評判のわるい放蕩息子の噂をしてゐた。その家からは今日は誰も来てゐなかつた。

「何んでもE―ちやんばかりぢやなく、弟さんたちまでこの頃ぢや兄さんに負けないんだつて云ふぢやございませんか。」

「三人揃つてぢやたまりませんわね。」

「それも一と通りの遊びならですが。」

彼等の放蕩はたちがよくないので、中の兄は学校もやめさせられたらしいと云ひ、その背徳の実例が囁かれた。と、彼等のすぐ向ひにゐた倉子が急にその方へ注意を向け、無遠慮な高い声で問ひかけた。

「ちよつと、――何のお話。」

自分の面前で、自分を除け者にしたやうな話ぶりをされるのは、最も彼女の威厳を損ふものであつた。で、どんな話にでも斯う云ふ調子で侵入し、それを支配しなければ承知しなかつた。

「あゝ、そのことなら、」

説明を聞くと、倉子は重々しく自分の役割を演じようと身構へながら、「この間私も奥さんに逢つていろ〳〵委しい相談を受けたのですが、でも、ものは思ひやうですからね。私は奥さんに申しましたの。よろしいぢやありませんか、それしきのこと、結構な位ですつて。」

倉子はそこでわざと言葉を切り、自分の奇警な逆説の効果を窺ふやうに人々を見廻はした。誰の顔にも予期したものが現はれてゐるのが分ると、満足さうに落ちつき払つてつゞけた。

「もしこれが、高等学校や、大学で近ごろ流行つてるやうな思想問題で放校されたとか、警察に引つ張られたとか云ふやうなことであつて御覧なさいまし、それこそ大変で、お父様のお役にさし響くのは勿論、親類の端まで世間に顔向けが出来ないことになるのですからね。怖いのはたゞそれだけですよ。ですからどんな道楽をしようと遊ばうと、マルクスとかなんとかつて騒がれるに較べりや、何でもありはいたしませんわ。――ねえ、曾根さんのお母様、さうはお思ひになりません。」

この問ひかけは唐突であつた。未亡人はその時も伯母と並んですぐ傍にはかけてゐたけれども、噂話の仲間には入つてゐなかつた。にも拘らず、倉子がわざ〳〵相手にえらんでそんな問を発した理由は真知子には分つてゐた。彼女は大学の選択学課に関する夫人の非難を忘れてゐなかつた。で、この下等な振舞ひは、不意でどう返事してよいか当惑してゐる母の様子を見ると共に、強く彼女を刺戟した。真知子は、得意で斯んな講義を皆んなにして聞かした夫人が、さつき軽蔑した上野の伴《つれ》の素性をもし知つたならばどうであらうと思つた。真知子は云つて驚かしてやり度い衝動をさへ感じた。

富美子は八宝飯が配られる頃になつて飛び込んで来た。彼女は弓子と辰子の間にかけさせられた。来月の音楽会の練習会が今日多喜子のところであつたので、お昼までには是非帰らうと思つたが抜けられなかつたと云ふ云ひ訳を、挨拶といつしよに陽気に饒舌り立てながら、真知子の方にはいつもの無邪気な子供らしい眼で意味のある合図を送つた。あとでね、あなたに話してあげることがあるのよ。

食事がすんだ。富美子は早速約束を実行するために、緞子《どんす》の帷《とばり》で半分しきられた、斯んな大一座の場合には休憩室に使はれる次の小部屋の方へ真知子を誘ひ込み、行きなり云つた。

「今来る時、あの人に逢つたわ。」

「どなた。」

「ほら、昨日上野で御いつしよだつた方。」

その話しぶりで、真知子は米子ではなく関の方であるのを知つた。

「丸善へ入るところを車の窓からちらつと見ただけだけれど、たしかにあの人よ。だつてあの顔はめつたにほかの人と見違へられる顔ぢやないんですもの。」

富美子は近頃映画で評判の高いドイツの悲劇役者の名前を挙げ、彼のプロフィルが非常によく似てゐると云つた。

「さうか知ら。」

「あら、そつくりですわ。もしさう思はないんなら、あんたはしよつちゆう見馴れて感じが薄くなつてるのよ。」

真知子はその言葉で笑ひ出しながら、彼に逢つた度数なら自分も富美子と変りはないことを云つた。

「あんたは昨日出逢つて今日また逢つたんだし、私は展覧会で落ち合ふまでは、たつた一度、いつしよにゐたあのお友達の家で逢つただけの違ひよ。」

この説明は富美子には意外らしかつた。が、それに依つて却つて強まつた好奇心を隠さうとしないで、米子と彼の関係や、名前や、その他のことを聞き出さうとした。真知子は富美子になにか話すことは親類ぢうに触れ太鼓を廻すと同じであるのを知つてゐた。と云つて、運の悪い成行から遁れることは出来なかつたから、答へられるだけは正直に答へた。たゞ、関の現在の身の上に就いては、さつき彼女の母に対して感じたやうな無謀な感情からは十分冷静になつてゐた。

「なにかまだ勉強してるのよ、多分。」

真知子はそれで簡単に片づけようとした。富美子はなほ聞いた。

「矢張り社会学。」

「いゝえ、経済の方でせう。よく知らないわ。二度つきり逢はないんですもの。」

完全に嘘をついた。と、その意識で早く話題を変へようと努めながら、彼等の音楽会はいつ頃になるのか尋ねた。真知子の作戦は成功した。

「来月の第二土曜よ。今度こそ間違ひなく入らつしやるわね。」

富美子は今まで話してゐたことなぞは忘れてしまつたやうに「とても大物揃ひなの、私なに弾くともつて。モッツァルトのトルコ行進曲よ。この頃は毎日八時間位稽古するわ。木村の世話なんかてんでしてやらないの。だから仕方なしにひとりで洋服着たり靴下穿いたりするやうになつたわ。だつてそんな暇はないんですもの。え、多喜子さん。あの方はシューベルト。だから屹度入らつしやいね。もしかしたら河井さんのお母様もお見えになる筈よ。お身体の具合さへよけりや屹度誘ひ出すつて河井さん私たちに約束したの。――いゝえ、初めてぢやないけれども、どつちかと云へば、あの方は西洋音楽より日本のものがお好きで、殊にお能が一番お好きなんだつて。お鼓でも太鼓でもとてもお上手よ。でもね、いつだつたか、宝生会に誘はれた時には困つちまつたの。だつてお能なんてあんな退屈なもの我慢されやしないんですもの。欠伸《あくび》の出るのをやつと耐《こら》へて多喜子さんの方を見たら、同じに赤い眼してるからをかしくなつちまつて。」

　富美子は帷に支那風についた黄色い絹の笹縁を両手でおもちやにしながら、とめどなく続けた。彼女のお饒舌はどんな場合でも毒がなかつたし、相手は時々簡単な受け答へをするだけで勝手に話させておけばいゝので面倒でもなかつたが、それでも真知子は頓て帷の外側でひと〴〵が別れの挨拶をはじめるのを聞きつけた。

「ぢやまた。――母さん待つてるかも知れないから。」

「さうね。」

　富美子もいつしよに立ち上りながら、その儘すぐには放さうとせず、真知子に逢つたら一番に報告しようと思つてゐたことを忘れてゐたと云つた。それは竹尾の結婚に彼女夫婦が媒酌人をつとめたこと、そのためにいやな丸髷に結はされたと云ふことであつた。

「なんしろ、あと六日すると九州に行かなけりやならないつて時にやつときまつて、立つ前の日に式を挙げたのだから騒ぎつてなかつたの。可愛らしいいゝ奥さんだわ。でもね、竹尾さんはあんまり気に入つちやゐないの。だつて、」

　彼女は意味のある眼つきをして見せながら、「竹尾さんずつと前から、あんたを貰ひたがつてたのよ。」

　この打ち明けは、真知子には何等の興味をも与へなかつた。彼女はたゞ、竹尾は園遊会の晩までは自分を知らない筈だと云つた。

「そりやさうよ、でも写真で知つてるわ。」

「写真。」

「いやなひと、母さまのとこにあんたの写真来てるぢやないの。」

　真知子の全身の血は羞かしさで沸騰した。お前は泥棒だと云はれてもそれほどまでに赤くはならなかつたであらう。自分の見本が商品の引札のやうに到るところの家々に振り撒かれ、ひたすら結婚の愛顧と取引が待たれてゐると云ふのは、彼女には想像するに忍びないことであつた。母がそんなことまでしてゐようとは思ひもかけなかつた。が、日本の風習としては珍らしくない手段であつた。田口夫人の居間に飾つた大きな写真帖の中には、花嫁の新しい候補者がいつも何枚かづつ保管されてゐるのを真知子自身も知つてゐた。同時にまた希望者に対して、一人々々の地位や持参金や、写真よりは遥かにすぐれてゐる容貌を説明しながら、トランプをする時のやうに並べて見せる、夫人のもの馴れた手つきさへも。

真知子はどうかして自分をその汚辱から救ひ出さうとすることで一生懸命になつた。来月の音楽会に間違ひなく行くと云ふ約束が、写真を富美子の手で送り返して貰ふ約束と交換的にやつと成立した。

すぐ近所にゐる上村の同族の家へ顔出しをして行くと云ふ辰子と門口で別れてから、未亡人と真知子は、電車通の方をさして歩いた。大部分は自動車であつたし、さうでないものも母娘《おやこ》でそんな話をして残つてゐた間に帰つたので、他に連れ立つやうな人もゐなかつた。

築地の裏町は、午後になつて漸く和やかに晴れた日射しの中で、嘘のやうにひつそりしてゐた。二人はどちらからも話さなかつた。黒いコートを着て、同じ黒の薄手のショールに襟元を包んだ未亡人は、行く時の元気を失つてゐた。真知子によく似た、稍〻広い額の上には、平生は余り目立たない皺が深く現はれ、それを横ぎつて一本の静脈が斜に青く浮き出してゐた。人中に出て疲れたり、なにか肝癪を起したりしてゐる時のこれはしるしであつた。

終に未亡人は、田口夫人の今日の素振に気がついたかと聞いた。

「あのひとの機嫌買なら、今にはじまつたことでもないぢやないの。」

真知子はこの問題をなりたけ軽く取り扱ふことに依つて、つゞく話を避けようとした。未亡人はその手には乗らなかつた。

「たゞ機嫌買で、あれがすまされますか。」

歩きながらぢつと真知子に眼を留めて云つた。くろうとらしい女の通行人をやり過すと、未亡人は富美子と彼女がゐなかつた間に田口夫人が自分にどんな振舞をしたかを話した。

「御飯がすんでから、わざ〳〵となりの伯母さんのところへやつて来てさ、何を話すかと思ふと、竹尾さんの結婚の御披露ぢやないか。お蔭であのひともいゝ奥さんを貰ひましたつて。お嫁さんを褒めること、褒めること。伯母さんはかこつけで、こつちに云つてるんだつてことは分りきつてるけれど仕方がない。おとなしく聞かされてゐなけりやならないんだからね。」

　斯んな思ひをさせられるのも誰のためだか考へて見るがいゝ。――母の怨嗟は、真知子が秘密に忍ばうとしてゐた写真に就いての嫌悪を新たに喚び起した。何か云ひかけたら屹度それを云はずにはゐられない気がした。大した人通りもないにしたつて、往来であつた。真知子は相手にならないで歩いた。

　この仕方は却つて未亡人を苛立たせた。彼女は娘を厳しく尻目にかけながら、彼女といつしよに外出するのは大嫌ひだと云ひ出した。

「なぜ。」

「あんな大きなお嬢さんを抱へてどうする気なんだらうつて、皆んな通る人から気の毒がられて歩くのは、あんまり外聞のいゝ話ぢやないからね。」

「ぢや、気の毒がられないやうにしてあげるわ。」

　言葉の半分から、真知子はつかつかと街路を横ぎつた。未亡人は不意を打たれ、娘の高いまつすぐな後姿を反対の側の道に見送つたが、あとを追はうとはしなかつた。行手には電車道が横に見えてゐた。

　真知子にしても家まで別々に帰る気はなかつた。母との話があれ以上我慢されなかつたまでであつた。で、たつた五六間、道を隔てゝ別れただけであつたが、急に何かから脱却した気持がした。真知子は大股に学校に行く時のやうに歩いた。震災以来目立つて広潤になつた下町の空が、今は一層ひろやかに、初冬らしい紺碧に輝いて彼女の上にあつた。それを凝《じつ》と見あげながら歩いてゐると、向側の母のことや、今日の会食や、行手の電車道や、その方から勢よく駈けて来る自動車や、鐘三味線の囃子で練つてゐる陽気な広告の行列や、それ等の一切が意識の外に消滅した。真知子は曠野の遥かな一本道をひとり自由にのび〳〵と歩いてゐた。その道とその空の尽くる限り何処までもさうやつて歩いて行きたかつた。

　丁度その前にさしかゝつた時、或る店のドアが不意に内から彼女を突き除けた。あんまり軒先に寄りすぎて歩いてゐた真知子は、危く身を転じ、厚い板ガラスに書き出したK―印刷所の金文字の前から飛びのいた。その瞬間、開けた関と顔を見合せた。

関は最初の驚きからすぐ恢復すると、持ち前の冷淡な表情に返り、どうして斯んなところを歩いてゐるのかを尋ねた。真知子はそれに答へながら、彼が小腋に挟んでゐる丸善の焦茶色の包紙に眼を留めてゐた。富美子が見たと云ふのは矢張り彼に相違ないと思つた。同時に真知子は、彼がどんな書物を買つて持つてゐるのか知りたい気がした。昨日あんな話までし合つた間柄で、聞かれないことはない筈であつたに拘はらず、その時の興に乗つた親しげな態度は彼には残つてゐなかつた。前よりは一層素つ気なく無情に見え、取つき場がなかつた。さうして真知子がいつになく変に気おくれしてゐる間に、いつか彼女には見馴れたものとなつた黒い縁の広い帽子に手をかけ、反対の道の方へ静かに去つた。

「どなた、今のは。」

停留所で落ち合ふと、未亡人は一番にそれを聞いた。母は道の向側からすべてを見てゐたらしかつた。

「米子さんのお国の方。」

「なにをしてゐる方です。」

「そんなこと知らないわ。」

それだけではあまりに不自然であつたから、真知子はほんの一度米子の家で逢つたのだと云ふ言葉で繕つた。その嘘は、さつき富美子の場合に感じたほどの気咎めをも今は感じさせなかつた。彼女は奇妙に無感覚になつてゐた。と云ふより、そんなことを聞かれたり、説明したりしないですませたかつた。その癖、関のことより外に何んにも考へてゐたのではなかつた。昨日のやうな打ち解けた態度のあとで、何故再び彼があんな冷淡を示したか、彼女にはそれが分らなかつた。少くとも関は米子に対してはもつと優しく振舞ふのを真知子は見た。それはまたどこから考へても暗さのない率直な親しさであつた。その他の誰に対しても、彼は真知子自身に対するほど露骨に邪険ではなささうに思はれた。このことは今までの腹立たしさの代りに、輪郭の不明な淋しさを初めて彼女の胸に植ゑた。

三

月が変ると、たび〱予報されてゐた山瀬一家の上京が事実となつた。高等学校の生徒主事として山瀬が出席しなければならない会議が一週間東京で開かれた。それがすめば冬休であつた。

雪にでもなりさうな冷たい雨の降る朝、彼等は三つになる娘と、その遊び相手のアキルと呼ぶ茶色の小さいテリアを連れ、二つの行李と一つの鞄と、土産の林檎を詰め込んだ大きな木箱とで、ぐしよ濡れの円タクにぎつちりになつて到着した。

未亡人は歓待の優しい表示で彼等を迎へた。遠く離れて住む娘や孫を久しぶりに見た悦びは、二三日つゞいてゐた偏頭痛や、真知子に就いての不満から近頃よく起こすヒステリ的な不機嫌を消滅させたかの如く見えた。同時に未亡人が山瀬を遇する態度は、同じ娘の夫でも上村に対するとは違つてゐた。彼は懇《ねんごろ》には取り扱はれたが、鄭重にされるとまでは行かなかつた。それは悪意のある差別と云ふより、同郷の縁故で、一時は家において学資の世話までした間柄の打ち解けた親しみの変形であつた。しかしみね子が姉の辰子や妹の真知子に比べて見劣りのせぬ器量を持つてをり、もう少し待つことに依つてより満足な結婚をさせる見込があつたとしたなら、昔の書生で、そのころは単に中学の一教師に過ぎなかつた山瀬を婿にする決心は、未亡人にも容易につかなかつたであらう。

「丁度似合ひものだよ。」

誰も不似合ひだと云ふものもなかつたのに、未亡人はその当座よくさう云つて弁解した。「派手な気骨の折れる家では、みね子のやうな性分の者は一日だつて勤まりはしないんだから。山瀬さんなら気心は分つてるし、面倒なしうとや小じうとがあるぢやなし、水入らずでどんなにでも気楽に暮らして行けるから、それが何よりですよ。」

その点では申分のない選択であつた。殊に山瀬は、道徳的に貞潔を守つたと云ふより、金がなかつたのと、臆病なためもあつたのではあるが、兎に角三十で結婚するまで一般の男のするやうなふしだらには染まなかつた。彼の蓄積された十分な愛情は、恩人の娘なる妻を呼びかける時の調子に最もよく認められた。

「みね子、みね子――」

手も足も胴も人並み以上に長い、かさばつた、その大きな身体とは反対に、優しい肝高い声で彼は呼ぶ。それが稍〻どもつて、尻上りに発音されるため、頭文字がサイレントになつて、

「ねこ、ねこ――」

と云ふやうに響く。このことは隔てのない肉親の間で、いつも秘密な微笑の対象となつた。取り分け辰子は、妹

婿を昔の書生部屋の山瀬と切り離して考へることが出来なかつたので、無遠慮にづか〱からかつた。

「知らないものが聞くと猫を呼んでるのかと思つてよ。いつそ、みねとでもはつきり呼び捨てにしたらどうなの。」

　山瀬は度の強い、赤銅ぶちの眼鏡の下でちよつと赤くなりながら、同時に「みね子さん」とさんづけにして呼んでゐた時分には、それほど異様には響かなかつたかどうかを非常な真面目さで尋ねた。

　しかしみね子自身に取つては、姉の冷やかしは要するに余計なおせつかいであつた。彼女はそんな甘つたるい呼び方の代りに、何かひどい乱暴な言葉で怒鳴り立てられたとしても、素直なしをらしい返事で報いることが出来る位夫を愛し、その誠実と愛情に信頼し切つてゐた。彼がもとの書生であつたことさへ彼女はロマンチックに考へた。その頃から彼は自分を思つてゐたのだと極めてゐた。目立つて美しい姉と妹に挟まれて、少女時代からどこに行つてもちやほやされた覚えのないみね子には、これはたしかに楽しい思ひ出であつた。それだけでも十分夫を大事にしなければならなかつた。そのうへ上村のやうに不品行ではないし（その点では、自分は姉の辰子よりは百倍も幸福だと感じてゐた。）酒も煙草も飲まないし、仕事に忠実で学校の評判はよいし、殊にあんな立派な学者なんだもの――みね子はさう思つた。

　彼を学者だと信じ込んでゐる妻の承認は、他の如何なる種類の賞讃や尊敬よりも山瀬には気に入つてゐた。で、ほかのことではこの上なく愡《のろ》い夫であつたにも拘はらず、その学者としての特権を家庭に於て保留するためには、可なり専制的であつた。それをまたみね子の方では、学者の妻が当然忍ばなければならない美しい犠牲と考へてゐた。

　彼女の忠実な心づかひは、到着のごた〱がすんで、逗留中どの部屋に彼が住むかが問題になつた時、明かにあらはれた。

　彼女は妹に云つた。

「まあちやん、私たちどこでも構やしないけれど、宅の部屋だけは静かでなくちや困るんだから、どこか別のところにしてね。」

「いつもの部屋ぢやわるいの。あすこなら、つぎの六畳にお姉さんたちのものを置けるから都合がいゝわ。」

「隣りぢや駄目よ。勉強してる時そばで騒がれたり話をされたりするのが、あのひとの神経に一番さはるんだから。」

「だつて毎日文部省に行くんぢやない。でなくも、旅先で大した勉強が出来る訳はないでせう。」

「まあ、どうしてそんな風に思へて。それどころぢやないのよ。田舎では参考書が十分でないのと、学校の雑務で思ふやうに纏まらなかつた仕事を、この機会に仕上げるんだつてあのひとは意気込んで来てるんですもの。私だつてそれが出来れば、帝劇にも三越にも用事はないと思つてるわ。え、何の研究つて、委しい話はよく知らないけれど、書き上ればよつぽど立派なものになるらしいのよ。」

　真知子はそれ以上立ち入つて尋ねようとはしなかつた。この義兄が、専攻は哲学であつたが、文学その他に雑多な興味を持つてゐること、同時に決して完成したことのない、また流行の婦人服のやうに断えず変化してゐる研究題目を常に持つてゐることは、彼女自身も知つてゐた。

　北海道の長兄が帰つた時に使ふ離れの八畳が終に書斎として選ばれた。そこは締めきつたまゝで、ふだんはろくに掃除も出来てゐないし、それに夏向で、これからは寒くていけないだらうと未亡人に注意されたけれども、みね子は、勉強にさへ都合がよければ、彼は寒いくらゐ苦にはしないのだと云つた。

「ねえ、あなた、さうでせう。」

　丁度そこへやつて来た夫の方を優しくふり返り、その承認を求めた。

「あゝ、結構だとも。——実際みね子の云ふ通りで。」

　書斎の静寂を保つためには、それ位の忍耐は平気だと云ふことを山瀬は義母《はゝ》と義妹《いもうと》に対して主張した。「これは僕に限らず、誰でも書斎生活を愛する学徒には共通の心理と云つていゝのです。その極端な例はまあカーライルなぞでせうが、さう、真知子さんは知つてますね、彼の気狂ひじみた音響嫌ひに就いては。夏目さんが書かれてから最もポピユラな逸話となつてるんですから。」

　真知子はとぼけて、そんなものは読んだことがないと云つた。山瀬の会話の中にうるさく出て来る西洋人の名前や引例を中断するに役立つ唯一の防禦法は、これであつた。しかしその場合の否定は、ものがものであつただけいつもの如くは成功しなかつた。大学の講義までも聴いてゐる娘が、漱石の「カーライル博物館」を平気で知らないと云ひ得ることは彼をびつくりさせた。

「驚いたなあ、漱石なんかもう古くて読むに値しないと云ふんですか。ぢや、あなた方はいつたいどんなものを読んでるんです。マルキシズムの議論と、ソヴィエト・ロシアの作物以外には興味がないなんて云ふのぢや、真逆ないでせうね。もしあなた方の間にまでさう云ふ傾向が生じてゐるとすれば、全く驚くべきことです。」

話が意外に結果したのに真知子は当惑しながら、聴講生の個人々々の読みものに就いては委しくは知らないが、そんな偏頗な興味で読書するものばかりはないだらうと云つた。

「その通り、偏頗な興味に陥らないこと、流行を追はないこと、書を読むに当つてはそれが一番大切なことです。ところが中々旨く行かないんでしてね。」

山瀬は真知子よりもだん〳〵と未亡人を相手にして「私の学校の生徒たちにしても、東京に何か一つの思想が移入されると、すぐ選択なしにそれにかぶれるのだから困ります。従来のやうなオイケンとか、ベルグソンとか、タゴールとか云ふのでしたら、まあ心配はないのですが、御承知の通り、この節の流行はそんな生やさしいものぢやないんですから、油断が出来ませんよ。従つて生徒主事の職責が最も重大な意義を持つて来る訳でして。」

彼は非常に勿体ぶつてそれを云ふと共に、今度の会議も学生の危険思想取締と云ふことが眼目であると語つた。そんな風なら、田舎の学校もはたで考へてるほど気楽ではないだらうと未亡人は同情した。それに対してみね子は、職務に就いては彼は非常に忠実であるために、人一倍気骨が折れるのだと云つた。

「それに学校ばかりでなく、帰れば自分の勉強つてものがこのひとにはあるでせう。ですから二人分の仕事してるやうなものですもの。普通の人だつたら決して続きつこないと私思ふわ。」

「しかし若い生徒を薫陶するのは中々愉快なものですよ。」

彼は妻の賞讃で一そう上機嫌になりながら「だから生徒主事と云ふ役目には、私は十分な満足を持つてゐるのです。生徒が左傾するとか赤くなるとか云つたところで、要するに読書の中毒に過ぎないんですからね。有害な書物は絶対に禁止する、その代り適当な穏健な読みものを選んでやる。——それさへ注意すれば間違ひの起る筈はないのです。幸ひにして私は、まあ此処だけの話ですが、大概のものは自分で目を通してゐるから権威を以て選択が出来るわけでして、——校長の如きも、その点で非常に調法だと云つて悦んでゐられるんです。」

「それは全くよ、お母様。」

みね子も急いで夫の言葉を裏書きした。「校長さんは誰よりも山瀬を信用して、殊に書物のことだと何でも宅の意見を聞くのですつて、ですから私、まあちやんなんぞでも、今度は義兄さんがわりに長くゐるんだから、その間いろ〱教はつておくとい丶と思ふの。屹度ためになつてよ。」

未亡人もそれは何より好都合だらうと云つた。真知子は大事な勉強を邪魔してはならないから、教はるにしても着手中の彼の論文が完成してからにしたいと云つた。

これまでのひつそりした親娘《おやこ》ふたりの、印刷のやうに正確であつた生活と並んで、今一つの別な、風変りの、稍ゝ騒々しい生活が曾根家にはじまつた。

毎朝、茶の間の時計が六時半を打つ頃、彼等の小さい娘の喜久子は癇ずつた、けたゝましい泣声できまつて眼を覚ます。

「ほら、母さん、きいちやんが起きたやうだよ。」

受持の庭掃除をすまして、この時分は馴れた火鉢の前でひとりしづかに朝の茶を飲んでゐる未亡人が、斯う云つて洗面場か、でなければつぎの化粧部屋にゐる彼女の母を呼び立てる。するとみね子は、楊枝を使ひかけてゐても、髪を結ひかけてゐても、そのまゝ飛び出し、赤いネルの寝巻にくるまつた、まだびい〱泣いてゐる娘を、着換への着物といつしよくたに抱へて、茶の間へ連れて来る。これは、火の気のない寝室よりそこの方が着換へをさせるのに便利なためではなかつた。

みね子は泣く娘の機嫌をとりながら云ふ。

「そんな声して泣くんぢやないのよ、きいちやん。お父様がめゝ覚ましますよ。きいちやんのお父様は晩《おそ》くまで勉強なさるんだから、朝だけはゆつくり寝せておいてあげなければ身体に毒よ。さうでせう、ね、いゝ子だから、さあ泣きやんで——」

平生からあんまり丈夫でない上に、長い汽車の旅で神経的になつた娘は、母の慰撫や、祖母が茶棚から取り出したお菓子の甲斐もなく、なほ執拗に泣きつゞける。斯う云ふ場合の唯一の救ひは小犬のアキルであつた。みね子は半分子守唄のやうな調子を作つて高く呼ぶ。

「アキルや、——アキルや、——きいちやんのアキルや。」

これより先、犬はすでに廊下の硝子戸の外に駈けつけてゐた。彼はその長く引つ張つた甘え泣きに依つて、小さい女主人が眼を覚ましたこと、そして自分の存在を必要とすることを知つてゐた。

「さあ、アキルがゐますよ。――い丶子のお嬢ちやま、お早うつて来ましたよ。――」

実際アキルは先づ一番にこの挨拶をするため、沓脱の上にのぼり、硝子戸の腰板から約一尺のところに彼の狐に似た尖つた顔と二つの前脚をあらはす。効果はてきめんであつた。小さい娘の涙は忽ち嬉しげな笑顔に変ずる。その代り常にきれいに拭かれてゐる硝子板が、犬の足跡で泥だらけにされてしまふ。

もし暖かに晴れた朝で、廊下が開け放たれてゐる場合には、縁側が同じ災を蒙つた。みね子は母の潔癖を知つてゐるので、沓脱から上には侵入させまいとして叱りつける。しかしふざけ好きな小犬に取つては、主人の威嚇は励ましであつた。彼は叱られたり、逐はれたりすればするほど、瘦せた栗色の身体で躍り上り、鋭い、突き出た口を開けて吠え、截られた短い尻つぽを、それ自身一つの独立した生物《いきもの》のやうに振り立てながら、未亡人が掃いたばかりの霜の庭を駈け廻つた。

新たな叱責と、新たな跳躍。――それを一層面白がる小さい娘のきい〱した叫び。――続く、性急な、はしやいだ吠え立て。――これ等の騒ぎは主人の安眠を妨害する点に於ては、結局喜久子の泣声と変りはなかつた。みね子は頓て寝室の方から出て来た夫を見ると、はじめてそれに気がついたやうに云ふ。

「いけないアキルねえ、お前さんがあんまり騒ぎ廻るから御覧、とうとお父様をおこしてしまつた。」

四五日の経験で、この姉夫婦とこれから一と月あまり暮らすためには、どんな態度を取るのが最もかしこいかを敏捷に判断した真知子は、これ等の騒ぎにもなるたけ関係しないで、ひとり先に急いで食事をした。支度が出来るとまた急いで学校へ出掛けた。山瀬と連れにならないためであつた。真知子はたつた一と朝でそれに懲りた。

その時も真知子の方が先に家を出たのであつたが、五分と間がなかつたから山瀬の長い脚ですぐ追つつかれた。見ると、彼の鼠つぽいズボンから上衣の後にかけて、ぼろ〱の土で汚されてゐた。彼は歩き〱手ではたきながら、アキルの悪ふざけに就いて怒つてゐた。真知子もそれには同感であつたが、彼のむきになつてゐる風がをかしかつたのと、自分まで一緒になつて悪口を云ふのは小犬に気の毒な気がしたので、わざと、アキル自身の偉い名前からすれば、彼が勇敢過ぎるのも仕方がないだら

う と云ふ意味を述べた。

「さう云はれりや大いにその通りですよ。何しろアキルですからね。」

彼は急に洋服の泥を忘れたかの如き愉快な色を角ばつた顔に浮べ、同時にその種類の知的なウィットは、彼女のやうな教養ある婦人でなければ云へない言葉だと賞め立てた。

真知子は自分の無思慮な口出しを後悔した。斯う云ふ調子につゞく彼のペダントリには彼女はもう可なり悩まされてゐた。その時も早速それがはじまつた。

山瀬はあの小犬にどうしてギリシアの半神的英雄の名前を自分がつけたか知つてゐるかと尋ねた。勿論真知子が知つてゐる筈はなかつた。

「流石にこれは分りませんね。」

彼は非常な得意さでそれを云ひながら、アキルはメエテルリンクの家に飼つてゐた犬の名前だと説明した。

「メエテルリンクは蜜蜂なぞに就いても立派な研究をした如く、昆虫や花や動物に興味を持ち、殊に犬は色んな種類を飼つたもんですよ。メエテルリンク夫人の――今のぢやありません、もとの奥さんのジオゼット・ルブランですが――それの著した「メエテルリンクの犬」と云ふ書物を見ると、彼の飼犬のことがすべて出てゐますがね、中々面白い書物ですよ。硬い本も結構だが、若い婦人はあゝ云ふものも大いに読むべきですな。趣味的な多方面の知識を得る点から云つても必要ですよ。」

それにしても、メエテルリンクの飼犬のことまで自分が知らなければならないであらうか。――真知子はその弁駁で彼を妨げようとはしなかつた。それは話を変化づけ、一層長引かせるに過ぎないであらう。しかし、彼女が黙つてゐるのを素直な傾聴だと信じ込んだ山瀬は、容易にその舌を休ませようとはしなかつた。終に彼の驚くべき講義は電車の中まで続いた。ラッシュ・アワの車の隅の吊皮に、胸の窪んだ、ひよろ長い身体をやつとぶら下らせながら、さうして周りの好奇的な嘲視を身ひとつに集めながら、平気な、寧ろひそかな自負を以つて、彼は七匹の飼犬の各〻の名前や、その習性や、それに絡んで生じた逸話に就いて語らうとした。が、たうとう白山上の乗換場が来て、話の途中で吊皮を放さなければならなかつた時、彼は最後の熱心を以つて附け加へた。

「とにかく、今度の日曜にでも丸善にいつしよに行きませう。さうして何か斯う云ふ風な書物を見つけてあげませう。尤も、僕はもう二三度覗いて来たんですがね。何度行つても飽きないのは彼処ですよ。実際僕等が東京に出て来る唯一の楽しみは丸善にあるのです。」

日曜日は美しい霜で、おだやかに、晴れぐくと明けた。長い習慣でこの日だけ不断より小一時間寝坊することに極めてゐた真知子には、取り分けその朝が新鮮に感じられた。同時にまたそのうら〻かな日光は、彼女の中に隠されてゐた或るひそかな期待に、あらたな望を附け加へた。斯んない〻お天気なら、姉たちは多分どこかへ出掛けるであらう。――そのあとの、暫くぶりの、静かな留守をたのしみたいと彼女は思つたのであつた。

真知子のやうな性情で、長い間孤独に暮らし馴れたものに取つては、どんな肉親の間でもこの感情を取り除く訳には行かなかつた。またそれに依つて、彼女がみね子のこの上なしの善良さに対して持つてゐる同情や、小さい姪に対する明白な愛情――この脆弱《かよわ》い甘つたれ子は、彼女を時々手こずらせたにも拘はらず――を傷つけることにはならなかつた。山瀬自身に対してさへ、上の姉の辰子が彼を馬鹿にしてゐるやうな仕方は、真知子はしてゐなかつた。余計なお講義をはじめさへしなければ、彼は正直な、策略のない、善人のひとりなのだと考へることを知つてゐた。

珍らしく皆んなで揃つた朝の食卓で、真知子は自分の待つてゐた話が話し出されるかどうか聴き耳を立てた。しかしみね子は、その日特別に機嫌のわるい娘をすかすのと、小さい匙で食べものを口に入れてやるのに急がしかつたし、山瀬は山瀬で、庭先の犬の監督で、食事の間も立つたり坐つたりばかりしてゐた。

食後、女中の後片づけを手伝つてゐた所を真知子は姉から呼ばれた。

「まあちやん、ちよいと。」

行くと、すぐ用事を云はうとはしないで、みね子はひとり先に立つて真知子の部屋へ入つて行き、それから出し抜けに尋ねた。

「あんた、今日義兄《にい》さんと丸善へ行くんだつて。」

真知子はびつくりした。姉の様子で、なにか二人だけで話したいのだとは察してゐたが、その質問は何に依つて生じたか分らなかつた。彼女はそんな約束もなければ、そんな積りもないと答へた。

「でも義兄《にい》さんはあんたを連れてつて、なにか書物を探してあげるんだつて云つてよ。勿論自分の買ふ本もあるんだけれど。」

電車の中での山瀬の言葉がふと思ひ出された。が、それは彼だけの考で、真知子には関係のない話であつた。そんなことになつて堪るものか。――彼女は今朝からの秘密な願望が、思ひもよらぬ結果に逆転しさうなのに殆んど恐れを抱きながら、今日はそれどころではないと云ひ張つた。

「ノートの整理だつて、ほら、斯んなに溜まつてるのよ。」

「それぐらゐ、帰つたつて出来るんでせう。」

みね子は、妹が示さうとした机の上の堆積には多くの注意を払はうともしないで、どうか自分のために行つてくれまいかと頼んだ。「斯んなこと、ほかの人には話されないんだけれど、今日はまあちやんが一緒だつて聞いたんで私いゝ幸ひだともつてゐるのよ。だつてね、あのひと欲しい書物だと、あとのことなんか何んにも考へないで買ふ癖があるんですもの。今度だつて丸善に寄つたたんびに買つて来てるわ。そりや学者に書物が大切なことは私だつて知つてるし、あのひとが、他のものは辛抱しても書物を買はうとする気持も分つてる積りよ。どうして当り前の人には出来ないことですわ。ね、さうでせう。ですから、そんなことでなんか云つたりしたことは今まで私一度だつてないのよ。」

しかしいろ〳〵都合があるので、帰るまでにさう無暗と買ひ込まれては困るのだと云ふ意味を、羞かしさうな、また何か夫に対して悪だくみでもしてゐるやうな、おどく〳〵した風で打ち明けた。

この姉の斯う云ふ人の善さと単純さの中には、いつも真知子を驚かす或るものがあつた。私たちの姉妹にどうして斯んなひとがあるのだらう。――色が白いだけで、目立つた特長のない、髪毛の赤い、いつも眠さうな眼をしたその円い顔が、俄かに美しくさへ見えた。しかしそれに釣り込まれることは今日だけは警戒を要したので、真知子はわざと強情に、たとへ自分がついて行つても、山瀬が買はうとするのを止める訳にはいかない筈だと云つた。

「止めるつて、いちがいに止めることは誰にだつて出来やしないわ。」

それで拒絶《ことわ》られまいとして、みね子は一生懸命になりながら「たゞまあちやんなら、あのひとが何か買はうとする場合に、その書物が今買つておかなければ後で買へないものかどうか、またさし迫つて必要なものかさうでないか、見分けがつくでせう。さうよ、私たちには云へない批評や意見が立派に述べられるんだわ。義兄さんだつて、まあちやんの云ふことなら屹度聞くともふの。中々い丶頭だつて賞めてゐるんですもの。だからどうぞ一緒に行つて見て。ね、い丶でせう。お願ひだわ。」

小さい喜久子がまた泣き出した。未亡人の声でみね子を呼んだ。

「はい、――たゞ今。――ぢや頼んでよ、日曜だから早い方がい丶わ。」

みね子は娘の泣声にせき立てられ、あわて丶部屋を出ようとして、急に引き返したと思ふと、低いさ丶やきで附け加へた。「――このことお母様には内証よ。だからその積りで。――だつてね、私が困る話をすると、お前のとこで困る訳はないだらうつて云はれるの。書物のことを知らないからよ。私決してそれは云はないわ。はい、はい。――今すぐ行きますよ。」

二時間の後、山瀬と真知子は丸善の二階の隅《コウナ》の一つに立つてゐた。

山瀬は長い腕を伸ばして書棚から一冊の書物を抜き出す。先づ表紙から装幀を調べ、タイトル・ペイジを開ける前に、裏の見返しに鉛筆で書かれた定価に眼を留めてから、序文があれば序文を、なければ目録から本文をぺらくとめくつて見る。それからぱたんと閉ぢ、もとの空隙《すき》へ押し込む。今度は二三冊向ふのを一冊抜き出す。同じ順序と同じ方法でぺらくやり、また押し込む。それから更にまた新たな一冊を。――このことを彼は非常な熱心と性急で繰り返しながら、同時にそれ等のものから発散するインクと洋紙とクロースの、所謂丸善らしい匂を享楽するために鼻翼を怒らせる。

真知子は、その書棚の前には多くの興味を持たなかつたので、お附き合に二三冊手に取りながら、彼女がこの店に入る度にいつも思ひ出す一つのことを、その時も頭に浮かべてゐた。

まだ女学校の時分であつた。会話の出教授を受けてゐたミス・ブラウンと呼ぶ英国人が、南アフリカにゐる兄が重い病気をしてゐると云ふ報知を得て見舞に行つた。往復四ケ月を費した旅行から帰つた時、ミス・ブラウンは、兄が病気になる前近くの森で射殺したのだと云ふ豹の皮を一枚持つて帰つた。真知子への土産としては、土地の動物植物のことを書いた一冊の綺麗な書物を呉れた。何かもつとよい書物を見つけたかつたが、船着きの海岸から四百マイルも奥に入った土地のことで、

「丸善ほどの本屋もないのです。」

さう云つた後から、白髪《しらが》の英国婦人は急に気がついて云ひ直した。

「丸善のやうな本屋がないのです。」

その間の危い《あやふ》 so と as の使ひ分けは、いつ思ひ出しても真知子には面白かつたと共に、このちつぽけな一軒の本屋が、日本の近代の文化史の上に持つてゐる重大性を若しミス・ブラウンが理解することが出来たならば、アフリカの豹のゐる田舎町の書店と、それを一緒にするやうな誤をばしなかつただらうと考へた。

早かつたので来たては割にすいてゐた部屋も、いつとなく立て込んで来た。あらゆる面の書棚と、あらゆる通路の陳列台に沿うて、この店特有の客と、その客の殆んど七割を占めてゐる学生が群がつてゐた。同時にまたこれ等の学生の中には、丸善を目的に来たと云ふより、邦楽座が開くまでの暇潰しに入つたに過ぎない幾割かがたしかにあつたので、そこに田舎風の紳士と連れ立つてゐる洋服の美しい真知子を見ると、彼等は頓て出逢ふスクリーンの女たちのために用意してゐる嘆賞の眼つきを、露骨に前払ひして通つた。

真知子は斯んな時の癖で、左の眉根を寄せ、頰をひや、かに硬《こは》ばらせて彼等をやり過した。いつまでも同じ書棚の前から離れようとしない山瀬も少しじれつたかつた。しかし、その間周囲に対して、真知子が全然無関心であつたと云ふことは出来なかつた。彼女は時々、当てどのない視線をぼんやり左手の真鍮のふちのついた階段の方へ注いだ。何をその窪みから待ち設けてゐるのか、自分でも気がついてはゐなかつた。がそのうち、数人の高等学校の学生に続いてのぼつて来る、一つの黒い、見覚えのある帽子の型が眼に入つた。彼女はどきんとし、あわて、よそを向きながら、瞬間の女らしい素早さで、もう一度鍔の下の顔をたしかめた。知らない人であつた。軽い失望は、十日前築地で関に出逢つた時、彼が持つてゐた包紙と、その日この入口で彼を見たと云つた富美子の言葉が、今までどんな風に自分に作用してゐたかを、真知子に思ひ知らせた。彼女の顔はひとりでに赤くなつた。そのま、では其処に立つてゐられない気がした。で、今度は踏台を使つて高い棚に手を出してゐる山瀬に、ドイツ物のところにゐるからと断り、反対の陳列台へ行つた。口実ばかりではなかつた。彼女はもしあつたら、さうしてあまり高価でなかつたら、欲しがつてゐた米子のために、ローザ・ルクセンブルクの書簡集を買はうと思ひついたのであつた。

書物はすぐあつた。学校で指定された参考書で、買つておけば便利なものも一冊見つかつた。しかし二つながら買ふとすれば真知子の小遣は幾らも残らなかつたし、余分のものを母から貰ふのは一番気の引けることであつた。彼女は最初のもくろみ通り書簡集だけを抜き出し、——その方が安くもあつたので——勘定台に持つて行つた。皮の手提から金入を出して支払をした。店員が包んで紐をかけてくれるのを立つて待つてゐた。

と、すぐ後で低いつゝましい声が呼びかけた。彼女は再びどきんとした。と云ふよりその驚きが、前の黒い帽子を見た時の驚きと、それが与へた強い恥を、もう一度脳裏に鮮明にした。しかし、振り向いた彼女に慇懃な会釈をかけたのは、思ひがけない河井であつた。

「まあ、どなたかと思ひましたわ。」

待ち設けと違つたことは、この際却つて安心であつたから、真知子はいつもより親しげに話しかけた。

「いま入らつしやいましたの。」

河井は階段をあがるとすぐ彼女を見つけたのだと云ひながら、番頭の渡した紙包を見て、たしかに挨拶だけではない留意で尋ねた。

「何かありましたか。」

「友達の欲しがつてゐた書物がありましたので。」

名前は別に打ち明けなかつた。本統を云へば、その筆者の有してゐたやうな思想や主義に対して、また死で終つた彼女の勇敢な戦に対して、階級的に当然敵の地位に立たされてゐる彼がどんな批判を持つであらうかは、河井が単なる金持でないだけ真知子には興味の深い想像であつた。しかし打ち解けてそんな話をするほどの間柄でもなければ、場所でもなかつた。真知子はそのまゝ黙つて彼の歩き出すのを待つた。河井は何故かすぐには彼女の前から去らうとしなかつた。その空虚は、それほど不自然にならないうち、向ふから近づいて来た山瀬に依つて救はれた。

「田舎の義兄《あに》ですわ。」

さう云つて真知子がその方へ歩きかけると、河井は持前のもの静かな落ち着きであとに従うた。彼等は食堂のならびの、版画かなんかの展覧会に使はれてゐる部屋の前で出逢つた。

真知子の紹介が簡単であつたので、山瀬はその若い紳士について、初めは十分な概念をつくることが出来ないらしかつた。が、河井の苗字と考古学と云ふ言葉が何かを思ひつかせたやうに、彼は相手の立派な風采を無遠慮にぢつと眺めてから、真知子に向つて一二のことを尋ねた。彼女は軽いうなづきでそれに答へた。と、急に満足さうな驚が彼の顔いつぱいに拡がつた。山瀬はこの金持の考古学者のことを知つてゐた。

「実に奇遇で――」

あわてゝ、ポケットから肩書つきの大きな名刺を取り出しながら、彼は、同じ学校の歴史の担任者で、河井が援助してゐる考古学の或る研究会に属してゐる同僚の名前をあげた。「M―君からよくお噂を承つて居りましたので、いつか是非お目にかゝりたいと考へて居つた次第でした。」

河井は誰に対しても区別のない鄭重さでこの挨拶に報いた。それからまた、辞令だけでない友情を以つて遠くにゐる会員の動静を尋ねた。「この夏休に出て来られた時には、ちよい〳〵お逢ひしたんですが。」

「そんな話で。お建てになつてゐる研究室の模様もいろ〳〵と伺ひました。非常にお立派ださうで、M―君大に羨やましがつてをりました。何しろ河井さんは、三拍子も四拍子も揃つての仕事だからかなはないつて訳です。は、は、は。」

このとつぴな笑ひに、部屋の向側の書棚にゐた人たちまでこちらを振り向いた。さうでなくてさへ彼の癇ずつた変な笛のやうな高調子は、大きい声は勿論、足音も立てさせまいとしてゐる、無言劇の登場者じみたこの店の客の間では、この上なく異常に響いた。しかし山瀬は斯かる場合の田舎者らしい無頓着で、真の学問は河井如き境遇に於いて初めて可能で、自分等のやうに一冊の参考書を買ふにも財布を気にしないでは買へないものが、何か纏まつた研究でもしようとするのは容易ならぬ困難だと云ふ意味をしきりに述べ立てた。彼の未完成の論文を、金と時間のないことに常に原因づけてゐる彼としては、これは単に意見ではなく実感であつた。それだけ雄弁になり、それだけ声が高くなつた。

この初対面の人の、場所柄も弁へないまくしたてには、河井もちよつと驚いたやうに見えた。が、そのあとから彼の顔はいつもの優雅な平静を取り戻した。彼は如何にもゆつたりした辛抱強さで聞いた。真知子はそばでそれを見てゐると、二人のあまりに著しい対照のために、河井を気の毒に思ふより皮肉で面白かつた。しかし、あんまり困らせないやうにすることは自分の責任だと考へたので、山瀬がまだ何か云ひかけて咳をし、ズボンのポケットから汚れたハンカチを引き出して鼻をかんでゐる隙に、急いで言葉を入れた。

「あのう――」

山瀬の口を封じるために、真知子は彼の知らない多喜子のことでも聞かうとしたのであつたが、河井に出逢つたたび彼女を話題にするのはお追従じみる気がした。さうなればまた研究室のことでも尋ねるより外に仕方がなかつた。「もうよつぽどお出来になつたのでせう。」

「建物ですか。」

「え〻。」

「大工の手だけはどうにか離れたわけなんですが。」

内部はまだ少しも整頓されてゐないと答へた後、彼はふいと非常にたのしい事を考へついた面持で、もしよかつたら、今日帰りにいつしよに寄つて見てはくれまいかと申し出た。

「まだ散らかつたま〻で失礼なんですが、何かお気のついたことがあれば注意していたゞきたいし、山瀬さんの御批評も仰ぎたいと思ふのです。如何でせう、山瀬さん。」

思ひがけないこの招待は山瀬を子供のやうに悦ばした。彼は是非お伴をしたいと云つた。

「ねえ、真知子さん、い〻機会だからお邪魔さしていたゞきませうか。」

「でも。わたくし――」

「なにか御都合がおありですか。」

「別に。ですが。」

真知子は、返事を待つて注意深く自分に注いでゐる河井の眼から顔をそらし、手頸をのぞいた。十時過ぎたところであつた。おひるまでにはもう二時間しかないこと、それからまた噂に聞いてゐる、河井家の貴族的な多分ひどく威張つた、気むづかしい母堂のこと、もしそんなひとに逢ふやうになるとすると。――これ等の考が素早いひらめきで真知子の頭の中を通過した。殊に最後の想像は考へただけでもおつくふなことであつた。さう云ふ生活と趣味に生きてゐる老婦人から、何かよい評価を贏ち得ようとは彼女には考へられなかつた。寧ろ望まうともしなかつた。それは多喜子には大切かも知れないが、自分には必要のないことであつた。実際、彼等といくらかの接触点を持つてゐるだけでも、彼女の現在の気持には余計なことであり、結局は面倒な、時々うんざりしてゐる環境に、あらたな煩はしいものを追加するに過ぎなかつた。

河井は、真知子が渋つてゐるのを見ると、自分が何か無礼な要求でもしたかの如く綺麗に剃刀のあたつた頰をこゝろもち赤くした。にも拘はらず彼は自分の思ひつきを捨てようとはしなかつた。

「どうにかしてお繰り合せがつけば非常に仕合せなんですが。――それともどちらへかお廻りにでもなるんでしたら――」

「いゝえ、さうぢやございませんの。」

真知子は前よりはきつぱりした調子になつて、「すぐ帰るやうに云つておいたので、母や姉が待つてゐはしないかともつて。」

「それだけなら、真知子さん構はないぢやありませんか。」

彼女のしりごみで折角の機会を取り遁すのを恐れた山瀬は、その時やつと鼻から除けたハンカチを急いで始末しながら、遮つた。「河井さんがあゝ親切に仰しやつてゐられるんだし、僕としてもM―君にいゝ土産話が出来るんだから。ね、いゝでせう。殊にほかのお宅ぢやなし、それも僕といつしよだから、帰りの時間が少しおくれる位云ひ訳は出来ますよ。しかし、なんですね。そんなことをお嬢さんらしく心配するところを見ると、あんたも想像したほどモダンでもないんですね。は、は、は、」

ひとを馬鹿にしてる。――一種こつけいな腹立たしさと気羞かしさで真知子は赤くなりながら、とつさの判断で決心を変へた。矢張り彼といつしよに行かうと考へた。その同伴者のために、彼等がそこで陥つたもの笑ひな状態から脱するには、それが最もよい方法であつた。また一方から云へば、来る時みね子に頼まれて来た秘密な義務も、立派に果される訳であつた。

山瀬はまだ一冊も買つてゐなかつた。

河井の自動車が待つてゐたので、日本橋から青山の彼の邸まで二十分とは費さずにすんだ。大きな寺のやうな、銅の金具がまつ青に銹びた門と、緩い勾配のついた曲つた路で導かれた、同じやうに昔風な広い戸板のついた玄関は、正面に置いた墨画の巨大な鷲の衝立と共に真知子には少し意外であつた。中等科を出るとすぐオクスフォードに送られたと云ふ履歴から、彼の住宅に対しても彼女はもつと違つたものを想像してゐた。が、矛盾は感じたあとから忽ち消滅した。真知子はその時遠い奥の部屋から伝はつて来る鼓の音を聞きつけた。この優美に古めかしい楽器の響は、それが彼自身の家であるよりも、彼の母の家であつたことをはつきり彼女に意識づけた。

河井は、式台に出迎へた袴をつけた老人の執事と、丸髷に結つたしつかり者らしい女中頭の二人にどちらにともなく、師匠が見えたのかと尋ねた。一時間ばかり前に見えて、お稽古がはじまつてゐるところだと女の方が答へた。それで彼等は上らず、そのまゝ研究室の方へ歩いた。

車寄前の植込についた入口から、かなめ垣や、桜の木立や、広い冬ざれた花圃《くわほ》に沿うて廻るやうになつた裏庭の、低い松の中に見出された建物は、毎日学校に行く時見て通る駕籠町の東洋文庫を真知子に思ひ浮かべさせた。尤も大きさは三分の一もない位であつたが、材料と様式と色の類似から、二つの建築は同じ感じに出来上つてゐた。

ひとわたり内部の部屋々々をめぐり、二階の殆んどすべてを占める筈の、まだ陳列を終へてゐない彼の貴重な蒐集の一部分に眼を通してから、そこだけ家具の入つてゐた階下の小部屋で茶菓のもてなしを受けた時、真知子はそのことを話し出した。

「さうはお思ひにならない。」

「さう仰しやられて見ると、成るほど外観だけは幾らか似てるやうですが。」

彼は小間使のくばつた紅茶茶碗を取り上げ、しづかに唇にあてながら、しかし内容を思ふと、自分の蒐集などは種類が違ふだけでなく、価値に於いて比べものにならない貧弱なものだと云つた。

「まあ仕方がないのです。僕のやうな金のないものには初めから無理な仕事なんですから。」

「河井さんにさう云ふ言葉を伺ふのは甚だ奇怪だと思ひますね。酒屋の主人から酒の飲めない不平を聞かされるやうなもので――」

山瀬は異議よりはそこに挟んだ自分の洒落に就いて彼女の同意を求めた。「ねえ、真知子さん。」

「いや、奇怪ぢやありません。」

いつになく真知子の返事を待たうともしないで、河井は続けた。「あなたは一冊の書物も金の心配なしには買へないと云ふことをさつき仰しやつたが、その点私だつて違ひはないのです。参考品を買ふ位ならそれもまあどうにかなるとして、組織的に何か大がかりな発掘でもやりたいと云ふ野心を持てば、私の自由になる程度の金では到底追つつかないんですからね。そこへ行くと、外国の政府や富豪の仕事は羨ましいのです。」

河井は英国が最近埃及《エジプト》に続けてゐる発掘や、米国の学者が蒙古に試みた同じ計画をあげ、本来なら亜細亜の土地を外国人の鍬で掘り返されることは、日本の考古学者に取つては感情上忍びないものがある訳だと云ふ意味を、真知子が少し驚き、見張つた、活き〳〵した黒瞳で、大胆に彼の顔をうち守つたほどの強い口調で続けた。いつ逢つてもしづかに落ち着いて、性格的に激しい興奮を感じ得ないかの如く見えた彼が、この場合にあらはした熱情は真知子にはもの珍らしかつた。

山瀬は河井の意見に共鳴して、彼が金の不足を訴へたことに対する自分の抗議は忘れてしまつた。さうしてそれに就いてなほ自分の考を附加するため、話の段落をうづ〳〵して待つてゐた。で、河井の言葉がちよつと途ぎれた隙に、彼は口に持つて行きかけた茶碗を中途で受皿に戻し、勇敢に突入した。

自分はこれでも官吏の端くれだから、政府を非難する権利は持たないのであるが、と前置をしてから、彼は当局者の冷淡と、社会や金持が知識の探求に無理解なために、日本の学界と学徒が——そこに「我々」と云ふ言葉を插むのを忘れなかつた——如何に多くの損失を蒙つてゐるかを論じた。とり分け金持の悪口をうんと云ひ、彼等は無知で、威張ることばかりが好きで、私欲と贅沢の目的以外に金の使ひ途を知つてゐるものは殆んどゐないのだと云つた。

「どうかして一人だけでもいゝから、学問に対して正当な理解を持つた金持があつてくれると大いに助かるんですが。」

そゝつかしい山瀬は、それ等の言葉で河井自身をも罵倒の中に加へ込んでゐる危険には気づかうともしないで、

「そりや私にだつて分つてゐます。斯う云ふ期待をするのは、する方が間違だと云ふこと位はですね。だが、万一にも外国に見るやうな篤志な金持があらはれて、御意見の如く東洋方面の発掘事業は英米人を待つまでもなく、日本の学者の手で立派に遂行されると云ふことになつたら非常に愉快だらうと思ひますね。」

河井は何等の皮肉も交へない朗らかさで、自分もさう云ふ人が出てくれるのを希望する旨を述べた。それから、山瀬自身もM—氏と共通の興味を有してゐるのかどうかを尋ねた。

「いや、何んにも分りはしないんですが、たゞ書物だけはこれで色んなものを読み散らす方ですから、御存じのミハエリスの『美術考古学史』——あれを、調べることがあつて読んで見たのが病みつきなんでして。」

「あの書物は誰にでも気に入られるやうですね。」

「通俗的だと云つたところで、あれだけ立派な内容を持つてゐれば我々には非常に有益ですよ。さう云へば、一二年前どこからか飜訳も出たやうでしたが。」

その言葉で山瀬は、自分は原書で読んだのだと云ふことを明白にした後、彼はいつもの筆法で、真知子にも是非一度は読んで見るやうに勧め、日本では知識的だと云はれる婦人でも、斯んな種類の書物になると少しの注意も払はうとしないと非難した。二日前の『メエテルリンクの犬』から『美術考古学史』――何と云ふ奇抜な飛び移りであらう。この工合だとホッテントットの民謡詩まで推薦されさうな気が真知子にはした。

「考へて見るに、この傾向は婦人に限らないんですね。」

真知子が読まうと云ふ返事をすぐにしなかつたので、彼はそれを近ごろの知識階級の一般的な欠陥にまで延長した。「現に私の学校の生徒で、日曜の度にM―君に連れられて鍬をかついでは出掛けてゐたやうな連中でも、大学に進む頃には、土の底の瓦屑《かはらくづ》や素焼の破片が、プロレタリアトのパンになり得るかと云つた調子に変るんでして、困つた流行ですよ。何等の深い根拠もなく、たゞかぶれるんですからね。」

要するに、一二冊のはやり飜訳書が、無邪気な考古学のアマチュアまで一足飛に新興科学の追随者に改宗させるのだと続けるのを聞くと、真知子は我ともなく口を入れる気になつた。彼女は、山瀬が指摘したやうな変化は、現代の若いものに取つては已むを得ないことだと抗議した。

「さうなるのが当り前ですわ。いつとう自然なことなんですもの。」

「自然。ほう――そりやどう云ふ意味です、真知子さん。マルキシストになるのが自然だと云ふ思想は――」

「いゝえ、それは別問題よ。私はたゞ、土の下と土の上のことを話してゐるだけですわ。」

「土の下と、土の上――」

「二つを比較した場合には、その人の傾向でいくらか違つた考をするものがあつても、一般には誰だつて、地の底の過去の世界の人間がどんな生活をしてゐたかより、地上の現在の社会をどうして住みよくするかの方に、関心を持つのが当然だと云ふのですわ。」

「どうも。あんたのやうなお嬢さんまでが、さう云ふ論法に出て来るんだから。」

山瀬はてれ隠しに眼鏡をはづし、上衣の綺麗な方のハンカチでしづかに拭きながら、これにつけても大勢の若い学生を預る生徒主事としての自分の職責が如何にむづかしいかを述べ立てた。

本統を云へば、真知子もそんな話は河井の客となつてゐる今に於いて、適当でもなければ礼儀でもないのを知らないではなかつた。が、彼女をそこまで駆り立てた感情には強い核が潜んでゐた。真知子は関や米子のことを考へた。何が初め志望した文科を彼から捨てさせたのか。——また何が割のよい教師や事務員にならないで、彼女をあんな貧民窟で働かせてゐるのか。——これ等の行動を裏づけてゐる苦悶まで、単なる飜訳的流行思想の模倣に帰しようとするのなら——

しかし真知子はそれ以上山瀬を相手にする気はなかつたので、一鉢の匂の高い蘭で飾られた茶卓の向側から、その間つゝましく耳傾けてゐた、河井の方を眺めた。あのひとは、私たちの論争をどんな気持で聞いてゐるのだらう。自分とあれほど近い関係のある主題に対して、何故あゝ閑雅な動揺のない顔つきをしてゐられるのだらう。どうして何等かの意見を挟まうとはしないのだらう。さつき発掘のことが話された場合に示したあの熱情は、どこへ隠されてゐるのだらう。——貴族や金持によくある、自分の興味のあること以外には決して留意を持たうとしない、また地位と金の力に依つてその我儘を通し馴れた、無意識的なエゴイストの一人なのだと真知子は河井を考へた。

二度目のお茶が配られた。真知子はそれを空にしたのをよい区切にし、膝の上においてゐた、山瀬の余計な質問を避けるためローザの忍ばせてある手提を取りあげると、もう暇乞をしなければならない時刻だと云ふ言葉で、義兄《あに》を促した。

河井は客と共にしづかに椅子から離れながら、稽古のために母が逢へなかつた残念さを彼女に代つて詫びた。それをきつかけに、山瀬はさつきから云ひたくて堪らなかつたらしい鼓の音の優美さと、彼女の古典的な高尚な趣味を大げさな形容詞で嘆美した。真知子自身から云へば、逢はないですむことは寧ろ仕合せであつたので、そのためには彼に負けない賞讃をその二つに払つてよいと思つた。

が、建物の外に出ると、後庭では玄関で洩れ聞いたよりも一層よく響いてゐた、さうして今までは煉瓦の厚い壁で遮断されてゐると考へられてゐた鼓の音は、いつの間にかやんでゐた。それにすぐ気がついたのは河井であつた。

「――すんだのかな。」

連れ立つて、松の間の砂利を敷いた路を歩きかけた彼は、さう云ひながら、もし稽古が終つてゐたら、あちらへ寄つて逢つて行つて呉れまいかと改めて頼んだ。山瀬は元より異存はなかつた。真知子は時間のないのと家で待つてゐるのを口実に、今日はこれで失礼したいと云つた。が、松を抜け、花圃の端に立つた白い温室を臨む場所に出た時、さうしてそこには彼の母の好みで、茶卓に置いてあつたやうな蘭のみが培養されてゐるのだと聞いて、序に覗いて行きたいと云ひ出した山瀬の提案にまで反対する訳には行かなかつた。

温室はさう広くはなかつた。が、云はれた通り棚の鉢は悉く蘭であつた。その多様な種別は、それ〴〵特長を異にした花の姿と香気に依つて、これ等の植物もまた彼の研究室の標本に劣らない貴重な蒐集であることを示してゐた。

真知子は、山瀬が珍らしい鉢の前に立ち留まつては、河井を相手に仰山な賞め言葉を並べたり、また花弁のそばに子供らしく鼻を持つて行つて見たりしてゐる間に、ひとり先になつて歩いた。彼女はだん〴〵気がせいてゐた。それに何しろ暑かつた。入口の柱にかゝつた寒暖計は夏と等しい温度にのぼつてゐた。その温気《うんき》と、硝子の屋根いつぱいに漲《みなぎ》つて放下する真昼の太陽は、その中に蒸された強い花の香と共に、焦茶の深いフェルトをかぶつた真知子の顳顬《こめかみ》をづき〴〵させた。で、山瀬が天井から釣り下された、淡黄色の蝶のやうな花をつけた鉢を仰ぎ、支那から何度取り寄せても失敗してゐたのが、漸く今年咲いたのだと云ふ河井の説明を賞嘆してゐるのをあとに残し、構はず戸をあけて出た。すうつとした外気の感触が快かつた。彼女は小さいハンカチを出して汗ばんだ額と襟を拭いた。それから靴の爪先でまつ直ぐに立ち、両手を外套のうしろで組んで大きく脊伸びをすると、そのまゝ旅客が汽車の留まつてゐる間、駅のプラットフォームを散歩する時の恰好で、長方形の温室の長い片側の辺《ほとり》に沿うて歩いた。

花圃の向ふ方では、二人の園丁が、花のあとの秋薔薇らしい小さい列になつた灌木の手入をやつてゐた。彼等の鋏は、それ以外何等の物音も聞えない、また誰ひとり人影もないあたりの虚無に、一定のリズムでより深い静けさを刻みつけた。真知子は歩きながら金属性の単調な響を耳にし、眼の前の明るい、空つぽな、土の拡がりを眺めてゐると、家からも友達からも社会からもかけ離れた、なにか恐ろしく遠い場所に来てゐる気持がした。事実、鼓や、蘭の花や、あの考古学の研究室や――この一廓のすべてのものは、彼女の心からはあまりに遥かな別の世界であつた。

と、対蹠的な不意な思ひつきで、真知子は帰りに米子のところへ寄つて行かうか知らと云ふ気になつた。ローザを小包にする手数が省けるし、それに一二日前貰つた葉書に、仕事を休むほどではないが風邪気味で少し弱つてゐるやうに書いてあつたので様子が見たかつた。おくれついでに、山瀬にはさう云つて途中から別れさへすれば――その時、温室の入口に起つた話声が真知子の思念を中断した。女の声が交つて聞こえた。さつきの小間使がなにか用事でも伝へに来たのであらうか。――彼女はそちらに向きかけてゐた足を返し、反対の側の、ひとり先に抜け出した、そこだけ素通しのはまつた戸に近づくと、温室の中をまつすぐに自分の方へ歩いて来た河井と硝子越に顔を見合せた。同時に、真知子は正面の入口のところに、一と目で彼の母と認められる、よく肖た老婦人が、玄関で見覚えのある年取つた女中を従へて立つてゐるのや、その前で山瀬が慇懃に何度もお辞儀をしてゐるのを、一段低くなつた煉瓦の、長い床と、そこにあふれてゐる光線と、左右の花の群がりを通して、透視画のやうに鮮明に見渡すことが出来た。

「まあちやんのとこぢや、今晩は誰もほかに来ないんですか。」

「あとから義兄《にい》さんが入らつしやる筈よ。」

「みね子はまたお留守番。」

「きいちやんが風邪を引いてるから、夜は出られないんだつて。」

「そんな事ばかり云つてるのね、あのひと。この間歌舞伎座へ連れてつてあげようともつて電話をかけたら、行つては見たいけれど、山瀬さんがどうとかで都合がわるいつて断わるんだもの。馬鹿々々しい。あれぢや何のため久しぶりに東京へ出て来たんだか分りやしない。」

「そんなこと、私に喰つてかゝつたつて。――でも、みね子姉さんがあれで満足してるんなら、はたで余計なおせつかいする必要はないわ。」

「どうして、大ありですよ。あのまゝぢやますます〲お人よしの田舎者になつちまふばかりだもの。なんしろ、明けても暮れても旦那様と、子供と、犬ぢやねえ。」

辰子と真知子は、帝劇の二階の休憩室のオットマンの高い円筒形のより凭《か》りにもたれ、この腰掛では不断より一層長く見える盛装の膝を姉妹《きやうだい》らしい親密さで並べてゐた。舞台の方では、午後六時からはじめたプログラムの三分の一がすでに進行してゐた。しかし二人が聴く義務を持つてゐる富美子や、乃至多喜子の番にはまだ多くの間があつたし、義務以外に興味で聴いて見ようと思ふ専門家は今夜は出なかつた。それに同じお義理の客で、席にかけ続けにかけてゐるより、出逢つた縁者や友だちと好きな話をして残る方をえらんだ人たちはほかにも多かつたから、二人の横着も目立ちはしなかつた。

「この間みねちやんが、私のところへ来た用事知つてる。」

「訪ねて行つたことは聞いたわ。」

「お金貸してくれつて云ふのよ。」

真知子は返事をしないで姉の顔だけ見た。想像されないことではなかつた。

「そりや私だつて、みねちやんがどうしても困るんなら何とかしないぢやないけれど。」

知らない脊広の男がづか〳〵と入つて来た。彼はオットマンの向側の美しい二人に気がつくと、泡喰つて、さうしてなにか異常な存在にぶつつかつたかのやうなあわて方で引つ返した。

「――」

辰子は邪魔した侵入者の脊中に、ちらと忌々しげな視線を投げてから、今度は出し抜けに妹に問ひかけた。

「ねえ、山瀬さん学者。」

「知らないわ。」

「ぢや、学者になれる人。」

「知らないわ。」

「ほら、ね、さうでせう。――私だつて前からちやんと見抜いてた。いくら学者ぶつて見たつて、北海道のお兄さんなんかとはあの人まるで違つたたちなんだつてぐらゐは。――だのに肝腎の奥さんにそのことが分らないんだから困りものよ。それで丸善に余計な御奉公をしては、あとで苦労するんだもの。だから私云つてやつたの。みねちやんがなにか気の利いた着物の一枚も拵へたいのなら、要るだけ出すが、山瀬さんの尻拭ひは御免だつて。」

「だからあの日帰つた時変な顔してゐたのね。」

「わる口云つてた。」

「少しは。」

「みね子の意見だとね、私が上村に感化されていつしよに堕落してるから、学者の家の精神的な生活が理解されないんだつてさ。それどこか、上村の道楽のおかげで、こつちの方がみねちやんたちよりは十倍も精神的に暮してる積りだ、つて云つてやらうかともつたけれど、あんな人を本気にいぢめても可哀想だからよしといたの。――でも、まあちやんは中々評判がよかつたわ。私とは比べものにならないほど同情があるつて。」

それに対し、前の日曜日には丸善のお伴までしたのだから、評判もよつぽどよくなければ引き合はないと真知子が云つたので、辰子は面白さうに笑ひ出しながら、なほ、その丸善で出逢つていつしよに行つたと云ふ河井の家の様子に就いて、殊にその母に就いて女らしい質問をかけた。

真知子は温室の外側でわづかに五分間逢つたきりなので、その老婦人が若い時にはどれほど美しかつたであらうと思はれるほど、すぐれた容貌を持つてゐたと云ふ以外には多くを話すことが出来なかつた。しかしその間に河井の母の示した、気むづかしさうではあるが、気取のない自然さと、河井によく似た物云ひをする鷹揚な態度は、これまで想像してゐたとは違つた印象を彼女に与へた。

「そんなひと。」

辰子も妹の観察を意外らしく聞いたやうに、「でも世間では、あのお母さんが昔風の貴族ぶつた気むづかし屋だから、河井さんの奥さんもえり好みが多くて極まらないんだつて云つてるのね。」

尤も今度の多喜子には、田口と云ふ上手な周旋役がついてるから大丈夫だらうけれどもと、云ひ添へながら、辰子はそのあとで、忌憚なく批評すれば、彼女はそれほど大騒ぎして選択されるほどの相手ではないとくさした。

「あんなお嬢さんなら、そこいらに掻き廻すほどあつてよ。それは顔立だつて、綺麗には綺麗だけど、お人形見たいでちつとも面白味がないわ。」

自分の美貌を信じてゐる女は誰でもさうである通り、辰子も何かの欠点をあげないでは人の顔を賞めなかつたから、真知子はわざと、多喜子はあれで十分美しいいし、河井にも釣り合つてゐると云つた。

「あまのじやく。私がわる口云つたもんだから。」

「半分は正直よ。」

姉妹は問題そのものより、冗談がうれしくて笑つた。同時に真知子は、河井家の新夫人として多喜子を非常に不似合だとは考へなかつた。あんな趣味と格式の固定した家には、なにか鮮明な性格を持つた人よりも、彼女のやうな平凡かも知れないが融合性の多い娘の方が、安易に同化されるだらうと云つた。辰子は、ではその点は真知子に譲つてもよいが、今夜の多喜子のおつくりにはどうしても賛成出来ないと云ひ張つた。

「あのひと割に上背がないのだから、もつとすつきりつくるといゝのに。――少し模様が派手すぎるのね。」

「どこ、私まだ見なかつた。」

「いやなひと、同じ並びのボックスぢやないの。お父さまつて方まで今宵は見えてるわ。」

真知子が着いた時には、十三四の可愛いお下げの娘が、いつしやうけんめいでピアノにかじりついてゐた。その曲目の終つた時、丁度入つて来たとなりの田口家の人々にちよいと挨拶をしてから、彼女はそのまゝ辰子に誘はれて出たので、誰がどこにゐたか知らなかつた。

やがて、座席の方から起つた盛んな拍手の音は、おひ〱栈敷に帰つてゐた方がよいことを二人に思ひつかせた。

「さあ、行つて見ませうか。うつかりして富美子さんのを聴きはぐれたら、田口のをばさんに恨まれつちまふ。」

辰子はさう云ひ、より凭りのびろうどの柱から離れたが、その前に化粧室へ寄り道して行くのを忘れなかつた。真知子もあとについて一緒に鏡の前に進んだ。姉の顔と髪の手入は妹よりは念入であつた。それにうしろであき間を待つてゐる女たちも二三人ゐたので、真知子は自分だけのことをすますとコンパクトを帯の間にさし込み、重い硝子戸を押した。あんまり来なければ先に椅子に帰つてゐようと思つてゐた。斯んな劇場の通路にひとりぽつんとしてゐるのは、最も嫌ひなことの一つであつた。で、待つと云ふほども待たないで、彼女は二三歩のろい足で絨氈の上を左側の座席をさして行かうとしかけ、忽ちそこに立ち留つた。

向ふのボックスの裏にあたる廊下に、三人の男が佇んでゐた。二人は河井と山瀬であつた。が、こちらに脊中を向けた河井と、その前を塞いで何かしきりに話してゐる山瀬の間に斜に立つてゐる、背後《うしろ》の青い羅紗を張つた跳ね戸と、壁の高い照明の反射で常よりなほ蒼白に見える関の横顔を目にした時、真知子は自分の視覚を信じることが出来なかつた。あのひとがどうして今夜の斯んな音楽会に来てゐたのであらう。――またなにが三人を近づきにしたのであらう。――そこへうしろから追ひついて来た辰子も、山瀬と河井を見出したあとから、真知子を不思議がらせてゐたものに就いて同じく聞いた。

「でも、だあれ。あの右の方に立つてる若いひと。」

真知子は関の名前と、自分が彼を知つてゐることを、姉に話さない訳には行かなかつた。が、何故斯んな場所に彼が現はれたかの疑問に関しては、それより、何故それを自分が不思議がるかの事情をば、打ち開けようとはしなかつた。

二人の足を留めた周りには、化粧室に出入する女たちが絶えず動いてゐたのと、向ふの三人の方では山瀬の熱心な話が続いてゐたので、姉妹はそばに近づくまで彼等に気づかれなかつた。ただ関だけは彼の立つてゐる傍へ歩いて行つた真知子を、遠く認めてゐたやうに彼女自身には感じられた。しかし山瀬がどこにゐるのかと思つてゐたところだと二人に声をかけ、それと共に河井が振り返つて丁寧に頭を下げるまで、彼は無言で、その位置と姿勢を守りつゞけてゐた。

山瀬は関を自分が中学で教へてゐた時分の生徒だと紹介し、今夜何年ぶりかで有楽町の停車場で出逢つたのを引つ張つて来たのだと云ふことを、おもに辰子に向つて説明してから、彼は義妹《いもうと》を見て聞いた。

「――真知子さんは関君を知つてゐたのですつて。」

「えゝ。」

「それならそれのやうに云はないのはいけませんね。」

「だつて、なあぜ。」

自分の交友に就いていちく彼に報告する必要があるだらうか。――しかし真知子はさうまでは云はず、山瀬自身が関の先生であつたとは夢にも知らなかつたのだからと云つた。そのあとで変に古風な「夢にも」が、自分でをかしくなつた。と皆んなもそれを感じ、共通の無邪気な親しみでほゝ笑んだ。

山瀬はそれですつかり嬉しくなつたやうに、昔の教師が、古い生徒に対する時の自信のある親愛の身ぶりで、隣りの関の脊中を軽く叩いて見せ、それから急に低くした小さい声で、こゝだけの話であるが、この男は一時大いに赤かつたのだと云ふことを素つ破ぬいた。

「しかしそれは以前のことなんで、――今さうだと云ふのぢやありません。――その点は私も信じてはゐるのですが。」

彼はしやべつたあとから、漏洩の重大性に心づいて庇ひながら、同時に長者ぶつた隔なさで関を訓戒した。少くとも、真知子さんなぞに余計な宣伝をして貰つては困ると。――

「ねえ、辰子さん、そんなことをされてはお互ひに大いに迷惑しますからね。」

「それはさうね、このお嬢さんに、このうへ主義者なんかになられたんぢや、ますく\お嫁の口が遠くなりますわ。」

真知子は神経的な嫌悪を浮かべた顔を姉に向けた。

「そんな顔したつて、本統ですよ。実際関さんの前だけれど――」

辰子は笑つた。よく動く眼で、その若い初めての男をぢつと検査するやうに見た。「私に息子があつてお嫁さんを貰つてやるにしたつて、主義者のお嬢さんぢやまあ御免蒙りますから。――ねえ、河井さん、あなたはいかゞ。」

辰子はわざと軽い調子を取つてゐた。河井もそれに応じ、自分自身より母が今夜来てゐて、彼女とその問題を研究しなかつたのは残念だ、と云ふ意味を誇張して答へた。

真知子は二人の目的を見遁さなかつた。山瀬の持ち出した場所柄を弁へない話材の刺を、彼等はその諧謔で上手に取り除かうとしてゐるのだと思つたので、それに対し関がどんな態度を示すかを気をつけて見ようとした。

関は黒い、や丶乱れた髪毛に蔽はれた、その形のよい頭をまつすぐにし、いつもの脊広の肩を左だけこ丶ろもち聳かして、彼女のすぐそばに立つてゐた。相変らず寡黙ではあつたが、そのため傲慢にも見えなければ、素つ気なくもなかつた。久しぶりの教師に絡んだ中学時代の思ひ出が、今宵の彼をつ丶ましく従順にしてゐるかのやうであつた。実際彼は、自分の前に語られてゐる、彼自身に原因して生じた、彼自身として当然弁駁を投げ入れてよい話題に対してさへ、別に何か云はうとはしなかつた。寧ろそれより、辰子と河井の協力的な塗抹を面白がるやうに、かすかな微笑で、長い表情的な眼を輝かしてゐるのを見ると、真知子は富美子が彼にその儘だと云つた映画の主人公の顔を思ひ出した。

あの眼と額が一番よく似てゐるのだわ。――さう思ひ、思つたあとから一秒間多く見過ぎてゐた気がした。彼女はそれをごまかすために話しかけた。

「このごろ、米子さんにお逢ひになつて。」

「二三日前に逢ひました。」

「私もこの前の日曜日にちよつとうかゞつたのですけれど。」

米子は留守であつた。真知子はローザの書簡集を隣りの植木屋に頼んでおいた。受け取つたともなんとも知らせて来なかつた。真知子は書物の名前はわざと云はず、事件だけを話した。

「さう云つてゐました。丁度医者に行つてたのださうです。」

「まだはつきりしないのでせうか知ら。」

「無理をするからいけないのです。」

関は怒つてゐるやうな口調でさう云つた。真知子はその言葉に彼の率直な愛情を見た。しかしいつもの如くそれを羨みはしなかつた。今夜の彼は、真知子自身に対してもさう冷淡ではなかつたから。――彼は近いうちにもう一度米子を訪ねて、よく養生することを忠告して貰ひたいとさへ云つた。

「僕が云つても容易にきかないのです。あれで中々強情なんですから。」

「強情つてより、米子さんのは我慢強いんですわ。」

「あゝ云ふところが、あのひとの亡くなつた兄によく似てゐますよ。」

「そんな方でしたの。」

真知子は話が自分たちだけの興味に落ち過ぎるのを知りながら、また辰子がそれに気づかせようとして眼くばせしたのや、河井自身まで山瀬との話の間に好奇的な注意を向けたのを認めながら、わざと避けようとはしなかつた。彼女は寧ろその機会を利用する気になつた。関との交際を、その性質を、彼等に明白にするには丁度都合がよかつた。

しかし二人が最も近く立つてゐた後の青い戸が、その時急にうちから押しあけられ、田口夫人の着飾つた若作りの姿があらはれた。倉子は、危く跳ねのけられさうになつた関と真知子には目もくれず、河井に近づき、出来るだけ愛想のよい誘ひかけで頓て多喜子の番だと云ふことを知らせた。それから彼に示した慇懃に反比例した尊大さで山瀬と辰子を交るぐ〱眺め、彼等がいつまでもそんなところに河井を立たせてゐた心なさを責めた。

多喜子は精いつぱいで弾いた。ずゐぶんよく弾くと真知子は思つた。大き過ぎると非難されてゐた振袖の模様も、明るい、花環のいくつも並んだ舞台では、殊に黒い楽器との対照から調和よく美しかつた。

柘植家の人々は、辰子が真知子に教へた通り二つ上手のボックスにゐた。柘植夫人と、白い鬚のある、同じく小柄な、が、夫人よりは威厳のある容貌をした子爵は、真知子の感じたことを三十倍にも感じてゐるやうな満足さうな様子で、舞台の娘を一心に見詰めてゐた。河井は同じボックスで、隣りの田口の席の一番端にゐた富美子の夫と、仕切を間にして並んでゐた。

舞台を斜《はす》に見なければならない位置の条件から、絶えず視野のうちにあつたそれ等の人々に対して、真知子は今夜は不思議に反撥的でなかつた。彼等と立ち交つてゐる場合、常に感じさせられた不快な孤独の代りに、淡い、ぼんやりした悦びが、彼女の心をこれまでになく暢《のび》やかにした。すぐ向ふにオペラグラスを手にして夫の老博士と並んでゐる田口夫人が、出入の洋画家で、気障なしやれ者らしいなりをした、婦人に就いてよくない噂を持つてゐる男を平気にそばに引きつけてゐるのさへ、寛大に眺めることが出来た。

この変化は、彼女にはつきり意識されてゐた訳ではなかつた。意識されてゐたとしても、音楽のこゝろよい影響以上に考へられてはゐなかつたであらう。それくらゐ真知子は熱心に聴いてゐた。耳だけでなく、なほ眼からも音律の美しい流を吸ひ込まうとするかのやうに、見据ゑた。さう云ふ風にすると、一そう底に深く拡がつて見える黒瞳《くろめ》で、遠い鍵盤《キイ》をぢつと打ちまもつてゐた。うつとりとたのしかつた。とは云へ、それでなにもかも忘れるほど夢中になりきつてゐたのではなかつた。寧ろ彼女はふだんより過敏であつた。取り分け、背後にすぐ接して並んでゐた一つの椅子に対して。——

多喜子の幻想曲が終り、入れ違ひにあらはれた青い洋服の混血児《あひのこ》の娘が、ブラームスの「子守歌」を半分弾きかけた時、非常にしづかな動作でそこから立ち上つた人のけはひを、真知子は聞き洩らさなかつた。彼女は聴衆のすべてをもう一度揺籃の中にまどろませようとしてゐる、最も魅力的なアンダンテから、未練なく振り返つた。関は外套を抱へ、椅子の下に入れた帽子を取り出さうとしてゐた。

「お帰りになるの。」

声は出さず、殆んど口の形だけで真知子は聞いた。関は軽い目礼でそれに答へた。彼ははじめから長くゐない約束なのだと、そばから山瀬が低いさゝやきで説明した。

真知子は再び舞台の音楽に戻つた。ブラームスの中に、後の跳ね戸をさして歩み去つた関のひそかな注意した靴音が交り合つた。

と、今までは多喜子のよりずつと達者だと思はれてゐた混血児の娘の弾き方が、単に乱暴に過ぎなかつたやうに感じられだした。まるで、テマがわかつてゐないのだわ。――音波とともに跳つてゐる、彼女の栗色のおかつぱと、短かい、反つた鼻を眺め、真知子はこゝろで嘲《あざけ》つた。あれでは、どんな温順《おとな》しい赤ん坊だつて寝つきはしないだらう。彼女は隣の姉の膝からプログラムを取り上げて調べて見た。富美子が弾くまでにはまだ一人あつた。先に自由に帰つた関が、羨ましく意識に浮かんだ。それにしても斯んなお浚への音楽会に、今までどうしてあれだけ熱心になれたのか分らなかつた。

終に激しい喝采が起こり、勇敢な「子守唄」もお仕舞になつた。

「ねえ。」

真知子は小さい筒に巻いたプログラムで姉の肩をつゝいた。

「富美子さんになるまで、また出て見ない。」

姉妹が跳ね戸を出ようとしてゐると、一歩早くつぎの戸から出た田口夫人が、楽屋へ行くらしく、何かそれに就いてお伴の洋画家と口早やに話しながら通つた。

この二人も、三十分前よりずつと醜悪なものに真知子には見えた。

富美子が弾いたモッツァルトの「トルコ行進曲」で第一部がすむと、真知子たちは柘植家の人々や河井と共に、田口の中央亭に用意させてあつたお茶に招待された。

「これで帰れるなら、その方が有難いんだけども、まあ仕方がないわ。」

辰子は廊下に出ながら、真知子の考へてゐた通りのことを囁いた。それからもう一度化粧室に寄り直して行くために、山瀬には構はず行つて貰つた。

鏡のそばは、前と違つて容易に寄りつけなかつた。何人か待つて漸くそこを出ると、意気な丸髷で、くろうとのやうな扮装をした辰子の友達にぶつつかつた。真知子も顔は見知つてゐたが、正直に云ふと好きな人ではなかつたし、相手も年増らしい図々しさで、辰子にだけに分る隠語で、なにか内証話のあるらしいことをほのめかしたので、真知子は自分から避けた。

「私行つてるわ。」

あんな人と附き合つて、お姉さまなにが面白いのだらう。――姉の友達の選択に就いて常に起こる不平で、真知子はその時も少しぷん〱してゐたので、三階にのぼる階段で、上から急いで下りて来た富美子にもすぐには気がつかなかつた。

「あら。――真知子さん。」

行き過ぎて、自分の方から見つけた富美子は、いつもの子供らしい高い呼びかけで、喫驚して見た女たちの間を、派手な草履で無遠慮に突つきり、下り過ぎた三段だけ後戻つて来た。

「どうなすつたかともつて、探しに行くとこよ。――辰子さんは。」

「お友だちにつかまつたの。」

真知子はその返事といつしよに彼女の立派な出来栄えをほめた。実際富美子は、多喜子よりも勿論またあの混血児の娘よりも、数等上手に弾いた。

「本統はもつとうまい筈なの。」

打ち解けた洒落《しゃらく》な微笑で、富美子は白粉の少し剝げた、小さいそばかすの顔をしやくつて見せながら、何しろ今夜は楽屋の進行係を引き受けたため、自分の番になるまで落ちつけなかつたのだと云つた。

「小さいお嬢さんたちが交つてるでせう。だから、とても世話が焼けて、厭になつちやつたの。」

が、言葉ほど厭でもないらしい快活さで続けかけたが、急に小さくした声で一寸五分高い真知子を下から覗き、

「さう云へば、――ルドルフが入らしてたんですつて。」

富美子は、関に似てゐる役者の名前できいた。

「山瀬の義兄が引つぱつて来たのよ。」

「もとの生徒さんなんだつてね。」

そんなことまで皆んなに知られてゐるとすれば。――先に行つた山瀬が、何か珍らしい茶話のつもりで続けてゐるであらう余計な饒舌に就いて、真知子は漠然とした不安を感じた。その気持が富美子にわかる筈はなかつたから、彼女はたゞ関が社会主義者であつたことの発見を、彼に腕が三本あつたと同じくらゐ驚いて話した。

「でも、あのひとが主義者だなんて、嘘見たいだわね。」

「どうして。」

「だつて、あんな綺麗な顔してるぢやないの。」

真知子は思はず足を留めたほど呆れ、真面目に不審がつてゐる相手を眺めた。が、同時に、如何にも富美子らしいその呑気な断定がをかしくなつたので、外国の活動役者に似た綺麗な顔をしてゐれば何故社会主義者になり得ないか、と云ふやうな反問を持ち出す気は起らなかつた。そんな暇もなかつた。中央亭の、大きな衝立で、その幅だけ内部の輝きとざわめきを遮断した入口が、すぐ彼等の前にあつた。

「富美さん、ミイラ取りになつちや困りますね。」

　正面の二つの窓際に亙つて作られた田口家のテイブルに、連れ立つて近づいた時、真知子が一番に耳にしたのは、斯う云つて娘にふり向いた倉子の気取つた含み声であつた。この譴責は、娘より彼女自身に云はれたのであることが真知子には分つた。しかし田口の方は持ち前の人の善さで、窓を後にしてかけた席から半分伸び上り、自分の左側が空いてゐると云つて招いた。横は河井であつた。もし多喜子が博士の右側で両親に挟まれてゐなかつたら、幾ら彼の好意でもその大事な場所を自分に譲りはしなかつたらうと真知子は考へたが、素直に木村のそばにかけた富美子と別れ、そちらへ行つた。

　河井は彼女を楽にかけさせるため、自分の椅子を隣りの山瀬の方へ少しずらした。それから低いしづかな声で、今までそこに発展しつゝあつた話題を伝へた。

「さつきの関さんのことから、社会主義論が出てゐるところなのです。」

　おもな話手が、想像した通り山瀬自身であつたことは、二分と聴かないうちに明瞭になつた。彼は、社会主義をなにか鴆毒《ちんどく》の一種の如く怖れてゐる世人の誤謬を指摘しようとした。

「これは内輪だけの話で、官立学校の生徒主事を拝命してゐる私自身としては、よそではめつたに話されないのですが。」

　その前置からすれば、彼等と同じく三十分の休憩時間を利用した客で賑つてゐる料亭の茶卓は、あんまり用心のよい場所ではなかつたに拘はらず、彼は乗り気でつゞけた。

「要するに、完全な共同社会に対する欲求は人間の数千年来の理念で、それをなくさせようとしたつてなくさせられるものぢやないのですからね。大事なことは、如何によく指導すべきかと云ふ点なので、例へばネオ・カンチアネルの或る者が唱ふる如く、カントとマルクスの接種で、社会主義を倫理的に基礎づけようとする考へ方なぞに依れば、世間が挙《こぞ》つて社会主義者になつたつて大した危険はないんです。だから私は生徒等に云つてやるんです。社会主義の書物が読みたければ読ましてやるから、ドイツ語で真物《ほんもの》を読め、ロシア流の宣伝用の赤本を一二冊読んで社会主義を卒業したつもりなら大間違ひだぞ。」

「問題の関君は、ぢや、どちらなんです。」

　向ふ隣りにかけ、彼の講義のやうな話をにやく〳〵と面白がつてゐた洋画家が質問を発した。「赤本組ですか、それとも真物のドイツ語の方なんですか。」

「さあ、どの程度に読んでるか知れないが、あの男は語学は達者な筈ですよ。」

他人のひやかしの決して分らない山瀬は、非常な真面目さで彼に答へ、序でに自分の教へてゐた時分の関がどんなに勤勉な頭のよい秀才であつたかを伝へた。

「あゝ云ふたちのよい青年を、ちよつとした蹉跌でいつまでも日蔭者の状態におくのは残念ですからね。」

山瀬はなほ洋画家を相手にしてゐる積りであつたが、彼の興味は茶々を入れることで、関の伝記でなかつたのだから、知らん顔でマドロス・パイプの煙を吹いてゐた。山瀬は仕方なく話の後半は河井の方へ持つて行つた。

「実際惜しいですよ。且つ差別的に迫害すればするほど、彼等を悪化させる訳なんですから。丁度犯罪者がいくら真人間にならうとしても、世間で前科者扱ひにするために一層大きな罪を犯すのと同じなんです。——今夜あの男を私が無理に引つ張つて来たのも、一つはさう云ふことを意志してゐたからなんで、でなくとも立派な音楽の感化は——」

「ちよつと待つて、山瀬さん。」

彼の長い話にじれ〳〵してゐた田口夫人は、宝石の光る指で菓子ナイフを握つたまゝ、その時高びしやに中断しておいて、彼がなにか意志することは自由であるが、その実行が自分たちに関係する場合に勝手なことをされては困るときめつけた。

「今夜だつても、みね子さんが入らつしやれなければ入らつしやれないでいゝから、なにもあんな飛んでもない御名代を引つ張つて来ることはないぢやありませんか。あんたに常識があるんなら——」

「さう仰しやられるとですが、奥さん、今お話した考へで。」

「駄目、駄目、その考へが間違つてますよ。」

倉子はおつかぶせ、がちやと音させておいたナイフを皿ごと横に押しやりながら、「あんたはもと教へた生徒だつて、こちらぢやてんで知らないんだし、殊にそのため大学を出された札つきの主義者だつてものをわざ〳〵連れて来るなんて、だいち、斯うやつてごいつしよに御招待したお客様に対して、私の方でお詫のしやうがないわけになりますよ。」

「だつてもね、お母さま、」

今度は富美子が木村の向側から母を遮つた。「あの関さんは真知子さんも知つてらつしやるのよ。それに主義者だつて、あの人ちつとも怖い人ぢやなささうだわ、ねえ。」

真知子は、この言葉といつしよに、富美子のわだかまりのない、同情の視線をテイブル越しに受け取つた。が、それに対して彼女がなにか報いなければならなかつた前に、倉子が誇張した間投詞で割つて入り、改めて本統に知つてゐるひとかと訊ねた。真知子は本統に知つてゐるひとだと返事した。

「当節のお嬢さんが、いくら自由な考へ方をなさるたつて、」

大それた話だと云ふ表情を倉子はして見せながら「さう云ふ交際は決して賛成出来ませんね、真知子さん。山瀬さんも山瀬さんですよ。御自分はとにかくとして、真知子さんまでそんな危険な人物に紹介するなんて。」

意外な飛ばつちりで面喰つた山瀬が、急いで冤罪を解かうとした隙を与へず、倉子は真向ひの夫に同意を求めた。「ねえ、あなた。もしそんなことで世間の誤解でも受けようものなら、取り返しがつきませんわねえ。」

「大きに、さうだ。しかし、」

どんな場合でも、生来の陽気さと医者らしい円滑を失はない博士は、医学的の見地からすれば、病菌は馴れるほど危険率が少くなるものだと云ふことを妻より皆んなを相手にした口調で話し出した。「結核の病院に勤めてゐる看護婦でも、田舎出の健康な者ほど却つてやられるんでして。この理窟で行くと、社会主義なんてものも幾らか様子を知つたもの、方が、本統なら免疫性が多い筈なんです。」

「そんなことを仰しやつたつて、あなた。」

「駄目ですかね、は、は、は。」

彼はわざとへうきんに妻をはぐらかすと、艶々と禿げた頭に、太いぼつちやりした手をやりながら、娘と並んでゐる婿の方をにこ〳〵と眺めた。「しかし君だけは、木村、同業のよしみに賛成しないといかんよ。」

「序でに社会主義予防注射液でも拵へて、うんと儲けるんですね。」

「あんたまで何です。ふざけて。」

倉子が本気に怖い顔をして叱つた。と、それがをかしかつたと云つて洋画家がそばから囃したので、それに和したテイブルの各部分からの笑声と微笑が、話題の中心を漸く社会主義と真知子から移動させようとしかけた。

その時、それまでは傍聴者に廻つてゐて、寧ろ話よりも、同じ程度に左の利く隣りの田口が紅茶に割るつもりで取り寄せたウィスキの方に心を引かれてゐた栢植子爵が、急に口を開き、自分の社会主義観を一つ披露しようと云ひ出した。

「結局ボルセヴィキ観になるんだが。」

少し酔つて頰と鼻を赤くした彼は、そのため際立つて白く見える鬚の中で断りながら「この頃必要があつて、ロシアに関する書物を取り寄せて読んで見ると、中々面白い。レニンと云ふ男はたしかに傑物ですよ。」

「子爵、失礼ですが、大いに危険思想ですね。」

「まあ、待ち給へ。」

はしやいで雑《ま》ぜ返しかけた洋画家を制し、子爵はもの馴れた口調で、もし彼の考へ通りにロシアが改善されたら、地上に一つの理想国が出現する筈だと云つた。「しかし理想国は一人ぢや出来ない。殊にロシアの場合は、六千万人の農民が基礎で、それもめい〳〵儲け過ぎちやいけないと云ふのだから事がむづかしいですよ。日本の百姓だつて、そんな制限をされて骨折つて働くものはないですからね。」

「お説の通りです。」

さつきから是非一言挟まうと待ち構へてゐた山瀬が、洋画家に先んじられまいとして急いで賛成の意を表した。

「全くのところ、人の利己心を無視した点に、ボルセヴィキの大なる弱点があるのです。御存じと思ひますがイギリスのバーナード・ショウ——あのひとが『フェイビアン・トラクト』の中でマルクスを評した言葉に子爵と同じ意味のことを申してゐますが。」

彼はこゝでちよつときり、ずり下つた眼鏡を鼻柱のもとの位置に戻し、マルクスには労働の概念はあるが人性の概念がない。人類共通の希望は、恒産を得て労働しないでもすむやうになることだ、だから彼は一種のドン・キホーテだ、と云ふ奇警な引例をした。——覚えてゐた暗誦が丁度当つた小学生のやうな得意さで。

子爵はバーナード・ショウも、『フェイビアン・トラクト』も知らなかつた。が、支配階級の一人として人間が如何に怠け者であるか——殊に報酬の十分でない場合に於いて——ショウに劣らず確信してゐた。

「だからそのイギリスが、ボルセヴィキの陰謀以上に注意してゐるのは、」

この言葉で、子爵は最も仲のわるいボルドウィン内閣とショウを一緒にして云つた。「ロシアがあの怠けもの、農民に、今年は小麦を幾ら作らせることが出来るか、と云ふことなんで。その生産の如何でロシアの運命は決定すると云つてもいゝのですよ。」

「幹部連の内輪揉めなんぞも、原因はそこいらのむづかしい産業政策にあるらしいやうですね。」

　田口もそばから合槌を打つた。

「決してほかぢやないのです。で、わしは斯う思つてゐる。ソヴィエト・ロシアを本統に支配してゐるのはレニズムぢやない、ただ小麦だと――」

　それだけ云ひたかつた子爵は、望みを果すと再びウィスキの小さいコップを取り上げ、愉快らしく河井を名前で呼びかけた。「どうですね輝彦さん、この観察は。」

　それに対して河井は、適当な返事を怠りはしなかつた。が、調子の受け方は、いつもに似合はずぶ[ざ]まで、拙かつた。彼は本統は子爵の言葉も、そのほかの人が話してゐたことも初めほどよく聞いてゐなかつたやうに見えた。と云ふより、その間彼を捕へてゐたなにかのもつと大事な思惟が、聞いてゐたやうに装はなければならない社交上の技巧を忘れさしたかの如くであつた。

　倉子は狭い、探るやうな眼を彼の方へ向けた。その主要な客の動作に就いては、彼女は常に誰よりも神経過敏であつた。が、直接それに触れる代りに、不断ほど冴えぐ〳〵しない彼の血色を心配するやうに云つた。

「あのう、なんなら、お熱いお茶でも、もう一つ如何でございますか、河井さん。」

「いや、結構です。」

　彼は極めて何気なく答へた。

「もしお風邪でも召しては大変でございますわ。」

　倉子はなほそれで止めようともせず、柘植夫人まで誘ひかけた。「ねえ、奥様、今日は近頃になくお寒い日でございましたもの。」

　柘植夫人も非常に寒い日であつたと云ふ言葉で応じ、斯んな天気が続けば彼の母夫人は近いうちに熱海の方へ行かれることゝ思ふと附け加へたのをきつかけに、そこにある河井家の有名な別荘や、附近の避寒地のことが新に話し出された。殊に倉子と柘植夫人が、何よりその話を面白さうに話したのは、本統に面白かつたと云ふより、それに依つて今までのろくでもない社会主義の議論を押しのけ、河井や多喜子に少しでも多く話させようとしたに過ぎなかつた。で、第二部がはじまりかけ、楽屋に気がかりのある富美子が、多喜子をせき立てゝ椅子から離れるまで、彼等の秘密な努力は続いた。

　真知子は階段を下りながら、とうとう姿を見せなかつた姉を恨んでゐた。それ位なら自分も先に帰るのであつたと思つた。真知子は田口夫人の当てこすりや、彼女が関に就いて云つた侮蔑の言葉を忘れ得なかつたと共に、その関と結びついて発展した話題に対する人々の嘲笑的な態度に反感を持つてゐた。自分自身には多分大真面目であり、実際関の同情者であつた筈の山瀬に対してさへ、真知子は赦し難い怒を感じてゐた。彼が一番いけなかつたのだと考へた。関を斯んな場所に引つ張つて来た無思慮と軽率、その上に余計な閲歴の曝露――彼を廊下に見出した瞬間の嬉しくないことはなかつた驚きや、いつしよにブラームスを聴いてゐた間の無意識な愉しい恍惚感は、彼女から消えてゐた。真知子はたゞ今夜のことが彼に取つてどんなに迷惑な忍従であつたか、それのみを思つた。でも、あのひとが帰らないでお茶の時まで残つてゐたとして、さうしてあんな話を聞かされたとして、それでもおとなしく忍んで聴いたであらうか。――が、それに対して自分で決定を与へえないうち、すぐ前を、人々に稍ゝおくれて歩いてゐた河井から話しかけられた。河井は非常に前から関を彼女は知つてゐたのかと尋ねた。真知子はほんの一と月前知つたばかりだと答へた。

「いつか上野でお目にかゝつた時、いつしよにゐましたでせう、あの友だちの家で。」

「さう云へば、今夜関さんに紹介されると、上野でお見かけしたことを思ひ出しましたよ。」

「あの二日前までは私も知らなかつたのですわ。」

真知子は云つてしまつて、何故そんなことまで云ふ必要があるだらうと考へた。さうしてまた河井がそんな話を関に就いて聞く必要が。――と、河井もすぐそれをやめ、もしかしたらこの冬彼は北海道に旅行するかも知れないと云ふ話に変へた。

「曾根さんにも久しぶりでお目にかゝれるだらうと思ひます。」

「兄はこの冬は帰らないさうですから。」

「そんなお手紙でした。あなたは、あちらは。」

「まだ一遍も。行くなら雪の時行つて見たいともつてますわ。」

河井はなにか続けかけ、急にやめた。倉子が振り向いた。さつきとすつかり同じ狡い探るやうな眼で。――が、二人の上に長くは留めず、そのまゝ廊下の左右を席の方へ急いでゐる婦人たちの群へそらしながら云つた。

「真知子さん、どうなすつたんでせうね、お姉さまは。」

四

「ローザを有り難う。彼女が私を鞭打つ。私の弱さを、私の怯懦を、私の胡魔化しを、私の一切の微温的なものを。――それが私に起りかけてゐるこのごろの変化といつしよになつて、私の平静を覆へしてゐます。今日までお礼の手紙を書かなかつたことを許して下さい。身体はまだ本統ではないけれども、働くことはずゐぶん働いてゐます。一昨夜の音楽会の話聞きました。ではいづれ、また。」

封筒の中にたつた一枚入つてゐた小型の書簡箋には、これだけしか書いてなかつた。上京前に田舎から貰つたやうな便りは別として、米子は大概の場合長い手紙は書かなかつた。この流儀には真知子も慣れてゐる筈であつたに拘はらず、今日の手紙は、短かさのためより、もつと何か書きたいのを端折つて、義務的に、おくれた受取の申訳ばかりに書いたと云ふ風な書き方が彼女を不満にした。その物足らなさは、米子の東北人らしい無口に対して時々感じさせられるじれつたさに似てゐた。真知子は二度とは読み返さず、封筒に押し込んで、机の上に投げ出しながら、口に出して云つた。あのひとの一番わるい癖なんだわ、これが。――

しかし、その短い手紙が省略してゐることを察するのは、さうむづかしいことではなかつた。真知子は米子の最近の思想的動揺を知つてゐた。関に揶揄されてゐた所謂オーエン的な殻から脱し切らうとあせりながら、真に勇敢に、彼等の戦線で、彼等と共に戦ひ得るかどうかが彼女の苦しい逡巡であつた。

「私が弱いのは批判的になるからよ。ブルジョアジの、それが血の作用だなんて云はれると口惜しいのだけれど。」

「なら全然批判的ぢやないの、あの人たちは、自分の仕事に対して。」

「実行者が最も強いのは、最も批判的でない時でせう。」

「本統は最も批判的であつて、最も強い筈ぢやない。」

「どちらだつて、そんなことを論じてゐられるのは岸に立つた傍観者なのよ、あんな人たちから見れば。あんな人たちはたゞ溺れまいとして、泳いで、波と戦つてゐるだけなんだから。」

この前逢つた時の対話の断片を真知子は思ひ浮かべた。米子の意味する変化が、終に自分も彼等といつしよに波の中に抜手を切らうとするのであつたとすれば。――それ以外にその言葉を解釈することは出来なかつたので、置き去りにされた寂しさと共に、今後はこの唯一の親しい友だちにさへ、一定の距離を以て見られるであらうことに真知子は辛らさを感じた。と、関が初対面の時から示した露骨なよそよそしさも、今はつきりと理由づけられる気がした。お前は仲間ではない。別な階級だ。岸の傍観者だ。――彼はあのひやゝかな眼で、あの左だけ聳やかした素つ気ない肩で、あの全身の冷淡で、常にさう云つてゐたのだと思つた。

　真知子はもう一度手紙を取り上げた。一昨夜の音楽会の話聞きました。――この附記が新たな強い関心で彼女を引きつけた。どんな風に彼は話したか、どんな言葉であの晩見たものや聞いたものを、あの有閑階級の奢侈や偽瞞や饒舌や暇潰しを、彼は評したか、聞きたかつた。この願望は、彼女が被評者の側に立つことの意識で減じはしなかつた。却つてそれを厭ひ、それを軽蔑しながらなほその集団から脱却することの出来ない自分を、思ふさま痛罵されて見度いやうな、丁度サヂストが痛い鞭を悦ぶと同じ残忍な興味を感じてゐた。真知子は今日夕方からでも米子に逢ひに行かうと考へた。

　その時、暮の贈答品を買ひに出るため用意してゐた母から呼ばれた。彼女も急いで外出の支度をするやうに命令された。

「あら、芝のお姉さんがいつしよの筈ぢやなかつたの。」

「今電話でことわつて来たのだよ。田舎のお父さんが見えて行けなくなつたつて。」

「ぢや延ばしたら。明日だつていゝんでせう。」

「そんな呑気なことを云つて、一体もう何日だと思ふのです。」

　真知子は不平な顔を隠さないで、それつきり黙つて部屋に引き返した。十五分の後には身軽な洋服に着換へ、却つてまだ納戸でぐづついてゐた未亡人を促した。

「お母様まだ。おそくなると混んで大変よ。」

　青銅の大きな二匹の獅子の踞まつた入口から、客は幅いつぱいの密集隊になつて、無限に間断なく侵入した。各方面についた幾つかの階段と、野獣の檻に似た鉄のエレベイタが、まつ黒な、箇を失つた、人間の団塊《マス》を上へ上へと運搬した。地下室から青い空の見える七階のてつぺんまで、そのあらゆる層に互つて充満した、それも殆んど八割以上婦人の群集は、目の前の物品を手当り次第掻き廻し、引つたくり、奪ひ合ひ、安いの高いのと値踏みし、または誰に似合ふか似合はないかを連と相談し、店員に呼びかけ、同じ八方からの呼び声で容易に振り向かない彼もしくば彼女に舌打をし、もう一度高い声を張りあげた。正月とクリスマスの需要を当て込んだ、毛物類、格安の反物、ショール、半襟、雑貨、おもちや、――斯う云ふものの売場では、シールのコートで勿体ぶつた奥さんも、赤ん坊をしよつた師走の引つ詰め髪のおかみさんと勇敢を争つた。

この大骨折の買物は、もう何時間か母と共にその中に押し揉まれてゐた真知子を貧血性にした。彼女は青くなつた顔で、時々神経的に唇をかんだ。なにか苛々してゐる時のそれは癖であつた。しかし彼女のやうなそんな不快らしい顔をしてゐるものはほかには、誰もゐなかつた。三越に買物に来て、不機嫌な風をする、それは彼等の思惟を絶したことのやうに見えた。ます〳〵ひどくなる混乱と、悪い空気の中で、更に無数の雑多な履物から生ずる、それだけの無数の雑多な跫音の乱れ合つた、それが割合に低いコンクリートの天井と壁に反響する、騒然とした、気の遠くなるやうな喧噪をものともせず、殆んど夢中で、露骨に引つ張り合ひや、掻き廻しを続けてゐる光景を見てゐると、真知子はこの種の百貨店が持つ激しい誘惑力に対して、怖れを感じないではゐられなかつた。箇々の店舗《みせ》で売られたとすれば、少くとも数丁の町を要した筈の物資が、一つの建物を何遍か上つたり下つたりするだけで手に入る。――たしかに大なる便利に相違なかつた。これ等の組織は、そこに投下されてゐる資本の最初の企画に従つて、単に客を便利にするに留まるべきではなかつた。便利感以上の熱情を、必要以上の購買慾を、来るほどの客の上に焚きつけなければならなかつた。一月毎に変へる新しい流行、店内の新しい装飾と新しい陳列法、新しい色、模様、型、音楽、絵画、花、小鳥――さへも小鳥屋の店から奪つてゐる、その網羅と聚集と変化は、すべてその目的のためであつた。同時にまたそれは厖大な資本のみが発揮させ得る特殊の煽動力であつた。

真知子はそこに無知覚状態の興奮を以つていぢり廻されてゐる、ちりめんや、絹や、めりんすの一束が、知らず〳〵どこかの若女房の袖に入つたり、風呂敷に包み込まれたりすることの生ずるのを決して怪しまなかつた。その現象の最も深刻な実例をさへ彼女は知つてゐた。父の在世中執事をつとめてゐた老人の家に、遠縁のみなし児の娘が養はれてゐた。彼女は半分女中の役を引き受けながら職業女学校に通つてゐた。刺繍科であつた。卒業すると有名な百貨店の刺繍部に入ることになつた。N—の刺繍部に勤務する。おゝ、何と云ふ人聞のよい、晴れがましい地位であつたらう。彼女は執事の家を出て近所で間借をした。大事な資本の指をそれ以上水仕事で荒らさないためにも、それは、必要であつた。しかし彼女の日給は一円三十銭であつた。工場が郊外にあつて、電車に二度乗らなければならなかつた。その上積立金とか何とか差し引かれると、八十銭とは残らなかつた。彼女はその八十銭で食べて、着て、その下に眠る屋根の代を支払はなければならなかつた。その八十銭のために、朝の八時から夕方の五時まで、夜業のある時には八時過まで、刺繍台に縛りつけられた。それで彼女はどんな見事な刺繍をしたのであらうか。——

一年間、彼女は紋付の裾模様につく葉の一部分を縫はされた。仲間の誰かは花の一部分を。また誰かは残りの何かの一部分を。仕上げは年取つた男の職人の手に廻された。あけても暮れても緑の糸で、一枚の葉の一部分だけを縫ひ取する。それが全体としてどれほど美術的な図案を凝らした裾模様であらうとも、彼女はその美しいものを完成する悦びに預かることは出来なかつた。彼女の刺繍台で待つ仕事は常にその中の緑の葉の断片であつた。

ドストエフスキが「死人の家」に於て語つてゐる言葉に依れば、一つのバケツに水を入れ、それを絶えず他の一つのバケツからバケツへと移すやうな仕事しか与へない時、囚人は死ぬか発狂すると云ふ。彼女は死ななかつた代り瞬間的に狂人となつた。

仕上げの老職人とのちよつとした口論から、出来上つて、仕立部に廻すばかりになつてゐた振袖を、彼女は鋏でちよきちよきと切りこまざいた。

「憎らしくて、かあつとなりましたの。あれつぽちの給金で、やかましい小言の云はれつゞけで縫ひ取つたものが、さて一枚だつて自分のものになるんぢやなしともつたら。——一年ぢうの骨の折れる仕事の三分の二は、岩崎さんと三井さんのお誂だつて云ふんですからね。馬鹿々しくて、本気につとめられやしませんわ。」

弁償金を出して貰つて、もう一度執事の家に帰つた時、斯う云つて話した彼女の利かぬ気らしい、口許に小さい傷痕のある浅黒い顔を、真知子は今でも思ひ出すことが出来た。

すぐそばの売場で、台の上に中こごみになつて、敏活に半襟を箱に詰めてゐる、青いセルのお仕着をはをつた女店員を真知子はぢつと見てゐた。年恰好や顔や身体つきの印象が、その時思ひ出してゐた娘に似てゐた。

「馬鹿々々しくて、本気につとめられやしませんわ。」

或る時、この娘も同じ嘆声を洩らさないであらうか。

——

しかし今はそんなどころではなかつた。彼女の前では一時に四十本以上の手が思ひ〴〵の色や刺繍の半襟の上に交錯する。競争でニッケルの環から引き抜く。彼女は他の二人の朋輩と共に、撰まれた一筋々々に就いて勘定し、金を受け取り、畳み、また箱へ、でなければ紙袋へ、大急ぎで包んで渡す。

「馬鹿々々しくて、本気につとめられやしませんわ。」

さう云ふ代りに、丁度機械人間の発声のやうに空虚に叫ぶ。

「ありがたうございます。」

「これS子さんにどうだらう。」

母はえんじ色に小桜を潰し縫ひにした一筋を取り上げた。

「いゝ、半襟だわ。」

「でも、これだけ出すんならいつそ反物にしようか知ら。」

「どちらだつて同じよ、早く極めた方がいゝわ。」

「そんな不精を云ひ出せば、買物は出来やしないよ。」

母は半襟を置き、今度は隣りの糯袢の袖を探しはじめる。半ダスのハンカチを買ふのも、これ等の移動を二三遍くり返さないではすまなかつた。さうして堪らない雑踏だの、気分がわるくなりさうだのと云ひながら、未亡人はほかの場合よりもずつと精力的で、周囲に負けない臆面なさで、どこにでも割り込み、なににでも手を出した。

真知子はあとではただ母の傍について圧されるのを防いだり、足を踏まれないやうに気をつけたりするだけで、なにか相談されてもいい加減に答へた。疲れてうるさくなつたせゐもあるが、それより母の選択を支配してゐる明白な醜い意図が、だん〴〵厭はしくなつてゐた。貰つた人を悦ばすため、または受け取つた家を調法させるために選ばれたものは、正直に云つて決してひと品もなかつた。七円を十円に、四円を五円に、その見せかけが何より大切であつた。

未亡人に限らず、そこに奮闘してゐる大部分の客の目的と努力は、みんなそれであるらしかつた。が、そのために真知子は嫌悪を割引しようとは思はなかつた。皆んなのしてゐる醜さを自分の最も親しいものがいつしよに平気でしてゐるのが我慢出来ない気がした。

「来年から、省けるところは省くといゝのね。」

「そんな訳には行かないよ。しきたりつてものがあるから。」

「そのしきたりを止すのよ。」

「それが口で云ふやうに、無造作に止されるものかどうか考へて御覧。」

「なんでもないわ。お母様が余計な見えを捨てる気にさへなれば。」

二人は赤く灯のついた、ガス・ストーヴの陳列場を、向ふの洋家具部の方へ抜けようとしてゐた。そこはめづらしく人があまりゐなかつた。それに床から積み立てた絨氈が、厚い壁になつて一方を遮断してゐたので、籠つた、自分たちだけのやうな感じが、家まで辛抱しきれないで真知子にそれを云はせた。

未亡人は娘を睨み、黒いショールの下で肩をゆすぶつた。夫の死後どうにかして在来の慣例を崩さぬこと、それに依つて所謂家の格を守らうとすることを生活の目標としてゐる母に取つて、自分の言葉が無情すぎることは真知子にも分つてゐた。しかし無駄事はもう大概でよさせた方がいゝのだと彼女は信じた。それだけの余裕は未亡人にはなかつた。真知子は今日金入に畳み込まれた何枚かの紙幣にこもつてゐる母の苦心を、誰よりもよく知つてゐた。寧ろ、彼女よりほかに知るものはなかつた。子供といつしよに、犬まで連れて呑気に客になつてゐる姉夫婦さへも恐らく。——ましてそんなところを母と歩いてゐれば、よそ目には金に不自由のない親子が、新年用の贅沢な敷物でもあさつてゐると見えたかも知れないことが、自嘲的な恥を彼女に感じさせた。

数分の後、未亡人は実際絨氈の一つも買ひに来たやうな、少くともさつきの見苦しい買物はした覚えもないやうなお上品ぶりを粧つてゐた。彼女は多喜子とほかに若い女中を連れた柘植夫人に出逢つた。

「なんと云ふ人でございませう。」

「気の弱いものは、何を買はうたつて寄りつかれないくらゐでございますわ。」

斯う云ふやりとりについで、二人の母親はお互ひに相手方の娘を賞め合つた。柘植夫人は真知子の洋服が非常によく似合ふと云ふことを、未亡人はまた多喜子の美しい髪の出来栄を。

　多喜子は高島田に結つてゐた。

「河井さんの新年のお鼓の会に、このひとが何か打たせて頂くとかつて申しますのでね。」

「それは、それは。」

「どうせ歯入れ屋さんでせうが、とにかく、あゝ云つた場合は日本髪の方がよささうだと思ひまして結はせて見ましたのですが、なんですか、ちつともまだ恰好がつかなくて。」

「いゝえ、よくお似合ひになりますよ。本統にお楽しみでございますわ。」

　未亡人の最後の附け加へには、お世辞だけでない実感が籠つてゐた。多喜子の高島田は、彼女の母が吹聴したやうに鼓の会の下準備のみではなく、予想されてゐる河井との結婚の日の、晴れの装ひの用意でもあつたであらうから。

　彼等に別れると、未亡人は娘に訊いた。

「多喜子さんは一。」

「来年でせう。富美子さんとひとつ違ひだとか云つてたから。」

　未亡人は重い溜息をした。それから、多喜子の年齢が自分たちになんの関係があるだらうと云ふ風にすましてゐる真知子を、尻目に厳しく吟味するやうに眺めてから、急に彼女の帽子のわる口を云ひ出した。

「型が変だし、色もよくないよ。」

「今までそんなことおつしやつた。」

「云ひましたとも。今日だつてあの新しい方のになさいつて云つたのに。」

「どちらだつて同じよ。」

「ほら、さういふことを。」

　歩きながら母が人の中で怒つてゐるのが真知子にはをかしかつた。たとひ母の気に入つた帽子を持つてゐて、そこでかぶり直したとしても、誰か知つた若奥さんの丸髷でもこのつぎ見つけ出したら、今の帽子より一層ひどくそれはけなされたであらう。

　幸ひにも、未亡人をもう一度ヒステリにするやうな相手には出逢はないうちに、彼等はどうにか買物をすました。地下室の受取場に下りた時、未亡人のコートのポケットから木札が二十枚近く出た。そこでも彼等はまた圧されたり揉まれたりした。かさばる物は大部分届けに廻したに拘はらず、なほ数個の紙包が手に残つた。

「自動車にしませうね。」

真知子は自分でそれに極めて命じた。未亡人も今日はガソリンの匂を我慢出来ないとは主張しなかつた。が、動きはじめると、

「細かいのがあつたか知ら。」

さうひとり言につぶやき、夫のものであつた、古風な印伝の金入を取り出した。開けて、覗いて見て、ぱちんと云はせて閉ぢ、早々にもとの懐へしまひ込むと、うそ寒さうに襟元を掻き合せた。その様子で、真知子は本統は幾ら残つてゐるかを母は勘定したのであること、さうして今日の支出が予定額よりも超過したのであることを知つた。真知子はわざと反対の側を向き、凭りかゝりに脊中をぴつたりつけて外を眺めた。

暮れかけて、まだ電燈がつかなかつた。この節、この時刻になるとよく降りる、凍つたやうな層の厚い靄が、行く手の道路を黝ずんだ灰色に暈《ぼか》した。その中を彼等の自動車は、仲間の円タクや、青バスや、満員の電車と共に競争であわたゞしく駈けた。

「斯んなことで今日もすんでしまふ。」

真知子は、ふと思つた。それは単に米子を訪ねることの出来なかつた残念さであつた。が、その気持は、すぐそのあとからつぎのもつと意味のある感慨にまで延長した。

「斯んなことで今年もすんでしまふ。」

彼等は須田町の通に出ようとしてゐた。両側の歳暮大売出で飾り立てた店には、軒並みに赤、緑、黄色のセルロイドで出来た、細長い支那風のランタンが吊されてゐた。灯が入つてゐないので、なにかの殻のやうに、それが靄の中で列になつてゐた。真知子はその一つ〳〵の色と形をぼんやり眼で追つた。

彼女はもう二週間たゝないで一つ加はる筈の年齢に対しては、少しもセンチメンタルでなかつた。それよりも真によく生活した意識なしに年を送ることの無為と空虚が、同時に、暦の変化が自分のこの状態に何等の寄与もなし得ないと思ふことが、苛立たしい寂しさを彼女に感じさせた。専攻学科に対する興味の減退も、その進路から自信を奪つた一つの原因であつた。哲学と経済学から常に挟み撃にされてゐる社会学の独立学科として基本的な欠陥が、このごろ漸く彼女の批判を刺戟した。出来たら経済科にかはりたかつた。でなければ、学校をいつそ止して仕舞ひたかつた。が、それとともに今より何倍か煩瑣になるに相違ない社交的の交渉や、家族内の束縛が、決心を阻《はゞ》ました。現に歳暮廻りの意味で、今日買ひ込ん

だものを持つて、母と一緒に親類や知人の訪問に費さなければならない数日は、考へただけでも真知子をうんざりさせてゐた。

母が隣りから話しかけた。

「え。」

よく聞きとれなかつた。自動車が切通し下の区劃整理で掘り返された道路で、進行すると云ふより上と下に躍り、車体全体で鳴りきしめいてゐた。「なにか云つて。」

「みね子姉さんに、話を聞いたかつて云つてるのさ。」

「どんな話。」

「山瀬さんが、台湾の大学に行くやうになるかも知れないつて云ふぢやないか。」

真知子は深い鍔の下で急に眼を大きくした。彼女の驚きは義兄の好運に対するよりも、彼でも大学教授になり得るかと云ふことの方に強かつた。

母は、みね子自身はまだ聞いてゐないのかも知れないと云ひ添へた。

「はつきり極まらないんだし、それに何だか大そう秘密なんださうで、私にだけ耳に入れるつてことだから。」

それには必要があつた。赴任が決定すれば、海外留学を命ぜられる筈であつた。その間妻と子供を預かつて貰へるかどうか、彼はそれを昨夜相談したのであつた。

「お母様が、賑やかになつてい丶ぢやないの。」

真知子はただそれだけ云つた。

「そりや私だつて、みね子や子供を山瀬さんの田舎にやりたくはないけれど、さうするには、一応北海道の方の意向も聞かなければならないしね。」

「北海道だつて、そんなことに誰も文句云ふ人はないわ。」

「それにしたつて、ものには順序つてものがありますよ。」

決して順序だけではなかつた。たとひ愛する娘や孫にしても、それを一二年間も同居させるとなれば、北海道との間に絡む面倒な金銭上の取り極めに、未亡人は新たな改訂を求めなければならないであらう。

真知子はそれ以上この話を続けようとはしなかつた。自動車は彼等の沈黙に潜んでゐる問題とは非常に不似合な、木深い堂々とした邸宅の前で、やがて留まつた。

「お帰んなさい。——また出て来た。アキルや、アキルや、飛びつくんぢやありませんよ。——まあちやん、泥だらけにされるわ。い丶からぶつておやんなさい。このごろあんまりふざけ過ぎるんだから。――どうでせう、あの恰好。ねえ、きいちやん、厭なアキルねえ。――こら、アキルや。アキルつてば――」

　小さい娘を抱いて玄関に出迎へたみね子は、庭から駈け出してふざけ廻る犬を、式台の上に立つて叱つた。ほんとうは叱つてゐるのか、自分も面白がつて犬といつしよに騒いでゐるのか、分らなかつた。どちらにしても、その仕方は小さい娘を悦ばせた。で、犬がふざけると、他の場合より彼女はずつと潑剌となつた。

　起き抜けにどこかへ訪問に行つて、未亡人と真知子が出掛ける時は留守であつた山瀬は、一時間前帰つたと云つて風呂に入つてゐた。みね子は、外から帰宅するとなにより先づ手を洗ひに行く母について、自分もばた〳〵と洗面場に駆け込み、隣りの夫に皆んなが帰つて来たことを知らせて、硝子戸越しに叫んだ。

　その楽しさうな声や、はしやいだ様子も、平生のみね子とは違つてゐた。またたしかにそれは犬のせゐだけではなかつた。彼女はまだ知らないかも分らないと想像されてゐたことを、夫から聞いたばかりであつた。驚きと歓喜は、それを耳にした瞬間の密度でいまだに善良な妻の胸をいつぱいにしてゐたので、早く誰かに洩らすことは生理的にも必要であつた。

「ねえ。ちよつとまあちやん、山瀬が台湾の大学に行くかも知れないのよ。」

　洗面所から納戸に着換へに廻つた母を待ちきれず、彼女は茶の間で妹を捕へると直ぐはじめた。真知子は母から今日ちよつと聞いた旨を答へた。

「あら、お母様知つてらしたの。――昨晩山瀬から――さう。それが今日の話で八九分極まりさうになつたんですつて。あのひとつたら、私を喫驚《びつく》りさせようともつて、今まで一言も知らせなかつたのよ。ひとが悪いわねえ。でも私怒りはしなかつたの。だつて十分確かつて見込のつかないうちは、話し度くても話さないと云ふのは、沈着な態度だわ。あのひとはあゝ見えても、さう云ふところがずゐぶんあるのよ。」

「でも、台湾ぢや大変だわね。」

「まあ、どうして。大学教授になつて、洋行が出来れば、台湾ぐらゐ誰だつて平気よ。ですから今度でも競争者が可なり多いのだけれど、文部省のN―さんがあのひとを推薦してくれてるんだつて云ふから大丈夫らしいの。でも私思ふわ。これだけは幾ら推薦したくも、相手がその資格のある学者でなけりや、兄弟だつて従弟だつて、どうする訳にも行かないんですものねえ。山瀬の勉強が今度やつと報いられるのよ。それにあのひとは、大学教授になりたいつてことが一生の望だつたんだから、とても悦んでるわ。――おや、もうあがつてらしたの。今まあちやんにあの話してきかしたところよ。」

みね子はそこへ湯上りのいゝ艶をして入つて来た夫を、崇拝に近い優しさで眺めた。

その晩の食卓は、この話題のために祝祭になつた。殊に山瀬とみね子は外のことはなんにも話さなかつた。非常な熱心さで斯う云ふ話が続けられる場合によくある通り、彼等の調子から初めあつた疑問詞がふり落され、確実な肯定の言葉に入れ代つた。山瀬の期待された新たな地位は、みね子が妹に打ち明けた時よりも、食事の間に数倍がた鞏固になつてゐた。彼は大学教授になるかも知れないのではなく、既に立派な大学教授であつた。彼の妻はバナ、やぽんかんが庭先で一年ぢう香《かぐ》はしい実をつけてゐる台湾の官舎に、どうかして母を招待することさへ夢見た。

「お正月ごろだと、あんまり暑くなくていゝ気候だつて云ふから、その時分に一度是非入らつしやるといゝのよ。ねえ、あなた。」

「さうだ。今時分から入らつしやるといゝのです。真知子さんもひとつどうです。」

「さうよ、まあちやんが一緒なら心配なしだわ。でも、お母様、船がお嫌ひだつたのね。」

未亡人は向島の渡船でも酔つたくらゐだと云つた。真知子は船暈《ふなよひ》よりも生蕃に対する恐怖を楯に辞退した。

「まあ、生蕃なんて、そんなものが台北の町のまん中にのこ〳〵出て来ると思ふの。まあちやんのやうでもない。」

みね子は大真面目に妹に抗議し、そして台北が如何に便利に美しい大都会であるかを力説したあとから、急に思ひついたやうに、附け加へた。「でも、アキルどうして。置いてつちや可哀想だし、きいちやんだつて淋しがるだらうし、少しぐらゐお金がかゝつたつていつしよに連れて行きませうよ。ねえ、きいちやん、さうしませうね、いゝことねえ。」

みね子は、隣りでいつになく独りおとなしく匙を動かしてゐた娘に頰ずりをした。

山瀬もアキルの旅費ぐらゐ平気だと云つた。彼は悦びで気が大きくなつてゐた。ふだんは晩の食卓で二杯だけ飲むことにしてゐる葡萄酒を、今夜は特別に一杯多くしたので、幾らか酔つてもゐた。

「斯うして考へると、人間の一心と云ふものは無駄にはならないものなんですね。」

彼は舌の上と頭と両方のたのしいあと味を追ふやうに、赤らんだ眼がしらを眼鏡の下で細くした。

「僕はこれでも高等学校の教師で一生終る積りはどうしてもなかつたんです。尤も大学でも、東京の私立の教授ならいつでもなれたし、友だちで勧めてくれる者もあつたんですが、今更私立稼ぎでもあるまいと云ふ気がして、まああんな田舎にも辛抱したんです。」

「そりやさうよ。幾ら大学だつて私立は名ばかりですもの。免職にでもならない限り、官立の学校からそんなところへ行く人つてないわ、ねえ。」

真知子は姉の話しかけに対して何とか答へなければならなかつた。が、丁度口に入つてゐたもので邪魔されてゐる間に、顕職にあつた官吏の未亡人として、おかみの仕事の確実さと頼もしさを、またそれの齎す名誉と特権を、最もよく知つてゐた母が、代つて返事した。

「ほらね、お母様だつて考へは同じですわ。ですから私、今度でも台湾が暑いの遠いのつて決して考へない積りよ。お兄さんだつて、さう云へば北海道なんですもの。——どつちかつてば暑いのは寒いよりか暮らしいゝし、植民地俸はつくのだし、その上すぐ洋行が出来て、それで不足を云つちや勿体ないのよ。」

「さうです。正直に云ふと僕はその洋行が何より楽しみなんです。北海道の兄さんとか、河井さんとかの連中とは違つて、僕なんぞは斯う云ふ機会でもなければ留学するわけには行かないんですから。で、あゝ云ふ植民地の新しい大学が、内地から誰か引き抜かうとする場合には、一番に洋行を条件にするんです。それに今云ふ植民地俸の五割増を考へると、誰でもちよつと誘惑されますからね。やり方が大に巧妙ですよ。こちらの弱点をちやんと摑んで来るんだから。」

山瀬は酔のために助長された善良さで、自分のかゝつた穽を自分であけすけに分解して見せながら、愉快さうに——実際それは愉快な穽に相違なかつたから——笑声を立てた。

未亡人は外国に行くとすれば、いつ頃出発の予定で、いつまでゐることに決定したかを尋ねた。

「昨晩の話だとたしか二年でしたね。」

「それがどうも二年ゐられさうにないのです。N—さんはなるたけ早く戻つてくれなくちや困ると今日話してゐましたから、まあ来年の四月時分立つとして、長くて一年半ぐらゐだらうと思ひます。」

未亡人は彼の答に満足した。半年の節約は、北海道に対する物質的の気兼にも、同じ期間の短縮を生じさせる筈であつたから。

「どうせ半年やそこいら長くゐたつて同じだから、旅で患つたりしないうち、なりたけ早く帰つて来た方がよござんすよ。」

未亡人は半分の真情と半分の詐謀で附け加へた。

「僕もその積りなんです。昔のやうに三四年も留学期間を貰ふのとは違つて、一年半ぢやどこかの大学に入つて見るにしても、纏まつた勉強は出来ないんですからね。その点は初めから希望を持たないで、その代りヨーロッパぢうを呑気に旅行して見ようと考へてゐるんです。」

「最初どこへいらつしやるの。」

真知子は誰よりも先にお茶になつたので、熱い茶碗をさます間訊いて見た。

「勿論ドイツです。ドイツだけには一番長くゐる積りです。フライブルクにも行つて、逢へたらフッサールにも逢つて来ますよ。」

「台湾では倫理だけ。」

「哲学概論もやらなきやならないでせう。」

「ぢや、ドイツ語は。」

「それだけはもう持ちません。」

今の田舎の高等学校では専攻の教師が一人欠員になつてゐるため、少時間彼はドイツ語も受持たされてゐた。もし台湾で同じ任務があるとすれば、その母国への旅行は短時日でもたしかに有効であるであらう。しかし倫理学や哲学概論と、一年か半年ヨーロッパをぐる〳〵廻つて歩くことや、ドイツのどこかの町の下宿に何ケ月かとどまつて、ビールの味といつしよにフッサールの顔だけ覚えて来ることと、何か関係があるであらうか。——而かもそれが彼等の所謂留学であり、またそれが大学教授になることの重なる資格の一つであることが、真知子を不思議がらせた。

しかし彼女はその疑問を口に出して無邪気な姉夫婦の悦びを掻き乱す代りに、丁度飲み加減にさめたお茶と共にしづかに胃の腑に流し込んだ。

電話のベルが鳴つた。

女中が小走りに駆けて行つた。ちよつと手間取つてから、茶の間に取りついだ。

「お嬢様、お電話でございます。」

「どこから。」

「鈴木様とかつて仰しやるやうですが、なんですか混線してゐてはつきりいたしませんので。」

「女の方。」

「はい。」

そんな婦人に知つた人はなかつた。斯う云ふ場合には真知子はもう一度聞き糺させるのが例であつたが、その時はすぐ立ち上り、女中と入れ代りに電話室にはいつた。

「もし、もし、――はい、左様です。――」

取次がれた通り、若い、知らない婦人が、彼女を曾根の姓で確かめた後、少し待つことを頼んだ。一体誰がかけてるのだらう。――が、つぎの瞬間、はつきりした、聞き覚えのある男の声が、受話器の底に現はれた。

「もし、もし、曾根さんですか。――僕です、関です。――」

真知子は反射的に意味をなさない言葉で受けた。咽喉がなにかで塞がつて、ふだんの調子が出なかつた。

関は幾らか気忙しさうに話した。女中の云つた通り、急に雑音が交つて途中から通じなくなつた。真知子は何度も問ひ返さなければならなかつた。

「――電話の工合がわるくつて。――え、米子さんがどうなすつたつて仰しやるの。――また御病気。い、え――え、聞こえます。――」

やつとその時明瞭になつた通話は、彼の不意な声とは別な驚かし方に依つて、真知子を喫驚りさせた。米子が午後卒倒して、病院にかつぎ込まれてゐる。で、今夜、出来なければ明朝にでも、彼女に訪ねて欲しいと云ふのであつた。

彼は事務的に短い言葉で話した。が、真知子は重要に待たれてゐることを知つた。

「これから直ぐまゐります。――い、え、構ひません、まだ早いのですから。――神田の、金沢町二十三、佐藤病院ですね。――明神様の裏。――行つて見れば屹度わかりますわ。――」

それで切れた。真知子はすぐその場所から離れようとはしなかつた。別れを告げて歩み去る人を、佇んで見送るに似た情緒が胸の片隅にあつた。ドアの半分だけはまつた硝子越しに、廊下を通してさし込む光でわづかに照らされてゐる回転盤、白い小さい円で並んだ数字、今自分でかけたばかりの受話器――を彼女は眺めた。その平凡な、朝晩目にしてゐる器械が、或る、はじめて通じた声のために、彼女にはなにか珍らしく稀有な装置の如く感じられた。

電話室を出ると、茶の間の時計が八時を打つた。

「――」

障子をあけた彼女を、誰よりも先に見上げた母の無言の問ひかけに対し、真知子は伝へられた通り電話の意味を話した。

「これから直ぐ行つて見なければ。――話の様子だとだいぶ悪いらしいの。」

しかし取次がれた鈴木が、関の誤まりであつたことは真知子は打ちあけなかつた。母だけであつたならば、寧ろ隠さなかつたであらう。彼女は義兄と関の古い繋がりを怖れた。もし電話の相手が関だと知るならば、彼は人の善い、おしつけがましい親切から、いつしよに自分も病院に行かうと云ひ出さないとは限らなかつた。真知子は関に取つてそれが何の役にも立たないばかりでなく、却つて音楽会の晩以上の迷惑を及ぼすだらうと考へた。

真知子は用心しすぎた。山瀬は輝かしい地位の期待と、食慾の飽満と、なほかすかに残つてゐる葡萄酒の影響で、ぐつたりしてゐた。で、ふだんの物ずきは兎に角として、今夜だけはそんなおせつかいより暖い寝床の方を彼はえらんだに相違なかつた。病気だと云ふと、知らない人のことでも根掘り葉掘り聞いて気にやむ癖のあるみね子さへ、短い同情の言葉を漏らしたに過ぎなかつた。

母はまた今から行かなくとも、明日の朝のことにしてはいけないのかと云つた。

「そんなこと仰しやつて、もしそれまでに万一のことでもあつたらどうして。」

本統はそれほどの危険に米子が置かれてゐるとは信じてゐなかつたに拘はらず、真知子は不自然な強さで母を拒んだ。

「ぢや、車になさい。若い娘が、はじめてのところを斯んな夜になつてうろ〳〵するなんて、見つともないよ。」

「さうです、さうです。」

山瀬もそれについて言葉を挟んだ。「さう云ふことは身分のある young lady のすべきことぢやありません。」

O poor young lady !!

部屋に帰り、さつき脱いだばかりの洋服にもう一度着換へてから、さてと思つて念のため開けて見た金入に、五十銭銀貨がたつた二枚しか入つてゐないのを見た時、この嘲りが笛のやうに彼女の唇から迸つた。

五

寒い夜で、風が出た。真知子の俥は追はれて軽く、水の上の小舟のやうにアスファルトの路を飛んだ。

一般の需要から遠ざかり、昔の駕籠や、外国の古いセダン・チェイアに見るやうな時代めいた面影を濃くしつゝあるこの乗物は、めつたに乗りもしなかつたが、乗ると彼女を奇妙に懐古的にした。黒い筒に似た車内の感じと、埃りつぽい幌の匂が、毎朝すぐ上の姉といつしよにその中に封じ込められて学校に通つてゐたころを思ひ出さした。

真知子は外套の襟を立て、凍つた靴の爪さきを蹴込でかたく組み合せ、前幌についたセルロイドの窓越に、明るい街の燈火をぼんやり眺めてゐた。ちやうど、十数年前のお下げの彼女がよくさうしてゐたやうに。日課と遊戯に対する、寧ろその日の新鮮な「生」に対する子供の楽しい予覚――車上の小さい女生徒を活気づかせてゐた当時の興奮とは勿論同じものではなかつたが、なにかそれに近い、漠然とした待ち設けが、この瞬間の感情にも弾力性を与へてゐた。朝まで猶予せず病院に駈けつけようとしてゐながら、ほんとうは病人のことばかり彼女は考へてゐた訳ではなかつた。

明神坂を下りると、俥は電車路から左に折れ、暫くして今度は右の暗い通の方へ曲つた。金沢町は何番地であつたか、車夫は曳きながら、頭だけ後に向けて聞いた。真知子は乗る時伝へた数字をもう一度教へた。その辺の地理は車夫にも十分わかつてゐないらしかつた。しかし間もなく、彼はしもたや風な格子戸の多い横町に病院を見出した。

正面の薬局と並んだ受付には誰もゐなかつた。電燈だけ皎々と輝いた入口に立つて、真知子は丁字形についた廊下をかはるぐ〵覗いた。やつと、奥に通じる廊下の方から、若い看護婦が二人連れ立つて歩いて来るのを捕へることが出来た。

「大庭米子さん――」

痩せた高い方の看護婦は、美しい同性に対する明白な嫉視で、真知子の云つた名前を突つ立つたまゝ冷やかに繰り返した。

「今日入院したばかりなのです。」

「ぢや、あの裏の部屋に入つた患者さんぢやない。」

連れの看護婦がそばから口を入れた。

「あゝさうかも知れない。」

その言葉といつしよに、二人はなにかお互ひだけに分る意味を顔面筋肉で交換し合つてから、そこへ左の廊下を、青い水薬の瓶を持つて駈けて来た他の仲間に呼びかけた。

「H―さん、裏の部屋の患者さんに面会ですよ。」

内部は思つたより狭くはなかつた。正面の廊下から奥に並んだ病室の間を過ぎ、翼のやうに附け足した建物の方へ進むに従ひ、開けつ放しになつた看護婦の溜、洗面所、晩飯の焼肴がまだ強く匂つてゐる賄場、がらくたといつしよに赤い消火器の並んだ階段下、さういふ場所を通り抜けなければならなかつた。特別に明るい灯のついたすり硝子の内側からは、氷を砕く寒い音が聞こえた。

そこまで来ると、案内の看護婦は立ち留まり、命令のやうに薬瓶の手をあげた。

「向の左側の端が大庭さんです。」

云つた時には、半分硝子戸に入つてゐた看護婦に別れ、真知子は教へられたドアの方へ近づいた。壁の名札は暗くてたしかめられなかつたが、ノックすると関が応じた。

入口を裾にして横たはつてゐた病人は、凝固したその静止状態に於て、なにか物体の如く感じられた。枕許に一つついた窓の近くには、関が坐つてゐた。隅へ引いて、ハンカチで包んだ電燈のにぶい光が、彼の半面と、病人の氷嚢で圧し潰されたやうに見える、青ざめた小さい顔と、白い金巾《かなきん》の汚れた布団と、布団に相応するだけ見すぼらしい畳と壁を照らしてゐた。

「ずつと眠つてゐらつしやるのですか。」

急に突き上つて来た胸の熱い塊まりを通して、真知子は漸くそれだけ発音した。

その場の光景は、ひそかに俥に持つてゐた、もしくば受話器の声にときめいた情緒を彼女から滅却させた。たしかに一時間前よりは彼女はより純粋に友情的であり、その声の本体に対しても、ずつと平静になれた。

関は病気の簡単な経過を話し、心臓が意外に弱いと云ふ医者の診察を伝へた。

「このまゝ落ちつけば、危険はないだらうとは云ふんですが。」

「お国へは。」

「まだ知らせません。」

知らせずにすめば知らせ度くない米子の意志を、関は信じてゐる口調で答へた。その気持を察することは真知子にも困難ではなかつた。

「少し困ることには、都合がついたら僕は今夜にも立つて京都へ行かなけりやならない用事を持つてるんです。」

「出来るだけのことは、私いたしますわ。」

「それが願へればと思つて来て頂いたんです。」

尤も入院は彼等の仕事に同情のある院長の好意で、無料に等しいのだから、その点に就いては彼女を多く煩はさないですむであらうと、関は率直に打ち明けた。彼の言葉は、看護婦たちの顔が示した合図を真知子に理解させた。恐らくこの部屋も普通の病室ではないのであらう。と、一日何十円もの入院料を支払ひ、看護婦は勿論医員たちからまでちやほやされてゐる田口の病院の金持の患者や、ホテルのやうに快適な病室が、それとこれとの余りに著しい対此が、——同じ病気をしても、或るものには完備した贅沢なベッドがあり、或るものには最も貧弱な一つさへ容易に与へられない事実が、なにか新しい発見の如く真知子を刺戟した。

そこにたゞ一つ家具らしいものとして置かれてある、小さい、瀬戸引の薬罐のかゝつた火鉢を中にして、彼女は黙つた。しかしそのあとで口を開いた時には、別なことを問題にした。

「京都からは、いつごろお帰りになつて。」

「はつきりしないんです。」

関は言葉を切り、でも直ぐと無造作に附け加へた。「実は、僕等の三回目の公判が近く開かれる筈なんです。」

真知子は衝動的にまつ直ぐに関を見詰めた。彼の冷静に対し、自分も落ちつきを装はうと努めながら、彼女は小さい咳でかすれる声を調節した。

「米子さんは、そのこと知つてゐますの。」

「知つてゐます。」

「もし急に帰つてゐらつしやれなければ、」

云ひかけて、その言葉の持つ重要性のため圧せられた。赤褐色の鉄の扉、厚い壁、頑丈な格子窓、さうして鎖——これ等の幻影から自由にあとを続けることは出来なかつた。

と、乾燥した、意地の悪い微笑が、関の彫刻的な顔を歪めた。彼は相手の陥つた、十分理解され得る沈黙を救はうとはせず、却つて自分も黙つて、その表情を変へないで、彼女を眺めた。

関の無慈悲なこの凝視には、三月前米子の家ではじめて逢つた夜から真知子はもう馴れてゐた。同時にそれは、彼の考へてゐることを言葉が表はす以上に明瞭にするものであるのを知つてゐた。あなたは忘れてゐたんですね、

——僕が未決囚であることを。さうして今急に気がついてお嬢さんらしく震へてるんですね。——

「なんなら。」

　酷薄に堅く閉ぢてゐた唇を、彼はしづかに動かした。

「さつきお願したことは取り消しませう。」

「そんな必要はありません。」

　真知子は強く弾き返した。

「あなたに迷惑を及ぼすやうなことが生じた場合——」

「病気の米子さんを友達として私が世話すること、、あなた方の思想や運動と関係はない筈ですもの。」

「関係のないところにも何等かの関係を見出さうとするのが、当局のやり方です。」

「なら、向ふの方が間違つてるんだから、構はないでおけばいゝのですわ。」

「出来ますか、あなたに。」

「出来ないとお思ひになるの。」

「出来ても、周囲が許すかを疑ふんです。」

　すべての行動を、正しいか正しくないかより、世間でどう思ひどう噂するかに依つて規定しようとする、それが唯一の哲学である彼女の環境では、如何なる善もそのためには犠牲にされた。殊に米子に対する真知子のこの際の友情が、もし関の危ぶむやうな結果を齎すとすれば、彼等は震へ上るに相違なかつた。病気の代りに、米子が飢ゑて死にかけてゐるのだとしても、一片《きれ》のパンを差し出すことさへ禁じられたであらう。弓子の送別会の時田口夫人の揚言した、マルクスがどうかうと騒ぎ廻るに較べれば、青年の如何に忌はしい悖徳も悪行ではないと云ふ奇抜な断定を、真知子は忘れてはゐなかつた。

　自分を取り巻くものに対する侮辱と反抗と、同時に羞恥で湧き立つ感情を辛うじて圧へ、彼女は訴へるやうな微笑みで、まだ眼を放してゐない関を見あげた。

「私、ずゐぶん弱虫に見られてるんですわね。」

「あなた方は階級的に弱くされるんです。」

「階級的に。」

「ブルジョアジのそれは運命悲劇です。どんな思想を持つてゐても、いよ〳〵となれば役に立たない。」

「でも、今度のことでは、あなたが想像するよりも私は強くなれる積りですわ。少くとも周囲の干渉なんか怖れてはゐません。それを怖れる位なら、初めからあなたとお友達になりはしません。」

　云つてしまつて、不意な後めたさが彼女を少し赤くした。友達と云ふ言葉は、直ちに同志や仲間をさす筈の意味深い表示であつたものを、同志でも仲間でもない、たつた四度逢つただけの、冷淡にあしらはれる方が多かつた自分が、彼に対してその親愛な呼びかけを用ひ得たであらうか。この退け目にも拘はらず、彼女はそれが許して貰ひたかつた。同じ牽引力をその仕事に持つてをりながら米子のやうに端的に飛び込み得ないもどかしさを、そのためどんなに生活を矛盾多くし、どんなに悩み深くしてゐるかを、彼に打ち開けたかつた。真知子の心は、いつにない単純な信頼と熱情で、娘らしく波打つた。

その時米子が身動きをし、薄眼を開けた。彼女はそれが誰であつたか意識することなく、半ば夢中で胸の苦しさを訴へ、水を求めた。真知子は急いで、枕元から吸呑を取りあげ、病人の熱で干凅らびた唇へ持つて行つた。

あけの日から、真知子は毎日病院に米子を見舞つた。熱は順調に下りたが、頭痛がやまず、時々嘔気《はきけ》を伴なつた。病気よりも気持の弱り方の方が激しかつた。日に依るとひどく憂鬱になつて、今まではどんなに寂しさうにしてゐる時でも、感情を制御する硬さを持つてゐた人が、涙を見せることさへあつた。

「もう少し元気を出さなけりや駄目よ。病気の方で直りたくも、それぢや直れない。」

四五日すると、真知子はわざと非難の言葉を使つた。

「私よつぽど変になつたのね。」

窪んで青銅色の輪の出来た、そのため常よりも底深く見える眼を、米子は枕の上でくうに据ゑた。

「この気持は誰にも分らないわ。」

「余計なことを考へ過ぎるんぢやない。」

「もつと生理的なの。身体ぢうしいんとなつて、なんだか自分が自分でなくなるやうな気がするの。倒れた時はそれが急に強く来たのよ。」

昼食後、彼女はいつもの通り子供たちに細工物をさせようとして、材料を入れた隅の戸棚に近づいた時、不意に眩暈《めまひ》がして、発作が起つた。彼女は夢中で硝子戸に捉まらうとしたが間に合はなかつた。と、倒れた身体が、伸びたごむの収縮するやうにちゞこまるのを感じた。単に感じたのみでなく、彼女は視覚で明瞭にその変化を認めることが出来た。自分ではない、誰か他の人間に起りつゝある現象であるかのやうに。——それで不自然にも思はれなければ怖ろしくもなかつた。が、収縮が加速度になり、それに従つてますく〳〵容積を減じつゝある身体が、終に一箇の貝殻よりも微小になつたのを見ると、このまま進めば消えてなくなりさうで、気がかりで、心細かつた。彼女はまつ暗な虚無の中になほいよ〳〵小さく砂粒のやうにちゞんで行く自分を、頼りなく茫然と眺めつゞけた。

「さう容易に、人間が消えてなくなつちや大変だわ。」

寧ろ面白がつてその話しを聞いてしまつてから、真知子は云つた。「今度は、だから思ひ切つて養生するのね。すつかり快くなるまではいつまででも寝てる積りで。」

「さうしちやゐられないわ。」

「でも病気ぢやありませんか。どんな仕事だつて打つちやつておいてい丶んだわ。」

それに就いては抗弁しないで、暫く間を置いたあとで、米子は云つた。

「ほ〔ん〕とうは明日にも退院しようかともつてるの。」

「そんな無茶なこと。」

しかしこの程度の頭痛は前にもよく続いたのだし、嘔気も胃をよくすれば自然に癒るのだから、この上病院にゐる必要はないと、米子は強情を張つた。

「あの時だつて、うちで寝かしておいてくれ丶ば快くなつたのを、倒れたのに驚いて斯んなところへかつぎ込んだのよ。」

それにしても手廻しがよすぎたのは、過労で衰弱してゐた米子のため非常な幸ひであつたのだ、と真知子は考へた。同時に、この機会に一日でも長く病院に引き留めておけばおくほど、彼女を健康にするのだと。

「退院して、またすぐ無理をしてわるくなりでもしたらどうするの。」

「もう無理はしないわ。」

「とにかく私は反対よ。関さんだつてゐらつしやれば屹度留めるから。」

米子は強ひては云ひ張らなかつた。しかし退院を思ひ留まつたのではなく、関の名前が出たので話を絶つたのだといふことを真知子は見遁さなかつた。この神経過敏は、近ごろの米子の、特に病気になつてからの著しい変化であつた。彼女は前のやうに呑気には関のことを話さないばかりでなく、自分自身の行動に関しても警戒的になつた。初めから開けつ放しな点の少なかつた性格とそれが結びつき実行運動者の典型的な用心深さを彼女に与へたやうに見えた。

真知子には米子のこれ等の傾向が理解されないではなかつた。寧ろ初めから怖れてゐた罅隙が、二人の間に余りにも早く芽吹いたこと、殊に普通の談話ではもとの信頼と愛で残されてゐる友情が、その一つに触れるや否や急にうと〳〵しく冷いものに変るのが辛らかつた。真知子は強い不満をさへいつしよに感じた。沈黙と秘密が彼等の間で如何に重要な誓約であるにしても、それほど厳しく守られなければならなかつたであらうか。それほど不信用な自分なのであらうか。もつと立ち入つた話ならば知らず、こゝで二人きりで関に就いて噂する、それさへ憚られるのであらうか。――真知子は彼のその後の消息が知りたかつた。何か便りでもあつたか、もしくば丁度その日からはじまる筈の公判を彼女はどう予想してゐるか、そんなことが親密に話し合つて見たかつた。

「私たち、いつか屹度喧嘩するわねえ。」

真知子は唐突に、考の過程からすれば最も自然に、その言葉を口に出した。

「なぜ喧嘩するの。」

米子は仰臥のまゝおだやかに受けた。

「あなたが意地悪になつたから。」

「さう見える。」

「でなけりや、この頃のやうに隠し立てをしなくたつて、何かもつと話してくれていゝのよ。私にその資格がないんなら、友達になつてる資格もないんぢやない。」

「私の友達はあんたひとりだと云ふことは、いつでも信じてゐなきやいけないわ。」

「あんたの仕事にも、生活にも関係のない、余計なおしやべりをする時だけの友達。ね、私がまだ必要だと云ふんなら、そのために必要なんでせう。」

米子は真知子の坐つた窓の方へしづかに寝返りをし、和解の哀願をこめた悲しげな微笑《ほゝゑみ》で咎めた。

「病人の枕もとで、そんなわる口云ふのは意地悪ぢやない。」

「だつて、明日は退院しようつて病人に遠慮は要らない筈だわ。」

しかし彼女の顔は言葉よりはずつと譲歩的に見えた。本統は顔よりも内心がより一層譲歩的であつた。彼女はどんな事情からでも米子を失つてはならなかつた。海の魚が時々水面に浮かんで息をするやうに真知子はたつたひとりの友の存在に依つて、生活の窒息を免れてゐた。それ以上を望むのは、現在の自分の行き方を変へない限り、望む自分が間違であることも知つてゐた。

「少しどいて。」

真知子の黙つてゐた間、黙つて枕の端に眼を落してゐた米子が、顔をあげた。「花が見たいの。」真知子は右に寄つた。電話で駈けつけた晩の明けの日、花瓶といつしよに買つて行つた、見すぼらしい施療室の唯一の色彩である赤い数輪の冬薔薇が、彼女の塞いでゐた空間に入れ代つて現はれた。

背景の窓には、すり硝子の幅いつぱいに夕陽があふれてゐた。数だけの花と、円い花瓶と、仮の台に利用したブリキの菓子箱が、鍍金《めつき》色の斜光に輝き、鮮明な黒い影を焼けた畳に投げた。

「ねえ。」

「なあに。」

「ローザは監獄の中で、どうしたらあんな朗らかな気持になれたんでせうね。」

小鳥や、虫や、自然に就いて書いた彼女の獄中の優しい手紙は、真知子も好きであつた。

「何だつてそんなこと、急に思ひ出したの。」

「なぜつて、花を見てゐたら。」

「同じ薔薇《ローザ》だから。」

その洒落に自分で釣り込まれた調子で、真知子はつけ加へた。「でも、こゝは病院で、監獄ぢやないわ。」

米子は上唇だけかすかにほゝ笑ませ、光線のせゐで蒼い輪が一層濃く拡がつた眼で、もう一度問題の花を眺めた。布団の襟からのぞいた顎が、靴篦のやうに痩せて果《は》敢《か》なげに見えた。と、四日前の晩、関と坐つてゐた時の同じ幻影が、不意に真知子の意識の底を掠めた。幾ら冗談でも、殊に彼等に対して容易に云つてはならないことを、無慈悲に口に出した気がした。でも鉄の扉や、壁や、格子や、鎖と結びついて彼女のこゝろを痙攣させた瞬間の面影は、眼の前のその友達ではなかつた。

つぎの朝、真知子は何より先に新聞を手にした。京都の公判は、定例の如く傍聴禁止になつて委しくは報道されてなかつたが、被告の人名だけは出てゐた。関自身も勿論省かれてはゐなかつた。どんな判決が下されるであらう。第一審より果して軽い刑罰ですむであらうか。——これ等の気懸りの外に、彼女は当面のひそかな心配を持つてゐた。山瀬が関の名前を発見して、母や姉の前でなにか話し出しはしないかを怖れた。しかしその朝の彼は起きるから周章《あわ》てゝ外出の支度をしてゐた。台湾の大学の地位に有力な競争者が現はれたらしかつた。そのため、いつもは朝飯の食卓で念入に眼を通す新聞を見ないで飛び出した。

「ねえ、お母様。」

夫の見送りでおくれた食事を、ひとりゆつくり始めながら、みね子は火鉢の前の母に話しかけた。

「今日は目白へ入らつしやるのでせう。」

「あの話かい。」

「えゝ、叔母さまによく頼んどいて下さいな。昨晩山瀬が訪ねた時には留守で、叔父さまだけに話して来たのださうですから。」

文部次官I――氏夫人は、田口夫人の女学校時代の同窓生であつた。山瀬はその縁故に縋つて競争者に対抗しようとしてゐた。

「そりや頼んでは見るけれど。あんたが行つて今までの事情を話した方が、倉子さんにもよく分るだらうよ。」

「そりや私も行きますわ。たゞね、ちよつと困ることがあつて、あそこへ行くのは億劫になるのよ。」

みね子は蓋物から塩こんぶを小皿に取り分けながら、

「だつて、きいちやんが叔母さまの顔を見ると屹度泣き出すのですもの。どんなに機嫌よくしてゐる時でもさうなのよ。まあちやん、気がつかない。」

真知子は姉の食事の間、そばで小さい姪の相手をしてゐた。尋ねられたやうなことは特別注意に残つてゐなかつたが、田口夫人と幼児は最も関係の遠い対照であるらしく感じられた。

「山瀬と挨拶に行つた時も、それで閉口させられたの。尤も、あのころは旅行のあとで泣き虫になつてたから、そのせゐかともつたけれど、あとで晩御飯に呼んで下すつた時だつて、叔母さまがなにかお愛想を云ふとすぐあーんとはじめるんでせう。こつちで気の毒になつちまつたわ。性が合はないつて云ふんぢやないか知ら、あんなの。」

「詰らないこと。」

未亡人は酸つぱく、口をつぼめて笑つた。「そんな小さい児に、性の合ふも合はないもありますかつて。」

「でもあんなに可愛がつてくれるのに不思議なんですもの。――さう云へば田口の叔母さまのこと、とても威張つてるなんて悪く云ふ人があるけれど、私さうは思はないわ。少くとも私たちにはいつだつて優しいわ。その晩だつて、山瀬の月給のことまで訊ねてくれましたよ。幾ら貰つて、どの位残るかつて。親身に思つてくれるんでなけりや、そんな立ち入つた話まではしませんわ、ねえ。校長さんの奥さんつて人が丁度似てるの。見識ぶつてる癖になんでも干渉するつて評判がよくないけれど、根が親切なんですもの。それに親切な人つてものは、誰でも幾らか押しつけがましいとこはあるんだから、私は平気なの。田口の叔母さまに対してもさう思つてるわ。実際世話ずきない〻人なんだから。今度でも、だからよく頼み込んだら、屹度一と骨折つてくれるに相違ないと信じてよ。」

「さう信じてるんなら、お姉さま、あなたが入らつしやればい〻のよ。」

真知子は我慢しきれなくつて、口を入れた。「お母様にそんなこと頼ませるなんて間違つてるわ。」

みね子は喫驚して、茶碗を手にしたまま振り返つた。妹が何故反対するかを解し得ないこの姉には、田口夫人の前で懇願者の役を引受ける母のひけめや、いつしよに行つてそれを見なければならない自分の不快は、説明すればするほど彼女を混迷させるのを知つてゐたから、真知子はたゞ忠告だけを続けた。

「きいちやんが泣いて困るんなら、置いて入らつしやればい〻のぢやないの。無理に連れて行かなくたつて――」

「そりや、駄目。」

敢然とみね子は拒絶した。「まつはい〻女中だけれど、子供の守は下手よ。この間ほんの二時間頼んで芝のお姉さんと買物に行つた時だつて、すぐお腹《なか》をこはさしたんですもの。なにかやたらに食べさしたんだわ。――ねえ、きいちやん。」

話が自分のことになつたのを本能的に感じた娘が、若い叔母から離れて甘え寄ると、母は箸をおいてすぐ抱き上げ、彼女の片言を真似つ〻愛撫した。「さうでちよう。そいでおぽつぽが痛たく〱になつたんでちよう。いけまちえんねえ。」

斯う云ふ時のみね子に取つては、どんな重要な話題も子守唄以上ではなかつた。

そこへアキルが硝子戸から顔を出した。彼は膝の上の小さい女主人に自分の伺候を知らせようとして、また彼等を見ながら駈け上れない不幸を悲しんで、透明体の仕切に鼻を押し当て〻啼いた。

午後一時過。未亡人と真知子は田口家の彫刻のついた重い樫のドアを入つた。彼等は普通の応接室でなしに、二階の予備の客間へ通された。車寄に停まつてゐた、一軒の家ほど堂々としたパッカードを共通に意識に上せながら、二人は運ばれた茶菓を前にして待つた。

「斯んなとこにいつも住んでたら、」

近ごろ新たに手入れして、婦人室らしく思ひきつて華美に装飾された部屋を眺め、真知子は母に話しかけた。

「舞台の役者見たいに、気取つて、勿体ぶらなくちや似合はなくなるのね。」

未亡人は娘の冗談の価値には無頓着であつたが、それが誰を指したのであるかはすぐ呑み込めた。

「結構ぢやないか、威張つてゐられるんだから。」

「ちつとも結構ぢやないわ、威張られる方に取つちや。」

「あれが倉子さんの性分だと思へばいゝのですよ。」

「それよか、こつちで威張らせるやうな機会を作らないのがいゝのよ。」

真知子は無意味にその言葉を口にしたのではなかつた。彼女はみね子が今朝持ち出した問題にはどうしても母を関係させたくなかつた。で、家を出る前にも話しておいたのではあつたけれど、改めて念を押した。

「ね、ですからお母様は決して頼まないで頂戴。どれほど恩に着せられるか知れないわ。」

「私が恩に着て出来ることならだけれど。」

「出来たつて厭ぢやありませんか、裏面からそんな運動するなんて。」

「あんた見たいに――」

半分駈けてゐるやうな廊下の足音が、母の続けかけた会話を遮つた。高いノックの先触れで入つて来たのは、三日に一遍きつと帰つてゐる富美子であつた。

「入らつしやいまし。」

椅子のまだずつと手前から、富美子は威勢よく声をかけた。が、真知子だけではなかつたから、卓のそばに近づくと、彼女自身としては精いつぱいのおとなしやかな態度で、歳暮の贈物の礼を述べ、余儀ない来客で母が暫く失礼をするからどうか寛《ゆ》つくりして欲しい、と頼んだ。

「あんまり御無沙汰をいたしてゐましたのでね。」

未亡人も同じ礼儀を尽すために椅子から立ち上りながら、「今日はほんのちよつと暮の御挨拶にと思つて。」

「あら、ちよつとなんて、そいぢや詰まりませんわ、叔母さま。」

富美子はもう生地の、子供つぽい遠慮のない調子になりながら、「めづらしく真知子さんも御一緒なんですもの。今日は寛つくりなすつて下さらなきや厭ですわ。――ねえ、いゝんでせう。」

これは真知子に向けて云はれたので、さうしてはゐられないと彼女は答へた。実際未亡人よりも真知子の方が気忙しかつた。昨日米子の洩らした退院のことが心にかゝつてゐた。出来たら朝のうち様子を見に行きたいと思ひながら果されなかつた。

「だつて、帰しはしないからいゝわ。ほんとうに色んなお話があるのよ。」

富美子はこの言葉になにかの暗示を持たせようとするかの如く、その小さい円い眼を特別な仕方で瞬かせて、真知子を見た。しかし斯う云ふ階級の婦人たちに習慣的に与へられてゐる社交性から、未亡人を除外して話すことは出来なかつたので、富美子は彼等が三越で出逢つたのを多喜子に聞いたと云ふやうなことからはじめた。

「日本髪結つてらしたでせう、多喜子さん。」

「えゝ。」

「よくお似合ひになつてゐましたよ。」

未亡人はその時褒めた通りの言葉で褒めた。

「あの時は、私もごいつしよに行く筈になつてゐたのですけれど。」

それだけは未亡人に対して、そのあとは真知子の方へ、富美子は云つた。「御覧にならなかつた、外山《とやま》さんの室内装飾展が六階にあつたの。」

外山は倉子夫人につき纏つてゐる画家の名前であつた。真知子は気がつかなかつた。

「外山さんがそんなことなさるの。」

「この頃は画よりか熱心なくらゐ。おかげでこの部屋も模様替させられたんだわ。――どう。少しけば〳〵しすぎてやしないこと。でもこの壁紙なんか外山さんとても得意なの。自分で描いてわざ〳〵刷らせたんですもの。」

さう云へば前よりはまた一層立派になつたと未亡人は調子を合せたが、真知子は批評は口に出さないで、はじめてその部屋を見廻した時とは別な感じで、云はれた壁紙の、薔薇色の地に焦茶で分離派風の模様を出した奇抜な意匠や、壁の三方にかゝつた同じ画家の、風景と花と半裸体の三枚の画を眺めた。強い赤の主調で特色づけられてゐる彼の画風は、真知子は常から好きでなかつた。丁度画家自身から発散すると同じあくどいものが、調子を濁らしてゐる気がした。華美を通り越して刺戟的になつてゐる室内装飾にも、その彼が現はれてゐた。同時にまた彼と夫人との朗らかでない友情を聯想させることに依つて、それはなほ厭味に見えた。

斯う云ふ場合、相手の気持の推移には注意を払はない富美子は、ひとり楽しさうに話を続け、外山は他にも母の化粧室を手入れしたのだと云つた。

「その方がこゝよりか旨く纏まつてるつて評判なの。宅なんかもその意見よ。外山さん自身でもさう思つてゐるらしいの。」

　富美子は云つて急に気がついたやうに真知子を誘つた。

「ちよいと御覧にならないこと。」

「またこのつぎ。」

「あんたのこの次はいつのことだか分りやしないわ。ねえ、叔母さま。」

「見せて頂いて来たらいゝでせう。」

「ね。」

　富美子は気早く椅子を離れ、さつきいろ〳〵話すことがあると云つた瞬間の合図を、同じ眼つきで繰り返した。いつもの例で、斯んな時の彼女は屹度なにか知ら内証の話を持つてゐた。母を誘はうとしないのもそのために違ひなかつた。で、仕方なしに、それでも好奇心なしではなく、いつしよに立つて彼女に従つた。

　真知子の想像は誤らなかつた。部屋を出て階段にかゝると、富美子は急に身体ぢうで寄り添ひ、小さい声で訊ねた。

「今朝の新聞読んだ。」

　その問と、彼女の小さい子供つぽい顔に浮かんだ真面目な懸念で、真知子は何を富美子が話さうとしてゐるか分つた。

「あの公判に出てゐる関つてひと、あのいつかの人。」

「えゝ。」

「矢張しさうだつたの。」

　半分予期した返事よりも、真知子がそんなに落ちついて返事が出来ることに吃驚したやうに、富美子は眼を見張つて、「こゝで今日それが問題になつてるのよ。はじめ母さんが気がついたらしいの。私が来ると行きなり、真知子さんの知つてらつしやる関さんとかつて人の名前は何と云ふんですつて、斯うでせう。ほんとうを云ふと私今朝は寝坊して、朝御飯も頂かないで、宅の自動車《くるま》に乗せて貰つてミス・リーの美容院に行つたの。だつてあそこ早く番を取らなくちや混むんですもの。それから銀座でちよつと買物してこちらへ廻つたから、新聞見てなかつたのよ。それで何のことだか分らないで、関三郎つて云ふんでせうつて云つたら、あなた、ほら御覧なさいましつて、母さまがお父さまにぶつかつたので駭《おどろ》いちまつたの。」

　富美子は話すうち初めの心配らしい調子を失つた。毎日、なにか違つた遊び方と話材を求めてゐるこの若い夫人に取つては、どんな気がかりな話も自分に影響がない以上面白い話であり、幾らかの関係があつて影響がなければ、一層面白いわけであつた。しかしそれを意識してはゐなかつたから、彼女は正直に感じてゐる通り面白がつて、父母は公判に現はれてゐる関が、音楽会に山瀬の同伴した青年と同一人であるかないかを、富美子が行くまで争つてゐたのだと話した。

「それが分つてれば、私名前は知らないつて云つてやつたんだけれど。」

「どうして。」

「だつて可哀想ですもの。あんなひとが裁判に引つ張り出されてるなんてこと、知らせるのは。」

階上から続いてゐる紅い笹縁のついた鳶色の敷物の上を、二人はゆつくり降りた。若い夫妻がドイツに行つて以来は、老博士と倉子夫人と、それに身寄りの出戻の婦人が家事取締の役を受け持つて住まつてゐるだけの広い家は、どんな話を続けても誰にもめつたに邪魔はされなかつた。階段下で、銀盆を手にして応接間の方から現はれた小間使に、彼等は出逢つた。その廊下を左に曲ればすぐ化粧室であつた。

上部に円く、花鳥の小さいステインド・グラスを嵌めた戸を、富美子は先に立つて開けた。正面に開いた窓に依つて、部屋は日光に充ちてゐた。外の割に暗い廊下と、四角な、箱のやうに飾られた室内の対照が、どこか汽船のけびんに似た感じを与へてゐた。重なる変化はこゝも壁らしかつた。これまでは単系な卵色に塗られてゐたのが、二階と同じ傾向の、でも幾らか清楚な模様紙で貼られ、衣裳箪笥を置いた次の部屋に通ずる戸口も二分の一広くなつて、ドアの代りに暗紅色の帷《とばり》が重く垂れてゐた。

「この色が得意なんですとさ。」

「外山さんの赤い画よりは、たしかにいゝ色だわ。」

「ぢやこれからさう云つてあげよう、あの人が画の自慢しはじめたらね。」

いつぱしいゝ智慧を仕入れたかの如く、富美子は細い華奢な頸を振りながら、真知子を反対の壁の鏡台に引つ張つて行つた。ドイツの嫂から早いクリスマスの贈物として届いた香水の箱、セットになつた銀の可愛い香水吹、ブローチと帯留と両方になるやうに拵へ直された宝石、最近に買はれた指輪、それ等が桑材の右側だけ重なつた抽斗から、つぎ〳〵取り出された。

「この真珠のまはりにエメラルドを入れたの、いゝでせう。頂戴つて云ふけれど、少し嵌めてからつて下さらないの。そいぢやお古だつてこと分つちまつて詰んないわねえ。」

「貰ふんなら、新しい方がいゝに違ひないわ。」

「でせう、——だけれど駄目。母さまは指輪道楽だから。」

彼女は上の抽斗から、化粧直し用の藁いろした粉おしろいをとり出し、ついでに、レース飾のついた麻の鏡蔽をはね除けた。鍍金した二羽の小鳩で支へられた楕形の鏡が、二人を四人にした。富美子は後の真知子よりは、鏡の中のもう一人の真知子の方へ熱心に覗き込み、有色の顔料の優れた効果を説き立てながら、さうして彼女にも勧めながら、三時間前ミス・リーの店で洗はれたり、蒸されたり、摩擦されたり、塗られたりしたばかりの顔を、新たに手入れしはじめた。

真知子は富美子を邪魔しないやうに、窓のならびの壁に嵌め込んだ姿見へ避けた。派手なのでめつたに着ない、臙脂の模様の高い訪問服を、母から今日は無理に着せられてゐた。彼女は誰か知らない他人の仮装を吟味するやうな冷やかさで、玻璃板に浮かんだ盛装を眺めた。

「斯んなもの、私ぢやない。」

しかしその思惟が彼女の思惟である如く、眼の前の影像も結局彼女に相違なかつた。寧ろ否定しようとしても否定することの出来ない彼女自身の本体であり、彼女が心に軽蔑してゐる人々と何んにも違はないものであり、従つて関の冷淡や、米子の新たな障壁に対しても抗議し得ない、云はば富美子の相手になつて、香水や、宝石や、化粧の話で時間を空費するのが丁度似合はしい役廻りであることを、それが証明してゐるやうに見えた。

真知子は唇の隅をゆがめ、壁に脊中を向けた。

「ほら、使つて御覧なさいよ。」

富美子はガーゼの小ぎれをさし出した。

「いゝの。」

「要らないの、白粉。」

「えゝ。」

「だつて、ちよいと直したら。」

「ほんと。」

「いやなひと。」

急に意固地に厳しくなつた相手を、富美子は鏡の前の腰掛から、口を半分開け、見上げて笑つた。

「どうしたの。怒つた見たいよ。」

真知子はそれには答へず、香水を見た時、かけて貰つてそのまゝ置いた手巾《ハンカチ》を、鏡台の上から取り上げつゝ促した。

「あちらへ行きませう。」

部屋を出ようとした時、小間使が迎へに来た。

倉子はなにか熱心に話し続けてゐたらしかつた。富美子の真似だけのノックで、そのまゝ開けて入つた二人を、戸を後にしてゐた彼女は不自然な角度で振り返つた。向側のもとの位置からいつしよに彼等を見上げた未亡人にも、さつきのにこやかさはなかつた。しるしだけ、富美子にはそれでもほゝ笑んだが、娘に向けた眼は硬く、問責を含んでゐた。真知子は直覚的に新聞の記事を、それに就いて今朝この家庭に生じたと云ふ議論を思ひ浮かべた。

倉子は未亡人とは反対の浮き〳〵した、殊に真知子には珍しい打ち解けやうを示した。

「真知子さん、斯んなひとの云ひなりになつてゐらしたら、」

倉子は自分の左に腰かけさした彼女と右側の娘を交る〴〵眺めて云つた。「それこそ、どんなところへ引つ張つて行かれるか知れませんよ。」

「まさか、ねえ。」

向き合つた真知子の方へ円い顋をしやくつて見せ、それから富美子は母に話しかけた。「お母様、真知子さんも私と同じ意見よ。」

「何が同じ意見です。」

「指輪を貰ふんなら、誰でも新らしい内の方がいゝに違ひないつて。――ねえ、仰しやつたわね。」

富美子は再び円い顋で向側の承認を求めた。

「ほら、この通りですから。」

倉子は娘の外交を誰よりも笑ひながら、この手でよく色んなものを取られてしまふのだとこぼした。「――指輪なんか数多くは要らないやうなものゝ、人中へ出ますとさうもまゐりませんしね。時節に応じて相当なりや装飾を調へるのは、身分を守る上からも大切なことで、決して贅沢ではないと私は信じてをりますよ。――さう申せば、今日の真知子さんは本統になんてお立派なんでございませう。お洋服ももちろん結構ですけれど、それとこれではまたお品が違ひますもの。身うちのものの正直な注文を申せば、いつも今日のやうなお嬢様らしいお嬢様でゐらして頂きたうございますわ。ねえ、お母様。」

それに対し、未亡人はその着物を着せるに就いても一と争ひした位で、自分たちの云ふことなぞ素直にきいて呉れる彼女ではないと云つた。人に向つては容易に愚痴をこぼさなかつた母だけに、その打ち明けは真知子を驚かした。彼女は睫毛のそり反つた長い黒瞳《くろめ》で、母を咎めた。倉子はそんな筈はないと調停した。

「真知子さんのやうな、学問のおありになる、解つたお嬢さんが、お母様の仰しやりつけを背くなんて、そんな。」

「い、え、よく喧嘩いたしますの。」

真知子はなにかに突き出されて云つた。「着物のことなんか干渉されるの、私厭なんですから。」

「私も大嫌ひよ、着物のこと云はれるの。」

「なんですねえ。」

向側から、セーヴルの模様つきの茶碗を手にしつ、賛成した娘に、余計なことだと云ふ顔を見せておいて、倉子は今までよりはずつと重々しく真知子の方へ向き変へた。「着物なんかのことはまあそれだけとして、他のもつと大事なことではお母様のお考に背いたりはなさらない筈ですわ。ねえ、さうでございませう。」

「なんのお話でせう、それ。」

倉子はすぐ応じようとして、彼女の母に対し無言の承認を求めた。未亡人は蒼い筋の目立つて来た額を竪に下げた、どうか遠慮なく仰しやつて下さいまし。――

予期した訊問がはじまつた。彼女はどうして関のやうな人を知つたのか。何処に於て。いつ時分から。また誰の紹介で。

「音楽会に山瀬さんがあの人を連れて入らした時も、飛んでもないことをして下すつたと思つて、私はあとで山瀬さんを怒つたくらゐですが、でもまさか罪人だなんてまでは知らなかつたから――」

「関さんは罪人ぢやありませんわ。」

「だつて、真知子さん。あの裁判に出てゐる人が別な人でなければ、どんな罪よりも怖ろしい罪を犯した訳ぢやありませんか。」

「ほんとうに犯したのか、嫌疑だけかつてことは、裁判のすむまで分らないのでせう。」

「それは理窟と云ふものですよ。よしんばさうにしたところで、嫌疑を受けるやうな危険な人に近づくのは間違つてをりますわ。お母様はまだ今朝の新聞のこと御存じなかつたと仰しやつて、お話をしたら驚いてゐらつしやるんですから。ねえ、奥様。」

その誘ひかけで、この場合彼女の母が当然引き受けなければならない役目が割りあてられた。亡くなつた父の旧時の、長兄の現在の、また義兄の近い未来の、それ〴〵の名誉ある地位を、未亡人は改めて説いた。それに留まらず、彼女の無思慮な行動は、すべての親類や関係者の名誉に取り返しのつかない汚点をつけるのであり、もしそんなことになれば、母は死んでも謝罪の途はないであらうと。

「お母様がこれだけ御心配になつてゐらつしやるのですから、真知子さんもそこは十分お考へにならなければ。」

倉子は再び引き取つて、「それにあなただつて結婚前の大事な時に、社会主義者と交際があるなんて評判が立つては大変でございませう。どれほど貰ひたくとも、身分のある家では手を引きますからね。ほかの不名誉や不利益は勘定に入れないとしても、それだけでもまことに残念だとぞんじますわ。」

「仰しやる通りでございますとも。」

「正直に申せば、真知子さんが大学に入つてゐらつしやることでさへ、御縁談にさし響いてゐるのでございますよ。幾らお美しいお嬢様でも、そんな偉い学者ではどうも。——すぐ斯うでございませう。ですから私わるいことは申しませんから、あんまり択り好みをなさらないで、早く結婚なさらなければいけませんわ。さうすれば旦那様のお顔でお附あひも変るし、今までのお友達とも自然遠ざかられる訳ですから。」

さういふ意味から云つても、また他の場合に取つても、結婚ほど便利で都合のよいものはないと云ふ意見を立証するために、倉子は最近に自分も少し関係したX—家の結婚を挙げた。

「X—さんの若様はまだ学習院なんですけれど、大殿様の血なんでございませうね、例の方へそれは早熟でゐらして、家の中でも眼が放されないつて、逢ふたびに奥様がこぼしてゐなさるから、私は勧めましたの。間違のないうち、綺麗なお嫁さんを貰つておあげ遊ばせ。それが一番でございますよつて。とい、あんばいに、△△信託のY—さんのお嬢さんとお話が出来て、つい先だつて御式があつたのですが、なんしろY—さんはこの節、日の出の威勢で、まだ部屋住だから質素にして貰ひたいつてX—さんでは仰しやつたのだささうですが、帯だけも百本と云ふお支度でございましたからね。」

「あら、お母様、百本きりぢやなくつてよ。」

話がやつと重苦しい主題から脱したのに力を得て、富美子は叫んだ。「みんなで百五十本あつたんですつて。」

「い、え、帯は百本で、簞笥が二十五棹ですよ。」

「簞笥は二十五棹だけれど、帯は百五十本なのよ。」

「私はたしかに百本つて聞いたけれど。」

「違ふの。百五十本。多喜子さんが仰しやつたから間違ひないわ。Y―さんは学習院で、多喜子さんと同じ組でゐらしたんですもの。」

「ぢや、私が負けたのかねえ。」

軽い、てれた笑ひで、倉子は終に娘の百五十本説に譲歩しながら、未亡人に云つた。「どつちにしろ、お金のあり余つてゐる方のなさることは、違ひますわ。」

「全くでございますよ、ねえ。」

「お荷物の拝見に出ました時、丁度三越の番頭が参つてをりましたのでね。お前さんたちの見当ではどのくらゐですつて聞いて見ましたら、これだけのお簞笥では、まあ、内輪に見積つてもざつと十万は入つてをりませうつて申してゐました。」

未亡人は今度は鼻翼で感嘆の低い唸《うめ》きを発した。

「或る奥さんなんか、今時あんな大げさなお支度は余計なことだ、でなくとも主義者なんてものがうるさいのだから、幾らお金があつたつて、贅沢をし過ぎるのはよくないつて悪口を仰しやるのですけれど、本統のところは嫉《やつ》かんでゐらつしやるんですわ。社会主義者の運動なんてものも、この気持のもつとたちの悪いのだと私は考へてますよ。お金持が、自分の腕で儲けたお金をどう使はうと、その人の自由ぢやございませんか。またさう云ふお金持があつて、なにか事業でもしてくれなければ、労働者だつて働く仕事がない訳でございませう。それだのに、お金持と云ふと眼の敵にして、人の善い労働者を嗾《け》しかけたり、何んでもない意地をつけたりするのは、それこそ余計なおせつかいで、折角平和に暮らしてゐる社会に、喧嘩の種を蒔くと云ふものでございますわ。真知子さんなんかは、斯う云ふことには立派な意見を持つてゐらつしやるのでせうが、私の考への方が間違つてゐますでせうか知ら。ひとつ教へて頂きたいものでございますね。」

この弟子に対して、社会主義の啓蒙的講義を受け持つ親切は勿論真知子にはなかつた。

「その関さんなんても、」

相手の動かない、莢形のふくらんだ唇に視線を据ゑ、倉子はつゞけた。「矢張りそんな宣伝ばかりしてゐますのでせうね。ブルジョアをどうしろの、斯うしろのなんて。」

「してますでせう。私は聞いたことはないんですけれど。」

「ぢやあなたには、逢つても社会主義の宣伝はしないと仰しやるの。」

「え、。」

この返事は弁護ではなく、事実であつた。同時にそれは彼女が夫人に対して社会主義の講義をなし得ないと同じ種類の回避であり、プロレタリアトの血以外に信を置かない関の明白な除外であることを示す意味から、真知子には悲しい肯定であつた。

しかし富美子は彼女らしい解釈でそれを敷衍した。

「お母様、はじめから私さう云つてたぢやないの。主義者だつて、あの人は決してわるい事なんかしやしないつて。」

「わるい事をしないものが、裁判にかけられる筈はないぢやありませんか。」

「きつと間違つたのよ。だから無罪になるに違ひないわ。さうしたら私忠告してあげようか知ら。主義者なんてそんな人に怖がられるものは止して、何かほかのものにおなりなさいよつて。」

「急にほかのものにならうつたつて、ねえ、奥様。一度赤い色のついたものを誰が使つてくれるものですか。」

それでなくとも就職難に悩んでゐる今日だから、と未亡人も云つた。その障碍に対する富美子の解決法は、奇抜で容易《たやす》さうであつた。関はあんな美しい顔をしてゐるのだから、活動の役者にだつてなれる。その方が社会主義者より歓迎されるだらうし、社会主義者であつたことが、変つた人気にならないとも限らない。殊に当世風な興味からすれば、銀行や、会社や、学校に勤める比ではないだらうと。——富美子はまた彼が似てゐると云ふドイツの役者の名前をそこでも挙げた。

「お母様活動をあまり御覧にならないからだけれど、全く似てるのよ。あれで関さんに、何かスポーツが出来たら申分なしだわ。ちよいとちよいと、ねえ、真知子さん、あの人テニスかなんか旨いんぢやなくて。そんな身体つきしてらつしやるぢやないの。」

真知子は知らないと答へた。

「スキーならきつと得意よ、東北の生れだから。御存じない。」

もう一度知らないと答へる代り、真知子はわづかに顔を振つたのみで、壁の方を向いた。ファイア・プレースのやうに取りつけた電気暖炉には、五本のコイルが表面を薄い灰紫色にぼかし、赤々と並んで燃えてゐた。が、それだけで容易に盛んな光焔は挙げ得ない、内攻的な、どこか寂しいその火の柱から、彼女は眼を離さなかつた。そばの紫檀の卓に飾つた、青銅のドームを型どつた古めかしい時計が、意匠に相応した弥撒の鐘の調子で、しづかに三時を報じた。

駅で母に別れると、真知子は近くのガレヂで神田までの自動車を約束した。小柄な若い運転手は、彼女のために戸を開け、壁にかゝつた帽子を取ると、そのまゝ自分の座席へ飛び乗つた。鳶色のうす汚いシュボレが、屋根の下から午後の斜光へ唸つて辷り出た。

高田、関口、江戸川——広い路、狭い路、広い路、坂、河——変化の激しい、それで怖ろしくでこぼこの多い通りを彼等は駈け抜けた。追はるゝ通行人、商家の列、誰かの大きな屋敷の冬木立。女子大学の赤煉瓦の校舎、森から抽んでたカトリク教会の塔、背景の真つ青な、エナメルで塗り潰された空、寒いボートの浮かんだ水。——一切の断片が、車台の傾斜に準じた角度と形象で、左右の窓から瞬間的に彼女の網膜に閃めいた。

しかし、真知子のこゝろは視神経とは別に働いてゐた。彼女は見つゝあるものを見てはゐなかつた。また他のことは考へてゐなかつた。自分を取り巻くあの堪らない生活から脱け出したい。——今日のやうなことの後には一層強い力で迫つて来る、いつものたつた一つの願望以外には何んにも。——

自動車は台地から駈け下りたはずみのスピードで、鉛色の水路に沿ひ、電車道を突つ切つて進んだ。この疾走は、彼女の苛立つた気持にいつとなく麻痺的な快感を与へた。飛べ、何処までも。その勢で。——彼女は声のない叫で激励した。実際この乗りものが、どこかへ自分を運び去つてくれるならば。——突然激しい動揺が真知子を腰掛から衝き飛ばし、前のしきりにぶつ突けた。彼女は夢中でそれにしがみ着かうとした。が、反動で衝き戻され、半分床に転がされた。やつと起き直つて見ると、素早い五六人の見物に囲まれてゐた。帽子を振り落された運転手は、衝突した向ふの黒い空自動車の運転手と、どちらも把手《ハンドル》を摑んだまゝ短い罵倒を投げ合つた。

もう一度動きはじめても真知子の驚きは容易に消えなかつた。衝突そのものよりは、その前に、彼女がひそかに祈念したことが、余りにも適確に充されかけたためであつた。もしその危険な出来事が、車内で一二度ぶつ突かるとか、転がるとか以上に結果したならば。——云ふまでもなく、死こそは最も完全に彼女を嫌悪してゐる境界から救ひ出したであらう。真知子はこの恐怖の前に震へた。決して死んではならなかつた。自分の知つてる生が、如何に醜く厭はしい形態に充ちてゐるとしても、死よりはなほ十分強い魅力を以つて常に彼女を魘《さしまね》いた。
転んだ時、逆についた左の手頸が少し痛いだけで、他はなんともない身体を、真知子は今度は腰掛の上に長く伸ばし、寝椅子に横たはつたやうな姿勢で、斜に凭りかゝつた。自動車の衝突した場合、正面にまつ直ぐかけてゐる客は危険だ、となにかに書いてあつたのを思ひ出したからであつた。

「どうかしたの。」

部屋に入つて寝床に近づくと、米子は枕の上から訊いた。

「変つてる。」

坐りながら、真知子は両手の掌で顔を撫ぜた。彼女は衝突のことだけを話した。米子の輪のついた眼は、驚きで竪に拡がつた。額に薄いかすり傷がついてゐると云つた。

「矢張し今日退院なさる。」

云はれて、急にひりつく気のする皮膚をそこだけ伸縮させながら、真知子はたづねた。

米子はその積りだと答へた。

「それで大丈夫。」

「さつきは起きてたけれど、寒いから寝てるだけよ。」

「あんたのことだから、黙つて退院してやしないかともつて、大急ぎで廻つて来たところなの。」

彼女は病院へ出直すつもりであつた。施療室の見舞客として、今日の派手な服装が如何に不適当であるかゞ顧慮された。にも拘はらず、目白からまつ直ぐに駈けつけたのは、云つた通り退院の間に合はないのを怖れたのみではなかつた。苦しい煙のうづ巻から他の部屋へ駈け込む――それに近かつた。

「もう何時か知ら。」

米子は身を起こし、枕許の薬瓶の盆に載せた時計を取りあげた。真知子も手頸をのぞいたが、これは衝突の時からと見えて三時四十分で止まつてゐた。

「支度するんなら手伝ふわ。」

「小峰さんが来てくれる筈だから、それを待つてともつてるんだけれど。」

「小峰さんつて。」

本所のモスリン工場に働いてゐる婦人で、このごろ仕事の方で親しくしてゐる人だと云ふことだけ簡単に話しながら、米子はそれでも起きて着換をした。常はめつたに寄りつかない看護婦も交る〴〵顔を出した。退院の悦びを述べるために。それからまた真知子の今日の盛装に就いて蔭口の材料を探すために。最初の晩玄関でぶつつかつた、高い、不愛想な看護婦は、狡猾な意図を露骨にあらはした顔をドアに覗けた。

窓硝子にあつた夕陽が寒くかげりかけた。毎日その頃になると、どの病室からか伝はつて来る昇汞の激しい臭気と共に、台所の相変らずの晩食の焼魚が匂ひはじめた。小峰はまだ来なかつた。支度の出来た米子は、畳んで積みあげた布団に凭れ、廊下に足音がする度に戸の方を振り向いた。

「待たなきやいけないの。」

「頼んでおいたことがあるから。」

「なにを。」

薔薇の入つてゐた瓶を新聞紙で包みながら、真知子はその手を止め、注意深い眼で問ひかけた。米子は説明しなかつた。探り出されるのを怖れるやうに、視線を外づした。真知子はそれを見守りつゝ七秒躊躇した。そのあとで、懐から鹿皮の小さい金入を取り出し、前に置いた。漂白された布《きれ》のやうな米子の顔が、にはかに血で透き通つた。

「そんなこといゝのよ。」

「使つて。要るだけ。」

「ほんとうにいゝの。小峰さんが都合して来てくれる筈だから。」

その意味をもつと明かにするため米子はつけ加へた。

「着もしない着物だの、指輪だのどうかしてしまはうともつてたのを、この機会に実行しただけよ。お金の欲しいより、過去の余計なものを物質的に清算したかつたの。」

「あんたはそれですんでも。」

戻された金入を、真知子は自分にも余計なものでありながら脱ぎ得ない、派手な模様の膝で握りしめた。

「――留守の間引き受けるなんて関さんに約束して、何んにも役に立たなかつた訳ね。」

「毎日親切に訪ねてくれたのはだあれ。」

「だつて、大事なことはほかの人に相談するのだもの。」

「云つたら私の自由にさせてくれはしないでせう。でなくも、お正月前でお小使の要る時に、余分な心配をあんたにさせたくはなかつたの。」

最も遠慮深く云はれたにも拘はらず、その言葉はそれが持つひゞき以上に反響した。米子に金がなかつたと同じに、真知子にも金はなかつたのだから。用意の数枚の紙幣を、今朝母からせびり取つた時の厭な、また借をふやしたやうな気持が甦つた。その不快も、それが米子に役立つたならば、真知子は悦んで忍んだ筈だつた。

戸が開いた。三十の年よりはずつと老けて見える、幅広いかつちりした小峰は、冷たい外気で赤くした鼻と頬を、安物の黒いショールで包み、気忙しげに入つて来た。

「遅くなつちまつて。慾張つて三時まで工場をやつて、それから行つたものだから。」

米子はちつとも遅くはないと云つて礼を述べた。小峰は爪に染料のあとの附いた手で帯のあひだを探り、茶色の粗末な封筒を取り出して渡した。

「思つたほどには行かなかつたわ。景気のよい頃ならたしかに倍にはなつたのだけれど。三十八円五十銭。ちよつと改めて見て下さいな。」

米子は云はれた通りにした。

「ありませう。」

返事を聞くと、なにか面白いことを思ひ出したやうに、白い健康な歯を見せた。「昨夜田端から、荷物を持つて帰つて畳み直してゐたらね、橋尾さんが二階からのつそり下りて来て、小峰さん、まさか盗んで来たんぢやないだらうな、つて聞くんでせう。さう思はれはしまいかと思つて、交番を通る度にびくびくして来たつて云ふと、僕は泥棒がしたいんだ。泥棒でもするより外に、斯うなると食ふ道はないんだから。一遍思ひ切つて実行すれば、あとは普通の泥棒なんかより旨くやれる自信があるんだが、皮切りが出来ない。僕のちつとばかりの教育が僕の勇気を奪つたんだ。でなけりやもう立派に泥棒になつてるつて、いつもの調子で云ひ出したんで、全くね、二年も仕事がなくて遊んでれば、泥棒も悪くはないでせうが、これは大庭さんの預かりものだから、それでもつて皮切りをすることだけは御免ですと、云つて笑つたんですよ。」

多分その時もそんな風に笑つたであらうやうに、小峰は短い男のやうな声を立て、光る野生的な眼でじろりと真知子の方を見た。そこの大変な身装《みなり》をしたお嬢さんが、自分の話をどんな顔で聞いたか観察しようとするかの如く。——それだけが、小峰の真知子に払つた唯一の注意だと云つてもよかつた。彼女が誰であるかをたづねようとさへしなかつた。さうしてすぐ最初の事務的な態度になつて、会計に払ひ、序でに自動車も頼んで来てやらうと云つて、渡した金から新たに幾分かを受け取ると、部屋を出た。

「T—学院を出た人なんて見えないでせう。」

「えゝ。」

「内部の組織に入り込むつて意味で工場に働いてゐるの。旦那さんは昨年のK—争議の時、ひどい結核だつたのを無理して、それがもとで亡くなつたやうなものなの。」

「まあ。」

「あゝ見えても率直ないゝ人だから、困つてゐる仲間の世話なんか、それは親身にしてあげるわ。」

「さう。」

　真知子は空虚にたゞ二音だけの返事を繰り返した。いつになく米子がそんな話をするのも、小峰の見せた露骨な無視を償《つぐの》はうとしてゐるに過ぎなかつた。しかしどんな優しいこゝろ遣ひを彼女が示さうと、仲間の眼には常に階級的な反感と敵意なしには見られないのであり、その同情者にしても、今では明らかに自分よりは小峰のものであつた。真知子は苦い意識を、寂寥のあらたな牙で反芻した。

「小峰さん、田端まで行つて下さるんでせう。」

　その筈だと米子は答へた。

「ぢや。私今日は失礼しよう。」

「でも、どうして。」

　形式的にと云ふより、義務としてのやうに米子は留めた。「あなたもいつしよに来てくれゝばいゝぢやないの。」

　その言葉には構はず、真知子は窓際の方を向いてコートを着た。今米子の顔を見たら、急に泣声が迸りさうな気がした。フックをかけてしまふ間に、辛うじて涙の爆発を食ひ留めた。さうしてふり返ると、行きなり布団に支へられた米子の薄い肩に飛びついた。

「ね、約束して。」

「出し抜けに、なあに。」

「私たちいつまでも、お友達だつて。」

「勿論だわ。」

　米子は静脈の透いた細い手でそれを証明した。

　しかし真知子はそのまゝ彼女を離れ、なにかに追ひ立てられる若い獣の如く、一時間前遁げ込んだ部屋からもう一度遁げ出した。

六

来る時よりも箇数の増した行李やトランクの類が、早い電燈のついた玄関に、いつでも運び出されるばかりになつて積まれてゐた。出入の車宿の若い男は、荷造がすんでもすぐには帰らなかつた。縄と板ぎれの散らかつた前庭から、薄闇の、凍てついた家のまはりを行つたり来たりして、床下を覗き込み、口笛を吹き、それから舌打をし、罵倒した。鎖で繋いで置くやうに頼まれたアキルが見つからなかつた。彼は邸の外まで見廻つて高い声で呼んだ。

「まだゐないの。」

　みね子が心配さうに訊ねかけながら奥から出て来た。

「どこへ行つたんでせう。」

「さつき荷造してゐる時には邪魔になつて困つたんですがね。探すとなると、見つからないから生憎なものですわ。」

　もとは決して遠歩きはしなかつたのに、東京に連れて来てから悪い癖がついたのだと云ふ不平を、みね子は若い曳子《ひきこ》を相手に訴へた。

「まさか盗まれたんぢやないでせうねえ。」

「大丈夫でございますよ。」

　彼は金歯の透く顔で、生意気らしくにや〳〵した。あんな不景気な犬を、誰がもの好きに連れて行くもんか。――みね子はそれでも不安がつた。彼女は、アキルがこの頃よく這入り込んでゐる近所の一二軒を教へ、どうしてもゐなければ、そこにでも行つて見てくれと頼んでゐるところへ、小さい姪を抱いた辰子が現はれた。

「さつきから探してるのに、斯んなとこ。きいちやんが八釜しくて困つちまふのよ。」

　みね子は急いで姉から泣きじやくりしてゐる娘を奪ひ取り、犬の見えないことを話した。

「今に出て来ますよ。」

「でも汽車の時間つてものがあるんですもの。ちやんと繋いでおいておかなけりや。」

「汽車は十時でせう。まだ五時間あるぢやありませんか。今から騒ぎ廻らなくつたつて、そのうち帰つて来るから打つちやつておきなさい。」

　玄関前にぼんやり立つて、たしかに面白がつて聞いてゐた車夫にも、辰子は同じ意味をてきぱきと伝へ、犬の探索よりもその辺の後片附を命令した。

　斯んな場合、姉でなくとも誰にでも反抗して自分の意を通すことはみね子には出来なかつた。

「ねえ、伯母様は犬が好きじやないから冷淡なのよ。可哀さうなアキル。斯んなにおそくまで、どこへ行つてるんでちよう。汽車ぽつぽに乗つて、きいちやんとお家に帰るのにねえ。」

姉について奥に行きながら、みね子は不満な悲しさうな顔を娘に押しあてた。

みね子にあらはれたそれ等の表情はアキルだけが原因ではなかつた。山瀬はもつとがつかりしてゐた。顴骨が急に高くなつて病人じみた顔色してゐた。彼は手荷物にする小鞄を二十遍も開け、また閉ぢ、同じものを出し、また入れた。なにをどうするのか分らなくなつた。それよりも、八九分まで確信されてゐた大学教授の椅子をどうして取り逈したか分らなかつた。しかし未亡人が一卓、築地から奮発した好物の支那料理は、彼の胃液に作用すると共に脳細胞の辛い刺戟をも幾分緩和した。食事の終つた時には、はじまる前よりも彼はいくらか元気を恢復してゐた。

「どうも御馳走でございました。」

食器が取り片づけられると、山瀬は改まつて未亡人に礼を云つた。

「斯う云ふ旨いものには、また当分お別れです。」

「食べたくなつたら、いつでも出掛けていらつしやればいゝのよ。」

辰子は母の答に言葉を添へ、果物の皿を配つた。「汽車で一と晩寝るだけで来られるんですもの、造作ないわ。でもこれで台湾なんかに行つちまつたとして御覧なさい、山瀬さん、思つたつて容易なことぢやありませんから。」

「全くそれはその通りなんですが。」

「諦められないつて云ふの。」

白い滑らかな咽喉を見せ、仰向いて、遠慮のない笑ひ方を辰子はした。この、馬鹿にした、気軽な、親しいふざけは、山瀬に対する場合の辰子の習癖と云つてよかつた。

山瀬は斯う見えても自分は女々しい男ではない積りである。しかし当事者として、第三者が考へるやうに単純に観念されないのは論理的に当然だと主張した。

「且つあなたは、僕の今度の問題にははじめから熱心を示してくれなかつたんですから、斯うなつても同情が薄いんです。」

「それはたしかよ。」

蜜柑の大きい房を娘にむいてやりながら、みね子は夫に加担し、恨めしげに美しい姉を見た。「台湾の大学にかうく〲だつて私が話した時だつて、お姉様つたら、たゞへえつて云つたきりですもの。非道いともつたわ。」

「どうも相済みませんでした。」

　辰子は丸い食卓の上でお辞儀を一つした。彼女の顔はますます〳〵笑つてゐた。台湾の不賛成は今に於いても変りはないと云つた。

「だつて考へても分るぢやないの、総督府の官吏とかなんとかなら、長くて三四年も辛抱してりやまた内地に転任つてこともあるけれど、大学の先生なら行つたきりよ。それこそ、六十過ぎて停年にでもなるまでは帰れないともはなけりやならないんですよ。まるで昔の島流しぢやありませんか。」

「お姉さまは、学者の気持つてものを考へないからそんな心配するのよ。大学教授になつて、立派な学者らしい生活が出来れば、東京だつて、台湾だつて、山瀬に取つちや同じだわ。ねえ、あなた。」

　云ふまでもなく、これは山瀬には最も気に入つた答へ方であつた。彼は眼鏡越しに優しく妻を眺め、なほ専攻学科の種類では、研究の必要上、台湾どころではなく、もつと未開の蛮地にも学者は悦んで住むだらう、と云ひ添へることに依つて妻の言葉を裏づけた。

「殊にみね子が、私の生活に理解があるのは何より仕合せなんで。ですから一言にして云へば、三越や帝劇が台湾にないことが、我々の生活要素に何等の欠乏も来たさなかつたわけなんです。」

　辰子は隣りの真知子によく似た長い端々《みづぐ》した眼《め》を、眼窩《くぼ》の中で大きく廻し、そのままその驚くべき仲のよい妹夫婦の上にそれを据ゑた。真知子は姉を肘で突いた。その位にしておいて貰ひたかつた。しかし辰子は、山瀬のやうな性情のものは身内で容赦なく鍊へてやる必要があると常に信じてゐた。で、それほど二人とも熱心であつたのなら、期待のはづれたのは気の毒であるが、にも拘はらず、自分は矢張り台湾行には反対だと云つた。

「だいち、きいちやんの将来つてことも考へて御覧なさい。いつまでも三つでゐる訳ぢやないんですよ。年頃になつてそろ〳〵お嫁入の心配をしなけりやならないつて時分になつたら、どうする積り。日本に来てゐる外国人でも、外国に行つてる日本人でも、お嬢さんを持つてる人が頭を悩ますのはそれぢやありませんか。」

　みね子は何か云ひかけてやめた。姉と妹の傍で一層見劣りのする円白い顔が、新たな曇りで傾けられた。辰子はその効果に乗じようとして、今度はわざと母の方へ話しかけた。

「お母様御存じでせう。二三年前まで総督府へ勤めていらしたU―さん。」

「あゝ。なんでもあの方は大層出世が早かつたのださうだね。」

「出世の早いのは結構でせうが、一つ結構でないことがあつたのよ。幾ら気をつけてもまつ黒になるんですつて。それも台湾色つて名前まで出来てるくらゐ、黄色つぽい何とも云へない黒さで、内地に帰つても、とうぶん剝げないつて云ふから厭やですわ。U―さんの奥さんよく仰しやいますよ。私は諦らめてたけれど、娘たちの顔を見ると情けなくなつちまふつて。」

「全くねえ、お嬢さんがそんな色ぢや。」

「ほら、聞いた、みね子さん。まかり間違ふと人ごとぢやなかつたのよ。」

　みね子は少し脹れて、娘の薄い鳶色の額髪を掻きわけた。生れつき斯んなに白い子供だつて、云ふやうな厭やな色になるか知ら、と疑ふやうに。同時にその危懼は、他の如何なる慰藉や同情よりも、彼等の不幸感を、殊にみね子の母らしい胸を軽くしたかの如く見えた。

　女中が来てアキルの帰つた報告をした。序でに、朝から催してゐた雪がとうとう降り出したことをも伝へた。人々は注意を耳に集めた。夜が三四時間消滅した気がした。暗い、急に更《ふ》けた、空つぽな虚無の中に、軽くしろ〲と充満しつゝ降り下る微小物が感知された。

　この初雪は、もう一月前からそれに見舞はれてゐる山瀬の任地へ、話題を転換させた。未亡人は彼等の長逗留に依つて楽しまされてのみはゐなかつたが、それでも、今夜の雪を冒してなほ一層寒い方へ帰らせる思ひやりは誰より深かつた。

「せめてお正月だけでも、すまして行けるとよかつたけれど。」

　その点では、一昨日俄かに出立をきめた時から山瀬は強硬であつた。台湾行の齟齬と共に、現在の地位に対する警戒心が加はつてゐた。会議の報告には、二三日泊りで帰り、形式的の落度はない筈であつたが、生徒主事としての職責からすれば、余りに長く学校の所在地を離れ過ぎてゐた。

「さう云ふことには、校長は中々やかましい方ですから。」

　山瀬は明らかに怠慢を後悔した口調で、「台湾行の問題さへ生じなけりや、私だけは先に帰つてゐられたんです。」

「あら、帰るんならいつだつて一緒に帰つたわ。」

忠実な妻は急いで彼を遮つた。「校長さんの奥さんだつて、あんない、方だけれど、ひとが東京に行くのはあんまり好きぢやないのよ。新しい流行と、おめかしを覚えて来るだけだつて、私がお暇乞にあがつた時も、たしかそんなやうなこと仰しやつたわ。」

「あの奥さんは真面目な方だから、都会風の虚飾がなによりも嫌ひなんだ。」

「だから私たちも早く帰つてるとよかつたのね。でもまさか、台湾の方が駄目になるなんて考へなかつたんですもの。田口の叔母様まで運動して下すつたんだから、屹度旨く行くともつたわ。ねえ、お母様。」

これには未亡人は曖昧な返事しか出来なかつた。この間訪ねた時簡単に頼み、倉子も話しては見ると受け合つたが、その後から、彼女は友達の文部次官夫人を威張り屋で、機嫌買ひで、嘘つきで、ちつとも当てにならない人だと悪口云つた。

しかし鈍いみね子が、母の調子には無頓着になほ人のよい疑問を繰り返すと、山瀬は、それに依つてまだ何処かにくつ着いてゐる夢の殻を振り落さうとする如く、広い洋服の肩をゆすぶつた。同時に今度のことも静観すれば、結局損はしなかつたのだ、と彼は云つた。

「すべてが情実から情実で、正しい認識もなければ批評もない。如何に有能な士も、勢力ある支持者を持たなければ浮かむ瀬がない、と云ふ事実を、この体験に依つて一層確実に把握したわけなのです。これは僕一箇の問題ぢやありません。一般論として、現代の社会の共通の病弊として考へると、誠に怖るべき状態です。そこへ行くと、地方はまだしも都会ほど道徳的に堕落してはゐませんからね。ずつと気持よく生活して行けますよ。」

「田舎つて、私まるつきり知らないんだけれど。」

果物好きな辰子は、三つ目の蜜柑を剝きかけ、前よりは真面目らしく相手になつた。「気楽はたしかに気楽ですわね。」

「気楽つてより、もつと本質的なのんびりしたい、ものがありますよ。田園よ、汝を措きて他に善きものなし。――真知子さん、この有名な詩句を知つてますか。」

真知子は知らないと答へた。いつもの策略ではなく本統に知らなかつた。しかし山瀬の待ち望んだ説明は、急に話の仲間入をした母の言葉で邪魔された。未亡人はさつきと同じく雪のことを心配してゐたので、彼等の田舎もそれに悩まされることさへなければ、まだもつと住みよいに相違ないだらうと云つた。

「さう考へるのは、あの辺の雪を知らないものの想像で、事実は決して困らないのです。」

「お母様、それは本統なの。あちらぢや雪が降れば降るだけ暖いくらゐよ。」

「さうです、みね子の云ふ通りなんです。」

彼等はお互ひにその言葉を保証し合つた。熱国のぽんかんと、バナナと、夾竹桃の幻影は、白い寒冷な、結晶の堆積に圧し込まれた。山瀬は山地の雪に埋もつた書斎で、好きな書物に囲繞されて暮らす楽しさを述べた。

「それを考へると、僕は東京にもう一時間もゐる気はないのです。また実際一二時間すれば汽車へ乗つてゐるわけですが、それまでに是非一つ真知子さんに忠告しておかなけりやならないことがあるので。」

山瀬は真面目に、澄まして、さうして幾らか気取つて、学校で講義をはじめるやうに、舌の先で唇を嘗めた。

話し出されたのは他のことではなかつた。

「――そりや、関のことは僕が教へたから最もよく知つてゐるが、前に云つた通り、中学時代からしつかりした偉い奴でしたよ。しかし彼が実行運動から身を退かない以上、あなたが交際すべきぢやないと思ふのです。殊に今度の公判で、彼の名前は新たに社会の注意を引いてゐるから、よほど慎重に行動しなけりや飛んでもない誤解を招き易いんですからね。お母様や田口の奥さんがそれを頻りに心配してゐらつしやるのは御尤もなことです。僕自身の立場から云つても大いに困る訳なんです。それでこの際、彼とはもう親しくしないと約束してくれると、お母様もお悦びでせうし、僕としても安心して帰れるんです。」

これに対し、真知子は関とどの程度に自分が親しいか知りもしないで、そんな要求をするのは間違ひだ、と反ねつけた。

「とにかく、あなたが関を知つてゐるのは事実ですから。」

「知つてゐるひとが、悉く親しい友達つてことはないでせう。」

「ぢや友達ぢやないつて断言し得るんですね。」

「友達ぢやありません。」

「しかし、真知子さん、友達でなければ。」

「なんだか、私より関さんに聞いて見るといゝのよ。」

手にした果物と似た甘酸つぱい液汁が、鼻から眼の方へ浸み上るのを感じながら、真知子は附け加へた。「さうしたら屹度皆んな安心するから。」

その時、真知子は関よりは小峰のことを彼女が病院で示した意識的な無視を、それはまた関の中に持つてゐる冷やかさと共通のものであることを、考へてゐた。本統は相手にもされないのに、何か非常に親密な、準仲間の如く危険がられてゐる、道化じみた奇妙な自分の地位が、みじめに腹立たしかつた。

午後十時八分上野発青森行の五六三九号列車はすでにプラットフォームにあつた。汽罐は沸《たぎ》り、煙突は煙を吐き、シリンダから突き出た岩丈な槓杆は、巨大な昆虫の前肢のやうに、いつでも飛びだせる角度で屈折してゐた。風が雪に加はつた。柱燈の高い射光で輝いた無数の蒼白い斑点が、列車の細長く区切られた屋根に吹雪いた。

改札がはじまつた。旅行者が徒歩競争で駆け込んだ。この季節のこの駅を特色づけてゐる、同時にその夥しい数に依つて乗客率を不自然に増加させてゐたスキーアは、頭から二尺も聳えた物々しい滑り器具で、センチュリオンの如く突進した。一般の乗り手は、なにか哀れな追放者のやうに、彼等の重い鋲で武装された靴の前に逐ひ立てられた。

みね子は夫に抱いて来て貰つた、眠つた子供と云ふよりも毛糸と毛布の尨大な包を、既に寝支度の出来てゐる席に横たへると、改札を待つてゐる間、前の肩のスキーに突かれさうで如何にはら〳〵したかを随《つ》いて入つた姉と妹に話した。

「ぢや寝台が取れなかつたら、大変ね。」

辰子は妹の余りに母であり過ぎる時示す好意の嘲笑で、

「ほかの箱では、棚から棚へ頭の上を並んでるのだから。」

「危なくつて、そいぢや眠れやしないわ。ねえ、あなた。」

山瀬は返事より、赤帽が外からさし出すものを受け取るのに熱心であつた。乗る人もたて込んで来た。伊達なスキー服を着た人々も交つてゐた。まだ八分あつたけれども真知子は姉を誘つた。二人は戸口の方へ車内を横ぎつた。そこに立てかけられた、持主の服装と同じ金のかゝつた、褐色のきら〳〵したスキーの列を、真知子は先に立つて潜り抜けた。

が、出て、もう一度別れて来た人たちに近づかうとして急いでゐると、後の辰子が不意に誰かに出逢つたやうに歩きやめ、話しかけた。真知子は身体の竪半分で振り返つて見た。河井が鞄を手にした供の男を従へて姉の前に立つてゐた。彼は北海道に行きつゝあること、なにか言づけがあれば伝へさせて貰ひ度いと云ふことを述べた。その好意を満足させるほどの用事は勿論なかつた。が、山瀬もこの列車で帰るので、見送に来たところだと辰子が話すと、彼は思はぬ連れが出来て仕合せだと云つた。

その時、承認されたその連れが、窓から首を出して彼を認め、悦ばしげな遠慮のない調子で呼びかけた。河井は少し雪のかゝつた帽子を手に取り、それから二人に短い挨拶を残して、しづかに隣りの一等車に入つた。

「いつ逢つても気持のいゝ人だことね、河井さん。」

山瀬の序でに、窓から親しげに別れの言葉を送つた彼をも、立ち留つて見送り、歩きはじめると辰子はその批評をした。「品がよくつて、さつぱりしてゐて。」

「どんなに品よくでもしてられるのよ、あんな人は。」

「さうは行きませんて。幾ら生れがよくつても、金があつても、下卑たくだらない人が多いんぢやないの。」

「さう云ふ人が多いから、普通にしてゐればあんなお仲間では非常に優秀に見えるんだわ。」

「まあちやんは、河井さんのことを悪く云ひ過ぎますよ。」

「お姉さまが褒め過ぎるから。」

河井に限らず一般の人や物を評する場合、よくそんな風に反対し合ふのは二人の親密な癖であつた。しかし辰子は今日は最後まで河井の味方をし、田口なんかに世話させないで自分に任せれば、多喜子よりは数倍もすぐれた奥さんを彼に見つけてやつたであらうと云つた。実際彼女はその候補者を頭の中で物色してゐたかのやうに、入場券も渡さずうつかり改札口を抜けようとして咎められ、苦笑ひし、黒い駱駝のコートの隠しを探つた。

新しい学期がはじまつた。

一年のうちで社交的に最もうるさい正月を経たあとの変化は、真知子には特別の価値があつた。彼女はこれ等の時期に生ずる反動以上に、故意な熱心でもう一度学課にかじりつかうとした。興味の有無や、講義の評価は関心の外に抛り出された。餓ゑた者が、なんでも手近いものを口の中に投げこむことに依つて、どうにかその場を紛らさうとする焦慮で、それはあつた。彼女の精神的飢餓は暮のうちより非道くなつた。米子には病気の後一度しか逢はなかつた。小峰が田端の家に同居してゐた。さうして関は。——真知子は公判の判決に対し、彼が他の被告と共に控訴したことだけは新聞で見たが、東京に帰つたか、或はまだ関西に留まつてゐるのか、少しも知らなかつた。

夜一時間半、飜訳と対照しながら読みはじめた「哲学の貧困」の繁瑣な論理が彼女をまごつかせる時、他の人のことは意識に上らなかつた。それ等の質疑に対し、なにか答へて呉れたり、注意して呉れたりする彼を持ち得たならば。——この思惟の移り方は、形に於いて不自然でなかつたから、彼女は習慣的に毎晩彼を思ひ出すことや、その度に五分か七分ぼんやり電燈の青い笠を眺めることに、気咎めを感じないですんだ。

真知子は大学の並木に沿ひ、門に向つて歩いてゐた。藍色の空には羽毛状の白い雲が浮かんでゐた。空気は冷やかであつたが、午後の日光は美しく、銀杏の上向いた裸かの枝と、外側に建ちはじめた何かの教室の、人参色した鉄骨に輝いた、樋から放下される砂利の音に交つて、早春の鳥が、いちはやく芽立つた灌木の間で啼いた。この新鮮に鋭い、それで清明な和《なご》みを内に持つた季節を真知子は愛した。

しかしその時はまはりの風情には気を留めてゐなかつた。彼女は聴かされたばかりの講義のことを考へてゐた。社会学を独立の一科学として攻究する代りに、価値批判のそれの如く取扱はうとする傾向の著しかつた教授は、終に目的を曝露した。法則科学の明白なこの歪曲は、日本の、家を細胞とした社会構成が、西洋の個人本位的思想に依拠した社会機構とは、比較にならないほど優れてゐることを論ずるためであつた。而かも彼は、それ等の歴史的性質には多く触れなかつた。また往時の封建的日本と、現在の資本主義的日本に於いて、「家」が如何に形態と意義を変化させたか、させつゝあるかに就いても注意を払はなかつた。ましてマルキシズムや、階級闘争や、労資の対立や、現代の日本に襲ひ込んでゐるこれ等の超国家的急雨も、「家」の深い庇に隠れてゐる教授には、頓《やが》て晴れる何でもない通り雨としか感じられないかのやうに見えた。真知子は筆記を中途でやめた。時間になると飛び出した。一課目まだあつたが残つてゐる気がしなかつた。無駄な知的摂取は、胃液の濫費と同じむかつきを斯ういふ場合彼女に与へた。

名前を呼ばれたので後向くと、仲間の一人が追ひついて来た。彼等の運命に関する重大な噂を知つてゐるかと訊かれた。真知子は知らなかつた。この学期きりで、聴講生制度が廃止されるらしい評判があるのだと伝へた。

「新しく入れないつてのなら仕方ないとして、ゐるものまで追ひ出すといふのだから横暴よ。ねえ、そんな無茶な話つてないわ。」

場合が場合であつたので、その報道に対しても、真知子は彼女と同じ程度に興奮することは出来なかつた。寧ろ今日のやうな講義を聴くことや、それを知つて続けてゐる惰性的な通学に、きつぱり結末をつける時が来たのだと思つた。

A―（それが彼女の姓であつた）は、真知子の斯う云ふ時の冷淡が米子に似てゐると云つた。

「大庭さんと私は違つてよ。」

「違つてるやうで共通点があるのよ。さう云へば、このせつ大庭さんとても赤いんですつて。」

真知子は返事しないで、靴の先でおもちやにしてゐた石を蹴つた。あのひと、人殺ししたんですつて。――斯う尋ねられる方が、まだしもこの質問より現代の日本では容易に答へられたであらう。が、黙つてすます訳にも行かなかつたから、誰から聞いたのか訊ねて見た。X―と云ふ科の違ふ聴講生の名前が挙げられた。真知子は知らない人であつたが、どつちにしても、さう云ふニュースを掻き集めるにはA―は独得の才能を持つてゐた。昨年の秋米子が学校をやめる前、その噂を真知子にいち早く伝へたのも彼女であつた。

「この間の晩、X―さんが本所にあつたG―同盟派の講演会を聴きに行つて見たら、大庭さんがゐらしたさうよ。」

「大庭さんも話したの。」

「さうぢやないらしいわ。誰も話せないんだつて。はじめかければすぐ中止を食つた。」

真知子はG―同盟が関の属してゐる潜行運動者のグルッペであることを知つてゐた。

で、そのX―は。――真知子は受けて困つた質問を、今度は自分で持ち出す番になつた。それを聞くと、A―はしみのある、眼鏡をかけた顔で急に笑ひ出し、もしX―を色で分類するとなれば幾色あつても足りないだらうと云つた。

「だつて、そんな講演会をわざ〳〵本所まで聴きに行つたかともふと、明けの晩はホテルで踊れる人ですもの。でもね、知つてる人に誰だか色のついた人があるのね。米子さんの結婚したつてことも、そこいらから分つたらしいの。」

真知子は衝動的に立ち留まつた。すぐに歩き出せなかつた。その激しい驚愕が却つてA―をびつくりさせたやうに、彼女にまで秘密にされてゐるのかと訊かれた。真知子は嘘だと思つた。二月足らずの間にそんな変化が生じようとは考へられなかつた。にも拘はらず、それが生じたとすれば、新しい同志に誰かすぐれた男の友達を見出したならば知らず、真知子の想像の範囲に於いて、米子が最も自然に結びつき得る相手は一人しかない筈であつた。

彼女は硬化した唇をわづかに運動させ、それを確かめようとした。

「もちろん仲間の人なのね、結婚したのは。」

「そりやさうよ。どこか田端辺に同棲してゐるんぢやない。」

思ひ切つて名前を聞いて見た。

「たしか小峰さんとかつて云ふのよ。」

不意なをかしさ、それ以上の、理由を考へたくない嬉しさで、真知子はめつたにない高い笑ひ声で銀杏の下に立ち止まり、胸を打つて笑つた。それからやつと、呆れてゐるA―に、米子の誤られた夫の説明をしてやつた。

「同棲だけは事実だけども、結婚したんぢやないのよ。」

「なあんだ、ぢや、もう一方の同棲。」

「まあ、さう。」

若い独身の婦人が、仲のよい友達と家を持つことが小さい流行になつてゐた。社会的に知名な職業婦人たちにもその幾組かが数へられたし、手近い聴講生の間にも例があつた。と、A―は、これ等共同生活は独立婦人の特殊の友情と経済上の便宜から生じたものであると共に、彼等の夢想してゐる未来の自由で対等な男女の標本的な生活形態だと云つた。真知子もその考へ方に同意した。もつと別な、幾らか間違つた説にでも不賛成は唱へなかつたであらうほど、この時の真知子は気軽な楽しさに充ちてゐた。しかし話が米子の同棲者の上に落ち、小峰がどんな婦人であるかを訊かれると、米子が彼女を褒めたやうには褒める気はしなかつた。殊に二人の友情に就いては否定的であつた。

「同じ仲間なのと、一つは、あんたの説のやうに経済上の便宜からいつしよにゐるのだわ。さうよ。特別にふたりが仲がい丶つて訳ぢやないのよ。」

やきもちや。――云つてしまつて、自分の言葉に潜んでゐた一つの意識が鮮明に浮き上つた。田端に遠ざかりがちなのも、小峰から差別的に見られる口惜しさだけでは実際はなかつた。真知子はA―から秘密な感情を嗅ぎ出されまいとするかの如く、前よりは離れて歩いた。が、門を出ると、丁度留まつてゐた電車にA―は飛び乗つた。真知子は反対のがすぐ向ふに来つゝあつたにも拘はらず、それを見捨て、低い煉瓦の塀に沿うて歩き出した。さうだ、お前はやきもちやだ。――編みあげの高いつぼんだ踵が、敷石の上を叫んでついて来た。真知子は長いまつ直ぐな脚で、大股に急いで遁げた。

「たゞ今。」

硝子越しに声だけかけ、真知子は洗面場に行つた。戻つて見ても、母は覗いた時の通り火鉢の前でぽつんとしてゐた。卓の上に封を切つた手紙と、このごろちよい〳〵かける眼鏡が出てゐた。

「北海道から。」

「読んで御覧。」

咽喉が渇いてゐたので、お茶の方を先に飲み、序でに出して貰つた菓子を食べながら、学習院時代から同じ色、同じ型、同じ質のを使つてゐるのが得意な、嫂《あによめ》の煙色した封筒を取りあげた。この冬の北海道は特別に寒い、そのせゐで子供たちはよく風邪を引くし、主人のレウマチも工合がわるいから、三月になれば講義を切り上げて直ぐ帰る予定だ、と云ふことを知らせて来たのであつた。

「この月と云つても一週間とないんだからね、よつぽど手廻しよくやらなけりや。」

先づ植木屋を呼ぶことから、家の内外のちよい〳〵した修繕、大掃除、それから山瀬たちに着汚された布団の整理。未亡人が数へ立てたそれ等の準備は、赴任先から帰る息子を待つよりは、誰かもつと珍らしい家の客でも迎へるかの如く見えた。事実未亡人に取つては、その義理ある息子は、誰よりも大事な客であつたし、彼の妻にしても気楽に追ひ使はれる嫁ではなかつた。

未亡人はまた、斯んな時頼む前の女中の名前を云ひ、早速知らせてやるやうにと娘に命じた。

「さう云へば、この間どこへか引つ越したと云つて来てゐたね。」

未亡人は後向き、押入の小簞笥を探しはじめた。通知の葉書がすぐには見つからなかつた。それでも、派出婦なんかでは不経済で使ひ悪《にく》いと云ひ、抽斗を一つ一つ開けたり閉めたりした。

真知子は母の気持が分つてゐるだけ、熱心な準備が却つて卑屈らしく、厭であつた。で、葉書はどこかにあるし、さう周章《あわ》てなくも、女中は北海道から連れて来るだらうと云はずにはゐられなかつた。

「連れて来たつて、子供の世話ぐらゐが関の山ですよ。堯子《たかこ》さんが自分でする人ぢやないから。」

　未亡人はぴしやんと押入の唐紙を閉め、改まつて訊ねた。「それで、あんたの学校は何日《いつ》からお休みになるんです。」

「何日つて、先生に依つてまちく〳〵だわ。」

　A—から伝へられた、聴講生廃止の問題を真知子は思ひ出してゐたが、今は話したくなかつた。

「とにかく、お兄さまが帰つてゐらつしやる間は、人の出入も多くなつて、何かに五月蝿いんだから、その積りで気をつけなくちや。」

　母は前以つて釘を打つて置くと云ふ調子でそれを云つた。「殊に堯子さんに対しては、あんたのこの節の、変な片意地を出しちやいけませんよ。なんでもお姉さまく〳〵つて風でやつてくれなけりや、困るのは母さんなんだから。いいね。子供ぢやなし、あんただつてそのくらゐのことは分つてる筈だ。」

　なほ一層はつきり分つてゐるのは、この春休の間、派手で、社交好きな、本質からも外形からも田口夫人の分身である嫂のために、忠実な小間使の役を勤めなければならないと云ふことであつた。それ以上、母の前にゐるのを怖れかけてゐた真知子はすぐ立ち上つた。廊下に出て、表座敷の後になる板の間を抜け、左に曲れば玄関であつた。

　玄関のベルが鳴つた。

　彼女は洋服の膝を突き、慎ましく障子に手をかけた。が、開けて、土間に立つた人を見ると、悦びの声が迸《ほとばし》つた。客は米子であつた。

「まだ学校かともつたけれど。」

「帰つたばかりのとこ。さあ上つて。」

　米子はそれに応ぜず、自分の方から誘つた。

「あんた出られない、電車道のあたりまで。少し急ぐから。」

「いやな人ね、久しぶりに来てくれたともへば急ぐなんて。」

　無理に引き留めて、母に顔を出されたりすると却つて面倒だと思つたから、真知子は引つ返し、仲の口にまだ脱いだまゝになつてゐた靴をもう一度穿いた。米子は車寄の山茶花の下に出て待つてゐた。

「今日は三河島は。」

　常はそこだけしか開いてゐない、正門の低いくゞり戸を随《つ》いて出ながら、真知子は訊いて見た。がたゞそれだけの、何でもなく口にした質問は、思ひも寄らぬ返事で答へられた。

「セツルメントの方はやめたのよ。」

「まあ、いつから。」

「昨日つきり。」

調子で、当り前の辞職であつたかが疑はれた。しかしそれだけで米子はその問題には触れず、自分が今日訪ねたのは、近いうち大阪に行くことになつたので暇乞のためだ、と打ち明けた。

「あちらでは、」

つぎ〳〵に意外なことを聞く驚きで、真知子は相手のまだ平生の色ではない、しやくんだ小さい顋を眺めた。

「仕事はきまつてるの。」

「多分工場に入るだらうともふの。行つて見なけりや分らないけれど。」

「無理しちや駄目よ。」

「身体はもう何ともないのよ。」

それにしても何の工場に、またどうしてそれ程突然に。多くの知りたいことを真知子は口に出し得なかつた。実行運動に於いて、一つの組織への潜入が如何に大事な秘密であるかが分つてゐるだけ話される以上を知る勇気はなかつた。

「黙つてたつと、あんたに怒られさうだし。」

そこに挟まつた一片《きれ》の冷たいものを、米子は親しげに微笑《ほゝゑみ》で蔽ひ隠しながら、「それに東京を離れゝば、いつまた逢へるか知れないともつたので。」

「忙しい中を、わざ〳〵門口まで寄つてくれたつてわけ。」

「誰がそんな勿体つけた。」

「つけてもいゝ。」

米子の友情がまだ十分ゆたかに自分に保存されてゐるのを見た悦びは、遠い離別に支払ふ価値を強く真知子に意識づけた。彼女はいつしよにもつと歩きたかつた。停留所に出る途中の横丁を曲がれば、植物園の裏門であつた。ちよつと入つて行かうと云ふと、米子は左手の時計を覗いて、条件をつけた。

「あんまり奥までなければ。」

それは守られた。ふたりは大銀杏の手前のベンチの一つで足を留めた。真知子は自分で先に腰掛けながら、同じ並木の下で、さつき聞いた米子の滑稽な風評を話さうか話すまいかと迷つた。神経的に不快がらせるだけなら黙つてゐた方がよいとも思はれた。その躊躇が彼女の注意を引いた。

「どうしたの、そんな顔して。」

「あんたにおもしろい噂がたつてゐるのを知つてゐる。」

　真知子は笑ひ出し、饒舌つてしまつた。「同志の人と結婚した――」つて。――最後の語尾を発音しきらないうち、米子の蒼白な頬が、見る〳〵赤い斑点で蔽はれた。真知子はたちまち後悔し、周章てゝ誤解の顚末を説明しようとした。

「いつしよにゐるのを男の人だともつたのね、誰かゞ。それから生じた間違なのよ。私だつて、はじめは吃驚《びつく》りさせられたけれど、名前を聞いて見たら小峰さんでせう。噴き出しちやつたの。」

「それで誰。あんたに話したの。」

「ほら、あのリポータ。」

「あゝ、あのリポータ。」

　A―の持つてゐる渾名が、米子をかすかに笑はした。真知子の余計なお饒舌がそれで償《つぐの》はれた。彼女は組み合せた脚をベンチから突き出し、後頭部を、亜麻色の深い帽子越しに、凭《もた》れの板に圧しつけた。

　空は斜光になつた太陽で、大学の並樹で見たより一層瑞々《みづぐ》しい藍色で彼等の上に輝いた。雲はなかつた。飛行機が、澄んだ幅広い唸りをあげ、一箇の巨大な独楽《こま》の如く、光る空気の層を貫いてうなつて過ぎた。二人はベンチからいつしよに銀色の高い翼を仰ぎ、しづかさの底に、どこか憂鬱の籠つたとどろきに耳傾けた。それから立ち上つた。

　電車通に出る前、いつ大阪へは立つのか、真知子は訊くことを忘れまいとした。米子は日も時間も教へなかつた。来て貰はない方がいゝと云つた。

「でも、頼みたいことがあつたの。」

「なあに。」

「あんたに借りてる本ね、皆んな返して行きたいけれど、暇がないともふの。」

　それで出立した後、田端の家へ行つて選り分けて持つて帰つて欲しいと云ふのであつた。

「そんなこと何でもないけれど、田端はさうすると、小峰さんだけ。」

「うゝん、関さんが今度はあそこに入るのよ。」

　かすかな歓喜が、匂のある霧のやうに、真知子の全身に浸み込んだ。なほそれ以上、関は一週間前東京に帰つたと云ふことをも彼女は聞き出すことが出来た。

「昼は殆んどあの人ゐないから、いらつしやる時には葉書でも出して、鍵を植木屋に預けてゝ貰はなけりや入れなくてよ。」

「まるで、空巣ねらひね。」

真知子は自分では気のつかない陽気さでその冗談を拡大した。「序でに、あんたのいゝ書物皆んな盗んで来よう。」

米子も笑顔でしづかに応じた。

「盗んでもいゝ。どうせ書物読んでる時間なんか、私にはないんだから。」

兄は予定されてゐたより早く帰つて来た。曾根家の生活は一変した。勿論山瀬の一家が上京してゐた場合とはすつかり違つた空気と様式に於いて。毎日客があつた。嫂《あによめ》の客の数が兄に劣らなかつた。それ等の女客は一層手数がかゝつた。未亡人は敬称のついた女中頭になつた。真知子は予期した通り小間使であり、保姆でさへあつた。堯子はみね子がその小さい娘に惑溺してゐるのとは全然反対に、二人の男の子をちつとも構つてやらなかつた。

「ママは、お客様だから駄目。」

その一言で彼等は容易に追ひ退けられる。「みつ、みつはゐないのかい。——まだ使から帰らない。仕様のない愚図ねえ。ぢや、ほら、真知子をば様が遊んであげませうつて。目白のお祖母様に頂いた御本、読んでお貰ひなさいよ。」

で、六つと四つの腕白小僧が、童話乃至汽車鉄砲と共に彼女に押しつけられる。事実堯子には子供の相手をしてやる暇はなかつた。訪問は訪問で返さなければならない。それから招待、会食、芝居、音楽会、買物、誰かの近い別荘へ日帰りの小旅行、どうかした作用で遊離してゐた分子が、再びエレメントに結合したと同じ親和力で、久しぶりの東京の生活に彼女は没入した。

曾根は勿論妻ほど社交的ではなかつた。が、引つ張り出されゝばついて行き、重い口で語り、胃が弱いのでほんのわづか食べ、酒は飲まず、どんな陽気な席からも、講義のあとの顔つきで帰つた。その夫の本体を結婚の一週間目に研究し終つた時、堯子は溜息を吐いた。しかしそれから八年になる今日まで、彼女は貞実な、少くとも彼女の母が彼女の父に対するよりはずつと貞実な妻であつた。また生物学者としての夫には、妻も彼自身の研究対象と同じ、美しき昆虫に過ぎなかつたし、従つてむづかしい註文はつけなかつたから、彼等は平和であつた。

「真知子さん、あんたも入らつしやるとよろしかつたのよ。」

夜がおそいと思ひきり寝坊するので、堯子はその朝もひとりで食事を取りながら、トーストを拵へてゐる義妹に話しかけた。「河井さんでは待つてゐらしつたんですつて。」

曾根が帰るとすぐ訪ねて来た河井は、北海道で世話になつた答礼の意味で、昨夜《ゆうべ》彼等を招待した。真知子も呼ばれたが辞退した。

「大勢でしたの。」

「うゝん、河井さんと河井さんのお母様に、田口の父母と私たちだけ。ほんの内輪の積りだつたのでせう。」

それならば栢植《つげ》家の人々が何故省かれたのだらう、と真知子は気がついたが、余計なことだから黙つてゐた。と、堯子から多喜子のことを話し出し、彼女をどう考へるかと訊ねた。

「どうつて。」

「河井さんで奥さんにお貰ひになるとして。」

「だつて、もう極まつてゐらつしやるんぢやないんですか。」

二切れ目のパンを口に入れてゐたので、堯子は顔で否定の意味を伝へた後、母夫人はその婚約を望んでゐるのであるが、河井自身がはつきりしないため、その儘になつてゐるのだと云つた。

「多喜子さんはあんな綺麗なおとなしいお嬢さんでせう。それに栢植さんのお父様と、河井さんの亡くなられたお父様つて方が御懇意でゐらしたのですつて。そんなことから、田口の母なんかも似合ひの御縁組だと思つたらしいけれど、今ぢや少し手を焼いてるやうですわ。」

真知子は田口夫人よりは多喜子に同情した。もし河井にその気がなかつたのなら、今までに彼女を避くべきであつたし、それをしないで拒絶するのは勝手過ぎる。男性としての優越と、殊にその富と門地に依り、河井が平気に我まゝを通し得ることに憎みをさへ感じた。

「あんたがさう躍起にならなくたつて、大丈夫よ。」

真知子の女学生らしい義憤を、堯子はうは手な笑ひで聞きながら、「河井さんはそれはお母様思ひだから、昨晩でも見てると羨ましい位お優しいんですもの。ですからお母様さへ気に入つてゐらつしやれば、結局多喜子さんをお貰ひになりますよ。」

それなら多喜子に取つては一層侮辱であり、河井はまた軽蔑さるべきだ、——が、嫂はそんな議論より、朝までに届けることになつてゐる新調の着物が気になり出したやうに、電話で催促してくれと真知子に頼んだ。

「五番売場の岡部を呼び出せば分るの。それから他にあんたのにともつて、持つて来るやうに云ひつけておいたのを忘れるなつて云つて頂戴。」

「私なら要らないわ、お嫂様。」

真知子は立ちかけ、もう一度坐つた。「今だつて、着しない余計な着物が多いんですもの。」

「昨年帰つた時の着物とすつかり同じ着物が、でせう。」

尭子は母親似の派手な顔で嘲笑し、彼女にそんな古いので満足されてゐては、自分が迷惑すると云つた。「私ばかり新らしく拵つて、あんたには構つてやらないやうに人は思ふから。」

「お嫂様と私を誰も同じに考へはしませんわ。」

「考へないたつて、二人で同じ場所に出れば、着てるものはすぐ人の目につきますよ。」

それにまだ話さなかつたが、河井家で関係してゐる何かの慈善事業へ寄附するため、月末にお能の会があつて、彼女も招待されてゐることを伝へた。「今度は是非お妹さんにもつて、昨晩お母様に仰しやられて来たんだし、多喜子さんや富美子たちも行くでせうしするから、あんたがまた抜けちや、義理がわるいわ。ね、さうなると、ほら、新らしい着物も一枚ぐらゐあつた方が便利ぢやありませんか。だから早く電話かけて頂戴。すんだら髪を手伝つて貰ひたいの。今日はH―さんのお茶の会だけれど、結ひに行く暇がないから鏝《こて》で胡魔化しておくわ。どう、大してこはれてやしないでせう。」

真知子も保証したので、彼女は安心し、冷めたい牛乳の最後の一と口を飲み下した。二人はいつしよに立ち上つた。ひとりは化粧部屋へ。ひとりは電話室へ。――小間使と保姆だけで、どうして自分の役目がすまないのかを嘆息しつゝ。


彼等が能楽堂に着いた時には、初番の『忠度《たゞのり》』がすでに始まつてゐた。

舞台から奥に斜についた、高欄のある廊下に一人の老翁が立ち、正面の二人の楽師が打つ二種の鼓を伴奏にして、なにか謡つてゐた。この芸術の特殊な約束に準じ、彼は仮面をつけてゐた。顴骨《くわんこつ》に刻み込まれた大きな皺と、顎の粗い鬚、後頭部で結んで、余りを額の上まで載せた灰黄色の大きな髪が、その年齢をあらはしてゐた。彼はまた柴のさゝやかな束を脊負ひ、桜の花が挿し添へられてあつた。それに依り、彼が茶やお納戸の高雅な絹の服装に拘はらず樵夫《きこり》であり、時は春であることは、これまで数へるほどしか能を見ない真知子にも容易に察せられた。

歌詞は明瞭には分らなかつた。河井が後から謡本を渡してくれた。真知子はそれを嫂に譲り、自分は老翁の、籠つた、底深い呂《りよ》の声の流れにぼんやり耳傾けてゐた。優雅な哀愁を基調とした言葉の旋律と、佇んで、動かない、何か彫像のやうな姿体が、超現実的な幻影を彼女に起させた。その古めかしい静かさと和らぎは、その儘受け入れるべく彼女の理念には多くの距離があつたにも拘はらず、わるい気持ではなかつた。それに、舞台の方さへ眺めてゐれば、誰とも余計な口をきく必要がなかつた。ひとつは遅れたためでもあつたが、嫂のあとから席についた時も、先着の人々に黙つてお辞儀を二三遍しただけですんだ。

しかしまはりは、河井の一と群のやうにお行儀よくばかりしてはゐなかつた。或る者は演技を無視し、もしくは演技について、絶えずなにか話した。どちらにしても、彼等は平凡な能には飽き〳〵してをり、それをもの珍らしく見てゐる一般の観客を憫んでゐるやうに見えた。で、老翁が頓《やが》て正面の舞台に進行し、右端の柱の下にあつた、稜形の尖つた頭巾を頂いた僧侶と問答し、うたひ合ひ、僧侶の奥の二列に坐つた紋服の合唱部がそれを繋ぎながら、曲名の優美な英雄を、討死の地なる須磨の浦で、その記念の桜の木蔭で詠嘆する戯曲的推移には、彼等は多くの関心を示さなかつた。

低い木の手摺を仕切にして、真知子は隣りの席の、金縁の眼鏡をかけた中老の紳士と並んでゐた。彼は目立つて無遠慮な一人であつた。贅肉で嵩張つた身体で、その度に彼女の視野を横断しつゝ、彼は席から出たり入つたりした。漸く座に落ち着いたと思ふと、舞台へ脊中を向け、後の蒼白い、眼尻の吊り上った夫人と、真知子には分らないテクニクで能の批評をはじめた。それから、自分の説に賛成させるため、狭い通路越しに、前の席にゐた一人の紋服の厚い脊を、扇子で突ついた。

真知子は怒りに変じかけた驚きで、また警告の暗示すらそれに対して与へない、周囲の徹底したお上品ぶりに呆れて、隣席を顧みた。手摺の張紙の名前が目に入つた。それにより、彼が能楽の保護者として、著名なS—伯爵であつたのを発見した。

二番目の『熊野《ゆや》』のあとで、茶菓が食堂に用意されてあつた。河井は母を助けて主人役をつとめた。

「どうも、この混雑で。」

挨拶だけでなく、河井はそのための不行届を恥ぢる如く、上気したうす赤い顔で詫びを云つた。客はどのテイブルにも充ちてゐた。美しいが退屈で、気持はよいが拘束的だとされてゐる能楽の一般の評価は、今日の慈善的の観客には特に真理であつたので、暫くでも、その圧迫から自由になるためにはそこが避難所であつた。

共通の意識は、河井家のテイブルを支配してゐた。富美子や多喜子は、むづかしい課題をすました女生徒の快活を漸く取り返した。彼等の二人の母たちにしても、また能は見ても分らないからと断つた夫をひそかに羨んだ堯子にしても、その抑制の後でなければ、靖国神社の青銅の屋根と、森と、三月の午後の空が見えるだけの、間に合せの、粗末な、人のいつぱい詰まつた食堂で、生ぬるい紅茶をおいしがりはしなかつたであらう。

それでも彼等は、今日の美的負担を帝劇や歌舞伎より面白くないとは決して云はなかつた。寧ろ一方を軽蔑することに依つて、その古典芸術の高貴と優秀を褒め立てようとした。

「あんなものと此較するのが間違つてゐますのでせうが、お芝居なんぞから見ますと、お能は全く、」倉子は彼女の対話法の定式により、柘植夫人に賛成を求めながら、「ねえ、奥様、いつ拝見しても高尚でございますよねえ。」

「ほんとうにお上品でございますわ。」

柘植夫人も定式で報い、序でに河井の母に対するお世辞をさし挟んだ。彼女のやうに囃子や型に通じてゐたならば、一層興趣が深いだらうと。「残念ながら、私なんか見どころも聴きどころも分らないで、ただ舞台を眺めてるだけでございますから。」

「能は却つてその方が面白いのです。僕はいつもその流で見てゐるのです。」

「自分で、なにかお稽古いたすのが面倒臭いものでございますからね。」

そのため斯う云ふ説を主張するらしい、と母は楽しげな揶揄でそれを云つた息子を笑ひ、それから彼と並んでゐた多喜子に話しかけた。

「『熊野』の中の舞、お分りになりまして。」

「何ですか、ところぐ判然《はつきり》いたしませんの。」

多喜子は彼女の表はし得る一番可愛らしい笑顔で答へた。

「大倉でございますからね。でもよく鳴りましたでせう、H—の鼓。」

「あんなに打てたらとおもひますわ。」

「一年や二年のお稽古で、そんな大望《おほのぞみ》を抱くなんて。」

柘植夫人は、青い筋の立つた手の甲を口に当て、河井の母が河井を揶揄したと同じ調子で娘を咎めた。多喜子が囃子の知識を持ち、一人だけ河井の母とそんな話の出来るのが何より満足なのであつた。

真知子は嫂の隣りで、早く食べてしまつて手持無沙汰にならないやうに、二た切れの菓子を非常に倹約して口に運び込みながら、堯子に聞かされた、河井の婚約の行き悩みのことを思ひ出してゐた。そのため母と多喜子との睦まじい接触に対し、彼がどんな態度を示すかは好奇心なしではなかつた。しかし彼は、その間富美子に話しかけられてゐた。彼女は、能が如何に高尚な芸術にしろ、痺《しび》れで人を悩ます間は、若いものに好かれる筈はないと云ふ意見で彼を笑はせた。つゞいて話が鼓からもつと共通的に魅力ある装束に移つた。多喜子の特殊権は失はれた。

堯子は、母より、妹より着道楽であつたから、その転換で不参の夫を羨んでゐたのを止めた。彼女は『熊野』の唐織《からおり》の模様を取つて丸帯を織らせたいと云ひ出した。

「二本からですと、西陣で註文通りに織つてくれますやうでございますわ。」

「見事なおみおびがお出来になりませうね。」

「でも、色かなんか変へなければ、お姉さまには派手過ぎてよ。」

富美子は柘植婦人のあとから遠慮のない批評をし、もしあの儘利用するなら自分たちに丁度頃合ひだと云つた。

「いかが、多喜子さん。姉が西陣へ註文する時、私たちもお対にお織らせにならない。」

多喜子も悦んで賛成したに拘はらず、豪華な帯の頒布組合は頓挫しかけた。模様だけ取つても、能装束の持つ古雅な色彩は容易に出し得ないだらう、と田口夫人は疑つた。彼女の邪魔立には、娘たちに対してさへ失せない、無意識な、それだけ本能的な競争心が潜んでゐた。

「あの大事な古びが出なければ、わざ〱織らせて見ましたところで、如何なものでございませう。」

倉子はよい裁決者として河井の母を択んだ。「出来上りは、違つたものになりはいたさないかと存じますが。」

「新らしいお装束が、幾らお金をかけても古いもののやうにまゐらないと、同《おんな》じ訳なんでございませうね。」

「仰しやる通りかと存じます。」

しかし裁決者は公平な、且つ黒人《「くろうと」》らしい見地から、彼等は困難な雛型を取り過ぎたのだと云つた。

「『熊野』の着てゐた唐織なんぞは、殊に当節では真似いたし悪《にく》うございませうから。いつたいに、あのお流儀ではお装束でもお面でも、結構なお品が揃つてゐますのでございますね。家元も一番古いのではございますが、震災後にB―侯爵家のものをすつかり頂いたのださうでして。」

「さう申せば、B―侯爵も今日は皆様でお見えのやうでございますね。」

「お流儀の出しものがありますと、どんな会へでも、よくねえ。」

「よつぽど熱心でゐらつしやるとお見えになります。」

柘植夫人が河井の母を相手にはじめた侯爵の話は、同じく今日の能を見に来てゐる他の貴族や金持の名前を引き出した。彼等はその或るものを、またはその家族を、め いく親しい知人として噂することが出来た。取り分け、河井の母がそれ等の階級に占めてゐる卓越した地位は、やがて食堂から、一種の休憩室に役立つて続いてゐる廊下へ出た時、実証された。

写真で誰にも見覚えのある、また誰でも、旧日本に於いては彼の家が主権者であつたことを知つてゐるF―公爵は、彼女の近づいたのを見ると、凭りかゝつてゐた窓を離れ、自分から進み寄つた。彼は周囲の目下に示した幾らかわざとらしい気易さとは別な、真の仲間のやうに話しかけた。河井の母はまた非常に礼儀深くはあつたが、同時に自然な自信を以つて彼の敬意を受け入れた。老女らしく、黄白く疲れた、それでまだ十分美しい顔と、後に寄り添うた息子に二寸とは違はないくらゐの高い、彼女の黒い紋服の威厳のある姿は、五分刈の、顔の大きな、恰幅はそれに釣り合つてはゐるが、身丈が短いので、胴だけの人間の如く見える公爵を、寧ろ圧してゐた。

真知子の隣りにゐて真知子を呆れさせたS―伯爵は小さい振袖の娘たちと鬼ごつこをしながら、人ごみの廊下を駈け廻つてゐた。彼は追つかけて行く途中で河井の母にぶつ突かりさうになり、大きな口を開けて笑ひ、その対し方も公爵よりは手軽であつた。彼女は、どこかの鼓の会に来る筈の彼が来なかつたのを婉曲に咎めた。彼は幇間のやうに扇子で――席から乗り出して前の男の肩を突つついたあの扇子で、くり込みの深い額を叩いた。

彼は柘植夫人にも田口夫人にも同じ調子で話し、同じ笑ひ方で口を咽喉まで開けた。

「S—様はいつお目にかゝつてもお気軽な、面白い方でゐらつしやいますこと。」

倉子は、再び鬼になつて駈けて行つた彼を見送り、謙譲と快活の美徳を褒めた。その伯爵は年齢より若やいで見える、と柘植夫人も味方した。

「公爵様と、よつぽどお違ひになるのでございませうか知ら。」

「おつかつでゐらしやるんぢやございますまいか。」

「まあ、それから見ますと、公爵様はお父様だと申し上げてもよろしい位でございますわ。」

公爵の前では、わづかに恭しいお辞儀で尊敬を表しえたに過ぎなかつた、この不足が、今S—伯爵に依つて充たされた。で、もう少し奮発して、伯爵は公爵の孫のやうに若い、と彼等は褒めてよい筈であつた。

娘たちもまた母に劣らぬ社交慾を満足させることが出来た。食堂の人波の間から、また遠い見物席から目礼し合つただけの仲間を、彼等はそこに見出した。不思議な一致として、彼等はその日の能よりも、芝居や、丁度帝劇でうたつてゐる世界的な美しい歌姫の噂の方をずつと熱心にした。富美子と多喜子は、共通な友達であるふたりの男爵令嬢と、明日の晩の「トスカ」の切符をプレミアムをつけても手に入れる約束をした。堯子が数年ぶりに出逢つたのを悦んだ富豪の若い妻は、夫が観世の執心家で、必要な時能舞台になるやうに家の一部を建て直してゐる話をした後、来月の歌舞伎座の「勧進帳」を是非いつしよに見ようと誘つた。尤も、同じ月の例会能に、家元が出す筈の「安宅」と比べて見たいのだとことわつたけれども。

真知子は、さつき公爵の凭りかゝつてゐた窓際に、多喜子や富美子と並びながら、仲間であるよりは傍観者の如く立つてゐた。彼女は彼等ほど知つた人が多くなかつた。あつても彼等が持つてゐたやうな、人込みの中で、陽気に笑つて、が、品位を落さないやうに絶えず気をつけて話すのに適した話材を、彼等ほど多くは持つてゐなかつた。

真知子は窓から表を眺めた。前庭の、芝の植わつた低い築地《ついぢ》の外側で、四人の土工が鶴嘴で道を掘り返してゐた。消火栓の工事らしく、鉄管が転がしてあつた。土工等は二人づゝ向き合つて並び、振りかぶつた鶴嘴を、頭上で、一様に、瞬間停止させ、それから四人揃つて同時にそれを土に打ち込んだ。彼等は殆んど律動的に、エンジンに指導された機械人間の如く動作した。と、突然四本の鶴嘴がその数を百倍した。工夫等の筋の突き出た、まつ黒な、鶴嘴に比例して倍加した腕がそれを摑んだ。発掘は放棄された。工夫等はその武器を頭上に振りかぶり、怖ろしい集団になつて行進した。罵り、叫び、怒鳴り、躍り上つた。弧形の、反り返つた、重々しい数百の鶴嘴が、鉛色の空の下で、偃月刀《えんげつたう》の如く輝き、交錯した。

真知子は急いで窓際から退いた。瞬間の幻覚が、雑誌の写真で見た、鉱山のストライキを取り扱つた映画の一場面であつたのがはつきり分つてゐながら、今に同じものが、土工の働いてゐた道から、前庭を横ぎり、不意に侵入して来さうな危懼を捨て得なかつた。

「おひとりでゐらつしやいましたの。」

河井の母が、河井と連れ立つて帰つて来た。云はれた通り、真知子はひとりで先に席に着いてゐた。舞台はまだ空つぽであつたが、楽屋の方では次の準備らしく鼓が冴えた音を立てはじめた。

河井の母は、今度の『石橋《しやくけう》』の獅子は真知子にも非常に面白いに相違ないと話しかけながら、東洋風のものうげな、静かな眼眸《まなざし》を彼女に据ゑた。

「でも、真知子さんは、お能のやうな古風なものは、あんまりお好きではゐらつしやらないのでございませうね。」

彼女は困つた。好き嫌ひが云へるほど能を知らなかつた。好きにはなれないとしても、河井の母の言葉のやうに、それが古風な芸術であるためではなかつた。で、彼女は答へる代り問ひ返した。

「どうしてでございますか。」

「あなたのやうに新らしい学問をなすつた方には、呑気すぎて、手応へがないやうにお思ひになりますでせうと思つて。」

「しかし、能の持つてゐる特徴は、」

河井は二人の会話を滑らかに繋がうとするやうに、

「若い、新しい鑑賞家に依つて、一層よく理解されるやうになるでせうし、またさうなることに依つて、能が新しい生命を取り返すのだと思ひますね。」

「理解はしても、鑑賞する余裕は、普通の人には今では持てないのではないでせうか。」

「気持の意味で仰しやるのですか、それは。」

「物質的の意味からいつても、同じことですわ。」

と、河井は諧謔的に母の同意を求めつゝ云つた。一般の能の観覧料は、芝居の三等の場代より高くはないのだと。それはさうであるかも知れなかつた。しかし芝居の三等席には、公爵や伯爵や、ミリオネーアや、乃至その家族がうろついてはゐない筈だ、と真知子は報いたかつた。河井だけであつたなら平気で云つたであらう。が、二人の話を面白がるやうに、おほらかに微笑して聞いてゐる彼の母のため、謹慎した。

富美子と多喜子が、母と姉の先に立つて、やつと帰つて来た。舞台には紅白の牡丹の花を飾つた、畳一枚ほどの、緞子で覆はれた台が運び出された。

七

珈琲挽は二円七十銭であつた。真知子は紙包のまゝそれを下げ、松坂屋の地下室を出た。今までのは小さい甥がおもちやにしてこはしてしまつた。嫂はうちで挽かない珈琲は珈琲ではないと云つた。

高架線の電車が威嚇的な騒音を挙げ、空を横に突つ切つた。真知子は、花見衣裳を飾つたショウ・ウィンドウの前からそれを見送つた。御徒町で乗れば田端の家まで二十分とはかゝらなかつた。何故か、もつとゆつくり行きつきたかつた。昨日関に出した葉書には、米子が大阪に立つ前に残した注意に従ひ、書物を取りに行きたいからと云ふ意味だけを書いた。

真知子は公園に向つて歩いた。蘇芳《すはう》色のつぼみの桜に人が群れてゐた。生暖く垂れた雲から真昼のうす陽が射し、すぐ翳つた。湿つぽい風が吹いた。どこかで花火がせつかちに裂けた。

真知子は美術館の前を博物館の裏へ出た。鋭く、ちかく〳〵した反響、建物と樹木を通して重い空気に散乱してゐた音のつぶてが、急に雑然とした、硬質のひびきの塊りになつて耳に蝟集した。道の片側をしきつた葭簀の中で、大勢の石工が仕事をしてゐた。鑿から飛ぶ花崗石の屑で、囲ひは雪の降つたやうにしろ〴〵と見透かされた。禿のある鮮人の人夫は、大きな破片を石材の間から択り出し、車力に積んでゐた。やがて梶棒に取りつき、前屈みに引きはじめた。

真知子はのろい車力を追ひ越さうともせず、あとについて歩いた。うしろの鑿の音が、細かく、高低をもつて入り乱れながら、それなりに調子づけられ、なにか遠い囀りのやうに伝はつて来るのを意識の半分で聞いてゐた。彼女は思ひ出してゐた。五ケ月前の夕方、同じこの道を関と米子と三人で歩いたのを。――さうして関がなにを話したかを。――彼のちよつとした身振や、話法、そんなことまではつきり覚えてゐる自分に、軽い厭悪を感じた。真知子はスプリング・コートの肩をゆすぶり、急に横廻りして車力を抜いた。

時々蒼く透いた空が、執拗に黝《くろ》ずんで来た。空気は一層あたゝかく、湿度を増し、植物性の甘重い匂で飽和した。谷中の墓地の木蔭に入つた時には、帽子にかすかな雫のけはひを感じた。降つてはゐなかつた。二三日似た空模様がつゞいてゐるので、また晴れるかも知れなかつた。且つ、行つて書物を持つて来るだけに、どれ程の時間を取るだらう。さうだ。すぐ帰つて来られるのだもの。真知子はそれ以上多くを考へまいとした。同時にまたそんな何んでもない用事のために、関が自分を待つてうちにゐてくれるだらうとは、決して。――

植木屋の年取つた、佝僂《せむし》のかみさんが鍵を渡してくれた。期待された通り彼はゐなかつた。

「よほど前にお出掛けになつたの。」

「つい今し方ですよ。」

「いつごろお帰りになるか、仰しやいませんでして。」

「聞きませんでしたねえ。」

ぶつきら棒なかみさんは、脊中の瘤で答へた。とつ、とつ、とつ、とつ――かみさんは苗床へ侵入した鶏の方へ走つた。代々I――家の庭に勤めてゐると云ふこの古い植木屋は、かみさんと、聾の少し足りない息子だけしか昼はゐなかつた。それ以上の人手を要する仕事は今は家ではしてゐなかつた。寺につゞく昔からの植木畑は、崖に沿うた画室の方よりも前から、貸地にしてあつた。

何故あんな余計なことを聞く必要があつたらう、――真知子はポケットの底で鍵を握りしめ、庭を横ぎつた。暗灰色の塗料の褪めたドアがやがて前にあつた。そこだけテレス風に石で畳んだ入口に立ち、真知子は抑制した落着きをもつて、握つたまゝの鍵を取り出した。

机、椅子、小さい円卓、書棚、いつも隅に出てゐて踏台代りに使はれるモデル台、壁の画、あつた程のものは悉くもとの位置に、もとの形であつた。ずつと前、真知子が銀座で見つけて持つて来た模様紙の、安ものの、漏斗《じやうご》型になつた電燈のシェードまで。それで彼女の感覚には、その部屋が全然新しい、別な見たこともない場所の如く映つた。真知子は戸をうしろに、小麦色の絹の靴下のまゝ埃つぽい床に立ち、窓際の机の乱雑な書物の堆積を、開けつ放しにされた辞書を、松屋の青罫の原稿紙をむき出しに下つ眺めた。それから向ふのモデル台の傍にた紺の上下の洋服を。彼はさう遠くに出たのではないのかも知れなかつた。恐らく――何かがうちから彼女を追ひ立てた。書棚は机の横と後の壁に直角にあつた。

皮、クロース、紙、――赤、黒、黄、青、――ゴシックの金文字、思想と言葉の象徴、階音と旋律の固形物、記号の魔術――段々に仕切られ、沈黙した脊表紙で、なにか甲虫類の甲羅のごとく見える排列。米子自身よりは英文科の二年で亡くなつた兄に寧ろ属してをり、単なる学生の蔵書として以上に豊富な内容は、彼の学生時代が、田舎の家の物質的破綻に米子の頃ほど影響されなかつたことを示した。

モーガンの古代社会史と、フレザのトテミズムの研究、それから二三のちよいとした飜訳書、貸しただけのものは、彼女の方の低い本棚の上に、他の、気忙しく片づけたらしい書物や雑誌といつしよになつて積まれてあつた。ふだんの米子なら決してしない無秩序をついでに直しておかうとして、ふと部厚な一冊の緑いろの書物が、真知子の眼をひいた。斯んなものを読む気になる時もまだ彼女にはあつたのか。――それはマッケイルのギリシアの古詩の選集で、真知子も一度借りたことがあつた。米子は兄の愛読書であつたと云ふ追憶から大事にして、自分でも好んでもとは読んでゐた。しかし思想と生活の変化は、彼女の机の上にあるものをも別種類にしてしまつた。真知子はその緑いろの表紙を彼女の手近にいつ見たか、殆んど覚えないくらゐであつた。思ひがけなくそれがそんなところに出てゐたこと、殊にブハーリンの史的唯物論と重なつてゐたことが、一層意外な、そぐはなさを感じさせた。もちろん無産運動の実行者が、ギリシアの古詩を読まれない筈はなかつた。が、理論以上の理論から、寧ろ険しい触覚から、彼等の陣営に於いては忌避されてゐる種類であることを知つてゐた。多分米子は、兄の書棚から何か一冊持つて来たかつたのであらう。で、それを取り出し、急に他のものに変へ、そのまゝ残したのであらう。さう真知子は想像した。どんなものと択び変へられたにしろ、その選集に手を触れたところに、掻き落しても掻き落してもこびり附いてゐるインテリゲンチアの垢を見た。

――ぼんやり考へながら、史的唯物論の下から緑いろの書物を引き出し、真知子は立つたまゝの姿勢で、左の肱を本棚に突き、それを開けてゐた。美が宗教であり、恋が神の子であつた、さうしてバッコスの葡萄の液が、クリスト教の苦味からまだ犯されなかつた時代の古詩の断章は、なにか秘密な痲痺薬の如く作用した。数分間、真知子は活字の中に自分と場所を忘れた。表のドアの開いたのに気がつかなかつた。

「――」

咄嗟にページを閉ぢ、真知子は関に振り返つた。言葉が見つからなかつた。緑いろの表紙は、彼の眼を遁れなかつたであらう。が、勿論そんなことを問題にはしなかつた。彼はまつすぐに机の方へ歩きながら、たゞそれだけ訊いた。

「書物は分りましたか。」

「えゝ、ぢきに。」

真知子もそれだけ返事をし、外套の内ポケットから風呂敷を引き出した。数冊の洋書は可なり量ばり、重かつた。その上、あがり口には珈琲挽があつた。フレザだけ置いて行けたら、否、置くやうに勧めてくれたら――本棚の上で一二度包み換へながら、机の前から、それでも椅子だけ彼女の方へ向け、無関心に見てゐる関を真知子はにくんだ。と、そのこゝろが、内側に熱つぽくふくれてゐた、関に対する場合の習慣性な臆病を圧縮した。彼女は風呂敷の手を休めないで、意識的にしやきしやき口を利いた。

「大阪から何か云つてゐらして。」

「あなたの方へはどうです。」

「一度だけ。」

「忙しくやつてるやうです。」

「無理をしすぎて、米子さんまた御病気にでもならなければよいがともつてゐますわ。」

「元気はいゝらしいですよ。」

包は出来上つた。用事はすんだ。真知子は帰つていゝ筈であつた。が、ほんとうに、たゞそれだけの用事で、彼女は此処に来たのであらうか。

その日は芝の上村の家で、鎌倉の新たに建て増した別荘に家ぢう招かれた。母さへ偏頭痛を押して出掛けたのに、彼女は先約を楯に留まつた。珈琲挽を買ひに行つたのも、嫂の望に忠実であらうとしたためではなかつた。どこかでそれくらゐの暇潰しをしなければならないほど、彼女はあんまり早く出てしまつた。

漸く捕まへたものが手から辷り落ちて行く、そのもどかしさで、彼女は包の結び目をもう一度固く締め、すぐ暇を告げる代りに机の方へ眼を注いだ。

「なにか、お書きもの。」

「先行社の社会科学叢書の飜訳を一冊引き受けちやつ

て。」

「そんなお仕事には、この家のあるのが便利ですわね。」

「本所ぢや駄目ですから。色んな奴が出たり入つたり絶えずするし、その上すぐおもてが鉄工場で、朝から晩までがんくやられるんで。」

「まあ。」

彼に向けた右の方の眼だけ、活きくと真知子は見開いた。鉄の叫喚の中に、ふだん関が住まつてゐるのを驚いたのでは勿論なかつた。それより、口軽くそんなことを彼が一度でも話したらうか。――それも彼女にははじめての、洋服より素朴に書生つぽらしく見える瓦斯大島の彼は、急に違つた人のやうな親しみを与へた。

「本所の、あなたのゐらつしやるところ、」

真知子は見開いたまゝの眼つきを変へないで、それとともに唇に浮かんだ微笑には気がつかないで続けた。

「どんなとこか行つて見たいともつてゐましたの。」

「なんのためです。」

「なんのつて。」

「細民窟の視察ですか。」

「――」

「工場地帯に於ける細民の生活状態――そんな課題でも学校から貰つたんですか。」

声は出さないで、竪半面の筋肉で、にやりと、いつもの意地の悪い笑ひ方を関はした。それから彼女の方へ向けてゐた椅子を机の方へずらし、伸び上つて、辞書を引き寄せた。さあ、用事が済んだら帰つて下さい。僕は忙しいんです。――彼の脊中は、顔より無慈悲に見えた。

――靴の留金がへんになつて、それに少しきついので、旨く掛からなかつた。嫂が買つてくれた、舞踏靴のやうな華奢な靴であつた。なんだつて斯んなものを穿いて来る気になつたのか――上半身でこゞみ、逆に血の上つた顔で、彼女は唇を噛んだ。

送つて出て、上り口の板の間に、両手を帯の間に入れて立つてゐた関は、珈琲挽といつしよに並んだ風呂敷包を見て、はじめて彼女の少くない荷物に気づいたらしく、急に要るのでなかつたら、どれか残してはどうかと勧めた。

「大丈夫です。」

靴の上から頭を動かさないで、真知子は答へた。

「また取りに来るのが面倒なら――」

誰が、――誰が二度ともう斯んなところへ来るものか、彼女は声帯の後で叫んだ。

「――小包にして送つてあげませうか。」

「い、え。」

「持てますか。」

「持てます。」

強情に意地張り、やつと留金をかけた。その時、そとの石畳で下駄の土を落す音がして、入口の把手ががちやと鳴つた。ドアの開いたゞけ、小峰の固い小さい身体が塞いだ。

「お客さま。」

後向にこゞんでゐたのと、病院とは服装が違つてゐたので、客が誰であるか、分らないらしかつた。それだけ、真知子が荷物を取りあげてまつすぐに立ち、彼女の方へ向けた横顔は、殆んど信じられないやうに見えた。

「――」

小峰は病院と同じく挨拶をしなかつた。その時の単なる無視は、なにか嗅ぎ出さうとする性的な悪意となつて、彼女の飛び出た一皮眼《ひとかはめ》を鋭くした。真知子も関だけに頭を下げ、そのまゝ通り抜けようとした。右手に持つた珈琲挽の包が、小峰の羽織にさはつた。それでも知らぬ顔で過ぎ得るほどよそ〳〵しくは、真知子には振舞へなかつた。しかし彼女の会釈に報いられたのは、同じ探索の視線と黙礼のみであつた。

いぢわる。皆んな揃つて。――大股に、急ぎ足で、真知子は植木屋の稍ゝ傾斜になつた前庭を駈け抜けた。一図な怒と悲しみで、悪太郎の嘲弄から遁げ出した小さい子供のやうに。――関は関として、小峰の態度が、殊に彼女の眼から放射されたものが、真知子を激さした。何をあの人は私から探り出さうとしたのだらう。何を疑つたのだらう。あんな眼つきでひとを見ただけでも恥づべきだ。――彼女は立ち留り、重い包と珈琲挽を持ち代へた。坂の中途になつた道から眼に入る、画室の鋭角の破風と、すり硝子の広い窓の一片は、その小峰をあれほど褒め立て、その屋根の下に同居までした米子を思ひ出させることに依つて、彼女の腹立ちに冷たい錘をつけた。いつか米子がまたそこに住むとしても、結局前より一層寄りつけないドアとそれはなるであらう。この締め出しは、何よりも堪へがたかつた。真知子には自分の家が自分の家でなかつた。兄たちが帰つてからは、その事実はますます明白になつた。

真知子は脳病院の黒い塀の下を機械的に歩行した。樫の粗い木立を透いて、すゝけた屋根だけ覗いてゐる建物から、狂人が急に叫び出した。いつもこの道に出る時には、無意識な警戒から反対の植木畑の傍を真知子は通つてゐた。今日は狂暴なその声を聞いても、塀から離れようとしなかつた。寧ろ彼女のこゝろは、狂人といつしよに叫んでゐた。どこへ行けばいゝのだ私は。どこへ行けば――

朝からの湿つぽい空気が、終に細かい水滴となつて落ちて来たのにも、電車道に出るまで気がつかなかつた。

暮れると雨は本降りになり、一そう生暖くなつた。その日半日真知子を捕へてゐた憂鬱は、にぶい頭痛と共に、めつたにない病人じみた疲労を感じさせた。皆んなを待たないで眠りたいと彼女は思つた。そこへ自動車の音がおもて通りの方から、屋敷町の暗い雨の中へ大きく圏をなして走り込み、門口で留まつた。真知子は急いで立ち上つた。外から帰つた時、玄関がすぐ明るくならなければ嫂は機嫌がわるかつた。

しかし前庭の雨を抜け、重い土間の戸をしづかに開けて入つたのは河井であつた。

「鎌倉からお帰りになりましたか。」

「いゝえ、まだでございます。」

もう少しで、大きな声で小さい甥たちを呼びかけようとしてゐたので、思ひもよらぬ客を見た驚きは、ひそかなをかしさといつしよになつた。

河井は今夜七時過に逢ふ約束になつてゐたのだ、と云ふことを話しながら、

「少しお早いかと思つたのですが、出先からそのまゝ伺つたものですから。」

「兄たちも日いつぱいには帰つてまゐる筈になつてゐましたの。子供づれで、汽車にでもおくれたのだと存じますわ。」

真知子は玄関の電燈の下に膝をついたまゝ、切り口上で述べた。夜、雨の中を訪ねて来た約束の客に対して、それは親切な仕方ではなかつた。殊に兄夫婦が彼に寄せてゐる歓心を裏切らないためには、待つことを請ふべきであり、また待つて貰つても一と汽車より遅れる筈のないのは分つてゐた。にも拘はらず、彼女はさうは云はなかつた。

河井は多く濡れてゐない洋傘《かうもり》を左の袖口に凭たせ、右手で時計を引き出した。

「やがて半になりますね。」

「さよでせうか。」

真知子は同じ形式張つた答へ方をしながら、河井が対人的にひどく敏感なやうでゐて、斯んな場合にひとの気持を見抜けないのは、周囲に絶えず甘えさせられてゐる一種の図々しさからだと思つた。それが正しかつたかどうかは別として、その時の河井はたしかにいつもほどは気が利かなかつた。彼は洋傘をまた袖口からはづし、両手で銀の飾のついた柄を押さへ、土間に佇んだまゝ、すぐ暇を告げようとはしなかつた。

女中が杉戸の間から真知子を呼んだ。立つて行くと、彼女が風呂に入つてゐた間に、鎌倉から電話で河井の訪問のことを知らせて来てゐたこと、都合で予定よりおくれるかも知れないから、それまでに見えたら、真知子に相手をしてくれるやうにと云ふことまで注意されてゐたことが分つた。

「そんならそれのやうに、忘れないですぐ通じなくちや駄目ぢやないの。」

真知子はいつになく女中に怖い顔を見せた。が、小言がなんの役に立つだらう。彼女は引つ返し、云ふまいとしたことを云はなければならなかつた。

「電話がまゐつてゐましたのださうで。少し遅れるかも知れませんが、およろしかつたらお待ちして頂きます。」

曾根は表座敷につゞく八畳を居間にしてゐた。そこには炉が切つてあつたので、手狭ではあつたが、暖房装置のない昔のまゝの家で、早い春もあたゝかに暮らされた。彼の妻は、婦人雑誌から得た知識に基いて炉のまはりに敷いたラグ、二三の低い椅子、褐色のねぎしを蔽うて垂れた多彩な織物の壁掛、その他ちよつとした洋風の家具に依り、今までの凝固した好みとはすつかり違つた、おもしろい風変りな部屋に改造されたと考へてゐた。真知子は床の間と反対の長押《なげし》に、父の頃から懸かつてゐる高芙蓉に対して少し気の毒に感じながら、不調和だなどゝは云はなかつた。模様替の後は、親しい人々はそこへ通され、彼女の手がずつと省けたから。

しかし今宵の温気にはその部屋は幾らか暑すぎた。

「何ですか蒸々いたしますこと。」

彼女は足もとの炉の火に灰をかけ、なほ椅子から立つて書院窓の小障子をすかした序でに、兄の机の上の時計に眼をやつた。八時に二十分からあつた。もうそれくらゐ、彼女は河井の前にかけてゐた。主人役の意識的な努力で、なりたけ不愛想になるまいとしながら、他の人々が彼を見ると持ち出すやうな話材を借りるのは、常にも増して今夜の彼女は不適当であつた。で、数日前の新聞に発掘を報じられた、或る地方の古墳とミイラのことを噂しただけで、役目は抛棄した。河井も専門家らしい短い意見を加へたのみで、いつもほど興味を持つてはそれに留まらなかつた。空虚な埋め手のない二分に、軒の夜の雨が降り注いだ。と、河井は、同じ新聞に聴講生廃止のことが出てゐるのは事実なのかと訊いた。

「本統です。」

「新しく入れないでなく、全部廃されるやうに書いてありましたが。」

「え丶、皆んな追ひ出されてしまひましたの。」

仲間の憤慨語をそのま丶用ひたのが、河井を微笑させた。

「なにか研究してゐられた方はお困りになつたでせう。」

「考へるほど大した影響はないともひますわ。純粋に学究的な気持からと云ふより、見得と結婚までの暇潰しに入つてゐるやうな人たちが、大部分でしたから。」

「制度も中途はんぱのやうでしたね。」

「図書館へ入ることさへ許されないくらゐですもの。でも中には真剣な方もゐらつしやいましたし、そんな人たちは地方の大学へ移るやうですわ。」

「ではあなたは。斯んなことを伺つて大変失礼ですが。」

「わたくし、さうね。」

真知子は知らず知らず親しい答へ方をし、唇の間に小さい歯をのぞけた。誰ともまだ話さなかつた、しかし一度は論議される筈の当面の題目に就いて、思ひがけもない人から不意打をくつたのがをかしかつた。そこまで調子よく続いた会話も、はじめよりは彼女の気持を紛らしてもゐた。と云つて、河井を相手に彼女のひそかな苦悶を打ち開ける気は勿論なかつたから、どこまでも冗談らしく、唇の間のほ丶笑みを消さないで云つた。自分は、田舎の大学へ行つてまで勉強しようとするほど学問好きでもなければ、見得と結婚までの暇潰しに講義を聴いてゐた仲間にも入らないので、四月からどうするか分つてゐないと。——

「まだ考へても見ませんの。今までのこと続けて行くか、止してしまふかさへ。」

「では別の問題に就いて、あなたのお考へになつてゐることを伺へますまいか。」

「どんな問題。」

「例へば結婚に就いて。」

「私を暇潰し仲間へお入れになるおつもり。」

「いや、許して頂ければ。」

河井は幾らか撫ぜ肩の上半身を、炉越しに彼女の方へ傾けた。「求婚者の一人として。」

興じて、不用意に、活き〳〵と彼に見開いてゐた眼を、真知子は長い反つた睫毛で蓋をした。急に光の襲ひ込んだ窓を、あわてゝ鎖さうとするかのやうに。丁度またその輝やかしい洪水が、視る力を眩惑させると等しく、彼女の耳を打つた意外な音波の振動は、聴覚を混乱させた。

「あなたは、多喜子さんと私を間違へてゐらつしやいますわ。」

「あの方と私の間に、普通のおつきあひを越えた交渉は少しもありません。」

「そんなこと。」

彼女は再び大胆に彼を見まもつた。瞬間のめんくらひは、臆面のない証言に対する驚きに変じた。「本統にするひとがあるでせうか。今までのあなた方のおつきあひを見てゐた人なら、誰だつて。」

「正直にお話すれば、私たちの間に特別な親しみの生じることを他で望んでゐたのを、知らなかつたわけではありません。あなたにお目にかゝるまでは、自分のおかれた位置に対しわりに呑気でゐたのでした。」

「その後だつて、御自分の位置をお捨てになつたとはおもひませんわ。」

「どうして、そんな。」

「でなければ、もつとあの方をお避けになることが出来た筈ですもの。」

河井ははじめて言葉をとぎらした。その数秒を、なにか咽喉に痛みを感じる人のやうなかすれた、が、ふだんの静かさを失はない声で彼はつないだ。

「柘植さんを避けようとするには、田口さんを避けなければならなかつたのですし、同時にそれは、あなたを避けることであつたディレンマは、あなたもお分り下さると思ひます。」

その弁疏は、真知子の若い情緒を柔軟に甘やかす代り、却つて彼のエゴイズムを憎ませ、嫂に彼等の婚約の行き悩みを聞かされた時と同じ同情を、多喜子の上に感じさせた。

「どんな理由があつたにしても、」

彼女は相手の視線をはづし、顔からネクタイの真珠へ眼を遁がしながら、容赦のない言葉で指摘した。「それで婚約の可能を皆んなに信じさしたのは、あなたの責任ですわ。殊に多喜子さんにそれを信じさした以上――」

「多喜子さんにそんな誤解を与へるやうな行動を、私自身として取つた覚えはもうとうありません。」

真知子は急に大きな声で笑ひたくなつた。彼の無意識な、それだけ底の知れないエゴイズムは、色盲に色の感覚が欠けてゐると等しく、彼のやうな、我まゝの出来る環境に生きてゐるもの、共通な、理性の歪曲に依るに相違なかつた。従つていかに細かく分析して見せたところで、彼女の感じさせようとするものを、彼が感じ得る筈はなかつたし、また多喜子のために真知子がそれほど骨折る必要もない訳であつた。

「ぢや、そんな問題とはきり離して、」

彼女は腕椅子の身体をうしろに引き、組み合せた手で白い顎を支へた。「私のお答いたしませうか。結婚に就いてどんな考へを持つてゐる――さうお聞きになつたのね。」

河井は愛情の優しい表示で、電燈の側だけ明るくした顔で、うなづいた。

「この一二年間、たしかに月に一遍ぐらゐのわりで、私は同じ質問を受けましたわ。」

相手のあらはしてゐる感情からは自由に、幾らか諧謔な気持にさへ彼女はなりながら、「母とか、姉とか、親類の伯母とか云ふやうな人たちから、本統は私の意見なんかどうでも構やしない。たゞ早く結婚しなくちやいけないつてお説教がしたいのですわ。私或る友達に話しましたの。あんな人たちは、何んだつてひとの顔さへ見れば結婚を勧めるんでせう。自分たちの結婚に満足してもゐない癖に。――さうしたら、友達が旨いことを申しましたわ。時分どきに見えてるお客様には、自分でお腹が空いてゐてもゐなくとも、なにか、是非食べさせようとするやうなものだつて。それからは私も、まだ何んにも頂きたくはございません、つて断ると同じくらゐ気軽く断ることにしてゐますの。まだ結婚したくはございませんつて。」

「しかし、いつまで同じやうにお断りになる積りでせうか。」

「それは私にも分りませんわ、将来のことまでは。でも、今でも一つのことははつきり申されますわ。いつか食べものを考へるやうに私が結婚を考へるとしても、決してあなた方の階級に相手を求めようとは思はないつてことだけは。」

河井は蔭になつた方の額を手で蔽ひ、肱を椅子の凭せから離さなかつた。そのまゝの姿勢で、真知子を見ないで彼は訊いた。

「複数の意味に於てそれは仰しやるんですか、また私と云ふ特定の単数をお指しになるのですか。」

「どちらでも同じ。でもはつきりさせるために、単数にしてもよろしいわ、――い、え。」

云つてしまつて急いで訂正した。「やつぱし複数。」

「――」

「あなたは単数ではないのですもの。あなたと結婚するのは、あなたのお母様と結婚することなのですもの。想像も出来ませんわ。」

「あなたに対する母の深い敬意を知つて頂けたら、多分さう云ふ風にばかりは仰しやらないだらうと思ひます。」

他の場合で、他の相手であつたなら、怒として表はされたかも知れないいくらゐ重圧な感情を見せ、河井は云つた。「母はずゐぶんあなたを好きになつてゐます。もつとお親しくなることを望んでゐるのです。」

「もつとよく研究するために――」

真知子はほてつた杏子色の頰で、新鮮に笑つた。「あなたが今夜のやうなお話をなさらうとする決心のついた順序が、はつきり分りますわ。」

河井は、なにかの偏見を彼の母に対して彼女は持つてゐるらしい、自分は兎に角として、母が彼女に誤解されるのは今の彼には最も辛いことだと云つた。

「誤解なんて、そんな。」

真知子は反射的に取り戻した真面目さで、言葉が洩らした以上の感情を浮かべた、彼の半分明るく半分暗い顔を見まもつた。「あなたの立派な点を知つてゐると同じに、お母様のよいところも私には分つてゐるつもりですわ。お逢ひするまで考へてゐたより、ずつと気持のよい方だともつてるくらゐですもの。」

「それだけの好意が持つて頂けるなら――」

「い、え、それとお母様やあなたの住まつてゐらつしやる世界が、あの環境や生活が私に縁がないのとは別ですわ。」

「私のことはどうにでもなる訳ですが、しかし母のあゝ云ふ風な暮し方は、――あれはなにかの昆虫が、それの特殊な習性で生きてゐるやうなものです。母自身の責任でもなければ、贅沢でもない、たゞ最も自然なのだと考へて見て下さらないでせうか。実際また人が性情や好みで、それぐ\に気に入つた暮らし方をするのは一つの自由なのですから。」

「そんな自由を、この世の中の人が仰しやるやうに皆んな持つてるとお思ひになつて。」

成るべくそつとして置かうとしたものが、真知子の内側に炸裂した。河井が茫然として、母に似た高貴な、もの静かな眼を見張つたほど性急に、彼女は畳みかけた。

「決してさうぢやありませんわ。持つてるのはあなたや、あなたのお母様や、お仲間のお金持や貴族だけですわ。そんな人たちだけ、そんな気楽なことが仰しやれるのですわ。でもいつまで続くでせう。同じ自由と権利を奪はれた人たちが、奪はれたものを取り返さうとして、戦つてゐますわ。それ〴〵気に入つた暮らし方をして、それで誰をも虐げない社会を作り出さうとして、首になつたり、豚箱に投げ込まれたり、学校から追ひ出されたりしてますわ。その中で、どうしたら一万年前の人間の使つたがらくたなんぞ問題にしてゐらつしやれるかともふと、――勿論学問としては必要であり、立派なことであるにしても、私の今の気持では、お母様のお鼓のお相手が勤まらないと同じに、あなたのさう云ふ生活のお相伴をしようとは思ひませんわ。」

　求婚の拒絶と云ふより、それは一つの宣言であつた。同時に河井に向つて発せられたと云ふより、彼の立つてゐる機構、富と権力の底に圧搾された潜熱の必然的爆発により、支柱の一本々々がすでに火になりつゝある、どんなアトラスも担ひつゞけることの出来ない世界に対する、彼女の決然たる離別であつた。

　真知子は立ち上つた。云ふだけ云つてしまつた時、自動車が門に留まつた。彼女は雨の音と、炉のほのかな炭火と、電燈の暗い翳《かげり》の沈黙に彼を見捨て、部屋を出た。

「昨晩は変にしよげてゐらしたのね、河井さん、待つてなすつた間もあんな風だつたの。」

「あんな風つて、変つてらしたか知ら。」

「まあ、気がつかなかつたの。呑気な真知子さん。」

　細く尻下りに、流行のひき方をした眉で、鏡の中の嫂は笑つた。真知子は手伝つてウェーヴを直してゐた。雨のあとの燦々とした朝の日光が、化粧部屋の窓にあつた。

　真知子は彼を見ないですむやうに、嫂たちが帰ると先に床に就き、すぐ眠つてしまつた。三十分とゐないで帰つたことさへ知らなかつた。

「なんでも、外国へまた出掛けたいやうなことを云つてらしてよ。」

　嫂は鏡台の横の火鉢から鏝を取つて渡しながら、河井の噂をつゞけた。「私、ですから云つてあげたの、それもおよろしいけれど、その前に早く御結婚なさいよ、そして奥様と御一緒にいらつしやいましよつて。」

「それがいゝわ。」

　昨夜の顚末は思ひ出してもゐないかのやうに狡くしらばくれ、真知子は訊いて見た。「で、なんて。」

「その方はごまかしちやつたの、たゞ母が淋しがるから弱るつてこぼしてらしたわ。あれぢや幾ら傍《はた》から御膳立したつて、多喜子さん脉はなささうね。」

「さうか知ら。」

「斯んな気も私にはするの。――そこんとこ細《こまか》くかけて。え、い、わ。――河井さんは半分向ふで育ちなすつたから、日本のお嬢さんぢや喰ひ足りないんぢやないかつて。帰つて一年にもならないのにまた入らつしやりたいなんて、変ですもの。きつと向ふにあてがあるのだともふわ。でなけりや、多喜子さんはあんな可愛い方だし、お母様のお気に入りだし、殊に河井さんが黙つて愛してるやうなお嬢さんと云つても、今のところないのは分つてるんだし、――あら、笑ふの、真知子さん。」

「だつて、お嫂さまつたら。」

　不用意に、自分を裏切つて落した鏡の上の嘲笑を、急いで始末しようとして、「ひとりで極めてゐらつしやるから。」

「ぢや、そんなお嬢さんでも河井さんにあるのだともつて。」

「ないつて断言出来ないでせう。」

　真知子は今度は大つぴらに笑つた。

　嫂はもし河井にそんな秘密があり、殊に万一外国婦人なんぞであつたなら、彼の母をはじめ周囲の人々はどんなに駭くか知れないと云つた。しかし真知子は信じた。その仮想された恋人が、八月の紫陽花ほど碧い眼をしてゐようとも、彼が彼女に結婚の申込をした以上に、皆んなを驚かしはしないだらう。

　夜降つて、朝晴れる、五六日癖になつたその反覆で、春が成長した。曾根家の庭にある数本の古い桜もすでに花であつた。おひ〳〵帰つて行く日の近づいた嫂は、花の美しい間に身うちだけの客をしようとした。前日、こまぐ〵した買ひもののため、真知子は下町へ行くことを頼まれた。

　二つの百貨店から菓子屋に行き、それから宝石屋へ廻つた。電話で要領をえなかつた嫂の襟留が、意匠通りに作られつゝあるか調べ、また期日までに仕上げられるやうに厳命しなければならなかつた。赤入りのネクタイで、かぼそい頸に咽喉仏の飛び出た店員は、真知子がなにか云ふ度に、女のやうな科《しな》をして頭を下げた。用事はすんだ。重い研ぎ硝子の一枚戸を押し、真知子は銀座の心臓に立つた。

半哩足らずの、この鋪道から発散する、東京の尖鋭的魅力とされつゝあるものに対しては、真知子はむしろ批評家であつた。けちな、間に合せの、混乱と不秩序のほか特長のない、その安つぽい通りを最上に美化してゐる、所謂《いはゆる》銀座人の幻想と自己陶酔が、時には滑稽にさへ感じられた。

とは云へ、雨のあとの白く光る石だゝみを踏み、飾り窓の前も、カフェの卓も、まだ清らかに閑静な午前の銀座を、それだけ一つ持つて帰ることにした軽い包紙を提げて歩くのは、一種長閑《のどか》であつた。その上関を訪ねた日から、彼女はまだ外出しなかつた。

街路樹の下の四角な植込に、連翹が咲いてゐた。鬱金いろの小さい同じ花は、田端の植木屋の垣根にも群がつてゐた。その日の苦い思ひが、酸の増した胃液のやうに彼女の意識に分泌された。胸いつぱいの涙で、気狂ひ病院の上の坂道を駈け降りた自分自身を、真知子ははつきり描くことが出来た。同時に、おなじ夜の河井との交渉は、苦渋な追想につらなるだけ、一そう奇妙な、馬鹿々々しいものに見えた。実際彼女に取つて、それは一場の笑劇以上ではなかつた。

電車側に斜に連り、わざといつまでも彼女を抜かなかつた二人の三田の学生を、無遠慮に突つきり、不意に誰かがわめいた。

「なにぼやく〳〵してんの。」

A—子の好みの悪い青い帽子と、大きく光る眼鏡が、前にあつた。

「——気がつかなかつた。」

「銀座の二丁目歩いてるつて風。恥辱だわ。」

「以後は注意します。」

「ぷうだ。」

A—子は、その銀座二丁目で、生徒控室式の笑ひ方をした。

彼等は連れになつた。ひとり行くよりは、確かにずつと銀座らしい漫歩であつた。でなくも米子に別れ、学校から締め出され、母と兄と嫂と、気持にも身体にも手数のかゝるその客の間で暮らしてゐる真知子には、彼女のときぐ〳〵男のやうな口調をする話しぶりや、特殊の技倆で、相変らず色んな噂をかき集めてゐる、多分三分の一は間違つてゐるお饒舌にも、どこか遠くに没した故郷の方言を聞く懐かしさがあつた。

　鋪道で残されたものが、ちよつとしたカフェの卓へ持ち越された。寝坊して朝飯を抜いたＡ―子は活潑な食慾で、真知子は半分おつきあひで、一緒に食事をした。すむとＡ―子が機敏に支払つた。

「そんな法てないわ。」

「まあ任かせておくもんです。」

　真知子の異議を、彼女は例の男ことばで一蹴した後、本統を云ふと意外な収入があつたので、京橋まで歩くうち誰かに出逢つたら、昨日喧嘩した人でも奢る気でゐたのだ、と話した。

「婦人評論に匿名でちよいとしたものを書いたことが、運よく原稿料を貰へたつて訳なのさ。」

「なら、もつと御馳走させてもよかつたのね。」

「この次します。あの主筆を先から知つてるんでね、編輯の方へ働かないかつて云つてくれるの。」

「い、塩梅ぢやなくて。学校の方は駄目になつたんだし。」

　真知子は洋銀の小さい籠から取つたつま楊子をおもちやにして折りながら、Ａ―子の仇名をよい意味で思ひ出してゐた。「そんな才能あんたには十分あるともふわ。」


　Ａ―子は出来たら福岡に行つてＸ―教授に就いて見たいのだけれども、と云つた。

「まあ諦めて働きますよ。要するに聴講生なんてものは、あんたのやうなブルのお嬢さんたちにはお誂へ向きなんだけれど――」

「人聞きのわるいこと云ふわね。」

「わるくてもよくても、ブルの事実や蔽ふべからず。」

「――」

　釣銭を盆に載せて来た娘のやうな顔をした少年の給仕が、うす赤い瞼の眼を張つて目送したほど唐突に椅子を離れ、真知子はさつさと戸口へ進んだ。おもてへ出ても、笑つて追うて来たＡ―子をすぐにはふり返らうともしなかつた。


　家の方へ曲る角の交番のうしろから、海色のパッカードが傲然と電車路へうなり出た。停留所から二三歩あるきかけたばかりの真知子に、窓の内側の知つた顔がちらと白く透いて見えた。彼女はそのため足を留めようとはしなかつた。電車からいつしよに下りた四五人がまだ散つてゐなかつたし、それにトラックが一台、出鼻を遮られて前を塞いでゐたので、向ふでは多分気がつかなかつたであらう。それなら却つて仕合せであつた。

が、自動車は線路の向側から、急カーヴで引つ返して来た。運転手の内野が敏捷に飛び下り、交番に沿うて曲らうとする彼女に追ひついた。

「まあ、真知子さん、今までお待ちしてたんですよ。」

後の花屋の前で、倉子は彼女のために戸を開けてゐた。

「お昼ごろには帰つてゐらつしやるやうな、堯子の話でしたから。」

「銀座で友だちに逢つて。」

「今日こそゆつくりあなたにお逢ひして行きたいと思つたのですけれど、これからN―伯爵のお茶の会で、どうしても外せませんのでね。」

「なにか御用事でしたら、伺つてまゐりますわ。」

「いやな真知子さん。」

若いひとのするやうな表情で、倉子は軽く睨む真似をした。「往来の立ち話でもすむ用事に、朝から三時間もあなたを待つたとお思ひになつて。――とにかく、お母様と堯子までによく話しておきましたから、お帰りになればどんな用事で私が今日伺つたか、またあなたつて方が、どんな運のよい生れ合せかつてことがお分りになりますわ。」

倉子は、どうかして相手を間違へたのだと思はれるほど慇懃にそれを云つた。出来たらもつと話したいらしかつた。が、自動車のうちと外で、殊におもて通りで、人目を刺戟しないでそれ以上会見をつゞけることは出来なかつた。倉子は明日逢ふのを楽しんでゐる旨をおしまひに附け加へ、やつと、真知子に屈みかけてゐた上半身をもとの位置に戻した。

「それでは。」

「さよなら。」

うしろに駈け去る爆音を聞き捨《す》て、倉子の今日の態度と言葉の意味を真知子は歩きながら探つた。むづかしいことでもなかつた。それまでの例により、倉子が親密と接近を示す場合は、一つの極まつた目的によることが分つてゐたから。しかし、いつもなら見つけても知らぬふりで駈け過ぎた筈の彼女が、乗物を返してまであんなお世辞を使つて行つたのは何故か。たしかに特別な仕方であつた。が、真知子の関心はそんなことよりもなほ胃の腑にある、A―子の支払つた三皿のランチに強く残されてゐた。原稿料の代り、バーの女の契約金でそれがあつたとしても、価値を割引する気にはなれなかつた。バーはもちろん、雑誌社で働くことさへ許されようとは信じられない境遇が、その収入の貴重さを真実に思ひ知らせた。学校ではい、加減馬鹿にしてゐた、ちやらつぽこやのA—子の前に、あはれに無能な自分を真知子は今日感じてゐた。


「やつと帰つてらした。」

「大そうまた、遅かつたのだね。」

母がめづらしく嫂《あね》の部屋で話し込んでゐた。不意に開けた彼女に対する二人の迎へ方にも、常にない或るものがあつた。大そうまた遅かつた——それさへ労はりの調子で響いた。

「田口の叔母様が是非あんたに逢つてからつて、今さきまで待つてゐらしたのだよ。」

「お逢ひしたわ。」

「おやさう。」

堯子はその母が敷いたまゝになつてゐた座布団を、義妹に裏返した。「どこんとこで。」

「花屋のまへ。」

「なら、ほんの一と足違ひでございましたわね、お母様。」

母も残念がつた。


二人はちよつとしたことで昨夜《ゆふべ》から気まづい顔をし合つてゐた。真知子が買物に出る時まで、母は鬱憤をひそかに娘に訴へ、堯子がはずんでゐる明日の客をも、余計なことだとけなした。その彼等を二三時間の留守になにが妥協さしたのか。——田口夫人の見せた不思議な懇親と、それは容易に結びつけられた。が、知らぬ顔で、真知子はまづ買物の結末をつけようとし、残つた金と受取を紫檀の小さい茶卓に並べかけると、嫂は横から引つたくつた。それどころではない重大な用事が、彼女を待つてゐるのだと云つて。

「あんたの御縁談。」

「——」

寧ろ違つた用事であつた方が、彼女を驚かしたであらう。

「をかしくもないつて顔ね。」

堯子はふり返り、意味のある微笑を未亡人に送りながら、「でも、誰があんたを欲しがつてゐらつしやるかつてことが分つたら、決して冷淡にはしてらつしやれないわ。ねえ、お母様。」

「さうですとも、今度の話をまた何とか云ふなら罰があたりますから。」

「大変だわね。」

「それくらゐ云つてもいゝのよ、真知子さん。——ね、考へて御覧なさい、きつと見当つきますわ。」

真知子は分らないと答へた。仲人役の第六感で、飛んでもないところから田口夫人が絶えず探し出して来る相手を、想像し得る筈はなかつた。が、嫂はすぐそれを打ち明ける代りに、興味あるメンタル・テストを容易に捨てようとしなかつた。

「分らない筈はないのよ。あんたが知つてらつしやる方だもの。」

「なほ分らないわ。」

「ぢやお兄様がよく褒めてる方。」

「分らない。」

「学者で、お金持で、——」

「——」

「それで綺麗な方。」

分らないとはもう云へなかつた。が、矢張り分らなかつた。河井が今になつて田口夫人を通じてそんな申込をする気にどうしてなつたのかは。——真知子はそれでも三秒と空費せず、答へた。

「その方なら、私お断りした筈です。」

「だつて、真知子さん。」

嫂の顔にあつた笑が、疑惑と狼狽で抹殺された。「勘違ひしてゐるんぢやない。私河井さんのこと云つてるんですよ。」

「私も河井さんのこと云つてるんですわ。」

「そんな訳はありませんよ、真知子。」

一そう真剣な懸念で、なにか云はうとした堯子を遮り、未亡人は口を入れた。「今日はじめて田口の叔母様からお話のあつたことで、あんたは帰つてからやつと知つたばかりぢやないかね。それに自分でもう断つたなんて、そんな出鱈目を云つて。」

「出鱈目かどうか、河井さんが私の返事はよく知つてらつしやるわ。」

「ぢや、真知子さん、」

未亡人に邪魔された質問を、堯子は急いでそこに挟んだ。「河井さんが、なにか直接に話したことがあるの。」

「えゝ。」

「いつごろ。」

「鎌倉へ入らした晩。」

堯子はにたりと、彼女に向けた右の眼だけで、蒼白くほゝ笑んだ。「それで、あの朝上手に白らばくれてゐらしたのね。――」

真知子はそれより、そんな打ち明けをさせられることの、一種腹立たしい厭悪で云つた。「その時はつきりお断りしたのですもの。それだのに、田口の叔母様からまた話させるなんて、河井さんらしくもない――」

「い丶え、それだけは誤解よ、真知子さん。今日の話は河井さんのお母様の一存に出たことで、河井さんには内証らしいの。」

なほ訳が分らなくなつた。真知子の無言の質問に対し、嫂は聞いただけを伝へた。

河井の母は、息子の対象が自分のひそかに期待してゐたものよりは意外な相手にあつたことを、母らしい愛と敏感で見出した。結局、母もまた息子の択んだものを悦んで択ばうとした。ところが最近彼はすつかり失望しきつてゐる。理由は母にも話さうとしない。もし真知子に彼等の知らない婚約でもあつたのであらうか。この憂慮が母を追き立てた。で、田口夫人によつてそれを確かめると共に、内々の申込を依頼した。――

「あのお母様が昨日、それも夜になつて目白へ入らしたのだつて。母なんか驚いてたのよ、真知子さんはなんて仕合せな方だらうつて、ねえ、お母様。」

「い丶え、このひとはどんな仕合せが来ようと皆んな斯うして取り遁すのですよ。強情の分らず屋ですから。」

二度と近づかうとは思はれない幸運であるだけ、未亡人は娘の無思慮が諦めかねるらしかつた。「だいち、そんな大事な話を自分で勝手に断つちまふなんて、そんな出過ぎたことを平気にして――」

「だつてお母様、私だけのそれは問題で、ほかの人には関係のないことぢやない。」

「何ですつて、真知子、もう一遍云つて御覧。」

百遍でも云つてやれた。真知子は我慢した。すでに額の筋も青く張り、涙声で鼻を詰らせてゐる母をそれ以上ヒステリにしないために。同時にまた、母娘《おやこ》の正面衝突を内心おもしろがらないではなく見てゐる嫂に対して。が、堯子は義母《は丶》の味方としての立ち場を捨てないで、真知子に慎重な考慮を促した。

「お母様もあれほど残念がつてゐらつしやるんだし、誰だつて今度の話だけは惜しいんですから、もう少し考へて見ることになすつたら。」

「本人に直接断つといて、そのお母様から話があつたから考へ直すなんて、そんな変なことをお嫂様にだつて出来になる。」

「でも田口の母としては、何とかあなたの返事を持つて行かなきやならない訳よ。まさか、御本人にお断りをいたしてあるさうでございますつて、云はれもしないでせう。」

「さう云つて頂くのが一とう簡単ですわ。」

この言葉が母の興奮を沸騰点にした。これも少し怒つた嫂の無言の協力で、いつも斯う云ふ場面の最後に繰り返される訊問が始まつた。これほどの相手の何が不足なのか、どこが気に入らないのか。

「その年になつて、あんたもたゞ厭やだの、結婚したくないのつて云ふんぢやないだらうから、ちやんと筋道の立つた理由を云つて御覧。田口の叔母様にお願ひして、先方にもその通り返事をして頂くから。なぜ黙つてるの、真知子。云へないのかい。」

真知子は彼女の戦術を守つた。唇を一つの線にして黙りつづけた。拒絶の理由を、河井に云つた通り正直にそこで発表しようとは思はなかつた。もし発表したとしても、今一つの持つて行きにくい返事よりも、数倍持つて行きにくい返事にそれはなつたであらう。

明けの日の客には、丁度風邪を引いてゐた芝の辰子と、関西方面に出張中の、ひとりではない証拠の上つてゐる上村の外には、重な親類が殆んど皆集まつた。彼等は着いて十五分とたゝないうち、昨日の出来事をひとり残らず知つてゐた。花見の趣向で配られた桜の模様の手拭を帯に挟んだり、頸に巻いたりしながら、彼等はなにか不幸の悔みでも述べる調子で交る〴〵未亡人を慰めた。田口夫人は一時間半真知子を離室《はなれ》に隔離し、彼女の結婚哲学を説いた。おしまひには面と向つて悪口を云ひ、真知子のやうな娘は見たことも聞いたこともないと云つた。

それ等のすべてに拘はらず、ひそかな共通の現象を真知子は見遁さなかつた。すべての客は、殊にすべての女客は、仲人役の田口夫人すら、また嫂の堯子すら、極端に云へばあの気のよい富美子すら、真知子が河井と結婚しないのを残念がるより悦んでをり、ほつとしてをり、それで落ちついて今日の御馳走を食べてをり、本気に嘆き、落胆してをるのは、片面サロメチールだらけにして青褪めてゐる彼女の母ひとりきりであることを。――

気狂ひ病院の塀の中に、痩せた遅い桜が一本咲いてゐた。勾配の急な、どこか土蔵の感じを持つ病舎の屋根の片側に、夕陽があつた。気狂ひは黙つてゐた。道には青い草が萌え、崖の樹木は春の若い樹脂の香を放つた。

ねずみの薄い春着になつて一そう細つそり見える真知子は、通りからその裏道へ出ると、頓《やが》てちよつと靴の爪先で立ち留まるやうにし、帽子の黒い翳の中で眼を張つた。十数日前、二度とは踏まないと思つて駈け下りた、今日もその決心を捨てるか捨てないかを思ひ悩んだ坂道が、終に前にあつた。

真知子はポケットを上から摑んだ。竪に二つに折られて入つた葉書、それには、今日の四時過来て貰ひたいと云ふ意味を三行書いてあつただけで、彼女の拒絶や都合は顧慮されたあともなかった。初め読んだ時には真知子は畳に放り出した。が、すぐ拾はれた。結局その坂道が——終に前にあつた。

そして間もなく、その家の剝げた戸が。——

真知子は山吹のしんに似たベルに指を当てた。いつもほど素つ気なくではなかつたが、今日だけはその位あつてもよいと思つたほど愛想よくも迎へられなかつた。

関は脊広で、外から帰つたばかりのやうに、黒い帽子が机の上に投げ出されてあつた。

「葉書のご用事はなに。」

円い茶卓の方へ、彼が自分の椅子を引つ張つて来たのを待つて、真知子はすぐ訊いた。

「ひとつ当て、御覧なさい。」

「大阪からなにか云つてらしたんでせう。」

真知子はそれに極めてゐた。米子のこと以外に彼と交渉はない筈であつた。が、関は答へた。

「そんなことぢやないんです。」

彼は机の方に去り、抽斗から大型の嵩ばつた、白い洋封筒の手紙を持つて来て真知子の前に置いた。封が切つてあつた。住所は違ふが宛名は関の名前で、右上りに癖のある、達者なペンの書体には見覚えがあつた。

「これ拝見するのですか。」

「どうぞ。」

裏を返して見た。義兄の山瀬からであつた。


「関君、この間から君に手紙を書きたいと考へながら、アドレスが不明で困つてゐたところ、先行社の社会科学叢書の広告に君の名前を見出したので、早速社宛に書くことにした。

先づ率直に用事から話さう。外でもない僕の義妹の曾根真知子に関することだ。彼女はこの間河井輝彦氏から結婚を申込まれ、それを拒絶した。(そのことは君は既に十分御承知のことと信ずる。さう僕を推定させる理由はいづれ後に書くが。）彼女のこの無謀な仕方は、家族をはじめ親族一同を非常に失望させてゐる。殊に老母はそれ以来殆んど病気の有様らしい。僕の妻に来た手紙には、斯んな思ひをして長生をするよりは死んだ方がい〵くらゐだとまで書いてあつた。無理はないのだ。真知子はこれまで結婚問題では老母を悩まし尽してゐるし、思想的傾向から云つても親類ぢうで危ながられて、老母としてはどこでも構はないから早く片づけたいと念じてゐた際の縁談なのだ。河井氏には君をも紹介したから概念があると信ずるが、立派な学者で、非常な金持で、あの通りの男振りだ。河井家の一族の強大な資本的権力に対しては当然敵である君自身にしても、河井氏個人の人物には敬意を惜しまないだらうと思ふ。全く老母に取つては天から降つた婿なのだ。それを真知子が平気で断つてしまつた。長姉の辰子はいつも真知子を庇ふ方だが、その姉すら訳が分らないと云つてゐる。さうだ、訳が分らない、皆んなさう云つて呆れてゐるだけだ。併し僕だけはすぐ分つた。（自慢ではないが、僕は斯ういふ直覚力に就いては些か自信があるのだ。）この事件の後には君が潜んでゐることを僕は看破した。

真知子は君との間はほんの知合ひで、友達でもなければ勿論同志でもないと極力否定したに拘はらず、僕は信じなかつた。若い男女が知合ひになつた以上友達でない訳はない。また君たち階級戦線の闘士に於いて単なる友達と云ふものがある筈はない。僕は君と真知子との秘密な連鎖を認識する。そして多分河井氏への拒絶も、ライヴァルとしての君の私情と、同時に資本家の代表的権威者に対する君の反抗が、彼女を暗々裡に指導したのだと信ずる。否、否、僕はそれ等の一切の推理と直覚を放擲しよう。さうして彼女が東京で僕に公言した如く、君たちは軽い知合ひに過ぎなかつたことを信ずるとしよう。僕はそれを約束する。同時に、その約束の下に於いて、関君、僕は君に乞ふ。真知子を説得して河井氏と結婚さしてくれ給へ。君だけがその力を持つてゐるのだと云ふことを考へてくれ給へ。さうすれば老母を初めすべての親類が胸を撫で下すだらう。真知子自身としても幸福になるに相違ない。彼女の程度の左傾化は、今の日本に於いては流行性痲疹の如きもので、若いものは誰も一度はか〵るのだし、さうして頓てけろりとするのだ。生徒主事としての経験から這般《しやはん》の経過は僕が最もよく知つてゐる。同時にまた君もよく知つてゐる筈だ。君たちの闘争が当分の間如何に困難な戦であるかを。もし君が少しでも真知子を愛してゐるなら（この言葉は取り消す、約束に依つて）少しでも好意を有するなら、血の降る荊棘《いばら》の道に、彼女を誘ひ込む代りに、その前に開けてゐる平和にして幸福な結婚の方へ導く努力を惜しまないだらうと思ふ。中学時代に既に君が示した叡智と聡明に信頼してこれを乞ふ訳だ。

　併し誤解されないために一言附加しておくが、斯うは云つても僕は君たちの思想及び行動に対しては無理解ではない。決してそんな時代後れではない。反対に共鳴と、感激を持つてゐる位だ。これまでも新しい主義思潮に敏感であることが僕の特長であつた。斯んな田舎にゐても僕が退歩しないのはそのためだ。打ち開けると、この間の総選挙でも、校長の眼があれほど光つてゐなかつたら極左党のF―に投票したかつたのだ。が、如何せん僕の職務が僕を束縛してゐる。めつたなことは出来ない。斯う云ふことを君に書くことさへ非常な危険だ。免官と餓死だ。読んだら火中してくれ給へ。繰り返して云ふ、すぐ焼いてくれ給へ。他のことは兎に角として、それだけは何より大事だから忘れないやうに頼む。――」

　驚き、恥ぢ、憤り、――同時にかすかな憫みを交へた可笑しみ。――それ等の群がり縺れた感情で、さうして顫へる手で、手紙をもとの通り畳んで封筒に入れると、読んでゐた間彼女の顔から眼を放さなかつた相手をしづかに仰いだ。

「それで。」

「結婚するんですな。」

　関は冷然と数学教師のやうに答へた。

「私をお呼びになつたのは、それだけの忠告。」

「まあ、さうです。」

　白く、歯型のつくほど、真知子は唇を嚙んだ。

「手紙にあつた通り、忠告することを依頼されたのだし、また大体に於いて山瀬さんの意見には僕も賛成です。」

「――」

「河井氏なら最も適した相手ぢやありませんか。あの人はあなたを幸福にしますよ。ですから早く結婚して皆さんを安心させるんですね。」

「あなたがどんな親切な方かつてこと、今日こそ、はつきり分りましたわ。」

　彼女は立ち上つた。山瀬の手紙を摑んだ。ずた〱に引き裂いた。投げつけてやりたい。——怒りで紫に燃えた眼に、関の不意な当惑の顔が、斑点になつて映つた。と、何かが彼女の組織のしんで挫折した。丁度今ずた〱に裂かれた紙片のやうに。——彼女は椅子に倒れ、顔を両手で蔽うた。身体ぢう嗚咽になつた。

「どうなすつたんです、真知子さん。」

　関の初めていたはりを帯びた声が、肩の上で響いた。真知子は何度も泣きやまうとして、むせび上げた。顔を蔽うたまゝ、細い指に伝はる涙の中で、きれ〲に云つた。

「兄の手紙は半分ほんとうです。——河井さんを断つた時、私はあなたを考へてゐたのです。いゝえ、いつだつて、いつだつて考へてゐたのです。今の生活から私を救ひ出してくれるのはあなただつてことを。——あなたに依つてだけ、私は生き直れるのだつてことを。——」

　関は引き緊めて少し窪みのついた頰を傾け、動じない眼で、彼女の告白を聴いた。さうして何とも答へないで、そのまゝ再び椅子に引つ返しさうにした。と、盲目的の衝動で、真知子は反ね上り、飛びついた。関はちよつと蹌踉《よろ》めき、寧ろ優しく受け留め、両手を彼女の肩に置き、涙で薄赤く濡れた顔を眺めた。

「自分の云つてることが、どんな重大な結果を持つかあなたは分つてないんだ。」

「分らないで、私がなにか云つてるとお思ひになる。」

「いよ〱となつた場合の実行を僕は疑ふ。あなたを疑ふとよりは、あなたの血を信じない。」

「それが持論ね、あなたの。プロレタリアト以外の血を信じないことが。——でも」

　彼女は肩の両手を自分の二つの手で抱き、それを胸に圧しつけた。

「私のたつた一つ持つてるもの、誰にも分けなかつた、あなたの為だけに取つておいたものまで信じないとは仰しやらないでせう。」

　関は云ひかけて、云はなかつた。彼の蒼白な顔に今まで決してあらはさなかつた何かが浮かんだ。

「もし私の血に必要な勇気が欠けてゐたら、それが血の代りをしてくれますわ。」

　真知子は涙の乾燥した、きら〱する眼で続けた。「あなたの新しい同志としての資格を、それが十分つくつてくれますわ。あなたの憎むものを私に憎ませ、あなたの戦ふものと戦はせ、あなたの行くところへついて行かせますわ。」

それが何であるかは口に出さうとはしなかつた。出せば厭味な、黴臭い、中世期風の安易と牧歌と逸楽の響をその言葉は伴ふ懼れがあつた。彼女は全く別なものを覚悟する。貧困を、飢餓を、一つの黒い壁に対する絶えざる戦を、留置場を、刑務所を、治安維持法を。――説明の必要はなかつた。

関は顔を真知子の顔に重ねた。唇のまん中に、堤を切つた烈しい熱情で、一切の承認をした。


外の樹木に時々鈍い風のけはひがし、すり硝子の広い窓が鳶色にくろずんだ。部屋はうすい闇になつた。それでも、すつかり暮れてしまはない、どこか暖い夕陽の一片が隠れてゐるやうな、春の長い黄昏《たそがれ》であつた。郊外によくある呑気な故障で、電燈もつかなかつた。

真知子は椅子の下に小暗く坐り、頭を関の膝に置いた。彼女は今はじめて幸福であつた。恋の単なる勝利ではなく、牢獄を脱け出た、足の鎖をやつとはづした囚人の満足にそれは似てゐた。彼女は楽しげに輝く眼で、脱獄の共犯者を眺めた。

正しく関は共犯者で、援助者ではなかつた。彼等の愛人らしい告白の交換が、それを明白にした。関は真知子が絶えず彼を意識してゐたと同じに、絶えず彼女を意識してゐたことを打ち明けた。はじめて彼女を見た日、すでに今日を知つてゐたとさへも。

「それなのに、どうして、」

彼女は一そうの悦びと驚きで、同時に少し怒つて膝の上の頭をあげ、彼を非難した。「あんな冷淡な風してらしたの。意地悪ね、ほんとう。あなたくらゐ意地悪はないともつて、いつも口惜しかつた。」

「もつと意地悪になれたら、係蹄《わな》にはかゝらないんだ。」

「どちらがかゝつたのか知ら。」

「僕だとも。」

彼は両手で彼女の顔を挟み、笑つた眼と、唇を圧しつけた。

「兎に角あんた見たいなお嬢さんは、どんな関係に於いても僕等には厄介なお荷物なんだから、極力避けなくちやならなかつた。」

「うそ、避けたのぢやなく、お仕舞にしつかり掴まへるために、わざと何度も放しただけよ。ね、今日分つちまつたわ。」

「幾ら避けても新しい係蹄がおかれたのだ。」

そんな悪口を云へばゐてやらないと真知子は云つた。実際もう帰らなければならなかつた。部屋は殆んど暗くなつた。

「ね、放して。」

反対に強く緊めつけられた。

「ほら、かゝつてるのは誰。」

真知子はその係蹄の中で身悶えをし、朗らかに少年のやうに笑つた。明日また来る約束をしてもいゝと云つた。

「ですからもう帰して頂戴。」

「明日は僕ゐない。S―の争議の応援に行く。」

「ぢや手紙を書くから。」

「下らない。」

「あら、どうして。」

「――」

低い、調子の破れた、どこか崖下の気狂ひに似た叫びが耳を打つた。と、丁度その気狂ひと同じ形相のものが猛然と蔽ひかぶさつた。彼女は驚き、しなやかな身体で藻掻き、倒されまいとして争つた。恐怖が誰であるかを忘れさせた。寧ろ誰をも見なかつた。彼女はたゞ男性をはじめて見た。

「馬鹿。」

暗がりで、らんくとまだ燃えた眼で、まつ青な、歪んだ笑顔で、関は向ふの書棚の隅に遁げ込んだ真知子を見た。「いつまで、そんな所にゐるんです。」

「だつて――」

悲しげに、美しい頸をあげ、容易に避難所から出ようとしないで彼女は云つた。「電燈《ひ》つけて。――ね、さうしたら行くわ。」

関は机の上に引いた電燈のスヰッチを乱暴にねぢた。黄色い更紗模様の笠が、同じ形の影を天井の壁紙に大きく投げ、熒然《けいぜん》と明るく点《とも》つた。

「怒つた。」

真知子は軽捷に、なにか一変した部屋を横ぎり、近づいて覗き込んだ。「機嫌を直して。」

横に向いたまゝ、振り向かうとしないで、関は明かな嘲罵でつぶやいた。

「紋付で日比谷へ行つて、帝国ホテルでお客をしなきや、結婚ぢやないともつてる。」

「いゝえ、さうぢやない。」

彼女は湿つぽく熱した彼の首に手を廻はし、無理に自分の方へ向かせた。「違つてるの。あなたと結婚した以上もう家には帰らない。――たゞさう思ふだけ。卑怯でもなけりや、怖いんでもないわ。女の潔癖。さう云つてもい丶わ。この気持、男のあなたには分らないのよ。ですから今夜はこのま丶帰して。ね。その代り明後日《あさって》の晩きつと来るわ。みんな始末つけて。」

「気の長い奴だなあ。」

短かくかすれた喉音で彼は笑ひ、乱れた長い頭髪《かみ》を額からあげた。

「明日は駄目だつて云つたのぢやない。」

真知子はそのぞんざいな、親しい言葉がめづらしく、愉しかつた。

「ですから、明後日まで待つのよ。待つと云つて。――ね。それから序でにもう一つお願ひ。」

「何だ、ひとが譲歩すればすぐつけ込んで。」

「だつてい丶の。花買つて。」

「花。」

「私買つて来てもい丶けれど、あなたに買つといて頂きたいの。――紋付で日比谷へ行かなくとも、ホテルでお客をしなくとも、花ぐらゐい丶ぢやないの。私たちの結婚にだつて。」

「むしろ、君のブルジョア生活とブルジョア趣味への袂別として買はう。」

「結婚よりお葬ひの花だわ、それなら。」

真知子はのぼせて汗ばんだ顔を反らし、潑剌と笑つた。どちらでもよかつた。彼女の場合、二つのものは同意語であつた。

「なにの花でもい丶わ。今ごろ咲いてる綺麗な花なら。その代り慾張つてたくさん――」

男の性急な強い唇がおしまひまで云はせなかつた。彼女は与へた以上に多くを与へられたことを一層たしかに感じた。繰り返して云ふ。彼女は今日はじめて幸福であつた。

八

芝の上村の応接間は、田口のそれほど華美でなかつた代り、却つてよい趣味で纏まつてゐた。胡桃材の卓、唐桟風なきれで張られた椅子、同じ材料と塗りで仕上げられた小型のキャビネット、暗色《あんしょく》の四辺を残した敷物、フランス展の時、或る華族と引つ張り合になつて手に入れたと云ふこれ等のセットは、上村の放蕩者らしい凝り性と、その点似たもの夫婦でないことはない辰子の協力で、用心深く美しさが保護され、一箇の花瓶、一枚の小布団も、なほざりには附け加へられてなかつた。そこに醸された清楚な調和には、割にひくい天井から吊られた、ほの白い磨り硝子の燈籠型の電燈まで、日本間の方の上方風な渋い飾りつけと通ずるものがあつた。

真知子は鼠皮の浅い上靴をくうに浮かせ、らくな姿勢で、少しあいた窓の下の長椅子にかけてゐた。座敷の方には、冴えた上調子を入れて三味線がつゞいてゐた。今日は姉の稽古日であつた。真知子はそれを知つて来て、もう二十分待つてゐた。いつまで待つても逢つて行かなければならなかつた。

昨日は一日がかりで部屋の整理をし、簞笥と書棚を秩序づけ、旅行鞄に、入れるだけの身の周りのものと書物を択み出した。断片的な日記や感想を書き留めたノート類、手紙（重に米子に貰つたもの）、それ等には残して置きたいものもなくはなかつたが、思ひきつて裏庭に運び出し、火をつけた。不意な焰の色に驚いて飛び出して来た女中に対し、真知子は念のため口留めした。母の疑惑を少しでも引かないやうにすることが必要であつた。簞笥の始末の時、柄が気に入らぬと云ふ口実で与へた銘仙の羽織と着物のため、それは忠実に守られた。過去の生涯の一切は、彼女の脱出に先立つて灰であつた。

真知子は立ち上り、肩を強く動かし、胸に組み合せた手を置き、二三歩壁の方へ、それからまたこちらへ、部屋を行つたり来たりした。容易にやみさうにない三味線の音が、だん〳〵じれつたくなつた。幾らかでもそれを遮るため、長椅子越しに窓を締めようとして、ゆるい勾配で、四月の午前の日光に青々と膨れ拡がつた芝庭に眼を移した時、奇妙な眩覚が、思ひがけもない記憶の断層に彼女を投げ込んだ。公園につゞく小高い森を負ひ、一面に蓮の花の咲いた大きな池、煉瓦の迫持、円柱の並んだ外廓。萌黄の絨氈で、両端を残して蔽はれ、真鍮の笹縁がきら〳〵してゐる階段。増上寺の寺領であつた当時のまゝを伝へた寺院風の黒い門。それに対し、古びてゐるのと距離があるために不似合に見えない鮭色の本館。——これは彼女が十二三のころ住まつてゐた知事の家のスナップであつた。その後なほ幸運に進んだ父の地位は、一そう格の高い官舎にも家族を置いたが、古めかしいその煉瓦の建物は池で泥まみれになつて掘つた烏貝や、森のかくれんぼの童話的な追想とともに、どの家よりももとは彼女の気に入つてゐた。が、突然どうしてそんなものが思ひ出されたのであらう。これまでの生活地帯は、如何なる視野からでも、殊にこの場合に於ては興味らしいものは残つてゐない筈であつた。

稽古がすんだらしい。三味線はやまつた。辰子のにぎやかなお饒舌と、なにかそれに応酬してゐる師匠の、年取つた男のやうにはない艶つぽい笑声が聞こえた。真知子は窓を離れた。姉の急ぐ時の、爪先だけで摺るやうな足音が廊下から近づき、ドアがぞんざいに開いた。

「まだそんなとこにゐらしたの。」

上半身しかうちには入れないで、辰子は冴え〴〵と叫んだ。「あちらで待つてりやい丶のに。なんでせう。」

「今日はこ丶の方がい丶の。」

「へえ、すつかりお客様ね。」

笑つて、無理に自分の部屋に連れて行かうともしないで、丁度座敷のものを下げて通りかゝつた小間使を呼び留めた。「とみや、こちらへ冷たいものを持つて来てお呉れ。——え、なんでもい丶のよ。——大きな声を出すと咽喉がからつつから。」

真知子は飲み残した紅茶茶碗と菓子皿の並んだ卓にさし向ひにかけ、辰子の音楽の影響からまだ脱しきらない、浮き〴〵と楽しげな顔を眺めた。眼や、耳や、口の快楽で日々を塗抹してゐるこの姉の生活法に対しても、いつもほど気むづかしくなれなかつた。真知子の新な秘密は、そんなおせつかいをする余裕のない歓喜で全細胞を弾力づけてゐた。同時にそれを押し包む努力を忘れないで、巧妙に粧うた平静で、彼女は訊いた。

「昨日電話でお願ひしたもの、頂ける。」

辰子の美しい額の一隅で、或る筋肉が収縮した。そのま丶の表情で、帯の間の金入から四つに畳んだ百円札を摘み取り、卓の上に置いた。真知子は軽い見得で、すぐには仕舞はなかつた。ドアが開き、オレンヂエードの盆を捧げて小間使が入つて来た。と、なにかゞ彼女の手を突き出し、機械的な素早さで紙幣を摑ませた。さもしく、不快な、恥ぢの感じがそれに続いた。

「やつぱし話しては貰へないの、まあちやん。」

辰子自身も、女中の赤い帯を部屋の外に見送つてから漸く云つた。「そのお金なにに使ふのか。」

「訊かない約束で、貸して下さる筈だつたわ。」

「約束は分つてるんだけれど。——ぢや別なこと訊く分には差支ない訳ね。返事してくれる。」

「出来れば。」

「あんた誰か当《あて》があるの。」

「——」

「好きな人とか、それとも幾つになつてもきつと貰つてくれる人とか。」

　下を向いてストローに口をつけてゐたのと、窓を後にしてゐたので、かすかに頬に湧いた色が明らさまにはならなかつた。それと共に、不自然におくれた返事も飲みかけのもののせゐになつたから、真知子はそのあと却つて大胆に反問した。

「お姉さまはどう考へてゐらつしやる。」

「そんなこと私は疑ぐるのは嫌ひだから、これまでは人があんたのことで気を廻したつて相手にもならなかつたのだけれど、河井さんまで断つちまつたから――」

「河井さんの話ならよしませう。すんだことだもの。」

「すんだことだからいゝぢやないの。是非嫁《い》かせようつてんぢやないし。――兎に角、あの人まで平気で断るんなら、あんたにもきつと当があるのだ、でなくて、たゞ断つちまつたんなら大馬鹿だともつて――ねえ、どちらです。」

　今日の金が何のため要るか、出鱈目でごまかしたくなかつたと同じに、その質問に対しても姉だけには嘘がつきたくなかつた。が、ふだん拘泥のない考へ方をしたとは云へ、所謂真知子の当が誰にあつたかを知つたならば、この姉とても（勿論はたの関係者なら震へ上つたであらう！）非難なく承認してくれようとは思はれなかつた。にも拘はらず、彼女は打ち明けて見たい、どんな顔をされるか試験したい誘惑を禁じ得なかつた。鉱山の鉱夫が瞬間のたのしい陶酔のため、爆発の危険を賭してダイナマイトを噛む――彼女の慾望はそれに近かつた。

　辰子は姉らしい愛と、好奇的な興味で黙つてゐる妹を眺めた。それ以上問ひ詰める必要はなかつた。彼女は眼の隅にいとほしげなからかひを見せ、唇で笑つた。

「なんだつて今まで隠してたの。狡いわね。」

「だつて――」

「云ひ訳はしなくてもいゝから。どんなひと。」

　云つて仕舞はうか。――再び強い誘惑。鉱夫のダイナマイトの一片が真知子の舌の上にあつた。

「云へば妬かれるとでも思ふの。大丈夫よ。まあちやんの旦那さんなら、幾ら美しい人だつて、焼もちやきやしないから。」

「お姉さまのそんな話し方、大嫌ひ。」

「はい、はい。――もう真面目なんだから怒らなくたつていゝの。」

「――」

「なんて名前の方。」

「――」

「まあちやん、名前さへ私に云へないんですか。」

卓越しに急にさし寄せた姉の顔には、喜劇役者が仮面をかなぐり捨てた時の、わざと剽げた今までとは違つた厳粛さとともに、怖れの表情があつた。その顔に、家族の、親類の、身寄りの、知人の、すべての人々の複合写真を真知子は見た。

「云へないんなら、訊かなくたつていゝ。」

避けてキャビネットの碧い壺に向けた妹の眼を、姉は打ち解けた憎しみで追うた。「と云ふより、私に名前も打ち明けられないやうな人と結婚する筈はないんだから。ね、まあちやん、さうでせう。あんたもそれだけは分つてるわね。どんな人とあんたが附き合はうと、好きになら うと、そんなこと私は一度も心配もしやしなかつた。いよ〳〵となれば、悧巧な判断をしてくれるとおもつたからよ。」

「それが合ひ言葉なのね、私たちのまはりの。悧巧な判断！　悧巧な振舞！　悧巧な話し方！　そのためどれほど歪められて育つたかともふと、腹が立つくらゐだわ。」

「腹が立つても、癪にさはつても、悧巧にならなくちや駄目ですよ。でなけりや損するんだから。短い一生に損な暮らしをしちや詰んないぢやないの。」

「お姉さまは、損してゐらつしやらないつもり。」

「してませんとも。」

真知子は冷然と強い凝視で不承認を示した。

「そんな顔して。――そりや思ひやうだから、私が損はしてないつて頑張つたつて、あんたがしてゐると云へばそれまでだわ。負けて、ほんとうに損してることにしてあげてもいゝ。ひとより百倍もしてるつて。――」

その時まで彼女の口辺に虚勢的にあつた微笑の線が、急に硬化したと思ふと、うるんで、大きく拡がつた眼に、透明なきら〳〵した液がいつぱい溜まつた。が、頬まではこぼさず、敏捷な瞬きで喰ひ留め、すぐつゞけた。「さうなれば、損の味は誰よりかも私が知つてるつて訳ね。さうでせう。だからまあちやんには、よしんば私のしたのとは違つた損にしろ、させないですむならさせ度くないともふのが分らない。それを余計なことだと云ふなら、引つ込むから勝手にするがいゝわ。どんな無茶だつて理窟はつくんだから。」

――なにか感づいてゐるのか、抽象的の訓戒か。――真知子は言葉ほど気色ばんではゐない、たゞ瞼の隆起に軽い充血の見える姉の顔を眺めた。どちらだつて構はなかつた。寧ろ瞼毛の裏に隠されてゐる、容易に泣かないひとの涙が珍らしかつた。真知子は姉の真実な愛と共に、種々な享楽で擬態された彼女の生涯の苦悩をそれに見た。しかし今日の妹には二つながら感傷以上ではなかつた。殊に後のものに対しては、同情よりもどかしさが、愍みより軽蔑が先行した。結局苦《にが》い涙は、美しい部屋、滑かな衣、舌に快い食物で相殺されるであらう。金と時間の無目的な消費で、ブルジョアジに湧いた蛆の生活の一聯が彼女の上にも——他の驕慢な有閑婦人の群と同じく、(真知子の偏愛は、如何に彼等からこの姉を分離させたかつたか!)続くであらう。おゝ、しかし或る日の鐘が鳴るまでである。その時蓬頭とぼろと空つぽの胃の行進が、華麗な蛆を蹈み潰し、殼を焼き、その生存と組織を根こぎにするであらう。丁度一世紀半前バスティユに於いて彼等がなした如く。——また十一年前、モスクワの赤い広場でなされた如く。——

真知子は椅子の板に脊柱をぴつたり圧しつけ、細めた上眼で、非常に遠い距離を見るやうに目前の姉を見た。打ち明ける必要はなかつた。舌の上のダイナマイトは無作用に咽喉に辷らされた。

姉の家を出ると、自動車《くるま》を拾つた。帰途とは反対の方に向つて駈けさせた。

「海を見て行かう。」

手をあげた時、突然な思ひつきが真知子の黒い麦藁帽《ストロー》の下層を貫いた。暮れるには数時間あつた。夜でなければ関は帰らなかつた。鞄を持ち出すにもその方が都合がよかつた。家で待つには堪へられない、姉との会見で更に膨脹力の加はつたものを、何か暢び〳〵と広大な空間に発散させたかつた。

「海を見て行かう。」

洋品店、カフェ、花屋、書店、文房具店、小ざつぱりときら〳〵した飾り窓の連続。ラヂオ屋の喇叭に、蜂の巣の蜂の子のやうに人だかりがしてゐる。野球だ。スコアは?　が、よその土地の仕合らしい。家並み平静である。罐詰屋の小僧が、隣の顔をきれいに塗つた、鶯茶の上つ張りの絵葉書屋のショップ・ガールと、店先で犬をじやらしてゐる。慶応の前廊。——三田の通を駈け抜けた。——庚申堂——東禅寺——黄塗りの横つ腹に、赤文字で使命を素朴に広告した遊覧車が、田舎ものをぎつしり詰め込み、泉岳寺の曲り角から鈍重によろめき出た。明白に東京を後《うしろ》にしつゝ、ある感じの数分、広く、しらつ茶けた街上の埃風に汐の香が交り、灰白色の品川停車場がすぐ左にあつた。真知子は八つ山の鉄橋前で乗物を飛び下りた。

海が思つたより碧い。三つのお台場。汽船が走つてゐる。前景の、コンクリートで出来た陸橋の欄に、二三十人沖に向つて列をなしてゐる。彼等も海を見に来たのか？　寧ろ数十米突の前に海のあることを彼等は忘れてゐる。橋下のコートで、此処も野球だ。真知子は向下りに緩い坂になつた陸橋を渡り、岸の方へまつ直ぐ、低地を横ぎつた。

淡青色のひろ〲と弧になつた空で、晩い春の太陽は輝いた。中の台場の草地《くさぢ》に陽《ひ》が当つてゐる。緑の長い斜面。白い蠟燭の如く立つ燈台。反対の端に枝をひろげた松。なにか麗かに、草地から舞ひ立つ雲雀の歌が、水路越しに響いて来さうな気がした。

二分の後、真知子の注意は全然異種の観ものに引きつけられてゐた。一本の黒煙をあげつゝある煙突に。一台の尨大な起重機に。一箇のコンクリートの建物に。――左端の台場のうしろから、遥かな沙洲の如くつゞく対岸に立つた三つのものは、距離のある、別々の存在にも拘はらず、威嚇的な外観に於て類似があつた。煙突はたゞ立つてゐるとより地殻から突き出で、なほ大空を貫かうとする如き高度と直線で見るものを圧した。起重機は宛然ギロチンだ。最後の一つは。――になつたコンクリートの強固な積み上げと、拡がりで、巨大な集塊《マス》で、白き城砦だ。プロレタリアトの労働力の巧妙な搾取場としての、資本主義の、経済形態の、生産全機関の防壁としての、塁《とりで》だ。

護岸工事で水面が低くされ、それだけ急に深まつた海が靴の先でだぶつき、鹹味のある風がスカートを吹いた。彼女は杭のやうに立つた。対岸から眼を離さなかつた。来るべき戦の地をのぞむ若い兵士の、初心な戦慄が、観望を興奮づけた。否、戦はすでに戦はれてゐる。争議中のL――関が語つた――の本社は、たしかにあの一劃にある筈であつた。

真知子はなにか焦操に似た感じであたりを見廻した。誰かゐないだらうか。おゝ、丁度な相手が見つかつた。下手《しもて》の渡し場に近い草原に、一人の印ばんてんの男がつくばつてゐた。彼女は駈け出し、自分でも分らなかつた馴れ〲しさで、見知らぬ相手に話しかけた。

「――この正面は、洲崎になるのでしたね。」

「さうです、洲崎だ。こつちが芝浦だ。」

「あすこの高い煙突、何工場なんでせう。」

「知らねえな。」

「起重機の立つてるのは。」

「さあ。――」

それより、どうしてそんなことを聞きたがるのか。――彼は酒毒で赤くなつた円い鼻を鳴らし、いびつな、剝げつちよろの帽子の下から、稍〻好色的に、美しい洋服のお嬢さんを眺めた。

彼女はひるまなかつた。

「ぢや、あの左の端の」腕を肩からまつ直ぐ伸べ、遠い水際の、汐曇りの中の目的物を指した。「白い大きな、軍艦見たいなのは。」

――正しく軍艦なら二万噸級の戦闘艦だ。二本並んで後部についた、短いがつちりした煙突が煙を吹けば、何んとまつしぐらに海に向つて突進しさうではないか。

労働者は真知子の顔から、人差指の向ふに鈍重な視線を転じた。矢張りなにの工場か知らないと答へた。飽和点に達した彼女の驚は、失望と、もどかしい憤りにまで分裂した。仲間《タワリシチ》！　君は昔の支那の詩人のやうに、白雲の悠々と亙る姿でも此処で楽しんでゐるのか。君たちを絞り上げる、目に見えない圧搾機の部分品であり、支柱であるあの煙突、鉄塔、コンクリートの壁に対し、どうしてさう無関心になれるのか。――が、彼女はもう一度よく彼を見た。汚れた革手袋のやうな皮膚。たるんだ顎。薄い肩胛骨。腹掛の下で、窪んでぜい〳〵云つてゐる胸。これは搾り滓《かす》だ。搔き落された鉄屑《かなくそ》だ。一箇の労働力の哀れな残物だ。――圧搾機とは縁のきれたものだ。

真知子は残酷な質問をかけ過ぎた。

家では母が留守になつてゐた。

「G―様からお電話で、お国の御隠居さまが入らつしやいましたとかで。」

「晩御飯は。」

「あちら様のやうに仰しやいました。」

なほと都合がよかつた。――そのまゝ部屋の方へ行きかけるのを、女中は追ひ、彼女に訪問客のあつたことを伝へた。

「お昼にお出かけになつてまだお帰りがないと申上げましたら、一時間ほどしてまたお寄りして見ると仰しやいました。」

「お名前を伺ふのを忘れちや駄目。」

「いゝえ、お嬢さま、伺ひましたんですが、」新たに来た愚直な女中は、いつも受ける注意に今日は違はなかつたことを熱心に証明しようとしながら、「仰しやらないのでございますよ。質素な洋服を召した方で。」

Ａ—子が気まぐれに舞ひ込んだのかも知れない。

「眼鏡かけてらした。」

「かけてはゐらつしやいません。」

では、誰なのか、他に思ひ当る学校友達はなかつた。殊に親類あひの若い女客で、取次の眼に質素だと映ずるやうな服装で誰が訪ねて来るだらうか。詮議立ては無用であつた。その人が再び来た時、彼女は再び留守であるだらう。

真知子は部屋の押入から旅行鞄を引き出した。すつかり詰まつてゐた。が、もう一度開けた。帰りに買つて来たものを入れなければならなかつた。歯ブラシと、粉と、コティのナイト・クリームの一瓶。この新しい買ものが、云はゞ彼女の結婚の支度の全部であつた。彼女は一種愛情を以つて、小さい紙包を隙間に圧し込みながら、なにかをかしく、愉しんで笑つた。——ねえ、お母様、私たちの御婚礼つて、お金がかゝらなくてい丶でせう。——おゝ、斯んな風に話しかけられたら。——同時に真知子は思ひ出してゐた。暮れに田口で聞かされた、二十五棹の箪笥と百五十本の帯の噂を。それに対して示した母のこゝろからの歎賞を。

ぴちん！　鍵をかけた。いつでも出かけられた。その母が丁度ゐないのだ。が、真知子は、今一つの仕事が課せられてゐるのを忘れえなかつた。なにか数行でも書き残すべきではないか。愛よりも義務としてそれを感じてゐた。

書簡箋が机の抽斗から取り出された。万年筆の運動はすぐには伴へなかつた。書きかけては破つた。母よ、左様なら！　それだけの挨拶なら、寧ろ黙つて去つた方がよかつた。何故去つて行くかを明かにするためには、一篇の感想文を必要とした。

急いだ足音が廊下を鳴らして来た。真知子は開いた障子の方へ、不機嫌な瞥見を投げた。

「先ほどのお客様が入らつしやいました。」

もう来たのか。まだ帰らないと云はすべきであつた。これからだつて、断われなくはなかつた。

「私また出なくちやならないから、今日は逢へないわ。でも、どなたつて。」

今度こそたしかに聞いた誇りで、稍〻勿体ぶつて発音された米子の名前は、咄嗟に真知子のペンを捨てさせ、椅子から立ち上らせ、すぐ案内するため女中を追ひ返したほどの反応を持つてゐた。思ひがけない悦びであつたと共に、彼女の来たのは救ひであつた。それを口実に困難な書きものが抛棄された。で、大急ぎで書きくづしの紙をまとめ、重ねて細かに引き裂き、ポケットに突つ込んだ。鞄はわざと出し放しにした。なにか彼女に隠す必要があるだらうか。断じて。――米子こそ今日の脱出と結婚に就いて知る最初の、唯一の人であるであらう。

　奥の方へ突つ込んだ余分の椅子を、骨折つて押入から引き出すと、真知子は性急に肩を振り、自分でも女中のあとを追うた。表座敷を曲らうとするところで出逢つた。まことに、紺サージの、あはれに無装飾なワン・ピースだ。とうとう洋服になすつたのね、あんたも。よく似合ふ。婦人闘士より尼さんじみて見えるけれど。――でも出し抜けに、いつ出てゐらしたの、相変らずあんたらしいやり方ね。――二日間に、一そう輝やかしく表情的になつた眼で饒舌り立て、手は行きなり腕を摑んだ。斯うしがみつき度い衝動の、わづかな自制であつた。

「出直してもよかつたんだけれど。」

　米子は強い把握で半分引きずられながら、「どこへか入らつしやるとこだつて。」

「女中がさう云つた。」

　自分だけに解るをかしさで、真知子は笑ひ声を立てた。

「あのお取次、とても聖人だから。でも、云つたの嘘ぢやないの。もう三十分あんたが遅ければ、私ゐなかつたのよ。」

　二人はすでに開けつ放したまゝの部屋に達した。鞄がまん中に位置し、彼等を迎へた。

　米子は訊いた。状況の最も自然な想像として。

「旅行。」

　真知子は答へた。詐謀的な、美しい笑で、

「さう云つてもいゝ。」

「ぢや時間きまつてるんでせう。」

「構はないの。」

「――？」

「お葬ひなのよ。」

「――??」

「それもうそ。お誕生。」

「――???」

　相手の顔につぎ〳〵に加はつた疑問の表象が、彼女の帽子を取つた小さい頭と、細い体軀の全形を終にそのまゝで一つの？に変へた時、真知子の高揚した諧謔は、それ以上抑へておくことの出来ない激情にまで燃え上つた。彼女は椅子をぴつたり寄せ、米子の膝の手を取り、それを自分の二つの掌の中で緊めつけ、可憐に幼稚らしく溢れた悦びの眼を、ちかぢかと持つて行つた。

「ほんとのこと、云つたげませうか。」

今こそダイナマイトは危惧なく噛まれた。

「私うちを飛び出すのよ。婚約したの、関さんと。――私たち今日結婚するの。――」

米子の頬の皮膚下のわづかな色素が、消滅した。彼女は意外なことを聞いたと云ふより、或る怖るべきものを見たかのやうに、拡大した、動かない瞳で真知子を凝視し、取られてゐる手を解かうとして、却つて自分から摑み、激しく震へた。彼女の驚愕を、驚愕以上の恐怖を、恐怖以上の苦悩を、その手が真知子に刻みつけた。

米子は白く膠着した唇を漸く動かした。

「――あのひと、私とも結婚してる筈だわ。」

轟然！　ダイナマイトは舌頭で爆発した。一切が寸断された。真知子は吹き飛ばされた何かの一片のやうに、椅子に崩れ、突き上る咽喉《のど》の塊りを口腔で圧した。

米子は踞みかゝり、組み合せた腕の中に隠した顔をのぞき込んだ。ライヴァルより、優しい姉の仕方であつた。つづいて口に出した言葉も、常の調子に近づいてゐた。

「あんたに話したいともつたんだけれど。――大阪へ行く時もよつぽど話しておかうともつたんだけれど。――もしかしたら分つて呉れてるともつたから。」

ほんとに分つてゐなかつたらうか。――田端の家で初めて関に就いて聞いた際のかすかな臆測。なほ起せば起された他の多くの疑ひを成長させようとしなかつた、その不自然な否定が、真知子に極度の羞恥を与へた。

「分つてたと云へば嘘だけれど、分らなかつたと云つても嘘なの。正直に云ふとさう思ひたくなかつたのね。だからさう思はないやうに努めたことが、ほんとうにさう思はないやうにしたんだわ。」

「私が打ち明けなかつたら、知らないですんだともふ。」

「多分。」

「ぢや、黙つてるとよかつたのね。」

「そんな――」

「いゝえ、黙つてゐたかも知れない。あの人がたゞ私の夫であつただけなら、――子供の父になるのでなかつたら。――」

その時まで見せなかつた涙が、眼からと云ふより顔のあらゆる部分からの如く迸つた。米子の蔽うた手に沿ひ、忍びやかな泣き声と痙攣の中を、涙は線になつて流れた。

　真知子の言語の中枢は、瞬間、無機能であつた。彼女は特殊の注意を以つて、米子の胸の下のゆるやかな襞《ひだ》に眼を留めた。金のないものが新たに洋服になるのは不便だと米子は云つてゐた。たしかに今は便利な筈だ。彼女はまた数ケ月まへの米子の病気を思ひ出した。病気だと信じてゐた自分の迂潤さを。――それまでは輪廓を現はさなかつた一つの新たな痛みが、明白な嫉妬が、初めて意識に浸み出した。と、関に対する怒、もつと複雑な、分析し得ない痛恨と厭悪が、彼女の全感覚を掻き乱した。

　真知子は意地悪く、今までとは別なひとであつたかの如く、また自分自身別なひとになつたかの如く、しらぐとその姙婦を見た。

　米子は視線を感じたやうに顔の手を離した。涙は乾いてゐなかつた。蒼ざめた薄い頰と、尖つた顎に、決定的な或る表情があつた。

「ねえ――」

　しづかに、冷やかではなく話しかけた。「二人で泣いたりするのよしませう。何んにもならないんだし、醜いことだし、それよりはつきり極まりをつけることを、今は考へればいゝんぢやない。」

「どんな風に。」

「あんたが私のことであの人に失望しなければ、またあの人が私よりあんたの方を択ぶなら、このまゝ大阪へ帰るから。」

「それが新らしい道徳だと云ふのね。ロシア風の、流行の理論からすれば。」

「何故そんな云ひ方するの。」

　相手の素直でない応じやうを敏感に咎めて、「私はもつと本気なのよ。理論でもなければ、人真似でもない。たゞ斯んな内輪のことで仲間の好奇心を引いたり、そのためあの人の仕事までなにか批評されたりするのを避けたいためなの。でなくともインテリの立場は誤解され易いのだから。もう一つはあんたと喧嘩したくないの。どんな原因からでも厭。私はあんたが好きなの。だからあの人があんたに惹かれた気持も理解出来るし、同じやう《おんな》にあんたがあの人を好きになつたのも分るの。」

「それで身を引くと云ふんならやつぱり理論ぢやない。どんな云ひ訳をしたつて、あんたの方で厭やになつて捨てるのぢやないんだから。」

「ぢや理論でもいゝ。その理論が私に命じる。」

「守れて。苦痛なしに。」

返事の代り、新たな一滴が、ゆるんだ涙腺から大きく湧き、粒のまゝ頰を転がつた。と、急に激しい憫みが、この瞬間にも減退しない米子の友愛への感動といつしよになり、真知子に充満した。

「そんな不自然なことする必要はないのよ。」

自分の中からも危く溢れさうになつたものに拮抗しながら、彼女は故意に強く、「あんたのためにも、生れて来るもののためにも、あの人から離れちやいけないわ。寧ろあの人のために一番それが必要なんだわ。あの人の生活と仕事をしつかりさせ、あんたが心配するやうな批評を受けさせないやうにするには、ほかに途はないいんだともはなくちや。」

「それが自然。あんたにそんなこと忠告して貰ふのが。」

「どうして忠告されないの。私もうあの人を愛しちやゐないんだもの。」

云はうとして云つたとより、なにか発作的に、未構成のまゝ突き出たその言葉は、却つて実質を決定させた。真知子は婚約の打ち明けをした時以上の驚愕で啞になつた米子を眺め、今度はたしかな意志でつゞけた。「はじめから愛してたんぢやないのかも知れないわ、――多分。愛してたとすればあの人ぢやなく、あの人たちの考へ方だつたのよ。」

何時間たつたか知らなかつた。すでに夜に近かつた。暮れると庭越しに聞こえて来るとなりの謡。二月前からの、間のびした「鉢の木」がはじまつた。裏の通りで、犬が長く引つ張つて吠えた。

真知子は腕を机の上に投げ出し、その一方に頭を載せ、凝然と硬く見張つた眼を、部屋の闇に据ゑた。もう泣いてはゐなかつた。涙で洗ひ拾てるには、悲しみはあまりに大きかつた。恋に破れただけであつたならば、もつと違つた感情で忍びえたかも知れなかつた。それと共に消え去つた生活の目標は、何ものに依つても償へない喪失であつた。彼女は二つのものを切り放して考へることが今は出来なかつた。寧ろ彼女に於ては一つの不可分な種《しゅ》子《し》であり、根《ね》であり、成長であつた。

時計を見たいと思ひながら、投げ出した腕をスヰッチの方へ伸ばす気になれなかつた。打撃は生理的にも来てゐた。動けばふらくになりさうであつた。が、斯うしてゐるうち母が帰つて来るかも知れなかつた。この怖れが急に彼女を立ち上らせ、電燈《ひ》をつけさせた。やがて八時にならうとしてゐた。彼女は茶の間まで行つて女中を呼び、自動車屋に電話をかけさせた。

「これから行つて来なくちや。――お客様でおそくなつたけれど。」

この云ひ訳も、鞄までには役立たなかつたから、どこか遠くまで出掛けるのかと訊かれると、少しまごついた。遠くか、近くか、どこへ行くか、真知子自身でも知らなかつた。たゞこの屋根の下だけには留まれなかつた。

彼女は部屋には帰らず、茶の間の卓の上で、母の万年筆と小遣帳の紙を借りて書いた。

「お母様、お許し下さい。今夜私はうちを出ます。いづれあとから委しくは申上げます。御心配下さいますな。」

それを竪に二つに折り、茶棚の上に載せ、押へに中段の食籠《じきらう》を置いた。すべてが不思議な落ち着きでなされた。自動車が来た時さへ、彼女は普通の外出と違はない平静さで玄関にあらはれ、はめかけの薄手袋のボタンを、電燈《ひ》の下で丁寧にかけた。

が、今時分から旅行鞄を持つて出掛けるのを怪しむより、たつた一人にされる心細さで、小さく、悄げてゐる女中を見ると、真知子は深い愛愍を感じた。

「お母様がやがて帰つてゐらつしやるともふけれど、淋しかつたら裏の爺やに来て貰ふといゝわ――ぢや。」

さよなら！　善良な、少しぼんやりの女中に残した袂別は、同時にいま後《あと》にしつゝあるすべてに対する彼女の袂別であつた。不意に何かの刺戟性のものが、鼻腔を襲うた。暗い前庭を、真知子は急いで表の乗物に向つて駈けた。

夜の上野停車場、低く平《ひら》べつたい屋根の下で、電燈だけ豊富に輝いた土間のバラックは、市場か、港町の船着場の上屋《うはや》に似てゐる。たゞ買物の群集の代りに、こゝには旅客の目まぐるしい運動があり、喧嘩騒ぎがあり、岸壁を打つ波の代りに、適当な面積と、出入り口の区別を持たない広場に渦巻く、自動車の奔流がある。

夜の街の家々は、光の連続した壁であつた。正面の上野の山の黒い盛上り。その背景に交る〳〵印刷される赤、緑、黄。何か神秘に美しい仁丹の広告塔。――本郷台を山下へ、はずみのついたスピードで駈け下りた真知子の自動車は、前燈の射光で、相つゞく競争者と青白く反撥しつゝ、広場の奔流へ、一水脈として突入した。

運転手が首を出し、赤帽を呼び留めた。渡された鞄と同じ角型の、がつちりした年配の男だ。あとにすぐ飛び下りた真知子に対し、鞄は預けるかと尋ねた。真知子は頼んだ。

が、切符は。

「買つて下さい。」

「どちらまで。」

「R──」

それなら、出るところだ。──赤帽は、金を受け取ると、敏捷に職務を遂行した。三番のプラットフォーム。八時四十五分、A──行。きれ地の文字を裏の電燈で黒々と浮かせた、掛行燈のやうな改札口の掲示。クラブ白粉の赤いネオンサイン。駅夫はもう時間のないのを警告しつゝ、鋏を入れた。あわてた旅客が一そうあわてゝ駈け出す、発車前数分の、他に較べやうのない、神経的な遽しさ。真知子もまた、信玄袋を脊負ひ、朴歯の下駄を鳴らして飛び込んで来た東北訛りの若者について疾走しなければならなかつた。

ベル！　発車！

混んだ三等車の入口に、漸く乗りえた真知子は立つてゐた。席がなかつたと云ふより、見出さうとしなかつた。彼女の握つたまゝの切符には、北の国の温泉場の名前があつた。それは山瀬の任地に近かつた。が、赤帽に訊かれるまで、そんなところへ行く積りはなかつた。いま切符を手にしてゐてさへ決して。

急に或ることが残されてゐる気が強く生じた。それを果すまでは、東京を離れてはならない筈であつた。汽車は動いてゐる。もう間に合はなかつた。揺れる身体を、そばの老夫婦のかけてゐる席の凭りかゝりで支へ、苛立たしい後悔で彼女は胸を板にした。そとには黒い夜が汽車と共に走りつゝある。不整に散乱する遠い灯が、すでに都会の圏外に出た時の旅人らしい顧望《かへりみ》をさせた。

につぽり！　につぽり！　──常磐線行はお乗り換へ

──

進行はしづかに止まつた。再びそれは東京ではないか。──愕然と、ありえない感じで、白く輝いたプラットフォームを真知子は見下ろした。と、立ち上つた数人が急いで出ようとして、身体と荷物で、通路を塞いだ邪魔ものにぶつ突かつた。彼女はドアから押し出された。つぎの瞬間には決然と、新たに乗り込まうとする客を自分からすり抜け、長い脚の直線で外に飛び下りた。

画室の窓は明るかつた。崖の横斜した樹木と、夜の暑い靄が、方形の火影に依つてうす白く輪廓づけられ、常は太陽の下で隠されてゐるものを、警戒なく表示してゐるかのやうに見えた。暗い病舎では、睡眠剤の利かない狂人がなにかうたつてゐる。かすかな水の音。坂に沿うた小溝にたまく〳〵流れ込む、同じ崖の上のもの持ちの、古い池からの遁げ水であつた。

真知子は暗い、ひそやかなその水を足もとに聞きつゝ、途中何べん考へたか知れないことを考へてゐた。米子が来てゐるかも知れない。――が、もう一度関に逢ひ、二日前の状態に極まりをつけることは、米子に対する（同時に自分自身に対しても）義務であり、私情ではなかつた。この理論づけが普通かゝる場合に抱かせる逡巡を彼女から奪つた。ゐたら、いつそ、その方がよかつた。

念のため押して見た入口には鍵がかけてなかつた。そのまゝわざと高く踵の音をさせて入ると、向側の戸がそれに応じて開いた。戸の幅だけ、たゝきの上まで流れ出た光で、そこにある筈の女靴を見ようとした。黒い緒の古下駄の外には何んにもなかつた。

米子さん入らつしやらないんですか。――

真知子は迎へた関を板の間の上に見上げた。平気で訊けると思つた言葉が、口に出なかつた。この停滞は、彼女が少し笑つてゐさへすれば、場合が場合で、男の愛撫への誘ひかけと間違へられなくはなかつた。関もさう解釈したのか、それとも待たされた恋人の性急な発作であつたか、彼はものも云はず、行きなり彼女を両腕で捕へ、横抱きにしたなり奥へ運び込まうとした。真知子は短く叫び、身を悶えた。にも拘はらず、見たよりずつと強靱な腕の力は、彼女の感覚に快い痲痺を与へた。

「どうしたんです。」

そのまゝ下ろされようとした椅子から、精いつぱいの勢で振りきり、撥ね除くと、関の蒼く性的に笑つてゐた顔が、はじめて驚きに変じた。「なにを怒つてるんです。」

それには答へず、彼の前に直立した真知子は、乾燥した重い声で云つた。

「関さん。二日前のお約束で今夜伺つたんだと思はないで下さい。それを取り消しに来たんです。」

「――」

彼の濃い眉が、瞼の上で縮んだ。

「あなたはまだ米子さんとお逢ひしないんですか。」

「――」

同じ短かい間のあと、関はその眉を動かさないで、狼狽するより腹立たしげに訊いた。

「君は逢つたんですね。」

「え丶。」

「いつです。」

「今日の午後。」

「それでお互ひに何もかも饒舌り合つたと云ふんですか。――ふん。」

低い鼻音《びおん》と共に、癖の左の肩を聳やかし、くるりと後を真知子に向けて、彼は電燈《ひ》のある机の方へ去らうとした。蔭《かげ》になつた黒い脊中が、侮辱を一そう明瞭にした。

「そんな云ひ方を、あんたがしてよろしいんですか。」

危く持ちこたへてゐた平静を、彼の意外な出方で、乱された真知子は、前に立塞がつた。「御自分のなすつたことと考へて御覧になつたら。――それで平気にそんなこと仰しやれるんなら、悪者です。」

「自分のことを善人だとも思つてやしないが、悪者だと云ふ意味は。」

彼女が激してるだけ落ちつき、不思議に図々しくは見えないで、彼はつゞけた。「少くとも君に対してどんな悪いことを僕がしたんです。君は僕を好きだと云つた。僕を踏台にしてブルジョアジーの圏を飛び越えようとした。僕も君は好きだ。君の飛躍に手を貸さうとした。それだけだ。」

「もつとも親切な人のすることだと仰しやるつもりなら、序でに、もう少し親切に、米子さんのことも話して下さる筈ですわ。」

「ぢや大庭に就いて、君が何か僕に訊きましたかね。――訊かれたら多分隠さなかつたでせうよ。」

この逆襲は、無防備な急所を衝いた。彼女の昂然と挙げてゐた頭が垂れ、眼は暗い床に落ちた。意識下の廻避でそれはあつたか。米子のことなぞ思ひ出しもしなかつたほど、それほど夢中であつたのか。――どつちにしろ、訊きもせぬ告白までさせようとする考へ方は、歴史であつた。

「この機会に、僕の気持をはつきりさせて置くのもいゝかも知れない。どうです。まあ掛けたら。」

言葉と共に彼は近づいて肩に手を置き、もう一度彼女を椅子に落ちつけようとした。それを振り切る力は真知子に失せてゐた。

「覚えてゐませう。僕は努めて君を避けようとしたと云つたのを。それはあの時云つたやうに君が荷厄介なためでもなければ、大庭とのことがあつたからでもない。」

では何のためめか。――が、妨げないで、わざと窓の方へ椅子をずらしてかけてゐる彼に、眼だけで詰問した。

「仕事がすべてで個人は常に無であることを必要とする我々の生活に、最も個人的な恋愛を入れるのは、どんな形に於いても無理だ。それは考へられるでせう。確つかりしたいゝ奴が、そのためには脆くしくじる。同志で結ばれた間だつて、旨く行かない場合が多い。幾つかの例が僕を教訓した。大庭とのことはぢやどうする。と君は訊くでせうが、」

前より厳しく投げた彼女の視線に対し、関は軽く瞬きし、椅子に突いた手でこめかみを支へた。半分だけ光線を受けて傾いた彼の顔は、そのまゝの角度で、向ふの壁の書棚を――米子の兄の遺物を見ることが出来た。

「厳密に解剖すれば僕の大庭に持つてゐる感情は、亡くなつた大庭に対すると大差はないので、はじめからそれを一歩も出なかつたんです。勿論君に感じるものとは性質が違つてゐるから、僕自身としては気持に矛盾はない。必要ならいつでも打ち明けられるし、大庭も理解してくれると思つた。事実大阪に行つたことが我々の間に結末をつけたやうなもんだから――」

「結末なら、あんたが考へてゐらつしやるより、」

その時まで固守した沈黙を、真知子は抑制した静かさで破つた、「ずつと確かな形でついてゐます。」

「どう云ふ意味です、それは。」

「五六ケ月すれば、米子さんは母さんになつてゐらつしやると云ふことです。」

あまりに高い音波が人の聴覚に入りえないと等しく、この言葉は彼の理解力を超えてゐたかのやうに、関はちよつとぼんやりした顔で眼を顰めた。が、つぎの瞬間その眼は拡がつて動かなくなつた。彼は椅子から立ち上り、二足真知子に近づいた。

「大庭自身でさう云つたんですか。」

「ほかに誰が話せます、そんなこと。」

「併し――」

「今になつてそんな顔をなさるのは不思議ですわ。」

それには返事せず、組んだ手を後頭部に置き、関は部屋を歩き廻りながら独語した。

「子供を持つてどうするんです。――誰が育てるんです。誰が見てやるんです。――僕にはそんな金もなけりや、暇もない。大庭だつて同じ筈だ。――それに何んて――」

この呟きを真知子は理解しないではなかつた。彼等に於てそれが常識であり、自然であることを知つてゐたに拘はらず、斯る事情に於て常にろこつに曝露する男性のエゴイズムの外、その時はなんにも考へなかつた。

「関さん、」

彼女の呼びかけは、彼女だけでなく全女性のものであつた憎みで、慄へた。「女がひとりで母親になれるとお思ひになるんですか。あんたは望みもしなかつたことを、米子さんだけ望んだのだと仰しやる積りなんですか。あんたはそれほど卑怯な方なんですか。——あのひとのお兄さんのやうにしか米子さんを愛さなかつたと仰しやるのからして、この上なく卑怯ですわ。」

関は移動を止め、部屋の中央に立つて、一言答へた。

「たゞ、事実です。」

「ぢやあんたが考へてゐらつしやるやうに、米子さんはあんたを考へてはゐらつしやらないのも事実ですわ。それはどうなさるの。」

真知子は知らないで椅子を離れ、彼に迫つた。「もし、それにも責任がないと仰しやるんなら、——い、え、あんたが今のあのひとを一と目でも見たら、そんな冷酷なことを決して云へない筈です。米子さんは私たちのことで死ぬほど苦しみながら、あんたを誹謗させないため、大阪へ引つ返してもい、とまで仰しやつたんです。それほどあんたを大事がつてゐらつしやるんです。屹度あのひとはその通り実行したでせうよ、赤ちやんのことさへなかつたら。——」

家を出るまでに流すだけ流した、此処では激しい感情で却つて閉塞されてゐた涙が、急に蓋が取れたやうに溢れ出し、真知子の動いてゐる唇に生暖く浸みた。

彼女は立つたま、短い嗚咽でそれを飲み込み、両手を胸に絞つた。

「関さん、あんた方の運動が人間から貧乏をなくするやうに、斯う云ふ苦しみをもなくするのでなかつたら、結局何になるんでせう。どんな見事な組織で未来の社会が出来上らうとも、斯んな思ひで苦しむものが一人でも残つてる間は、パンや着物で苦しむ今の世界が不完全だと同じに、決して完全な世界ではない筈です。」

「それが結論ですか。」

うは手に、にやく して、彼は覗き込んだ。

「さう考へたければ。」

「断然逆転だな。——寧ろ君には正当の復帰かも知れない、その観念論が。」

この揶揄を、彼はもう笑つてゐない顔で厳格に投じ、手だけ後に伸ばして椅子を引き寄せた。「——一つ考へて見て下さい。人間がパンや着物に苦しむやうに、君の強調するやうなことで誰も彼も苦しむと思ひますか。ないとは云へない。人間に病気があるやうに、貧乏のない社会が来てもその種類の苦痛は、多分残るでせう。併し個人的な、特殊の、限られた場合に於ける私事にしかそれは過ぎない。その日の民衆の勝利や幸福、それを実現させてゐる組織とは関係ない筈です。例へばこの資本主義の社会に於て、どの家かで誰かが歯痛に悩んでゐることが、一般の飢餓や失業や、ストライキと関係はないと同じで。——もしそれを何か関係があるやうに考へたり、一小部分の現象で、全部の構成まで否定しようとしたりするのは、過去の個人主義的迷妄ですよ。」

その時、彼はあまりに正面過ぎた弁駁に気がついたやうに、諧謔を交へて結んだ。「歯の痛みは飢ゑのやうに人を殺しはしませんからね。」

「打つちやつて置けると仰しやるんですか。」

緩和剤は無視された。喰つてかゝる——日本語の持つこの形容詞の巧みさが、彼女の語勢と表情でその瞬間証拠立てられた。「それがマルキシズムの理性なんですか。あんた方が口癖にしてゐらつしやる正しい認識と云ふのはそれなんですか。——仮りにさうだとしても、あんたからそれを教へられようとは思ひませんわ。」

「資格がないんですか。」

「歯を痛くさせたのは誰なのです。」

「——ぢや、君の理論に従つて、」彼はぶつ突かつて来る生徒を面白がる若い教師の余裕で立ち上り、手を伸ばせば肩が掴めるほどちか〴〵と寄つた。「僕も資格を主張しよう。——ねえ、僕等のことは僕等に解決させた方がいゝ。僕が大庭に逢つて話をします。」

——何もさう君が躍起になるには及ばない筈だ。——云はれたより、云はれなかつた言葉の方が強く響いた。真知子はちよつと肩を竦《すく》め、彼を見詰めたまゝうしろ下りに、自分の持ち場を捨てた人のやうに退いた。と、関はそれを追ひ、椅子が彼女を遮り留めた時、その手を取つた。

「同じ理論から、もう一度、君自身に就いて聞きたい。——本統に取り消しですか。」

「もちろん。」

答へといつしよに振り切らうとした。さうさせないで、関は形のよい冷やかな鼻梁を、真知子の興奮で赤く、なにか純真に輝いた顔にさしつけた。

「覚えてゐますか。一昨日僕の云つたの。——いよ〳〵となつた場合、常にどんな思想を持つてゐようとも、君は、寧ろ君たちは、細胞にこびり着いてゐる生活を捨てることは出来ない――」

「私は捨てた。」

「――」

「今夜家を出たんです。」

　驚きの凝視で、関は広い額を縦の皺できざみ、捕へた手に、もう一方の手をかけた。

「それで、僕との約束を取り消すとすれば、――捨てた家へ帰るんですか。」

「決して。」

「帰らなけりや、どこへ行くんです。」

「――」

「進むか、退くか、僕等に来るか、ブルジョア層に後戻りするか、方法は二つだ。中間に生きることの出来ないのは、君が十分わかつてる筈です。」

「いゝえ、分らなくなつたんです。何もかも。――わかつてるのは、あんたに随《つ》いて行けないつてことだけ。」

「さうか。――ぢや、」

　左の眼だけの心持ちすがめた、さうする時、変に魅惑的になる視線で、二秒彼は真知子を見詰め、手を放ち、一種軽快に云つた。

「左様なら。」

「――さよなら。」

　高い踵を返すやうな歩調で、真知子は靴下だけの足を急いで戸の方へ向けた。漠然とした危険の予覚。――それ以上彼とゐる怖ろしさが彼女を駆り立てた。が、玄関に出ようとして、突き当りの帽子台の上に無造作に置かれてた白い紙包にはじめて気がついた。彼女の注文は忘られてなかつた。そこまでは十分達しない燈光が、一方のらつぱ型にあいた口から、群がり、押し込められた内側の花を、それぞれの色と形に於て照らした。ほのかな香気。――花の匂は、すでに彼女に親しかつた、関の若い男らしい、精悍な、しめつぽい体臭をふと感じさせた。

　二十分の後、真知子はもう一度下車した駅から汽車に乗つた。彼女は眼を泣き腫らしてゐた。なほ拭いても〱涙が出た。隣にかけてゐたおかみさんが、田舎者の率直な同情から、なにか不幸なことで旅するのか、と問ひかけたほど。――彼女はうなづいた。さうして手巾をあてた顔を窓に押しつけ、今度は大つぴらに泣きつゞけた。

九

「アキルや、アキルや。――吠えるんぢやありません。郵便屋さんぢやないか。――ほんとうにお前は、このせつ見境ひがなくなつちまつたよ。ねえ、きいちやん、いけないアキルだことねえ。」

みね子は娘と玄関に立つて犬を叱る。彼女一流の決して効力のない叱り方で。――犬はだらりと舌を出し、横目で主人の方を見い〳〵、なほ表に向つて吠え立てる。――今度はその風をかしがつて笑ひ、それからやつと土間に抛り込まれた封書と絵葉書を拾ふ。

「おや、お父さまからよ。――これは真知子叔母さまのね。さあ、いゝ子だからきいちやんが持つてつておあげなさい。お手紙ですつて。」

癇の強い、泣き虫の、甘つたれも、機嫌のよい時にはそんな使ひが出来た。彼女は云はれた通り、封書の方を暑中休暇前から来てゐる若い叔母に渡すため、よち〳〵奥の部屋に駈けて行つた。

真知子は北国らしく軒を深くした窓下のミシン台で、それを受け取つた。兄の病気で郷里の家に帰つてゐると云ふ米子からの、思ひがけない便りであつた。なにかの伝手《つて》が、真知子の遠くない所在を彼女に知らしたらしかつた。三時間の汽車と二十分の自動車は、村の入口まで連れて来るであらう。一日前に電報を貰へば駅まで迎ひに出る。もう長くはゐないと思ふので、どちらにしても折り返し返事を待つてゐる。――たゞこれだけの、他に何んにも触れてない手紙に、真知子は却つて語るべき多くを持つてゐる彼女を、また三月前の出来事にも歪みを残してゐない彼女の友情を、感じた。

真知子はあり合せのレースで、姪のために拵へてゐる帽子をもう一度針の下に置きながら考へた。それにしても誰が自分のことを米子に伝へたらう。

そこへみね子が、隣市の夏季講習会に講師として出張してゐる山瀬が、明日は帰つて来ると云ふ知らせを持つて入つて来た。

「――でも、これどなたのことか知ら、ねえ。非常に珍しい人に宿で偶然出逢つたつて云ふの。」

「そんなこと書いてあつて。」

「ほら、読んで御覧なさい。」

会場の中学校をコロタイプ版であらはした絵葉書が押しつけられた。云はれた通りの文字があつた。のみならず、山瀬はその人をどうかして誘つて来ようと苦心してゐた。

「東京の古いお友達だわ。もしかしたらY―さんかも知れないともふの。暮れに逢つた時、この夏は社用でこちらの方へ来なさるやうなこと云つてらしたから。屹度さうよ。斯んな時いつも私が当てるもんだから、山瀬がそれは驚くの。見てらつしやい。明日も連れてらつしやればY―さんだわ。」

　真知子は姉の不思議な能力を試験するより、その前に出来れば米子の村に向つて立ちたかつた。山瀬が帰つたあとでは、この姉に残すやうな簡単な説明では訪ねて行かれさうに思へなかつた。

　が、話し出すと、みね子は正直な、それだけ無意識な身勝手を云つて引き留めた。

「山瀬の帰つて来るのが分つてるんだから、無理に明日立たなくたつて。――それにお客さまが一緒だとすれば、まあちやんゐて呉れた方が助かるんだもの。――校長さんの奥さんにこの間お逢ひした時も、あんたのこと云つて羨やましがつてゐらしたのよ。あんない、お妹さんがいらしてればあなたは楽隠居が出来るつて。あの奥さんお子さんがないから、きいちやんに世話の焼けることは分らないのよ。でもその他のことぢや、全く私まあちやんのお蔭で楽をしてるわねえ。――さう云へば夏座布団のカヷァ、洗つたきりぢやなかつた。明日いるかも知れないから、ふみに手伝つてアイロンかけてて頂戴よ。――ふみや、ふみや。――」

　どこでもゐる場所から、動かないで、せいいつぱいの高い声で、みね子はいつも女中を呼ぶ。返事のないのは、だるい八月の午後の居眠りである。が、気のよい主婦は怒る代り、小さい娘に眠つてゐる耳を引つ張らせる楽しみでにこ〳〵して、二人でそつと足音を忍ばせて女中部屋に行く。

　S・D温泉での不意な、数日間真知子を夢中にした高度の発熱が、隠してゐた名前を知らせ、義兄の山瀬を駈けつけさせてから丁度三月たつた。どんな暮らし方を此処でしようとも、東京へ引き戻されるよりはましであつた。寧ろ真知子は、曾つてない謙遜さで彼等の生活に従つた。秋の新学期から、県下の女学校に教師の口が見つかりさうであつたのも、現在の彼女にはわづかな希望であつた。


　明けの日は近ごろになく暑かつた。街の外輪を青い塀のやうに周つてゐる山の上に、棒状の雲が立ち、晴れた空で遠雷の音がした。雷嫌ひのみね子は朝から蒼い顔をしてゐた。彼女の特別の神経は、今日がどんな日であるか知つてゐるらしかつた。しかし昼過ぎる頃までは空気はますく熱く照りつゞけ、崩れた雲が、白い獣皮の如く、低い層を重々しく光らして浮動した。

山瀬はその日盛りを帰つて来た。

彼の自動車《くるま》が、門にかぶさつた合歓木の葉の蔭に停まつた時、真知子は裏口で杏子を乾してゐる女中に手を藉してゐた。みね子はけたゝましく妹を呼び立てた。その声で山瀬ひとりではないことを知つた。しかし白い料理着をかなぐり捨て、気がるく庭から廻らうとして、真知子はすでに降りて乗物の外にある山瀬と、つゞいて降りようとしてゐる河井の、灰色の夏服と、同じ色の軽やかな帽子を見た。どうして斯んなことが起こり得たか分らなかつた。山瀬の常識は当てにしないとしても、彼女の滞在してゐる家を河井が訪ねて来る筈はなかつた。それを打ち明けないで誘つて来たほど、幾ら山瀬でもそれほど無考へであつたらうか。

これ等の疑惑は、素早く裏口へ引つ返し、改めて玄関で待たうとした間に抑へつけられた。真知子は姉のひとり極めにしてゐたY―氏で本統にあつたかのやうな平静さで、その客を迎へることが出来た。それに比べると、河井は表面彼らしい落ちつきを失はなかつたに拘はらず、彼女の短い挨拶を受けた時、旅行で少し日に焼けてゐる顔の色を濃くした。彼は自分のぶしつけな訪問を意識してゐた。

しかし山瀬とみね子は、無邪気な接客の悦びで夢中になつて、二人の置かれてゐる位置に就いては忘れてゐるやうに見えた。

「ほんとうに私、河井さんがこちらにゐらしてるなんて考へもしなかつたから、多分Y―さんにでもお逢ひしたのだらうつて話してましたのよ。ねえ、まあちやん。」

「黙つてお連れして、お前たちを驚かしてやらうと思つたのだ。」

「ひとの悪いお父様。ねえ、きいちやん。――」

今度は小さい娘までを話仲間に引き込みながら、みね子はつゞける。「あんた覚えてまちよう。このをぢ様。東京のお祖母様のとこから、ごいつしよに汽車ぽつぽで帰つたの。」

この旅行中に示した彼の謙譲が、真知子の想像以上に彼等を近づけ、親しませてゐるらしかつた。これは少くとも山瀬に取つては一つの名誉感でもあつた。同時にそれを反芻し、その親近を発表する方法としては、絶えず話すこと、、何か口に入れるものを勧めるより外には知らなかつたから、夫婦はこれらのお饒舌の間あらゆるものを彼の前に並べ立てた。冷たいお茶、麦湯、菓子、裏で乾してゐるのと同じ樹からとれた杏子の砂糖漬。同じ手製のもので、この田舎の山に多い野葡萄を搾つて拵へた葡萄酒。――純粋で酸味の勝つたこの果汁は、わづかなシャリベツと氷水で清新な旨い飲みものになつた。河井が褒めたら、山瀬は何杯も強ひて彼を困らした。

山瀬自身はあんまり水を割らないで飲んだため、さう多くない筈のアルコホル分に作用され、取つておきの願望を無遠慮に持ち出した。ひとつ書斎を見て貰ひたい。――尤もその部屋の方が山の眺めもよければ涼しくもある、と云ふ口実があつたので。

障子を洋風の硝子窓に変へただけの八畳。出入り口の唐紙を残して、すべての壁面が書物で鋪装されてゐた。田舎の高等学校の、それも大して金のない教師の持ちものとしてはたしかに不似合に豊富なこれ等の蔵書には、或る歴然たる特質があつた。それは彼の専攻の学問を明示する以外に、過去二三十年の間、つぎ〳〵に日本に流入した雑多な思潮や芸術を、完全に痕跡づけさせることが出来た。ニイチエ、オイケン、ベルグソン、タゴール――これ等の超現実主義や観念論が、最近の社会科学の唯物史観をしんがりとして同じ壁に並んでゐた。またメーテルリンクが、イブセンが、ストリンドベリが、ドストエフスキが、トルストイが、――この文豪の故国の社会組織の変革と共に発生したプロレタリア作家の一二の代表作といつしよに、他の壁にあつた。丁度女の箪笥に貯め込まれてゐる着物や、帯や、装身具が、過去の流行の色、模様、型を示すやうに、――同時に、をり〳〵のはやりものをおくれずに買ひさへすれば、みんな身につけなくとも、彼女等が安心し、なにか美人の仲間入をしたやうに信じ込むと等しく、読まなくとも、これ等の書物を飾つておくだけで、山瀬は時勢に遅れない学者の自信と満足を持つた。

「斯う云ふ惨憺たる状態でして。」

周囲の洋書の重みで畳がまるく盛り上つてゐた。それを卑下の言葉で誇りながら、生徒たちに訪問された時与へる椅子に彼を招じた。「根太が落ちはせぬかと、大屋の方ぢや心配してるらしいんです。」

「なにか簡単な板でも張らせるとよろしいんですね。」

「それに越したことはないんですが、――尤もこの学校の教師で一生終るつもりなら、僕も大改善をやりますがね、まだどうもその気にもなれないものですから。――実はこの冬も台湾大学の方へ殆んどきまりかけてゐたやうな次第でして。ねえ、真知子さん。」

小さい卓の上に、座敷で勧めたものをもう一度運ばされてゐた真知子は、彼の言葉が出鱈目でないことを証明しなければならなかつた。

と、河井は彼女の方へ椅子の身体を少しふり向け、彼等が上京してゐた時のことでそれはあつたか訊ねた。

「え、、あの時。」

「さうです、上京中のことなんです。」

真知子の返事に、山瀬は急いで自分も続け、当時の夢の切れつ端を眼鏡のかげで追うた。「残念でしたが、つぎの機会には優先権を持つてるわけですから、まあそれを待ちますよ。でこぼこの畳で押し通してるのもそのためなんでして。――しかし思ふに、あなた方のやうな豪奢な生活に馴れてゐられる方は別でせうが、われわれの如き貧乏な学徒に取つては書斎は簡素なほどい、ですね。寧ろ必要です。それに就いて思ひ出すのは、御存じのエッケルマンとの対話に出て来るゲーテの青い椅子の話ですが。」

「青い椅子を、ゲーテがどうかしたのですか。」

「たしか競売かなんかで買つたんですが、自分の書斎には、青い絹の椅子が贅沢すぎて落ち着けなくなると云ふのです。黄金《きん》のインク壺からでも平気に書けた筈のゲーテにしてこの言葉があるかと思ふと、一そう深い意味を感じさせられますからね。」

一度去つて、また引つ返して来た真知子は、山瀬の最もたのしい話を邪魔するのを五十秒延ばした後、校長の宅から小使が迎へに来てゐることを取りついだ。

急に、山瀬は弾《はじ》かれたやうに机の前の彼の椅子から飛び上り、ちよつと茫然とした顔をし、それからあわてた早口で、どもつて云つた。

「すぐ、すぐ伺ひますと云つて下さい。」

やかましやの、禿げて、黄色く、萎びた老校長のクロズ・アップは、ゲーテも青い椅子も一瞬に消滅させた。が、河井も同じく立ち上つて別れを告げようとすると、彼は飛んでもないと云ふ風に首と手を同時に振つた。

「ほんの三四十分もすれば帰つて来ますから、どうぞお待ち下さいませんか。今日は是非ごゆつくりして頂きたいので。――」

河井は連れの者と夕方までには落ち合ふことになつてゐるのだと云つた。

「それにしてもまだ三時を打つたばかりですから。――実は今度の講習会と云ふのが、思想善導の意味で校長が熱心に肩を入れてゐたので、誰かに僕の帰つたことを聞いて様子を知りたがつてゐると見えます。斯んな時おくれるのを非常に嫌ふ方でしてね、どうもすまじきものは宮仕ですよ。」

鼻に皺を寄せ、おどけた苦笑ひをして見せながら、序でに、考古学研究会に属してゐる同僚のM―君を引つ張つて来ようと彼は語つた。「校長の宅のすぐ近くです。あなたの見えてることを知らせてやればどれほど悦ぶか分りません。相変らず方々掘つてゐるやうで、先達は石枕の珍らしい型を、この近くで丸塚と云つてる古墳のあとから発見したらしいのです。恐らく会の方へも報告したことと信じますが。」

「さあ、如何でせうか。僕はまだ聞いてゐません。」

「ぢや一そう悦んで来ますよ。ですから是非お待ち下さい。」

山瀬はひとりでそれに極め、入口から座敷の方へ向つて、細君のみね子を呼び立てた。ねこ、ねこと聞こゆる彼一流の呼び方で。――「どうしてるの。皆んな引つ込んだきりで。――お客さまに失礼ぢやないか。」

この呼び立てに応じ得たのは、前と同じく真知子だけであつた。

「何をしてゐるのです。みね子は。」

「ちよつと。」

彼女は濁した言葉を微笑で償つた。

書斎の窓にあつた山は半分存在を失ひ、空は鉄色に黒ずみ、雷は腰強く近づきつゝあつた。急に湿気を加へて吹き出した風が、裏の杏子の甘酸つぱい香気を運んで来た。

いち早く蚊帳の中に、小さい娘と共に入つてしまつた姉を、真知子は正直に伝へることは出来なかつた。

山瀬が出掛けて三分しないうち、雷鳴は驟雨を伴なつて真上に来た。ぶつ突かるしぶきで、霜に凍つた朝のやうに窓硝子は、まつ白になり、電光がそれを引き裂いた。家は轟く音波の中で、海にある船のやうに揺れた。

河井も真知子もしばらくは黙つて、目の前の自然の盛んな躍動に注意を集めた。

「かみなりは、あなたはお怖くはありませんか。」

「それほどには。」

「お強いんですね。」

「でも、落ちれば厭です。」

河井は滝のやうな音の中で、いつになく声を立てて笑つた。糸ぐちがよかつた。それに低い声では雨に打ち消されるので知らず〳〵高調子になつたのも、彼等の会話を、その関係にこだはらせず素朴に、寛《くつろ》がせた。

「御旅行は。会の方のお仕事。」

真知子は訊いて見た。まだよく知らなかつたことを知らうとするより、半分はその調子を崩すまいとする骨折で。

「いや、さうではありません。この奥に、親戚で牧畜をやらしてゐるものがゐまして、そこへちよつとした用事があつたものですから。」

「F―牧場のことでせうか知ら。」

「さやうです。」

F―牧場が、河井一家の出資になる模範的な牧場であることは真知子も知つてゐた。

「たしか私のまゐつた頃までは、この辺でも牧場の牛乳《ちち》を配つて貰へたやうですわ。」

「冷却装置を旨くすれば、今でも十分配れると思ひますが――」

そこまで云ひかけ、河井は急角度で話題を屈折させた。

「こちらへはまだお長くゐらつしやいますか。」

真知子は余計なことを口にした悔恨で、丁度電光が閃いた間だけ黙り、つゞく轟の底から無遠慮に突つぱねた。

「まだ極まつてをりません。」

河井の赤くなつた首が、清潔なまつ白い襟を際立たした。この羞恥感は、一度釈明しなければならなかつたことを促し立てた。彼は今日の突然な訪問を先づ詫びながら――

「お訪ねをする資格は、私には既になくなつてゐる訳ですが、実は近いうち、またあちらへ参ることになつてゐますので、この機会にお暇乞ひをさして頂ければと存じて――」

一そう完全な結末がそれでついたと云ふ感じと共に、真知子は彼の外国行が羨ましくないことはなかつた。彼女自身にしても、そんな自由がもしあつたならば、この田舎で、女教師の口を待ちつゝ留まらなくもすんだであらう。

「今度も、イギリスへ入らつしやいますの。」

「今度は他の国の方が主になるだらうと思ひます。幸ひ姉が連れ合ひの任地から帰つてまゐつて、当分母と暮らしてくれるやうな話ですから、出来るだけ方々を廻つて見ようと思つてゐるのです。」

「たとへば――」

　約一ケ月前の新聞紙で見た、彼によく似たK―国駐在の大使夫人の、二人の子供と家庭教師の外国婦人を連れた帰朝の写真を、記憶のカードから拾ひあげながら、真知子はつゞけた。雷は間を加へたが、雨は衰へなかつた。それを冒しては山瀬も帰れないとすれば、便利な話題を大事にする必要があつた。

　河井は見残した欧洲の二三の地方と中央亜細亜をあげた。帰路にはロシアに出て、そこに滞在するつもりだと云つた。

「ロシアがあなたの研究に、なにか役立つものを持つてゐるのでせうか。」

「さうお考へになりますか。」

「少くとも現在のロシアは。」

「ところが、事実はさうではないやうです。」

　彼はおだやかに否定しながら、「モスクワの前史学会の会長は、ラベ・ブロイ教授の弟子で、なか〳〵精力的な学者ですが、最近に貰つた手紙に依りますと、蒙古で大規模な発掘を計画してゐるらしいのです。」

「お親しくなすつてゐらつしやいますの。」

「いつしよに北欧を歩いたりしたことがあるものですから。帰りには是非ロシアに廻れ、その頃には自分たちの蒙古の仕事も緒に着くだらうから、それを見て行けと、申してまゐつてるのです。ソヴィエット政府も、革命直後と違つて、斯う云ふ種類の学術的事業にこの節は力を入れるやうですし、またさうなると、スラヴ流に思ひきつたことをいたしますから、今度の発掘も立派な効果を挙げるだらうと思ひます。」

　河井は、昨年の冬彼の新しい研究所で、同じ主題に就いて語つた時と同じ熱情を以つて、この時も語つた。彼の焦げた顔は、帽子の下だけ鮮明に白くなつてゐる額や、旅行で精力的にされた表情とともに、常の河井にはなかつた活き〳〵しさで生気づけられてゐた。真知子は誰か別人を発見したやうな珍らしさで、快活な唇の内側に光る歯を眺めた。さうして云つた。完全な準備と十分な資金でそんな仕事が出来たら、何んと愉快であらうと。

「発掘とは別ですが、ヘヂン博士の蒙古と西蔵の映画、御らんになりまして。」

「いや、見たいと考へながら。」

「庫倫を立つ時でしたか、何百頭と買はれた駱駝に支払つた夥しい銀貨が、天山の奥地へ、その駱駝がつけて入る山のやうな物資といつしよに映されてゐますの。あれを見てると、あゝ云ふ仕事は人より準備だと云ふ気がいたしますわ。」

「或る意味からはさうも申せませう。その上に立派な指導者を得れば、一そう理想的に行はれる訳です。今度のロシアの計画も、その点で十分期待し得ると思ふのです。」

「ぢや、是非まはつて御覧になるとよろしいのね。」

彼女の励ましを、河井は耳よりは舌の上で受け取り、美味を味ふやうに、間《ま》をおいて云つた。

「さうまで熱心に仰しやつて頂けるのは意外でした。」

「――」

「この春までは、あなたは斯んな仕事に対しては――」

「土の下のことだから、馬鹿にしてた筈だと仰しやるんですか。」

河井はよわ〳〵しい当惑で赤くなり、彼女を眺めた。しかし真知子の厳しい言葉は、彼よりも自分自身に向つて放たれた。同時に、彼よりも自分自身にその変化を説明しようとする調子でつゞけた。

「そんな生意気なこと、今では思つてはゐませんわ。どんな仕事だつて、高い目的に結びついてさへゐれば、値打に変りのないことを知つたのです。漸くこの頃になつて。」

「併しどちらを採るかの問題になれば、あなたとしては矢張り土の上の世界をお択びになるだらうと思ひますが。」

「それは勿論ですわ。ですから私があなたでしたら、ロシアへ廻るにしても蒙古の発掘よりか、あの国に造られてゐる新らしい社会を見る方がたのしみです。私たちには理論だけきや分らないものが、あすこでは模型になつて出来上らうとしてゐるのですわ。私、疑ぐり深い性分ですから。」

云ふ如く彼女を最近に於て一そう懐疑的にしたものの追憶が、両方の眼を貝形につぼませ、下端で裏おもての瞼毛を絡み合させた。が、つゞく瞬きですぐ弾き捨てようとしながら、「話を聞いただけや、書物を読んだだけでは承知出来ないのです。自分でたしかめた上でなければ。」

「我々が発掘に価値をおくのも、云はば同じ心理かと思ひます。それに依つて、推測がはじめて実証される訳ですから。」

「丁度掘り出された破片を、あなた方がいろ〳〵と研究なさるやうに、たつた一つの珍らしい世界の模型を、私はそばに寄つて、自分の眼ではつきり見たいのです。構成や組織に手を触れて見たい、今まで困つてゐた人達が困らなくなり、一人残らず仕合せになる筈の理論がどの程度まで活かされてゐるか、その美しい理論を生かす力をほんとうに人が持つてゐるか知りたいのです。どうかしてそれを信じたいのです。たしかに信じさせてくれる見本をあすこで見つけたいのです。」

東京を遁げ出して以来、ほかの事は何んにも考へなかつたと云つてもよかつた主題は、話してゐる間に知らず〳〵一つの烈しい願望となつて燃え上つた。彼女は誰を相手にしてゐるか忘れた。この真摯な打ち明けが、二人の間隔を俄かに圧縮し、河井をして、さきの日の強固な拒絶にも捨てえなかつた念ひを、もう一度口に出させたほどちか〴〵と彼女を感じさせた。親愛な同伴者として、彼女を執心の土地へ連れて行くことを考へただけでも、甘美な夢であつた。

「たゞ、この際斯んなお話をいたすのは、機会に乗じるやうでこゝろ苦しいのですが。」

たしかに、彼の頰にのぼつた血の色の一半は、その辛い意識に発してゐた。「あなたがこの春お洩らしになつた私の環境に就いての不満は、外国の生活で容易に救はれるでせうし、また私自身の仕事に対するお考へも、あの時分とは幾らかお変りになつてゐらつしやるやうですから――」

雨が小降りになり、風が吹いた。窓の向ふの若い一本のどろ柳が、風の方向へ、上にむいた枝ぢう束になつて靡いた。

濡れた裏葉が、白い煙のやうに流れるのを見る真似して、彼の視線を避けてゐた真知子は、その時庭から眼を返し、彼を遮つた。

「変つたのはそれだけではございません、いろ〳〵の事情が、あの頃とはすつかり変つてしまつたのをあなたは御存じないのです。それでそんなことをまだお考へになるのですわ。」

「事情がどうお変りになつたとしても、そのためにこの望みを捨てようとは思ひません。」

「たしかに。」

「誓つて。」

「ぢや私が誰かと結婚してゐたとしても。」

河井の顔は色素を失つた。

「ほら、そんな顔なさるでせう。」

真知子は左の眼だけで意地悪く笑ひ、唇の隅を曲げた。

「本統は結婚したんぢやありません。しようとしたのです。いゝえ、半分結婚したと云つてもいゝのです。」

「併し——」

「もつと申しませうか。」

真知子の感情は炎症を起してゐた。痛い局部にメスを当てないではゐられない潔癖が、一種むごい快味と交ざり合つた。

「その人と結婚するため、私は家を飛び出したのです。結婚とともに実行運動の仲間入りをするつもりでした。或る出来事が私を追ひ立てなかつたら、今もその人といつしよにあなた方を敵にして、ひよつとしたらあなたの一門の工場か会社で、直接戦つてゐたかも知れませんわ。——斯うお話すれば、その人が誰であつたかも多分お分りになる筈です。」

河井の顔には再び新鮮な輝があつた。真知子の思ひがけない告白は、彼を一旦驚かしたあとは却つて深まつた情感で包み、希望を新たにさへさせた。少しも関心を持たうとしない相手に、これほどのことを彼女が話す気になるだらうか。——

言葉のきれるのを待ち、彼はきつぱり云つた。それはすべて過ぎたことだ。従つて婚約者が誰であつたにしても、自分には関係がないし、また彼女の思想的傾向に就いても、怖れや不安を感じはしない。——

「地上の問題は、私たちのやうな仕事と違つて、少し真面目に研究しようとすれば当然その思想に突きあたるのでせうし、それを乗り切ることは現在では容易ではないのですから、あなたがその方へ深入りをなさらうとした気持も、不自然とは思つてをりません。」

「では、思想そのものは。」

膝の上で、彫のある洋銀の小さい火附器《ライター》をおもちやにしてゐた真知子は、がちやと卓にそれを返し、しづかな黒瞳で見あげた。「私に怖れも不安も感じないやうに、それに対して何んにも感じないと仰しやるつもりでせうか。」

「それより、生ずべきものが生じつゝある、と云ふ気持の方が強いのですね。個人の力や、権威ではどうすることも出来ない、たとへば若い地球が氷河に蔽はれる時のやうな。」

「その氷河があなたの持ちものを皆んな圧し潰す日が来ても。——さう落ちついてゐらつしやられて。あなた方の地帯が、一番ひどく荒らされる筈ですが。」

「しかし私の仕事まで圧し潰しはしないだらうと思ひます。どんな社会でも、自分たちの過去ははつきりさせる願望を捨てないでせうから。斯んな偉さうなことは云つても。」

日光が庭樹のしづくの間から、俄かに潑剌と輝き、額に直射した。彼は眩しく細めた眼で、なにかしめやかな感情を追ふやうにちよつと黙つてから、「その運命を素直に受け取れるかどうか、その時にならなければ分りません。存外見苦しいあわて方をしさうな気もいたしますね。正直なところは、当分何事も起らないで、やりかけのものを落ちついて続けて行ければ、それが私には仕合せなのです。意気地のない、身勝手な考だとお思ひになるでせうが。」

たしかに三月前の真知子であつたならば、云ふ通り考へたであらう。もつと非道くさへも。——が、その場合の彼女は、云ひながら優しくもの憂げに微笑した河井に、人間としての真実を見た。真知子は率直に伝へようとした。他の英雄的な宣言より、その打ち明けの方が彼らしく、自然に響くと。

そこへ不意に唐紙があいて、娘を抱いたみね子があらはれた。二人はほんとうの恋人同志のやうに、かすかに狼狽し、彼女の多分蚊帳の中でうたた寝してゐた、腫れぼつたい顔へ振り返つた。


馬鈴薯、甘藍、桑、林檎。——

牛蒡、トマト、稲、黍、瓜。——

たまく〱まるい丘陵、村落、森、馬の放牧、K—川の白い支脈。これ等でわづかに変化づけられてゐる、U—平野を突つ切つて、汽車は進んだ。

林檎。——林檎。——旅人をしてまさしく陸奥にある念ひを根深くさせる果樹が、窓の左右を汽車と一しよに駈けた。高い枝と灰緑色のしなやかな葉の間で、実《み》は新聞紙をかぶつてゐた。

話だけで知つてゐた、世話の焼ける袋掛を、真知子はこの夏思ひがけず親しく見た。それより二月早い、白色《はくしよく》の青く匂つた、清雅に可憐な花をさへも。——

前に掛けた、アイヌ型の首をした二人連れが、真知子にはまだ半分外国語である土音で、八甲田山の雪中行軍の昔話をしてゐる。

彼女は左の耳だけそれに貸し、窓際に顔を寄せてゐた。遠い耕地を限る、薄い藍の、なにか透明な鉱物質の如く輝いた空。その全面に反射し、屈折してゐる午前十時の若い日光。いづれも北の国の早い秋を感じさせた。林檎が袋を去り、放たれた豊満な成熟を誇る日もやがて間はないであらう。稲が刈られ、馬鈴薯が掘られ、甘藍が取り入れられ、その林檎で一つぱいにされた貨車が中央市場に向つて走り去る。残された空つぽの、黒々とひろがつた北辺の耕地が、待つものは雪である。

林檎の花とともに、雪をもこの土地で見ようといつか考へたらうか。

真知子の淡い感慨は、二日前の河井との不意な会見に必然的なつながりをつけた。彼は夕方帰る時、明日の訪問の約束をした。山瀬と同僚の素人考古学者は、石枕を掘り出した古墳に案内しようとしてゐた。

が、明けの朝非常に早く、同行の書生が、東京からの急電で河井が帰京しなければならなくなつた旨を知らせて来た。書生はまた、取りつぎに出た真知子に彼からの手紙を渡した。もう一度彼女に逢へないのはこの上もなく残念であるが、すぐ引き返して来るつもりである。その間に、彼女も彼の再度の申込に就いて、この春よりは多分親切に考慮してくれると信じるから、希望を持つて立つことが出来る。——慎《つゝ》ましく、飾り気のない言葉に、愛が充ちてゐた。それより急いで書いたと見え、行《ぎやう》が不揃ひで、字もむしろ下手であつたのが、彼らしくない意外さで、却つて親しみを感じさせた。

前の二人は、八甲田山の話を、風呂敷から取り出した一包の餅に代へた。多分兵士であつた昔の彼等自身の如く、勇壮に運動する二つの髭だらけの顎を横から眺め、真知子は考へた。

私を秘書に雇つてくれないか知ら。それならすぐ承諾してもいゝ。外国へ行つたら、月給だけのことは十分働いてあげる。——

この空想は出鱈目ではなかつた。河井ならば、正当の距離と礼儀で、雇傭関係を危惧なく守つてくれさうな気がした。それにしても、彼等の契約と旅立はどんなに人々を仰天させるであらう。田口夫人の粉《こな》つぽい、白い大きな顔を思ひ浮べただけでも堪らなくをかしくなつた。と、小柄な、前頭部に創痕のある方《はう》が、餅を頰張つたまゝ、上眼でじろりとこつちを見た。勘違ひをしたのだ。真知子は急にはづかしく、気の毒で、座を立ち、棚のバスケットを下ろし、彼等を後にして、散らかつた雑誌や新聞の始末にかゝつた。降りる筈のつぎの駅まで五分とはなかつた。汽車は粗く上下動で揺れ、速力を加へた。

来てくれたらうか。注意された通り電報が打つてあつた。真知子はもう掛けないで、やがてあらはれて来た窓外の、城下町の入口らしい前景を眼で迎へた。工場のトタン塀、煙突、化粧品を手にした及川道子、掘割、黄色い瓜を積んだ小舟、游ぐ子供、家鴨、西洋洗濯屋の高い乾場。並んで、小さく、歪んでゐる家、家、家、家。――

汽車は船べりを横にし、岸へ近づいた船のやうに、プラットフォームの縁をしづかに辷り込んだ。

米子はブリッヂの下で、青い洋傘をあげて合図をした。その前を真知子の窓は五六間通りすぎたので追つかけて来た。もう洋服は着てゐなかつた。多分田舎の紫外線で急に焦がされた、彼女には珍らしい頰の色と共に、その一事がまつ先に真知子の眼を引きつけた。

一九一五年より新しくはないフォード。それでも派手な縞シャツで、鳥打の廂を伊達にうしろかぶりにした運転手は、彼等を見つけると急いで戸を開けた。

通る部屋も通る部屋もおそろしく広かつた。がらんどうで、畳がぼこ〳〵で、埃りと、黴と、穀類の粉《こな》つぽい匂がした。それにひどく暗かつた。その暗さは、昔風の大きな建築が持つ採光の不用意だけではないことが、廊下に出ると分つた。八月の真昼時に、岩丈な雨戸が、なにか拒否的な重々しさで締めきられてゐた。二三枚置きについた、雪国特有の小さい明り窓《あか》。わづかにその窪みから投げてゐる微光をたよりに、真知子は米子に従ひ、荒れた板の通路を何遍か曲つた。

「迷ひ子になりさうね。」

「足もとに気をつけないと落つこつてよ。はうぐ〳〵腐つてるから。」

急に明るくなり、池のある庭があらはれた。離室になつた、いくらか新らしい、昔の立派さが十分残されてゐる客間が、彼等を迎へ入れた。

「こゝだけなの、やつと部屋らしい形してるのは。」

それでも雨じみを遁れてゐない壁を、米子は茶道具の載つた卓から、眺め廻しながら、「斯んなぼろ家つて、想像されなかつたわね。」

「あんな広い部屋を、いくつも何に使つたかともふわ。」

「広すぎも、多すぎもしなかつたのよ、以前は。きやうだい達が家族でみんな住まつてゐたし、祖父《ぢい》の代からの政党関係で、よそからの客は絶えないつて風だつたから。私の覚えてる頃だつて、どの部屋へ行つて見ても人間《ひと》で、いちんちざわ〳〵してたものなの。」

それだけの人間《ひと》が、ではどこへ消え失せてしまつたら う。それが昔の話だと云ふなら、彼女の病気の兄は。家族は。門の前で自動車を下りた時、坪庭でなにか雑穀を乾してゐた白髪の雇男を見たきり、真知子は誰にも出逢はなかつた。あの多くの部屋を通り抜ける間だつて、話声も、もの音も、人間《ひと》がそこに住まつてゐることを証明づけるほんのかすかなしるしをも捕へることは出来なかつた。そのしづけさは、しづけさを超えてゐた。たしかに何かの力が、大きな真空の筒に家をしてゐた。

やつと、別の方の廊下から足音が近づいて来た。女中が水を運んで来たのだ。黒い箍のはまつた、赤塗の、蓋までついた水桶であつた。古風なこの容器は、はじめて現はれたものを見ると云ふ感じと共に、きめの細かな癖つ毛の小女まで、なにか珍しいひとのやうに真知子をふり向かせた。

「お風呂は駄目らしいつて。」

「えゝ。」

「仕様がないのね。」

久しく使はない客風呂が洩るのだ、と云ふ意味を真知子に説明してから、米子はもう一度女中へ、「それならお風呂はよいから晩御飯を早くするやうに、お客さまは汽車のおひるですからつておひささんに云つて頂戴。」

おひささんはひる寝してゐる。低い声でさう答へたらしかつた。

「お兄様は。」

旦那様もさつきお医者様が見えたあとで、これもよく眠つてゐた。

「ぢや、おひささんやがて起きるだらうけれど、起きなかつたらさう云つて起こすの。分つた。」

真知子は控の間においたバスケットから洗面器を出してゐた。二人の話がかすかな好奇心なしではなく耳に留まつた。その三人称の呼び方には、普通の雇女とはちがつた、勿論また嫂ではありえない特殊のひゞきがあつた。と、米子も親しい客に反映したものの内容をはつきりさせておかうとするやうに、女中を去らせると、真知子が水を汲んでゐる濡れ縁に寄つて行つた。

「嫂《あね》が、この春から東京のうちへ帰つたきりなの。」

牛込あたりの富裕な地所持から嫁いだひとであることは、真知子にも予備知識があつた。

「離婚。」

「結局そんな事になるのね。」

「わけは。面倒なの。」

「それが、――」

鉢前に、渦になつて吸ひ込まれて行くしやぼん水を見詰めながら、「結婚した時分は、父も貴族院で東京に家もあつたし、兄は学校を出たばかりで帰つて来なくもよかつたでせう。嫂の方ぢやいつまでもその気でゐたのが約束が違ふと云ふのも不平の一つなの。もと〳〵田舎に住める人ではなかつたし、殊にこの頃の田舎はあの人には理解されないのだから。あれだけ父の頃までは威張つて、贅沢をしてゐられて、どうして今は出来なくなつたか、それが分らないのだから。このまゝ田舎で暮らすことは、あの人には死ぬのと同じなのよ。」

「それだけの理由で、とにかく今日までいつしよに生きて来た夫を、離れて行けるものかしら。」

「噂はいろ〳〵あるけれど、それを云へばお互ひなの。兄にだつて、ひけ目がない訳ぢやないんですもの。」

真知子は汲み換へた洗面器に顔を浸け、まだ煤煙のついてゐる気のする瞼毛を、水面でぱち〳〵させた。彼女は、この古い家のどこかに隠されてゐる一つの女の顔をつめたい水の底に想像して見た。

小さい女の子が紙風船をついてゐる。緑と赤と紡型《つむ》にはぎ合せたきれいな風船。日光が、こめかみで切つたおかつぱと風船を麗らかに照らした。明るいのはそこだけで、あたりはうす暗く、その中を人が脅えて駈け廻つてゐる。何か大変なことがはじまらうとしてゐた。遁げなければならなかつた。真知子も遁げて行かうとした。足枷をされてゐるやうで自由が利かなかつた。それに女の子を残しては行かれないのであつた。が、女の子は平気に風船をついてゐる。そこだけにある日光が、こめかみで切つたおかつぱと風船を麗らかに照らした。人波を掻きわけ、やつと近づいて連れて行かうとすると、女の子は風船といつしよに急にぽかりと浮かび上つた。瞬間、女の子自身が今正しく緑と赤の紙風船であつた。恐怖で夢中になつた群集の上を、その円い球が、なほそこだけ明るい日光に輝きながら長閑に昇つて行く。――真知子は喫驚して呼び戻さうとした。声が出なかつた。

誰かゞ彼女を叩いた。眼が覚めた。米子が白い割烹着でのぞき込んでゐた。

「苦しさうな声出してたから。一時間半眠つてよ。疲れてたのね。」

真知子は小布団をずらし、縁側に出た。庭の土蔵に反射してゐる黄色い光線が眼にしみた。明け方か、日暮れかちよつと分らない、昼寝のあとの変に子供つぽい混乱で、ぼんやりしてゐると、米子は火鉢のそばから笑ひ、やがて御飯だと云つた。

「おなか空《す》いたでせう。」

「此処《ここ》。」

「その方が都合がいゝんだつて。」

が、食事がすんだら兄が逢ひたがつてゐると云ふことを伝へながら、「足が不自由で挨拶に出られないから、失礼だけれどもあちらへ入らしてほしいつて。え、神経痛。ひとつは嫂の問題や、社会的に苦しくなつた立ち場が病気にさせてるのよ。だから癇癪ばかり起してるの。何か云つても気にしないでね。」

鶺鴒らしい小鳥が池に下りてゐた。突き出た白い尾を振り、夕影の伸びた苔の縁《ふち》でなにか気忙しくあさつてゐるのから、真知子は眼を離さなかつた。米子の兄を見舞ふことは、客として当然の礼儀であつた。とは云へそんなお義理を果すために、もしくば彼の家庭生活に関する内証話に預るために、わざ〳〵この家を訪ねたのであつたらうか。――話したいことほど容易に口にしない米子の粘液性が、いつも感じさせる親愛な腹立ちで、この時も真知子を膨れさせた。

それをぶちまける暇はなかつた。食事が運ばれて来た。黒塗の高い膳。二時間前同じ運び手で運ばれた水桶と相通ずる威厳をもつて、古典的な膳は、二人の膝を圧して粛然と並んだ。

入つて来た二人を、病人は左の膝だけで坐つた床から、癇癖家らしく生え上つた蒼白い額で、うは目にじろりと見た。灰色の毛布が、投げ出した片一方の脚の上にあつた。誰もついてゐなかつた。

高い天井から、電燈がぽつつり、コードの長い垂下線の端にぶら下つてゐた。鈍い十六燭光と安物の皿型の笠、煤けながら昔の重々しさを失つてゐない唐紙や、厚い、まつ黒な壁の間で、その不調和が、ある以上に荒涼とわびしげに部屋をさせた。

真知子は丁寧に見舞の言葉を述べた。

「大したことはないのですが。――どうも斯う云ふ失礼ななりで。」

瘠せた、長い頬を礼譲的にかすかに皺ませ、彼は彼女の兄に逢つたことがあると話した。「博士はもう御記憶はないでせうが、丁度洋行なさる前です。研究所の方へうかがつて。」

林檎についた新らしい虫のことで、なにか調べて貰つたのださうだ、と米子が言葉を添へた。

「さう。」

真知子は素つ気なく答へた。はじめての人に逢ふ時、父か兄の名前を持ち出されるのは慣例であつた。さうして、ちつとも有り難いことでは今の彼女にはなかつた。

「いや、もう昔話になりましたよ。ざつと十年になりますからね。少くとも私に取つちや皆んな昔話です。その林檎畑からして疾くに人のものだと云ふ有様で。」

黄ばんだ歯の根を見せ、彼は咽喉の奥で笑ひ、急にその声を絶ち、出し抜けに訊いた。「――あなたも無産運動をおやりですか。」

「――」

真知子は驚くより、質問の持つ発展性を怖れた。とにかく返事は一つしかなかつた。「い ゝえ。」

「さうでしたか、そりやどうも。」

が、否定を信じてはゐない執拗な注視で、「もしあなたも無産運動のお仲間なら、博士はどう云ふ態度で臨んでゐられるか、一つ参考のためにうかがひたいものだと思ひましてね。――米子なぞは長い間私を瞞してゐたのですから。」

妥協的な落ちついた微笑が兄に注がれてゐた。米子は黙つてゐたに過ぎないと云つた。

「同じだよ。本統のことを隠してゐた点では。しかし僕にはどんなことをお前がしてゐるかぐらゐはちやんと分つてゐた。誰が知らしてくれたと思ふ。まだ云つて聞かせなかつたが警察だ。お前も知つてるR―署長がわざ〱町からやつて来て、どうも米子さんが困つたことに深入りしてますよ、と斯うだ。――誰が尻押ししてるかつてことも、僕にはすぐ見当がついたがね。」

この一言《こと》は米子よりも寧ろ真知子を脅かした。が、名前があげられる前に米子が素早く遮ぎつた。R―氏等は取り越し苦労をしてゐるのだと。

「みんな余計な心配ですわ。あの人たちの厄介になるやうなこと、私たちはしてやしませんもの。少くとも合法的でないことは――」

「ふん、合法的か。」

高い、段になつた鼻を、嘲りで鳴らした。「結構だ。せい〲その辺のところでやつて貰ふんだな。――しかし、」

この言葉で、彼は妹から客に転じながら、「この二三ケ月、病気のせゐですかしきりに気になりましてね。もし刑務所にぶち込まれるやうなことにでもなると、斯んな不自由な身体で駈けつける訳には行かないし、まあ一つ、ことの起らないうち逢つておかう。——で、病気をかこつけに呼び寄せたのですが、さて、帰るかなと、手紙をやつた後まで当にはしてゐませんでしたよ。むづかしいもんだと思つてゐたのに、よくしたもので、帰つて来てくれましたからね。」

前と同じ、咽喉の奥のかすれた笑といつしよに、一粒の大きな光る涙が、鼻の横の深い皺の溝を流れた。その瞬間、彼は本統に泣き出したかの如く、顔を歪めた。前に投げた脚を毛布の上から圧へつけた。屈めた肩が激しく痙攣した。

米子はあわてて寝床の裾に廻つた。痛み出した脚をさするために、毛布を取らうとした。病人は首を振り、防ぐやうになほ堅く圧へた手を放さず、きれぐ〵に云つた。

「ほかの事ぢや駄目だ、一本やつてくれ、一本。——」

妹は優しいいたはりで、要求に応じないですむやうに、賺さうとした。

「辛抱出来なくて。——なりたけ注射しない方がいゝんでせう。」

「出来ないよ、出来るもんか。——この痛さが人には分らないんだ。中毒になつたつて構はないよ。あつ。——」

身体ぢうの力が、喰ひしばつた唇に絞り寄せられた。彼は妹を睨みつけたまゝものが云へなかつた。やつと発した声は号叫に近かつた。「頼まない。お前には頼まない。——おひさを呼んで呉れ。おひさにやらせる。おひさに。——おひさ。——おひさ。——」

開けつ放しになつた、一と間おいた向の遠い炉端の灯の下で何かしてゐた二三人のひとの中から、おひさが急いで駈けて来た。中形を着た、皮膚の美しい、肥つた女であつた。彼女はおづ〵〵した眼で子供つぽく真知子に笑ひかけ、並んだ米子の賛成してゐない顔に気兼ねしながら、それでも枕許の床の間においた注射器を取り上げた。

米子の場所がゆづられた。ガーゼにアルコホルが浸され、局部が消毒され、〇・〇三のモルヒネの針が突き刺された。おひさは掌のぽうつと紅い、小さいふくれた手で、敏捷にすべてをやつてのけた。

真知子は軽い瞬きで米子に合図した。米子もすぐ応じ、落ちついて眠るやうに云ひ残し、部屋を去らうとした。が、病人はそれを引き留め、痛みの去つた脚を今度はちやんと折つて坐り直した。

「どうもお騒がせいたして。――時々これがやつて来るので閉口ですが、なあに、一本刺せば直ぐこの通りで痛みは去る。気分はせいぐくする。治つたも同じですよ。いや、治つたつて斯んないゝ気持には滅多になれるものぢやありません。全く何んと云つていゝか、斯うからだぢうが――」

「おひささん。」

米子はわざと兄には構はず、炉ばたに引つ返さうとしてゐるおひさを呼びかけた。病人のあの言葉が、本統は彼の死ぬほど苦しむ激痛より怖いのであることを、で、決して彼の求むる注射を、求むるままにしてやつてはならないことを、幾らか当てつけがましい厳格さで注意した。

おひさはなにか悪戯をした子供の当惑から、米子と病人を半分々々に眺め、ぼんやり笑ひ、丸い下唇を嘗めた。

「いつもあの通りなんです。米子は注射させまいとする。私はおひさに命ずる。おひさが説教される。これを一昼夜に七八回くり返す。――」

「一番いけないのはお兄さんですわ。」

米子は今度は病人に直接にぶつつかつて、「幾ら苦しくたつて、それを我慢しないで、自分で自分を滅すやうなことをなさるのは――」

「間違ひだと云ふのかね。」

意地悪く、が、不機嫌ではない遮り方で、「しかしお前の怖れてゐることはとくに来てる。僕は立派なモヒ中毒だよ。ちやうど年一年じりじりと貧乏になつて行つたこの家と同じで、今さら騒ぎ立てゝ見たところで、どうにもなるものぢやない。結局からだも家もこれで朽ちるのだ。が、それにしても僕はお前がをかしいね。からだのことではやつきになつて心配してくれる癖に、一方の問題になると、どうだね、斯う云ふ家が滅びるのはお前たちから云へば当然の過程であり、それを滅すことが運動の目的なんだからな。」

米子は何か云はうとして止め、兄の顴骨に輝いてゐる赤い斑点を眺めた。注射につゞく痲痺の快感は、多くは飲めない酒が気持よく発した時のやうな顔いろにいつも彼をさせた。

「お前はをかしくもなければ矛盾もしてないと云ふかも知れない。家が滅びたつて、からだまで滅ぼす必要はないつて。大きにさうだ。からださへ丈夫でゐれば、人間《にんげん》乞食したつてどうにか生きて行けるわけだからな。」

ほんとうに酔つた人のやうな愉快な笑ひ方で、眼をすがめ、米子に似たしやくれた顎を突き出し、なにか恍惚と二三秒黙まつた後、彼は改まつて真知子を呼びかけた。

「曾根さん、正直なところ私は乞食が羨やましいのです。なれるものなら乞食になつてでもこの家から遁げ出したい。斯う思つたことが何度あるか知れないが、それが出来ません。そのくせ私の家は乞食より今では貧乏なくらゐで、借金のほかには何一つ残つてない、すつからかんで——」

「お兄さん。」

病人の発作的の雄弁を沮む機会を探してゐた妹は、そこで諧謔を装うて抗弁した。そんな貧乏話は、お客さまに対してあまり気の利いた持てなし方ではないであらうと。——

「成るほど。ぢや、嘘でもうんと金持らしい話をするのだつたな。」

楽しげな、金属性の笑が咽喉の気管部を震蕩させた。おひさの入れて来た新しい茶は、そこにある今一つの管《くだ》を洗滌し、黄いろい、尖つた舌を一そう生気づけた。

彼はしようと思へば、資格だけではなほ十分金持の顔が出来る筈だ、と云つた。

「半分にはなつても、年に二千俵からの小作米がまだ入るのだと云へば、どうして大したものだと人は思つてくれる。昨年のやうな庭渡し二十二円なんて相場でも、ざつと総理大臣の二倍の収入だからな。しかし、曾根さん、」

そこで切つた言葉を、もう一度取り上げた濃い茶でついで、「それだけの金の正味七割が悉く借金の利子と税金に奪はれて、残るのはやつと四千円足らずだと云ふことを考へて見て下さい。これつぽちの金ではこの家はどうにもならないのです。だいち、同じ貧乏仲間になつた親類は、いくら困つても本家の私は彼等を養つてやるべきだと信じてゐるし、村の者は村の者で、道路に新しい杭を一本打つのでも、小学投の瓦を一枚葺き代へるのでも、私の懐をあてにします。それも中々露骨で、昔のやうな旦那顔はさせないが、旦那税だけは取つてやれと云ふやり方ですよ。もとく\この家の借金は、祖父《ぢい》や父の旦那税が積もつたやうなもので、支那流で云ふといくらか余慶があつてもいゝわけですが、却つてそれが私を圧し潰して、この腐りかけた家に縛りつけてゐるのです。遁げ出さうにも遁げ出せない、——尤も細君だけは上手に遁げ出したんですが——」

乾いた、空虚な笑が再び咽喉に弾《はじ》けた。が、それ以上は触れないで、「とにかく斯う云ふ状態ですからね。それも私の家だけぢやない、よつぽど狭《こす》くかき込んででもゐる家でなけりや、大抵の地主は似たりよつたりでぎゆう〳〵云つてるのです。私はだから思ひますよ。日本が社会主義になつて浮かび上るのは小作人や労働者ばかりぢやない。だいち、斯う云ふ潰れかけの地主連が息を吐くはずだと。――少くとも私なぞは、革命でも起つて、家から土地からいつさい没収されたら、いつそのう〳〵するだらうと思ひますよ。さうなれば、利子の切換で銀行にお百度を踏む世話もなければ、百姓共といがみ合ふこともなくなる。その代り、斯んなからだで働いて食ふわけには行かないから、まあ乞食をするくらゐが落ちでせうが、その点は云はゞ望み通りになるわけで、どちみち有りがたいことですよ。多分米子も、私から大いにお礼を云つて貰ふつもりで無産運動をはじめたのだと思ひますが、――どうだね。」

彼の顔から輝きが去り、深い悲しみとともに石のやうな憎みが眼にあつた。米子は謙譲に兄の視線を忍んだ。

浸み透る沈黙の中を、次の部屋の時計が、ねぢの弛んだうつろな音で鳴りはじめた。一、――二、――三、――、――、――、――、――、九時。おひさは丸い顎を二重にし、眠さうな欠伸をした。

蚊帳を吊る必要のない部屋は、明らさまにひろ〴〵と見えた。隣りの床は空であつた。

真知子は寝坊したと思ひ、いつもは眼が覚めても五分間ぐらゐぢつとしてゐるのに、すぐはね起きた。雨戸一枚だけ開き、昨日の赤い水桶が濡縁にあつた。顔を洗ひ、髪を捲き直し、油になつた手をもう一度清潔にしたついでに、ハンカチの洗濯をした。米子がやがて来てくれるであらう。が、庭樹の枝に乾した後まで、彼女は姿をあらはさなかつた。小女の足音も聞こえなかつた。どこでも朝の家にある家事的な何かのかすかな物音さへも。――昨夜見たものが思ひ出されてゐた。この家の特殊の寂寥は、悲劇的な裏づけであらたに彼女を圧した。米子を探しに母屋の方へ出掛けて見る。決してそんなことをしてはならない気がした。

低い木戸を開け、真知子は庭下駄のまゝ倉と倉との露路を抜けて行つた。雑草の生えた広場、大きな納屋、多分豚が飼はれた強い臭気の残つた細長い牧舎、同じく空つぽらしい開けつ放しになつた倉、立ち腐れのなにかの建物。――つゞく野菜畑は、荒れたまはりの風景の間で十分清新であつた。まだ巻かない甘藍は、黒い土壌に強健に拡がり、縮れた、緑いろの厚葉で、瑞々しい朝の陽を反ね返してゐた。根葱は尖鋭な青い錐だ。トマトの燦然たる宝玉。胡瓜の白い粉のふいた、突起のある肌は、夜の青い露に濡れてゐた。蔓の間で、赤い軸を水平に眠つてゐるとんぼ。——真知子の肺は、土と野菜と肥料の匂の交り合つたあま青つぽい空気で、すこやかに膨れた。米子が待つてゐるであらうと思ひながら、すぐ引つ返さうとはしなかつた。

彼女は鶏小舎の金網に沿うて歩いた。そこからでも帰れさうであつた。が、裏に曲り、つゞく野菜畑を眼にした時、彼女のフォーカスに落ちたものが彼女を釘づけにした。畑の向側に並んだ二本の高い胡桃の樹の下に、米子が白い運動帽をかぶつた青年と立つてゐた。彼等は向ひあつて話し込んでゐた。それでも顔をこちらにしてゐた米子は、真知子が彼等を認めたより三秒とは遅れず、真知子を認めた。

青年も敏感に胡桃の幹から振り返つた。どこかで見た顔であつた。思ひ出せなかつた。青年は樹を離れ、高い肩でのし掛かつて米子に何か囁き、帽子の鍔をぐつと引き、学生らしい大股で、向ふの裏門へ歩み去つた。

その間、真知子は間抜けのやうに立つて見てゐたのでは勿論なかつた。寧ろすぐ引つ返さうとした。米子の遠い顔がその必要のないことを知らせた。彼女は青年に別れると急いで帰つて来た。が、途中で不意に立ち止まり、まともに射す光線に翳してゐた手で、真知子を招いた。

「今の誰だか知つてる。」

「見たやうな気がしたけれど。」

「山瀬さんに教はつてる従弟。東京へ行つてたの。」

「私のこと話したつて云ふひと。」

「さう。」

「でも、名前までどうして分つたかともふわ。」

「ぜんどうこんぱで覚えたんだつて。」

「なんのこと、それ。」

知らない外国語を耳にした時の顔つきを真知子にさせたのを見ると、米子は反応を期待した笑ひ方で、「分らない、そのテクニク。」

「西蔵語。」

「ぢや、斯う云へば。思想善導会食《しさうぜんだうこんぱ》。」

真知子は頬をゆがめ、稍〻面はゆく笑つた。その犀利な嘲語に関しては、生徒主事の義妹は当然受け身の筈であつた。それだけ言葉の持つ滑稽な内容に通じてゐた。

日本の文部省は、直轄の各高等学校に対し、金額二千円内外を新たに交附することに依つて、学生の思想を善導し、所謂赤化運動から彼等を防禦しようとした。使途は自由であつたが、重に教師と生徒との会食や小旅行にその金は費された。彼等のより善き結びつきが、目的の完成の第一条件と考へられてゐた。

山瀬の学校は会食組の方であつた。教師と生徒で何かいつしよに食べることは、大して面白くもない場所を歩き廻るよりは遥かに実質的であり、且つ彼等の思想を健全にする標準器を彼等の胃の腑に求めるとすれば、これほど確かなことはなかつた。しかしふり当てられた費用は、何百もの胃袋を飽かしめるほどに十分ではなかつたから、大抵午後の茶が利用された。

一学期の終り頃、五六人の生徒が交る〴〵山瀬の家にも招待された。彼等は書斎で、やつと人数だけかき集めた椅子に並び、茶菓を取り、デヴィス・カップや神宮の競技に就いて語り——思想問題には決して触れないで——後半は山瀬の学生時代の昔話に耳傾け、十枚しかないレコードを二三枚蓄音器にかけ、そこへ仕出し屋から届いたどんぶりを急いで食べ終ると、有難う、左様なら。——

なんとあわただしいぜんどうこんぱ！

人よ、それを咎めてはならない。もし学生たちが、彼等の直面してゐる思想的疑惑に就いて教へられようとして、夜になるまで動かなかつたとすれば、教師を困らせるばかりでなく、彼の家事経済に大恐怖を来させることを賢明な学生は心得てゐた。限定された思想善導費は、余分の晩飯まで支払つてはくれないから。

明けの日、一人前五十銭弱になる、菓子屋と仕出し屋の大切な受取を義兄の机の上に載せに行く時、いつも面白がつたことを真知子は打ち明けた。

「ねえ、私立学校の学生の思想は、文部省では多分自由に悪化させておくのだともふわ。」

「逆説を用ゐれば。」

米子もその滑稽を同程量に咀嚼しながら「直轄学校の生徒の方が、火急に善導を要するほど悪化してる訳になるのね。」

「ぢや、その見本、今の人も。」

この率直な切り込みを、空間的に避けようとするかの如く、米子は二三歩歩調を早めた後、眼を前方の地上から離さないで云つた。

「関の伝言を持つて来たの。逢ひたがつてるらしいの。」

真知子は友の白いしやくれた顎をのぞいた。この瞬間に対しては、彼女は長く用意してゐた。

「あれからは。」

「一度逢つたきり。その時は喧嘩したのだけれど。――いよいよ入獄することにきまつたもんだから、多分仲直りしようといふのよ。」

「してお上げなさい。」

米子は黙つて立ち留まり、鼠つぽく拡がつた眼で真知子を探つた。

「まだ私のこと気にしてるの。」

「さうぢやないけれど、たゞあの時はお互ひに興奮してたから――」

「でも、あの時私が云つたのは出鱈目ぢやなかつたのよ。斯うしてあの人のことをあんたと話してゐると、一そうはつきりそれが分るの。今までは平気なつもりでゐても、どの程度に平気になつてるか分らなかつたから、本統を云ふと少し心配してたの。そのくせ、そのことより外の話をするつもりで来たんぢやなかつたのに。それが自分でもをかしいほど平気なんですもの。――ね、御覧なさい。」

稍〻ひようきんに顔を突き出し、真知子は晴れやかに笑つた。実際彼女の中には、彼女自身でも気のつかないものが三月前の激情を完全に過去にしてゐた。「もし私が、少しでもあのひとを愛してゐたのなら、斯んな顔出来やしないでせう。ですから決して愛してたんぢやないのよ。あのひとを愛しなかつたばかりぢやない、あのひとたちのイデオロギをも、そのまゝ本統に受け入れようとしてゐたんかどうか、今では疑つてるくらゐだから。」

米子は相手の顔に溢れてゐる輝きがなにを反映してゐるかを知らうとして、注意深く眺め、重い嘆息でつけ加へた。

「そこまで後戻りさせた責任は、私が負はなくちやならないのね。」

「どうして、そんなこと余計なお世話よ。」

真知子は快活を誇張さした。自分の正直な打ち明けが、与へようとした悦びを変質させかけたのを、それで救はうとしながら。

「私の考のかはつたことが、あんたにだつて誰にだつて、ほかのひとに関係はないもの。殊に後戻りしたなんて簡単に片づけられるの、厭やなこつたわ。」

「どちらにしたつて、あの時私が泣き言を云ふ気にさへならなければ、あんたはまつすぐ進んで行けたのでせう。それを助けることが義務であつたのに、却つて邪魔したのだから。私の取り返しのつかない過失――」

「米子さん。」

急にまじめに突き上る感情で、真知子は友の手を摑んだ。「なぜあんたは関さんのこと云はないの。あんたは自然なことをしただけだし、過失があれば皆んな関さんが負ふべきぢやない。それだのに、たゞ自分だけに責任があるやうな考へ方をするのは間違つてるわ。」

「関は関で反省させればい、。」

「さう思へる。——二度と繰り返さないつて。」

「——」

「聞かして頂戴。もし誰かがまた、私と似た事情であのひとのところへ飛び込んだとして、——」

この直接すぎる引例で、さすがに少し赤くなりながら、

「さう云ふことが決して起らないとは云へないわ。ね、その時はどうするの。ひとりの婦人闘士を成長させるためには、個人的な愛情を犠牲にされると云ふの。」

「人と場合では。——少くともあんたに云つたやうな泣き言は云はない。」

「嘘。出来たつて嘘よ、そんなこと。——ほら斯んなに震へてるぢやないの。」

真知子は掌に取つた米子の冷たい薄い手を、性急に振りながら、「これが正直なあんたの気持だわ。それを生かせないのはどんな理論を持つて来たつて不自然よ。——たしかに、私をあんた達について行かれなくしたものも、云はゞその不自然さだわ。あの考へ方の下で、人間がめいくの意欲をどう清算して行けるか、——その疑ひが、私を立往生させたのだから。」

「後戻りしたとは云はないつもり。」

「決して。」

「でも、あんたの口吻はすつかり反動主義者だから、をかしい。」

さうして、資本主義の社会では、人間がめいくの意欲を生かすのに、何等の矛盾も不自然も感じないかの如き云ひ方だと。

米子の漸く笑ひの浮かんだ顔には、彼等の仲間がか、る議論に際して示す高びしやな自負の代りに、深い親愛があつた。

「斯う云つたからつて、私たちのしてることやしようとしてることに、矛盾も不自然もないと云ふのぢやないわ。今の必要は、それを突つきつて進むだけなのよ。新しい組織さへ出来上れば、めいくの意欲もちがつた現はれをするだらうし、さうなれば今の矛盾は矛盾でなくなり、不自然も不自然でなくなるから。」

「私はもつと気が短くなつてるの。――もつと疑ぐり深くなつてるの。――」

「だつて、目の前の社会を例に取つて見たつて、変化は分るぢやないの。私たちの親の時代に不自然であつたことが、私たちには決して不自然ではないし、同じ順序で、私たちにいま不自然であることも、多分私たちの子供には――」

怖ろしい一と言が唇の色を失はせた。内側の小さい歯は、それを通過さした苦痛でかち〱鳴つた。米子は立つてゐられないやうに見えた。下枝を払はれた落葉松のまつすぐな粗い幹が、よろめき、咽びあげた彼女を支へた。――二人は野菜畑から裏の岡へつゞく路へ入つてゐた。

米子が泣いてゐる間、真知子は慎ましい同情でそばに佇み、何んにも聞かうとはしなかつた。停車場で、彼女の細つそりなつた和装を、一と目見た時、あらかじめこの悲哀を知つてゐた。

「ね、もういゝぢやないの。――」

真知子は痙攣してゐる肩に手を置き、優しく慰めた。

「時がたてばみんな忘れてよ。」

「いゝえ、どんな時が来たつて、このことだけは忘れはしないわ。時が立てば立つほど悲しくなりさうな気がするの。それで、関を憎むことが出来ないのだから。この悲しみが、一そう私をあの人に結びつけてゐるのだから。――」

とまらぬ涙と、半分は恥づかしさで赤く濡れた顔を、米子は両手で蔽うた。「今後だつていろ〱なことがあるのよ。あんたの云つたやうなことだつて、起きないとは限らないわ。それでも関の方で思ひ出してくれさへすれば、私はいつでも仲直りする気になるでせうよ、屹度。」

「それぢや、まるで、――」

真知子は落葉松の枝から、藻に似た青い葉を腹立たしく引きちぎつた。「関さんをスポイルドさせるんぢやない。そんなことつて――」

「関に関係はないわ。私ひとりのこれは感情だもの。苦しむのは勝手に私が苦しむのだし、関までその中に捲き込みたくはないの。そんなことをすればあのひとは私を軽蔑するわ。あのひとを愛することが、絶えずあのひとを束縛することになるのだから。そんな愛され方をする時間は、あのひとには当分ないのだわ。」

彼等の前には稲田がゆるい斜面なりに段々に連なり、

黄白くこぼれた謙譲な花で、来るべきゆたかな収穫を前触れしてゐた。鳶いろの村落は、その拡がりの中で、一列の低い島であつた。――必然的に、そのまゝでは生活線下に没しなければならない、穀物の海が豊饒であればあるだけ、彼等から食物を奪ひ、より以上の窮乏と貧苦に沈下させる、資本主義的農村経済の奇妙な錯誤を、それが象徴してゐるかの如く。

「田舎に今度帰つて見たことは、無駄ではなかつたの。」

泣いたあとの、かすかに膨れた米子の眼は涙とは別なもので輝きはじめた。彼女は浴衣の手をまつすぐに伸ばし、その前景に友の注意を呼んだ。「――あの百姓家でも、若いものは皆んな眼を覚ましてるわ。ほんの一年足らずだけれど、私のゐた時分とは驚くほど違つてるの。兄も昨晩云つてたけれど。――結局兄のやうなひとたちは、可哀さうでも愚痴をこぼしながらあのまゝ滅びて行くのだし、取つて代る新しい力は、斯んな片隅の土の底まで脈打つてることがはつきり感じられてよ。ぐづ〳〵してる暇はないつて気がするの。」

「それで、あんたの仕事が、――」

どちらにどう向いても突き当る主題に対し、真知子は一念を押さずにはゐられないで、「悲しみも、苦しみも、一切の私的なものを克服させるつて云ふのね。それが出来るつて。」

「出来る出来ないよりは、必要なだけ。――私たちの考へ方を容易に承認しない人たちだつて、こゝまで流れて来た大きな流が、決して逆流しないことだけは認めなくちやならないと同じよ。――なにか悄げたり勇気を失つたりする時、私はいつもそれを考へるの。斯うすると――」

米子は長い眉の下で、眼を細くして見せ、湧き立つ興奮を制するため、胸に手を組み合せた。「それが見えるやうなの。遠い水上からまつ黒な流が、だん〳〵幅が広くなり、怖ろしい勢になり、あらゆる邪魔物を突き崩し、洪水のやうに氾濫して流れてくるのが。――」

その黒い流は、真知子自身にも感知されなくはなかつた。荒れ狂ふ水の音さへも、聞き洩らしてはゐない彼女であつた。にも拘はらず、なにが彼女の足を岸に釘づけにしてしまつたのか。――関が嘲つたやうに、個人主義の迷妄でそれはあつたか。――また生れながら細胞に浸み込んで来た血の引力か。真知子は知らなかつた。分らなかつた。考へようともしなかつた。

その時真知子は、足もとの草むらに野生の苺を見つけてゐた。まあ何て綺麗なのだらう苺は。――細い刺のある蔓、ぎざぐ〳〵のある小さいハート形の葉まで、なにか驚くべき美しいものにそれがその瞬間見えた。――朝の涼しい木の間風がふたりのあひだを吹き抜けた。彼女は輝く赤い斑点から眼を離さなかつた。

右も左も落葉松の植林であつた。稜形の正しい重なりで、青黒く盛り上つた樹層が、暮近い曇り陽を吸ひ、行く手に鈍く銀いろに煙つた。谿には渓流の音があつた。乱暴な速力が捲き起す風で、運転手の派手な縞シャツが母衣のやうに膨らんだ。――昨日と同じ自動車であつた。

昼過ぎ、米子に一つの電報が配られた。彼女はすぐ立たなければならないと云つた。真知子の来てゐたのが、却つて兄から脱け出すのに都合がよかつた。

真知子は関の電報だと思つた。米子は小峰から来たのだと云つた。どんな用事がさう遽しく彼女を呼びよせようとしてゐるかは、常例の沈黙で、知ることを許されなかつた。

二人はシートの両端に離れてかけてゐた。ぶつつかり合はないためのみではなかつた。なにかの思考は米子を真知子から引き離してゐた。彼女は窓の方を向き、必要以外には口を利かないで、重々しい、計画的な顔で黙り込んでゐた。

植林地帯を抜け、ゆるい丘陵の地にかゝると、米子はふと真知子に振り返り、考古学に於ける河井は、実際真摯な研究家として認むべきであらうかと訊ねた。

「評判の方が、あ、云ふ人たちはえらいのだけれど。」

「さうぢやなささうよ、あの人だけは。」

真知子は公平に味方しながら、「でも、どうかしたの。」

「小峰さんの社の重役。あすこは河井系だから。」

「名前だけよ、屹度。」

「だから、あんな会社に余計なことぢやない。ほんとうの学者で立てるんなら。」

――それこそ余計な心配ではないか。――が、しづかな黄昏で輪廓づけられ、それだけ気負ひたつた色を明瞭にした米子の顔を見た時、突然、病院で目にした小峰のしみのある黒い爪が、真知子の意識を底から引つ掻いた。彼女の潜入――本所の染料会社――今日の電報。

「何がはじまるの。」

激しい動揺が二人を同時に弾き飛ばした。自動車は火山岩質の丘陵を登り切らうとし、くるま全体で唸り、躍つた。汽罐部が突つ立つた。把手を摑つた運転手の縞シャツが、彼等の頭上に閃めいた。

「はじまるんぢやない。はじまつちまつたのよ。」

もう隠さうとしないで、米子は坐り直し、活き〳〵と真知子の耳許に叫び、ついでに白いふつくらした耳たぶを引つ張つた。「あんたが、河井夫人でなくてよかつた。」

云ひあらはすことの出来ない昏迷が、その時真知子にあつた。三日前の河井との邂逅を、何度も打ち明けようと思ひながら、なぜか話せなかつた。今となつては心理的にも時間的にも遅すぎた。燈火になつた町がすでに前にあつた。でなくも、ぼろ自動車の騒々しい疾駆と震動が、彼女の細かい気持の陰翳を邪魔しないで伝へさせるであらうか。——

真知子は今度は自分の方からシートの端に避け、運転手の頭上に反ね廻つてゐる、マスコットの小さいセルロイドの娘を孤独にぼんやり眺めた。

明けの日の午後。T—駅のプラットフォームで、真知子は乗り換への汽車を待つてゐた。どうして東京へ急に帰らうとしたか、何かその必要があつたか、分らなかつた。米子を見送つた時までは、勿論反対の汽車に乗るつもりであつた。十五分から間があつた。真知子は東京の三種の新聞を買つた。ストライキはどの紙上にも威嚇的な活字で報道されてあつた。単に小峰のゐる染料会社のみでなく、同じ資本網に属し、同じ解雇者で脅かされた、繊維工業の一会社との、共同的大争議であることを知つた。しかし、その時真知子のこゝろを撼り動かしたものは、職工たちの勇敢なデモでもなければ、演説会でもなく、トラックで運び去られたと云ふもの凄い検束でもなかつた。

争議団の幹部員は、遁げ廻つてゐる他の重役たちを無益に追求した末、河井に会見することに成功してゐた。河井は適当でもない地位に、たゞ単に備はつてゐた自分の無責任を正直に語り、出来得る限り誠意のある解決法を見出すために努力する旨を約束した。

いつしよに撮つた写真が出てゐた。場所は真知子にも見覚えのある研究所の階下の部屋であつた。訪問者側の広い肩や強健な腕にあらはされた、幾らかの擬勢と興奮に対し、彼は自然であつた。丁度真知子がそこで逢つた時と同じ窓をうしろにして彼は掛け、珍らしく少し乱れたまゝの頭と、稍〻堅い線になつた唇に、わづかに苦悩を洩しながら、しづかなもの憂げな眼眸で、なにか非常に遠いものを注視してゐるやうな顔をしてゐた。——何を彼は眺めてゐるのか、彼が云つた氷河か、それとも黒い流か。——真知子はそれを知つてゐる気がした。下りの列車が来た。真知子は新聞をひろげたまゝ、ベンチから離れようとしなかつた。

「あら真知子さんぢやないの。——真知子さん。——」

かん高い、楽しげな声が向ふの方から呼びかけた。新らしくふえた客で三等客車は一そう混み合ひ、ごたついてゐた。洗面所の前で、動きかけてまでもまごく〳〵してゐた真知子は、どこから声が来たか咄嗟には分らなかつた。が、それと見て立ち上り、もう一度大きく呼び、手招きした富美子と、まはりの仲間の目に立つ服装は、まだ立つたり、歩き廻つたりしてゐるひとの間にも紛れなかつた。

「こちらへ入らつしやいよ。掛けられるのよ。」

この勧め立てといつしよに振り向いた彼女の母や、連れの見知り越しの夫人たちに対し、遠く礼譲的な微笑を送ることに依つて、真知子はこゝで沢山だと云ふ意味を示した。それにしても斯んな汽車の中で、殊に三等の客車で、彼等に出逢はうと考へたらうか。

向側に小さくなつてかけてゐたすみやが迎へに来た。富美子はまだ立つたまゝで、お気に入りの小間使が使命を果すかどうか監視するやうに笑つてゐた。真知子はなによりも乗客から好奇的に見られてゐるのが厭やであつた。彼女は床においたバスケットを取り上げた。彼等とても、斯んな場所で彼女が話したくないやうなことを話させはしないであらう。

この懸念は富美子の待ち構へてゐたお饒舌で救はれた。彼女は母が二等車に室がなかつたために、今日は大怒りに怒つてゐるのだと云ふことからはじめながら、

「ほらね、まだやつてるでせう。」

富美子は小間使と入れ代はらした真知子の膝をつゝき、反対の側の腰掛で仲間の夫人たちとしきりにそれに就いて論じてゐる母を顧み、そばかすの小さい顔を茶目にしやくつて見せた。

「乗せるばせきがないんなら、はじめからさうと断つて、二等の切符を売らなけりやよろしいぢやございませんか。」

倉子は墨の入つた眉を寄せ、疳癪を起してゐる時いつもするやうに歯を唇の隅で吸つた。「私はそれからして間違つてると申すのですわ。ちやんと二等の切符だけは売つといて、それで三等の方へ押し込むなんて。」

「全くでございますよ。」

となりのX―夫人はゴルフで焦げた丸い顎をうなづかした。「少し気を利かして、車を増すとよろしいんでございますわね。」

「さよですとも。二等車を一台つけるのが本統ですよ。軽井沢から三等に乗るひとのないのは、分りきつたことでございますからね。」

X―夫人に向ひ合つてY―夫人は、娘たちだけ二等の方にやつと立たせてあるのだと云つた。彼等の特殊な道徳観に依り、二等車の便所の前に立つたとしても、三等車よりは恥辱ではなかつたので、倉子は夫人のよい心遣ひに賛成しながら云つた。

「――斯んな眼に逢はされるのが、いちばん不愉快でございますわね。」

彼女はその不愉快を隠さうとはしなかつた。寧ろそれを誇張することで、自分がゐるべきでない場所に置かれてゐる間違を周囲に印象づけようとするかの如く見えた。彼女は明石の胸をふくらませ、仲間以外には眼もくれないで、帯の間から抜き出した象牙ぼねのきやしやな扇子を、気取つて顎の先で動かした。

しばらく遠ざかつてゐたこれ等の光景は、何より先づ怪異に真知子には見えた。富美子は違つた意味でなほそれをかしがつてゐたので、そのすし詰めの列車に、彼等が無理にでも乗らなければならなかつたわけを説明しようとした。

「Q―さんの御婚礼の御披露が、東京会館で今晩あるのよ。だからこの汽車でなくちや間に合はないの。――多喜子さんの従妹さんよ、奥さん。」

「多喜子さんは。」

「あの方も来月お式だわ。海軍の軍人さんにゐらつしやるの。さう云へば――」

ふと重大なことに気がついたやうに、富美子は子供しい顔から笑ひを消した。「河井さんのおうち大変ね。新聞で見たでせう。」

「ストライキ。」

「うゝん、それだけならいゝんだけれど。」

富美子は骨細な頸を振り、細い通路越しに向側の母を呼びかけた。「お母様、お母様、河井さんのあのう――」

丁度そこでも同じ噂話がはじまつてゐた。会社の危機に瀕した経済状態が暴露された。河井は職工の共同管理で新たに経営させて見るため、研究所だけを残し、彼の不動産の殆んど全部を投げ出さうとしてゐることを真知子は知つた。

「L―さん……河井さんの伯父様の――あの方に、宅がニュー・グランドで昼御飯にお逢ひした時の話だつて申しますから――」

何んでもひとの知らないことをいち早く知つてゐる得意さで、流石に低めた調子で、倉子はつゞけながら、「親類ぢや勿論反対なのでございますつて。L―さんもぷん〳〵してらして、そんな社会主義かぶれ見たいな真似をするんなら、勝手にするがいゝ。たゞ俺は、そんな馬鹿々々しいことに係り合ふのはまつぴら御免だ。それよりかゴルフの方が大切な問題だつて、すぐ引つ返していらしたのですつて。」

「L―さんはまた、とても御熱心なのでございますものね。」

よく相手をするX―夫人は、何か思ひ出し、狐いろの鼻の反つた西洋人臭い顔で笑つた。Y―夫人も笑ひの意味に通じてゐた。

「それで、いつまでたつてもお下手なんですつて。」

「あの方の仇名、クラブ泣かせ。」

それで三人の中年女は、暑さと汗と人いきれでむんむしてゐる三等車の中で、彼等の婦人室で笑ふやうな笑を爆発させた。この金持のゴルファが、ヘーゲンの来た時、素晴らしい道具を持つて来て貰つたのは有名な話であつた。

しかし彼のゴルフの技倆が軽蔑されたやうには、彼の言葉は軽蔑されなかつた。彼等は、河井の行動に対する彼の批評は、人生に経験のある人の適切な意見であり、実際そんな愚なことで財産を失くしては、今までのやうに誰もちやほやするもののないことが河井自身に分らないのは、気の毒だと云ふことに一致した。

「それでも河井さんは研究とかなんとか、瀬戸つかけでもいぢつてゐらつしやればそれですむでせうが、お母様が如何にもお可哀さうだと思ひましてね。奥さんのことでも気をもんでゐらして、私もいろ〳〵御相談を受けてゐたのですが。」

今となつて見れば、手を出さないで助かつたと云ひ、急に横の腰掛に誰がゐたかを思ひ出した倉子は、振り返り、開いたままの扇子で肩を叩いた。「真知子さん、あんたは運の強い方よ。」

扇子の軽い感触は、脊椎がかち〳〵するほどの怒りを真知子の全身に伝播させた。決して好きであつたことのない田口夫人が、この時ほど嫌ひであつたことはなかつた。またこの時ほど河井に対する彼女自身の隠されてゐた愛を、はつきり感じたことはなかつた。

真昼の灼熱した関東平野が、彼女の浪打ち、焦躁するこゝろをよそに、のろ〳〵窓の外にあとしざりした。

長谷川時雨

薄ずみいろ

一

私はこんなものをかいておいて、誰に見ていただこうというあてもありません。親にも妹にもはずかしくって見せられはしません。これはほんのわたしの心ゆかしでしょう。自分と自分に書残《かきのこ》して、魂を慰めてやっているのでしょう。私の薄墨色《うすずみいろ》のくらしも、まあこんなものでも書いていて、自分を悲しがってやれるように、心にゆとりのできただけが、すこし諦めのついたしるしかと思います。何にも云わないで死《しん》でしまうということは、よっぽど傑《えら》い人でなければ出来ないことでしょう。わたしは自分と、とわずがたりをするだけでも屹度《きつと》、汚されぬ霊魂の童貞というものがあれば甦ってくれることと信じています。わたしは二十歳の女ですが、もしも此《この》「薄ずみいろ」が人様の御目にはいるときに、今時こんな古い思想をもったり、こんなみじめな自分というもののない暮しかたがあるものかと思われるかもしれません。けれどもわたしは下町の、大店《おおだな》の蔵と蔵との間のあんまり現代の風が急にははいってこない、堅気《かたぎ》一方な場所に生れて、生れたてには大変な長命をした、文化うまれの大祖母さんや、文政何年とかの祖母さんたちがいて、その方達のお部屋には、行灯《あんどん》をつけていましたし、二人の老女は前帯に結んで、おひきすそでいたほどですから、家内もよっぽど世間とは足並が遅れていて女というものは三界《さんがい》に家なしという流儀に育てられてきたということを、すこしでも知っていていただかないと、わたしというものの苦しみは、屹度《きっと》くだらないものに違いないと思います。わたしはまったくくだらない涙に自分の一生をくらさしてしまって、名もない小さなお墓の主になってしまうのかもしれません。あんまり自分が可哀《かわい》そうなのです。けれども我儘《わがまま》なのかもしれません。何処《どこ》の国に嫁《かた》づいて、自分の身が穢《けが》れたと苦しむ女がありましょうか。

私は寺小屋育ちで、現代の風には吹かれたくっても吹かれることが出来ませんでした。結綿《ゆいわた》に結っているわたしの髷《まげ》の下の頭の心には、学問もなければ考えもありはしません。なんにもしらない従順なわたしというものばかりしかありはいたしません。そのわたしが一人で切ながっていることが、もし悪い、ゆるせないことなのならば、わたしというものはもっと強く苦しんで、早く此世《このよ》にいなくなってしまう方がよいのだと思います。わたしは此《この》書きかけを、箪笥《たんす》の底へかくして見たり、帯上げの中へ入れて見たりしています。もし目《め》っかったら大変です。あの人に見られたらば、「張り殺すぞ」と怒鳴られてわたしはあの太い腕で一打ちに殺されてしまうのに違いありません。わたしは死にたくないことはちっともありませんが、あの人に息の音までとめられるのは嫌なのです。あの人が厭《いと》わしいばっかりに苦しんでいるのです。といって決してあの人は悪人ではありません。善人すぎるのかも知れません。お金持ちで、ちっとも教育がなくって酒呑《さけのみ》で、お酒のために眼病みをしている人です。

わたしは祖母さん子に育てられて、年頃の御友達をもたないせいか、ほんとに好き嫌いがはげしいのです。子供のおりは食べるものも嫌いな方が多かったと覚えています。豆腐がまっしろでぐにゃぐにゃとしていて、冷たそうなくせに折悪く暑かったので気味悪がったり、まっ黒にすっぺりした茄子《なす》が大嫌いであったのを、飯事《ままごと》の遊びにお歯黒《はぐろ》だといって口に入れられた晩に、急に胸を差込ませたりしたほどでした。よく祖母は、この子は妙な子だ、一目見て嫌だ、厭《きら》いだといった人は、不思議に好い人じゃないと云ったりいたしました。私はそれが病気なのでしょうか。女は生涯にたった一度嫁《かた》づくものだと、ちいさい時から言いきかされて、死んでも帰られないところだと思っているのに、撰《よ》りもよってとうとうその病気がこない前から出てしまいました。

口だけでは親切な出入の人達や、心の病を知らない慈愛の深いみよりの方達は、あの医者がよいの、この薬がよいのと云って下さいますが、私のこの瘦《やつ》れはなんで癒《なお》りましょう。二六時中《しじゅう》心が顫《ふる》えていて、虐げられる弱い魂が、反抗して苦熱を起して悩んでいるのですもの。

もっと働けば元気が出る、考えこんでいるのが病気の源だとみんなが云います。わたしも働いてわすれられる事ならば、堀井戸の水を日に何十荷くみあげようと、石垣の石を幾度背負《せお》ってはこぼうと、霊魂さえ楽に休ませてもらえれば嬉しいと思いますが、わたしの寝室はわたし一人の自由にならない牢獄で、わたしを保護してくれるという美しい名の下に、黄金の鍵をもっている人があって、わたしは妻という名の下に声をたてることの出来ない猿轡《さるぐつわ》をはめられてしまって、見えぬ鎖で足械《あしかせ》をかけられた五体は、云うことも出来ない屈辱をしのばなければなりません。私は思いつかれたすこしの間の昼間の眠りにも、懐《ふところ》に蛇が巣《すく》うようで切なさに叫ぶことさえあります。

わたしは自分一人がよいものになって、あたりの人をみんな悪いものに書こうとは思いもしません。わたしの心一つが鬼をも生み蛇をも生むのは知っていますが、女というものは、こんな心持ちをもっているものもあるということを、誰にも話せないのが可哀《かわい》そうだと思います。広い世の中のことゆえ、同じような気の弱い方が一人や二人はあるでしょうに、お互に死ぬまで洩らさないことですから、泣きあうことも出来やしません。

わたしは身の廻りに、何か変ったことがあればいいと思うようになりました。もしひょいと見て、ちょいとでも私の好きそうな人が、もしか鉄砲でうたれでもするような場合があったら、わたしはいきなり其人《その》を突抜けて、身代りになってやろうと思います。たといそれがわたしを知ってくれる人であろうがあるまいが、気狂女が出てきたと思おうがかまいはしません。

わたしはどうしてこんな風に思うようになったか、ちっとも熱しないで、ありきたりにこうなっていった私の心持ちを回顧《ふりかえ》って見ましょう。心の鏡にうつる姿が、わたしに同情するか、わたしの我儘《わがまま》をいましめるか、それは自分にも分りません。

これだけが前書です。本文は前書よりみじかいうちに書きたくなるかも知れませんが、もしそのうちに私が消《きえ》るようになくなったらば、殺されたのでも、自害したのでもないおしゅんという女の書置きだと見て下さいまし。

山茶花《さざんか》が咲いて、爽やかな渡鳥の声が小春日和《こはるびより》のあしたをおとずれるころ、わたしは何とも名のつけようのない、憂鬱《ゆううつ》な、気の引立たない病気にかかってやすんでいました。

「十九の厄《やく》が、軽くってもおさしになったのでしょう。」なんて、何《なん》にも知らない生花《いけばな》の先生などは、見舞にきてそう云ってなぐさめてくれましたが、それにしてもはかばかしくないのが困ったというように眉を顰《しか》めたりしました。

たったそれだけの事を云われても、わたしは、何にも知らないのだ、わたしの心持ちは誰にも分らないのだと諦めながら、それでも泪組《なみだぐ》んでいました。わたしのなやみを、すこしでも察しているのは、妹とお母さんと二人ぎりでしょう。妹はたった一つ違いでいてて私よりずっと老成《ませ》た姉さん気取りの人でしたから、枕許に他人のいないときなんぞは、私を納得させようとして、

「いつまでも考えているものじゃありませんよ。おしゅんちゃんが機嫌を悪くしているとお母さんが案じていて可哀そうですからね。」と云ったり、「そんなに気にするほど嫌な家ではなさそうよ、みんな面白い人達ですとさ。」と、其家《その》のことを知っているという様子を見せて、聴きたければ話してあげましょうという素振りを見せたりしました。

「お君ちゃんは、お母さんにたのまれて、わざと聞かせようとするのだ。」と思うと、わたしは小夜着を額までかぶって、どんなことがあっても聞くまいとしました。

そんなにするとすぐ熱があがってきて、苦しいので胸まで掛ものを反退けるときには、ほっと息をして汗ばんだ胸や手をきゅっきゅっと拭くと、妹も気の毒そうにして額に濡れついた髪をとってくれたりしてだまってしまいました。

「困ってしまうね。そんなに気が進まないのなら、聞いたときにはじめっから嫌だと云ってくれれば好いに。今更どうすることも出来やしない。今になって、いつもの病気だと云えはしません、親がついていてさ。」「だけれど、おしゅんちゃんも可哀そうね。」

「可哀そうなことはありません。親達が取りきめた、こんないい縁談を嫌がるなんて我儘《わがまま》です。親不孝なのですよ。」

うとうとしている枕許で、お母さんとお君ちゃんが、わたしに内密《ないしょ》のような、態《わざ》と聞かせるような話をしていると、わたしの半眠りの眼からは、熱い泪《なみだ》がだらだら流れて、それから目を開いてお母さんの顔をまともに見るまでには、

「だってお母さんは、私に返事を一言もさせなかったじゃありませんか。取《とり》きめても好いだろうねとおしまいに厳敷《きびしく》おっしゃったとき、わたしは大変だと思って一生懸命に、（どうか待って下さい、お願いですからわたしの云うことも聞いて下さい）と云おうとするとそれを察しないお母さんじゃないのに、私に口をきかせないで（昔っから婿《むこ》の方でとやかく云っても、望まれて、よく探してから申込《もうしこま》れた女の方から、見合まですましておいて、嫌だということは出来ないものなのですよ。そんなのは男撰《えら》みだといわれます。娘子供が男の容貌《きりょう》を好ききらいするというのは、親の教育がいたらないからだと親まで笑われます。あすこの家は羽子板《はごいた》のように、幾人嫁入りざかりの娘をならべておくのかと、お前さんの心得ひとつで、妹達まで縁遠いように笑われます。今更嫌といっても親が許しはしませんから）と圧石《おもし》で押しつけるように云って、わたしの泪《なみだ》なんか目にも入れないで、とりつきようのない、（好いだろうね）と念をおすにもあたらないほど圧制だったくせに、（聞いたときに、嫌ならいやといえば好いに）と、あんな人聞きの好いことを仰《おっ》しゃる。」と怨《うら》めしさがいっぱいになりました。お母さんはどんな顔をして、あんなことが云えるのだろうと、心のうちで親を睨めながら目をあいて見ると、口で強く云っても、気苦労にしているらしい目の色に、わたしの心はまた弱くなってしまいました。

其《その》日はまだお昼前で、誰も奥にお客にきていそうもないのに、台所の方で仕出し屋の小僧の声がしていました。ふと気がつくと、お母さんもお君ちゃんも、髪をちゃんとさどやの丸髷《まるまげ》と島田に好い恰好な結《ゆい》たてでした。わたしの髪といったらば、先月に島田をほぐしたぎり、それからろくに櫛の歯も入れてはないのです。自分でもすこし気分の引立ったときには、結んでおいてもらおうかと思わなくはないのですが、それを云立《いいたて》にお床上げでもされてから、何のかのと嫁《ゆ》かなければならない下ごしらえをされては大変だと思って、それが胸につかえてきて、

わたしは起上った頭をまた枕につけてしまったりしました。

「こんな好い時候なのに、私も一枚綿入れを着て、好い恰好に髪を結って、久しぶりでお茶のお稽古にでもゆきたい。私は嫌なことばかりなので厭《あき》てしまった。」

　わたしの押附けることの出来ない若い娘心は、健康がもとのようになれば、すぐに嫁《や》られてしまうのを恐れながら、柔らかい日ざしの小春日和の町を、青竹の鼻緒の白木の台の下駄で歩く、裾さばきの軽さや、久しくつけぬ白粉《おしろい》の、頸《くびすじ》の肌ざわりをなつかしく思ったりして、妹の島田の出来ばえのよいのを眺めていました。すると、手もちなさそうにしていたお君ちゃんが、

「姉さんも結って見なくって」といいますと、お母さんは急立《せきた》てるように、

「それが好いよ、それが好いよ。そうすれば熱なんか下ってしまいますよ。そんなにしているから逆上《のぼせ》るのでさあね」と元気な声をだして「だれでも好いから、お六さんが手があいたら帰してしまわずに、此処《ここ》へよこしておくれよ。おしゅんちゃんが御髪《おぐし》をおあげなさるからってね」

「島田髷でしょう」とお君ちゃんがいうと、わたしは何の気もなしに首をふりました。

「島田さあ、結うくらいなら島田でなけりゃ。」

お母さんはそんなことを云いながら立《たち》かけて、「それでもよかった、髪でも結う気になってくれて」と、何だか意味があるらしい口ぶりでした。

　髪結いがすぐに来たのは、お母さんがわたしの気のかわらないうちにと思って、他のものは結いかけにでもしてよこしたのに違いない早さでした。わたしはほんの雲脂《ふけ》をとって櫛の歯だけいれて巻いておいてもらおうと思っていると、

「何時《いつ》おあげになったきりでしたろう、」とお六さんが云いました。

　わたしの胸は、はッとするとどきどきとして耳ががあーッと鳴ってしまいました。何ともいえぬ腹立しさに一時耳の根まで赤くなったのを、お六さんは意味をとりちがえたのでしょう、

「あらま、おからかいをしたのじゃ御座いませんよ。御免ください、なんてわたしは胴忘れなのでしょう」と云いました。

　どう挨拶をしてよいのか、腹立しさといいましさに口をとじていますと、

「それでも今日は御気分がよくって結構でございますね。肝心のあなたがおよっていらっしゃっちゃ、親御さまだって張合がございませんやね」といったり、「早くお床上げをなさって、御当日までにみっしり下稽古をさせて下さいまし。いくら結いつけても、あたくしの腕に捻《より》をかけなくってはね」と笑いながら、鏡のなかのわたしの顔をのぞきこんだりしました。

わたしは耳の底へそんな話はいれまいとして、しまいには目をつぶってしまいました。それでも元結をもつ手がわなわな顫《ふる》えだしたので、お六さんも気がついたか、「お大事なお体なんですから、今日はお髪《ぐし》だけになさった方がよいでしょう。お湯はおよしあそばせよ」といって帰ってゆきました。

わたしはいきなり、島田のいゝちの紫の色元結に手をかけて、鋏《はさみ》を持ちなおしました。それもあてつけがましいと思ってまたやめました。末の子が一花もってきて、薬瓶ののせてある、黒塗りのおぼんの上へおいていった。お会式のときに売っている、吉野紙でこしらえた山茶花《さざんか》が目につきました。その花は粗末な造花なのに、色なり風情なり生々としているのに、わたしは生《いき》ていながら、自分の云いたいことの一言すらいえず、こんなみじめな身になるために、今迄生《いき》て育ったのかと思うと自分の心の弱いのがくやしくなって、髷《あたま》を挘《むし》りこわすかわりに、吉野紙の山茶花《さざんか》の花を引きむしってしまいました。

「親を憎むのではないけれど」そう言訳をしながらも、其時《その》ばかりは怨みました。それは此前《このまえ》に島田髷に結ったときで、その日より一月ばかり前の袷《あわせ》になりたての時分のことでした。

二

通り雲がすると日がかげって、またぱっと秋の日がさす逆上《のぼせ》る日でした。紫の色がいかにもよく美しく見える日で、高いところを揃って飛んでゆく赤とんぼをわたしは眺めていました。一つ二つ群にはなれたのが、水鉢の水を呑みにきたりして髭《ひげ》に結んだ水玉を頭をふるっておとしながら、ついと飛ぶと、揃ってきた仲間の見当を見失って、蔵の黒壁へぶつかったり、張板へ戸惑いをしたり狼狽《あわて》るのもありました。わたしは心持ち張ものの薄りが、手にこわばって残っているのを洗おうとすると、つくばいの水の上を一寸ばかり、飛びもせず動いてもいないように、羽根のすきだけ細かく風をきっている一羽がありました。ふと子供らしい悪戯《いたずら》心がおこって、指のさきで輪をこしらえて、水をはじきかけてやると、うすものの袖に露のこまかい雫《しずく》をのせながら、日影を背負《せおつ》て逃げてゆくのが、あんまり美麗なので見ほれていますと、お君ちゃんが黒ぬりのお盆へまっかな枝柿をのせて、小刀までつけてもってきてくれました。するとその後から、も一人の妹が何か袖にかくすように抱いて急いできました。

「あら私のまで張って下さったの、随分のぼせたでしょう。」と云いながら、お君ちゃんはよく熟したのを一つ剝いてくれました。

わたしが柿をうけとろうとすると、次の妹は、

「おしゅんちゃん、もっと好いものよ、もっと好いものよ。」と椽側の板を足踏みして、お君ちゃんには見せたくないように、袖の中の品に気がつけというような様子をしました。

「お君ちゃんてしようがない、おしゅんちゃんがどっちがほしいかきめてしまってから、見せようと思っていたのに。」

二人が二人とも柿の方へばかり気をとられているので、仕方がなそうに袖のなかからだしたのは、緋鹿子《ひかのこ》のやかま絞りと、紫の麻の葉絞りの、両方とも二尺からある巾のままのでした。

「大丸からおしゅんちゃんの帯と一所に絞れてきたのですって。紫の方を半えりにしますか、緋《あか》い方を根掛けにほしいと思いますかって。それとも半分ずつお君ちゃんと分けますかって。私は帯上げにもう買って頂いてしまったの。」

お君ちゃんは緋鹿の子の方を手にとりました。わたしは紫絞りの方をとりました。二人とも同じように襟へあててお互に眺めあいました。袷《あわせ》の黒繻子《しゆす》の襟にどちらもよく似合うので両方半分ずつにわけて、じゅばんの襟にすることに極《き》めました。わたしは十九になっても年弱なので、緋鹿《ひか》の子《こ》の襟をかけても誰も派手だとは云いませんでした。自分でも赤い襟をかける妹達と、ちっとも違った心持ちではなかったのでした。

それからすこしたつと、私とお君ちゃんは現金に、長じゅばんを出してきて、半襟をかけていました。どっちからさきへかけようかと迷ったあとで、もしお正月に結《ゆい》綿《わた》に結うかもしれないから、緋鹿《ひか》の子《こ》の方はとっておこうということに一致しました。緋ぢりめんの襟裏をつけてくけている時には、霜月《しもつき》の芝居と、お稽古などとの納《おさ》

浚《ら》いや納会のことばかりを思っておりました。わたしの其時《その》の心持ちは赤蜻蛉《あかとんぼ》の群の一つのようで、妹達と一所にいて、同じに、一つに集った楽しみでした。自分だけが仲間はずれになったら、屹度戸惑《きっととまど》いをして狼狽《うろたえ》たに違いありません。

「今日のような日に、栗を拾いに田舎へ連れてってもらいたいわね。」

そんなことを云っているときに、お母さんがわたしにだけ用があるとよばれました。

わたしは虫が知らせたのか、其時《そのとき》にお母さんのお供で他所へ出掛けるのを気が進みませんでした。折角《せっかく》妹達とおんなじことをして、おんなじような気持になっているのに、わたし一人だけ他所へ連れてゆこうというのを嬉しくなく思いました。それにもう午後で、このごろは直《じき》に日もおちるのに、何で今頃から盆石《ぼんせき》の会なんぞへ出掛けるのかと、出不しょうなお母さんの日常を知《しっ》ているだけに不思議にも思いました。小さい末児《すえっこ》までおいて、わたしとお母さんとだけが夕方にかけて出かけるというのが、何とも云えぬほどお君ちゃんたちへも気の毒でなりませんでした。百方逃れようとしたのですけれど、

「是非私に見てくれと藤井さんの奥さまに頼まれていたのだし、井口まで迎いにおよこしだから行かないわけにもならないし、私にはてんから趣味がないのだから、どうか一所にいっておくれ。」

強《しい》てこう云われると、今までの教育が嫌と我をはらせないのが習慣になっているので、わたしは意久地《いくじ》なくお母さんの云うなり次第になって、納戸色《なんどいろ》がかった紫がすりのお召《めし》の袷《あわせ》に、黒地でも華やかな大和錦《やまとにしき》の帯をしめて、前の車にはお母さん、後のには井口が乗って、私は二人にはさまれて出かけました。

それは盆石の会には違いありませんでした。が、わたしを連れて出たお母さんの目的は外にあったのでした。井口という出入りの道具屋も迎いに来たのには違いありませんが、藤井さんの奥さんから頼まれて来たのでないことが、愚鈍なわたしには察しられました。お母さんと井口とは時間まで極《き》めてあって、帰りにわたしを知らない人の家に連れてゆきました。

わたしは何という正直ものでしたろう。十九という年を喰っていながら、女は他家へやられるもの、それには見逢いということがあるものぐらいなことは、知っていながら、ちっともお母さんを疑ろうとはしませんでした。あんまり御不沙汰をしたし、すぐ御近所だから、門口か

らよってゆくという家の名は、私のちっとも知らない姓名でした。けれど井口もそれがよろしゅうござりましょう、さぞお悦びでしょうと云っているので、何の気もつかずにいました。門口からというのを引上げられて座敷へ通ると、暫《しばら》くたってから、其家《その》の主婦とは違った婦人が出てきて、

「丁度《ちょうど》よいところでお目にかかりました。私もあの会を見物に参りました帰りで、ちょいと寄りましたら」というような挨拶をお母さんと取りかわしていました。

其《その》女はわたしも顔は知った女でした。わたしの家のじき近所の角店の、何の商業なのですか問屋らしい店附きの家で、古い家柄ばかりそろっている町内では新しい住人なのと、派手な、請負師《うけおいし》じみた家なのとで、よく家庭の乱脈なことやなにかが他人の口の端にのぼる家の御内儀《おないぎ》でした。

主婦の老女の儀式ばった物云いや、お辞儀とお世辞ずくめの井口の追縦《ついしょう》とに、わたしは一刻もはやく帰りたいと思っていました。家へ帰って御飯をお君ちゃんや、おっちゃちゃんと一所にたべて、先刻の鹿の子の残り裂《ぎ》れを、紫と緋とはぎあわせにして、三人の銀貨入れをこしらえようと約束したことを、みんなも待っているだろうと考えていました。せまい庭の、板塀の方へ幾段にも棚を釣って、鉢植物を沢山にしたててあるのを厭々《あきあき》しながら眺めていたりしました。来逢わしたという御内儀とお母さんの咄《はなし》はいつまでたっても果《はて》しがなくって何か耳のはたで云うと、お母さんが、

「左様でございますとも、左様でございますとも」と頷《うなず》いて、調子ばかりあわせているのに、わたしは私自身の心淋しいより、家に残っているものの、待遠しがっているのが目についてきて、小さい児が「母さん」というのに、お君ちゃんがなだめてやっている、夕暮の、まだ灯火のつかない、たどたどしい室《へや》のさまや、早く帰ってきてくれれば好いなあと思っている、皆の気持ちがひしひしと、黄昏《たそがれ》の色とともにわたしの胸にせまってきて堪られないので、

「お母さん御用があるのなら、私だけ先へ帰っても好いでしょう」と云いますと、

「まあお待ち、私もすぐお暇《いとま》するから」と云って、好いからお帰りとはいってくれませんでした。

其《その》うちに御内儀によく似た、背のひくい、大変横ぶとりのした、赤ら顔で白髪の多い、そのくせまだ若いらしい男が出てきて、お母さんに四角ばって挨拶をしていま

した。

「おしゅんちゃん」と、改まってお母さんが呼んだようでしたけれど、私は帰りたいが一心だったので、椽側の方からちょいと向直ってお辞儀をしただけで、新来のお客に対しては注意もしなければ好意も悪意も持ってはいませんでした。時々其男《その》が、妙にいがらっぽいような咳ばらいをするので、私のぼんやりと考えている魂が、威《い》嚇《かく》されたようにびっくりして其方《その》を見ると、咳払いをしながら其男《その》は自分の正面にあたっている天井の隅の方を眺めていました。何か不思議なものでもあるのかと其方を見ても、天井には変った節穴もなければ壁に大きな蜘《くも》も見えませんでした。

いつの間にかお膳が出ました。すると其男は無言《だま》ってお辞儀をして下ってゆきました。あの人は帰るのかしら、あの人を残しておいて、私を帰してくれれば好いにと思っていると、また其男が出てきました。こん度は紋付きの羽織をよして、縞の糸織のつッぽったのを着てきて、また済ましてお膳の前に座りました。

おかしな男だと思っていますと、主婦が私の前へきて、不思議な御縁だとか何だとか妙なことを云うので、わたしは何といってよいのか困っていると、

「折角《せっかく》ですから、ほかのものは頂かないでも好いから、嫌いだといわずに、今夜だけはお蕎麦《そば》へ、お箸をつけるまねだけ「で」もなさいよ」と小さな声で云って、「幾久《いくひさ》しく」とか、「何分不束《ふつつか》ものですが」とか、そんな言葉を二人の老女たちと、お母さんは取代《とりか》わしていました。わたしは「おや」と思いました。「さあ大変だ」とも思いました。わたしは山東京山《さんとうきょうざん》や、恋川春町《こいかわはるまち》のくさ草紙から教えてもらった智識で、花屋敷の茶店に腰かけている男の前を、娘をつれた連中が通りかかると、伴のもの同志とか、こちらの連れと先方の父親が知己だとか何とか都合よくこしらえてあって、両方が落会うように仕組んであるのを思いだしました。それでは、今日は何もかもお母さんは知っていて、そしてあんな白々《しらじら》しい挨拶をして見たり、何気ないふうをして私を連れてきたりしたのかと、気がつくと親子のくせに妙なことをしたものだとへだてられたような嫌な心持ちがしました。それにしても、何にも知らなかったのは私一人か、それとも妙な咳払いばかりしているあの男も知らないのか、知らないのなら御同様に、傀儡子《くぐつし》につかわれている人形のように気の毒でもあるし、知っているとすれば、私一人がまるで下見でもされるようなもの、知っていたなら今迄こうやって凝《じっ》

としていた時間が、恥《はず》かしくって、どんなにか長い切ない時間であったかもしれない、けれど知っていてならば、まるで品物のように、眺められたり心の中で品評されたりするのを、ぼんやりと的《まと》になっていはしなかったろうにと、だまされたというような腹立しさがこみあげてきて、私の胸はお茶一口入れることも出来ないように、切なさが一ぱいになって涙までがこみあげてくるので、もう一時も座にいられなくなって、

「さ帰りましょう、帰りましょう」と急立《せきた》てました。

それを気がついた恥《はず》かしさから、座にいたたまらなくなったのとでも思ったのでしょう。主婦が、

「お若いからねえ」と云うようなことをいうと、お母さんまでがおかしくもないのに声を合せて笑いました。

外へ出ると、もう暗くなっていたのでわたしは車の上で、拭いても拭ききれないほどにぼろぼろ涙をこぼしていました。それでもお母さんの仕方をなるたけ好い方にとって、私にしらせておいてくれなかったのは、先方が嫌だといったときに私にきかせるのが可哀そうだとでも思ったのか、私が不承知なときに断りよいようにと、そう取りはからったのかも知れない。泣くことはありはしない。家へ帰ったらすぐに、もうお嫁にやられるのならわたしは嫌ですといってしまおう、直《すぐ》でないといけないと気をとり直しながらも、お母さんの心持ちが知れかねて心を痛めていました。

わたしは聖人ぶるのでも、天乙女《あまのおとめ》のように清浄がるのでも、小町のように思いあがっているのでもありませんが、老人達が生《いき》ている時分、その人達の秘蔵っ子であったわたしは、婿をとらせるのだとか、別家をさせるのだとか口癖のように云っていました。弟もありますし老人のいっていたことを其《その》通りになるのだとは思ってもいませんでしたが、それでも此《この》家へなりは嫁くかとか、嫌なら嫌といったがよいということ位は聞いてもらえて、嫁《や》られるものと思っていました。今度は屹度《きっと》両親の前で返事をしなくってはなるまい、そのときに何時《いつ》ものように胸がせまって、涙がさきへ出てしまうと、つい曖昧《あいまい》な返事になってしまう、それを思いちがえなさると取返しがつかなくなる、強《しっ》かりしなくってはいけない、強《しっ》かりしていなくってはいけないと、滅入りこみたがる気をひきたてて、私はぱちんの金具をはがしかけたのをやめて、大祖母さんに守っていてもらおうと、お灯明《とうみょう》を掻立てて、お仏壇の中へ顔を突きこむようにしておがみました。

帰るとすぐにお母さんはお父さんと秘々《ひそひそ》おはなしをな

さって、それから私のそばへお出で、わたしが御仏壇から顔を出すまで無言《だま》って待っていてから、

「お前も十九だから、おおかた今日の様子はおわかりだったろう。お父さんも大変気がむいてお出《いで》だし先刻もあの場で先方のお母さんが、ぜひにとお云いだから、今もお父さんと相談をして、私達はやることにきめましたよ。お前にしても身のきまることだから嫌とはお云いなさるまい、両親が望んでいるとおりに取極《とりき》めてもよかろうね。」

と、きっぱり、それこそきっぱりと圧《おし》かぶせるように言渡《いいわた》されてしまいました。十九年の間、強いお母さんだと思ったこともありました。ある時はわたしだけ継《まま》っ子なのかしらと、よくないことを思ったこともありましたが、厳敷《きびしく》っても何処かやさしみのある懐しいのが、母親だと思っていましたのに、取りつく島もない、あんまりはっきりした口上《こうじょう》なので、わたしは今迄に覚えのない峻《しゅん》厳《げん》という味をお母さんに見出しました。

　もうすこしほかに云いようがあったら、わたしはお母さんの膝に縋《すが》りついて、この次にはどんなところへでも嫁きますから、どうか今日の見逢いの人だけへは許しておいて下さい、私は自分が怖いように自分の直覚《しらせ》を信じていますから、とても今日の人と見逢いをしたとは思っておりません、わたしとあの人とは、どうしても他人ですと、我儘かも知れませんが、どうしても打消《うちと》けることのできない、私というものをわたしは知っていますから、そういってお母さんに謝《わび》たに違いありませんが、そうはさせてもくださらないし、とても私の返事なんぞ聞いて下さりそうもなく、低徊《うなだ》れている私の頭の上から、

「好いだろうね」と念をおして立っておしまいなさいました。

　私の長閑《のどか》な、楽しかった娘心の華やかな日は、其日《そのひ》の外出まえで終りになってしまいました。手箱に入れた緋鹿の子は、其《そ》のままに見かえられもしなくなりました。半襟にかけた紫鹿の子は、涙がかかって伸たところが出来る運命でした。

　一日二日、私は堪えにこらえて何気なくはしていましたが、あんまりの愁《つら》さに三日目の夕暮、小夜着をだして引被《ひっかむ》って泣いて寝てから、ぶらぶらと寝ついてしまいました。

　一月あまりで進められて髪をとりあげさせると、やっぱり魔の日でした。髪結いさんのいったことが気になって、おっちゃちゃんにそっときくと、

「御結納《ごゆいのう》がくるのですってさ」気にもかけていない様子でそう云いました。

「おしゅんのは我儘病だ、亭主をもたせれば嫌でも癒ってしまう」とお父さんは云っていたそうで、お母さんは、「あの子はあんまり物を苦にしすぎるので困ります。けれどあんな賑《にぎ》やかな派手な家庭へいったら、気が引立って屹度《きっと》人が違ったようなおかみさんになるでしょう。何の病気ってありゃあしません、年頃の娘をああしておくと、妙な気質になるものです」と云っていたとも聞かせました。

三

私の此日頃《このひごろ》は、眠っているのでなく目ざめているのでもないような日が続いているので、神経ばかり高じていました。間をへだてていても、誰かしら語っていることが自分の身についてのことだと、すぐに心に響いて、すっかり聞逃すまいとするように聞きとりました。それでいつとなく私というものは、此度《このたび》嫁《や》られる家から望まれたのは初《はじめ》てでないことも知りました。跡取り息子の方へと云ったときもあったそうでしたが、それが纏《まとま》らなかったので、此度は次男にもらうのだというのでした。

それから次男の品行の悪いことも、わたしの両親は知っているということもお君ちゃんが洩らしました。横浜の方の大店《おおだな》へあずけてあったのが、松代から悪い遊びをおぼえて幾度父親から勘当されたか知れないのを、母親のとりなしで、堅気から嫁をとってそれを規模に別家させて貰うのだということや、おしゅんちゃんを貰えば堅くなると云ったからと、先方の親達が云っていたとて、お父さんもお母さんも満足しているということも聞かせてくれました。

家内のもののなかにも私に味方をしてくれるもののもあれば、出入りの人のなかにも気の毒がってくれる者もありました。けれど其《その》人達は表向きから、わたしの為になるようなことは云ってくれる資格がありはしません。わたしの枕許へきては小さな声で、なぐさめるつもりで何やかと聞かせてくれたりしました。其《その》人達の云うのによると、わたしの両親は婿の気質なんぞはすこしも知らないで、すっかり先方の両親にまるめられてしまっているのだと云いました。手のつけようのない懶惰者《なまけもの》へは、売人上《くろうと》りではいけない、すこしは押《おし》のきく実家をもっていて、順従な子をという注文に私が撰《よ》りだされたということや、親さえ承知すればすむからと井口が骨を折って仲へはいり、話の進むようなうまい事ばかりお母さんの耳へ入れたり、面白い御酒の席へ度々《たびたび》お父さんをお招きしたりして、とうとう結びつけてしまったということを、大概《たいがい》見当のつくだけによせあつめて、話してくれました。

それに裏書きをするようなことを、時々お母さん自身からも洩しました、あの派手者の内儀はお前が死んだ末の娘と同い年なので、以前からほしがっていたのだとか、実の娘だと思って、これからは二人連れで諸方へ出かけるといったの、私のもっているものはみんなやりますの、新調《こしらえ》るものはみんな態《わざ》と派手好みにしてあるのも其《その》つもりだからのと、わたしがそれを悦ぶかとでも思ってでしょう、

「好いじゃないかね、そんな姑が鉦《かね》太鼓で探したってありゃあしないよ。私もどうかそういう気になって嫁が探したいよ、そうしたら、来たがるものは降るほどあるだろうね」

子供だましというばかりでもなく、信実そう思っているらしい口振りなので、悪くとるのじゃない、お母さんは長い間二人のおばあさんを姑に持って、いつまでも嫁あしらいにされて鬱屈していたので、姑の気さくなのに何もかもあとのことは大目に見てしまうのだと好い意味に母の云うことは解釈しても、わたしの耳にはちっとも心地よく響かなければ、それで嫁く気にもなれはしませんでした。

お母さんはこうも云いました。「あすこの家風はちっとも好いとは思っていやしませんよ。好んでやろうとは思わなかったけれど、お前さんは別になるのだし、何もかも此方ではあすこの家の成立を知っているから、屹度《きっと》お前さんを大事にしてくれるに違いないから、私のように姑で苦労をさせまいと思ってですよ。」

そうかと思うと、跡取りの方のお嫁さんがそれ者あがりなので、仮親をして花嫁らしく来はしたものの、あんまりばらがきで困ると云っていたが、私の娘とくらべて見てもらいたいというようなこともほのめかしていました。私はお母さんの、そんなつまらない意地張り見たいな野心の為にやられるのも、お母さんが姑が気さくだからという、自分の満足の足しにされるのも、みんなお母さんが今迄押《おし》つけられていた反動だと思いました。そうして嫁られるわたしの、此《この》思いの反動はどうなるのだろうとも思いました。

わたしにもしか恋人があったら――。わたしはそんな

大胆なことまで思いついて見ました。

そのおりに、わたしに恋人があったら、私の心はもすこし張《はり》がついたであろうと思いました。わたしはこんな心を朽《くち》らせて病気していることはない、わたしはいくら親不孝になっても好いから、屹度《きっと》連《つれ》退《の》いてもらおうにとも思いました。恋人でなくっても好い、わたしの心一つで思っているだけの人でも好い、そういう方さえあれば、わたしの心はどんなにか強いだろう。其方《そのかた》の方ばかりを一心に見詰めていて、わたしはどうしても嫌ですと死ぬような目に逢うまでも、強情を張りとおそうに、わたしには一心に縋《すが》っていたいにもそう云った縋りどころがありませんでした。わたしは自分の涙に体も心も朽《くち》させてしまうほど血の涙を絞っていても、どうしていやなのかといわれては、自分の心の厭った、自分の魂の許さない男に、大事な操をよごされるのは、死ぬより嫌ですということが、どうしてもお母さんに分るように云うことも出来ないし、自分自身にもどう解釈をつけてよいのかさえわからなかったのでした。

私はつくづく、恋人がほしいと思いました。こういう果敢《はか》ない思いを抱いて、自分と自分の成行きを憎み、生きていたくもない体と心をもってゆくものを、助けてくれるのは恋人ばかりだろうと思っていました。女の魂などというものは自分のものじゃない、自分のものだと思っていても、ちっとも自分で大切にしてやることも、撫恤《いたわ》ってやることも出来はしない。救ってやることも出来はしない。といって親のものでもない、親は自分の所有品と同様に、どうにでも扱かえると思っているかも知れないが、そう手安く取りあつかえるものでもない、まして同胞の自由にもならない。預けておくのは信じきった恋人の胸ばかりであろうに、わたしには確《しっ》かりと預けておくところがない、縋っていたくても投げあたえられた綱がない。

わたしは自分の運命を、自分でつくることの出来ない意気地のない女でした。そうしてあせりながら、富士の山の須走《すばし》りというところを辷《すべ》りおちるように、ずるずるずると、引《ひき》おろされてゆかなければなりませんでした。わたしは一日生《いき》ているのは、一日だけ自分の心の堕落だと知りながら、どうすることも出来ない、死ぬだけの決心もつきかねて、すこしでも生を楽しもうとする見えない慾のために苦しんでおりました。

わたしの恋は自分の心の領地に自由でした。わたしは異性の人に逢うおりが多くなかったので、わたしに恋の根を植えつける人には逢いませんでした。わたしの恋の自由境には、わたしの空想につくりあげた人が時折往来するばかりでした。時代は、室町時代の武家のこともあれば、鎌倉の殿原《とのばら》になっているおりもありました。わたしも徳川の末の屋敷娘になっている気の時もあれば、下髪の大時代の姿になっているときもありました。それはほんの、解物をしている、縫糸を如く〔ママ〕間だけの短い恋もあれば、ふと庭の面などを見ていて、涙ぐんできた眼に、五彩の虹がまぶしすぎるほどの強く焼きつくような幻影を眼瞼《まぶた》の裏に見ることもありました。桜を生けて寐《ね》た春の夜の夢が、明けてもさめぬことがあって、その夜降りだした春雨のように、二日も三日もつづいて、たれこめて思いこんでいる時もありました。日が出るとともに心の帳《とばり》の影から恋人は帰ってしまって、そういう時はわたしもはればれ敷《しく》気が軽くなるのでした。そうした私の思い人は、幽雅《ゆうが》で、思いやりの深い勇気のある、一面に豪放な町奴《まちやっこ》式のところもあれば、大宮人《おおみやびと》のような雅やかな趣きもあり、義理がたい武士の血潮もふくんでおりました。

その何もかもを持った人でなければ、わたしは妻にならないというのではありませんが、せめて断片だけも持つ人と認めてから、取極めてもらいたかったのでした。それはこんどの人もお腹の底の方には、すこしばかりそういうところはあるかも知れませんが、たった一度とはいえ、はじめて逢ったときが一番其《その》人の心持ちがよく知れるものですのに、決して私にはあの人と融けあうような心地にはなれないと、どう考えても見直して思われるのでした。それでもこれも我儘なのだからかも知れません。けれども、我儘なのならば、たとえどんな悪い噂を聞いていましょうとも、自分であの人ならと思えば耳にもかけはしません。そして私というものはちっとも斟酌《しんしゃく》なしに自分を押通して、両親の心持ちなんぞを酌んで、病《わずら》うような弱虫にはならなかったろうと思います。お母さんは顫《ふる》えている私の魂の吐息を聞いて下さるには、あんまりありふれた推量のしようでありました。

「男撰《えら》みをするような、そんな浮気な娘じゃあない。」

そういった信念がお母さんの胸にはありました。固くそう信じていてくださるのは有難くっても、顔かたちが気に入らなかったばかりで、いつまでふてているのだろうと思うだけでは、生の親でも子の悩みはしれないものなのかと、泣くより胸が痛みました。

これまで縁談の申込みのあったことも、耳にしたのはすくなくもありませんでしたが、そう何時も顔を赤らめてばかりはいませんでした。そうして親を信じている心安さは、どうせどれか一つに極るのであろう。其時《そのとき》は屹《きっ》度《と》改めてなんとかおっしゃる。わたしは親も許し、自分の耳にもとまって反感をもたないほどの人ならその時はいといえばよいので、そういう人のあるまでは返事をしなければならない都度《つど》、微笑って座を立ってしまうか首を振って断わってしまえばよい、かりにも私を生んで下さったお母さんが、私を育てながら気質も知っていてくださるのに、私の嫌いなものぐらいは知っていらっしゃるからと、平々凡々に淡い考えをもっていて、太平無事な日をおくっておりました。それがどうでしょう私は信じていたお母さんから、地獄の底へつきおとされるような気がして、縋りつこうとすると悪鬼のような顔をして睨められるような悲しさを、現《うつつ》にも夢見るようになりました。


　一度こういうことがありました。ある時ある男がたずねてきて帰ったあとで、お母さんがわたしにむかって、

「あの人がお前がほしいのだそうだよ」と云われた時に、わたしは家中に疾風《しっぷう》を起すほど駈出して蔵の二階へとじこもってしまいました。お君ちゃんが来ようがおっちゃちゃんが来ようが、二階へはあげさせませんでした。そうして御飯もたべずに泣いていたので、

「さっさと下りてこないか、お母さんの云ったことは極《き》まったことではない、戯謔《じょうだん》なのだ。」

　父親に下から怒鳴られたことがありました。私はそのとき一心になって、四つ谷怪談のお岩様みたいな方に願ったら、此《この》縁談はやめになるだろうと思いついて、簞笥へ顔をぴったり押つけたまま「どうか破談になりますように」と、膏汗《あぶらあせ》が出るほど一心になって祈ったときに気のせいかぐらぐらと二階が動いたように思いました。それゆえ親が声をかけてくれた時に、戯謔だといったのを疑いませんでした。お父さんが戯謔にしてしまってくれたのは、みんなお岩様のおかげだと信じていましたから。


　そんな事もあったので、なまじ私に知らせると、調《ととの》うものも破れると思って親の慈悲で取極めてしまったのかも知れません。専断な、圧制な親だと怨むのは重々済まないことでしょう。けれど、けれど、けれど、子だとて別の魂をもっています、私だとて親のお影で生《いき》て育っている外に、わたし自身というものも生ています。悲しいけれど、親不孝といわれても私自身も可愛そうだと思いました。

四

もし万一わたしの家が退転するとか、一家が離散するような場合で、私をためになる家へ嫁《や》ろうというのなら、わたしは何もかも諦めた上で、そう親達を困らせはしなかったでしょう。売女に売られるのと同様な心持ちになられれば、心の操がどうの、自分に潔《いさぎ》よくないのと、いま思っているようなことは自分から封じこめて、自分と自分の思想を入定《にゆうじよう》させてしまいましょう。もしまた、私が子飼のときから勤めをさせるつもりの太夫衆に育てられてきていたら、心の貞操と肉体とを、ひとつにして泣死にするようなことも、慥今《たしか》のままの心持ちでいてもなかろうと思います。けれども、わたしは清浄でなくってはならない処女です、一度破れたらば心の疵《きず》は体とともに、どうして癒すことが出来ましょう。わたしは嫌というこことの理由の云いにくい、切ない立場に泣いている、わたしの魂のために泣いて泣いてやって、病《わず》らっているのが無理ではないと自分では慰めてやっていますが、家の人達は泣くために病気しているとは思ってもおりませんでした。病気のためにああ泣くのだと云っておりました。わたしは芝居や、ものの本で知っている、嫌な人を嫌い通した、傾城《けいせい》や芸妓を羨ましく思うと一所に、嫌が嫌で通らない、堅気《かたぎ》な家の娘ほど虐げられるものはないと呪わしいことさえ思ったりいたしました。

わたしの枕許には、二の膳つきの御膳部に、赤の御飯をつけて据えられました。先方からよこした結納の品々もずらりと飾りつけられました。帯代に金貨の包んであったのが、昔の小判ほど品位がないというようなことも咄されていました。わたしは金貨を包んだということや、けばけばしい大きな島台やなにかを見ても、先方のうちの家風というものが知れると思っておりました。

「こんな安心した嬉しいことはないよ」とお母さんは一人でにこにこなさってでした。わたしはもう取りかえしのつかない羽目になったので、涙も干《ひ》涸《から》びてしまいました。自分の身にかかわる事ではないような気さえ起ってきました。ゆっくり養生して、来月の末にと云われたのだけが耳にはいりました。来月まで、来月まで、わたしはこうしてはいられない、一日も早く起《おき》て、わたし自身の生《いき》ている日の残りだけを、自分の心ゆくばかりに暮そう、そして其日《その》までに、自分の通ってゆく路をきめてしまおう、死のうと決心をしようか、逃げようか。

――逃げて何処《どこ》へゆく、お前のうちの親類はあいにくと東京ばかりではないか、それも御維新に大きな店はつぶれてしまうし、お母さんの実家の方の親類は士族なので、みんなしがなくなってしまっているではないか、何《ど》処《こ》に頼母《たのも》しいかくまい手がある。

わたしの心は味方のないことをこうも私語《つぶや》きました。全く手をわけて探しだして手柄にしようとするものはあっても、かくまってくれるような近親はありませんでした。では死ぬか、と云えば、死んでは親達へ済まないという、母の胎内にいるうちから教えられた伝習と、わたしというものを作りあげている遺伝の血潮とが、親不孝という名のもとに、わたしの折角《せっかく》の勇気もうちくだいてしまうのでした。わたしは全くどうしてよいか、自分の体内で、二つの矛盾した考えが戦っているのを、制することも出来なければ、どちらかを征伏《せいふく》してしまうことも出来ずに、心の葛藤に疲れながら、人に云われるよろこびの言葉をつらつら聞きながら、近づいてくる悲しみの日を逃れるあてもなく、寝たり起《おき》たりしてくらさなければなりませんでした。

私の心は日がたつままに不思議と落附きが出てきました。よい考えがついたというのでないのに、自分でも不思議なほど落附くことが出来ました。両親はそれを見てはじめて安堵したような顔を見せました。井口は口癖のように「恐悦、恐悦」と云ってお辞儀の安売りをしに来ました。私は人ごとかなにかのようにそれを聞いていました。妹が袖を縫ってくれれば自分でも下じゅばんなぞを縫ったりしました。胸の中では親の味方と、自分の味方とが一刻のやすみもなく戦いあっているのに、表面だけは影が薄く見えるほど、さびしく思いあきらめた風情がたもてていました。師走《しわす》にはいってから、やつれた肩へ重い新調の縮緬《ちりめん》の羽織をきて、お母さんにつれられて仲人の家へ挨拶にゆきました。

先方から頼まれて仲人に立った御夫婦は、私のうちの者はみんな初対面でした。五十以上の旧家の御夫婦は、お宝は沢山にあっても子供のない方達でした。二人とも禅をおやりになって、そしてお茶人でした。おちかづきのお盃《さかずき》がすんだあとで、

「この娘さんをあすこへおやりになるのはお可愛そうだ。まるで肌合《はだあい》が違います。私達が早く知っていたらやらせるのではなかったのに。」と奥さんが、思いやりの深そう

な目つきをして私の方を見ながら仰《おっ》しゃりました。

わたしは初《はじめ》て聞いた救いの言葉なので、堪えようとしても涙の方がさきへ迸《ほと》ばしってしまって、かくすことも出来ませんでした。其場《そのば》をつくろうために、よんどころないように、

「どうも気が進んではいないらしゅうございますが、先方様があんまり御懇望なものですから。」

お母さんはお仲人へも私へもかねた言訳けらしく、そういって困ったという薄笑いをされました。

あの方を伯母さんだと思って——、そんな突飛なことが出来るものではないと知りながら、溺れるものが縄のはしへも縋るように、あの方にかくまってもらおうかしらとも頼めないことも頼み甲斐のあるようにも附会《くっつ》けて見たりしました。

わたしという心の卑怯者が、天の裁判にあう日が来てしまいました。わたしは其日《そのひ》をどうして暮しましたろう。そしてどうして其夜をすごして、今まで此世《このよ》の呼吸を吸って生伸《いきのび》ているのでしょう。わたしはあんまりわたしというものが、生の執着にふかいのが憎くなってきました。怨む人はない、誰を怨むにもあたらない自分を怨めと、わたしは二六時中《しじゅう》自分の魂を掻《かき》むしるようにしています。わたしは自分の心へ対しての反逆者です。自分の心への裏切りをして、肉体はあんかんとしています。霊魂の貞操は汚さないと、安直な気安めをいって、生《いき》ているねうちもないのに日をつんでいます。

其宵《そのよい》も逃げだそうとして、振袖を着たままで幾度立って見たり座って見たりしましたでしょう。勇気といったらこれっぱかりもない、卑怯なものにはそれ相当の思いやりが出て、わたしが身を隠したら、宴席につらなっている、お父さんとお母さんはどんなに面皮《めんぴ》をかくだろう。寄ってたかってお二人を詰《なじ》り苛責《さいな》むだろうと思うと、わたしには思いきったことも出来なかったのでした。其場《そのば》の様を自分の心に描きだして、平日家のことにはあんまり関渉しない、やさしい、割合に年の多くつもったお父さんに、老いてからの恥を満座の手前からしたくもない、おどおどと取乱した様をさせたくないと思う下から、色直しのなんのと、幾度か着代る着がえのたびに、時間のすぎてゆくのと、蟻が蟻地獄へおちた刹那の思いに身をしめられて、心を戦《おのの》かせ、冷たい汗を絞っていました。

盃のとりかわしの時に、私は無意識に盃を上へあげました。女蝶男蝶《めちょうおちょう》の小さい子供達は、なんの思慮もなくつ

ぐのをやめました。けれどその盃の酒を一口もふくまなかったからとて何の心ゆかしになりましょう。花笄《はなこうがい》の片々が破れておちたときに、人々は不吉の祥のように顔をしかめて、其場をほどよく取りつくろおうとしました。わたしはそんなことでも嬉しいと思ったのです。今では身がそこなわれて死ぬか、でなければ、今の薄墨色の生活が破壊されなければ、わたしは誠の人間にはなれない、生れてきただけの価値がないと思うようになりました。

わたしの心持ちを書きたいのは、これからの事なのですが、また折があったらにしましょう、どうやら書いているのが人目についたようですから。

渡りきらぬ橋

一

お星さまの出ていた晩か、それとも雨のふる夜《よ》だったか、あとで聞いても誰《たれ》も覚えていないというから、まあ、あたりまえの、暗い晩だったのであろう。とにかく、わたくしというものが生《うま》れた。

戸籍《こせき》は十月の一日になっているが、九月二十八日だとか二十九日だとか、それもはっきりしない。次々と姉弟《きょうだい》が生まれたので、忘れられてしまったのか、とにかく、露《つゆ》の夜《よ》ごろ、虫の音《ね》のよいころではあるが、あいにく、武蔵野《むさしの》生《うま》れでも、草の中へも、木の下でも生まれず、いたって平凡に、市中《しちゅう》の、ある家の蔵座敷《くらざしき》で生をうけた。明治十二年、日本橋区《にほんばしく》通油町《とおりあぶらちょう》一番地。ちっぽけな、いやな赤ン坊だったので、何処《どこ》からか帰って来て見た父は、片っぽの手にとって見てすぐ突きかえしたと、よく母が言っていた。

父には三人目の子、母には初児《はつご》だが、わたくしが生《うま》れたときには姉も兄も、みな幼死《ようし》していなかった。清潔《きれい》ずきで、身綺麗《みぎれい》だった祖母に愛されたとはいえ、祖母はもう七十三歳にもなっていたので、抱きかかえての愛ではなく、そしてまた、祖母の昔気質《むかしきしつ》から、もろもろのことを岨《はば》まれもしたり、そのかわりに軽薄《けいはく》に育たなかったという賜《たま》ものをも得た。

次へ、次へ、次へと、妹が三人、その次へ弟が二人、また妹が一人と、妹弟《きょうだい》が増えて、七人となったが、丁度《ちょうど》、二人ばかり妹が出来た時分のこと、コンデンスミルクを次の妹に解《と》いてやったり、その次の子が、母親の膝《ひざ》の上で、大きな乳房《ちぶさ》を独《ひと》りで占領して、あいている方《ほう》の乳房《ちぶさ》まで、小さな掌《てのひら》で押《おさ》えているのを見ると、わたくしは涎《よだれ》を流して羨《うらや》ましそうに眺めていたという。

二歳ぐらいの時だったのであろう、釣洋灯《つりランプ》がどうしたことか蚊帳《かや》の上に落ちて、燃えあがったなかに、わたくしは眠っていたので、てっきり焼け死んだか、でなければ大火傷《おおやけど》をしたであろうと、誰《たれ》も咄嗟《とっさ》に思ったそうだが、気転《きてん》のきいたものが、燃えている蚊帳《かや》の裾《すそ》から、ふとんごと引き出すと、そんな騒ぎはすこしも知らずに、そのまま眠りつづけていたので、運の好《よ》い子だといわれたときいた。

あたくしの眼《め》に、居廻《いまわ》りの家並《やなみ》などが、はっきり印象されるようになった時分の、小伝馬町《こでんまちょう》、大伝馬町《おおでんまちょう》、人形《にんぎょう》町通《ちょうどお》り、大門通《おおもんどお》りといった町は、黒い蔵《くら》ばかり、田舎《いなか》とちがって白壁《しらかべ》の土蔵《どぞう》は、荷蔵《にぐら》ぐらいなもので、それも腰の方は黒くぬってあって、店蔵《たなぐら》も住居《すまい》の蔵《くら》も、黒くぴかぴか光った壁であった。それに、暖簾《のれん》も紺、長暖簾《ながのれん》もおなじく、屋号《やごう》と、印《いん》を白く染めぬいた紺のれんで、鉄や厚い木の天水桶《てんすいおけ》が店のはずれに備えつけてあって、中には中々《なかなか》立派な金魚や緋鯉《ひごい》が住んでいた。ちらちらと町に青いものが見えれば、それは大概《たいがい》大きな柳《やなぎ》の木だ。奥庭《おくにわ》には、松や榧《かや》や木斛《もっこく》や、柏《かしわ》も柚《ゆず》の木も、梅《うめ》も山吹《やまぶき》も海棠《かいどう》もあって、風に桜の花は飛んで来ることはあっても、外《そと》通《どお》りはかたぎ一色な、花の木などない大問屋町《おおどんやまち》であった。問屋《とんや》が多いので、積問屋《つみとんや》――運送店《うんそうてん》――の大きいのも、すぐ近くに二軒もあったし、荷馬車《にばしゃ》がどこかしらに繋《つな》いであるので、泣けば、お馬さんを見せましょうというか、夕方ならば、月《のの》さんが出たと門につれだされる位《ぐらい》、蟬《せみ》の声もあんまりきかない四辺《あたり》で、そのくせ、大問屋町《おおどんやまち》というのは妙に奥や裏の方は森閑《しんかん》としていたもので真夏《まなつ》でも、妙に冷たい風のくる路《みち》のあるような、家居《いえい》であった。

あたくしの家も、祖父のころは呉服《ごふく》を大名《だいみょう》の奥に納める家業、近所にあった祖母の兄の店が大きかったというが、その兄が死んでから、後妻が、御殿女中上《ごてんじょちゅうあが》りだったので、子供に甘くて、店をつぶしてしまったし、時も丁《ちょ》度《うど》御維新《ごいしん》の、得意筋《とくいすじ》の幕府《ばくふ》大奥《おおおく》や、諸大名の奥向《おくむ》きというところがなくなったので、祖父も店をやめてしまって、あたくしが生《うま》れたころには、もはや祖父卯兵衛《うへえ》は物故《ぶっこ》し、父は代言人《だいげんにん》を職としていた。

しかし、どうも、祖父の家業は、呉服御用《ごふくごよう》という特種なので、もとより、問屋《とんや》でもなし、店売《みせうり》でもなく、注文品を、念入りにしらべて納めるものであったようだ。反《たん》物《もの》を畳《たた》む、がっしりした小机《こづくえ》とか、定木《じょうもく》とか、模様ものの下絵を描《えが》いた、西の内紙《うちがみ》で張って、絹さなだ紐《ひも》をつけた、お召物《めしもの》たとう紙《がみ》などが残っていたり、将軍さま御用《ごよう》の残り裂《ぎ》れで、人形の帯や巾着《きんちゃく》が出来ていたが——もっとも、明治十二年の大火《たいか》に蔵《くら》だけ残して丸焼《まるや》けになって、本所《ほんじょ》の回向院境内《えこういんけいだい》まで、両国橋《りょうごくばし》を渡って逃げたということであるから、住居《すまい》の具合は変《かわ》りもしたであろうが、とにかく、五軒間《けんま》口《ぐち》の塀は、杉の洗い出しであったし、門は檜《ひのき》の節無《ふしなし》を拭《ふ》き込んで、くぐり戸《ど》になっていたし、玄関前までは御影石《みかげいし》が敷きつめてあって、いつも水あとの青々《あおあお》して、庭は茶庭風《ちゃにわふう》で、石の井筒《いづつ》も古びていた。奥蔵《おくぐら》の三階の棟木《むなぎ》には、安政三年　癸戌之《みずのといぬの》建《けん》、長谷川卯兵衛《うへえ》安備《やすとも》と墨色鮮《ぼくしょくあざやか》に大書《たいしょ》してあった。

祖父は能書《のうしょ》であって、神社の祭礼や、稲荷《いなり》の登旗《のぼり》に、大書《たいしょ》を頼まれることが度々《たびたび》あって、父は幼年から亀田鵬《かめだほう》斎《さい》や、その他の書家たちから可愛《かあい》がられ、六、七歳の時分から、絵のたちがよいというので師匠の国年《くにとし》や芳幾《よしいく》に、養子にくれと懇望《こんもう》されたということであった。そんな風なので、父は書や画《え》などを好み、剣術は北辰一刀流《ほくしんいっとうりゅう》の、お玉が池千葉《いけちば》の弟子になってかなりな使い手になっていたので、彼は江戸ッ子でも、江戸本丸《えどほんまる》明け渡しのあとを、守護する役などに用いられたりして、刑部省《けいぶしょう》へ出頭《しゅっとう》するようになった。

そんなことから法律を学び、増島博士《ますじまはくし》をはじめ十二人の代言人《だいげんにん》が——後《のち》弁護士と改称——出来た最初の、その一人になった。彼は早くから自由党に属していた。

わたくしが生《うま》れた年の元旦試筆《しひつ》には、忘れて仕舞《しま》ったが大物《おおもの》を書き、酒が好き、撃剣《げきけん》が好き、磊落《らいらく》であったが、やや、痩《や》せがまんの江戸ッ子肌で、豪傑でもなければ、学者でもなく、正直な、どっちかといえば法律などは柄《がら》にもなく、芸術家タイプの、時によると心にもない毒舌を弄《ろう》してよろこぶ性質だった。母は、父の浅黒く長身なのとちがって、真白な、健康そのもののように艶々《つやつや》した、毛の黒い、そのかわりあまり美人ではなく、学問はないが働くことでは、徳川家の瓦解《がかい》の時、お供《とも》をして静岡へ行った一家で育ち、無禄《むろく》の士族たちが、遠州御前崎《えんしゅうおんまえざき》の浜で、塩田《えんでん》をつくったおりに、十四歳の少女で抜群の働きをして、親孝行の褒状《ほうじょう》をもらったという女で、父とは十六ばかり年がちがっている。わたくしはこの母が、人出入りの多い家で、厳しい祖母によくつかえ、よく教えられて、子共《こども》がふえても女中の数をまさずに、終日クリクリと、実によく忠実に尽して、しかも祖母の諭《いま》しめによって、いかなるおりも髪かたちをくずさず、しじゅう身ぎれいに、家の内外も磨きあげるようにして、終日、ザブザブと、水を豊かに酌みあげているような日常を見て、人は働くものだ、働くことは美しいとの観念を大層《たいそう》植えつけられている。そして、また、その当時の、知的階級に属した家に生《うま》れながら、奥さまぶった容体《ようたい》を学ばずに過《すご》し得たことは、母を徳としている。それもこれも、祖母の睨《にら》みがきいたからだと、後日母はいっていたが——

　そこで、わたくしは六歳の年に入学した。学齢ではないのだが、私立尋常小学校という札《ふだ》の出たのは後《のち》のことで、秋山源泉《あきやまげんせん》学校という、別室には、習字と裁縫と、素《そ》読《どく》だけに通ってくる大家《おおどこ》の娘たちもあるので、六歳でも通えるのだった。

　引出《ひきだし》を二ツももった、廉品《そまつ》な茶塗《ちゃぬ》りの手習い机と、硯《すずり》箱《ばこ》が調《ととの》えられた。白紙を一帳《じょう》綴《と》じたお草紙《そうし》、字が一字も書いてない真っ白な折手《おりて》本椎《ほんしい》の実筆《じつひつ》と、水入れと、㊇の柏墨《かしわずみ》が用意され、春のある日、祖母に連れられ、女中と書生と車夫《しゃふ》が机をかついで、二丁《ちょう》足らずの、真っすぐな新道《しんどう》を通って、源泉学校へ入学した。児童たちへおみやげの菓子の大袋《おおぶくろ》は、幾つかさきに届けられているので、白砂糖の腰高折《こしだかおり》と目録包《もくろくづつみ》が校長の前へ出された。白い四角な顔の、お習字を教える校長のお母さん、黒い細い顔で菊石《あばた》のある校長、丸い色白の御新造《ごしんぞう》さんたちが、苦いお茶を出し、羊羹《ようかん》を出してもてなした。先生に連れられてお座《ざ》——席のこと——につくと、幾人かの生徒が、お盆に盛りあげた、瓦《かわら》せんべいだの、巻《まき》せんべいだの、おこしだの、落雁《らくがん》だのを、全校の生徒にくばるのに、二個三個と加えてゆくのだった。後に、あたくしも貰《もら》うようになったおり、一日に、二人も三人も新入生があると、冬は蜜柑《みかん》などがまざって、子供たちをよろこばせた。

　幼年生《ようねんせい》のときの思出《おもいで》は、赤い裏の、海軍士官の着るような黒いマントを着て通った。小さい前髪と両鬢《りょうかつら》に奴《やっこ》さんを結んだおかっぱの童女が、しきりに手習い草紙《ぞうし》を墨でくろくしていたことだ。それから、机の引出《ひきだ》しや硯箱《すずりばこ》の中へ千代紙《ちよがみ》を敷いて、白紙《かみ》を丸めた坊主《ぼうず》つくりや、細くたたんで、兎《うさぎ》の耳のように、ちょいと結んだ、借定《かてい》の人形の首に、色紙《しきし》の着ものを着せて飾り、おばさんごっこをすることを覚えた。二年すると妹があがって来た。利口《りこう》ものの妹は、両親の寵児《ちょうじ》だったが、強情《ごうじょう》なので学校ではよくお残りをさせられて、あたくしの方がかなしくなって日暮《ひぐれ》まで、ガランとした教場《きょうじょう》でオロオロしていたが、祖母は一層《いっそう》厳しく仕附《しつ》けてくれるようにと、そんな時は礼を述べさせに人をよこしたりした。勿論《もちろん》、先生に御母堂《ごぼどう》や御新造《ごしんぞう》がとりなして帰してくれようとしても、家の者は、お連れ申しますと叱られますと、わたくしたちを残していった。

教場《きょうじょう》の――それは、先生の住居《じゅうきょ》を廻った、かぎの手なりの平屋建《ひらやだ》ての、だだっ広い一棟《ひとむね》で一室だけだったが、畳があげられて板を張りわたし、各自の机や、五、六人並べる、学校で備えつけの板だけの長い机が何処《どこ》にか取りかたづけられて、二人ずつ並ぶ、腰かけつきの、高脚《たかあし》の机になった時、代用小学校《だいようしょうがっこう》という木札《きふだ》にかわって、高等科はないが温習科《おんしゅうか》というものが二年出来た。唱歌《しょうか》の教師が通って来て、英語もその教師が望むものだけへ教えることになった。すべて、六歳が、ものの手ほどきによい年齢というので、長唄《ながうた》なども習わせかたはきびしい方だった。踊《おどり》は、すぐ近くの師匠が、ちいさい時分から眼《め》をつけて、連れに来ては舞台へあげて遊ばせていたが、踊《おどり》の師匠の母親が、あまりツベコベ追従《ついじゅう》するので、祖母がいやがって行《ゆ》かせないようにしてしまった。どうも、このことは、何か家庭に関係することがあって、あたくしに芸を一ツ覚えさせなかったことになったようだ。

堅田《かただ》という囃子方《はやしかた》の師匠の妹が父の世話になっていて、あたくしを可愛《かあい》がるのが、母におもしろくないのが原因だったようだが、それよりも、あたくしにとって、大変な不運だったのは、母方の祖母が何かの便次《つて》があって、わたくしを下田歌子《しもだうたこ》女史の関係する塾とかに――それが、何処《どこ》であったのか知らないが、入れたらと言って来たときには、こんどはどういう意味で祖母が反対したのか、小軋轢《こあつれき》があったふうで、沙汰止《さたや》みになってしまった。「小学生徒心得」という読本《とくほん》が、楷書《かいしょ》入の本を読み習っただった。そんなことで、わたくしに対する家庭教育は、最初なので、下田歌子《しもだうたこ》の名は幼少な耳にも止めていた名世の中や、家の業《ぎょう》とは大層異《たいそうことな》った、後《あと》びっしゃりなものであった。

ともかく泣いて願って、英語は習うことになったが、あいにく、ぶらさげていった赤インクの大きな壜《びん》を、白地のゆかたの出来たての膝《ひざ》へ、前の席のものが立ったはずみにひっくりかえされて、血をあびたようにこぼしてしまってから、それが長唄杵屋《ながうたきねや》のお揃いで、学校の帰途《きと》に行《ゆ》く月浚《つきさら》いに、間にあうように新しく縫われた浴衣《ゆかた》であるにしろ、それだけの過失で、英語は下げられてしまった。

しかし、子供というものは不思議《ふしぎ》なところで自分を生かすものである。読みと、算術――珠算《しゅさん》を主にして、手習いと、作文だけの学校でも楽しかった。遊び時間はかなりあるから、あたくしはみんなの石版《せきばん》をならべて、即興のでたらめのお話——児童作品長編小説を、算用数字の2の字へ二本足をつけて、毎日つづけて話すのだった。これはたいした人気で、あたくしのお座《ざ》は、十重《とえ》にも取りまかれ、頭の上からも押っかぶさるほどで愛された。

　このことを、ある時、校長秋山先生が自慢で、家へ来て話されるとどうも、いけない結果があらわれて来た。

　折もおり、幼少から可愛《かあい》がって、自慢の弟子にしてくれていた長唄《ながうた》六三郎派の老女師匠《としよりししょう》から、義理で盲目の女師匠に替えられたりして、面白味をなくしていたせいか、九歳の時からはじめていた、二絃琴《にげんきん》の師匠の方へばかりゆくのが、とかく小言《こごと》をいわれるたねになっていたところ、この二弦琴のお師匠さんがまた、褒《ほ》めるつもりで、宅《たく》へお出《い》でなすっていても、いつも本箱の虫のように、草双紙《くさぞうし》ばかり見てお出でなのに、何時《いつ》耳に入れているか、他人のお稽古で覚えてしまって、世話のないお子ですと、お世辞《せじ》をいったのだった。

　わたくしは、草双紙《くさぞうし》に実《み》が入って、日が暮れてから、迎えをよこされて帰って来て叱られると、大勢のお稽古を待っていたというのが逃げ口上だったのが、すっかり分《わか》ってしまった具合のわるい時だったので、俄然《がぜん》取りしまりが厳しくなって、よからぬ習慣は、寸《すん》にして摘まずばといったふうに、ともするとわたくしは、奥蔵《おくぐら》の縁の下に押込《おしこ》まれたり、蔵《くら》の三階に縛りつけられたりして、本を——文字《もんじ》のあるものを見ることを厳禁されてしまった。

　それもまた、親の情《なさけ》であったかもしれない。わたくしは、アンポンタンとよばれ、総領の甚六とよばれ、妹の色の白さに対して烏《からす》とよばれ、腺病質《せんびょうしつ》でもあったのか、左の胸がシクシクして何時《いつ》もそっと揉《も》んでいたが、十二、三には、祖母を揉みに毎日くる小《こ》あんまに、叩いてもらうほど苦しかったので、母は、机にギッシリと胸を押しつけてばかりいるからだと怒ってもいた。だが、おそろしく幼時は臆病だったので、蔵《くら》へは独《ひと》りでものを取りにゆけないし、我家《わがや》でありながら、ぼんぼりをつけなければ、厠《かわや》へもゆかないというふうであったから、十一やそこらで、床《ゆか》の高い、石でかこった、土蔵《どぞう》の縁の下に、梯《はし》子《ご》をとりあげられ、筵《むしろ》一枚の上におかれることは、上の格子《こうし》から光のくるのを遮《さえ》ぎられてしまうと、冷汗《ひやあせ》を流して、蟋蟀《きりぎりす》に脅えたり、夏であると風窓《かざまど》が明《あ》いていると、そこへ顔を押しつけていたものだった。そんな時、まだちいさかった三人目の妹や四人目の妹が、外から覗《のぞ》きに来て、そのまま土に坐り込んで、黙っていつまでも風窓《かざまど》の内外から顔をおしつけっくらして居るのだった。はしごをはずされて三階に縛《いま》しめられていても、彼女たちは、いろいろな智恵をふるって鼠《ねずみ》のように登って来て、縛《いま》しめを解いてくれて、そこでお話をせびったり、石版《せきばん》をもって来て絵を描《か》かせたり、するのだった。

十三歳になると学校をさげられて、あらたに生花《いけばな》と茶の湯とに入門させたが、午前九時から午後五時までは裁縫をしこまれた。

我家《わがや》の家憲《かけん》としては、十一、二歳を越すと、朝の清掃《せいそう》を大人同様、女中も書生もわかちなく一様にさせることで、妹弟《きょうだい》の世話、床《とこ》のあげさげが、次の妹へと順送りになると、煙草盆《たばこぼん》掃除《そうじ》から、客座敷《きゃくざしき》の道具類の清《きよ》ぶきになる間までに、庭掃除から、玄関掃除、門口《かどぐち》に箒目《ほうきめ》を立てて往来の道路まで掃くこと、打水《うちみず》をすること、塀や門をあらったり拭いたりすること、敷石《しきいし》を水で洗いあげることを、手早く丁寧に助けあって励んでやらなければならない。それは夏冬をきらわず、足袋《たび》などはいていてするような、なまやさしいやりかたではゆるされなかった。働かないのは、一番目上で老齢である祖母と、幼いものたちだけだった。父も自分の床《とこ》をあげてキチンとしまい、書斎の掃除まですることもあった。裁判所へ行《ゆ》く前に、多くの客が、二階へも階下へも、離れへも、それぞれ他人に聴かせたくない用をもって来るので、母は一時二時に寝ても、朝は五時かおそくも六時前には起きていた。

夏など、みんなが目ざめる前に、三味線《しゃみせん》の朝稽古をすまして来ようと、夜の白々《しらじら》あけに、縁《えん》の戸《と》を一枚はずして庭へ出ると、青蚊帳《あおがや》のなかに、読みかけた本を、顔の上に半分伏せたまま眠っている母を見ると、母も本は読みたいのだなあと、大変気の毒な気がして、早く行って帰って来て、掃除やなにか手つだおうと思った。

二

朝夕に、腰を撫《な》で、肩をもんであげた祖母は、八十八歳でわたくしの十五の春に死んだ。わたくしを一番愛していたが、厳しいしつけでもあった。一ツ《ひと》身《み》を縫うにも、二度三度といて縫い直しをさせるのだった。そういうことをはずかしがらないアンポンタンでも少々気まりの悪いこともあるし、教える人の方が、まだ小娘《こむすめ》さんなのにあんまりひどいと怒ることもあった。

ともかく、わたくしの教育は、本を読ませないことというに、何時《いつ》かきまってしまっていたが、まだしも祖母の居るうちは、わたくしも小さくなっていたし、母達も幾分祖母へ遠慮をしていたが、段々とわたくしは智恵を出して来た。読み書きするのに、母が労《つか》れて眠る時分をはかり、妹と二人寝る室《へや》の障子《しょうじ》の方へは、屏風《びょうぶ》やら何やらで火影《ひかげ》をさえぎり、これでよしと夜中の時間を我《わが》ものがおに占領しだした。

ところが、洋灯《ランプ》の石油はへって、ホヤは油煙《ゆえん》で真っ黒くなる上に、朝寝坊《あさねぼう》になって、父が怒って冷水《みず》をあいている口へつぎ込むことなど、仕置《しお》きされることが重なってしまった。ある夜中には、寝たと思って母が室《へや》へはいって来て、大いに怒って父を呼び、父が優しくて見逃しているのだというので、父から揚弓《ようきゅう》をもって激しく折檻された。祖母の居るころでも、母が強く怒ると、姐《あね》さまのはいっている手箱も、書きものの手箱も、折角《せっかく》、かくして、ぽつぽつと溜《た》めた本類も、みんな焚《もや》してしまわれたりしたが、そんなにしても、妹たちも好きだったので、いろいろな工夫《くふう》をしてくれた。家《うち》にも何かしら読みものは多くあった。母が浴衣《ゆかた》ならば、家内《かない》が多いので、一度に十反《たん》くらいを積んで、縫えと出すと、もう家《うち》に居て縫うようになっていたので、静かな、なる可《べ》く母の目から通〔遠〕い二階の部屋にあがって、それこそ朝の仕事も早くすませ、身じまいも早くしてしまって坐る。そうなると、頭をよく働かして、大変手早く巧者《こうしゃ》に裁断《たつ》てしまって早縫いの競走なのだが、母が見廻りにくると実に丁寧な縫いかたをしている。で、一日に一枚はこの分ではどうかと思ってもらっておいて、次の妹と二人がかりで、二枚も三枚も拵《こしら》えあげてしまって、それからの残りの時間を、雑読《ざつどく》、乱読《らんどく》、熱読《ねつどく》の幾日かをものにしていた。

そこで、おかしいのは、母は、なんでそんなに厳しくしたかといえば、出来もしないことにふけって、なま半《はん》可《か》な女《もの》になるのを、ばかに怖れたのではないかと思う。だから、あたくしが、書いたり、読んだりするのは気に入らないが、ほかのことで、皆《みな》とひとなみに、楽しみとして見聞きすることは許さないのではないから、あたくしがずっと小さいころ、書生が幻灯会《げんとうかい》をして近所のものに見せたりするのを、共に楽しんで見ていたように、友達たちで三味線《しゃみせん》などひいて芝居《しばい》ごっこなどしても、それは遊びとして大目《おおめ》に見ていた。そして、わたしどもが、幾分、新知識を得ようとするとき、玄関の大火鉢《おおひばち》の廻りや、紫檀《したん》の大机《おおづくえ》のもとに集《あつま》って、高等学校から来る大先生に、西洋ものの小説や劇の話をきくのも、それも許した。

大先生といっても、一高生徒だった鵜沢聡明《うざわそうめい》氏が、まだ惣一《そういち》といった昔のことで、はじめあたくしたちは、千葉の田舎《いなか》から来たほやほや中学生の書生さんの頭に、白《しら》髪《が》が多くあるので、黒い毛の方を抜いてしまう方が汚くないなんぞと、頭の毛を引っつかんだりした、いけない幼女《ようじょ》だったが、独逸人《ドイツじん》の教師の家《うち》へ寄宿してやがて一高の生徒になると、忽《たちま》ちわたしたちの大先生にあがめ、新しい話——つまり文学を聴くのに貪慾《どんよく》になって、それから、それからとせがんだものだった。次の妹は、趣味の共通から、共同の陣を張りはするが、もともと母の秘《ひ》蔵娘《ぞっこ》であるところから、ちょろりと裁縫の時間の打幕《うちまく》を洩《もら》してしまったりする。そこで、いよいよ懲《こら》しめのため、も一ツには行儀《ぎょうぎ》見習い、他人の御飯《ごはん》を頂かないものは我《わが》儘《まま》で、将来人が使えないという立派な条件を言いたてに、母が大好きで、自分が、旧幕時代《きゅうばくじだい》の大名奉公《だいみょうぼうこう》というもの、御殿女中《ごてんじょちゅう》というものにあこがれていた夢を、時代の違った時になって、娘によって実現して見ることにきめてしまった。父が旧岡山の藩主であった、池田侯の相談役《そうだんやく》であったのと、そのすこし以前にお家騒動《いえそうどう》が起《おこ》りかけたりしたのを処理したので、そんな縁故から頼み込んで、旧藩臣の身分のある者の娘でなければつかわなかったという、老侯夫妻《ろうこうふさい》のお小姓《こしょう》——平《ひら》ったくいえば、小間使《こまづか》い見たいな役につけてもらうことになった。十六歳だった。

若いものなどは皆無《かいむ》居ない広い邸《やしき》だった、鼻の頭の赤い老臣《ろうしん》が、フーフーと息を吹きながら、袴《はかま》の裾《すそ》で長い廊《ろう》下を拭《ふ》くように歩いていった。それが有名な国文《こくぶん》の学者だといった。表門《おもてもん》の坂を車なり馬車なりが下《さが》ってくると、飛び出して、主人の時などは土に手をつく人品《じんぴん》の好《よ》い門《もん》番《ばん》が、以前は一番上席《じょうせき》の家老《かろう》だったというふうで、小使《こづかい》も下《しも》の女中《じょちゅう》もみんなお婆さんかお爺さん。たまたま二、三人、上女中《かみじょちゅう》でないものに若い女が居たが、年寄りもおんなじことで、ただ年が若いというだけ、新時代に対してなんにも知らない人たちばかりだった。

鍾愛《しょうあい》の、美しい孫姫《まごひめ》さんが、御方《おんかた》に（姫の住居《すまい》——離れたお部屋《へや》に）乳母《うば》たちにかしずかれていた。侯爵夫人になられた細川博子《ひろこ》さんがそのお姫さまであったが、あたくしが奉公《ほうこう》してから間もなく、ウエスト夫人という西洋人のところへ、英語を学ばれに通うことになったとき、その乳母《うば》さんが附いてゆくのが、およそわたくしが、生涯に羨《うらや》ましいと、人のことを羨《うらや》んだ、たった一つのことで、お今《いま》さん、あなたは傍《そば》にいらっしゃるのときいたら、はいすぐお傍《そば》に居ますが、なんにも覚えてませんといった。何とやらん無念のおもいが、胸にグンと来るのを、どうしようもなかったのは、志望してそのお伴《とも》のまたお伴に、ついてゆけることなど、およそ出来るわけのものでもなかったからだ。次の室《へや》に居ようとも、わたしの耳は発音をきくだろう、耳で覚えたものを寝てからブックに照《て》らし合せても解《わか》る筈《はず》だとは――とは、とはと、思いもするが、わたくしは読ませないようにという意味が、御奉公《ごほうこう》の眼目《がんもく》におかれているので、お下《さが》りの新聞さえ読ませられないのだ。御家令《ごかれい》というのが、もとの上席家老《じょうせきかろう》格《かく》で、その人がわたしの父の親友、そしてその人が母からよく頼まれて、どうも変な子だということを、年寄りたちに伝えてあるし母がまた一々《いちいち》、他の人にも、わたくしの病《やまい》の虫《むし》のように話したのであるから、或《あるい》は老侯爵は面白がって許してくれるかもしれないが、傍《そば》のうるささが思いやられてお孫姫《まごひめ》さま英語御教授をおうけになるお供を、お願いする機会はなかった。

　だが、それは、その場合大望《たいぼう》すぎたのだ。わたくしはこれで中々《なかなか》自由の時間を持っていたのだ。家《うち》に居る時とちがって、夜中の時間は絶対に自由に出来る。といって、もとより人に知れないようにではあるが、そこにはまた何やらん、やりよさがあった。お上女中《かみじょちゅう》の部屋は二、三人ずつの共同部屋で、八畳、六畳、四畳半、三畳の四室《よへや》に屋根裏二階が物置きになっていた。わたしが置かれた部屋は格の好《よ》い方で老侯の愛妾《あいしょう》の部屋に隣り、殿様附きの老女格《ろうじょかく》の人と、御前様《ごぜんさま》づきのお側女中《そばじょちゅう》との二人が一人の下女中《しもじょちゅう》を雇っている世帯《しょたい》へ、食事は御番《ごばん》――主人の食事係が賄《まかな》うことにして、室《へや》だけ居候《いそうろう》だった。

　老女中さんたちは自分賄《まかな》いの共同台所をもっているのだから、勢《いきお》い物資《ぶっし》の消費を節約する御殿《ごてん》は電灯であったが、おひけになると御寝所《ごしんじょ》や次の間は燭台《しょくだい》になって西洋蠟燭《ろうそく》が灯《とも》される。それを朝毎《あさごと》に掃除するのもわたくしの役目の一ツだ。あたくしは、涙を垂らした灯《とも》しかけの蠟《ろう》燭《そく》を、折角《せっかく》きれいにした燭台《しょくだい》へさすのは景気がよくないので、日毎《ひごと》に新しくした。夜《よ》が長いと灯《とも》しかえるように、新しいのを一本添えておくことも忘れなかった。それで、知らず知らずにともしかけが大きな箱へ溜《たま》ってくる。それを一本もって来て、ごく短いのを机の角《かど》に立てて、ふとんの上でニヤニヤしていたものだが、今度は、そのうちの長いのを選《よ》って、部屋用にさせて、灯《とも》しかけは、それまでは取り捨ててしまわれたそうなのだが、老女たちは感心だとよろこんだ。

　それによい事は、隣りの部屋主《へやぬし》も夜中は不在、わが部屋もお詰め処《どころ》へ寝る番が二人とも一緒の日が多い。そうなると居候《いそうろう》が大威張《おおいば》りで、自室の女中も、となり部屋の女中も、若いものがお引けすぎに寄って来て、芝居の噂話をよろこんでして、お菓子を食べて帰ってからが我世《わがよ》なのだった。権威のあった御愛妾《ごあいしょう》さんも、御酒が飲めるほうで、毎晩部屋で晩酌のあとは、部屋女中から、わたくしからきいた芝居の話をきくのを珍らしがって、夜中の仕事もきかぬではないが、そんなに好きなら仕方がないと、大目《おおめ》に見てくれたりした。わたくしは六円の月給をはじめて得て、三円を食費の足しに差《さ》ひかれても、残るお金で毎朝小使いさんが下町へ買いものに出るのに頼んで、書籍を購《あがな》うことが出来た。その時分「女鑑《じょかん》」だとか「大日本女学講義録《だいにっぽんじょがくこうぎろく》」などが出て学びたい餓《が》をすこしばかりは満たしてくれた。

　しかし、間もなく、わたくしの胸は本痛《ほんいた》みになり、隠していたが、ある日の正午ごろ、おくれた朝の仕事をおわって、身じまりにかかろうと、倒れそうな身を湯殿《ゆどの》へはこび、風呂にはいるとだめになった。ここで倒れては大変と、拭《ぬぐ》うひまもなく衣服に身をくるんで、部屋までどうして帰ったか、壁ぎわに横になったまま、半《なかば》意識を失って、死生《しせい》の間を彷徨《ほうこう》する日が十日もつづいた。幸《さいわい》と赤十字社の難波《なんば》博士が主侯《しゅこう》の診察に来られる定日《ていじつ》だったので、あたくしに肋膜炎《ろくまくえん》の手当がほどこされた、冬のはじめのことだった。

　赤十字病院へ入れるにしても暖かい日の真昼、釣台《つりだい》でといわれたのを、母は家へ連れて帰りたいと願った。彼女も死ぬと思ったのであろう。わたくしは夢中で、暫《しば》らく帰らない家も見たいと思っていた。送るものは、早く癒《なお》って、また帰って来なさいと、主侯夫妻《しゅこうふさい》まで部屋に来て見送ってくださったが命冥加《いのちみょうが》にもどうやら命はとりとめた。二月の末に病上《やみあが》りの、あと養生《ようじょう》もしないで邸《やしき》へ帰った。その時は息切れがひどいぐらいでわからなかったが、喘息《ぜんそく》がその次の冬になってわたしを苦しめ、心臓も悪かった。でも、どうにか押し隠して、自分の自由のある夜《よ》の世界を楽しんでいたが、息切れと、膝関節炎《ひざかんせつえん》になって、日本館《にっぽんかん》の長い廊下や、西洋館の階段を終日歩き回る役は、だんだんつらくなって、人の見ていない時は這《は》ったりしだした。

　足かけ三年目の初夏、奉公《ほうこう》をさげられた。わたくしは家《いえ》に居て、また裁縫《さいほう》やときものの時間を利用しだした。

おかしな事に、肋膜《ろくまく》で病《わず》らったあの大病のあとの、短い日数のうちに、わたくしは竹柏園《ちくはくえん》へ入門していることだ。ほんとは、もっと早く奉公に出されぬ前、祖母が死ぬとじきに、弟をねんねでおんぶした仲働《なかばたら》きが、人形《にんぎょう》町《ちょう》までといって出た、わたしの買《かい》ものの供に附けて出されたが、この女中は二十歳を越していて、何かよくわかったから、却《かえっ》て道案内をしてくれて、神田小川町《かんだおがわまち》の竹《ちく》柏園《はくえん》の門に立ったことがあったのだ。まだお若かった佐《さ》佐木《さき》信綱《のぶつな》先生と、新婚早々の雪子夫人は、その時、花簪《はなかんざし》を挿した、ちりめんの前かけをしめていた、わたしの姿を今でも時々おっしゃる。

さて、入門したといっても、こっちがしたつもりだけで、実のところ、束脩《そくしゅう》もおさめたやら、どうやら、福島の人で、わたしたち姉妹《きょうだい》を可愛《かあい》がってくれた、あまり裕福でない、出入りの夫婦にたのんで、榛原《はいばら》で買った短冊《たんざく》に、しのぶ摺《ず》りを摺ってもらいにやって、それが出来て来たのを、十枚ばかりおみやげに持っていったのが、ありったけの心持ちだったのだ。ずっと帰って来てからは、大胆になって、かまわずに稽古日には朝から出かけた。もとより本はないから、先生のうちの、玄関の、欄間《らんま》までギッシリ積んである本箱の上の方から出して頂くのだった。夏の朝、早くから行くので、昌綱《まさつな》さん（先生の弟御《おとうとご》）が大急ぎで座敷を掃いて、踏《ふみ》つぎをして、上の方の本箱から納めてある和綴《わとじ》本の大判のを出して貸してくだされた。源氏や万葉《まんよう》のお講義、その他の物語のこともあった。先生の奥様が、母の妹の連合《つれあい》の上官で、官舎であったのかどうか、おなじ猿楽町《さるがくちょう》の、大きな門のある構内に、お住居《すまい》があったのと、藤島さんの一粒だねの令嬢《れいじょう》をおかたづけになったほどなのだからと、先生については、よほどの信用があったから、母も国文学を学びに通うことは見て見ぬふりをしてくれるようになりはしたが、許可されたのではないから、足りても足りなくってもお小使いのうちから小額の月謝をもっていったのだが、気まりわるくも思わなかった。朝の仕事をすますと御飯を食べている暇がなかった。神田小川町《かんだおがわまち》まではあるが歩いて通わなければならない。大雨が降ると、帰りには足《あし》駄《だ》をぬいで跣足《はだし》で歩いてくるので、漸《ようや》く、近所の眼がうるさくなりだした。そんな日には、大問屋《おおどんや》の店の者は、欠伸《あくび》をしているのもあるから、わたくしの育ちを、赤んぼの時から知っている、旦那《だんな》たちまでが気にしだした。

「先生んとこのお嬢さん、どちらへおやりになっているのかと、申すものもございます。」

と、父に耳打ちをする者もあるので、母が気にしだした。縁談なども、選《よ》りにもよって近所の鉄成金《てつなりきん》で、家中《うちじゅう》で芸《げい》妓《しゃ》遊《あそ》びをするといった派手な家からの所望を、昔を知っているから大事にするだろうとか——厳しく躾《しつ》けたのは、そんなところへやる為ではなかったであろうに、若い娘は、暮《くら》しむきの賑《にぎ》わしさに眩惑《げんわく》されて、生来《せいらい》の気質をあらためるかとでも思ったあやまりであったであろう、もとから知りあっていた両家は頻繁に往来し、道楽《どうらく》で勘当《かんどう》されていたという次男に分家《ぶんけ》支店《してん》をもたせ、わたくしを貰《もら》うことにきめてしまった。

——いやだ、いやだ、いやだ。

訴えるすべもないので、わたくしは枕もとの行灯《あんどん》を、一晩中に真黒におなじ字で書きつぶしてしまった。父に見られたら、どうにかなるという思いで一ぱいだったが、なんのこと、翌日は真っ白に張りかえられてある。どうしてよいか分らぬ憂鬱《ゆううつ》に、病《わずら》いついた。長く寝てしまったが、漸《ようや》く床《とこ》の上に起きあがれる日、びっくりしたのは、立派な結納《ゆいのう》の品々が運びこまれ、紋附《もんつ》きの人たちが、病気全快のあいさつと一緒に、祝着《しゅうちゃく》申しますとわたくしに悦《よろこ》びを述べた。

だが、決心はついた。自由を得る門出《かどで》に、と、わたしは寒い戦慄《せんりつ》のもとに、親のもとを離れる第一歩を覚悟した。昔の人が厄年《やくどし》だという十九歳の十二月の末に、親の家から他家へ嫁入《よめい》りとなって家を出た。嫁にやられるには違いはないが、わたくしは円満に親の手を離れる決心であった。だから、途中からでも逃げたい気持ちだったが、父の恥を思うと躊躇《ちゅうちょ》させられた。それにまた、華々《はなばな》しいほどの出入りの者にかこまれて、身動きも出来ない羽目《はめ》となっていた。母は、流石《さすが》に、子の心は察しがつくと見えて、紙入れをもたせなかった。一銭の小使《こづか》いもわたさなかった。

以上が、明治十二年末から、卅《さんじゅう》年の末までの、東京下町の、ある家庭の、親に従順な一人の娘の、表面に現れない内面的生活争闘史である。以下は、彼女は、彼女自身で、茨《いばら》を苅《か》りながら、自分の道へと、どうにかかこうにか歩き出して来た道程であるが、はじめから本道を歩きださぬものには、よけいな道草《みちぐさ》ばかり食って、いくらも所念《しょねん》の道は歩いていない。振りかえって見るのも嫌なくらいである。わたくしはまっしぐらに、面《おも》もふらず行こうとすると、屹度《きっと》障触《さしさわり》が出来てくる宿命に生《うま》れついてでも居るようだが、いって見れば畢竟《ひっきょう》は努力が足りないのだ。断っておきたいのは、日に日に進歩した女子教育とは、およそ反対の歩きかたであったので、これが明治女学勃興期の少女の道と思ってもらいたくない。きわめて歪《ゆが》んだかたちなのだ。女流小説家として有名な、故一《いち》葉《よう》女史は、その前年明治廿《にじゆう》八年末に物故されている。

三

そこで、生活は一変したが、婚家では困ったお嫁さんをもらったのだった。陽気な家のものたちは、あからさまに言った、水に油が交《まじ》ったようだ、面白くない、みんながこんなに楽しく団欒《だんらん》して食事をするのに、この娘は先刻から見ていると、一碗の飯を一粒ずつ口へはこんで、考え込みながら噛《か》んでいる――貧乏公卿《くげ》の娘でもないに、みそひともじか――お姑《しゆうと》さんはあられげもなく、そっと書いたものを見つけると、はばかりへもっていって捨ててしまう。

病気がちなわたくしは、芝居《しばい》のお供、盛《さか》り場での宴席、温泉場《おんせんば》行《ゆ》きもみんな断わって留守番を望んだ。出入りの貸本屋《かしほんや》にお金を出して新本をかわせ、内密《ないしよ》で読んで、直《じき》にやってしまうので、彼は註文次第で、どんなむずかしい書籍も買って来てくれた。わたくしはまた、解《わか》ろうがわかるまいがむずかしいものに噛《かじ》りついて、餓《う》えきった渇きを癒《いや》した。だが、道楽息子が直《ただち》にまた勘当《かんどう》されたとき、この時こそ自分を生かす時機《とき》がきたと、離婚のことを言い出すと、先方の親たちは妙なことを言出《いいだ》した。伜《せがれ》の嫁にもらったのではない、家《いえ》の娘にもらったのだ。だから、何処《どこ》へいっても嫁とはいわなかった、娘《むすめ》だといってきていた、実子《じつし》の娘《むすめ》だといっていたではないか、帰さないと。

わたくしは世間知らずだった。自己のことばかり目がくらんでしまって、明瞭《はつきり》した眼《め》をもたなかった。真の愛情がないものが、なんでそんなことをいうのか――変だとは思わないで、ただ厭《いや》だとばかり思った。だから、厭《いや》さが昂《こう》じて死にそうな病気ばかりした。生《うま》れた土地に名声のある我家《わがや》を、古鉄屋《ふるてつや》から紳商《しんしよう》になりかけた家が、利用するのを察知しなかった。父の身辺にすこしの危惧も警戒もしなかった。

父は、前にも言った通り、自由党の最初に籍をおいたが、脱党して以来口ぐせのように、法律も身にあった職業ではない、六十になったら円満にこの家業《かぎよう》もやめると、子供であったわたくしなどにさえ、時折洩《も》らしていたほどで、わたくしを相手に茶をたてたり、剣を磨いたり、下手《へた》な俳句をひねったりして、よく母に、貴夫《あなた》が発句《ほっく》をつくるので考え込むから、おやすが真似をして溜息《ためいき》をつくと、間違った抗議をしたり、したものだった。父は幼少のわたくしを連れて、撃剣《げきけん》の会へいったり、釣堀《つりぼり》にいったり、政談演説会へいったりした。種々《しゅじゅ》な名誉職をもって来られても、迷惑だと断わるのがつねだった。よんどころなく弁護士会長とか、市の学務委員とか、市参事会員とかにはなっていたが、恬淡《てんたん》な性質で、あばたがあるので菊石《きくいし》と号したりしたのを、小室信夫《こむろしのぶ》氏が、あまりおかしいから渓石《けいせき》にしろといったというふうな人柄だった。

しかし、父の酒飲みなのを知って舅《しゅうと》たちが毎夜酒宴《しゅえん》を張って、料亭に招《しょう》じるのを、わたくしは見まい聞くまいとばかりしていた。いつであったか、父は米国から帰って来た星亨《ほしとおる》氏に内見《ないけん》を申し込まれ、星氏が総理大臣になることがあったら、父に市長になってくれといわれたが、嫌だといったということは、わたしに話したが——どうも、わたしの婚家のいやな気風が、生家の、あのものがたい家憲《かけん》の一角を、ぶちこわしている気がして、不安に思いながら、わたくしは父と母にも遠くなっていた。

父は、不名誉な鉄管事件というものに連座した。父は手紙でもっていってよこした。長く考えて居た良いことを、ちょっとした短い短い分時《ふんじ》にぶちこわしてしまった。間違った思慮は一分時《いっぷんじ》で、悔《くい》は終生だ、子供に済まない——

わたくしは、それをよんで矢《や》っ張《ぱ》り父だったと嬉しく思った。誰《たれ》のことも、そのよってきた道程もいわない、すべてをみんな自分で背負おうとしているのに、わたしは父を見た。

よし、わたくしは、この後自分のゆるさぬ曲《まが》ったことを一分《ぶ》もすまい、潔癖すぎて困るほど清廉に生きて、父のあやまちは性分《しょうぶん》ではなく、弱さから負った過失だ。自己の罪として受けた心根《こころね》を知るわたしだけが、銭《ぜに》を愛さず、心志《しんし》とちがった父の汚名を、心だけで濯《すす》ごうと思いをかためた。

で、読み、書くために自立しようとして来たそれまでの志望《こころざし》を曲げて、まず、人間修業から出直しすることにした。独立するまで、二度は帰るまいと立出《たちいで》た実家へ帰って、病をやしない、すこし快くなると釜石鉱山《かまいしこうざん》へいった。そこで三年もすごせば勘当息子の帰参が叶《かな》うという約束のもとに行ったのだ。そのあとでわたくしはわたくしの道へ出ようと思った。鉱山所長の横山氏夫妻が、その息子一人では預かれぬといったから、行ってもらいたいというのが、先方《せんぽう》の両親の願いだった。

事件の最中で、心弱くなっていた父は病みやつれたわたくしを上野駅まで見送ってくれて、二度とやりたくないのだがと呟《つぶや》いていた。しかし、この山住《やまず》みの丸三年は、わたくしに真の青春を教えてくれた。肝心《かんじん》の預けられた息子は居たたまれなくて、何かにつけて東京へ帰って長く居るので、わたくしは独居の勉強が出来た。県道からグット下におりて、大きな岩石にかこまれた瀬川《せがわ》の岸に、岩を机とし床《ゆか》として朝から夕方まで水を眺めくらして、ぼんやりと思索していた。ある時は、水の流れに、書いても書いても書きつくされないような小説を心で書き流《な》していた。「二元論《いちげんろん》」を読み、「即興詩人《げかい》」を読み、馴れない積雪に両眼《りようがん》を病んで、獣医も外科医も、内科も歯科もかねる医者に、眼の手術をしてもらって、それでも東京へは出ず、頑固《がんこ》に囲炉裡《いろり》のはたや炬燵《こたつ》のなかで、繃帯《ほうたい》をした眼で、大きな字を書いて日を送っていた。

横山所長は、釜石鉱山をものにするまでに、座敷牢《ざしきろう》へ入れて止められたほどの、苦労をして来て、くされ半纏《はんてん》に縄帯《なわおび》ひとつで、鉱夫と一緒になって働いた人であるし、夫人は夫を信頼して、狐狸《こり》の住家《すみか》だった廃鉱の山へ来たという、東京生れの女性であっただけに、大変わたしを愛《いと》しんでくれた。

――はじめきいていたことと、あんまり異《ちが》うので――と夫人は言われた。他のものなら、しんぼうなさいというのだが、あなたにはそうは言わない。すこしも早く、あなたは自分だけになる方が好《よ》い。もう山になんぞ居ないで、十分に自分の道へ出た方が好《よ》い。

そういわれて、はじめて道が開けた気がしだした。わたしはこの山住《やまず》みで、小さな作《もの》を投書して特賞を得たりしたが、これらは実力がどの位《くらい》な辺《へん》かという試しにしたことで、これならばというたかぶった気持ではすこしもなかった。

東京へ帰ると、舅《しゆうと》が没したりして、離婚のことを言い出せなかった。だが、ぽつぽつと書くものは通るようになって来て、今度は離婚に、婚家の方で意地悪をはじめ、かなり苛酷《かこく》な目にも逢ったが、その為わたくしの健康がおとろえ、もはや生きまいと思われたほどだったので、肺病ではしかたがないと、漸《よう》く事がきまった。

その前にわたくしは家を出て、実家の世話になっていた。それは一つは、勘当息子にも以前の家をあてがわれ、多少の資本をもわけられるようにもなったから、わたくしの心に定めた通りになったから、やましきところがなかったのと、も一つは、わたくしの山に居《お》ることをきいて、作品から慕ってくれていた少年があったから、わたくしは、心にもなき家に止《とど》まって、その少年の愛を告げる心を摑《つか》んでいるのは、両方に対して心苦しく感じたからでもあった。

　わたくしは、漸《ようや》くものを書き出しうるようになりつつあった。遅まきながら築地《つきじ》にあった女子《じょし》語《ご》学校の初等科に、十二、三の少女たちと一緒になって英語をまなび出した。そのころ父は、一切の公職から隠退《いんたい》して、いくら進められても出ずまことに世捨人《よすてびと》のごとく、佃島《つくだじま》の閑居《かんきょ》に隠遁《いんとん》していたので、わたくしは父の傍《そば》にいて、父を慰めながら、住吉《すみよし》の渡船《わたし》をわたって通い、日本橋植木店《にほんばしうえきだな》の藤間《ふじま》の家元《いえもと》に踊《おどり》をならいなどして、劇作《げきさく》を心がけ、坪内《つぼうち》先生によって新舞踊劇《しんぶようげき》にこころざしていた。

四

　そのころ、母もまだ巣立たぬ弟妹《ていまい》たちのために、父にかわって、生活の保障をしようとして彼女の性分《しょうぶん》にあった働きをしていた。以前《もと》すこしばかり、其処《そこ》を手に入れる時に、お金を用立《ようだ》てた人が死んで、その後家《ごけ》たちは、新橋《しんばし》で旅館をもとからの商業《しょうばい》にしているので、丁度《ちょうど》引受け手を探していた、箱根《はこね》塔《とう》の沢《さわ》の温泉をゆずってもらって、経営しはじめた。

　馴れないことではあったが、母は働きすぎであったし、客あしらいも知っているのに、父のまがつみを同情する知己《ちき》の贔屓《ひいき》もあって、温泉亭家業《おんせんていかぎょう》は思いがけないほど繁昌《はんじょう》した。それだけに、母も漸《ようや》く、女も、何か知らなければ、こんなことしか出来ないと悟った。かような家業《かぎょう》でなければ子供を教育しながらも出来るのにと、それは、ひしひしと彼女に後悔《こうかい》に似たものを思わせて、わたくしを、今度は以前とはあべこべに大事にしてくれ、もはや、家を出てくれるなと言い出した。

　わたくしの自立は、また此処《ここ》で一頓挫《とんざ》しなければならないことになった。しかし、書いたものは、歌舞伎座《かぶきざ》や、新富座《しんとみざ》などで、一流中の一流俳優によって上演されるのがつづくようになった。女流劇作家も他に居なかったし、女流の作が劇場外からとられるのも最初だったが、どうしたことか、絵ハガキなぞも上方屋《かみがたや》から売り出されたりしたので、母はいよいよ悦《よろこ》ばされ、袴《はかま》をはいてくれれば、頸《くび》からかける金鎖《かなぐさり》と時計を買ってあげるなどと、とぼけたことをいったりするほどであった。そして彼女も、一《いっ》層《そう》活動しようとした。

そのころ、芝公園《しばこうえん》内の、紅葉館《こうようかん》という、今でこそ、大がかりな料亭も珍しくないが、明治十四年ごろの創立で、華族《かぞく》や紳商《しんしょう》が株主になって、いわゆる鹿鳴館《ろくめいかん》時代の、一方の裏面史《りめんし》を彩る役目《やくもく》をもっていたうちが、創立者の野《の》辺《べ》知翁《ちおう》が死んでから萎微《いび》していたのを、当時の社長にお された中沢銀行の中沢彦吉《ひこきち》氏が、母を見込んで引き受けてくれないかと再々《さいさい》足を運ばれた。

中沢氏の後妻には、遠縁《とおえん》の女もいっているので、母は大変気乗りがして、繁昌《はんじょう》な箱根《はこね》の店を投出《なげだ》してまで紅葉《こうよう》館《かん》をやろうとした。わたくしは反対したが負けた。ともあれこれは、我家《わがや》の第二の招いた災難になったのだった。母は精神をすりへらして挽回し、積累《せきるい》の情弊《じょうへい》を退ぞけたが、根本《こんぽん》の利益を目的の株式組織ということをよくのみこまないでいた。意志の疎通せぬ為に、中沢氏が歿《ぼっ》せられると、母は憤死しはせぬかと思うばかりの目にあって、結局やめた。眼の届かなかった箱根《はこね》の方もやめなければならなかった。

わたくしはその間《ま》に、舞踊研究会をまとめて、歌舞伎《かぶき》座《ざ》で大会を二回、紅葉館《こうようかん》で例会を六回催した。新舞踊劇と、古く、忘れられがちな踊《おどり》の復活を旨《むね》とした。幸《さいわい》に、菊五郎《きくごろう》も三津五郎《みつごろう》も猿之助《えんのすけ》も、米吉《よねきち》（時蔵《ときぞう》）男寅《おとら》（男女《おめ》蔵《ぞう》）の、踊れる俳優たちと、藤間《ふじま》は勘十郎《かんじゅうろう》、勘右衛門《かんえもん》の両家、花柳《はなやぎ》からも、あらそって出演し、新橋芸妓《しんばしげいぎ》では踊《おど》手《て》の七人組をはじめ大勢出てくれた。

自作の新舞踊劇「空華《くうげ》」は奈良朝時代の衣装背景で、坪内先生の「妹背山《いもせやま》」の試演がその式で紅葉館《こうようかん》で催されたことはあるが、そうした服装での舞踊ははじめてであった。衣装は松岡映丘《えいきゅう》氏、後景《こうけい》は組みものだけが大道具の手でつくられ、画幕《がまく》は氏のほかに美術学校から大勢来られて描かれた立派なものだった。作曲は鈴木鼓村《こそん》氏の箏《こと》を主楽《しゅがく》にしたもので三味線楽《しゃみせんがく》もあしらったが、箏《そう》曲《きょく》をもとにしたのは、やはり最初でもあった。

また、劇場には出演しない薄屋町《うすやまち》の吉住《よしずみ》一門の歌舞伎《かぶき》の舞台に出てもらい、小三郎《こさぶろう》氏の作曲になる「江島生島《えじまいくしま》」を初演したのもその会であった。もとより、井上八千代《やちよ》流の京舞《きょうまい》をも出した。小山内薫《おさないかおる》氏がロシアやフランスからもって来た、洋行《ようこう》みやげの舞踊談《ぶようだん》も、幻灯《げんとう》で示されたりしたのもこの会の収穫だったのだ。

これが動機となった菊五郎《きくごろう》一門の、新しい劇研究の

「狂言座《きようげんざ》」を経成《けいせい》した。帝国劇場での第一回公演には坪《つぼ》内逍遥《うちしようよう》先生の新舞踊劇「浦島《うらしま》」をさせて頂くおゆるしをうけた。森鷗外《おうがい》先生には「曾我《そが》」を新しく書いて頂いた。で二回には、木下杢太郎《もくたろう》氏の「南蛮寺門前《なんばんでらもんぜん》」を中沢弘光《ひろみつ》氏の後景《こうけい》、山田耕筰《こうさく》氏の作曲でやった。吉井勇《いさむ》氏の「句《く》楽《らく》の死」は平岡権八郎《ごんはちろう》氏に後を描《か》いて頂いたりした。

　わたしはまっしぐらに、所信《しよしん》のあるところへ、火のような熱情をもって突きすすんでいった。

　だが、母の打撃《だげき》は見てすごされなかった。それに実家では、弟の若い嫁が、赤んぼを残して死んだ。わたくしの手にそれは受けなければ、残された子は死にそうなほど弱かった。それに、も一つ、三上は恋愛を申入れてきかない、それに自分の方へ引っぱってしまおうとする。わたくしは、家庭婦《かていふ》として、あっちこっちに入用《いりよう》になって、引きちぎれるように用をおわされた。それを振りちぎったらば、今日、もすこしましな作を残しているであろうが、父のことに対して、心に植えた自分自身との誓《ちかい》は頭を持上《もちあ》げてまず、人の為になにかする——

　そうして、すべてを捨ててかえり見ぬこと幾年？　昭和三年に「女人芸術《によにんげいじゆつ》」に甦《よみが》えってからの爾来《じらい》は、あまり生々《なまなま》しいから略《りやく》することにする。

吉屋信子

花物語

鈴《すず》　蘭《らん》

初夏《はつなつ》のゆうべ。

七人の美しい同じ年頃の少女がある邸《やしき》の洋館の一室に集《つど》うて、なつかしい物語にふけりました。その時、一番はじめに夢見るような優しい瞳をむけて小唄のような柔らかい調《トーン》でお話をしたのは、笹島ふさ子さんというミッション・スクール出の牧師の娘でした。

――私がまだ、それは小さい頃の思い出でございます。父が東北の大きいある都会の教会に出ておりましたので、私も母といっしょにその町に住んでおりました。その頃、母は頼まれて町の女学校の音楽の教師をつとめておりましたの、その女学校は古い校舎でして種々《いろいろ》な歴史のある学校だったそうでしたの。

母はうす暗い講堂で古い古い古典的《クラシック》なピアノを弾《ひ》き鳴らして毎日歌を教えていたのです。授業が毎日の午後に終りますと、母はそのピアノの蓋《ふた》をして鍵をかけ、銀の鍵を自分の袴《はかま》の紐《ひも》に結びつけて、家へ帰るのでした。

ある日のこと、校長室へ母は呼ばれました。白いひげのふさふさとした校長は、変な顔をして申しました。

『貴女《あなた》はあの講堂のピアノの鍵をお宅へおもちになりますか？　たしかに』

と、母は『ハイ持って帰ります』と返事をしました。そうしますと校長は、ますますけげんな顔をして、『ハハア、たしかに鍵は貴女《あなた》より外《ほか》の人の手に渡さないのです

か』といいます。母はおかしく思いまして、

『私より外《ほか》誰もピアノの鍵は持ちません』

といいました。

校長は首を曲げて、何か考えておりましたが、やがて母に話しました。

『実は、あの講堂のピアノのことで不思議なことがあるのです。毎日放課後、生徒が皆校内から帰ってしまって校舎の中は静かになってゆく、寄宿舎の生徒が自修を始める、すると、どうです、人っ子ひとり居るはずのないあの講堂から、妙《たえ》なるピアノの音が響き出るのです。はじめは寄宿舎の生徒たちも、誰かが鍵を先生から拝借して弾《ひ》いているのかと思ったのですけれども、あんまり毎日の宵《よい》ごとに続くので怪しんだのです。それで今日鍵のことを念のためにお伺《うかが》い致してみたのです。放課後みだりに講堂で勝手にピアノを鳴らさせるのも、校則にはずれますからな』

と、遠まわしに校長は母をうたがっているらしいのです。母は放課後はたしかに銀色の鍵を自分で持ってかえります、どんな生徒の手にも秘密で貸してやるような、不公平なことはした覚えがないのですもの、その校長の話を聞いた時、どんなに不快に思ったでしょう。


これは誰かが講堂に忍び入るのであろうか？　でも鍵は私の手許《てもと》に有るのにどうしてピアノが弾《ひ》けよう、母は考えると、わからなくなりました。けれども、どうしてもピアノの鍵《かぎ》をあずかっている責任者として、自分のうたがいをはらさねばなりません。

母は、どうしてもその不思議なピアノの音をたしかめようと決心しました。そして、その日の夕《ゆうべ》、私をつれて忍びやかに女学校の庭に入りました。私と母は講堂の外の壁に身をひそめておりました。それは夏の日でしたから、庭のポプラやアカシヤの青葉が仄《ほの》かな新月に黒い影を落として、水をうったように校庭は静かでした。私は母の手に抱きよせられて息をこらしていました。ああ、その時、講堂の中で、静かにピアノの蓋《ふた》のあく音がしました、そして、やがて、コロン……コロン……と、水晶《すいしょう》の玉を珊瑚《さんご》の欄干《らんかん》から、振りおとすようないみじくも床《ゆか》しい楽曲の譜は窓からもれ出《い》でました、それを聞いた時、母の顔色は颯《さっ》と変りました。その楽曲は海杳《うみはるか》な伊太利《イタリー》の楽壇に名高い曲だったのです。やがてピアノの調《しらべ》はやみました。小窓が音もなく開《あ》くと見る中《うち》に、すらっと脱け出た影、黄金の髪ブロンドの瞳！　月光に夢のように浮き出た一人の外国少女の俤《おもかげ》！　私は思わず、『あっ』と声

をあげようとしました、母はあわてて私を抱きしめて注意しました。かの外国の少女は思わぬ物蔭に人の姿をみとめたので吃驚《びっくり》したらしくちょっと立ち止まりましたが、やがて夕闇の空の彼方に儚《はか》なく消えゆくように姿を見失いました。

母は黙って、ただ、ため息をつくばかりでした。

母は翌日校長にたずねました。

『あの講堂のピアノは学校でお求めになったものですか?』

その時校長は申しました。

『いいえ、あのピアノは、よほど前のこと、伊太利《イタリー》の婦人で当地へ宣教師として来ていたマダム・ミリヤという夫人が病気でなくなられた後、記念として寄付されたものです』

母は、これを聞いて、ほほえみました。……翌日の夕《ゆうべ》、いつもよりは、はるかに高らかに哀れふかく、かの講堂のピアノはあやしき奏手《そうしゅ》の指によって鳴ったのを、母は校庭で聞きました。

あくる朝、母が登校して講堂に譜本を持ってはいりますと、ピアノの蓋の上に、香《かお》りもゆかしい北国《ほっこく》の花、気《け》高《だか》い鈴蘭《すずらん》の一房《ひとふさ》が置いてありました。そして、その花の根もとには赤いリボンで結びつけられた一つの銀の鍵がございました。その下に、うす桃色の封筒がはさんでありました。母は轟《とどろ》く胸を、おし静めてひらきますと、鵞《が》ぺんの跡の匂い高く綺麗《きれい》な伊太利語《イタリーご》で、

感謝をささぐ。
昨夜われを見逃《みのが》したまえる君に。
亡《な》きマダム・ミリヤの子。オルテノ。

と、しるされてあったばかりでした。母はその時鈴蘭《すずらん》の花に心からの接吻《せっぷん》をして涙ぐみました。

そして、その日かぎりもう永久に、夜ごとに鳴りし怪しいピアノの音は響くことはありませんでした。

後で聞けば、その近き日に故国に帰るため、その町を立ち去った異国の少女があったと伝《つた》えられました――。

『伊太利《イタリー》……。古き芸術《たくみ》の美術の都《みやこ》――に、優しきかのピアノの合鍵《あいかぎ》の主オルテノ嬢を、私は今もなお偲びます――』

ふさ子さんのお話はかくて終りました。息をこらして聞きほれていた他の少女たちは、ほっと一度に吐息《といき》をつきました。床置電灯《フロア・スタンド》の光が静かにさすばかりで、誰ひとり言葉を出すものもなく、たがいに若い憧《あこが》れに潤《うる》んだ黒い瞳を見かわすばかりでございました。

月見草《つきみそう》

『私は、あのおゆうさんのことを』

と、下町好みの華美《はで》なモスリンの袂《たもと》を手さぐって、静枝《しずえ》さんはかわいい唇《くちびる》を開きました。一座の少女達はつつましく耳をかたむけるのでございました。

『――おゆうさんとは、七つの春から踊《おど》りのお稽古《けいこ》で仲よしの相弟子《あいでし》でしたの、(ながさき)こう呼んで、舞扇《まいおうぎ》の緋房《ひぶさ》に紅《べに》さしゆびをからませては優しく涙ぐむのがくせでしたわ、そのひとは。

それは――月見草《つきみそう》が淡黄《うすき》の葩《はなびら》をふるわせて、かぼそい感《うれい》を含んだあるかなきかの匂いをほのかにうかばせた窓によって佳《よ》き人の襟《えり》もとに匂うブローチのように、夕筒《ゆうづつ》がひとつ、うす紫の窓に瞬《また》いている宵《よい》でしたの、おゆうさんのまだ見ぬ(ながさき)の悲しい物語を、私が聞いたのは。いっそおゆうさんの話をそのままに伝えましょう。

――私の母は長崎の蘭医《らんい》の娘だったので、と母は亡くなる少し前からはなしたの、それはねえ、海が紫の絹糸を引いたように遠くかすんで、オランダ船《ぶね》が、もの悲しい笛を鳴らして、流離《りゅうり》の海路《かいろ》の旅を愁《うれ》う、船唄のように響くのだったよって、オランダ船が赤い帆柱《ほばしら》を立てて港へ入って来たとき、浜へ出て行くと、大粒の朝鮮卵《ちょうせんたまご》が籠《かご》からこぼれるほど盛ってあったり、異国のお酒をいっぱい入れた土瓶《どがめ》が、船子《かこ》たちの飲むにまかせて砂地に据えてあるのに、名も知らぬ蔓草《つるぐさ》が巻きついて、小さな白い、ほろろさびしげな花が咲いていたりしてね。母さんはそのころ、いつでも紅《あか》い八つ口に手をさし入れて、薬草蔵《やくそうぐら》の欄干《らんかん》によっては、じいっと海を見つめているのがくせだったよ。

ある時ねえ、浜へ出て砂地にたたずんでいたら、誰か眼かくしを後ろからするのだったゆえ、

(いやよ、だあれ)

と、やっとのことで手をふりほどいて後ろをふり向くと、まあいつの間に来たのか、白いひげのたれた、もの優しい顔のお爺《じい》さんが黒い法衣《ころも》のような着物をきて、にこにこ笑って立っていたので、母さんは恥ずかしがって逃げようとしたら、

(いい子じゃ、逃げるでない)

と言って、いきなり母さんを抱きあげる。恐ろしうなって、ほろほろと泣いたら、白いひげのお爺《じい》さんは、

（わしが悪かったの、泣きよるな）

　となまりのある言葉で、こう言うて優しく背《せな》をなでて、黒い着物の袖から金色の――それはお祭のからくりで見たような佐倉宗五郎《さくらそうごろう》のしばられた磔刑《はりつけ》の木のような形した――ものを出して、母さんの小さい掌《て》に握らせたというの、母さんがその黄金作《こがねづく》りのものを手にして濡れた涙の瞳に沖を見やれば、波のかなたを染めて流れる入日にまぶしく、きらきらと金の十字が光ったのを忘れないって、こういって吐息《といき》をついて黒繻子《くろじゆす》の襟《えり》かけた胸もとに、細い指を組んだ母さんの瞳はやっぱり、いつものように涙に濡れていたの。あの白いひげのお爺《じい》さんには、もうそれきり会えなかったのよ、母さんはそれから口にも言えないいろいろな悲しいことの為に、東や西の国々の街から街へさまよって、はかない浮草《うきぐさ》のような身になってしまったのでした。いつでも、このような待宵草《つきみそう》咲く夜には、

（おゆう、港の灯《ひ》が見えるよ）

　と、母さんはね、私を高く抱きあげるのだったけれど――私はいくら眼をひらいて向こうを見ても、やっぱり灯《ひ》は見えずに、白い空の雲と星ばかり眼にしみました。

……、おゆうさんの話といえば、ただこれだけのことですけれど、なぜか私はいつまでもあのしみじみとぬれて咲きそぼつ月見草《つきみそう》の風情のやさしい人の面影《おもかげ》を忘られませんの、（港にとぼる灯《ひ》）を見るとておゆうさんは十七の夏長崎へ昔の人買船《ひとかいぶね》を慕うていったきり、別れる宵《よい》、また会う日までのしるしにと、桃割《ももわれ》に結んだ黒髪からぬいて、私のひざへそっとおいた薬玉《くすだま》の簪《かんざし》は、いつまでも私の手箱《てばこ》の中に秘められて月見草《つきみそう》さく宵《よい》ごとに、こうして私の涙をさそいましょうものを――』

　と、語りおえた静枝《しずえ》さんの双《そう》のひとみに露は結ばれました。さても物語のヒロインは今宵《こよい》をいずこの空に？

……

白《しら》萩《はぎ》

『私のストーリーは、さびしい花のことなの』と語り始めたゆかりさんは絵筆をもつ少女でした。

『——あのう、私の絵に描《か》く花は、きまっていましょう、そら、あの白い萩《はぎ》の花ばかり、(もっと見栄《みば》えのする華美《はで》なダリヤでも描いてみたら)って先生は仰《おっ》しゃるけれども、私はどうしても萩ばっかりと思いつめてしまったのですもの、なぜってそれは忘れられないことがあってから——。

病気の保養のために私が日光に行っていた頃、つれづれに読んでいた英詩集の中の一節に、I will leave it to Chance.(運命にまかせましょう)という句があったのですわ、私そのころ、女学校は病身で退学するし、自分の行く末はもう暗闇《くらやみ》で、心細くて頼りない佗《わび》しさ悩ましさに愁《うれ》いていた時ですから、もうたまらなくこの言葉がめちゃくちゃに気に入っちまったの、しまいには口癖になって、何かって言えばすぐに、I will leave it……と無意識に言い出してしまうほどになりました。

ええ、それは初秋《はつあき》の頃でしたわ、日光は紅葉《もみじ》で有名な所ね。私も中禅寺《ちゆうぜんじ》へ行って見ようと思って、一人でふらふら歩いて行ったら、神橋《みはし》の袂《たもと》で右と左と道を間違えて、とんでもない山の方へ行ってしまったのよ、途中で草を刈っている子供に(中禅寺湖《ちゆうぜんじこ》はまだこれから遠いの?)と聞いたら(この道は霧降《きりふり》の滝《たき》へ行くんだよ)と言うのよ、これはしまったと思ったけれども、路を間違えたのも、やはり運命だと思って前へ歩き出したの、進んでゆく山路《やまみち》には紅葉《もみじ》が紅鹿子《べにがのこ》の袖《そで》をかざしたように綺麗《きれい》でしたわ、それに人っ子ひとりいなくていい気持。そのうちに大きな杉林の中をぬけて人里離れた山奥へ迷いこんでしまいましたの、もう夕暮《ゆうぐれ》ちかい頃、さすがに心細くて気が沈みました。でもどこか人家の見える所まで行き着こうと歩きました。

野路《のみち》は、さやさやと秋草が山の風になびいて昼も虫が鳴いています。妙に淋しくって、あの山岳の憂鬱《ゆううつ》とでもいうのでしょう、私ひとりでに涙がわりなく袖ににじんでしまいましたの、(ああさびしい)こう心の底から、しみじみと思って歩みもにぶりがちな時、ふと行く手の小さな草葺《くさぶき》の屋根が見えました。力をえて行き着くと小さな門です、門からぐっと奥の両側にまあ、白萩《しらはぎ》の花の小路《みち》がつづいていますの、門をくぐって入ると双《そう》の袂《たもと》にさらりと花がさわって、枝がたおやかにゆらぐと、ほろほろと散ります、露か葩《はな》か涙か、私は恍惚《うっとり》として思わず、またそら、I will leave it …… と吟《うた》ってしまいました。

そのとたん、鈴の音が銀色に花の寮から響きわたりました。おやと思うと向こうから萩の花の間をぬってお女中が一人小走りに私の方へ来るじゃありませんか、そして私の前へとまって丁寧《ていねい》にお辞儀《じぎ》をして申すのです、（姫様《ひいさま》がお待ちかねでいらっしゃいます、さあこちらへ）と私を招きいれるのです。私はびっくりしたの、気味が悪くなったの、そのくせ夢遊病者《むゆうびょうしゃ》のようにお女中の案内に引かれて、幻《まぼろし》にかけた夢の浮橋《うきはし》を渡る心地《ここち》で萩《はぎ》の小路《こみち》を奥へと進んでゆきました。萩の小路の終ったところに、清げに小さい庵《いおり》がありました。黒塗りの扉には、小さい銀の小鈴が、萩《はぎ》の小枝につないで紅紐《べにひも》で釣ってありました。さっきの音はこれかと思うと、扉《とびら》の内から（ふさの、お客様はまだ？）って、そりゃ好《い》い声《こえ》なの、そしてさびしげな……（はっ、只今お連《つ》れいたしました）とお女中はかしこまって扉を開きました。

ああ、それが夢でなくて何でしょう、その扉の後には羽二重《はぶたえ》のうら紫の法衣《ころも》の袖《そで》をたさぐって、すんなりと美《うつく》しい気高《けだか》いさびしい俤《おもかげ》の浮きでた、若い私と同じ年頃の尼様《あまさま》が立っていたのです。やさしく（ようこそ）と大理石《マーブル》のような頬《ほほ》に仄《ほの》かなえくぼをきざむのです。その気高い姿に導かれて奥の間へ私は入りました。

部屋の中の黒檀の経机の上にのせてあった金泥に紺文字あざやかに、聖《きよ》い経巻《きょうかん》と、青磁《せいじ》の香炉《こうろ》から仄《ほの》かにのぼる名香の薫《かおり》とを、おぼろにみとめえただけ、後は夢心地《ゆめごこち》でしたの、美しい紫の法衣《ころも》のひとは、白水晶《しろすいしょう》三つおきに連ねた紅珊瑚珠《べにさんごじゅ》の華奢《きゃしゃ》な数珠《じゅず》の輪《わ》を白く細やかな指にめぐらして、香の煙りのただよう中に優しい声をつたえました。（さぞ吃驚《びっくり》遊ばしたでしょうね、おゆるしあそばして……。私あのう、ただもう、お声を萩《はぎ》の花蔭からうかがった時、おなつかしくってどうしてもお引き止めしたくなりましたの、こうした我儘《わがまま》をかなえて下さって嬉しゅう存じますわ）私ははっと胸が轟《とどろ》きました、あの萩《はぎ》の花蔭に囁《ささや》いた言葉は外でもないI will leave it to Chance. だったではありませんか、清らかな声はまた続きました、（運命にまかせましょう）って仰《おっ》しゃって下さいましたのね、ええわかりました、そのお言葉をうかがってすっかり胸の悩みが消えましたの、あの黒髪を剃《おろ》した十二の春、京都の寺院で御門跡《ごもんぜき》のお経をうかがった時のように、しいんと心に浸みました、どんなにあの嬉しかったでしょう。貴女《あなた》お礼を申し上げます）その時さきのお女中が、濃紫《こいむらさき》の袱紗《ふくさ》に包んだ抹茶の碗を捧げて私の前に現われました。ちらと見たその碗に染ぬきし紋はたしかに京の公卿《くげ》の紋所《もんどころ》なのです——。路を教えられて庵《いおり》の門を出た時は、萩《はぎ》の枝には露が結んで夕闇にゆらいで空の月影に波うつのでした。別れる時、初めて私は口を聞きました、（お姿を描かせて下さい）と。そのひとはさびしくうなずきました、——いつになったら、あの気高い姿を絵絹に表わすことができるのでしょう……』

とゆかりさんは語り終ってそっと涙ぐむのでした。

野《の》菊《ぎく》

（それは、私のこと——）

と、つゆ子さんの細やかな声はふるえていました。気の弱い優しい、その面《かお》には、恥《はじ》らいの色さえ浮んでいるのでした。

『——私はあの、小さい頃は須磨《すま》で育ちましたの。お父さんとお祖母《ばあ》様《さま》との三人きりの小さい家は、あの浦の近くにございました。あすこはよい地《ところ》ね。でも、私には寂しかったのですわ。昼は夢のように沖に浮いていた白帆も夜となれば影をひそめて、ただ打ちよせてはあえなく砕《くだ》ける波ばかり銀糸の乱れるようにさゆらいで、遠いかなたの水平線に幽愁《ゆうしゅう》を漂《ただよ》わせて淡い新月の出る宵などは、私はもの悲しい思いにつまされるのでした。だってものごころづいて母を知らない子だったのですもの、淡路《あわじ》こいしやと啼《な》いて通《かよ》う浜千鳥《はまちどり》の声をきけば、（千鳥や千鳥わたしは母が恋しい）と心で言うて泣きました。なぜ母がいないのか父も祖母《そぼ》も聞かしてくれなかったのですもの。忘られない——それは秋の半頃、私は夕暮、浜辺に近い草原へ出て一人ぼっちで遊んでおりましたの、そこには野菊がたくさん、うす紫の小さい花を咲かせていましたから、私はその花をたくさん摘《つ》みました。その時どこからか白い兎がぴょいぴょいと可愛い耳を振り立て、野《の》菊《ぎく》の叢をわけながら飛んで来るのです、そして後から茶目《ちゃめ》吉《きち》らしい男の子が五、六人、棒ちぎれを持ってその兎さんを追いかけて来るのでしょう、（お嬢ちゃん助けて下さい）というように、その兎さんは鮭卵《すじこ》のような、うす赤い円《つぶ》らな瞳を見張って私の顔を見上げるの、私はもうもうその白兎がいとしくていとしくてならなくなったゆえ、紅い友禅の袂《たもと》をこう合せて（兎さんやお泣きでないよ）といって抱きあげると、兎さんは嬉しそうに、おとなしく私の小さい胸の中に、乳房《ちぶさ》にすがる赤ん坊がすやすやと眠るように静かにじいっとしていました。

（やい、今の兎を出せ）

　と男の子供が大声で言って私の前へ立ちましたけれども、つゆの命にかけても白兎は渡されないと幼い心に思いつめたから、私はききません。

（いやよ、この兎さんはあたいのもの）

（よこさないか、ぶつぞ）

（打つならお打ち、兎さんの代りにあたいのことを）

と、侠《きゃん》な舞台《ぶたい》を須磨《すま》を背景にして演じていたのですよ。私はいばったくせに男の子は、驚いて行ってしまった。私はほっと息をついて兎さんをそっと両の袖の間から取り出して草の上へおろすと、およそ身も魂も溶けいるほどの喜びに踊り狂うよう、白兎は野菊の花の中に跳ねまわる——。

（あら、いたのかい）

こう、さえざえとした声が、ふいに私の後ろからしました。吃驚《びっくり》してまた白兎を両袖の裏にかくそうとすると、

（まあ、可愛い方、ありがとう、その兎さんはこちらの）

という、その声の主は草の中に立って居ました。まあ、いつの間にか忍びよったのでしょう。そのひとは、あの頃流行ったS巻に黒髪を結んだ、細面《ほそおもて》の綺麗《きれい》な奥様だったのですわ、やせて背の高いどこか愁い顔の姿でした。

（それは、ここの別荘へ飼っておく兎なのですよ、先ほど逃げ出してしまって、ずいぶん探させたこと、にくらしいッ）

　と笑《え》みを含んだ眼元に兎を優しく睨んで、細い腕に抱きあげて頬ずりをするのです。

（ほんとに嫌なお前だねぇ。もしもこの小さいお方がお袖にかばって下さらなかったら、お前さんはもう二度と邸《やしき》へ帰れなかったのだよ、こら、お礼を申し上げないか）

と、いとしい我子に言うように無心の兎に言い含める姿のなつかしさは、母のない私に、ひとしおの思いをつのらせましたの。

（小母《おば》さんのお家へお遊びにいらっしゃいね。あなたおいくつ）

と優しく聞いて下さるの、私ははにかんで左手の指を楓《かえで》の葉のように拡げて、それに右手の人差ゆびを一本添えて見せて笑ったの、

（六つ、まあお利巧《りこう》さんね、お名はなんというの？）

（すずもと、つゆ）

と私は小ちゃい声で、その美しい方の袖に顔をかくして囁くように言いましたの。その優しい小母《おば》さんは、その時はっと顫えたのです。たしかに顔の色も変って……。でもしばらくの間に非常な努力をもって何気《なにげ》ない風に取り澄して、

（まあかわいいお名ね）

と言いましたけれども、その声はもの悲しく、おののいていましたの。

（おつゆ、おつゆ）

と祖母《そぼ》の私を探し求める声が、ゆうぐれの、うす暗の中に聞え出しました。やさしい小母《おば》さんは、それを聞くと慌てて、（さよなら）といいながら私の手首を赤くなるほど、じいっと握って顔を暗《やみ》の中にそむけたまま野菊の草原を立ち去ろうとしました。

（小母《おば》さんいってはいや）と、私は泣きすがるように、片手に握っていた摘んだ野菊の花の束をつぶてのように、その美しい夫人の後ろ姿へ投げかけたのでございます。

ちらっと暗の中に振り返ったそのひとは、ひらりと胸から裾《すそ》へ袂《たもと》へ、紫の波と散りみだれる野菊《のぎく》の花を双手《もろて》にうけて、すんなりと立って、紫の雲の上へ立たせ給う観音さまの御像《みぞう》のように、美しい顔のみ白く、くっきりと浮いて、秋風ふく草間の半身は朧に消えるようでした。

ああ、この夢のような美しい幻影を私は幾年《いくとせ》胸に秘めて懐かしんだことでしょう。貧しい不遇な彫刻師の父は胸を病んで、一人子《ひとりこ》に別れて淡路の島へ渡ったきり、もう父はこの地上の人ではなくなりました。あとに残された老いた祖母と小さい私は、はるばる都へのぼって叔父の家に肩身のせまい寄人《かかりうど》の身となりました。父にも母にもあまりに幸《さち》うすき私も、祖母《そば》の慈愛の力ではぐくまれ

てゆきました。でも一つ年を重ねるごとに、私は寂しさを知る心を強くするのでしたもの、いつにおろかはありませんけれども、あのものわびしい秋の夕暮時の思い悩ましさは、どんなに私の涙をそそったでございましょう。

やがて乙女の春を迎えて、私はK女学校に入学しました。毎日帰りの電車は九段坂下でおりて、ぶらぶら坂を上がって、あの銅像の立つ芝原《しばはら》の小径《こみち》をたどって、神社の静かな境内をぬけて、市ケ谷の伯父《おじ》の家まで帰るようにしていました。その頃からただ一人で物思いをしながら静かな路を歩むことが好きでした。

それは秋の半《なかば》の或日、ある社の中の桜に病葉《わくらば》が舞い散る敷石の上を靴を鳴らしてゆくのが嬉しくて、私はやはり坂を上がってゆきました。その日は風が強かったのです。袂《たもと》も袴《はかま》も風に吹きなびかれて乱れました。双《ふたつ》の袂《たもと》がはたはたと風に乱れた時、袂《たもと》の先へ入れておいたハンカチがひらりと風に吹きとばされて、くるくると空中を高く舞い上りました。あら、と手でとろうとしても、意地悪く強いつむじ風がくるくると高いところへ持ちあげていってしまうのです。通りかかった暁星《ぎょうせい》小学の半ズボンの可愛い子供たちが、（やあ飛行機ッ）と言って、はやし立てるのですもの、私きまりがわるいわ。すると向こうの坂の上からとっとと二頭の揃ったセピヤ色の馬の鬣《たてがみ》を風にそよがせて、黒塗の馬車が走り下りるのです。風の中に舞い踊っていたハンカチは、折しも坂の途中を風を切って行き過ぎようとする馬車の窓へ颯《さつ》と吹き入れられましたじゃありませんか。あのインキのしみで汚れた安いハンカチの片隅には、所持品に姓名をしるす校則のため、麗々しく学年級と私の名があざやかに記《しる》してありましたの。私ははずかしくなって知らぬふりをして歩き出すと、その時、馬車の窓からやさしい声がひびきました。

（おつゆちゃん）

私がふらふらと馬車の窓際へ近よった瞬間、はっと胸が轟《とどろ》きました。

馬車の窓の中には、たおやかな身をよせた、あでやかな貴婦人があのハンカチをきちんと四つに畳んで膝の上に置いて端然《たんぜん》としていました――。

おお、その貴婦人の姿こそは、幾年の幼き昔、須磨の浦辺《うらべ》の夕暮の野菊《のぎく》の原に私を抱《いだ》いた美しいひとの面影ではありませんか！――貴婦人のあでやかな唇はかすかにふるえました、葩《はなびら》のように。しかし言葉はもれ出《い》でませんでしたの、ただ恐ろしいほどメランコリーな沈黙の中に畳《たた》まれたハンカチが私の手に渡されようとしました時、夫人はわが指先に燦然と光っていた一つの銀色の指輪をぬいてハンカチの上に添えたのです――。

　馭者の振る鞭がひゅっと鳴ると馬車はゆるぎ出しました。砂烟《すなけむり》をたててやがて彼方《かなた》へと走り去りました。

　私は佗しい晩秋の夕陽の中に立って我をわすれて茫然と佇みました。ハンカチと共に私の掌に落ちし指輪は白金《プラチナ》の台に巧みな透彫《すかしぼり》の野菊《のぎく》が一輪浮いておりましたの……。』

　言葉を終りて物語りし人は指先をひそかに、たさぐれば薬指のあたりにこのあわれ深きローマンスの秘密をこめし指輪は、おぼろに冴えゆく暁の明星のように閃《ひらめ》きました。

　仄かに儚《はか》なげに――。

山茶花《さざんか》

　いま語り出したのは級中第一の詩人とうたわれたる瑠《る》璃子《りこ》さんでございます。

『私の胸に咲く思い出の花は山茶花《さざんか》』

　あの、つつましく単純な優しさをもつ花よ。おお、私にはその葩《はなびら》の一つ一つが床しくも美しい抒情詩を囁《ささや》くように思われるものを――

　かえりみれば、幾年《いくとせ》のその上《かみ》、いたましくも、まだ年若くして逝きし眉うるわしき一人の姉が私にありました。

　その姉は山茶花《さざんか》の花を好みました。それに、また写真にたいへんな趣味をおぼえて、すねたり泣いたりして、おねだりした苦心の功を奏して小さなアトム新式のリリプトカメラをお父様に買っていただいてからは、日曜日にはお天気さえよければ、野山を駈けまわって、空にうかぶ流れ雲、あるいは暮れゆく村の家々の煙の跡、畑の案山子《かかし》に照る夕陽の影、または野路の小草《おぐさ》のその上にしばし羽根を休めんとする赤とんぼの刹那《せつな》の小さな姿まで見逃さじとレンズにおさめては喜ぶのでした。かくて一日を送って疲れを帯びて家へ帰れば、夕御飯もいただくことを忘れて暗室代用《あんしつだいよう》の押入れの中に今日の収穫のあとを尋ねるのでした。時にはせっかくの苦心も水の泡となって、乾板の上にぼやけた村雲形《むらくもがた》の跡を残すのみで美景を逸《いっ》したことなど、うらめしい数々はあったのでしょう。

　けれども、やはり姉はカメラを片時も離さなかったのでした。

　ある初冬《はつふゆ》の日曜日、姉は晴れた空模様を幸いと、群青《ぐんじょう》色《いろ》の袴《はかま》の裾《すそ》も軽く編上げの靴紐をかたく結んで、肩には例の大事なカメラを黒革張りのサックに収めてさげたいでたちの有様は、どんなに姉にとっては幸福に輝いた朝であったでしょう。思えばその得意のスタイルをこそレンズの前に立たすべきものではなかったでしょうか。

　私の家のあった町から程《ほど》遠からぬ所に、小さい湖水が澄んだ瑠璃色の水をたたえて静かに眠っていました。そこは景色のすぐれたところだと土地の人々には知られていました。

　姉はその湖畔の初冬《はつふゆ》の寂しみある景色を慕って写真機をもって行ったのでございます。

　それは山茶花《さざんか》咲く頃の薄日の影なつかしい午下《ひるさが》り、ようやく写真機を肩にした少女は湖畔のあたりに姿を現わすことができました。

　その湖に来て見れば想像したよりも、はるかに情味《じょうみ》深く趣きのある景色でございます。

　後ろには南画に描かれたように落葉林を生《お》う山を控えて、その姿を隈なくさかさにうつし、あまれる水面《すいめん》には行く雲の形を心のままに、白く、うす紅く浮べて水底に沈められた大形の友禅模様のごとく見えるのです。

　そして水の汀《みぎわ》や、あちこちには淡黄《うすき》に霜枯れた蘆《あし》の、笙《しょう》の笛を立てたように水の上に、きわ立ってのびていますの。

　冬の湖の静寂はかすかなメランコリイを感じさせて冷たく澄み渡って、姉の心に映じたのでございましたろう。

　写真をうつしに来たことさえも打ち忘れて、湖畔に佇んでいました。姉の立つ上の空は、海はるかな南の島をこがれし渡り鳥が群なして、湖面を斜めに羽音そろえて一列に飛び去るのでした。その小鳥の裏がえす羽根は西にかたむきかける入日に颯《さ》っと閃いて銀杏《いちょう》の落葉の舞うようでした。ただぼんやりとこの様《さま》を仰いでいた姉は、ふと耳ちかく水掻く音を聞きました。驚いて水の面を見やれば、汀《みぎわ》ちかく一艘《そう》の小舟に幼い女の児が綺麗な袖《そで》をかざして、みどりの波を漕ぎ分けて、しだいに汀へと進んできました。その小舟は姉の立っている湖畔につきました。舟中《しゅうちゅう》の女の児は、幼気《あどけ》ないうちにも怜悧《りこう》な眼《まな》ざしを向けて、姉に言葉をかけた。

『乗って下さいな』と、

　びっくりして舟の中の児《こ》を見ると、紅染の縮緬《ちりめん》ずくめの衣裳をつけて、金糸《きんし》の帯を祇園《ぎおん》の舞妓のように、だらりと結んで眼もさめるような、あでやかな姿です。寂しい渋味《しぶみ》の多い湖水を背景に舟の中に絵から抜け出たような美しい女の児！　まあ、それは何という奇異な光景でしたろう。姉はその時この女の児を湖水の主が仮りに姿を現わしたと思ったのですって、その児は白い小さい手に姉を招いては、『乗って下さいな』と呼ぶのでした。姉が落着いてよく見れば、ほんとに可愛い女の児に違いありません、それでやっと唇を開きました。

『なぜ、私を舟に乗せるの？』

『そのわけは乗って下されば申します。お願いがひとつございますから』

　この答えは、あんまり意外でございました。姉は不思議に思いました。こうした場合にも好奇心の誘惑は起りました。とうとう姉は小舟にひらりと乗りこんでしまいました。すると女の児は細い腕に力をこめてあちらの湖畔へと小舟を漕ぎかえすのです。櫂を動かすたびに千羽鶴の前簪《まえかんざし》の銀ビラが、さらさらとゆらぐ可憐な姿は古風な境涯に生い立った児らしいのです。やがて船はとある汀に着きました。ひらりと地に上がると、いきなり女の児は姉の袴にすがりつきました。

『母様の病気を治して下さい』

　と言いました。姉は呆れてしまいました。

『あなたは女のお医者様でしょう。だって薬箱を持っていらっしゃるもの』

　と女の児が言いそえたときはじめて了解できました。無邪気な誤解の罪は黒革の写真機入れのサックにあったのです。姉はその児に優しく言い聞かせてやりましたら、怜悧《りこう》な児《こ》は間違いを知ってはにかみました。

『町の病院へ行って、ほんとのお医者さんを呼んでおいでなさいね』

　と教えると、その児は涙をいっぱいためた眼をあげて首を横に振りました。

『いえ、いえ、町のお医者様はいくらお願いしても来ては下さいません』

『まあ、なあぜ』

と、姉が問うたら、女の児はたゆたいながら消え入るような声に、

『ここは、あの××村です』――。ええッ、姉の体はふるえました。しばらく灰色の沈黙がつづきました。その瞬間の後、姉の胸にはこの可憐の児に燃ゆるような哀憐の情を覚えました。

『私がお医者さんを呼んであげますよ。きっと』

と、その児の双手《そうしゅ》を握って誓いました。

短い冬の日はもう黄昏《たそがれ》てしまいそうです、かたむく日ざしに驚く姉を再び小舟にのせて甲斐甲斐《かいがい》しくかの女《おんな》の子は櫂を握りました。この哀れな人々の住む永久に呪われた村を離れ去る時、姉は船から振り返って見ますと、湖畔の奥はるかな土地におそう夕暗《ゆうやみ》の中を、純白と淡紅の花が山のように咲き乱れて、暗《やみ》をあざむく花明りが灯《とも》したようでした。

『おお、たくさんな花』と、思わず叫ぶと『山茶花《さざんか》に私の村は埋もれています』と答える声が船中に有りました。

あわれ、山茶花咲く村よ。見捨てられし村落よ。と姉はきよい同情の涙にくれました。湖畔で船と別れた姉はかの女《おんな》の児《こ》との約を果すために家路を急ぎました。その日は写真は一枚もうつしはしませんでしたけれども、姉の心には未だ見ざりし此世の哀れな様を写し視ることができたのですもの。そして幸いな事には私たちの父は、その町で医院を開いていました。姉はその夜父の袖に泣きすがって願ったのです。昔ふうな根も葉もない愚な迷信で人の嫌う部落の人々を診察し投薬することは医院の名にもかかわるほどの問題でしたけれども、姉の切なる祈りはとどいて、父は深夜ひそかにかの山茶花咲く村へ往復しました。七夜ばかりであの児の母の病は治りました。秘密のなかに行われたこの情《なさけ》の行為は私の一家の外知る者はなくてすみました。

姉は十七の年、この世からあえなくも逝きました。熱《パッ》情《ション》を盛った若き霊は天に昇ったでありましょう、つめたく悲しき骸《なきがら》は湖畔に近き町の寺院の土に永き眠りにつきました。その年の初冬《はつふゆ》、母と寺院にお詣りをした時、姉の墓前に美しい水晶をきざんだような白と紅玉《こうぎょく》を溶いて塗ったような、山茶花の花の小枝がささげてありました。お寺の門前に住む耳の遠い嫗《うば》の言うのを聞けば、『その朝まだき立ちこむる朝靄《あさもや》の中を寺院の門をくぐった一人のあでやかな少女が、人目を忍ぶがごとく山茶花《さざんか》の花を

抱いて美しい姿を夢のように浮ばせて消え去った』ということでございました……

水《すい》仙《せん》

(小さい挿話《エピソード》を私にも語らせて下さいな)
と言いはじめた露路《つゆじ》さんは、ついこの間、久しくなつかしんだ祖国の土をふむことのできた少女でございます。父君は白鬚《はくぜん》の老外交官でいらっしゃるのでした。

父が北京《ペキン》のあの小さい堀割のふちの公使館におりました頃、私もあの都にしばらく住みました。北京《ペキン》は御存じのように西紀千四百二十一年から清朝の帝都でございましたゆえ、有名な聖廟《せいびょう》、寺院、太塔や、あの名高い八匹の騎馬を並べて壁上を走らせることができるという北京《ペキン》城《じょう》の厚壁《あつかべ》も、今も残されて哀れになつかしい老大国の過去の栄華の宏大な跡を語っているのでございます。

幼い頃、住みました、南欧の都、それも詩味の豊かな美しいところと思いましたけれども、この北京《ペキン》に来てみればまた異なる情趣を私は覚えました。

忍びやかな夕暮のせまる黄昏《たそがれ》どき、露台《バルコニー》にのぼって静かに暮れゆく北京《ペキン》城内の市街を見渡せば支那特有な大陸的な沈静な空気は、ほのかに匂いわたるような玉虫色の薄絹にひろがって、あちらの地平線に沈みゆく日輪の姿を淡《あわ》く包んで大空ゆたかに、たゆたうツアイライトの優しいおとめの涙をそそってやみません。

そして、やがて市街に泣きぬれた女の瞳のように、灯がうす赤くぽっとつきます。この灯の流れゆく街灯の影暗き緑の木蔭に、悲しき漂泊《さすら》いの旅に泣く亡国の民が弾《ひき》鳴《な》らす胡弓《こきゅう》の哀音《あいおん》の、なげくがごとく咽《むせ》ぶようなうったえるような、そのわびしき小唄の音色が細やかに響き渡るのでございます。

こうした時、私はあの言い知れぬ異国情緒——譬《たと》えば桃色の夢を敷いた上を、素足なように踏みゆくにも似た淡《あわ》く儚《はか》ない床しさを覚えて、うっとりとするのでございました。

ある冬の日、私は父に連れられて、北京の宮城を見に行きました。

古い宮城の城内の前には、昔は水晶の玉を溶いたような玉泉山《ぎょくせんざん》の岩清水を流したという小さい流れが、ひとすじあります、その上に大理石の華奢《きゃしゃ》な細工に彫られた小橋が、飛び飛びに五つばかりかけてございます。あわれこの橋の上を、過ぎし古《いにしえ》は朱塗に金粉まいたかがやかな帝輿《ていよ》が行列美しく渡ったことでしょうに。

この橋をわたり石段をのぼって門を潜《くぐ》り御殿《ごてん》に上りました。まあ、それは何という華麗な宮殿でしょう。

薄黄色《はくおうしょく》につやつやしい磁器の甃瓦《たたみがわら》は屋上に黄金《こがね》の鱗のように冬の日ざしに輝いていました。

数多くの宮殿、館閣《かんかく》、廂廊《しょうろう》が、天龍を彫りし石の欄干、朱丹で彩色された楠《くすのき》の柱、白玉《しらたま》を連らねた廻廊等に組みたてられて相つづいて立っています。

やがて私は後宮の殿上にのぼりました。

清朝の昔は美しき后の君や宮女達が、蓮歩《れんぽ》のように、綾なす錦の裳《もすそ》をひいた玉甃《たまだたみ》の上を、今は割目に雑草の生いのびる有様でした。父と私のふむ靴の音の、人気のない寂しい廃宮のうちに冷く響いて、ものわびしい気分が、うすれた色に漂うのでした。

後宮には多くの宮房がございました。宮女のお部屋だったのですって、朱肉の極彩色《ごくさいしき》の丸柱、紺と金の絵筆巧にあやなした欄干や天上が、過ぎし日の夢を語るかのように美しく残されてあるのも、哀れ深くおぼえられました。

玉蘭《ぎょくらん》、迎春花《げいしゅんか》、牡丹《ぼたん》の花の苔と石とに飾られた幽苑のほとりに咲きいでし中の泉水のわきに立ちて優しき姿を水鏡、そと黒髪を梳るとて、あやまち落せし翡翠《ひすい》の小櫛《ぐし》は泉の水底玉藻を乱して永久に沈んで、亡国の哀歌を奏づるのではないでしょうか。こうした空想も思いうかびます。

奥深き宮房の窓のほとり、紅鳥の籠は釣るされて春日の永きを唄い囀《さえず》り、壁に沿うては七宝の臥床《がしょう》、縫几帳《ぬいきちょう》、床には孔雀の莚《むしろ》が敷かれてあったでしょう。金泥銀砂《きんでいぎんしゃ》の屛風は立て廻され、床しい絹摺《きぬずれ》の音も、仄かに聞こえたでしょうものを——。

あわれ、いまは空しく荒るるにまかせて、後宮の軒に雀は巣をつくり窓辺に小鳥は飛び交うではありませんか。

虹は宮殿の曲瓦《きょくが》にひきて七彩《ななあや》に輝くとき、月光は露台の玉蘭《ぎょくらん》に照りて銀波と砕くるとき、春殿につどう三千の姫のかざせる銀扇さっとひるがえれば、地上の花は恥じ妬み、空ゆく鳥は翅《つばさ》も動かずなったでしょう。

あわれ、あわれ、鏡を収めし玉の匣《はこ》、蛾眉《がび》を描ける刷《は》毛《け》の壺、今はいずこに埋もれて逝きにし春をなげいているのでしょうか。

しばし、こうした追想にふけって私は後宮の長廊のほとりに佇んでおりました。

その間に、いつしか父の姿を見失って私は冬寒き後宮の奥へ深く迷いこんでしまいましたの。

『お父さま』と呼べば、朱欄の柱と彩色は呪うがように山彦をするのです。まるで巨人の嘲《あざけ》り笑うように、私はそら恐ろしくなりました。

立ちすくんだまま足は一歩も進まず、身体《からだ》は棒のようにこわばったのでございます。

変りやすい冬の日ざしは見るまにかげって行って、古い宮城の中はうす暗くなりました。後を見ても前を見ても人の影は見えません。どうしようと思いあまって太息をついた、その時、おお、私のゆく手の方の宮房の扉の蔭にちらと真白な裳《もすそ》がちらついたのでございます。

私は震えました。じいっと瞳をその方へむけると、裳《もすそ》が見えた扉が風なきに、はたはたと鳴って人影が浮かびました。

碧玉を鏤《ちりば》めた壁の奥に白い衣の人は立ちました。

人よ！　それは支那の少女です、黒髪の艶々しさ、そして青白い頰のやわらかな線、細い身体《からだ》をしなわせた姿に、黙ってあちらから私をみつめて立っています。

私はあまりに、突然幻の中に描かれたこの光景に、あわててしまいました。

　釘づけにされたように玉の床に立ちすくんだ、私を招くがごとく、一度、二度、その少女はかるく細い腕《かいな》を振りあげました。その手には淡黄《たんおう》な小さい花が青い細長い葉をつけて咲いた茎を、沢山握っておりました。

　手を挙げるたび、つつましやかな淡黄《たんおう》な小さい花は、はらはらと玉を敷きつめた廊上に落ちて乱れるのでした。その花の落ち散るのも知らぬのか、怪しき少女は唇を開いて皎歯《こうし》が可愛くほのみゆる口を美しく動かして音高く転《まろ》び出す声――、それは何でしたろう。

　それは詩の朗詠だったのです。

　　　昭君仏玉鞍　　上馬啼紅頰
　　今日漢宮人　　明日胡地妻

　あの東洋史に哀れな詩をかたる、王昭君《おうしょうくん》の故事を詠んだ有名な李白の詩句だったのでございます。

　この奇蹟のような場面《シーン》に、われを忘れて立っておりました、その時、『おい、どうしたか』と父に後ろから肩を打たれて、ようやく人心地がつきました。

　父の姿をこの刹那、かの怪しき少女はみとめるやいなや、『あっ』と、たまぎるばかりの悲しげな声をはなって純白な姿を宮房の扉の蔭に隠してしまいました。

　ほの暗い碧壁のほとりの床の上には、散らばった淡黄《たんこう》な花のみ、淋しく取りのこされてありました。

　私はその花の一つを手に拾いました。見れば、この花は淡黄《たんこう》な支那水仙《しなすいせん》の花《はな》でした……。

　父と共にこの廃宮を辞し去った道、俥の上から振り返ると、あの高い古き宮殿の上には、夕空に輝く銀の星が、またたいていました。後《あと》で伝え聞きました、その上の清朝のさる大官の姫が狂して、昔の夢を慕いて彼の廃宮の奥深くさまよう――ということどもを。

鬼火

忠七は瓦斯《ガス》の集金人になるまで、復員後しばらく伯父の鼻緒の露店商の手伝いをしたりしていた。その伯父の友達の保証でなった今の商売の方が忠七には気に入っていた。家から家へ軒並に台所口から、瓦斯のお代をと、もとが商人上りなので、ちょっと腰をかがめて首を出しても、これは押売りではないからひけめはなかった。

取るものを当然取るのだし、背景は堂々たる瓦斯会社だ。

東京も瓦斯が復活していくら使ってもよい事になり、瓦斯代も随分高くなった、忠七の持っている鞄にも一日で相当の額の札が入るのだった。

「だが、なかなか楽な商売じゃないね、(今奥さんがいないから、又来て頂戴)なんて相当大きなお邸で女中さんが逃口上を言うところを見ると、どうもインフレで、瓦斯代だって台所だけじゃない、風呂も、冬にはストーブもどんどんつけたら大したものになるからね」

忠七は伯父に逢うとそんな事を言った。

だが彼は内心この瓦斯の集金人という役目が得意なのだ、正々堂々と取るべきものを取るんだ、誰にも馬鹿にされる商売じゃない。

「すみませんが、もう少し待って下さいな……」

などと汚れた割烹着で濡れ手を拭きながら、旦那さんは大学出らしい家の奥さんに下手に出られると悪い気持はしなかった。

――忠七はあるよく晴れた晩秋の朝、あたりが焼跡の中にぽつんと一軒、まわりの羽目板が焦げたままにうまく助かったというような小さな家の勝手口に――といっても表口も裏口も門があるわけではない、それは焼けたままになっていて前には庭木もあったのであろうが、焼けたのか焚きものにしたのか、跡形もなく、ただ勝手口に入るところに一株の丈の高い紫苑《しおん》がすがれて咲いていた。茂った紫苑はそこをすり抜けて通る忠七の肩や帽子に触るほど伸びて、薄紫の花が憐れっぽく咲き残っていた。

そこの勝手口の硝子戸《ガラス》は殆んど破れて、わずかに二、三枚破れたままに桟にとどまっているだけだった。いつ来てもその硝子戸が内から鍵がかかっていて開かず、台所にはバケツと鍋が一つと瓦斯コンロ、もう何もかも筍生活の売るものは売り尽したという、うそ寒い風がその破れ硝子戸の中から吹きつけて来るようで、忠七はもう幾月も溜っている瓦斯代を取りに来る毎に、いいようのない陰気さを覚えた。

流しへの排水の土管が破れているのか、入口はいつもびしょびしょと湿ってまるで雨溜りのようだ。いつもいないのか、居留守を使うのか、ともかく今日という今日は、瓦斯会社の名において厳しく自分の職務を遂行しなければ——。

忠七はそのいつも鍵のかかっている破れ硝子戸を朽ちた敷居から外《はず》す勢いで、がきっと押すと、抵抗もなくがたんと開いた。

「こんちは」空巣狙いでない証拠に声をかけて、土間に靴の足を踏み込むと、そこに女がいた、ちょうど今、瓦斯コンロに小さな瀬戸引の鍋をかけて、それを見守るように立っている、髪がほおけて、よれよれの着物に割烹着もなく、驚いたことに細紐一つの姿の女——やつれ切った顔の目鼻立は、青白く、眼はこの世の悲しみを二つの珠にあつめたよう、忠七はぎくりとした。

「瓦斯を止められますぜ、こう溜め込んじゃ、いいんですか、少しでも払っときなさいよ……」

忠七は自分の職務上、いくらか寛大な同情をもった言い方をしながら、一種の優越感を覚えて言った。

「……すみません、主人がながなが病気なもんですから……」

女はもうそれ以上悲しい表情は出来ない——その悲哀のお面を被ったまま、うつむきもせずに、まるで放心したようにほそぼそと言った。

「病気だからって一々瓦斯代は棒引くわけにはゆかないからね、僕個人じゃなくって、会社の方針だから」

忠七はこの憐れな女に（ぼく）という言葉を使っているうちに、何か自分が一かどの人物であるような陶酔感が湧いた。

「……いまは、払えません。でも瓦斯は止めないで下さい、後生です……主人の薬を煎じるのにどうしても要るんですから……」

そういう女を見ているうちに、忠七は、この勝手口に入る時見たすがれた紫苑《しおん》の花の精がそこに立っているような気がして来た。

「あんた、そんな勝手なことを言ったって仕様がねえなあ」

忠七はいつの間にかそんなやくざな言葉を使っていた、そしてそこに立っているその瓦斯代の払えぬ人妻に(女)を感じた。

彼は今迄どんな女にも感じなかったような激しい(慾望)が自分の身体中を揺ぶるように湧き上って来た。

弱者に対しての強者の残忍な征服慾——そうとばかりは言い切れない、もっと妙な魅力をその女に感じてしまった。

彼がポケットから煙草を出すと、女が瓦斯コンロの傍のマッチを摘《つま》んで火をつけてくれた。

「そんなサービスぐらいじゃ、瓦斯代はのばせねえな」

忠七はすっかり悪党ぶって、ゆっくりと煙草の煙を輪に吹いて、猫が鼠を睨み据えてすくませてるような快感のうちに女の顔をじろっと見た。

「……じゃどうすれば、のばしていただけるんです」

マッチの小函《こばこ》を手に持って、彼の傍に立ったまま女は言った。

「どうすればって、わかってるじゃねえか、女がそうした時に男の好きなようにさせればいいってことよ」

そういう悪たれた台詞が、何か芝居をしているように忠七をそそる。

女の手からマッチの函が板の間に落ちた。女の震えているのが忠七にもわかった。

「……ここでは、いけません、病人が奥で寝ています……」

「じゃおれんち へ来な。今夜。いいかい、きっとだぜ。そしたらこの瓦斯代ぐらいおれが立て替えといてやらあ、後も万事いいようにしておくよ」

忠七はこんなに案外に、事が無抵抗に運んだので、意外なほど、彼も事を深めて行ってしまった。

彼は手帳を引切って彼の下谷の二階借りの家の場所を地図まで書いた。

「いいかい、きっとだぜ、待ってるよ——これは電車賃だ、来ればすしぐらい奢るぜ」

忠七はそう言って浮々と土間を出かけて、ちょっと後を振り返り、にこっと笑って、

「だが帯だけはして来なよ、体裁が悪いからね」

女は何も言わなかったようだ、忠七の耳には何も聞えなかったから。

彼は再び紫苑の丈高い茎や花にふれてそこを出た。そして焼跡のつづく、かっと秋日の照る広い道路に出たら、ついさっき自分の言ったことも、振舞も、あの女さえも何だか夢のようだった、狐につままれたような気もして、けろりとした。


その夕、忠七は二階借りの部屋へ帰ると近所の銭湯へ行った。その帰りしなに生菓子を買って帰って、瀬戸の火鉢に階下から火種を貰って炭火を起して、秋の灯の下にじっと坐っていた。

――階下にあの女の訪ねて来た声がするかと待っていた。

十時、十一時――表通りの電車の音も絶えた、女はもうやって来るはずもない。

「畜生！　だが考えりゃ当り前さ、今度行ったら取っちめてやるぜ」

忠七は押入から夜具を取り出し、やけに足で蹴散《けち》らかすように敷いてごろりと寝た。

それから二、三日、忠七は違った方向の集金をして歩いた。いつの間にかあの女のことも紫苑の家のことも忘れかけた。

だが、二、三日あとの朝、彼はあの家の辺をもう一度集金に廻った。紫苑の花が朽ちかけた家の前に咲くのが眼に入るとふらふらと入って行った。

彼は振られた男になって、あの女に顔を合せるのは忌々《いまいま》しかったが、素知らぬ顔で、あれは冗談として、今日は厳正な集金人として取り立てねばならぬ、場合によっては明日からでも会社へ報告して瓦斯を止めさせてみせる、そうした猛々《たけだけ》しい勢いでこの男は紫苑の花とすれすれの勝手口へ入って行った。

あの破れ硝子《ガラス》戸に今日はうちから鍵がかかっていた。

「おいおい明けてくれよ、病人を置いといて留守って手はないだろう」

忠七は腹立ちまぎれに硝子《ガラス》戸を外《はず》してしまった。そうして一歩踏み込むと、チェッ！　と舌打ちをした。何にもないじめじめとした陰気な台所の瓦斯《ガス》コンロにぼうぼ

うと音立てて、瓦斯の青い火が燃えている、しかもその火の上には、小鍋一つ薬罐一つかかっていない、火はいたずらにぼうぼうとつけっぱなしで、青白い焰を音立ててあげている、薄暗い台所に、その火が陰気な闇の鬼火のように人魂のように青白く燃えているのが、忠七を何とも言えずぞっとさせた。

——瓦斯代を溜めといて、面当《つらあて》みてえにつけっぱなしとは恐れ入るな——

忠七はそう心の中で苦笑しながら、

「おいおいこんな無駄なことをしちゃ瓦斯会社はたまりませんぜ、その上瓦斯代を踏み倒されちゃやり切れねえ」

大声を上げたが——家の中はしんと静まって物音一つしない。

——こうなったら奥に寝てるという病人の主人に直談《じか》判だ——忠七は靴を脱ぎ捨てると台所から次の部屋へ——じめりと湿った沼底のような古畳の上を気味悪く踏んだが、そこは狭い小部屋らしく雨戸は閉めっきり、隣の部屋に通じるらしい骨の見えかかったしみだらけの襖が、雨戸の割れ目の光線でぼんやり見えた。

忠七はその襖に手をかけたが敷居がきしんで、なかなか開かない、ぎしぎし言わせて押し切った、そこも雨戸の閉ったうす暗い中に、こんもりと蒲団で人が寝ているようだ。

「病気で寝ていられるんですか、瓦斯の代金をなんとか——」

忠七はそう言いながらも、実はもう好い加減で、帰ってしまおうと思った。しかし眠っているのか、知らぬ顔をしているのか、蒲団の中からは何の答えもないのをみると、

「雨戸を閉めて寝ていて、瓦斯の火はつけっぱなし、不用心ですぜ」

と言いざま、手探りに雨戸を一枚、戸袋に押し入れた。

忠七はこう言いざま、明るくなった座敷を振り向いた。

蒲団ではない薄鼠色の毛布一枚、それに身体をつつんで、土け色の頰のこけた鼻の高い男が畳の上に転《ころが》るように置かれていた、その頭のところにあの勝手口に咲いていた紫苑の花が四、五本束ねて置いてある。

忠七は恐る恐るその毛布の男の顔をのぞき込んだ、それは生きている人間ではなかった。紫色になった唇をあけて、少し歯が見えている、もう息はない、死人の相だった。

忠七は繰りあけた雨戸から、いきなり外へ飛び出そう

として足許がよろけて、戸袋の内側の一つの物体に打《ぶっ》突《か》った。夢中で縁から土の上に、靴下の足で飛び降りた時、もう一度怖いもの見たさに後を振り返ったら、外からの明りで今度ははっきり戸袋の蔭の物体が見えた。

——女が、梁《はり》に細引に首をかけて下っていた。髪が乱れて顔は見えぬ、柳の木が宙に下っているようだった。

忠七の血が冷く、身体中が凍って、足がすくんで土の上で動かなかった。

その彼の眼に女が、やはり帯をせずに、細紐一つでいるのだけ、はっきり映った。

帯はなかったのだ——。

忠七は集金鞄の中から無我夢中で札を摑み出すと、廊下の板敷にすれすれに下っている女の脚下にそれを置き、

「かんべんしてくれ、おれは坊主になる！」

そうわめくなり彼は一散に駈け出した、どこを走ったか気が付かなかった。

——それっきり彼は、瓦斯会社に辞表を出さず行方が分らぬ男になっている。

鷹野つぎ

悲しき配分

単調な朝が過ぎて、また毎日に続く夜が来た。戸外の遊戯から呼び集められた子供たちも、おとなしく食卓のまはりに集つた。

しかし頻《ひつき》りなしの口争ひや、歓声や、お喋りやは、子供等の中には何時でもつきものであつた。

『何んだい、そのお湯は僕のに汲んで在つたんだよ。』弟の児は座に着くや、直ぐそれを始めた。

彼等は誰も——まだ口の廻らぬ末の小さな女の児まで、此の日は一様に激しい運動のあとであつたと見えて、渇を訴へてゐた。で、桂子が鉄瓶の吹きこぼれる湯を、加減するために汲み棄てて置いた湯にすら、又もや此の近しい同胞たちの毎日の騒ぎの一節が、繰返されさうだつた。

『龍雄さん！』と、桂子は先きに湯呑に手を出した、兄の児の方へ屹と瞳を遣りながら
『静雄さんにお上げなさい、あなたは大きいんだから、熱いのだつて我慢できるでせう。』

『だつて……ぢや龍雄さんは何時の間に此のお湯を汲んで置いたんだらうなあ、ずつと一緒に縄飛びしてたんだもの、そんな間は有りあしないや。』

『汲んで在つたんだ、ちやんと汲んで在つたんだ。』

弟の児も負けずに肩を揺つた。

あゝと桂子は溜息を吐いた。彼女は怒る事もできなかつた。斯う云ふ子供たちの為めには、彼女の分身のためには、彼女は余りに長い間怒りつゞけて来たやうな気がした。彼等との慌しい半生のうちには微笑の影さへ、とり忘れたやうなある期間すらあつた。けれど彼女は今はぢきに瞳の底が熱くなつてくるのを感じた。とは云つて

も其れすら既に昨日今日のものではなかつたのだ。

ふと此の時思ひがけなく、ひらりと怒りの裏に黐る気転のやうなものが、一種の気軽な微笑を伴つて、彼女の唇に上つてきた。

『ではね、三人で分けつこしませう、其れが良い』と、彼女は云つた。桂子は三つの湯呑に、等分に湯を分け入れて、めい〳〵の前に据ゑてやつた。熱した喉にはいかにも心地よげに思はれる、冷えきつた湯は、それらの器物の僅かな底に、貴重なものとして湛へられた。

『うん、光子《みつこ》のこれつぽちか……』と、女の児が最後に不平さうな、――自分も此の家族の一人だと云ふやうな、十分権威のある顔つきを見せながら云つた。

桂子は瞬間兄の児にも、弟の児にも女の児にも、同じい憎みを感じた。厭はしい気がした。苦しい遣り場のない気がした。お先き走りをする児も、我《が》を通す児も、無精な顔つきをして見せる児も、此処にゐる三人の児がみな他ならぬ彼女自身の子供であると云ふことは、彼女にそれほど抜きさしのならない、重い感じを与へねば止まなかつた。

たとへて見れば、苦しいと云つて自分の眼を抜き腕を掻き切ることはできないのであつた。あゝそれほどいとしい大切な彼等でもあるのだ。厭はしい自分を見る、苦しい自分を思ふ、その感じが彼等を見たり感じたりする自分であるために、桂子は呆然とするのであつた。

そんな時桂子は地の上をせまいものに思つた。広々とした蒼空すら、果しない地の底すら、なほ狭いやうに思つた。何処へ逃れたら自分は自分の厭はしき、鬱陶しさを棄て去る事ができるのか、此の愛する子らへの怒り、涙を棄て去ることができるのか。

生々しい血と肉との世界、一方が滅びる時には、また一方が死ぬるのだと思ふ桂子の、其の底をのぞく母心は、何んと（余りに胸苦しいことではあるが）名状すべきものであらう。

三人の児が喉を鳴らして、冷えた湯を啜るのを見た時、けれど桂子の胸は喜悦にふるへた。恰度渇した自分の咽喉へ、清らかな水が滴り辷り落ちて行くやうに、彼れらの喉を想つて快かつた。

『さあ是れからはだん〳〵暑くなつて行くんだから、何時でも湯ざましを用意して置きませうね』と、桂子は子供たちに云つた。

しかし彼等はもういつまでも、配け与へられた湯のことなどには拘つてゐなかつた。カチャ〳〵と食器に音を立てながら、勇ましく彼らは自分々のお肚を満す方に忙しかつた。そして一つの空になつたお皿がお代りを告げると、他の二つのお皿からも定つて同じやうな補給が促されてくるのであつた。

『それ、それ、其れは子供が頂くと馬鹿になるつて云ひますよ』と、桂子は、まだ帰宅には間のある彼等の父親のために、特に作られた一つの食器に、一人の箸が触れようとした時、手を振つて教へた。

『ほう、馬鹿になるんだつて？　面白いなあ、僕ちよつと馬鹿になつてみたいや。』弟の児が、遮られたその手を宙にうかして云つた。

『ほんとう？　龍雄さん、ぢや食べてみな、それは苦いんだよ、辛いんだよ、ほんとに嘘ぢやないんだよ、馬鹿になるんだよ。』兄の児がすぐ弟の言葉尻を抑へるやうにして、斯う追ひかけて云つた。

『苦くつたつてさ、辛くつたつてさ……』と、弟の児は負けない気になつて云ひかへしたが、ふいに肩を縮めて、

『けど、明日《あした》で馬鹿が止《や》まらないと、するとつまんないなあ。』

『そうれみな、』と、兄の児――弟の箸の先きに少なからず気を揉んでゐた――が、勝ちほこつたやうに云つた。

『だから大人の云ふことは肯《き》くもんだ。』

鼻を鳴らしながら、ニコッと笑つた弟の児の顔を見ると、桂子はスツキリした微笑を感じた。そして神妙に兄らしい容体で、やんちやな弟に対してゐた兄の児の方へも、彼女はうれしい瞳を向けずにはゐられなかつた。

無心な眠りに入る前の女の児も、今は俄かに静かな様子にかへつて、あどけなく見えた。すべては幸福に……お丶何んと云ふ平和な温かな一団であらう。

『ね、お父さん、もう帰るだらうか』と、やがて食事の一騒ぎも済むと、兄の児は桂子に云つた。すると弟の児も末の女の児まで、眼をパチッと見開いて、兄の待ち遠しい心持ちに同意を表するのであつた。

『もう直ぐでせうね』と、桂子も同じやうに待ちわびながら云つたが、それと一緒に、何んとなく物足りない気がされてきた。斯うして今はあれほど立ち騒いだ子供等も、今は静まりかへつて少年雑誌などを開いてゐるのだ、何を彼等は考へてゐるのであらう。

彼等が父を待つ心持ちは、桂子の夫を待つ心もちと並行しないものではなかつた。いづれは一家をめぐる正しい心の方向であつた。それであるのに彼女は何んとなく物足りなさを感ずるのであつた。

　子供らの父親は、此の一年足らず留守の人であつた。彼が職務上の都合で、ある西の方の都会に住むやうになつてから、桂子は其の間を一人手で子供らに接してゐたのであつた。どんなに彼女が生々と、其の間をはずみをもつて暮してきたか！　彼女は頼りに思ふ人と離れ住むでは、置き棄てられたやうに、寂しかつた。彼女は朝晩に、曾ては知らなかつた始めての経験のやうに、夫を想つた。それだのに一方では彼女の子供らに対して、時が一時に芽ぐみ新しく押し寄せてきたやうに、心がみなぎつて来るのを感じた。

『これはどうしませう』と云つて、子供らに関して夫と心を分つ機会もなかつた。『あれが欲しい、』『斯うして呉れ、』と子供らが云へば、それは桂子一人の外に、裁断を仰ぐものはなかつた。父の不在を観念した子供らは、一も二も桂子でなければならなかつた。

　彼女は今までになかつた、発動的な心持ちで、幼なき彼等に接せざるを得なかつた。彼女は注意ぶかく、彼等の身のまはりを視るやうになつた。ある時は、学帽の庇のすんでに脱け落ちさうなのを、後生大事に額にのせてゐる兄の児を見て、アツと愕いた。

『何故早く云はないんですの』と桂子は半ば怒りを感じながら、子供をたしなめた。

『だつて是れは、お父さんが居る時分からのことなんだもの、今ごろ母さんは気がついたの。』

　そんな時桂子は顔を赧らめた。其の時には然うだ、彼等の親しい父が居た時分には、彼女の眼は曇つてゐたのであらう。何故と云へば、それだけ彼女は彼女の夫に拘つてゐたから。

　また或るときには桂子は、小さな女の児を伴つて、とある場末のさゝやかな玩具屋へはひつて行つた。曾てはせがまれて購つてゐたに過ぎなかつた彼女が、斯うして自ら進んで纏る心に一つをでも酬いてやる事のよろこび、此の小さな余裕のうれしさは、何に譬へたらいゝのか。

『ね、ほらね、あなたが欲しい欲しいと云はないと、買つてあげるのよ。おとなしいと何時でも斯うよ』と、桂子はそのとき女の児の、確り胸に抱いてる飯事道具の、硝子箱に眼をやりながら云つた。それはもつと上等のに較べれば、ほんとに粗末な安物ではあつた。が、地を蹴るやうにいそ〳〵と歩いてゐる、女の児の笑顔には、此の上ないたゞ一つの満足しか語られてはゐないのであつた。

　然うした場合をとり立てゝ云へば、なほ或るとき桂子は、ほんとに伸々とした心持ちで彼等を中にして、お伽噺なども話してきかせた。叱るにつけ教へるにつけ、其処に相半ばして現はれるはずの彼等の父親が居ないと云ふことは、桂子に重い責任感を伴つた考量と、一種の快い発奮とを与へずにはおかなかつた。

『おとなしくなつて、成長《おほき》くなつてお父さんを愕ろかすのよ。』

　そんな場合、あるとき黙つて打ち据ゑられないばかりであつた子供らも、次ぎの瞬間には、晴々とした笑顔で、苛酷な母のこの言葉に対して来るのであつた。桂子はそれを勿体ないことに思つた。同時に最後に此の渾然たる笑顔に恵まれた、自分だち母児《おやこ》を幸福なものに思はずにはゐられなかつた。其処には相互にたゞ生ひ立つ生のほかは考へられないからであつた。

　そして留守居の母と児は幸福であつた。こればかりではない、子供らには月に一二度は定つて帰宅する事になつてゐた父親を待つたのしみがあつた。殊に桂子としては、其の都度夫に遇ふ新しい感情があつた。

『ね、お父様はこんど何をお土産にもつて来るでせうか』と、彼女は、西の方から帰宅の知らせのある毎に、瞳を輝かしながら彼等に話しかけた。

『さあ何んだらうな、靴だらうか』と、静雄が云つた。

『僕のゴム靴はこのあひだ裂けちやつたんだからな。』

『だつてお父さんは裂けたことは知らないんだよ、だから買つて来るわけがないぢやないか……。僕は屹度、僕のは絵の具だらうと思ふ。』

『あゝ然うだ。兄さんのはそれでと……僕はお菓子でいゝや、それで我慢しとくんだ。』

『あら、食ひしんぼ』と、龍雄は笑つた。

　斯うして土産の予想で、無性に燥いでゐる小さな兄弟を見るにつけ、桂子の胸は夫を見る喜びで倍加されてゐた。しかし此処に云ふべきことは、桂子の胸の底には、子供らに明しきれない夫婦としての感情のあることであつた。何時も気がついてゐた事ではあつたが、桂子の夫を待つ心に比べて、子供らの父親を待つ心持ちには、静かに与へられるを待つと云つた、清澄な静粛さがあつた。彼等は悦んで土産物を貰ひ、父の腕に一人づゝ抱き上げられ、序でに二三度ふり廻されると、もう信じきつた歓びを顔に溢らせて、三人とも黙つて父と母との前から、戸外の方へ出ていつた。

　彼らの父親と云ふよりも、桂子の夫として彼は短かい二日三日を過した。

『お父さんは帰つてきても、僕だちを何処へも連れて行かないんだなあ、それぢやわざわざ持つて来ないたつて、お土産だけ小包みで送つて寄越せばいゝんだ。来た甲斐がないもの。』或る時弟の児が、斯うした不平を洩らすこともあつた。

『聞き棄てがならない』と云つて、彼が戯れに父親らしい、いかつい顔つきの中から、眼をむいて見せると、子供は歓声を挙げて、すたこら逃げ出していつた。桂子は笑はずにはゐられなかつた。子供は自分のものだ、長い留守の間に、いかに朝晩を子供らは自分になづみ暮らしてきたらう。然う思ふと夫の其の寂しい空罅にも、自分の感情を幾倍にして満たし贈らねば済まないと思つた。

　しかし愈々彼が職務を果して、西の都から帰つて来るとなると、彼女の心は動揺した。

　そんな事があるわけはないのだ。のみか父と母と子供らとの間には、いかに渾然とした楽しい希望があつたらう。今までにない、明るいよい生活が、此の一家に始まるのだと、彼も信じ桂子も信じた。

　今となつては私は明日を想ふのみです、明日のたのしさ明るさ、それを想ふばかりです……などと桂子は夫への手紙の一節に書き送つた事もあつた。……いゝ加減年をひろつてから、多少でも悟つたやうな口吻を洩らす事は堪へがたいことだ、それはある程度までは何人にも与へられる、時の恩恵だと思ふから。然うした意味で私は過去の事は何一つ口にしたくない、どれだけあなたを困らせたか、あなたに困らされてきたか、そんな事は今の場合考へられません。それよりもあなたが帰られたら私や子供だちにとつて、どう云ふことになるでせう、此の歯のぬけたやうな空しい家にとつてどう云ふことになるでせう、おゝ其れらが私の希望でなくて何んでせう……。

　斯うしたあとで今まで欠けてゐた彼が、一家に起臥することになると、桂子から彼にむくいるもの、彼から桂子へむくいるものは、忽ちの速度で平均していつた。それのみかやゝもすると、その平均をかき乱しさうな飽満な状態が来るのであつた。彼らの別居以前のやうに淡々とした、それでゐて、それ自身が、二人の永久不変の前途でもあるやうな、取り済した眼を向け合ふやうになつた。あの希望を語りあつた夫婦の眼に、それは何んの異変もない、同一の結果として見えたやうでもあつた。

『夫の眼』はやがて『父親の眼』として、より多く彼の内に生きるやうになつた。ある時、桂子をして済まないと思はせたあの『夫の空罅』それが恐ろしい速度で、彼の手にみたされはじめたのであつた。

　子供らの父親は、彼らのためにやさしい、愉快なお友達のやうに見えた。時々大声で怒鳴り出す彼の声すら、太鼓のやうに幼ない者を賑やかに喜ばせた。何故と云ふと、其の怒声の裏には、もう半分以上ふき出しさうな笑ひの声がふくまれてゐる事を、幼ない者たちの敏い耳はよく知つてゐたから。

　桂子に叱られると、陰鬱に沈みかへる子供らも、父親の前では痛い顔つきを見せる場合がなかつた。怒られても陽気でゐられる子供らは、直き曾て別居以前にあつたやうに、彼の方に引き寄せられていつた。

　彼はあの僅かな期間、桂子に恵まれた、『余裕の歓喜』を、再び彼女の手から、とり上げてしまつた。と云ふよりは、彼女の手から自然と辷りぬけるやうにして、彼の手に復帰したと云ふ方が当然であるかもしれない。

　桂子は存在そのものの頼みがたい事を思はずにはゐられなかつた。あの希望を語つた父も、母も、子も、数においても、現在において変りはないのであつた。しかも此の心の増減は、いかに変転極りないものであるか。

『あなた達はお父さん〱つて云ふけれど、お父さんは何時帰つていらつしやるか、都合で遅くなるといけませんよ、さ、みんなもう寝《やす》んだ方がいゝわね。』

『でもねお母さん、今朝、お父さんは早く帰つてくるから寝ないで待つといで、つて云つて行つたのよ。今日は僕たちにうんと良いものを買つてくるんだつて。』

『さう、あなた達に然う云つてつたの、ではもう少しね、時計が九時をまはるまでね。』

　彼等はその時刻まで起きてゐたが、しかし約束の九時がやがて十時になつても、父親の姿は見えなかつた。で、彼らはあきらめて床にはひつた。

　子供らがぐつすり寝しづまつた頃、父親は愉快な笑顔を見せながら帰つてきた。彼の手には子供の云つた『うんと良い物』が買ひ調へられたらしく、長方形の可成り大きなボール箱が、三つまで重ねて小脇に抱へられてゐるのであつた。

『おや、もう寝させてしまつたのかい、仕様がないなあ、さ、起してくれ、あれらの大喜びのものなんだ。』

『一体何んですの』と云つたが、桂子は折角眠りついたものを、起さうと云ふつもりはなかつた。

『何んでもいゝから起すんだ、さ、みんな起してくれ。』

　桂子がそれでもまだ躊躇してゐるのを見ると、彼はもどかしさうにもう自分で、三つの頭を並べてすつかり眠りこけてる子供等の枕元へ行つて、順々に起しはじめた。『これ、龍雄、静雄、さあうんと良いものだぞ、起きんか。』

男の児たちはしぶ〳〵しながら、どうやら床の上に起きなほつた。が忽ち、兄の方は気がついてパッと眼を開いた。つゞいて静雄の方も勢よく起き上るのであつた。

父親の手にしたボール箱の中からは、二着のクリーム色の夏の洋服が現はれた。それに其の箱の底には、シヤツ、サルマタ、其の他の一切の附属品まで、新しく調へられてあつた。彼は其れを素裸にさせた子供の肌の上に、一つ〳〵順々に着せていつた。暫らくすると、其処に全く装ひを新たにされた兄弟のものが、灯の下に鮮やかに照らし出されてあつた。歓びを口元までいつぱいに詰めたやうな、取りすました笑顔の二人を見ると、桂子の胸もうれしさに躍つた。

『まあ立派になつてね』と、思はず云つた。しかし、女の児の起される番になるとき、彼女はひやりとした。

『あ、その児は起さないで下さい、とても、とてもあの児だけは駄目ですわ、明日の朝にして下さい。』

『いゝと云へば。何、大丈夫だ。』

然う云ふかと思ふと、彼は矢庭に最後の静まりかへつた床の中から、女の児を引き出した。

女の児は桂子を呼びながら、消魂しく泣き出した。突いてもゆすぶつても、彼女の深い眠りを覚すことはできなかつた。

桂子ははら〳〵した。突かれてもどうせられても眠りをひき放すことのできない、女の児の瞬間の切なさと不快とを思つて、彼女は胸の痛むやうな気がした。

どうぞ明日の朝を待つことはできないだらうか。今夜喜ぶことができなければ、その喜びはいやでも明日の朝を待たねばおかないのだ。それにまだ晩春とは云つても、更けた夜は温かい床が必要な頃であつた。彼女はかよわい女の児が風邪をひくやうな事はないか、そんな事まで気づかはれた。

しかし一刻も早く女の児を喜ばせやう一心の、父親の腕は、容赦なく小さな体を揉み揺すぶつた。と然う云ふうちにも小さな彼女は、やがて素裸にされてしまつた。そしてネルの寝まきのかはりに、キヤラコの下着が先づ着せられ、上着、袴とだん〳〵に格好が整へられていつた。

しつくりと身についた、いたいけな洋装の胸には真赤い真珠貝のボタンが、きら〳〵と列をつくつて輝いてゐた。短かい袴の下にはまだはかせる暇のなかつた、靴下のない素足が寒さうに並んでゐた。

『どうだい光ちやん、これでも嫌かい』と、父親は満足さうに手を休めて、彼女の方を眺めながら云つた。

女の児はとうく眼を覚ました。

女の児は、ふと気がついて、自分の異つた姿に愕いて眼を落とした。彼女は訝しさうに、肩や腕や腰のまはりを、くるくと見廻した、が、それが父親から与へられたものだと知ると、小さな頰には物羞ぢをしたやうな、微笑が浮んだ。そしてそれは漸々深く烈しく明らさまな笑顔に変つていつた。

『これ光子さんの？　毎日く着てていゝの？』と女の児は、父親に相談するやうに話し出した。

『あゝ、いゝとも。これから毎日く着るんだよ』と、父親は優しく合槌をうつた。

桂子の胸にチラと何時か買ひ与へた、粗末な玩具のことが浮んできた。おゝ其の時の笑顔がまた女の児のこの時の笑顔であつた。ただ一つしかないその満足な笑顔、しかし其れは今は父親に酬いられた笑顔であるのを見ると、桂子は寂しい気がした。

何と云ふ彼女であらう！　此の一家に組み込まれた彼女の心は、微かに外れたのであつた。

桂子はぼんやりと、其処に並んだ三人の新しい子供の姿を眺めた。それは全く別な何処かの子供のやうに見えた。云つてみれば、彼女にとつて、彼女の手を費した、親しい以前のぼろ着物のひとかけすら、今は彼等の身辺に見出すことはできないのであつた。

彼女は彼等の立派にされた姿を讃めていゝのか、または彼女自身のために、悲しんでいゝのか、解らない気がした。彼女はそして、やるせないたよりない気がした。

『どうしたの桂子、お前はこれらが気に入らないの』と、夫は黙りがちの桂子の方へ云つた。『いゝぢやないか。こんな子供らでも引立つて見えるからな。』

『ほんとに然うね、私も先刻から、然う思つて見てゐるのよ』と、桂子は云つて、そつと瞳を落したが、ひとりでに涙ぐんできた。

彼女は満足な夫の心を思ひやると、片親である自分の心の、褊狭さ我慾さがよくわかつてきた。それはつくぐく自ら愛想のつきるやうな、頑迷な手に負へかねる自分であるやうな気がした。何故、どうして自分は彼等と共に喜ぶことができないのであらう。あの愛慕の瞳を父親に集めてゐる三人の子供らを眺めながら、何故共に自分は、彼等の父親を祝ふことができないのであらう。

今しがたのごた〱した食卓の有様が、自然と思ひ出された。其の間にあつて、宥めたり賺したり、あれがいけない是れが悪いと教へた、自分の子供らとの一時々《ひととき〱》を思ひ描いた。斯うした時の長い毎日の間には、どうかすると彼女は父親の知らない苛酷な時も持たねばならなかつた。彼女は其のたま〱の、子供等に与へた苦い昝の手の味ひを思ひうかべた。

その事はなほ彼等が一層幼かつた頃の、彼女の記憶につゞいてゐた。其の頃、次ぎから次ぎへと抱いた懐ろ児の記憶！　それはいかに彼女を痛ましく、涙ぐませるものであつたらう。

かよわい桂子の腕は、今だに彼等を抱へた当時の、重たさを訴へてゐた。彼等をくゝりつけた肩はそげ落ち、十文字に締めつけた紐のあとの胸はおち窪んだ。然うした弱い体に堪へ〱してきた生活が、彼女のみのものだとは、少しも思つてはゐないのであつた。それは万人の母親が、誰でも費す苦しみの、僅かな範囲のものにしか過ぎなかつた。

桂子にとつては、それよりも子供らの心の欲しい今になつて、いかに空しくあの苦しみが潰えていつたかゞ悲しいのであつた。それは曾ては役立つてゐた礎の一つが、地下深く埋もれ朽ちて行つたやうな感じであつた。が、それすら彼女自身の心に問ふのみのもので、何等あの無心な子供らに強ひるべき性質のものではなかつた。

何が故であらう。其処には曾ても、なほ今につゞいてもあるであらう、彼女の『逃避』の心の云はせる、その悲しみに他ならないのであつた。『苦しいと云つて自分の眼をぬく者があらうか、』然うした感じが昨日も今日も、一刻も彼女の心から離れたことがあつたらうか、然うした感じは曾ては単に、逃避そのものであつた。彼女が泣き叫ぶ乳呑児をどうしていゝかもわからず、自らも忍び音に泣きながら、長い間夜の庭先きに彳ずんでゐたのも、其頃の記憶であつた。其時僅かな木立の隙間から仰がれた、星月夜の空の一角と、三坪に足らぬ垣の中の庭の土とを、彼女はどんなに広々とした天地だと思ひつゝ眺めたことであらう。

けれど、当時のうか〱とした逃避の心に、今は何時からともなく、或る根深さの加つた事を、桂子は思はずにはゐられなかつた。それは逃れようとも避けようとも思はなかつた、寧ろそれを知らなかつたやうな温和な善良な世のひとし並みな母の心よりも、一層彼女にその事によつて、母の心の竟に止みがたいものであることを痛切に教へられたやうな心境であつた。

　桂子は今だに小言の多い子供らを、煩はしく感ずることはあつても、心の底は静かに安んじてゐることを、瞭りと思ふことができた。お、今になつてそれを思ふとは！　あの幼ない者らは余りに長く不機嫌な、ある時には冷かにすら見えた母に、対してきてゐたではないか。

　桂子は先刻から言葉もなく、父と子供らの喜びの座に加はつてゐた。それは恰度小さなしもべかなぞのやうに、彼女自身に身窄らしい感じを抱かせた。

『それをみんなお揃ひで着て、此の夏には何処へ行くかな』と、父親は子供らに云つた。

『僕たちみんなで？　さう何処へ行くの』と、兄の児が急いで問ひかへした。

『さあ山でも、海でも……。父さんは故郷《くに》へ連れて行かうと思ふ、その時にはお父さんにだつて、夏休みがあるんだから。』

　三人の子供は一斉に、躍り上るやうな表情をした。そしてまだ遠い、幾十日かあとの事を彼等はもう明日の事のやうにして、よろこび騒いだ。

　ふと中の一人の児が云つた。

『お母さんはどうするの、行くの、お父さん。』

　すると一時に始めて気がついたと云ふやうに、他の三人の眼が、桂子の方に向いてきた。

　桂子は思はず云つた。『さあ、母さんなら多分残らなければならないでせう。』

『何故、行けば行かれない事はないが』と、彼女の夫はまじ〳〵と彼女の方を見ながら云つた。

『だつて、家を空《から》つぽにもできませんでせう。』然う云つたが、ひとりでに彼の女の眼には、自分のこの言葉を哀しむ涙がにじみ上つてきた。それは当然のことではないか。恐らく其の時、自分は彼等と楽しみを等しくする事はできないであらう。

　桂子はこの場合の心持ちから、然う思ひ及ぶと、秘かに自分を憐れまずにはゐられなかつた。然うして自ら孤独に走つて行く自分の姿を、ぢつと見送るやうに彼女は瞬いたのであつた。

宮本百合子

一本の花

一

表玄関の受附に、人影がなかった。

朝子は、下駄《げた》箱へ自分の下駄を入れ、廊下を真直《まっすぐ》に歩き出した。その廊下はただ一条《ひとすじ》で、つき当りに外の景色が見えた。青草の茂ったこちら側の堤《どて》にある二本の太い桜の間に、水を隔てて古い石垣とその上に生えた松の樹とが歩き進むにつれ朝子の前にくっきりとして来る。草や石垣の上に九月末近い日光が照っているのが非常に秋らしい感じであった。そこから廊下を吹きぬける風がいかにも颯爽《さっそう》としているので、一《ひと》しお日光の中に秋を感じる、そんな気持だ。朝子は右手の、窓にまだ簾《すだれ》を下げてある一室に入った。

ここも廊下と同じように白けた床の上に、大きな長卓《ながテー》子《ブル》があった。書きかけの帯封が積んである場所に人はいず、がらんとした内で、たった一人矢崎が事務を執っていた。丸顔の、小造りな矢崎は、入って来た朝子を見ると別に頭を下げもせず、

「今日は――早いんですね」

と云った。

「ええ――」

赤インクの瓶やゴム糊《のり》、硯箱《すずりばこ》、そんなものが置いてある机の上へ袱紗《ふくさ》包《づつ》みを置き、朝子は立ったまま、

「校正まだよこしませんですか」

と矢崎に訊《き》いた。

「さあ……どうですか、伊田君が受取ってるかも知れませんよ」

朝子は、ここで、機関雑誌の編輯《へんしゅう》をしているのであっ

た。

朝子は、落ついたなかにどこか派手な感じを与える縞《しま》の袂《たもと》の先を帯留に挟んで、埋草《うめくさ》に使う切抜きを拵《こしら》え始めた。

廊下の遠くから靴音を反響させて、伊田が戻って来た。朝子が来ているのを見て、彼は青年らしい顔を微《かす》かにあからめ、

「今日は」

といった。

「校正まだですか」

「来ません」

「使も」

「ええ」

朝子は、隅にある電話の前へ立ち、印刷所へ催促した。再び机へ戻り、朝子は切抜きをつづけ、伊田は、厚く重ねた帯封の紙へ宛名《あてな》を書き出した。

これは午後四時までの仕事で、それから後の伊田は、N大学の社会科の学生なのであった。

黒毛繻子《くろけじゅす》の袋を袖口《そでぐち》にはめ、筆記でもするように首を曲げて万年筆を動かしていた伊田は、やがて、

「ああ」

顔を擡《もた》げ、矢崎に向って尋ねた。

「先日断って来た分、こんなかから抜いてあるんでしょうか」

むっくりした片手で小さい算盤《そろばん》の端を押え、膨《ふく》らんだ事務服の胸を顎《あご》で押えるようにし、何か勘定している矢崎は、聞えないのか返事をしなかった。伊田は暫《しばら》く待っていたが、肩を聳《そび》やかし、また書き出した。

朝子は、新聞に西洋鋏《せいようばさみ》を入れながら、声を出さず苦笑いした。笑われて、伊田は、耳の後をかいた。二日ばかり前、或る対校野球試合が外苑《がいえん》グランドであった。伊田は、午後から帯封書きをすてて出かけて行った。自分にそんな興味も活気もなく、毎日九時から四時までここに坐って日を過す外、暮しようのない矢崎は、それでも他の者がそんなことをすると、甚《はなは》だ不機嫌になった。彼は、それを根にもって一日でも二日でも、口を利かなかった。

「どの位断って来ました」

朝子が伊田に訊《き》いた。

「今度はそんなに沢山じゃありません。五十位なもんでしょう」

「去年からでは、でも千ばかり減りましたね。……田舎《いなか》のひとだって、この頃は婦人雑誌どんどんとるんだから、

断るのが自然ですよ。比べて見れば、誰だってほかの雑誌がやすくって面白いと思うんだもの」

一円本の話が出て、それに矢崎も加わった。

「娘がやかましく云うんで、小学生全集をとっているんですが、一体あんなものはどの位儲《もう》かるもんでしょうな……」

「社でも何か一つとってくれないかな、そうすると僕たち助かっちゃうんだが」

「矢崎さん、いかが？　それ位のこと出来ませんか」

「さあ」

伊田が、

「金欠か」

と呟《つぶや》いた。

いきなり朝子が、

「ああ、矢崎さん、お引越し、どうなりました」

と尋ねた。

「いよいよ渋谷ですか」

「ええ。今月一杯で五月蠅《うるさ》いから行っちゃおうと思ったんですが……来月中には移ります」

「須田《すだ》さんその後どうしていらっしゃいます？」

矢崎は、厭《いや》な顔をして、

「この頃出かけないから」

と低く答えた。

「ここ罷《や》めることは、もう決ったんですか」

「決ったでしょう」

黙っていたが朝子の心には義憤的な感情があった。

須田真吉は、編輯部《へんしゅうぶ》の広告取りをしていた男で、一風変った人物であった。頭の一部が欠けているのか過剰なのか、度外れなところがあって、或る時は写真に、或る時は蓄音器に、最近はラジオに夢中に凝《こ》った。ラジオのためには金銭を惜しむことを知らなかった。種々道具をとり集めラウド・スピイカアに趣味の悪い薄絹の覆いをかけたり、それをビイズ細工のとかえて見たり、朝子に会うと、

「一度是非聴きにいらっしゃい、全くそこいら辺のガアガアの雑音の入るのとは訳が違うんです——もう二三日すると、京城《けいじょう》も入るようにします、朝鮮語ってえものは一寸《ちょっと》いいですね」

嬉《うれ》しげに話した。実際は、然し決して組立てに成功出来る須田ではなかった。成功しないと材料のせいにして、それが和製なら舶来《はくらい》に代える。舶来なら和製を買い、そんなことの度重なるうちに、彼が代表で保管していた町

会の金を私消《ししょう》してしまった。千円近い金であった。彼はこのほかに雑誌の広告代にも費《つか》いこみがあった。死ぬ覚悟で、須田は家出をした。然し追手に無事に引戻された。須田と姻戚で、須田の紹介で雑誌部の会計となっていた矢崎は、後々の迷惑を恐れ、事が公になりもしないうち、庶務部長の諸戸《もろと》へ注進した。須田のために弁護の労をとるより寧《むし》ろ自分を庇《かば》って、話しようでは示談にでもしてもらえた須田を免職させる方へ働いたのであった。須田の好人物を知っていた同僚は、矢崎の態度を非難した。その非難は、親類の間からもあるらしく、矢崎は近頃、『親類なんてものは五月蠅《うるさ》くていけない』と云い出した。俄《にわか》に、細君の実家の近くへ家を見付けた話を、朝子も程なく聞いたのであった。

　報知新聞は漢字を制限し、ところどころ、切抜きの中にも、かん布摩さつ、機能こう進、昇コウなどと読み難《にく》い綴《つづ》りがある。朝子は赤インクでそれをなおしながら、

「何時？」と訊《き》いた。

「一時半です」

「磯田《いそだ》、何してるんだろう」

　朝子は、電話口へ、

「嘉造《かぞう》さんに一寸《ちょっと》どうぞ」

と印刷所の若主人を呼び出した。彼女のふっくりした、勝気らしい張りのある声が、簾越《すだれご》しに秋風の通る殺風景な室《へや》に響いた。

「もしもし、十一時半の約束だのにまだ一台も来ないんですが、どうしたんでしょう、え？　ああそう。でももう二十三日ですよ。三十分ばかりしたらそちらへ行きますから、じゃ直《す》ぐ出るようにしといて下さい、どうぞ」

二

鶴巻町《つるまきちょう》で電車を降り、魚屋の角を曲ると、磯田印刷所へは半町ばかりであった。魚屋の看板に色の剥《は》げた大鯛《おおだい》が一匹と、同じように古ぼけた笹が添えて描かれている。そのように貧しげなごたごたした家並にそこばかり大きい硝子戸《ガラスど》を挟まれて、磯田印刷所がある。震災で、神田からここへ移って来たのだった。

「どうも只今《ただいま》は失礼いたしました。もう二台ばかりあがりましたから……どうぞ」

　金庫を背にした正面の机の前から、嘉造が、入って来る朝子に挨拶《あいさつ》した。朝子と同じ年であったが、商売にかけると、二十七とは思えない腕があった。

「おい、工場へ行っといで」

「――二階――よござんすか」

濃い髪が一文字に生えた額際《ひたいぎわ》に特徴ある頭を嘉造は、

「どうぞ」

と云う代りに黙って下げた。

自分の腕に自信があって、全然情に絆《ほだ》されることなく使用人を使うし、算盤を弾《はじ》くし、食えない生れつきは商売を始めた親父《おやじ》より強そうな嘉造を見ると、朝子はいつも一種の興味と反感とを同時に覚えた。朝子は、団栗眼《どんぐりまなこ》の十二三の給仕が揃《そろ》えてくれた草履《ぞうり》に換え、右手の壁についた階段を登った。

階段は、粗末な洋館らしく急で浅い。朝子の長い膝《ひざ》が上の段につかえて登り難《にく》いこと夥《おびただ》しかった。片手に袱紗《ふくさ》包《づつみ》をかかえ、左手を壁につっ張るようにし、朝子は注意深く一段一段登って行った。三分の二ほど登ると社長室の葭戸《よしど》が見えた。葭戸を透して外光が階段にもさして足《あし》許《もと》が大分明るくなった。

何の気もなく、朝子はバタバタと草履を鳴らし若い女らしく二三段足速に登った。

その途端に、さっと葭戸《よしど》が開き、室内から十七ばかりの給仕女が、とび出したとしか云えない急激な動作で踊り場の上へ出た。その娘は素早く朝子をかわして、ドタドタドタ、階下へ駈《か》け降りた。

朝子が思わずもう誰も見えない暗い階段の下の方を見送っていると、あから顔の社長は、葭戸と平行に、書棚でも嵌《は》め込む積りか壁に六尺に二尺程窪《くぼ》みがついている、その窪みの処《ところ》から、悠《ゆ》っくりさり気なく室《へや》の中央へ向って歩き出した。

朝子は何となし厭《いや》な心持がした。

二階で親父が若い給仕娘をその室から走り出させたりしているのを、嘉造《かぞう》は知っているのだろうか。朝子は二重に厭な心持がして、社長室のリノリウムを踏んだ。

建坪《たてつぼ》の工合で、校正室は、社長室を抜けてでないと行けなかった。朝子は、黙って軽く頭を下げ、通りすぎた。

磯田《いそだ》は、机のこちら側に立って、煙草《たばこ》に火をつけかけていた。彼は、下まぶたに大きな汚点《しみ》がある袋のついた眼を細め、マッチを持ち添えスパスパ火をよびながら、

「や」

と曖昧《あいまい》に声をかけた。

校正室では備えつけの筆がすっかり痛んでいる。

朝子はベルを鳴らして新しいのを貰い、工場から持ってきたばかりで、インクがまだ湿っぽい校正を、検《しら》べ始

めた。

下手な応募俳句を読み合わせているところへ、ぶらりと磯田が入って来た。

「――大分凌《しの》ぎよくなって来ましたなあ、久しくお見えなさらんようでしたが、海辺へでもお出かけでしたか」

「ずっと東京でした……あなたは？　いかがです、その後」

「やあ、どうも」

白チョッキの腹をつき出して、磯田は僅《わずか》に髪の遺《のこ》っている後頭部に煙草《たばこ》をもった手を当てた。

「年ですな一つは……一進一退です。然《しか》し梅雨頃に比べれば生れ更《かわ》ったようなもんです、湿気は実に障《さわ》りますなあ」

磯田は近年激しい神経痛に悩まされ、駿河台《するがだい》の脳神経専門家の許《もと》で絶えず電気療法を受けていた。朝子などには、慢性神経痛だと云った。実際の病気は決してそんな単純なものではなかりそうなことは、知らぬものないこの男の家庭生活のひどさを思っても推測されるのであった。

さっきの小娘のことを皮肉に思い合わせ、朝子は、

「もう浅野さんはおやめですか」

と訊《き》いた。浅野というのが駿河台の医者であった。ふっと、老人らしい眼付で窓外の景色を眺めていた磯田は、

「ああ、いやまだです」

と元気な声と共に、眼を朝子に移した。

「実は今日もこれから出かけにゃならんのです……浅野御存知ですか……遠藤伯なんぞあの人を大分信任のようですな」

そして、半ば独語のように、

「その縁故で、死んだ津村二郎なんぞ、金を出させたって云う話もあるが……」

朝子が仕事をしている硝子《ガラス》のインクスタンドの傍にマジョリカまがいの安灰皿があった。それへ磯田は話しながら煙草の灰を落とした。

「この間上海《シャンハイ》から還《かえ》った浅野慎ってえのが弟でね……面倒だろう、なかなか……」

話が途切れ、磯田は暫《しばら》く朝子の手許を見下していたが、

「どれ、じゃあ、どうも失礼致しました」

と立ちなおした。

「そう？……どうも失礼」

歩きかけた磯田は、

「偉く日がさすね」

一二歩小戻りして、丁度朝子の髪に照りつけた西日の当る窓のカアテンを下した。

工場で刷り上げる間、三四十分ずつ手が空く。朝子は、その間に、自分一人いるきりの二階の窓々をあちらこちらへぶらぶらと歩いた。

一つの窓と遠く向い合う位置に、工場の小窓が開いていた。普通の場末《ばすえ》の二階家をそのまま工場に使っていた。穢《きたな》い羽目《はめ》の高いところに、三尺に一間の窓、そこには格子《こうし》も硝子《ガラス》もなくていきなり内部が見えた。窓と云うより、陰気な創口《きずぐち》のようであった。両側からもたせあった長い活字棚、その中へ、活字を戻している小僧や若い女工の姿も見えた。

外見既にがたがで、活字の重さや、人間の労働のために歪《ゆが》み膨らんだ建物の裡《うち》は、暗そうであった。女工が、その、こちらに向いて開いた狭い窓際を何かの用で通り過るときだけ、水浅黄《みずあさぎ》の襦袢《じゆばん》の衿《えり》など朝子の目に入った。

朝子はもう余程前、

「いつか工場見せて下さいな」

と嘉造《かぞう》に云った。

「どなたにもお断りしておりますんで——どうも……穢くて仕方ありませんですよ御覧になったって」

彼は、そう云って、机の上にひろげた新聞の上へ両手をつき、片手をあげて、ぐるりと頭の後を掻いた。

朝子のいる室《へや》を板戸で区切った隣室で、二人の職工がこんなことを云っている声が聞えた。

「——陰気くさいが、柳なんぞ、あれで、陽《よう》のもんだってね」

「そうかねえ」

「昔何とか云う名高い絵描《えか》きが幽霊の絵をたのまれたんだとさ。明盲《あきめくら》にしたり、いろいろやるが凄《すご》さが足りない。そこで考えたにゃ、物は何でも陰陽《いんよう》のつり合が大切だ。幽霊は陰のものだから陽のものを一つとり合わせて見ようてんで、柳を描いたら、巧《うま》いこと行ったんだって」

「ふうむ」

「——死ぬと変りますね、男と女だって、生きてるときは男が陽で女が陰だが、土左衛門《どざえもん》ね、ほら、きっと男が下向きで、女は上向きだろう。——陰陽が代って、ああなるんだとさ」

「……じゃあお辞儀なんか何故《なぜ》陰の形するんだろう……」

工場らしい話題で、朝子は興味をもち、返事を待った。けれども、何故辞儀に陰の形をするのか、職工はうまい

説明が見当らなかったらしく、やや暫くして静かに、

「そりゃ私にも解らないねえ」

と云う声がした。

三

五時過ぎて朝子は帰途についた。

日の短くなったことが、はっきり感じられた。印刷所を出たとき、まだ明るかったのに、伝通院《でんづういん》で電車を待つ時分にはとっぷり暮れた。角の絵ハガキ屋の前に、やっぱり電車を待っている人群れが逆光で黒く見える。その人々も肌寒そうであった。

朝子は、夕暮の雰囲気に感染し、必要以上いそぎ足で講道館の坂をのぼった。向うから、自動車が二台来た。それをさけ、電柱の横へ立っている朝子の肩先を指先で軽くたたいた者があった。

朝子は振りかえった。敏捷《びんしょう》に振り向けた顔をそのまま、立っている男を認めると、彼女は白い前歯で下唇をかむように、活気ある笑顔を見せた。

「――なかなか足が速いんだな。電車を降りると、後姿がどうもそうらしいから、追い越してやろうと思ったけれど、とうとう駄目だった」

「電車が一つ違っちゃ無理だわ」

朝子は大平《おおだいら》と並んで、先刻《さつき》よりやや悠《ゆ》っくり、坂を登り切った。

「どこです？　今日は――河田町《かわだちょう》？」

河田町に、兄が家督を継いで、朝子の生家があるのであった。

「いいえ……印刷屋」

「なるほど二十三日だな、もう。すみましたか？」

「もう少し残ってるの、てきぱきしてくれないから閉口よ。でも、まあすんだも同然」

「一月ずつ繰り越して暮すようなもんだな、あなたなんぞは……」

彼等は、大通りから、右へ一条《ひとすじ》細道のある角で、どっちからともなく立ち止った。

「どうなさるの」

大平は、その通りをずっと墓地を抜けた処に、年とった雇女と暮しているのであった。

「幸子《こうこ》女史はどうなんです、家ですか」

「家よ、きっと」

「ちょっと敬意を表して行くか」

向いは桃畑で、街燈の光が剪定棚《せんていだな》の竹や、下の土を森《しん》と照し出している。同じような生垣《いけがき》の小体《こてい》な門が二つ並んでいる右の方を、朝子は開けた。高く鈴の音がした。磨硝子《すりガラス》の格子の中でそれと同時にぱっと電燈がついた。

「かえって来たらしいよ」

女中に云う幸子の声がした。

上り口へ出て来た幸子は大平を見て、

「ほう、一緒？」

と云った。大平は帽子の縁へ軽く手をかけた。

「相変らず元気だな」

「悄気《しょげ》るわけもないもん」

「はっはっは」

大平は、神経質らしい顔つきに似ず、闊達《かったつ》に笑った。

「いやに理詰《りづ》めだね」

朝子は、赤インクでよごれた手が気持わるいので、先に内に入った。

「上らないの？」

「ちょっと尊顔を拝するだけのつもりだったんだが……」

「お上んなさい。——どうせ夕飯これからなんでしょう」

問答が朝子の手を洗っている小さい簀子《すのこ》の処まで聞え、遂に大平が靴を脱ぎ、入って来た。タオルで手を拭《ふ》き拭き、朝子は縁側に立って、

「いやに世話をやかすのね」と笑った。

「本当さ。昔からの癖で一生なおらないと見える」

大平は、幸子と向い合わせに長火鉢《ながひばち》のところへ腰を下しながら、

「まあ、お互に手に負えない従兄妹《いとこ》を持ったと諦《あきら》めるんだね」と云った。

「——然《しか》し、実のところ、これから遥々《はるばる》帰って、お婆《ばあ》さんとさし向いで飯を食うのかと思うと足も渋る」

わざとぞんざいに、然し暖く叱るように幸子が云った。

「だから、早く奥さんをみつけなさいって云うんだのに」

大平はそれに答えず、幸子が心理学を教えている女子大学の噂など始めた。二年ばかり前、彼の妻は彼の許《もと》を去った。初めの愛人が、今は彼女と暮している模様だ。大平は三十六であった。

食後、三人はぴょんぴょんをして遊んだ。初め、大平はその遊びを知らず、二枚折の盤の上の文字を、

「何？　ピヨン？　ピヨン？」

と読んだ。

「ぴょん、ぴょんよ」

と朝子に云われた。

幸子が簡単にルールを説明すると、

「そんならダイアモンドじゃあないか」と云い出した。

「それなら、やったことがある。対手《あいて》の境界線の上まで行っていいんだ」

「これは違うのさ、一本手前までしか行っちゃいけないの」

「一番奥のが出切るまで陣へ入っちゃいけないつて云うんだろう？　だから、きっと行けるんだ」

「頑固だなあ」

幸子が、じれったそうに、力を入れて宣告した。

「これは違うんだってば」

勝負の間、彼等は、朝子が二人に何をしても平気の癖に、大平が幸子の駒《こま》を飛びすぎたり、幸子が彼の計画を打ち壊したりすると、

「こいつめ」

「生意気なことをするな、さ、どうだ」

「ほら、朝っぺ！　うまいぞうまいぞ」

などというそれ等の言葉は、本気とも冗談ともとれた。

「なんて負けず嫌いなの。二人とも？」

「ああ、女の執念ですからね」

大平が、行き悩んで駒で盤の上を叩きながら云った。


「対手《あいて》にとって不足はないが、と。……どうも詰っちゃったな。朝子さん、何とかなりますまいかね」

「相互扶助《ふじょ》を忘れた結果だから、さあそうして当分もがもがしていらっしゃい」

この桃畑の家を見つけたのは大平であった。幸子はそれまで小日向《こびなた》の方にいた。朝子は一年半程前に夫を失い、河田町《かわだちょう》の生家に暮していた。幸子と二人で家を持つと決ったとき、大平は、

「よし……家探しは僕が引受けてあげましょう。どうせ学校のまわりだろう？　そんならお手のもんだ」

と云った。

「隣へ空いたなんて云って来たって行きませんよ、五月蠅《うるさ》くてしようがありゃしない」

すると、まだ四五遍しか会っていなかった朝子を顧み、大平は、敏感な顔面筋肉の間から、濃《こま》やかな艶《つや》のある、右と左と少しちんばなような、印象的な眼で笑いかけた。

「念を押すところが未《ま》だしも愛すべきですね。『姦《かしま》し』に一つ足りないなんてもの、まあこちらから願い下げだ」

或る二月の午後、幸子から電話がかかり、朝子も出かけ、この家を見た。雪降り挙句で、日向《ひなた》の往来は泥濘《ぬかるみ》だが、煉瓦塀《れんがべい》の下の溝などにまだ掻きよせた雪があった。

そんな往来を足駄《あしだ》でひろって行くと、角の土管屋の砂利の堆積の上に、黒い厚い外套《がいとう》を着、焦茶色《こげちゃいろ》の天鵞絨《ヴェルヴェット》帽をかぶった大平が立って待っていた。

「この横丁が霜解けがひどそうで御難だが、悪くないでしょう？　こちら側が果樹園なのは気が利いている」

溶け残った雪が、薄すり果樹園一面に残っていて、日光に細かくチカナカ輝いていた。青空から、快晴な雪解の日につきものの風が渡って、杉の生垣《いけがき》を吹き、朝子のショウルの端をひるがえした――。

これは、一年余り前のことだ。

四

続いて二日、秋雨が降った。

夜は、雨の中で虫が鳴いた。草の根をひたす水のつめたさが、寝ている朝子の心にも感じられた。

晴れると、一《ひと》しお秋が冴えた。そういう一日、朝子は荻窪《おぎくぼ》に住んでいる藤堂《とうどう》を訪ねた。雑誌へ随筆の原稿を頼むためであった。

ひろやかに庭がとってあって芝が生え、垣根よりに、紫苑《しおん》、鶏頭《けいとう》、百日草《ひやくにちそう》、萩《はぎ》、薄《すすき》などどっさり植《うわ》っていた。百日草と鶏頭とがやたらに多く、朝子は目の先に濃厚な絨毯《じゆうたん》を押しつけられたように感じた。

四十四五の顔色の悪い藤堂は細君に「もっと濃く」と茶を代えさせながら、

「――秋になったが、どうも工合わるくて閉口していますす」

と云った。

「数年来不眠症でしてね、こうやって家族と遮断したところで寝ても眠れない。癪《しやく》にさわって暁方《あけがた》にジアールを二粒位飲んでやるんです。ところが、朝出かけなけりゃならないときなんか薬が残っていると見えましてね、この間も省線で、この次は目白だ、と気を張っていても夢中んなっちゃって乗り越す。はっと思ってまた戻るが、今度は戻りすぎて、一つ処《ところ》を二三度行ったり来たりしました」

細君が、

「――本当に滅茶苦茶《めちゃくちゃ》を致しますんですからねえ」

そして藤堂の顔に目を据えて云った。

「きっと今にどうかなっちゃうから、見ていらっしゃい」

藤堂は暫く黙っていたが、しんねり、

「こいつもヒステリーです」

と云った。

帰ろうとしていると、細君が、

「ああ白杉《しらすぎ》さん、お宅に、犬お飼いですか」

と訊《き》いた。

「いいえ、飼おうと云ってはおりますんですけれど」

「あなた、じゃ丁度よござんすよ」

藤堂の答えも待たず、

「うちに犬の児《こ》が二匹もいて、始末に困ってるんですの。じゃ一匹お宅で飼っていただきましょう、丁度いいから、今日連れてっていただいてね」

立ちかかるのを藤堂が止めた。

「そんなに急に云ったって――御迷惑だよ」

「――駄目でしょうか……」

細君は、高い椅子《いす》の上で上体を捻《ねじ》るようにし、不機嫌に朝子を見た。

春になると、庭へ、ヒアシンスや馨水仙《においすいせん》が不断に咲き満ちると云うことであった。それ等の花に囲まれ、益々《ますます》病的であろう夫婦の生活を想像すると、朝子は頽廃的な絵画を眺めるような気分を感じた。彼等のところにも、夫婦生活の惰力が強く支配している。それがどんな沼か、朝子は、彼女の短い亡夫との夫婦生活で知っている。


朝子は、漠然と思い耽《ふけ》りながら、社の門を潜《くぐ》った。

小使室に、伊田がいた。伊田が低い腰かけにかけている後に、受附の茂都子《もとこ》が立って、ぐいぐい伊田の頸根《くびね》っこを抑えつけていた。伊田は朝子を認め、頸をちぢこめたまま、上目で挨拶した。

「――ひどくいじめられるのね」

「ええ、ええ」

茂都子が引とって朝子に答え、小皺《こじわ》のあるふっくりした上まぶたをぽっとさせて、

「本当に、この子ったら、すっかり男っ臭くなっちまって……あんなに子供子供してたのに」

なお抑えつけようとした。伊田が本気で、

「馬鹿！　止《よ》してくれ」

と、手を払い立ち上った。

二時間程経って、朝子が手洗いのついでに、例の濠《ほり》を見渡す、ここばかりはややセザンヌの絵のような風景を眺めて立っていると、伊田が来た。彼は、さっき見られたのが大分極《きま》り悪い風であったが、それは云わず、

「今日おいそがしいですか」

と朝子に訊いた。

「いいえ――用？」

「用じゃないんですけど……夜、上ってかまいませんか」

「いらっしゃい」

「川島君も行くかも知れないんですが」

「どうぞ」

「川島の奴……叱られちまやがった」

伊田は、面白がっているような、怖くなくもないような、善良な笑い顔をした。

「……じゃ」

朝子に、訊《たず》ねる時間を与えず、彼は云った。

五

日露戦争当時、或る篤志な婦人が、全国の有志を糾合して一つの婦人団体を組織した。戦時中、その団体は相当活動して実績を挙げた。主脳者であった婦人が死んだ後も、団体は解散せず明治時代帷幄《いあく》政治で名のあった女流を会長にしたりして、次第に社会事業など企てて来た。然《しか》し精神は昔の主脳者と共に死んだ。理事、その他役員が上流婦人ばかりなので、実権は主事、または庶務課長の諸戸吉彦《もろとよしひこ》にあった。女は女なりに、男は男でこの団体の内部を野心の巣にした。


雑誌部の仕事の性質と、自身の気質の上から、朝子はそれ等の外交や政治に関係出来なかったが、目につくことは多くあった。

社会事業の一として、内職に裁縫をさせていたが、工賃は市価よりやすかった。ちょっと不出来な箇処《かしょ》は何度でも縫いなおさせた。

「それじゃ、つまり、いくらでも払える人に、やすいお仕立物どころをこしらえて上げてるわけね。裁縫学校じゃない、内職なんだから、もう少しどうにかするのが本当ですよ」

朝子は、初めの時分、そんなことも云ったが、永年そこで働いている園子は、女学校長のように笑いながら、

「そんなこと云っちゃ、何も出来ませんですよ。これだってないより増しなんですから」

と、とり合わなかった。社会事業全般、ないより増しの標準でされているらしかった。

川島が叱られたということ、それも、この働き会の方に関係していた。

W大学へ通いながら、庶務に働いている川島が宿直のとき、小使室で、働き会の小谷という女としゃべっていた。そこへ、諸戸《もろと》が外から帰ってきて、翌日川島を呼び

つけ酷《ひど》く詰問したのであった。

川島は、小心そうに眉《まゆ》の上に小皺《こじわ》をよせ、

「びっくりしちまった、――とても憤慨して罷《や》めさせそうなことを云うんだもん」

と苦笑した。

「一体何時頃だったの?」

「八時頃ですよ」

伊田が朝子に、

「小谷さんて人、知りませんか」

と訊《き》いた。

「さあ……河合さんなら知ってるけれど」

「ふ、ふ、ふ」

伊田も川島も笑った。

「――色白な人で……幾つ位だい? もうよっぽど年とってるんだろう?」

「三十位なんだろう」

弱気らしく川島が答えた。

「何でもないなあ、解《わか》ってるんだけれど……その時だって。話しでもすると思って、いやな気がしたんだろう」

「この頃馬鹿にやかましくなっちゃったね、こないだ矢崎さんもやられたらしいよ」

朝子は、

「でも、諸戸さん、一種の性格だな」

と云った。

諸戸は、女房子供を国許《くにもと》に置き、一人東京で家を持っていた。まるで一人暮しなのに、家の小綺麗《こぎれい》なことは評判であった。現在彼等で経営主任のようなことをしている、そして将来彼のものになるだろう或る女学校長とは特別な関係で、半ば公然の秘密であったが、諸戸は近来、働き会の方の河合という女といきさつがあった、もう一人そう云う人が働き会の中にある。そんな状態であった。のほほんで、その河合と連れ立って帰るようなこともするのに、時々川島の場合のようにぶざまな痙攣《けいれん》的臆病を現すのであった。

「気のいいところもある人なんだから、あなた、ただ叱られていずに、ちゃんと自分の立場を明かにして置くといいんですよ」

朝子は川島に云った。

「こちらがしゃんとして出れば、じき折れる人なんだから」

「憤《おこ》ると、でも怖いですよ」

川島は、いかにも学生らしく、眼を大きくした。

「とてもでかい声で『君！』ってやられると、参っちゃうな。云うことなんか忘れちゃう」

「だから、あなたがそれよりもっとでかい声で『何でありますか！』って云えばいいのよ」

多分、相原の口添えで、川島を罷めさせることは中止になったらしいと云うことだった。相原は、諸戸と同郷で、ころがり込んでいるうち、府下のセットルメント・ワークを任され、今では一方の主になっている男であった。伊田と川島は異口同音に、

「――相原氏の方があれでましでしょう」

と云った。

「男らしい点だけでもましじゃないですか」

「今度だって、諸戸《もろと》氏、直《じ》き廊下であったら、やあ、なんて先から声をかけるんだよ。とてもお天気やだね。何が何だか分りゃしない」

「相原さん、諸戸さんにゃ精神的欠陥があるんだって云ってました」

朝子は、段々いやな心持になって、

「もうやめ！　やめ！　こんな話」

と云った。

「第一相原さんが諸戸さんについて、そんな風にあなたがたに云えた義理ではない筈ですよ。葭町《よしちょう》の芸者とごたごたがあった、その借金の始末だって諸戸さんにして貰ってるそうだし……第一、今の地位を作ってくれたのが諸戸さんじゃありませんか」

「――そうなんですか」

「こないだ、将来、万事は自分が切り盛りするらしい口《くち》吻《ぶり》でしたよ、でも……」

「若《も》し、相原氏が、反諸戸運動を画策してるんだったら、私は見下げた男だと思う」

朝子は、亢奮《こうふん》を感じた顔付で云った。

「諸戸さんにだって、卑怯《ひきょう》なところもけちなところもあるが、一旦《いったん》自分の拾った者はすて切れないというところがあります。そうしちゃ、飼犬に手を咬《か》まれているんだけれど」

諸戸は弱気で、どこか器のゆったりしたところがあり、相原は表面豪放そうで、内心は鼠《ねずみ》の歯のように小さくて強い利己主義者であった。相原を食客に置いた時分から、十年近く、そういう気質の違いや、共通の利害が諸戸にとって微妙な心理的魅力であると見え、少なくとも表面、相原は不思議な感化を諸戸に持っているのであった。

彼等はトランプをしたり、朝子が最近買ったフランス

の画集を観たりして、十一時近く帰った。玄関へ送って出ながら、朝子は冗談にまぎらして云った。

「まあ、なるたけお家騒動へは嘴《くちばし》を入れないことね。私共の時代の仕事じゃないわ」

六

朝子が、買物に出ようとして玄関に立っていた。日曜であった。そこへ大平《おおだいら》が来た。

「――出かけるんですか」

彼は洋杖《ステツキ》をついたまま、薄すり緑がかって黄色いセルを着た朝子の姿を見上げた。

「一人？――もう一本は？」

幸子《こうこ》と自分のことを、朝子は御神酒徳利《おみきどくり》と綽名《あだな》していた。

「本とお話中でございます。――でも直《す》ぐかえりますから、どうぞ……お幸さん道楽の方らしいから大丈夫よ」

朝子は草履《ぞうり》をはき、三和土《たたき》へ下りて、

「さ」

大平と入れ換わるようにした。

「――どの辺まで行くんです」

「ついそこ――文房具やへ行くの」

「いい天気だから、じゃ私も一緒に行こうかな」

「そう？――」

そこに女中がいた。頭越しに朝子は大きな声で、

「ちょっと」

と幸子を呼んだ。

「大平さんがいらっしゃってよ。ここまで来て」

幸子《こうこ》が出て来た。

「何さわいでいるのさ」

「どうも声がそうらしいと思った」

「大平さんも外お歩きになるんですって。あなたも来ないこと？　少し遠くまで行って見ましょうよ」

「来給《きたま》え、来給え、本は夜読める」

「本当にいい天気だな」

幸子は、瞳をせばめ、花の終りかけた萩《はぎ》の上の斑《まだ》らな日光を眺めていたが、

「まあ、二人で行っといで」

と云った。

「外もいいだろうが、障子《しょうじ》んなかで本よんでる心持もなかなか今日はわるくない」

大平と連立ち、朝子は暫くごたごたした町並の間を抜

け、やがて雑司ケ谷《ぞうしがや》墓地の横へ出た。秋はことに晴れやかな墓地の彼方《かなた》に、色づいた櫟《くぬぎ》の梢が空高く連っているのが見えた。線香と菊の香がほんのり彼等の歩いている往来まで漂った。石屋の鑿《のみ》の音がした。

彼等は、電車通りの文房具屋で買物をし、菓子屋へよってから、ぶらぶら家へ向った。

「――十月こそ秋ね……お幸さんも来ればよかったのに」

「住まずに考えると、ちょいとごみごみしているようで、小石川のこちら側、なかなか散歩するところがあるでしょう」

「古い木があるのもいいのよ」

大平は、やがて、

「このまんま戻るの、何だか惜しいなあ」

と、往来で立ち止った。

「どうです、ずうっと鬼子母神《きしぼじん》の方へでも行って見ませんか」

「そうね――そして、またあのお蕎麦《そば》たべる?」

去年の秋、幸子と三人づれで鬼子母神の方を歩き、近所の通りで、舌の曲る程辛い蕎麦をたべた。

「ハッハハッ、よほど閉口したと見えて、よく覚えてるな――本当に行きませんか。さもなけりゃ、私んとこへこのまま行っちゃって、御馳走をあなたに工面して貰ってから幸子君を呼ぶんだ」

その思いつきは朝子を誘った。

「その方が増しらしいわ……でも、お幸さん心配することね」

「なあにいいさ！　本読ましとけ。――心配させるのも面白いや」

「――ここにいりゃ何でもないのに」

「いたら、まいてやる」

大平は、いやに本気にそれを云った。

朝子は、家の方へ再び歩き出した。大平も、自分の覚えず強く発した語気に打たれたように暫く口をつぐんで歩いた。

桃畑の角を曲ったら、門の前を往ったり来たりしている幸子の姿が見えた。朝子は、その姿を遠くから見た瞬間、自分達が真直《まっす》ぐ還って来たことを心からよろこんだ。

「お待ち遠さま」

「何だ！　それっくらいなら一緒に来りゃいいのに」

大平が渋いように笑った。

「君が案じるって、敢然と僕の誘惑を拒《しりぞ》けたよ」

「ふうん」

先立って門を入りながら、幸子《こうこ》は、気よく、少し極《きま》りわるそうに首をすくめ、

「――今どこいら歩いているだろうと思ったら、自分も出たくなっちゃった」

茶を飲みながら、朝子は大平が往来で提議したことを話した。

「――頼みんならない従兄《いとこ》よ、あなたがいれば、まいちゃうっておっしゃるんだから」

「そうさ、素介《もとすけ》という男はそういう男なの、どうせ。――アッペルバッハが、ちゃんと書いている」

幸子は、さっぱりした気質と、その気質に適した学問の力とで釣合よく落つきの出来た眼差《まなざ》しで朝子と素介とを見較《みくら》べながら云った。

「従兄の悲しさに、あんたも私も、どうもサディストの型《タイプ》に属するらしいね。アッペルバッハの新しい性格分類法で行くと。だから、マゾヒストの型で徳性の高い朝っぺさんにおって貰って調和よろしいという訳さ。私なんか、同じサディストでも、徳性が高いからいいけれど、この素介なんぞ――」

「――君に解ってたまるもんか。――第一そのアッペル何とかいうの、ドイツの男だろう？　ドイツ人の頭がいいか悪いかは疑問だな。フランス人の警句一つを、ドイツ人は三百頁《ページ》の本にする。そいだけ書かないじゃ、当人にも呑込《のみこ》めないんじゃないかな」

「頭のよしあしじゃない、向きの違いさ」

アッペルバッハの説は、マゾヒスト、サディストの両極の外に男性的、女性的、道徳性、智能性その他感情性などの分類法を作り、性能調査の根底にもするという学説であった。朝子は、

「政治家になんか、本当にサディストの質《たち》でなけりゃなれないかもしれない」

と云った。

七

夕方近く、幸子が教えたことのある末松という娘が、も一人友達と訪ねて来た。何か職業を見出してくれと云うのであった。

「経済上、仕事がなけりゃ困るんですか」

「いいえ、そうではありませんけれど……」

「家に只《ただ》いても仕方がないというわけですね――で？

どんな仕事がいいんです？……何に自信があるんです？」

　末松は、並んでかけた椅子の上で、友達と互に顔を見合わせるようにし、間が悪そうに、

「何って……別に自信のあるものなんかありませんけれど——、若《も》し出来たら、雑誌か新聞に働いて見たいと思います」

「そういう方は、ここにいる朝子さんに持って行けば、何かないもんでもないかもしれないけれど……ジャアナリストになるつもりなんですか？　将来」

　そこまで考えてはいなかったと見え、娘達は身じろぎをして黙り込んだ。幸子は、自分まで工合わるそうに微笑を顔に浮べ、暫く答を待っていたが、やがて学生っぽい調子で、

「——その位の気持なんなら、却《かえ》って勉強つづけていたらどうなんです」

と云った。

「ひどい不景気だから、きっといい口なんぞありませんよ。あったにしろ、そんな口にはあなたがたより、もっと、今日生きるに必要な男が飛びついています」

　不得要領《ふとくようりょう》で二人が帰った。窓際へ椅子を運び、雑誌を繰りながらそれ等の会話をきいていた大平が、体ごと椅子をこちらへ向け、

「ふうわりしたもんだな」

　好意と意外さとをこめて、呟《つぶや》いた。

「会社に働いている連中も、ああいう娘さん達のワン・オブ・ゼムか」

「簿記や算盤が達者なだけ増しかもしれない」

「然し、変ったもんだなあ」

　大平が、真面目な追想の表情を薄い煙草《たばこ》色の細面《ほそおもて》に現わして、云った。

「とにかく、相当教育のある連中が、脛《すね》かじりを名誉としなくなったんだからなあ。青年時代の熱情には、経済観念が、全然なかった。今の令嬢は、独立イクォル経済的自立と、きっちり結びつけているんだから油断ならない」

　そして、彼は持ち前の、ちんばな、印象的な眼で、

「ここにも現に一人いらっしゃるが……」

と、朝子の顔を見て笑った。

「同じ判こをついて廻す帳面でも、中に、例えばまあ、あさ子なんて小さい印があるとちょっと悪くないな」

　幾分照れ、朝子は、

「じゃ、私女学校の先生に世話して上げるわ」

と云った。

「そうしたら、右も左もボンヌ・ファム（美人）ばかりよ」

大平は、直《す》ぐそれをもじって、皮肉に、

「ボーン・ファーム（骨ごわ）？」

と訊《き》き返した。

朝子は、別に笑いもせず大平の顔をみていたが、やがて云い出して、

「ね、お幸《こう》さん、どう？　私この頃懐疑論よ。働く女のひとについて。女権拡張家みたいに呑気《のんき》に考えていられなくなったわ」

「ふうむ」

「自分の職業なら職業が、人生のどんな部分へ、どんな工合に結びついてるか、もう少し探究的でなけりゃ嘘なんじゃないのかしら。ただ給料がとれていればいい、厭んなったらその職業すてるだけだ。それじゃ、つまり女も男なみに擦れて、而《しか》も、彼等より不熟練で半人前だというのが落ちなんじゃないの」

「女性文化なんてことは、そこが出発点だね」

大平が言葉を挟んだ。

「然しね」幸子《こうこ》が寧《むし》ろ大平に向って云った。

「女性文化必ずしも、女は内にを意味しやしないからね。――あなたも知ってる、ほら日野、東北大学のあのひとの奥さん、もう直《じ》き立派な女弁護士ですよ」

「変てこな表現だけど」

ちょっと笑い、朝子が、

「私のは、超女性文化主義よ」

と云った。

「その奥さんの方、きっと、男の弁護士が利益の寡《すくな》い事件に冷淡だったり、自分の依頼者を勝たせるためには法網《ほう》《もう》を平気でくぐったりするのに正義派的憤慨で、勉強をお始めんなったのよ。また、女が罪を犯す心理は、女に最も理解される、そこまでが女性文化じゃない？　謂《い》わば。それなら、自分が楯《たて》にとったり、武器にしたりする法律というものはどんなものか。どんな社会がこしらえたか。社会とはどんなものか。理窟《りくつ》っぽいみたいだけれど、この頃、自分の職業でも、追いつめて行くと、何だかそこまで行っちまうのよ」

「――つまり我等如何《いか》に生くべきか、と云うことだね」

朝子は、不安げな、熱心な面持《おももち》で大平に合点した。

「だからね、私だって、ただ月給九十円貰《もら》って、あてが

われた雑誌の編輯が出来るだけじゃ、生きてもいないんだし、職業も持ってるんじゃないのよ――どんな雑誌を何故《なぜ》編輯するのか、そこまではっきりした意志が働いて、やっと人間の職業と云えるんだろうけれど……」

大平が、例の目から一種鋭い、朝子を嘲弄《ちょうろう》するのか自分を嘲笑《あざわら》うのか分らない強い光を射出しながら呟《つぶや》いた。

「――朝子さんのお説によると、じゃあ、我々会社員の仕事なんていうものは、要するに月給を引き出す石臼《いしうす》廻しみたいなもんかな」

彼の微《かす》かな皮肉を正直に受け、朝子は非常に単純に、

「そうかも知れないのよ」

と答えた。

やがて、朝子は生来のぴちぴちした表情をとり戻して、云った。

「私、何、働いて食っているぞって、実はちょっと得意でなくもなかったんだけれど、どうも怪しくなって来たわ、この頃。今に私が本当に自分の雑誌創ったら、大平さん読者になって頂戴《ちょうだい》」

これは実際問題として、朝子の心に育ちかけていることなのであった。

幸子《こうこ》は机に向って、明日の講義の準備をしていた。こちらで、大平は朝子と低声《こごえ》で話していた。朝子は、編物を手にもっていた。

「だれの?」

「甥《おい》の――わるくないでしょ? この色――」

「いつか往来で会った坊ちゃんですか」

「ああ、お会いになったことがあるのね」

幸子が、それを小耳に挟んで机に向ったまま、

「だれに会ったって?」

と大きな声で云った。

「健ちゃん」

暫く幸子のペンの音と、竹の編棒の触れ合う音ばかりが夜の室内を占めた。そのうるおいある静けさが、彼の心にしみ入ったという風に、大平がうつむいている朝子の髪の辺を見ながら呟《つぶや》いた。

「丁度こんなときもあったんだろうなあ」

朝子が、死んだ夫と暮していた生活の中に、今夜のような家庭的な情景もあったであろうという意味を、朝子は感じた。彼女は淡い悲しみを感じ、黙った。同時に大平の心の内にも、それにつけて自《おのずか》ら思い出される何事もその妻との間にないと、どうして云えよう。そう、朝子は思った。彼女はこれまでも、大平の去った妻について

は、自分の趣味と遠慮から進んで一言も触れなかった。

今も、朝子は黙ったまま、小さいスウエタアの一段を編み終った。片手で、畳に落ちている毛糸玉から、更に糸のゆとりを膝《ひざ》の上へたぐりあげ、向きをかえて編みつづけようと、朝子が椅子《いす》の上で、少し胸を伸ばした。そのはずみを捕えたように、

「あなたは変ってるね」

大平が云った。

「あなた、本当にまた細君になる気持はないんですか」

「あなたはいかが?」

「ふーむ」

大平はうなって、然しはっきり云った。

「ないな」

よほど間を置いて、

「それが、だが自然なんだろうな、一方から云えば」

大平は椅子の腕木に片肘《かたひじ》をつき、その上へ頬杖《ほおづえ》をついていた姿勢を改めて、腕組みをした。彼はそのままやや久しく沈吟していたが、急にその顔を朝子の方へ向け、

「まさか発菩提心《ほつぼだいしん》という訳じゃありますまいね」

「そんなことありゃしないわ。ただ……」

「なに?」

「……私の心持ん中で、もう結婚生活、すっかり完結《コムプリート》した気がするのよ。また、同じことを別にして見たいと思わないだけ」

彼等は、幸子の邪魔にならないように、初めっから小声で話していたが、このとき、朝子は異様な閃光《せんこう》が、大平と自分との低い、切れ切れな会話の内に生じているのを感じた。変に心を貫通する苦しい心持で、彼女は身動き出来なかった。大平は、一層低い声で、正面を見据えたまま、やっと聞える位に云った。

「――変りもん同士で、面白くやってゆけると思うんだがな……自由に……」

――朝子の編棒は、同じように動いている。彼女は黙っている。大平も黙ってしまった。突然、幸子が机から、

「えらく静かだな」

と云った。

「何してるの」

「うむ……」

「さあ、もう一息ですみますよ」

気を入れなおし、机にこごみかかった幸子の背なかつきを見て、朝子は愕然《がくぜん》として気になった。彼女は、幸子

がそこにいるのを知りながら忘れていた瞬間の長さ、深さが、幸子に声をかけられ、初めて朝子の意識にのぼったのであった。非常に幸子と無関係などこへかへ心が去っているようで、そのままでは、ふだんの位置に置いて幸子を認識するのにさえ困難を覚える。そんな気持だった。

この覚醒は、実に我ながらの愕《おどろ》きで朝子を打ち、彼女は、今幸子に振りかえられては堪《たま》らない心持になった。彼女は、ぼんやり燃えるような顔をして、部屋を出てしまった。

「おや、いなかったの！」

幸子の意外そうな声が、こちらの室《へや》で鏡の前に佇《たたず》んでいた朝子のところまで聞えた。

八

翌日、朝子は、編輯所《へんしゅうじょ》へ出かけて行った。

事務をとっている間にも、時々、昨夜の、心を奪われた異様な感じが甦《よみがえ》って来た。その度に朝子は一時苦しい気持になった。歓《よろこ》びで胸がわくわくする、そんな切なさではなく、真直《まっす》ぐに立っている朝子を、どこからか重く、暗く、きつく引っ張る、その牽引《ひっぱり》の苦しさであった。

三時頃、庶務にいる男が、

「——諸戸《もろと》さん、亀戸《かめいど》ですか」

と入って来た。

「さあ、知らないね」

「白杉《しらすぎ》さん、今朝お会いになりましたか」

「文部省へ行くとかってお話でしたよ」

「——文部省へ？　何かあるのかしら……」

矢崎が、冷淡なような、根掘り葉掘りのような口調で聞き出した。

「どうしたんだね」

「新聞社から来たんですよ」

「××じゃないのかい？」

団体に出入りする、諸戸の子分のような記者があるのであったが、その男が告げた名はその社ではなかった。

「へえ……」

矢崎は、不精髯《ぶしょうひげ》の短かく生えた口をとがらせ、考えていたが、

「呼んだのかい」

と云った。

「売り込みさ、——また、ここの資金をこっそり学校の

方へ流用している事実があるとか何とか云って来たらしいんだ」

「誰が会ったんだ」

「鈴本さん——そんなこと絶対にないと思うって熱心にやってましたよ」

矢崎は、それぎり黙り込み、仕事をしつづけたが、彼の様子を見ると、朝子は、矢崎がそのことについて全然知らぬではないと感じられた。そんなことに無関係な朝子さえ、とっさにそんな事実はあるまいと思えず、漠然疑いを抱く。その程度に、団体内部の空気は清潔でないのであった。

程経て、朝子が廊下を行くと、向うから諸戸が、ひどく急ぎ足にやって来た。朝子はちょっと会釈した。平常《ふだん》なら、二言三言口を利くところを、彼は殆《ほと》んど朝子をも目に入れなかった風で、角を曲ろうとした。

小使が、草履《ぞうり》を鳴らし、それを追った。

「あの、自動車は直《す》ぐ来させましてよろしゅうございますか」

角を曲る急な動作でモウニングの尾を煽《あお》るようにしながら、左手を後へ振り、諸戸は、

「直ぐ！　直ぐだ」

叫ぶように命じた。

その廊下の外に、一本の石榴《ざくろ》の木が生えていた。このような公共建築の空地に生えた木らしくいつも徒花《あだばな》ばかり散らしていた。珍しく、今年は、低い枝にたった一つ実を結んだ。その実は落ちもせず、僅《わず》かながら色づいて来た。がらんとした長廊下や、これから相原に会い、買収策でも講じるであろう諸戸の周章《しゅうしょう》した後姿、風に動く草まで、総《すべ》て秋　蕭々《しょうしょう》と細長い中に、たった一つ石榴の実は円《まる》く重そうで、朝子に何か好もしい感じを与えた。

朝子は立止って、秋風の午後に光る石榴をながめた。

締切りで、毎日編輯所に用がある。

朝子はこれ迄と方針を変え、同じ沈滞した雑誌にも幾分活気を与えるため、経済方面の記事、時事評論など加えることにした。そのためにも用事が殖《ふ》えた。朝子は、仕事に一旦《いったん》かかると、等閑《なおざり》に出来ない気質を現わして働いた。

ほんの一時的な火花で、神経が疲れていたせいだという位に考えていた、先夜の、大平《おおだいら》との感覚は、思いがけずいつまでも朝子の心に影響をのこした。編輯所で手が空き、窓から濠《ほり》の景色を眺めている。浅く揺れる水の面に、石垣とその上の芝との倒影がある。水に一《ひと》しお柔か

な緑が、朝子の活字ばかり見ていた眼に、休安を与える。微《かす》かなくつろぎに連れ、そんなとき、朝子の心に、例の引っぱりが感じられた。引っぱりは、依然重く、きつく、暗かった。然しその暗さは、精神上の不幸のように心から滲《にじ》み出して、眼で見る風景までを黝《くろず》ませる種類のものではなかった。緑はどこまでも朗らかな緑に、日常のすべてのことは昨日、今日、一昨日そのまま純粋に感じられる。それ等とまるで対立して一方に暗い引っぱりと、それに牽《ひ》かれて傾く心の傾斜とを感じているのであった。片側ずつ、夜、昼と描き分けられた一面の風景画のような心であった。言葉にすれば『苦しいぞ、だが、なかなか悪くない』朝子はそんな心持で、切ない自分の心の、二重の染め分けを眺めた。

朝子が、夫を失ったのは二十四のときであった。彼女は近頃になって、元知らなかった多くのことを、男女の生活について理解するようになった。彼女の中に、半開であった女性の花が咲いた。

若《も》し今まで結婚生活が続いていたら、自分はこのように細かに、何か木の芽でも育つのを見守るように心や官能の生長を自分に味うことが出来たであろうか。朝子はよくそう思い、世間並に考えれば、また当時にあっては、朝子にとっても大きな不幸であった不幸を、ただ不運とばかりは考えなかった。女一人の生長。——自然はその女が夫を持っていようといまいと、そんなことに頓着《とんちゃく》はしていない。時が来れば、花を咲かせる。——自然は浄《きよ》きかな——

然し、朝子は大平を愛しているのではなかった。彼のは、朝子が再び結婚を欲しない意味とは全然違う。ただ面倒くさい位の心持から、消極的自由を保っていることも判っていた。彼にすれば、悪い心持はせず一年余知り合った朝子が、ひとりで、自由で、ちょっと面白くなくもなさそうなのに不図《ふと》心づき、何か恋心めいたものを感じたのであろう。

朝子にとっても、ぼんやり幸子《こうこ》の従兄《あに》として見ていた大平が、一人の男としてはっきり現われた点は同じであった。けれども、細かく心持を追ってゆくと、朝子にとって魅力あるのは大平という人自身ではなかった。大平があの夜以来、朝子の心の内にかき立てた感覚が、朝子を牽《ひ》っぱるのであった。

その意識は、桃畑の前の小さな家で、静かに幸子と話したりめいめいがめいめいの仕事をもちよって一つ灯の許《もと》にいる夜など、特に明瞭《めいりょう》に朝子の心に迫った。

朝子は、幸子を愛していた。彼女は幸子のどんな些細《ささい》な癖も知っていたし、欠点も、美しき善良さをも知っていた。幸子が癇癪《かんしゃく》を起し、またそれが時々起るのであったが、とても怖い顔をして朝子に食ってかかる。そのときの、世にも見っともない幸子の顔付を思い出してさえ、朝子は滑稽《こっけい》と幸福とを感じ、腹から笑うことが出来た。

大平について、自分はそのような、何を抱いているだろう！

朝子は、自分の感情に愕《おどろ》きつつ考えるのであった。幸子といて、互に扶《たす》けつつ生活を運んで行くことに、朝子は真実の不平や否定の理由を心のどこにも持っていなかった。

それだのに、その熱い力は異様に牽《ひ》きつける。真空のように吸いよせる。朝子の全身がそこへ向ってひたすら墜落することを欲した。その発作のような瞬間、朝子は自分の肉体の裡《うち》で、大きな花弁が渦巻き開き、声なき叫びで心に押しよせるように切なく感じるのであった。

或る午後、幸子が長椅子《ながいす》で雑誌を読んでいる縁側に籐《とう》椅子を出し、朝子が庭を眺めていた。隣家の生垣《いけがき》の際に一株の金木犀《きんもくせい》があった。やや盛りを過ぎ、朝子の方に庭土の上へまで、金柑《きんかん》色の細かい花を散り敷いてその涼しい香《か》を撒《ま》いていた。その香は秋の土の冷えの感じられる香であった。

朝子は、昼過、印刷屋から帰ったところであった。そこで年とった女工が、隣室で、

「ねえ、源《げん》さん、組合ってあるんだってね、そこへ入ると毎月二十銭だか会費納めるんですってねえ」

「はあ」

「そいで何だってえじゃあないの、どっかの工場でストライキでもすると、皆でお金出し合ってすけてやるんだってね」

「へえ」

「いくらでも出さなくちゃならないのじゃ、困っちゃうね」

源さんと呼ばれた男が、気なさそうに、

「ええ」

と返事した。そんなことを、元気に幸子に喋《しゃべ》ってきかせた。

朝子の黙り込んだのを、幸子はただ疲れたのだと思ったらしい。長椅子《ながいす》の横一杯に脚をのばし、読んでいる彼女の楽な姿勢を、朝子は凝《じ》っと見ていたが、突然顔と頭を、いやいやでもするように振り上げ、

「ね、ちょっと、私二つに裂けちゃう」

小さい、弱々しい声で訴えた。

「何云ってるのさ」

膝《ひざ》の上へぽたりと雑誌を伏せ、笑いかけたが、朝子の蒼《あお》ざめた顔を見ると、幸子は、

「——どうした」

両脚を一時に椅子から下した。

「ああ二つんなっちゃうわよ、裂けちゃう」

朝子は背中を丸め、強い力で幸子の手を摑《つか》まえて自分の手と一緒くたにたくしこんで、胸へ押しつけた。

「どうした、え？　これ！」

幸子は、駭《おどろ》いて、背中を押えた。

「口を利いて！　口を利いて！」

朝子は、涙をこぼしながら、切れ切れに、

「暗い瞬間《ダアク・モウメント》！——暗い瞬間！」

と囁《ささや》いた。

九

転退を欲する本能、一思いに目を瞑《つぶ》って墜落したい狂的な欲望、そういうものだけが、やがて朝子の心の中に残った。それ等の欲望が跳梁《ちょうりょう》するとき、常に仲介者として、太平《おおだいら》の存在が、朝子の念頭から離れぬ。朝子は、自分に信頼出来ない心持の頂上で、その日その日を送った。生活はほんの薄い表皮だけ固まりかけの、熱い熔岩《ようがん》の上に立ってでもいるように、あぶなかった。

幸子《こうこ》の姉で、山口県へ嫁入っている人があった。春、葡萄状鬼胎《ぶどうじょうきたい》の手術を受けてから、ずっとよくなかった。最近容体の面白くない話があったところへ、或る日、幸子の留守、電報が来た。幸子が帰って、それを見たのは四時頃であった。

「こりゃ行かなくちゃならない」

「勿論《もちろん》だわ」

「旅行案内、私んところになかったかしら」

朝子は、今独りにされることは恐しくなって来た。幸子が帰って来る迄に、自分は今の自分でなくなってしまっている。——そんな予感がした。

朝子は、

「私も行っちゃおうかしら」

と云った。

「一緒に？」

「うん」

「そりゃ来たっていいけど……」

幸子は、旅行案内から眼をあげ、

「駄々《だだ》っ児《こ》だな。まだ雑誌も出ないじゃないの」

と苦笑した。

「駄目だ、仕事を放っちゃいけない」

校正がまだ終っていなかった。然しそれはどうにもなることであった。暫く考えた後、朝子は、

「私、行く」

と、椅子から立ち上った。

「今独《ひと》りんなると碌《ろく》なことをしないにきまってる。いやだわ」

幸子には、いい意味でぼんやりなところがあり、朝子の動揺している心持を知っていても、実感としては、わからないらしかった。彼女は、

「いなさい、いなさい」

いかにも年長らしくきめつけた。

「そんなこって、どうするのさ」

それから間に合う汽車は九時十五分であった。幸子は手鞄《てかばん》に遽《あわただ》しく手廻りものをつめながらまた云った。

「第一、私の旅費さえかつかつなんだもの」

銀座で見舞物を買ったりしているうちに、朝子は、変な不安から段々自由な心持になった。

幸子のいないのもよい。自分の前後左右を通りすがる夥《おびただ》しい群集を眺めながら、朝子は思った。自分も苦しいなら苦しいまんま、この群集の一人となって生きればよいのだ。どんなに苦しくても、間違っても、人間の裡《うち》にあればこそだ。

ところどころの飾窓の夜の鏡に、ちらりと、自分の歩いている姿が映った。その自分を、内心で刺している苦しさや、一瞬同じ灯《ひ》に照らされ鏡にうつる様々な顔、ネクタイの色などに、朝子は暖い感情を抱いた。

外国へ出発する名士でもあると見え、一等寝台の前で、熾《さかん》にマグネシウムの音がした。幸子の乗った車室の前のプラットフォームには、朝子の他四五人の男女がいるだけであった。窓から半身外へのり出し、幸子が訊《き》いた。

「大丈夫？」

朝子は、頰笑《ほほえ》んで合点した。

「本当に？」

「本当に。——大丈夫でなくたって、大丈夫と思っちゃった」

「何のことさ、え？　何のこと？」

「いいのよ、安心して」

「着いたら電報打つけど、若《も》し何かあったら」

何心なく云いかけ、驚いて止めた拍子に、幸子は赤い顔をし、口に当てた掌《て》のかげで舌を出した。朝子は、

「莫迦《ばか》ね」

薄笑いしたが、段々おかしく自分もしまいに声を出して笑った。幸子は習慣的に、大平に頼めと云いかけたのであった。

列車が動き出す、万歳《ばんざ》アーイという声がプラットフォームの二箇所ばかりで起った。

カーブにつれて列車が蜒《うね》り、幸子の振る手が見えなくなってから、朝子は歩き出した。すると、人ごみの中から、

「――しばらく」

太いフェルト草履《ぞうり》の鼻緒をそろえて、挨拶した者があった。

「まあ――」

朝子と、同級の中では親しい部の富貴子《ふきこ》であった。

「来てらしたの？　この汽車？」

富貴子は、ずば抜けて背の高い肩の間へ、首をちぢめるような恰好をした。

「母の名代《みょうだい》を仰《おお》せ付かっちゃったの」

車寄せへ出ると、

「あなた、真直《まっす》ぐおかえり？」

洒落《しゃれ》た紙入れを持ったクリーム色の手套《てぶくろ》のかげで、時間を見ながら富貴子《ふきこ》が訊いた。

「――何だかこのまんまお別れするの厭ね、……銀座抜けましょうか」

「私かまわないけれど――いいの？　あなたんところの小さい方」

「いいのよ」

富貴子は朝子の手を引っぱって歩き出した。

「名代《みょうだい》してやったんですもの、暫く位いいお祖母《ばあ》ちゃんになってくれたっていいわ。こんな折でもないと、私なんぞ、哀れよ。身軽にのし出すことも出来ないんですもの」

夫が外遊中で、富貴子は二人の子供と実家に暮しているのであった。

先刻《さっき》は幸子と新橋の方から来た、同じ通りを逆の方向から、今度は富貴子と歩いた。富貴子は、

「あ、ちょっと待って頂戴《ちょうだい》」

と云って、途中で子供のために手土産《てみやげ》を買った。そうかと思うと、呉服屋の陳列台の間を、ペーブメントの連続かなどのようにぐるりと通りぬけたりした。朝子は女学

校時代のまんまの気持で、ずっと母となった富貴子の態度に、好意を感じた。糸屋の飾窓に、毛糸衣裳《いしょう》をつけた針金人形が幾つも並んでいた。朝子はその前へ立ち止った。

「ちょっと——いらないの？」

「なあに——まさか！」

二人は、珈琲《コーヒー》を飲みによった。友達の噂のまま、

「結局一番いいのは、あなたなのよ、朝子さん」

断定を下すように富貴子が云った。

「私みたいに一時預け、全く閉口。預ってる手前っていうわけか、いやに遠廻しの監視つきなんですもの」

「それも、もう十月《とつき》の辛抱でしょう！」

顎《あご》をひき、上眼を使うようにして合点したが、富貴子は急に顔を耀《かがや》かせ、

「そりゃそうと、あなたの方、どうなのよその後」

と云った。

「何が」

「いやなひと！　相変らず？」

「相変らずよ」

「——うそ！」

「どうして？　私はあなたと違って正直に生れついているのよ」

「だって……ああ、じゃあ、そうなの、やっぱりあなたは偉いわね」

およそその意味が想像され、朝子はぼんやり苦笑を浮べた。すると、云った方の当人が、今度はそれを感違いし、意外らしく、胸まで卓子《テーブル》の上へのり出して、逆に、

「——そう？　大道無門？」

と小声で念を押しなおした。

朝子はそうなると、なお笑うだけで、パイをたべていたが、

「モダンだって幾通りもあるんじゃないの——少し話は違うけれど」

と云った。

全く、個人的に自己消耗だけ華々しく或は苦々しくやって満足している部と、それが一人から一人へ伝わり、或る程度まで一般となった現代の消耗が身に徹《こた》えて徹えてやり切れず、何か確乎《かっこ》とした、何か新しいものを見出さなくてはやり切れながっている人たちもきっとある。朝子は自分の苦痛として、それを感じているのであった。後者に属する人は、強烈な消耗と同時に新生の可能の故に、自分を包括する。更にひろい人間は、群を忘れることが出来ない。例え、それに対して自分は無力であろう

とも忘れることは出来ない。

　朝子は、考え考え珈琲を含んだが、不図《ふと》、一杯の珈琲をも、自分達は事実に於《お》いて夥《おびただ》しい足音と共に飲んでいるのだと感じ、背筋を走る一種の感に打たれた。

　朝子は、やがてぶっきら棒のように、富貴子に訊《き》いた。

「いつか――あなたとだった？　底知れぬ深さ、っていう詩読んだの」

「さあ、……そうかしら」

　彼女等のいるボックスを、色彩ではたくようにして入って来た若い一団に気をとられ、富貴子はうっかり答えたが、

「おや、もうあんな時間？」

　自分の手頸《てくび》と、花模様の壁にかかっている時計とを見《み》較《くら》べ、富貴子は、

「大変、大変」

と、油絵で薔薇《ばら》を描いた帯の前をたたいて立ち上った。

　朝子もタクシーで、十一時過ぎ家へ着いた。

十

『明るい時』と云うベルハアランの小さい詩集がある。その中に、底知れぬ深さ、その他朝子の愛する小曲が数《あま》多《た》あった。

　帰ってから、それを読み始め、朝子が眠りについたのは二時近くであった。電燈を消そうとし、思いついて、旅行案内をとりに行った。幸子《こうこ》の汽車が、静岡と浜松の間を走っている刻限であった。

　翌日は晴れやかな日で、独《ひと》り食事などする静かな寂しさも、透明な秋日和《あきびより》の中では、いい心持であった。

　朝子は午後から、亀戸《かめいど》の方へ出かけた。市の宿泊所に用があった。かえりに彼女はセットルメントへ寄って見た。新たに児童図書館が設けられ、赤児《あかご》を結いつけおんぶした近所の子供が、各年級に分れた卓子《テーブル》を囲んで、絵本を見たり雑誌を読んだりしていた。托児所《たくじしょ》の久保という女が朝子を以前から知っていて、案内をしてくれた。

　彼女はリューマチスで、二階の私室で休んでいた。髪をぐるぐる巻きにして、セルの上へ袷羽織《あわせばおり》を着た久保は、やせた肩越しに、朝子を振り返り、

「私の方も見て下さい、そりゃ私、骨を折っているんですよ」

　渡廊下の踏板を越えながら云った。

「みんな若い人達ばかりで、ただおとなしく四時まで遊

ばしときさえすればいいと思ってるんだから。——そんな人の方が、またお気に入るんですからね。私喧嘩したってこうと思うことはやって貰うんです。いやな女だと思っているだろうけど、いざ子供を動かすとなると、どうしたって、そりゃ、私でなければならないことが起って来るんですからね」

　久保は、自分一人で切り廻しているように云った。そして、変質な子が一人あって、それが誰の云うこともきかない、髪をむしって暴れるようなのを、自分がこの頃すっかり手なずけた苦心を朝子に聞かせた。

　別棟になって、広い遊戯室や、医務室や、嬰児《えいじ》室があった。遊戯室の板敷に辷《すべ》り台や、室内ブランコなどあって、エプロンをかけた幼い子供達が遊んでいた。先生が、やはりエプロンを羽織って、一隅《いちぐう》に五六人の子供を寄せて、話をしてやっていた。室《へや》じゅうに明るい光線がさし込んでいた。その中で、子供のエプロンや、兵児《へこ》帯《おび》の赤や黄色が清潔な床の上にくっきり浮立って見えた。知らぬ朝子が入って行ったせいか、子供が、割合おとなしく遊んでいる。朝子は、その行儀のいいのが少し自然でないように感じた。そのことを云うと久保は、

「今、おとなし遊びの時間なんですよ」

と云った。そう云いながら彼女は、窓を見廻していたが、

「ああいますよ」

　窓際の子供達に向っておいでおいでをし、

「今村さん、こっちへいらっしゃい」

と呼んだ。若い先生は顔をあげ、子供と久保とを見たが、直ぐあちらを向いた。

「何なの、いいの、呼んで」

「かまわないんですよ」

紺絣《こんがすり》の着物を着た、頭の大きい男の児《こ》が、素足へ草履《ぞうり》をはいて、久保の傍へ来て立った。

「さ、こちらの先生に御挨拶なさい」

子供の肩へ手をかけ、自分の身に引き添えた。素直にされるままになっているが、三白眼《さんぱくがん》のその男の児が久保を愛しても、なついてもいないのは、表情で明らかであった。芸当を強いるようで、朝子は、

「およしなさいよ」

と止めた。

　久保は、去りたそうにしている児の肩を押えたまま、なお、

「今村さん、先生の云うことは何でもきき分けるわね」

などと云った。

朝子は、彼女の部屋へ戻りながら、

「子供、もっと放っといてやらなけりゃ」

と云った。

「愛想のいい子供なんて拵《こしら》えたって、下らなかないの」

久保は、家庭のない、健康のない、慰めのない、自分の生活の苦痛を、持ち前の強情さに還元して、その力で子供も同僚も押して行くらしく思えた。久保はいろいろな手段で蒐集した藤村《とうそん》の短冊など見せた。

本館の三階に、相原の部屋があった。朝子はそこで小一時間話した。

相原は、世間で重役風と形容する恰幅《かっぷく》であった。ただ笑うと上唇の両端が変に持ち上つて、歯なみよい細かい前歯と齦《はぐき》とがヒーンとすっかり見えた。その小さい口は性格的で、朝子にいい感じを与えなかった。

相原は、先頃退職した或る男の噂をし、

「どうして罷《や》めたのかね……いずれ何とかするように諸《も》戸《と》さんにも云おうと思っていたんだが」

と云った。朝子の知っている事実はそうではなかった。

「諸戸さんに、あなたが忠告なすったんじゃなかったんですか」

相原は平気で、

「ふーん、そんな風に聞えてますかね」

と云った。相原の態度と、言葉とだけで見ると、朝子の知っている事実の方が間違っていると云うようであった。

諸戸の処置を批評するようなことを云い、

「まあ、白杉《しらすぎ》さんも、一つ確《しっか》りやって下さい。今にちょっと金も出せるようになるだろうから」

などと云った。朝子は黙って笑った。しんに弱気な小野心があるので、一人一人の顔を見ているうちは、悪感情を抱かせては損という打算が働く、相原はそういう種類の心を持っているらしかった。

帰り途《みち》、朝子は人間の生存の尖端《ラ・ポアント・ド・ラ・ヴィ》というようなことを深く思った。道徳や常識、教養などその人を支える何の役にも立たない瞬間が人生にある。またそういう非常の時でないまでも、我等を取巻く常識や、道徳や、それ等の権威の失墜の間に生きて行くに、何が心のよりどころとなるであろう。何で人間が人間らしく生きて行く道をかぎ分けるかと云えば、それは、草木で云えば草木を伸び育てる大切な芽に等しい、人間の心の中にある生存の尖端によってだ。朝子は昨夜詩を読んだときにも、例えば、自体を浄《きよ》めるために結び合う！
同じお寺の二つの黄金の薔薇《ばら》窓が
ちがった明るさの炎を交《ま》じえて
たがいに貫きあうように。

　こんなに高貴で優しく美しい、深い感じを捉《とら》え得る詩人とは、どのような心であろう、と思った。彼は考えるのではない。感じるのだ。——感じるのだ。そして朝子は、その敏感な本源的な魂の触覚を、符牒《ふちょう》のような生存の尖端という言葉にまとめて思ったのである。

　自分が、放埓《ほうらつ》の欲望を感じながら、何のためにか、のめり込まずいる。それはと云えば、正気は失っても、その尖端が拒絶するからだ。

　幸子が、昨夜立つとき、

「大丈夫？」

と訊《き》いた、朝子は、ひとりでに、

「大丈夫でなくても、大丈夫だと思っちゃった」

と、捉えどころのないような返事をしたが、そうだ大丈夫ではないが、その尖端が感じ、選択し、何ごとか主張している間は大丈夫だ。その生存の尖端《ラ・ポアント・ド・ラ・ヴィ》をも押しつつむ程大きな焔《ほのお》が燃えたらどうであろう。

それならそれで、万歳だ。朝子は思いつづけた。自分は、そして、自分の生存の尖端は、その焔の央《なか》にあって我が生の歌を一つうたおう。

　朝子は、会って来たばかりの久保のこと、相原の生活、間には、新しく磨きたての磁石の針のように活々《いきいき》と光り、敏《さと》く、自分の内心に存在すると感じるものについて考え、味い、長い夕方の電車に揺られて行った。

　六時前後で、電車は混み、朝子の横も後もその日の労働を終って帰ろうとする職工、事務員などの群であった。或る交叉点で先の車台がつかえ、朝子の電車も久しい間立往生した。窓から外を眺めたら、甘栗屋《あまぐりや》があり、丁度その店頭の燈火《あかり》で、市営自動車停留場の標識が見えた。黒い詰襟服《つめえりふく》の監督らしい髭《ひげ》のある四十前後の男が、そこに立っていた。何か頻《しき》りに見ている。鏡のようだ。よく視たら、彼の手にあるのは女持ちの一つのコムパクトであった。拾ったのだろう。彼は偶然停った満員電車の中から観ている者があろうとは心づこうはずなく、そのコムパクトを珍しそうに、とう見、こう見していたが、やがて蓋《ふた》をあけ中についている鏡で自分の顔をちょっと見た。それは直ぐやめ、今度はコムパクトの方を鼻に近づけ白粉《おしろい》の匂《にお》いを嗅《か》いだ。——トラックや自転車の往き交う周囲の雑踏《ざっとう》を忘れた情景であった。
その位長く彼は嗅いだ。

宮本百合子

乳房

一

何か物音がする……何か音がしている……目ざめかけた意識をそこへ力の限り縋《すが》りかけて、ひろ子はくたびれた深い眠りの底から段々苦しく浮きあがって来た。

真暗闇《まっくらやみ》の中に目をあけたが頭のうしろが痺《しび》れたようで、仰向きに寝た枕ごと体が急にグルリと一廻転したような気がした。寝馴《ねな》れた自分の部屋の中だのに、ひろ子は自分の頭がどっちを向いているか、突嗟《とっさ》にはっきりしなかった。

眼をあけたまま耳を澄《すま》していると、音がしたのは夢ではなかった。時々猫がトタンの庇《ひさし》の上を歩いて大きい音を立てることがある、それとも違う、低い力のこもった物音が階下の台所のあたりでしている。

ひろ子は音を立てず布団を撥《は》ねのけ、裾《すそ》の方にかけてある羽織へ手をとおしながら立ち上った。染絣《そめがすり》の夜着の袖《そで》が重なるぐらいのところに、もう一人の同僚の保姆《ほぼ》タミノが寝ている。足さぐりで部屋の外へ出ようとして、ひろ子は思わずよろけた。

「なに？……あかりつけようか？」

タミノは半醒《はんせい》の若々しい眠さで舌の縺《もつ》れるような声である。

「……待って……」

泥棒とも思えなかったが、ひろ子の気はゆるまなかった。九月に市電の争議がはじまってから、この託児所も応援に参加し、古参の沢崎キンがつれて行かれてからは時ならぬ時に私服が来た。何だ、返事がないから、空巣かと思ったよなどと、ぬけぬけ上り込まれてはかなわない。ひろ子にはまた別の不安もあった。家賃滞納で家主との間に悶着《もんちゃく》が起っていた。御嶽山《おんたけさん》お百草《ひゃくそう》。そういう看板の横へ近頃新しく忠誠会第二支部という看板を下げた藤井は、こまかい家作をこの辺に持っていて、滞納のとれる見込みなしと見ると、ごろつきを雇って殴りこみをさせるので評判であった、脅《おど》しでなく、本当に畳をはいで、借家人をたたき出した。

四五日前にもその藤井がここへやって来た。藤井は角刈の素頭で、まがいもののラッコの衿《えり》をつけたインバネスの片袖《かたそで》を肩へはねあげ、糸目のたった繻子足袋《しゅすたび》の足を片組みにして、

「女ばっかりだって、そうそうつけ上って貰《もら》っちゃこっちの口が干上るからね。——のかれないというんなら、のけるようにしてのかす。洋服なんぞ着た女に、ろくなのはありゃしねえ」

いかつい口を利きながら、眼は好色らしく光らせた。スカートと柔かいジャケツの上から割烹着《かっぽうぎ》をつけ、そこに膝《ひざ》ついているひろ子の体や、あっち向で何かしているタミノの無頓着《むとんちゃく》な後つきをじろり、じろり眺めて、ねばって行った。いやがらせでも始めたか。畜生！　という気もあって、ひろ子は六畳の小窓を急に荒っぽくあけて外を見おろした。

夜露に濡《ぬ》れたトタンが月に照らされている、平らに沈んだその光のひろがりが、ひろ子の目をとらえた。見えないところで既に高く高くのぼっている月の隈《くま》ない光は、夜霧にこめられたむこうの原ッぱの先まで水っぽく細かく燦《きら》めかせ、その煙るような軽い遠景をつい目の先に澱《よど》ませて、こわれた竹垣の端に歪《ゆが》んで立っている街燈が、その下に転《こ》ろがっている太い土管をボンヤリと照し出している。夜霧にとけまじった月光と、赤黄く濁った電燈の色とは、そこで陰気な影を錯雑《さくざつ》させている。

貧しく棟の低い界隈《かいわい》の夜は寝しずまっている。ひろ子はそのまま雨戸をしめようとしたら、こっちの庇《ひさし》の下からいそいで男が姿を現した。足より先にまず顔をと云いたげに体を斜《はす》っかいに運んで二階の窓を振仰ぎながら、手をふった。細面《ほそおもて》の顔半面と着流しの肩に深夜の月は寒そうで、ひろ子は窓の奥から眼を見はったが、

「なアんだ！」

お前さんだったのかという声を出した。それを合図に待っていたらしく、寝床に起き上っていたタミノが手をのばして、電燈をひねった。俄《にわか》の明りで、タミノは眠たい丸顔を一層くしゃくしゃさせた。

「大谷さん？――何サ今ごろんなって」

寝間着の前をはだけ、むっちりしたつやのいい膝小僧を出したまんま腹立たしそうに呟《つぶや》いた。

「用事だったらまた起すから寝てなさい、よ、風邪ひくわ」

片隅によせあつめものの古くさいテーブルなどが置いてある三畳の方から、急な階子《はしご》段がむき出しに下の六畳へついている。ひろ子は暗がりの中を手さぐりでそこの十燭《しょく》をつけ、間じきりの唐紙《からかみ》ははずしてある四畳半をぬけ、流しの前へ下りた。節約で、台所の灯はつけてない。水口の雨戸の建てつけが腐っているところをコトコトやっていると、外から少しじれったそうに、

「――どれ」

と戸をひくようにした。

「駄目、駄目。こっちを先へもち上げなけりゃ」

戸があくと同時に一またぎで大谷が土間《どま》に入った。

「なるほどこれじゃ骨が折れる。却《かえ》って用心がいいようなもんだね」

そして、持ち前の毒のない調子で目をしばたたきながらふ、ふ、ふ、と笑った。

「どうしたの、今時分」

「急に頼みが出来たんだがね」

「何だか音がしたと思って見てるのに、すぐ顔を出さないんだもの」

「失敬、失敬」

大谷は首をすくめるような恰好《かっこう》をして笑いながら、

「しょんべんしてたんだ」

低い声で云って舌を出した。


大谷の用事は、ここから明朝誰か柳島の組会へ出てくれというのであった。強制調停に不服なところへ馘首《かくしゅ》公表で、各車庫は再び動揺しはじめているのであった。

「八時に、山岸って、支部長ですがね、その男を訪ねて事務所の方へ行けばいいことになっているんだ。突然ですまないけれど――頼む、ね！」

ひろ子は、髪を編下げにし、自分に合わせては派手な貰《もら》いものの銘仙《めいせん》羽織を着て揚板《あげいた》のところにしゃがんでいるのであったが、

「――困ったナ」

とバットに火をつけている大谷を見上げた。

「――亀戸《かめいど》の方から誰かないかしら。こっちは飯田さんが広尾へ出るんです」

「あっちは臼井君《うすい》にきいて貰ったんだ。錦糸堀があるんだそうだ」

「——あのひと……ききに行ったのかしら……」

妙な工合ににやつきながら、大谷を見つめるひろ子の視線をまともに受け、大谷は煙草《たばこ》を深く吸いこみながら何か前後の事情を考え合わせる風であったが、

「いや、行ってるだろう。……行ってるよ」

確信のある言勢で云った。

臼井時雄については、当人の口から元九州辺で運動に関係していたことがあると云われているばかりで、誰も確実な身元や経歴を知らなかった。いつの間にか診療所へ出入しはじめ、組合の活動に人手が足りなくなって来たら、これもまたいつの間にか、書記局の手伝いのようになった。二十四五の、後姿を見ると肩の落ちたような感じの小柄な男であった。

ひろ子は、あんまり人嫌いしない性質であったが、この臼井がニュースなど持って来て、喋《しゃべ》るでもなく、子供《たち》らと遊ぶでもなく、その辺を愚図愚図《ぐずぐず》して自分たちの立居振舞《いふるまい》を見ていられると、背中がむずついて来るような居心地わるさを感じた。いつになっても本能的に馴染《なじ》むことの出来ないところがあって、ひろ子に一種の苦しい気分を起させるのであった。臼井の云うことにはちぐはぐなこともあった。

或る席で、ひろ子が臼井に対してもっている否定的な印象を述べた時も、大谷は例によって目を盛《さかん》にしばたたき、口を尖《とが》らすようにして、あぐらをかいた膝《ひざ》の前でバットの空箱を細かく裂きながら注意ぶかく傾聴はしたが、決定的な意見は云わなかった。最後に頭を上げ、

「——調査する必要はあるね」

と云った。市電のことが起ってから、大谷は応援活動の方面での責任者となり、忙しさにまざれて調査もおそらくそのままなのだろう。臼井のことを云うひろ子と大谷との心持の間には、それだけのたたまって来ているものがあるのであった。

大谷は、土間《どま》に落した吸い殻を穿《は》き減らした下駄《げた》のうしろで踏み消しながら、

「——じゃ頼みました、八時に、山岸、ね」

「………」

ひろ子は、片腕を高く頭の上へまわして、左手でその手の先を引ぱるような困惑の表情をした。

「子供のものもらいのことがあるし——、弱ったわ、本当に」

「んー―。ひる前ですむよ。それからだっていいだろう？　もし何なら夜だっていいさ、診療所はどうせ十時までだもの」

ひろ子は、そういうやりかたでなく、もっと親たちの心持にも響いてゆくように、託児所の手不足からひろがったものもらいの始末をしたいのであった。夕方、迎えに立ちよるおっかさんの顔を見るなり、

「おっかちゃん！　六坊、きょう先生んとこへ行ったよ、目洗ったんだよ！　ちっとも痛くなんかないや！」

ぴんつくしながら子供の口からきかされれば、同じことながら母親たちが感じるあたたかみはどんなに違うだろう。

沢崎がつかまえられているからばかりでなく、特に今そういう心くばりは母親たちの託児所に対する気持の傾きに対しても大切だ。ひろ子にはその必要が見えていた。大谷がいそがしい活動の間で、そこへ迄気がつかないのは無理ないし、大体、今度の応援につれて託児所として起って来ている毎日の様々の困難は、個人的な立話で解決されることでもないのであった。

「じゃ、とにかく何とかしますから」

ひろ子は、やがて両手を膝《ひざ》に突ぱるようにしてゆっくり立ち上りながら云った。

「――今頃ふらふらして、あなた、大丈夫かしら」

「マアいいだろう、第三日曜だから。――じゃ失敬。折《せっ》角《かく》寝たところを起してすみませんでした」

元気よく外へ出かけて、大谷は、

「ホウ」

敷居をまたぎかけたなり、ひろ子の方へ首を廻《めぐ》らして、

「もうこんなだよ」

フーと夜気に向って白く息を吐いて見せた。夜霧に溶けた月光は、さっきより一層静かに濃く、寒さをまして重たそうに見えた。そこを劈《つんざ》いて一筋サッとこちらからの電燈の光が走っている。ひろ子は雨戸に手をかけた姿で、身ぶるいした。

「――重吉さんから手紙来るか？」

「もう二週間ばかり来ないわ――どうしたのかしら」

「戦争からこっちまたなかの条件がわるくなったんだナ。――会ったらよろしく云って下さい」

「ええ。ありがとう」

ひろ子はつよく合点した。そして、良人《おっと》の深川重吉の古い親友であり、現在の彼女にとっては指導的な立場にいる大谷の戛々《かつかつ》と鳴る下駄《げた》の音が、溝板《どぶいた》を渡るのをきき

澄《すま》してから、戸締りをして、二階へ戻った。

二

横丁を曲ると、羽目《はめ》に寄せて、ズラリと自転車が並んでいるのが目についた。夫々《それぞれ》うしろに一寸《ちょっと》した包をくくりつけたままで、斜《はす》かいに頭を揃《そろ》えて置いてあるのだが、その一台には、つつじの小鉢が古い真田《さなだ》紐《ひも》で念入りにからげつけてあった。

青葱《あおねぎ》の葉などが落ちている朝の往来をそっちに向って近づきながら、ひろ子は或る言葉を思い出した。その国の労働者の生活状態はその国の労働人口に比例して何台自転車をもっているかということで分る、多分そんな文句であった。今目の前に市電の連中の自転車は二十台以上も並んではいたが、スポークがキラキラしているような新しいのは唯の一台もなかった。

ガラス戸が四枚たつ入口のところへ、三々五々黙りがちに従業員がやって来ていた。入口のすぐ手前のところで立ち停《どま》ってバットの最後の一ふかしを唇を火傷《やけど》しそうな手つきで吸って、自棄《やけ》にその殻を地べたへたたきつけてから入るのがある。どっかりと上《あが》り框《かまち》に外套《がいとう》の裾《すそ》をひろげて腰をおろし高く片脚ずつ持ち上げて、いそぎもせず靴の紐《ひも》を解いているのがある。

ひろ子は足許《あしもと》の靴をよけて爪立《つまだ》つようにしながら、

「あの、山岸さん見えていましょうか」

上り端《はな》の長四畳のテーブルにかたまっている連中に声をかけた。黒い外套《がいとう》の背中を見せてあちら向に肱《ひじ》を突いていたのが、向きかえり、土間《どま》に立っているひろ子を見た。

「――オーイ、支部長いるかア」

声だけ階段口に向って振り上げた。

「おウ」

「用のひとだ」

踵《かかと》に重みをかけド、ド、ドと響を立てて誰かが降りて来かけた。折から、ゆっくり登って行った三四人と窮屈そうに中段で身を躱《かわ》し、のこりの三四段をまたド、ド、ドと小肥《こぶと》りの、髪をポマードで分けた外套なしの詰襟《つめえり》が現われた。

「やァ」

如才ない物ごしで声をかけてひろ子に近づいた。ひろ子は、大谷にきいて来たと云った。

「やア、それはどうも御苦労さんです、上って下さい」

ひろ子が靴をぬいでいる間、山岸はそのうしろに立って両手をズボンのポケットに突っこんだまま、

「大谷君、今日は見えんですか」

と云った。

「私ひとりなんですけれど……」

「いや、却《かえ》って御婦人の方が効果的でいいです。ハッハッハ」

階子《はしご》口に行きかかると、山岸が何気なく、

「じゃア……」

片手で顎《あご》を撫《な》で、通路からはずれて立ち止った。

「どういう順序にしますかな」

ひろ子は講演にでも出る前のような妙な気持がした。

「御都合で、私は別にどうって——」

「じゃ——一つ先へやって貰《もら》いますか」

早口に云って山岸自身先に立ち二階へ登って行った。

大小三間がぶっこぬかれていた。正面の長押《なげし》から墨黒々とビラが下っている。「百三十名馘首《かくしゅ》絶対反対！」「バス乗換券発行反対！　応援車掌要求」強制調停後のと並んで「百二十一万三千二百七十円、人件費削減絶対反対！」というのも下っている。

すっかり開け放された左手の腰高窓から朝日がさし込んでいた。まだ暖みの少い早朝の澄んだ光線を背中にうけてその窓框《わく》に数人押し並び、その中の一人が靴下の中で頻《しき》りに拇指《おやゆび》を動かしながら何か説明している。ひろ子の坐ったところから其等《それら》の人々の姿は逆光線で、黒っぽく見えるうしろに、広く雲のない空が拡がり、隣のスレート屋根の上で、四つずつ二列に並んだ通風筒の頭が、同じ方向に、同じ速さで、クルクル、クルクル廻っているのが見える。

隅っこに、どういう訳か二脚だけある椅子《いす》へこっち向きに跨《またが》り、粗末な曲木《まげき》のよりかかりに両腕をもたせて一人は顎をのせ、一人は片膝《ひざ》でひどく貧乏ゆすりをしている。畳の上では立てた両方の膝を抱えこんだ上に突伏しているもの。あぐらをかいた両股《また》の間へさし交しに手を入れ体をゆすぶっている者。——

ひろ子は、あたりの雰囲気の裡《うち》に複雑なものを感じた。会合に馴《な》れ切った、一通りのことでは驚きもせぬと云いたげなその室内の空気の底に、実は方向のきまっていない或る動揺、口に出して云い切るまでにはなっていない予期というようなものが流れているのが感じられる。それは、椅子に跨って貧乏ゆすりしている三十がらみの従業員の落付かなく人の出入りに注がれる眼くばりの中に

も認めることが出来るのであった。

やがて、正面の小机のところへ、喉《のど》に湿布を捲《ま》きつけた一人の背の高い従業員が来た。その男は立ったなり自分の腕時計を見、ネジをまき、さっきからその机へ頰杖《ほおづえ》をついてぼんやりあぐらをかいていた中年の従業員と何か話した。

「じゃあ、始めますからア」

椅子《いす》に跨《また》がっていた一人の方は下りて畳へあぐらをくみ、一人はそのままいた。

「お、しめなよ、寒いや」

窓際のが外套《がいとう》の襟を立てた。

「じゃあこれから第五組組会を開きます」

じじむさく喉に湿布を捲《ま》いたのが組長であるらしく、司会をした。

「一昨二十六日午後、川野委員長対大石、佐藤との会見においては、百二十七名に対する不当なる馘首《かくしゅ》に対する我々の側からの強硬なる抗議に拘《かかわ》らず、あっさり蹴《け》られた顚末《てんまつ》は、即刻掲示したとおりであります。今日は、その後の経過について報告し、我々第五組としての態度を決したいと思いますが、その前に、今ここへ、労救が人をよこしているから、その方からやって行きたいと思います」

すると、ひろ子が坐っているすぐわきにあぐらをかいていた一見世帯持の四十がらみの従業員が、誇張した大声で、

「異議なし！」

と下を向いたまま首をふって叫んだ。

「――……じゃ、どうぞ」

ひろ子はその場で居ずまいを直し、口を切ろうとしたら、

「こっちへ出て下さい」

議長が自分のわきを示した。ひろ子がほんのり上気した顔でそっちへ立って行くと、更に、

「異議なアし！」

と後の方で頓狂《とんきょう》に叫んだ者がある。笑声が起った。

それにかかずらわないことで全体の空気をひきしめつつ、ひろ子は飾りけのない、はっきりした口調で、今度の争議が一般の労働者の神さんたちにまで、どのくらい関心をひき起しているかということを、実例にひいて話した。いる秀子のおふくろの言葉などを、鍾馗《しょうき》タビへ出ている秀子のおふくろの言葉などを実例にひいて話した。そして、今朝、既に広尾では家族会を応援して移動託児所をひらいていることを説明した。

「きのう、慶大裏で飛びこみ自殺をした大江さんはほんとにお気の毒だったと思います。新聞は日頃呑《の》んだくれだったと書きましたけれど、広尾の人からじかにきいた話はちがいます。大江さんのお神さんが病身だものでどうしても欠勤が多く、それを首キリの口実にされたからああいうことになったんだそうです。私たちがもっと強くて、病院でも持っていたら、大江さんは病身のおかみさんのためにクビにはならずにすんだのにと思います。自殺しなくてもよかったと思うと、残念です」

「異議なし！」

「そうだ！」

つよい拍手が起った。ひろ子は自分ではまるで気づかない集注した美しい表情で顔を燃し、

「どうぞ、皆さん、がんばって下さい」

と云った。

「私たちは及ばずながら出来るだけのおてつだいの準備をしています。それが無にならないように、どうぞしっかりやって下さい！」

さっきのような弥次《やじ》気分のない、誠意ある拍手が長く響いた。

「――では続いて報告にうつります」

皆に要求されて、支部長の山岸が片手をズボンのポケットに入れた演説口調で、

「不肖私は、この際支部長の責を諸君と共に荷《にな》っております以上は、あくまで闘争の第一線に殪《たお》れる決意をもつ者であることを声明します。ついては、即刻闘争の具体的方法について忌憚《きたん》ない大衆的討論にうつりたいと思います」

「………」

そう云ったころから、場内は目に見えて緊張して来た。

「支部長の提案に、質問意見があったら出して下さい」

「議長！」

この時、ひろ子の坐っている壁ぎわの場所からは斜向《はすむか》いに当るところで、一人の若い従業員が肱《ひじ》を突きのばすような工合に手を挙げた。

「第三班の決議を発表したいと思います」

「やって下さい」

「われわれ第三班は、今朝改めて班会を持ち、要求は当然拒絶されるであろうという見とおしに立って、即刻ストを決議し、闘争委員を選出しました」

「………」

微妙なざわめきが場内にひろがりはじめた。百二十七

名の馘首《かくしゅ》反対を絶対に妥協しないこと。要求がきかれなければストライキ準備に入れという指令は本部から既に数日前発せられているのだ。山岸は力のつよい小波のように動きはじめた雰囲気を強いて無視し、わざとらしく燻《けむ》たそうに眉根《まゆね》を顰《ひそ》めて丸っこい手ですったマッチから煙草《たばこ》に火をつけている。

「ちょいと……そのウ、質問なんだが――」

不決断に引っぱって、のろくさと一つの声が沈黙を破った。

「その第三班の決議ってのは――どういうんかね。俺にゃちょいと分らないんだが――全線立たなくても、こだけで行こうってのかね」

「第三班ではその気なんだ」

若い従業員は短く答えて口を噤《つぐ》んだ。

「それなら」

のろのろものを云っていたその男は俄《にわか》に居直ったように挑発的な声を高め、

「俺あ、絶対に、その案には反対だ！」

ひろ子はその声が、さっき自分が立ってゆくとき後の方から「異議なし」と弥次《やじ》った声であるのをききわけた。

「異議なし！」

別の声が続いた。

「俺も反対だ！　ここっきりなんぞでやって見ろ。馬鹿馬鹿しい。根こそぎやられて、それこそ玉なしだア」

ひろ子は全身の注意をよびさまされた。異議をとなえているものたちの間には妙に腹の合った空気がある。

「議長！」

「議長ッ！」

二つの声が同時に競《せ》り合って起り、甲高《かんだか》い方が一方を強引に押し切って、

「そりゃ違うと思うんだ」

と強く抗議した。

「二月の広尾のストのことを考えて見たって分ると思うんだ。部分的ストは可能だし、それがきっかけで全線立つ情勢は現実にもう熟しているんだ。そんなことは誰だって実際現場の様子を知っているもんには分ってるはずだと思う。さもなけりゃ、本部はどうしてああいう指令を出したんだ？」

「議長！」

万年筆だのエヴァシャープだのを胸ポケットにさしている年配のが、落着いたような声で云った。

「俺は第一班だが……これは個人的意見なんだが、スト

をやることに俺は絶対、賛成だ！」

一言一言に重みをつけてそう云っておいて、

「但《ただ》し、だ」

一転して巧《たくみ》に全員の注意を自分にあつめた。

「但し、全線が一斉に立たないならば、ストをやることは、俺は絶対に反対だ！」

ひろ子は胸の中を熱いものが逆流したように感じて唇をかんだ。何とこの幹部連中は狡猾《こうかつ》に心理のめりはりをつかまえて、切り崩しをしているのだろう。自分がこの会合で発言権のないお客にすぎないことをひろ子は苦痛に感じた。炭がおこって火になるときだって、どこかの一点からついて全体へうつってゆくのではないか。それだのに――。

言葉使いの意味ありげなあやに煽《あお》られて、パチ、パチ手をたたいたものがあった。

「力関係を考えないで、何でもストをやろうなんて、それこそ小児病だ。今、ここだけでなんてやれるかい！」

「議長！」

再び甲高《かんだか》い声が主張した。

「力関係って云ったって相対的なもんだぜ、放ったらかして、こっちから押さないでいても有利になって来る力関係なんて、資本主義の社会にあるもんか。現に強制調停までにだって、一ふんばりふんばればやれたんだ。それを、天下り委員会にまかしといて、謂《い》わば、いなされたんじゃないか」

「そうだ！」

「異議ナシ！」

「今度だって、本部がこっそりクビキリ候補の名簿をこさえて、さし上げたんだっていう話さえあるじゃないか」

「チェッ！」

大会の前後に、各車庫から「傾向的」な従業員が六十人以上警察へ引っぱられ、労救員もその中に何人かまじっていた。あらかじめ、そうしてしっかりした分子を引きぬいてしまった経営者側の意企が、こういういざという場合になって見ると、まざまざ分るのであった。ひろ子は益々《ますます》くちおしく思った。

全線ストか、さもなければ全然ストには立たない、立っても意味ないという敗北的な考えかたを、指令や方針の解釈に当って争議のはじまりっから、東交幹部の大部分が盛《さかん》に従業員の心にふきこんで来ていた。情勢がこみ入ると、そういうあれか、これかへの考えかたはどこにでも起りがちであった。亀戸《かめいど》託児所が市電の応援をやりすぎて親たちがこわがりはじめた、その時にもやはり、争議応援を全然打切ろうという意見と託児所ぐらい一つ潰《つぶ》したっていいという見解とが対立して、大谷がその席でその両方とも誤っていることを指摘した。

度々《たびたび》の弾圧で東交の職場大衆の中には、このいかがわしいかけ引きの底をわって、自分たちのエネルギーを正しい闘争の道へ引っぱり出すだけの組織者、先頭に立つべき指導者がのこされていない。それが、はたで見ているひろ子にさえ分った。

場内は、立ちこめる煙草《たばこ》のけむりと一緒に益々混乱し、いろんな突拍子《とっぴょうし》もない意見や質問が続出した。

ストは是非やるべしだ。が、今度こそは百パーセント勝つという保証つきでやって貰《もら》いたい。

そういうのがあるかと思うと、どういう意味か、わざわざ、

「俺は支部長にききたいんだが」

と、国家社会主義とはどういうものかと質問したものがあった。ひろ子はそれをきいて、はじめその質問者は、窮極には資本家の利益を国家が権力で守ってやる国家社会主義は、労働者の幸福とどんなに反対のものであるかということについて、誰にでも呑《の》みこめるような説明をひっぱり出そうとしているのかと思ったら、そうでもなくて、山岸の曖昧《あいまい》な、階級というものの対立する関係の説明をぬいた答弁だけで、反駁《はんばく》さえも加えられずに終った。そして、

「議長！」

次には、まるで別な話のように、こんな提案がされた。東交はスローガンとしてファッショ打倒をかかげているが、俺はそのスローガンに反対だ。東交の規約には、政党、政治に関係なく全従業員の経済的利益を守るとある。それだのに、ファッショ打倒なんかというスローガンをあげることは規約を無視している。だから、

「その点がはっきりしねえうちは、俺あもう組合費は出さんつもりだ」

「チャッカリしすぎてるぞ！」

「下田は何だヨ！」

それは、東交内で有名なダラ幹で新聞にさえその御用的立場はすっぱぬかれていた。

「ファッショのヤタイ店、ひっこめ！」

「議長！　議場整理！」

「みなさん、静かに願います。順々に発言して下さ

い！」

　議長は形式的にそう云ったぎりで、支部長の山岸はその間ずっと片手をポケットにつっこんだなり、小机の端に頬杖《ほおづえ》をつき、おきているのか居睡《いねむ》りしているのか、瞼《まぶた》の重い目をつぶって場内を混乱にまかせている風である。散々ごやごやしぬいて肝心の討論の中心ははぐらかされ、全体の気分がだれて散漫になった時分、議長はさも潮どきという風に色の悪い顔をのび上らせ、

「じゃア、もう時間が来ましたから」

と決議を求めた。柳島車庫は、何処かがストに立ちさえすれば、直《ただ》ちに罷業《ひぎょう》に入るという奇妙な決定をしたのであった。

三

　事務所の裏口から出て、コークス殻の敷かれた長屋の横丁を歩いて来るうちに、ひろ子は苦しい、いやな心持がつのって来た。

　それは複雑な心持であった。東交が、全く従業員の高揚を引止める役にしか立っていない。それだのに、自分はうまく幹部に扱われて実質的な激励の役にも立たない前座で、応援のことを話させられてしまった。その失敗が今はっきりと感じられた。ひろ子が情勢をよく見ぬいて自分の話をあとに押えておくだけの才覚があったら、全体の気分があんなにだれた時、少しは引緊《ひきし》める刺戟《しげき》にもなったかもしれまい。山岸ははじめっからそれを見越して行動した。大谷が来ないと云ったとき、山岸は笑っておだてるようなことを云った。それも、ひろ子の顔を屈辱で赧《あか》らめさせた。山岸がひろ子を後で喋《しゃべ》らせなかったのは、すれきった彼の政治的な技術なのであった。

　広い改正道路へ出る手前に新しく架けられたコンクリートの橋があった。片側通行止で、まだ工事につかったセメント樽《だる》、棒材、赤いガラスをはめこんだ通行止の角燈などがかためて置いてある。人が通れる日向《ひなた》の歩道の上で、茶色ジャケツにゴム長をはいた七つばかりの男の児《こ》と絣《かすり》の筒っぽに、やっぱりゴム長をはいたいがぐり頭の同じ年頃の男の児とが、独楽《こま》をまわして遊んでいる。二つの小さい鉄独楽が陽《ひ》に光りながら盛《さかん》に廻っているぐるりをめぐって、縄をもった二人の男の児は、シッ、シッ、唾《つば》を飛ばしながら力一杯に縄をふり、自分の独楽に勢をつけ、横を何が通ろうが傍目《わきめ》もふらない。その様子を見るとひろ子はなおさら、今出て来た会合と自分に

腹が立った。

歩調をゆるめて腕時計を見、ひろ子は一層おそく歩きながらハンドバッグをあけて、中仕切を調べた。一週間ばかり前に裁判所へ行って貰《もら》っておいた接見許可証は、四つに畳んだ端がささくれたようになって入っている。十銭、五銭とりまぜの財布の口をしめ、ひろ子はもう一遍首をかしげるような恰好《かっこう》をしたが、時計を見直すと、今度は地味な黒靴をはっきりとした急ぎ足になって停留場に向った。

重吉が市ケ谷《いちがや》の未決に廻されたのは、半年程前のことであった。警察には十ヵ月以上置かれた。はじめ半年ばかりの間は、ひろ子まで警察に留められていたのでもとより会えず、ひろ子がかえってからも、重吉への面会は許可されなかった。重吉が未決にまわったことがその日の夕刊でわかって、裁判所へ初めて許可を貰いに行った時、ひろ子は予審判事にこう云われた。

「警察では自分の姓名さえも認めておらんのだから、深川重吉という人物は謂《い》わばいるかいないか分らんようなものだ。然《しか》しマア、いろいろの証拠によって、こちらには分っていることだから許可します」

重吉は白紙で送られているのであった。

終点から引返しになるそこの電車は空《す》いていた。日の当る側の座席を選んで四角な大きい白木綿の風呂敷包をわきにおいて腰かけ、それに肱《ひじ》をかけながら長くのばした小指の爪《つめ》で耳垢《みみあか》をほじったりしているモジリの爺《じい》さんのほか、乗客はまばらである。前部のドアの横に楽な姿勢でよっかかっている年輩の車掌が、手帖《てちょう》を出し、短くなった鉛筆の芯《しん》を時々舐《な》めながら何か思案している。市電の古い連中では株をやっているものが少くなかった。肩からカバンを下げていても、そうやって自分ひとりの世界の中に閉じこもっているその老車掌の自分中心にかたまった顔つきを見ていると、ひろ子の心には重吉からはじめて来た手紙の一節が無限の意味をふくんで甦《よみがえ》った。重吉は、なかで注意して行っている健康法をしらせ、さて、外でも変ったことがあるだろう。歴史の歯車はその微細な音響をここには伝えないが、この点に関しては、何等の懸念もない。そう云ってよこした。何等の懸念もない。——だが、ひろ子はその不自由に表現されている言葉の内容を狭く自分の身にだけ引き当てて、自負する気にはとてもなれなかった。かりに自分の身にだけひき当てて解釈したとして、どうして「何の懸念もない」自分であろう。応援の挨拶《あいさつ》一つ、正しい機会をつかんで喋《しゃべ》れないのに。そういう未熟さがあっちにもこっちにもあるのに。

　上野を大分過ぎたころ気がついて車内を見わたすと、いつの間にか、乗客の身なりから顔の色艶《いろつや》、骨相《こつそう》までが最初柳島で乗った人々とは違って来ているのに、ひろ子は新しく目を瞠《みは》った。大東京の東から西へ貫いて、ひろ子は揺すぶられて行っているのだが、同じ電車が山の手に近づくにつれて、乗り降りする男女の姿態は、煤煙《ばいえん》の毒で青い樹さえ生えない城東の住民とはちがう柔軟さ、手ぎれいさ、なめらかさで包まれているのであった。

　ひろ子は、新宿一丁目で電車を降りた。そして、差入屋の縦看板の並んだ、狭苦しい通りに出た。行手の正面に、異様に空が広く見える刑務所の正門があった。門のそとに、コンクリート塀の高さと蜒々《えんえん》たる長さとを際立たせて、田舎《いなか》の小駅にでもありそうなベンチがある。そのベンチの上のさしかけ屋根は、下から突風で吹き上げられでもしたように、高く反《そ》りかえっている。雨も風もふせぐ役には立たなかった。

　ひろ子はこの道を来て、森《しん》として単調な長い長いコンクリート塀の直線と、市中のどこよりもその碧《あお》さが濃いように感じられる青空を見上げるにつけ、胸を緊《し》めつけられるようにその不自然な静寂を感じるのであった。

　砂利を鳴らしてひろ子は入って行った。人の跫音《あしおと》のよく響くようにというためであろう。どこにも、かしこにも砂利がしいてあった。

　内庭に面して別棟に建っている待合室は、男女にわかたれていた。ガラス戸をあけると煉炭《れんたん》の悪臭が気持悪く顔へ来た。割合すいていて、毛糸編の羽織みたいなものを着て、くずれた束髪《そくはつ》にセルロイドの鬢櫛《びんぐし》をさした酌婦上りらしい女が口をだらりとあけて三白眼《さんぱくがん》をしながら懐手《ふところで》で膝《ひざ》を組んでいる。そのほか四五人である。十二時から一時までは面会を休む。あと十五分ばかりで一時という刻限であった。

　ひろ子は売店で十銭の菓子と、のりの佃煮《つくだに》を差入れ、待合所の外の日向《ひなた》に佇《たたず》んでいた。内庭には松などが植えこんである。面会所は左手の奥にあったが、初めて来た時、ひろ子は勝手がわからずそこが便所かと思って行きかけた。そういう間違いも不思議でないような見かけであった。門扉《もんぴ》の外でタイアが砂利を撥《はじ》きとばす音がすると、守衛が特別な鍵《かぎ》で門をあけ、そこから自動車が一台内庭へ入って来た。三四人の男がその車から下りて、敬礼を受けつつ別棟の建物の中に入って行った。はなれたところからその様子を眺めていて、ひろ子は、重吉がここへ来たとき玄関の石段を登るに、拷問ではれた脚の自由がきかないで手をついてあがったと人からきいた話を思い出した。

気になって時計を見たが、まだ五分も経っていない。待つ間はこんなに永いが、いざ顔を見て口を利く時になると、幾言もまだ話したと思えないのに、もういい、と窓をおろされる。期待の永さと、短い間にひどく緊張して気をはりつめるせいで面会はくたびれた。面会窓があいた瞬間に、やあ、と笑顔になりながら大きい両肩をゆっくり揉《も》み出すようにのり出してくる重吉の身ぶりや、いつも落ちかかって来る窓ぶたに語尾を押し截《き》られるように、じゃ元気で、という重吉の声の抑揚は忘られなかった。次に会うまでに一ヵ月の時がたっていても、最後に見た重吉の眼の中や、唇のあたりに浮んでいた細かい表情はそのままの暖かさで、ひろ子の心にのこっているのであった。

ひろ子はハンドバッグをあけて、ひびの入った小さい鏡をのぞきこんだ。そしてハンケチで鏡のごみをふき、ハンケチの別なところを出して堅く丸め、頬《ほ》っぺたの上をきつくこすった。皮膚のいくらか荒れた頬に少し赤味がさした。

待合所の壁にとりつけられている拡声機に、ようやくスイッチが入って鳴り出した。ガラス戸をあけて覗《のぞ》くと、雑音が混って聞きとり難《にく》い呼声を間違いなく聴こうとして、女連は今までよりなお深く襟巻に顎《あご》をうずめ、袂《たもと》をかき合せている。

「エー、お待たせしました。……エー、二十八番、二十八番は六号へ。六号。エーそれから三十番」

その声につれて思想関係らしい四十ばかりの細君風の女が、薄べりを敷いた床几《しょうぎ》から立ち上り、ショールへ片手をかけ、黒いラッパを頼りなげに下から振り仰いだ。

「エー、三十番――あなたの面会しようとする人は他の刑務所に送られました」

ザザ鳴る雑音に遮られ、他の刑務所というのが、サの刑務所と云われたようにひろ子の耳にも聞えた。おとなしい細君風の女は、思わず一足のり出して、

「えっ」

と、黒い拡声機に向って女らしく首をかしげてききかえした。が、スイッチはそれきりプツと音を立てて切れ、その女のひとは何とも云えない、困惑の身ぶりで、恰度《ちょうど》旧劇の女形が途方にくれたときのしぐさにやるあのとお

りの片足をひいた裾《すそ》さばきでひろ子の方を見た。

ひろ子は同情に堪えない気がした。

「どこかよその刑務所へいらしたっていうらしかったわ。事務所へ行ってきいて御覧なさい、あすこから入っていらしって」

ペンキで塗られた二階建の玄関口を指さした。

一時間以上待って、ひろ子はやっと二三分重吉と話すことが出来た。

ひろ子は、痛い程柵《さく》の横木へ自分の胸を押しつけ、重吉の体の工合をきき、中風《ちゅうぶ》で寝たっきりの重吉の父の様子を話すと、いつも註文の本が入らないで本当にすみませんと云った。託児所の逼迫《ひっぱく》した自主的やりくりの生活の中で、ひろ子は本を借りに歩く交通費さえないことがあった。少し金があるときは時間の余裕がなく、両方そろった時をのがさず、重吉の最低限の必要のまた何分の一かを満たす差入れをするのであった。いやがらずに本を貸してくれる人は概してひろ子の欲しい種類の本を持っていなかった。持っていそうな人々は、本を人に貸すことを一般的にきらった。そういうところに重吉が察しる以上の不便があるのであった。

重吉は、突然面会につれ出され、立ったまんまで宙《ちゅう》で、一時にいろいろ思い出さなければならないので、工合わるげに眉《まゆ》を動かしたり、足を踏みかえたりしながら本の名をあげ、

「しかし、ひろ子の都合もあるだろうから、あんまり無理はしないでいいよ。よしんば本の読めない時があっても我々はいろいろ有益なことを考えているしね」

と云った。

これは、特に告げるのだがという心持をこめて、ひろ子はゆっくりと、

「私、けさは柳島へまわって来たんで、こんな時間になってしまった……。託児所の仕事がひろがって来ていて、大人のことにまでのびているもんだから――御無沙汰《ごぶさ》たも、わたしが怠けていたからじゃなかったのよ。電車の父さんたちだって負けちゃ仕様がないでしょう？　だからね」

そう云って、眼で笑った。

「ふーん」

重吉は、もう窓ぶたをしめる構えでそれを引っぱる紐《ひも》に手をかけている看守の方を一瞥《いちべつ》し、その視線を真直《まっすぐ》ひろ子の顔の上に移し、兵児帯《へこおび》をグッと下げるような力のこもった体のこなしで云った。

「もし、ひろ子が『病気』にでもなった時、急にこまらないように、出来たら少し金をいれておいてくれ」

重吉のそういう言葉を、ひろ子は突嗟《とっさ》に自分たちの生活で理解できる限りの豊富な内容で理解した。重吉は本当は金のことを、云ったのではなかった。ひろ子の託児所もまきこまれている市電の闘争では、また自分たちが会えなくなる時が来るかも知れない。そのことを重吉は諒解《りょうかい》し、諒解しているということでひろ子をはげまし劬《いたわ》ってくれたのであった。

冷たい共同便所に似た面会所から出て、日のよく当っている門へ向って帰りかけながら、ひろ子は自分も矢張《やはり》面会を終ってかえるほかの女のひとたちと同じような足つきで砂利の上を歩いている、そう思った。会えて嬉《うれ》しい、そんな一言では云いつくされないものがひろ子の体の裡《うち》にのこされてある。

門を出るとすぐそこの広い砂利のところに、チャンチャンコを着せられた小猿が一匹来ていた。その小猿をぐるりと囲んで背広の男が二三人とピストルを吊下《つりさ》げた守衛もまじって、立ったり、しゃがんだりして笑っている。猿まわしの背中につかまっている猿ともちがう、どこかのその小猿は、黒い耳を茶色のホヤホヤ毛の頭の両方につき立て、蒼《あお》ずんだ尻尾《しっぽ》を日向《ひなた》の砂利の上にひきずってしゃがみながら、皺《しわ》だらけの顔を上下にうごかし、せわしなく目玉をうごかし、こせこせ何か食っている。

「こうしているところを見るとなかなか可愛《かわい》いもんだね、ハハハハ」

それは貧相ないやしげな猿であった。人間に向ってピストルを下げている人は猿になら気やすく愛想を云って笑っていた。ここには、人間についてすべての愛嬌《あいきょう》を禁止した規則があった。けれども、猿となら笑っても反則ではなかったから。——

四

数日経ったある午後のことであった。赤坊《あかんぼう》二人が二階で昼寝している。その間にと、ひろ子が上《あが》り端《はな》でおしめを畳んでいると、スカートへ下駄《げた》をつっかけたタミノが遠くからそれとわかる足音を立てながら外から戻って来た。土管屋と共同ポンプのわきまで来ると、

「ちょっと、どうしたのさァあの看板、ひっくり返ってるじゃないの」

と大きな声を出した。庭先に遊んでいた二郎が、

「飯田さん、なんなの？　ネ、何んだってば、なんのカンバンが、しっくりかえったのかい」

五つの袖子《そでこ》や秀子、よちよち歩きの源までタミノのまわりにたかった。

「橋のわきに、白い三角のものが立ってたろう？　あれが溝へおっこちてるのよ」

子供たちぐるみ上り端の前に立った。ひろ子は、怪訝《けげん》そうに、

「だって——あれそんなはじっこに立ててありゃしなかったじゃないの」

と云いながら、自分も土間《どま》へおりた。蛇窪《へびくぼ》無産者託児所と白地へ黒ペンキで書いた標識は、土管の積《かさ》ねてある側、溝からは一間以上も引こんだ場所に、通行人の注意をひくように往来へ向って立ててあったはずである。

「ホラ！——ね？　誰がやったんだろう、こんなわるさ」

なるほど、枯草の生えた泥溝の中へ、頭を突こむような恰好《かっこう》で標識がぶちこまれている。

「今朝は何ともなっていなかったわねえ」

「うん、出がけには気がつかなかったわ」

板橋の上へ並んで子供らは驚きを顔に現し目を大きくして見ていたが、タミノに手をひかれていた袖子《そでこ》がいきなり、オカッパをふり上げて叫んだ。

「ね、あれ、うちの父ちゃんがこしらえたんだね」

「そうよ。わるい奴、ねエ」

ひろ子は、土管の側からそろそろと片脚をおろし、枯草の根っ株を足がかりに、腰を出来るだけ低くして手をのばして見た。そうしても、鯱鉾《しゃちほこ》立ちをしている標識まては、なお二尺ばかり距離があった。

「ちょっと！　あなたまでおっこっちゃ、やだよ」

「大丈夫」

その時道路のむこう側に洗濯屋の若い者が来て自転車をとめ、女と子供ばかりでがやついている様子を珍しげに眺めていた。

「——そりゃ、綱でもなけりゃ無理でしょう」

手の泥をはたき落しながら、ひろ子も断念して、

「袖ちゃんのお父さんが来たら上げて貰《もら》おう、ね」

皆で引かえす道で、二郎がしつこく訊《き》いた。

「ね、だれがやったの？　どうしてあんなにすてたんだろ」

腹を立てていたタミノは、赤い頬《ほ》っぺたを四角いようにして、袖子の手をひっぱって大股《おおまた》に歩きながら、

「きっと、藤井のごろつきの仕業《しわざ》だ。——ぐるんなってやがるんだもの、何をするかしれたもんじゃない」

　酔っぱらいなどの気まぐれな所業でないことは、明らかであった。

「ポンプのことだって、スパイの奴がたきつけてるにきまってるんだもの」

　おとといの朝、臨時に託児所を手伝いに来ている女子大出の小倉とき子が、井戸端でおしめの洗濯をしていた。水を流す音がしたと思うと、土管屋の台所口のガラス戸が開いた。すると、主人の政助が顔を出し、

「あんまり方図なくつかわれちゃこまりますよ。井戸をつかうのは、そっち一軒じゃねえんだからね、勝手に自分の方でばっかりつかわれちゃ、こっちじゃ、ゆっくりおまんまをとぐひまもありゃしねえ」

と云っている声がした。

「どうもすみません」

　洗い上げたおしめをもって物干竿《ものほしざお》へまわる時、とき子は四畳半にいたひろ子と窓越しに顔を見合わせ、荒々しい扱いに不馴《ふな》れなものの、訴える表情を浮べて笑った。ひろ子にはとき子の心の状態がよくわかり、却《かえ》って、何も云わなかった。


ひろ子は考えにとらわれた顔つきで、先へ家へ上った。

「さて、と。御苦労様、どうだった？」

　タミノは、とんび足に坐ったスカートのポケットからハトロン紙の小袋を出し、一つ一つふるって白銅三枚と銅貨を十一二枚畳へあけた。

「依田の小母《おば》さん、二度目なんでねえって、渋ってた。これっきりか！」

　市電争議の基金を託児所でもあつめるために袋がまわしてあった。

「直接のことじゃないから、何てったってちがうねえ。本当に勝つかどうか分りもしないのに、弾圧くうだけ馬鹿らしいっていうところもあるらしいね」

　市電の従業員の中には、労農救援会の班がいくつか出来ていた。蛇窪《へびくぼ》が赤坊《あかんぼう》寝台を買う必要に迫られた時、柳島では班が中心になってその基金を集めた。その金で今ある三つの籐《とう》の寝台が備えつけられたのであった。藤田工業、井上製絨《せいじゅう》、鐘馗《しょうき》タビ、向上印刷などへ出ているこの父さん母さん連は、そういうことから市電の連中と結ばれた。隣り同士の義理堅さというようなところもあって、一回の基金募集の時は三円近く集った。然《しか》し、お母《か》さん連は、自分達が出ているそれぞれの職場で市

電従業員のために基金を集めるというような活動をすることは概して進まず、綱やのお花さんが、消費組合の即売会に誘って行った同じ長屋の神さんから、二十銭足らずあつめただけであった。

ひろ子は、自分たちの託児所でのそういう経験を、数ヵ月以前から持たれるようになっていたフラクションの会合で話した。その日は亀戸《かめいど》での話もされた。亀戸では応援活動のために特別な父母の会が催された。そして、特別に若い人が来て、それぞれの職場はちがっても、労働者であるということから共通に守られなければならない労働者としての連帯ということについて熱心に説明した。親たちは、はじめから終りまで傾聴し、その場で相当な額の基金が集った。ところが程なく意外な結果があらわれた。一人、二人と子供が減りはじめ到頭《とうとう》長屋から五人の子がその託児所へ来なくなった。

「何から何まで一どきに話しすぎたのがわるかったんです」

睫毛《まつげ》の長いそこの保姆《ほぼ》が全体的な批判として云った。

「やっとききだしたところによるとこうなんです。話があんまり尤《もっと》もで、もし争議へまきこまれたらとても断りきれない。もしそうなったら自分のクビが心配だから、今のうちに子供をひっこめちゃおうということになったらしいんです」

「なるほどね」

大谷は、一度ふーんと呻《うな》って、笑った。

「話が尤《もっと》もでことわり切れまい、か。ふーん。それで、何かね、もうそれっきり本当に子供はよこさないんだろうか」

「ええ。今のところ来ないんです」

蛇窪でも、沢崎キンが警察へつれてゆかれてから、二人、三人、子供をよこさなくなった親たちがあった。一人は井上製鞣へ出ていた。そのおかみさんの云い分はこうであった。

「そりゃこんな暮しをしていたって、つき合いってものはありますからね、たまにゃちょいとしたうちへだって行かなけりゃなんないやね。そんな時、行坊をつれてくってと、お前さん、人前ってものもあるのにあの子ったら大きな声して『おっかちゃん、ここんちブルジョアだね、だからてきだね』って、こう来るんだからね。あたしゃまったく、赤面しちゃうのさ」

そんな話のあったのも近頃のことではなかった。ここが、あっちこっちにあった無産者託児所として、統一された活動に入ったばかりの頃、現れた偏向なのであった。

　赤坊のぐずつく声をききつけてひろ子が二階へあがって行った。

　お花さんのちい坊が、十ヵ月近くたつのに一向《いっこう》発育のよくない小さい顔をしかめて、寝苦しそうに半泣きの声をしぼって頭をふっている。ひろ子はおしめを代えた。消化不良の便が出ていた。母乳のほかに山羊《やぎ》の乳をのませろと医者に言われて、お花さんは自分の稼ぎのつづく日にはそれを飲まし、ここへあずけて「よいとまけ」に出ているのであった。

　タア坊のおしめを代えてやっていると、窓の下で、

「いいかい、ここ、あたい達のコーバ！」

　甲高《かんだか》い、勝気そうな袖子《そでこ》の声がした。ひろ子がちい坊の寝台を二階の手すり間ぢかまで引っぱり出して日光浴をさせながら見下していると、入口の前の空地の隅に、こわれたブランコがある、その切れた縄の先を握って袖《そで》子《こ》が何かを手繰《たぐ》るような手つきでそれをふっている。二郎が、茶の毛糸と青毛糸とをいかにも間に合わせに継いで寸法をのばしたジャケツを着、ゴム長をふんばって、わきからそれを眺めている。

　やや暫《しばら》く二郎はそうやって眺め、袖子は、目をつっつきそうに伸びすぎて剽悍《ひょうかん》に見える黒いオカッパの下から、時々真面目《まじめ》くさった視線で二郎の方を見ながら、運動をつづけているのであったが、やがて二郎が、ぶっきら棒に、

「ヤーイ、名なしの工場なんて、ないや」

と云った。袖子は睨《にら》むように二郎を見た。そして思案していたが、やがて動かしている手はとめず、

「――ブランコ工場だヨ！」

　イーというように返事している。

　見下していたひろ子は、声は立てずに大きな口をあけて笑った。

「ここ、キカイだよ！」

　矢張《やは》り生真面目《きまじめ》な顔で、袖子は、ブランコの柱のひびわれた木目を、あいている左手の指先で押しつけるようにして二郎に示している。

　今度は二郎が黙って袖子と並んで立った。そして自分でも、もう一本の切れた縄の端を握り、袖子よりもずっと荒ぽく、調子をつけて振っている。振っていると思うと、二郎はいかにも男の児《こ》らしい敏捷《びんしょう》さで、ひょいとゆれているその縄の先へぶら下って、脚をちぢこめた。止

りそうになるとゴム長で地べたを蹴《け》り、またぶらん、ぶらん振り直す。盲滅法《めくらめっぽう》に地べたを蹴ろうとする二郎の足は、やっと地べたに届いたり、そうかと思うとたった二分ぐらいのところで宙を掠《かす》めてしまったり。——

ひろ子は、いつかつりこまれ、さながら二郎の背中を押してでもやっているように、調子をあわせ無意識のうちに自分まで顎《あご》を動かした。

袖子は、縄を持ちかえたが、そのまま目を凝《こら》して二郎のやることを観察している。

それに飽きると二郎は暫《しばら》くどこへか姿をかくし、出て来たところを見ると、羽目板《はめいた》のはずれたのを、片ぺら泥だらけのまんまひきずって来た。それを、ブランコの切れた縄の下まで引っぱって行き、縄へくくりつけた、つまりブランコらしいものにしようとしているのだが、縄は太いし、板は薄くて幅がひろいし、霜やけの出来た小さい二郎の手にはしまつがつかない。ぎごちない恰好《かっこう》で膝《ひざ》までつかって何とかしようと、板を落しても落しても、二郎は声も出さず力みこんで骨を折っている。家でも、託児所でも、玩具《おもちゃ》らしい玩具を持たない二郎の努力がそこにあるのであった。ひろ子はそれをただ見下してはいられない心持になって来た。タミノはどうしたのだろう。

そう思いながら下りて来て、ひろ子はおやと思った。臼井《うす い》がいつの間にか来ている。そしてあっち向きに、タミノと向いあって柱によりかかっていた。ひろ子の跫音《あしおと》で、タミノが顔をあげると、臼井はこっちは振りかえらないまま、いそがず、しかし十分ひろ子を意識した素ぶりで何か前にあったものを畳んで紺絣《こんがすり》の内懐へしまった。

ひろ子は二人のいる四畳半の方へ行こうとしたのをやめた。そしてありあわせの下駄《げた》をはいて外へ出た。

五

夜みんな子供をかえして静かになると、タミノとひろ子とは、工夫してなるたけ人目をひくように、字の大小、ふちどりなどに心を配りながら、大きいのや小さい四角い伝単形《でんたんがた》やらのガリ版をきった。

託児所の経済は、市電応援以来非常にわるくなった。ひろ子らは、これまでのように、定《きま》って毎日来る子供ばかりを預るだけでなく、急用で出かける母親にも便宜なように、どんな臨時でもおやつ代だけで預ること、そして託児所の仕事をもっと大衆化することを決定した。同時に従来も労救とは別に託児所としての維持員を一般の進歩的な家庭の婦人の間に持っていた、その方面も拡大しよう。原紙を切っても、手許《てもと》に謄写版がなかった。診療所まで出かけて行って刷らなければならなかった。翌日タミノが、例によってスカートに下駄《げた》ばきで出かけようとしているところへ、臼井《うすい》がやって来て、

「どれ？」

タミノの手から原紙の円《まる》く捲《ま》いたのをうけとって見て、かえし、

「あっち、多分今つかっているでしょう」

各部署の活動に通暁したように云ったりした。

「あら！　やんなっちゃうね。よって来たの？」

臼井はそれには答えず、

「そんなものくらいだったら、僕の知っているところのでやれると思うんだが――」

「なーんだ、そんなことがあるんなら早くそう云ってくれればいいのに！　そこへ行こう、ね、いいんでしょう？」

「今夜あたりは、大抵《たいてい》いいだろうと思うんだが……」

正直で単純なタミノに向う臼井のそういう話しぶりや、ひろ子がこの間二階から何心なく降りて来て目にした臼井の凄《すご》んだような態度などには何かわざとらしいものが流れているのであった。臼井と二人で出かけて行って、タミノは謄写版刷りの仕事もちゃんとして来たが、その四五日あとになって、ふと何かのはずみで云った。

「ポートラップって、私、洋酒だとばっかり思ってたら――ちがうんだね」


或る晩のことであった。タミノが電燈を低く下げて靴下の穴つくろいをしながら、

「私、いまにここかわるようになるかもしれない」

独言《ひとりごと》のように云った。それは風のひどい晩で、ひろ子も同じ電燈の下へ机を出して会計簿を調べていた。顔もあげず数字をかきつづけながら、ひろ子はごく自然な気持で、

「ふーん」

とタミノの言葉をうけた。

「どこか、うまいところがありそうなの？」

タミノは三月ばかり前、山電気を組合関係で馘首《かくしゅ》になるまで、ずっと工場生活をして来ていた。組合の書記局へおいでよって云われたけど、私、職場の方が好きだ。また入りこむよ、そう云って、一時ここを手伝っているのであった。

下を向いて、こんぐらかった糸を不器用に、若々しい粗暴さで引っぱりながらタミノは、

「まだはっきりしないんだけどね」

間をおいて、

「臼井さん、待ってたのがやっとついたって、とてもよろこんでる……」

ひろ子は思わず首を擡《もた》げ、下を向いているタミノを見ながら、ペンをもっていない方の指で自分の下唇をゆるゆると捩《ねじ》るような手つきをした。タミノはやっぱり顔をつくろいものの上にうつむけたままでいる。

「――つくって……」

様々のありふれた推測が、ひろ子の胸に浮んだ。いずれにせよ、臼井と党の組織との連絡がついた、ということにはちがいない。

「だって、そのことと、あんたが、ここからかわるってこととは、別なんでしょう?」

タミノは直接それには返事をせず、自分自身の考えに半分とりこまれているような調子で、暫《しばら》く経って呟《つぶや》いた。

「なかなか役に立つ女が少なくて、みんな困ってるらしいわねえ」

その言葉でひろ子には全部を語らないタミノの考えの道筋が、まざまざ照らし出されたように思った。

「こんどのところは――職場じゃないの?」

「………」

ひろ子は、若い、正直なタミノに向って、こみ入った自分の愛情が迸《ほとばし》るのを感じた。タミノは、おそらく臼井《うすい》に何か云われて、彼女には職場での活動よりもっと積極的なねうちを持っているように考えられる或《あ》る役割を引きうける気になっているのではないだろうか。ひろ子としては、若い女の活動家が多くの場合便宜的に引きこまれる家政婦や秘書という役割については久しい前からいろいろの疑問を抱いているのであった。ひろ子は、なお下唇を捩《ねじ》るような手つきをして考えていたが、ゆっくりと云った。

「あっちじゃ、女の同志をハウスキーパアだの秘書だのという名目で同棲《どうせい》させて、性的交渉まで持ったりするようなのはよくないとされているらしいわね。――何かで読んだんだけれど」

ひろ子たちの仲間で「あっち」というときは、いつもソヴェト同盟という意味なのであった。

「ふーん」

今度はタミノが顔をあげた。眉根《まゆね》をキと持上げるよう

な眼でひろ子を見て、何か云いかけたが、そのまま黙って針を動かしつづけた。

やがて、靴下つくろいを終って、タミノは、維持員名簿をめくりながらハトロン封筒へ宛名《あてな》を書きはじめた。

夜が更けて、風が当ると庇《ひさし》のトタンがガワガワ鳴った。その木枯しが落ちると、道の凍《い》てるのがわかるような四辺《あたり》の静けさである。タミノが万年筆の先を妙に曲げて持って字を書いている。減ったペンと滑っこい紙の面とが軋《きし》みあって、キュ、キュ、キュと音をたてている。

そのキュ、キュいう音を聴きながら自分も仕事をつづけているうちに、ひろ子の心は一つの情景に誘われた。六畳、四畳半、そういう家には遠山に松の絵を描いたやすものの唐紙《からかみ》がたっている。そのこっちのチャブ台で、ひろ子が、物を書いていた。もう暁方《あけがた》に近かった。ひろ子がくたびれて、考えもまとまらずにあぐねていると、その唐紙のあっちから、丁度今きこえているようなキュキュというペンの音がした。唐紙のこっちからでも、書かれてゆく字のむらのない速力や、渋滞せず流れつづける考えの精力的な勢やを感じさせずに置かない音であった。ひろ子は、自分の手をとめたなり、心たのしくその音に耳を傾けていた。それから、唐紙ごしに、

「ちょっと」

重吉に声をかけた。

「――何だい?」

「……デモらないで下さいね」

ひとり口元をほころばせ、様子をうかがっていると、重吉は、突嗟《とっさ》にひろ子の云った言葉の意味がわからなかったらしく、唐紙のむこうで、居ずまいを直す気勢《けはい》であったが、程なく、

「――なアんだ!」

笑い出した。

「そんな柄でもないだろう」

じきにまた、キュキュ音がしはじめた。――

ひろ子には、タミノがこれから経てゆくであろう一つの階級的な立場をもった女としての一生が、自分の経験するよろこび、苦しみの一つ一つと、情熱的に結び合わされたものとして感じられるのであった。

重吉が検挙されてひろ子も別の警察にとめられていた時のことであった。ひろ子は二階の特高室の窓から雀《すずめ》の母親が警察の構内に生えている檜葉《ひば》の梢に巣をかけているのを見つけた。

ひろ子は覚えず、

「マア、可哀想《かわいそう》に！　こんなところに巣なんかかけて」と云った。するとそこにいあわせた髭《ひげ》の濃い男が、

「なに可哀想《かわいそう》なもんか！　安全に保護されることを知ってるんだよ」

そう云って、ジロジロひろ子を上へ下へ見ていたが、

「君なんぞも子供を一人生みゃいいんだ。さぞ可愛《かわい》がるだろうな、目に見えるようだ」

　ひろ子は、その男の正面に視線を据えて、

「深川をかえして下さい」

そう云った。男は黙りこんだ。

ひろ子がそこから帰って、託児所へ住むようになったばかりの夏の末、お花さんの友達が現場で大怪我をして病院にかつぎこまれたことがあった。

　ちい坊を託児所にあずかって、下の四畳半へねかしたまま、団扇《うちわ》で蚊《か》を追い追い、ひろ子はそのわきで本を読んでいた。やがて眼をさましたちい坊は、泣き出してどうしてもだまらない。鼻のあたまに汗をかいて泣きしきるので、ひろ子はああと思いつき、その思いつきに自分で嬉《うれ》しがりながら、

「さア、これでどう？　ちい公もこれじゃ泣けまい？」

　そう云いながら白いブラウスの胸をひろげて、ひろ子は自分の乳房を泣いている赤坊《あかんぼう》の口元にさしつけた。ちい公は、その時分からしなびて、顔色や足の裏の血色がわるい児《こ》であったが、ほそい赤い輪のように口をひろげ、さぐりついてやっとひろ子の乳首をふくんだかと思うと、すぐ舌でその乳首を口の中から圧《お》し出して前より一層激しく泣きたてた。三度も四度もひろ子はそれをくりかえした揚句《あげく》、到頭《とうとう》あきらめて自分も困ってきわけのある子に云うように挨拶《あいさつ》した。

「いやじゃあこまったことね。——でも小母《おば》ちゃんがわるいんじゃないのよ、ちい坊や」

　それから一時間あまり経って北海道生れのお花さんが、帰って来た。

「すみませんでしたね。ふー、たまんね。何んとした暑さだろう」

　お花さんは立ったまま帯をほどき、大柄な浴衣《ゆかた》をぬぎすて、腰巻一つになった肩へしぼって来た手拭《てぬぐい》をかけ、

「ホーラよ、泣きみそ坊主！」

長く垂れ下って黒い乳首をあてがった。鼻息を立ててちい公はそれへかぶりついた。ひろ子さえほっとする安《あん》堵《ど》の色が赤坊の顔にあらわれた。

　ひろ子はその様子をわきからのぞきこみながら、さっ

きの話をした。お花さんは、無頓着《むとんちゃく》に生えぎわの汗を肩へかけた手拭でふきながら、

「そりゃ吸わないわね、だって、のましてる乳でなけりゃ、ひやっこいもん、いやがるよウ」

ひろ子にはその夜のことが忘られなかった。この自分の乳首が子供を生んだことのない女のつめたい乳首であるということ。そして、見た目は見事な体のお花さんが、栄養不良でおむつから出る二つの小さい足の裏が蒼白《あおじろ》いような赤子を、暖みだけはある乳房に辛くも吸いつけている姿。この社会での女の悲しみと憤りの二つの絵がそこにあるように、ひろ子の心に印されたのであった。


その晩、床に入って電燈を消してから、ひろ子は、さり気ない穏やかな調子でタミノに云った。

「ねえ、あなたの将来のあるいいところや積極性を、個人的なあいまいなゆきがかりで下らなくつかってしまわないようにしなさいね」

「…………」

「おせっかいみたいでわるいけど、私たちは仕事をやってみて、その実際でひとを見わけるしかないんだもの……ねえ。そうでしょう？　臼井《うすい》さんとあなたはまだ仕事らしい仕事をやって見ていないんだもの――気心のしれない気がする……」

タミノが寝床の中で身じろぎをする気配がした。よっぽどして、タミノは素直な調子で、

「――そう云いやそうだねえ」

ゆっくりそう云って、溜息《ためいき》をつくのがひろ子に聞えた。

六

朝っぱらから所轄の特高が託児所へ来た。何ということなしその辺をうろつき、

「豊野が来るだろう」

と、土間《どま》にある履物を穿鑿《せんさく》的に見た。豊野などという名前を、ひろ子たちは知らなかった。

「何、しらん？　うそつけ、ちゃんと連絡に出ているところを見た者があるんだ」

それは明らかに云いがかりで、そのまま帰りかけたが、

「おい、ありゃ、何だ！」

ステッキの先で指すのを見ると、それはこの間溝にうちこまれたあと、また立て直されている託児所の標識であった。

「何って――わかりきってるじゃないか」

タミノが出て云った。

「もう一年もあすこに立ってるんだもの」

「立てていいって誰か云ったのか？」

いかにも煩《うる》さそうに、タミノが、

「だって、立ってるんだもの。ここがこうやってあるんだから――」

と云いかけると、その男はおっかぶせて、

「そりゃ分らんよ」

といやに意味深長に云った。

「こっちで、ない、と見りゃ、在りゃしないじゃないか。日本プロレタリア文化連盟だって、当人たちはあるつもりらしいが、我々の方じゃ、あらせちゃいないんだ」

タミノは、その男が去ると、地べたへ唾《つば》を吐きつけて云った。

「チェッ！　すかんたらしい！」

その次の日の午後二時頃、ひろ子が二階でニュースの下書きをしていると、誰かが一段、一段と重そうに階子《はしご》をのぼって来る跫音《あしおと》がした。きき馴《な》れない足どりであった。ペンを持ったまま振り向くと、そこには、鍾馗《しようき》タビの稲葉のおかみさんが、風呂敷包みを下げたなり上って来ている。包みからは大根がはみ出していた。

「ああ、小母《おば》さんなの……どうして？　何か用？」

「大谷さん、ここへきなかった？」

「――来ませんよ」

大谷とは、今夜会う約束なのであった。稲葉のおかみさんは、平常でない目のくばりで、

「じゃア、やっぱしそうだったんだろか」

ひろ子は、自分でも知らない速さで椅子《いす》から立ち上った。

「どうした？」

「――あたし、見ちゃったんだヨ」

その声の表情にはひろ子をぞっとさせるものがあった。

おかみさんの家が講《こう》の当番なので、今日は休んで買い出しに出た。駅前の大通りをこっちの方へ曲ると、前の方を大谷らしい男が、もう一人別の若い男と連れ立って歩いて行くのが見えた。稲葉の神さんはもう少し近づいてみて大谷だったら声をかけようと思ってうしろからついてゆくと、ラジオ屋の角で若い方の男が別れた。二つばかり横丁をすぎた時、駄菓子屋の横から一人の洋服の男が出て来たと思うと、早、もう二人どこかから出て来て丁度前後から大谷を挟んだ。

「おい！」

何とかいうのと、大谷がすりぬけようとするのと、その大谷をすばやく三人が囲んでちょっとくみ合いがはじまったのと、稲葉の神さんの目には、すべてが速い、鋭い、音のない雷光のように映った。むこうへ行かず、駅前の方へ戻るので、お神さんは袂《たもと》で半分顔をかくして軒下に引こんでいた。その眼に映ったのは左右とうしろからとりかこまれ、手錠をはめられた男の姿であった。それでも落着いて着物の前を不自由な手先で直しながら来たのは、たしかに大谷だったというのである。

ひろ子は、聞き終った時、喉《のど》がつまって、変に声が出し難《にく》いように感じた。暫《しばら》く、ペンをもったままの右手で口を抑えるようにしていたが舌の乾いた声で、訊《き》いた。

「大谷さん、何か持ってませんでしたか？」

「サア、私もあれッと思っちゃったもんで——？ちっちゃい包みみたいなもの下げてたね、たしか」

「先に別れた男って——どんな装《なり》してました？　洋服？」

「洋服なんぞじゃあるもんか、そら、そこいらによくあるじゃないの、書生さんのさ、絣《かすり》だったよ、多分」

ひろ子の瞳孔《どうこう》が、凝《じ》ーっと刺すように細まった。絣……絣。臼井は絣ばかり着ている。——だが——

「そのひとの顔は見なかったのね」

「だって、あんた、そりゃ先へ曲って行っちゃったんだもの……」

一段おきに跨《また》いで、タミノが下から登って来た。

「きいた？」

赤い頬の上で、タミノは眼をギラギラさせた。

「こっち、来るんじゃない？」

稲葉の神さんは、何かが身近に迫ったのを直感したように、ひろ子の顔からタミノへ、またひろ子へと不安そうな目をうつした。ひろ子はそれに心づき、

「大丈夫よ！」

タミノに向って目顔した。

「ここは託児所だもの、ねえ、変なことをすりゃ、おっかさん達だって黙っちゃいやしないわねえ」

汗が出ているというのでもないのに、稲葉のお神さんは縞《しま》の前垂を指にからんで頻《しき》りに小鼻のまわりをふいた。「ポロレタリヤは、しとじゃないとでも思ってけつかるのかしら！」

稲葉のお神さんが下へおりて行くと、待ちかねたようにタミノが力のある腕を動かして戸棚から行李《こうり》を引きず

り出した。そして、いらない紙きれを注意ぶかく始末しながらタミノは、

「ここまで総《そう》ざらいなんての、御免《ごめん》だね」

と呟《つぶや》いた。

それは分らなかった。ソヴェトの友の会が各地区の職場へ拡がって、ソヴェト見学団の選出が職場でされるようになったら、その活動は却《かえ》って不自由にされた。市電応援の活動と大谷の部署の関係とから、託児所へまで余波が来ることを全く予想していないことではなかった。或るところへ電話をかけ、そこから必要な場所へ知らして貰うため、タミノを出した。

重吉がやられた時、ひろ子は自分では十分落着いているつもりであったが、大谷の家の降りなれた階子《はしご》の中途に下っている壁の横木へ、二度もひどく自分のおでこをぶつけた。その薄い傷あとを黙って見ていた大谷の眼差《まなざ》し。それから、

「まア、飯をたべて行きなさい」

と、チャブ台へ自然とひろ子を坐らした大谷のもの馴《な》れた思いやりのこもった沈着さ。仕事で彼によって成長させられた色々の場面を考えると、ひろ子は、遂に彼のつかまったくちおしさで腹が震える感じであった。


いつだったか、ひろ子は大谷がもう少しであぶなかったところを、樹へのぼって助かったという話を誰かからきいた。ひろ子が面白がってその噂《うわさ》を重吉に喋《しゃべ》り、

「ほんとにそんなことがあったの？」

と訊《き》いた。重吉は、ひろ子の顔を一寸《ちょっと》見ていたが、直接そのことがあったともなかったとも云わず、ただ、

「なかなか早業《はやわざ》をやるよ」

そう答えて、愉快そうに笑った。ひろ子は、後々まで、そのときの重吉の返事のしぶりを思いかえして、心に刻みつけられるものを感じた。重吉と大谷とのつきあいの深さは、互の噂を個人的に喋り散らす以上のものであり、そういう友情が歴史を押しすすめるための大事な見えないバネとなっている、その値うちがひろ子にも近頃少しずつ分って来ているのであった。

だが、果して大谷はやられなければならなかったのだろうか。ひろ子はそう考えると、大谷のやりかたにも口惜しいところがあるように思えた。例えば絣《かすり》の男ときいてひろ子の頭に浮ぶのは臼井《うすい》という人物である。もしそれが、稲葉のかみさんのみたあの絣であったとしたら。ひろ子が言葉は少くしかし意味は深く漠然とした疑いを話したとき大谷は、比較的あっさり、ひろ子の不安を否

定した。だが大谷は絶対にそのようなことがあり得ないという確信を持つ客観的な根拠があったのだろうか。

この前後のいきさつには、ひろ子として何か口惜しいところがある。


僅《わず》か一日おいて、託児所からタミノがやられた。

ひろ子が子供らの駆虫剤をもらいに診療所へ行ってかえって来たら、溝橋のところに二郎と袖子《そでこ》がこっちを見て立っていた。遠くでひろ子の姿を見つけると、二人の子供は手を繋《つな》ぎあわせ、駆けられるだけの力で走って来た。子供らの様子を見た刹那《せつな》、ひろ子は、何故《なぜ》か、火事！ と錯覚した。こちらからも思わず小走りになった。出逢《であ》いがしらのひろ子のスカートへ握りかかって、二郎が、

「あのね！ あのね！」

息を切り、

「飯田さんがつれてかれちゃったよ！」

と告げた。

「いつ！」

「さっき！」

「小倉さんは？」

「いる」

その朝の新聞に、市電争議打ち切りが出た。タミノは、立ったまま新聞をひろげて見ていたが一遍おろしたのをまたとり上げ、

「あたしたちが、こんなことを今朝になってブル新で知るなんて。——何てくやしいんだろ」

と云った。その直截《ちょくせつ》な表現は、ひろ子の心持とも云えた。お花さんが、その話をきいて、

「あれ、あたし困っちゃったな、近所せわりいようでさ。ストライキするからってたとい一銭にしろ、袋せ入れてむらったんだもん……ねえ」

基金を出した親たちに、争議は従業員が実力を出して負けたのでないことを説明したビラを刷る、その仕度をタミノはさっき泛していたはずなのであった。

小倉は、入って来るひろ子を見ると、

「ああ、よかった！」

まるでたぐりよせられるように立って来た。

二人の特高が、まるで何でもないようにやって来て、ろくに物も云わずいきなり二階へのし上った。すぐつづいてタミノがついて上り、降りて来たのを見ると、一人の特高が手に赤インクで、「赤旗」と題を刷ったものを

持っていた。それでタミノの顔をぶった。

「しらばっくれんな、貴様《きさま》党員じゃないか。大谷が皆喋《しゃべ》ったぞって、それはそれはひどくぶたれなすったわ」

そう云いながら小倉は涙を浮べた。

ひろ子は我知らずきびしい調子で、

「そんなことは、うそだがね」

と云った。ここの託児所に一枚だってありようのないそういう文書が口実として、どこかから用意して来てつかわれる。それは、プロレタリア文化連盟の弾圧の場合にもつかわれたてであることをひろ子はきいていた。

ひろ子は小倉を励ましながら、大きい白い紙に、何の理由もなくもう三ヵ月近く警察の留置場におかれている沢崎キンのことと更にさっきひっぱられて行ったタミノのことを書いて、入って来る者の目にすぐつくように、上《あが》り端《はな》の鴨居《かもい》に下げた。

自分がこの今の一ときはのがれているその永続性が、夜までつづくか、あしたまでつづくものか、ひろ子には見当がつかなかった。ひろ子はひとりで二階へ上って見た。三畳のテーブルのまわりが取乱されている。テーブルの下の畳へ、ペン軸が上から乱暴にころがり落ちたまま突刺さっていた。しずかにそれをぬきとり、ひろ子はそれをいじりながら、夕方子供の迎えに来る親たちで、そのまま会合を持つ方針を立てた。それから下へおりて行って、小倉に一つの包みを託した。なかみは、獄中の重吉のための一着のジャケツであった。

風知草

一

大きな実験用テーブルの上には、大小無数の試験管、ガラス棒のつっこまれたままのビーカア。フラスコ。大さの順に並んだふたつきのガラス容器などがのせられている。何という名か、そして何に使われるものかわからないガラスのくねった長いパイプが上の棚から下っている。透明なかげを投げあっているガラスどもの上に、十月下旬の午後の光線がさしていた。武蔵野《むさしの》の雑木林のなかに建てられている研究所は自然の深い静寂にかこまれていて、実験室の中には微《かす》かにガスの燃える音がしていた。一隅《いちぐう》の凹《くぼ》んだところで、何かの薬物が煮られているのであった。

ドアに近い実験用テーブルの端に、小さい電気コンロがのっていた。その上に、金網のきればしが置かれ、薄く切ったさつまいもが載せられている。まわりに、茶のみ茶碗《ぢゃわん》、鮭《さけ》カンの半分以上からになったの、手製のパンなどが、ひろげられている。

静かな、すみとおった空気の中に、いもの焼ける匂《にお》いが微かに漂いはじめた。

「そろそろやけて来たらしいね」

「……もうすこうしね」

「そっちの、こげやしないか」

「そうかしら」

実験用テーブルの端へもたれのある布張椅子《ぬのばりいす》をひきよせて、いものやけるのをのぞいているのは、重吉であった。親しい友達がもって来てくれた柄の大きすぎるホームスパンの古服を着て、ひろ子が彼の故郷からリュックに入れて背負って来た靴をはいて、いものやけるのを見ている。無期懲役で網走《あばしり》にやられていた重吉は、十二年ぶりで、十月十日に解放された。いが栗《ぐり》に刈られた重吉の髪は、まだ殆《ほとん》どのびていない。

ひろ子は、元禄袖《げんろくそで》の羽織に、茶紬《ちゃつむぎ》のもんぺをはいて、実験用の丸椅子《まるいす》にかけ、コンロの世話をやいていた。

「さあ、もうこれはよくってよ」

「――あまいねえ。ひろ子もたべて御覧」

「網走においもはあったこと？」

「あっちは、じゃがいもだ。農園刑務所だからね、囚人たちでつくっているんだ」

「あなたなんか和裁工でも、じゃがいもぐらいは、たっぷりあがれたの？」

「東京よりはよかったさ。――巣鴨《すがも》のおしまい頃はひどかったなあ……これっぽっちの飯なんだから。二くち三くちで、もう終りさ」

重吉は網走で、独居囚の労役として、和裁工であった。囚人たちが使ってぼろになったチョッキ、足袋《たび》、作業用手套《てぶくろ》を糸と針とで修繕する仕事であった。朝の食事が終ると、夕飯が配られる迄、その間に僅《わず》かの休みが与えられるだけで、やかましい課程がきめられていた。日曜大祭日は、その労役が免除された。そういう日に、重吉たちは、限られた本をよむことが出来た。そのかわりに、その日は食事の量が減らされた。本のよめる日は必ず空腹でなければならなかった。労役免除の日は食餌《しょくじ》を減らして、囚人たちが休日をたのしみすぎないようにする。それが、監獄法による善導の方法と考えられているのである。

焼けたいもをとって、ひろ子もたべた。

「あら、本当に、このおいもは、特別おいしいわ」

「そうだろう？」

おそい朝飯をすましてすぐ家を出かけ、この研究所に勤めている友達に、重吉の健康診断をしてもらいに来た。重吉とひろ子は、鮭《さけ》のカンヅメとパンとをもって来た。友人の吉岡がおいもをあてがっておいて、室《へや》を出て行った。妻子を疎開させたから、研究所に寝泊りして自炊している吉岡は、自分が実験用の生きものにでもなっているように、隣室のベッドの下に泥だらけのものだの大根だのを押しこんで暮しているのであった。

「吉岡君、なかなかおそいね」

「送別会なんでしょう？――三十分や一時間かかるわ」

白い上っぱりをはおった助手がドアをノックして入っ

て来た。片隅で煮えている液体の状態を調べてから出て行った。その薬液は、きまった時間をおいて、慎重に観察されながら煮られなければならないものらしかった。

礼儀正しく助手のひとが入って来て、自分の任務を果して出てゆくとき、ひろ子は、そのつど、ぼんやりしたはにかみを感じた。実験用テーブルの端におとなしくかたまって、たのしそうに、言葉すくないもの薄ぎれをやいている自分たち二人。それは、十月の明るい光線にガラスどもが光っている実験室の薬品くさい内部の光景として何でもないその一部分であるような、さりとて助手のひとが毎日見なれているあたりまえの情景であるとも云えなさそうな、はにかみを感じるのであった。

いもがやけてから、ひろ子は、片隅の水道から水をくんで来て、やかんを電気コンロにかけた。一室に、生活にも必要なすべてがそろっている化学実験室のつくりは、ひろ子の興味をそそった。ひろ子は実験用テーブルをぐるりとまわって、仔細《しさい》に千差万別の形をし、はり紙をつけられ、一見無雑作に、しかも極めて意味のある秩序をもって整理されている瓶《びん》や試験管の林立を眺めた。

重吉は、そうやって大テーブルのまわりを珍しそうにまわっているひろ子につれて、視線をうつした。そして、ひろ子がひとまわりして、もとの円《まる》い木椅子に戻って来たとき、重吉は、

「二人でいると、ちっとも退屈じゃないねえ」

そう云った。

ひろ子は、重吉の顔を見た。重吉の眼は柔かく、睫毛《まつげ》に美しいかげりがある。ひろ子は、思わずまだ立ったままでいた自分の位置で借り着の重吉の大きい肩に手をおいた。重吉が感じたままを云った素朴な表現は、今二人でこうしていると何とはなしのたのしさにつれ、彼の十二年の獄中生活はどんなに単調な、変化のない時間の連続であったかということを、まざまざとひろ子に告げたのであった。

「でも不思議ねえ、わたしたち一人で暮していなけりゃならなかったとき、退屈だとは思ってなかったでしょう」

「そりゃそうだ」

「わたしなんか寂しいということさえよくわからなかったぐらいだったわ」

ひろ子の眼の裡《うち》を深く眺めて、やがて重吉が何か云おうとしたとき、

「やあ、どうも大変失礼しました」

眉根《まゆね》の太い、小柄な吉岡が戻って来た。

「ここで養成された看護婦さんの巣立ちだもんだから、どうも手間どって」

実験用テーブルの上の、つつましいピクニックのあとを見まわした。

「いもはどうでした。案外うまかったでしょう？」

「あまくて珍しかったですよ」

「そりゃよかった、あれは我々の農園産ですよ、職員がみんなで作ったんです」

戦争が進んで、研究所員の生活不安がつのって来たとき、研究を継続するためにも吉岡たちが先頭にたって、広大な敷地のなかに農園をはじめたのであった。

「――よかったら拝見しましょうか」

「ええ」

重吉は椅子《いす》から立ち上った。そして、すぐその場で背広の上着をぬいでしまった。

「診察はあっちなんじゃないのかしら――」

「ええ。レントゲンがあっちだから……」

「別の部屋へいらっしゃるのよ。――どうなさる？」

ひろ子は重吉を見あげた。

「わたしも行きましょうか」

「いいよ、いいよ」

気まりわるいような表情で、重吉はことわった。

「大丈夫さ、来なくたって……」

重吉のことわる気分は、ひろ子につたわった。重吉は、自分の病気について、九年の間、只《ただ》の一度も信頼出来る診断というものをうけることが出来なかった。刑務所の医者は、思想犯の患者を診るときには、その前にきまって附添の看守に向って念を押した。「どうだ、これは転向しているかね」と。だから重吉は、自分の努力で病勢を納めて来ているものの、本当には拘置所で患《わずら》うようになった結核がどの程度のものなのか、正確に知らないも同然であった。もし余りよくなかったとき、いきなりその場でひろ子までを切なくさせたくない。ひとりでにその不安から重吉はことわるのだろう。

「じゃ、ここで待っているわ、どうぞごゆっくり」

小柄な吉岡が、白い診察着の裾《すそ》をひらひらさせ、スリッパアをならして長い廊下を出て行った。早でまわしに上着をぬいでいた重吉が、いくらか靴を曳《ひ》き気味に、大きい、ゆっくりした歩調でそのわきを行く。

ひろ子は、研究所の長廊下を段々遠ざかってゆく重吉の後をドアの前に佇《たたず》んで永いこと見送っていた。

重吉の、あの歩きつき。一歩一歩とゆっくり大きく、いくらか体を左右にゆする歩きつき。肩がゆすれるのは重吉だけの癖であった。けれども、ああいう足の運びかた、それはすべての独居囚がもっている歩きつきと云えた。日ごろ、足元の軽いひろ子でさえ、編笠《あみがさ》をかぶり、編笠の内側に出ている編めのジャカ、ジャカに髪の根を気持わるくひきつられながら、女看守につきそわれて歩いたときは、やっぱりああいう工合に、のろく、重く、一歩一歩と歩いた。編笠が視線を遮って、うるさく陰気だからばかりではない。彼等がそういう歩きつきになるのは出来るだけ長く監房の外に出ている時間をもちたいという、我知らぬ渇望からであった。きまった通路を、きまった場所へ、きまった目的のために、きまった時間内にしか歩かせられない。一本の通路の、どっち側を歩くかということさえ歩く人間の気まかせにはさせられない歩行の間、特に独房にいるものは、自分の一歩、一歩を体じゅうで味い、歩くという珍しい大きい変化を神経の隅々にまで感受しようとする。本人たちが自覚しているよりも深いその欲望から、彼等はみんな外の世界にない独特ののろく重い足どりになって来るのであった。

　あの歩きつきで、細かい紺絣《こんがすり》の袷《あわせ》の着物と羽織とをきて、帽子のないいが栗《ぐり》頭に、前年の冬はいていたひろ子の手縫いの草色足袋《たび》をはき、外食券食堂で買った飯を新聞紙にぶちまけたのをたべたべ、重吉は一人で網走《あばしり》から東京まで帰って来た。同じ東北本線を、重吉は四ヵ月前、北海道弁の二人の看守の間にはさまれ、手錠をかけられ、青い作業服、地下《じか》足袋に、自分のトランクを背負って北へ向って行った。空腹で、看守がくれる煎大豆《いりだいず》をたべて、水をのんだための下痢に苦しみながら手錠ははずされずに行った。十月十四日、十二年ぶりに東京の街をひとりで歩くことになった重吉は、一面の焼原《やけはら》で迷い、ひろ子が住んでいる弟の家のぐるりを二時間も迷ってやっと玄関に辿《たど》りついた。その朝、重吉は上野へついて真直《まっすぐ》に、昔、自分とひろ子とがはじめて一緒に暮した小さな二階家があった町の方角へと歩いた。二階家は上野から来て坂の上にある国民学校の建物が目じるしであった。出迎えに会えなかったその朝、自分のうちへ、ひろ子のいるところへ帰るという重吉の感情の中心に、くっきり浮んだのが小さい昔の家の入口の情景であったということを、ひろ子は感動なしに聴けなかった。

　たった二ヵ月足らずを二人で暮したその家から、十二年の間に一人でひろ子が移った家は、幾軒あったろう。移るたびに、ひろ子は細かく周囲の風景も描き、間どりを話し、スケッチの絵ハガキさえ重吉に送った。それらをみんな重吉はよく知っている筈《はず》であった。勿論《もちろん》、今、ひろ子が住んでいる弟の家も。町名、番地、隣組番号さえ重吉は知っている。その家に両親が暮していたとき、重吉も来たことさえある。だが、焼野原となった東京で、かえって来た重吉の心に、めじるしとして感じられたのは、昔の二階家であった。その家は、ひろ子の弟の家の北側が垣根一重のところまで焼けたとき、焼けて跡かた無くなっていた。

　自由になって、まだ十日余りしかたたない重吉のとりなし万端《ばんたん》に、ひろ子のこころを動かしてやまないものがあった。

　十四日の朝、二人がやっと口をきけるようになったとき、重吉はひろ子に、

「どうだろう」

と相談した。

「みんなに一応挨拶《あいさつ》した方がいいだろう？」

　その一つの家に、焼け出された知人の一家をはじめ三家族が暮していた。その知人と、裏の美術家が、十三日の夜十二時頃まで上野駅の出口の改札に立って、もしか重吉が来るかと待っていたひろ子の道づれをしてくれたりした。

「それは、その方がいいわ」

「紹介しておくれ」

　玄関わきの客室に、知人一家は暮している。ひろ子は、そこへ行って、

「昨晩はありがとうございました」

と云った。

「あんなにしてわざわざ来て頂いたりしたときには来なくて、わたしが待ちくたびれて腰ぬけになったら、かえって。――石田です」

　うしろに立っていた重吉を紹介した。重吉は、まだ帰って来た時のままのなりで、嵩《かさ》だかにそこの畳へ手をついて挨拶をした。

「石田です。――どうも永い留守の間はいろいろお世話様になりました」

　それは決して、ただ時間の上で永い留守をしていたという挨拶《あいさつ》ではなかった。二度と還《かえ》ることはなかったかもしれなかった者、生活の外におかれていたものが、今帰った、良人《おっと》として妻のところへ、社会生活のごたごたの中へ戻って来た、その挨拶であった。戦争の中から、妻のところへ生きてかえることの出来た男たちも、何人

か、こういう挨拶のしかたをしたことだろう。わきに膝《ひざ》をついて重吉の挨拶を見ていたひろ子は、のどにせきあげて来て、やっときこえるような声で、

「じゃ、また、のちほど、ね」

重吉を立たせた。二つの手を独房の畳の上へは決してつかなかった重吉。そのために、例外のようにひどい判決をうけた重吉。その重吉が、急に世間並のしきたりの中に戻って来て、それをこんなに素直にうけとり、世話になるより、世話になられているという関係の知人にまで真心をもって、不器用に挨拶している。人の一生のうちにざらにある瞬間として感じてすぎることはひろ子にとっては不可能であった。

今、吉岡が、じゃあ拝見しましょうか、と云ったとき、重吉はいきなり背広の上着をぬいでしまった。それも、重吉がただ熱心に診《み》て貰《もら》おうと思っていたからのこと。それだけに重吉のいくらかとんちんかんなその動作のこころを解釈するこころもちがしなかった。

吉岡純介は、重吉というよりは寧《むし》ろひろ子の親友の一人であった。結核専門で、そのためにひろ子は何度も重吉の体について相談して来た。一九四二年の夏、東京は六十八年ぶりとかの酷暑であった。前年の十二月九日、真珠湾攻撃の翌朝、そういう戦争に協力することを欲していない者と見られていた数百人の人々の一人として、ひろ子も捕えられ、珍しい暑い夏を、巣鴨《すがも》の拘置所で暮した。皮膚の弱いひろ子は、全く通風のない、びっしょり汗にぬれた肌も浴衣《ゆかた》もかわくということのない監房の生活で、毛穴一つ一つに、こまかい赤い汗も が出来た。医者は、その汗もに歯みがき粉をつけておけと、云った。しまいに掌《てのひら》、足のうら、唇のまわりだけのこして、全身がゆで小豆《あずき》の中におっこちた人形のようになった。そして、監房の中で昏倒《こんとう》し、昏睡状態で家へ運ばれた。

二日ほどして意識が恢復《かいふく》しはじめた。最初の短い覚醒《かくせい》の瞬間、ひろ子は奇体な、うれしいものを見た。それは、自分に向って心から笑っている吉岡の顔であった。吉岡が、特徴的に太い眉根《まゆね》をうごかして、浅黒い顔に白い歯を見せて笑いかけている。その顔が、丁度アヒルの卵ぐらいの大さに見えた。そんなに小さく、そんなに遠いところにあるのに、それは吉岡にまがうかたなく、実に鮮明に、美しく見えた。ひろ子は、うれしさに声をたてて笑った。拘置所の中で段々足もとがふらつき、耳が苦しく遠くなって来たとき、ひろ子はどんなに、ここに吉岡さえ来てくれたら、と思ったろう。その吉岡の顔が見え

た。ほんとうにうれしい。――だが――再びくらくなる意識のうす明りの中で、ひろ子は全力をつくして考えた。――これは夢だ。どうせ夢にきまっている。うれしがったりしてはいけない。吉岡さんなんかいる筈《はず》はないんだもの……。

そこからどの位時間が経ったのか、二度目にまた吉岡の顔が見えた。そのときは、もうあたりまえの大さになっていた。そして、

「どうです、吉岡ですよ。わかりますか」

そういう声もきこえた。眼の水晶体が熱と血液の毒素のためにむくんで、ひどく凸《とつ》レンズになっていたために、そんなに吉岡の顔も小さく見えたのであった。

ひろ子は、死んだ自分が又生きられたことを、吉岡の骨折りときりはなして考えることが出来なかった。重吉はそのいきさつを知っていた。重吉の病気を吉岡に診せたがっているひろ子の気持も度々《たびたび》つたえられていた。

十月十四日に帰って来たとき、重吉は決して健康人の顔色でなかった。それでも、昼飯をたべると、すぐ迎えに来ていた友人たちと遠い郊外へ出かけた。そこでは、もう活動が準備されていた。夕方おそくなって、そして、又道を間違えてひどく迷って疲れて帰って来た重吉に、ひろ子は、

「健康診断しましょうよ、ね。健康診断をちゃんとしなければ絶対に駄目よ」

心痛に眉をよせて力説した。

「吉岡さんに診《み》て貰《もら》いましょう。それからでなくちゃ、わたしたち、どう暮したらいいのか分らないみたいで……わかるでしょう?」

「そうしよう」

それにつけても思いおこすという風で重吉は、

「――木暮《こぐれ》の奴……」

と云った。木暮は、一九四四年頃どこかの刑務所から転任して巣鴨《すがも》へ来た監獄医であった。病監での日常事で意見が衝突した重吉について、精神異状者という書類を裁判所へ出した。

「わたしはね、こんどこそ、本当にあなたを生かしたいと思って診てくれる人に診せたいの、いいでしょう?」

十二年の間、重吉は彼を積極的に生かそうとする意志が一つもない環境の中で、猩紅熱《しょうこうねつ》から腸結核、チフスと患《わずら》って、死と抵抗して来た。今度は、どうだろう、と、重吉の無言の格闘を遠まきに見まもられている裡《うち》で、死なずに生きて出て来た。吉岡に診ましょうと云われて、

いきなり上着をぬいだ重吉が、ひろ子には犇々《ひしひし》とわかった。重吉はかえって来てから、自分が感じている善戦し責任を果した満足と歓喜とを、彼におとらない程度まで実感し、慶賀にみたされているいくつかの心があることを日ごとに発見しつつある。それは妻であるひろ子ばかりのことではなかった。歴史の野蛮な留金《とめがね》がはずされて、くりひろげられた世代の欲求のうちに、重吉の感じる共感が響いているのであった。あるときに、ひろ子を殆《ほと》ど涙ぐませるのは、その共感に応《こた》える重吉の態度の醇朴《じゅんぼく》さと、普通にない世馴《よな》れなさであった。重吉の挙止には、ひそめられている限りない歓喜と初々しさと、万事につき、見当のつかないところがまじりあっていた。それらすべては青年から壮年へと送られた重吉の獄中の十二年が、彼の人間らしい瑞々《みずみず》しさにとって、どんなに乾いたものであり、胃袋と同じくいつもひもじいものであったかを知らした。しかも、重吉はそれらについては何とも自分から話さない。十月十日に府中刑務所から解放された重吉の同志たちが、すぐ郊外に集団生活をはじめていた。そこへ重吉につれられて行って、ひろ子は、昔会ったことのあった婦人活動家の一人にめぐり会った。そのひとから獄中で死んだ幾人かの人々の話をきいた。宮城刑務所にいた市川正一が、すっかり歯をわるくしたのに治療をうけられず、麦飯を指でこねつぶして食べていた。そうして生きようと努力していた。が、最後には僅《わず》か九貫目の体重になって死んだ。戸坂潤《とさかじゅん》は、栄養失調から全身疥癬《かいせん》に苦しめられて命をおとした。ひろ子は、これらの話をきいたとき泣いた。重吉と自分とに与えられた愉《ゆ》悦《えつ》に対して謙遜《けんそん》になった。これらの人々はどんなに生きたかったであろうか、と。

ひろ子は、実験用テーブルの前の円椅子《まるいす》から立ち上った。水道のところへ行って、自分たちの使った茶のみと、そこに漬けてあった二つ三つの皿小鉢を洗った。わきの窓から、建物だけ出来てまだ内部設備がされていない別の一棟が眺められた。その棟の空虚な窓々は、秋の午後に寂しく見えた。

――しかし、思えば、感動深く厳粛なこのたびの治安維持法の撤廃と思想犯の解放につれても、故意か偶然か、ひろ子などには判断のつかない混同が行われていた。今度出獄したすべてのものが治安維持法の尊敬すべき犠牲者、英雄のように新聞やラジオで語り、語られているのであったが、その中に、元来が積極的な戦争強行論者で、その点が当時として反政府的であったために拘禁されていたというような人物までがまじっていた。その男が多弁に「民主的」に、権力を非難し野蛮なる法律を攻撃しているのであった。

話しながら廊下をこちらへ来る吉岡の声がした。重吉が、手さぐりで結んだネクタイを横っちょに曲げた明るい顔でドアをあけた。

「いかが？」

「案外だった」

「そんなによくなっていたの？」

「いい塩梅《あんばい》に病竈《びょうそう》がどれも小さかったんですね」

吉岡が煙草《たばこ》に火をつけながら云った。

「大体みんなかたまっていますよ。この分なら、無理さえしなければ大丈夫と云えますすね」

「石田に無理さえしなけりゃと、云うのが抑々《そもそも》無理らしいわ。――でも、よかったことねえ。ありがとう」

ひろ子は、椅子《いす》の背にかかっていた上着をとって重吉にきいた。

「お着にならないの？」

「もう一遍行くんだ――そうでしょう？」

「肺尖《はいせん》のところが、どうもよく見えなかったんです、丁度鎖骨の下だもんだから。ついでに、見直しておいた方がいいでしょう。血管がそこでいくらか太くなっているから、先の方に全然何もないって筈《はず》はないんですがね」

肺尖のところは、二度目にも骨に遮《さえぎ》られてよく映らなかった。吉岡は、

「石田さんは、自分の体についちゃもう専門家なわけだから大丈夫でしょうが、何しろ、ちゃんと証人が立っているんですからね」

肺尖部の血管のふくれが何を意味し、何を警告しているかを説明した。そして、

「まあ三月《みつき》に一度は必ずしらべられるんですな」

と命じた。

二

秋の夕暮のかすかな靄《もや》が立ちのぼりはじめた雑木林の間の小径《こみち》を、重吉とひろ子とは駅まで歩いた。どっちからともなく手をつなぎあって、ゆっくりと歩いた。

「お疲れにならない？」

「そうでもないよ」

「来てよかったわねえ」

「見当がついたからね」

乗りものの様子がわからなかったりするからばかりでなく、ひろ子は重吉が帰ってから、出かけるときは大抵《たいてい》一緒に出た。研究所へ来る郊外電車は、時間のせいか思ったよりすいていて重吉は吊革《つりかわ》につかまりながら窓外を駛《はし》りすぎる森や畑の景色を飽きずにじっと眺めていた。何の拘束もうけず、どこへでも歩き、そうして田舎《いなか》の景色の間を進み、ひろ子もついてそこに来ている。このあたりまえさが、自分たちにとってあたりまえなことになったという異常なめずらしさ。来る電車の中で、ひろびろとした田野の眺望の間を駛りながら、この感じがつよく重吉の胸に湧《わ》いたらしかった。重吉は、あたりにのり合わせている人々の視線を心づかないように並んで立っていたひろ子の肩に手をおいた。そして低い声で、

「あるくのも、一緒でいいねえ」

と云った。ひろ子は、微《かすか》に上気して重吉を見た。重吉は、あたりの乗客たちを全く見ていなかった。しかし、ひろ子を見ているのでもなかった。視線は窓の外を駛りすぎる外景に吸いよせられている。重吉の手と重吉の声とは、もしかしたら重吉が心づかないうちに、こうして生活はとりかえされた、という抑えがたい感銘を表現したのかもしれなかった。

夕闇《ゆうやみ》の林間道をあるきながら、重吉は、

「今ごろ、電車、どうだろう」

と云った。

「こみかた？」

「来たとき位ならいいね」

「ひどいと思うわ、時間がよくないんですもの」

その駅にどっさりの乗客が待っているというのではなかったが、灯をつけて走って来た電車は満員だった。

「どうなさる？」

列に立っている重吉の背中を押すようにしながらひろ子があわてて相談した。

「おいや？　あとだと、一時間待つのよ」

重吉は、黙って一寸躊躇《ちょっとちゅうちょ》した。

「のってしまいましょう、あんまりおそくなるわ」

そう云いながら、ひろ子は自分の体ごと重吉を車内におしこんだ。重吉は、ほかの乗客の足をふむまいとして無理な姿勢で立って、発車するとき、ひどくよろけた。こむ乗物の中で、粗暴な群集にも乗ものそのものにもまだ馴《な》れない重吉が、大きな体をおとなしく小づかれたり、押しつけられたりするのを見るのは辛かった。重吉は、

自分が痛感する荒っぽさをひろ子の身にそえて、乗物がこむと、しきりにひろ子をかばった。今もそれで、二人のあがきが却《かえ》ってわるかった。

「ね、わたしはいいのよ、ここでうまく立っているのよ」

池袋で、長い列につながって省線の切符を買い、乗りかえた。思いがけず、一つ空席があった。ひろ子は、無理に重吉をかけさせた。

「今は、あなたの方がくたびれやすいのよ」

揉《も》まれた重吉の顔に疲労があらわれている。

「腹がすいて来たね」

重吉は、ひろ子を見上げて苦笑した。

「もう?――でも、おそいこともおそいわね」

「こんどは、夜の弁当ももって来ようよ」

「そうね」

暫《しばら》くだまっていたが、やがて重吉が、

「ひろ子」

と呼んだ。

「なあに?」

つり革へ手の先だけをのこして、ひろ子は重吉に顔を近づけた。

「『一塊の土』という小説があったろう?」

「あるわ」

芥川龍之介の作品としては、自然主義風なものとして人々に記憶されている作品であった。

「覚えているかい」

「あらましは覚えているつもりだけれど……何故《なぜ》?」

宵のこんだ電車の中で、何故『一塊の土』が思い出されたのだろう。

「あれは、後家《ごけ》の女主人公が、うんと働いて稼ぐけれども、それで自分もはたも不幸になってゆく話だったろう?」

「そうだわ」

ちょっと黙って、重吉は、ごく普通な調子で座席からひろ子を見ながら、

「ひろ子に、なんだか後家のがんばりみたいなところが出来ているんじゃないか」

と云った。

余り思いがけなくて、ひろ子は、眼を見ひらいて重吉を見つめた。

「わたしに?――」

後家のがんばり。……後家のがんばり。……その辛辣《しんらつ》さがこたえて、ひろ子の目さきがぼーっと涙でかすんだ。

ふるえそうになる声をやっと平らかに、ひろ子は重吉に聞いた。

「あなたに対して、わたしにそういうところがあるとお感じになるの？」

「僕に対してというわけじゃないさ。——一般にね」

「いろんなやりかたで？」

「まあそうだね」

たとえば、きょう自分たちがこうやって研究所へ出かけ、ひろ子とすれば重吉が帰って来ているからこそと思うたっぷりした一日をすごした。その間に、自分はどんな後家《ごけ》のがんばりを示したのだろう。愉《たの》しそうにしていた重吉が、何のはずみでそれを感じたのだろう。せわしく朝からのことを思いかえして見ても、ひろ子には重吉にそれを云い出させたきっかけを自分からとらえることは出来なかった。しかも、後家のがんばり、という言葉にふくめられているものは、バカと云われたより、だらしなしと云われるよりひろ子にとって苦痛であった。人生のずれたところへ力瘤《ちからこぶ》を入れて、わきめもふらない女の哀れな憎々しさ。それが、この自分にあるのだろうか。帰って半月もたたない重吉からこんな電車の中で、それを云われなければならないのだろうか。こらえても、涙があふれた。涙をこぼしながら、ひろ子は、大きいリュックを背負った男にうしろからぎゅうぎゅう押されていた。

「——どうした？」

つり革にさがっている方の元禄袖《げんろくそで》で、重吉から半ば顔をかくすようにして黙りこんでしまったひろ子を重吉は見上げた。

「しょげたのかい？」

ひろ子は合点《がてん》をした。

「しょげることはないさ」

「……あんなに、貞女と烈婦には決してなるまいと思って暮して来たのに——」

ひろ子は、このとき重吉のとなりにかけている中年男が自分たち二人の言葉のやりとりに関心をもってきいているのを知った。同時に、自分が、涙っぽくしかこの話にふれられない今の感情のひよわさを自覚した。それにしても、どうして、よりによって重吉は、この混雑の中でこんな話をしはじめたのだろう。ひろ子は、気をとり直し、元禄袖のかげから顔を出して、重吉の耳のそばへ囁《ささや》いた。

「ここは、あんまり話しいい場所じゃないわ。そうでしょう？　降りてから。ね……」

「――そうか」

重吉は、ひろ子の気もちや周囲の状況が、はじめてわかったという風に、無邪気におかしそうに笑った。

「でも、どうして急におっしゃるの？」

「どうしてってことはないが、考えたからさ――どうせほかにすることがないんだからこんなとき話しといた方がいいだろう？」

「大抵《たいてい》の人は、こんなところでは話し出さないと思うわ」

ひろ子は、小さくほほえんだ。

「それに……いまはあなたもわたしも、おなかがすいているでしょう？　わたしはどうしても、これになってしまうからね」

ひろ子は、指さきで頬っぺたを涙がころがりおちる形をしてみせた。

西へ向って真直《まっすぐ》に一本、アスファルト通がとおっている。左右は、おそろしく高い切り通しの石だたみで、二つの崖《がけ》をつなぐ鉄の陸橋が、宵空に太く黒く近代都市らしい輪郭を浮き出させている。この高台は、昔東京の海がずっと深く浅草附近まで入りこんでいたそれより昔、武蔵野の突端をなして、海へきっ立っていた古い地層である。

低地にひろがった尾久方面も、高台も、今は一面の焼け野原となっていた。アスファルトの道ばたには、半分焦げのこった電柱だの、焼け垂れたままの電線、火熱でとけて又かたまったアスファルトのひきつれなどがあった。焼トタンのうずたかい暗い道の上で、通行人は互に近づく黒い影を目じるしにしてよけあってとおっていた。

「――暗いねえ」

ゆっくりした足どりをなおおそくして、重吉がおどろいたように云った。

「大丈夫かい？」

「大丈夫よ。暗いけれどこっちの道は案外いいのよ」

「それにしても――こんなところを、ひろ子一人でなんか歩いちゃ駄目だ」

二人で歩ける今、重吉が、一人でなんか歩くなと云ってくれるこの夜道を、ひろ子はこれまで幾度ひとりで通らなければならなかったろう。リュックを背負い、もんぺにはいた靴をふみしめ、つよく振る手で薄気味わるさを追っぱらうように力んで、通った。自分のその姿が、はっきりひろ子の心に浮んだ。その姿を仔細《しさい》に追ってゆくと、そこには電車の中で重吉が不意に云い出した批評につながる自分の在ることが、ひろ子自身にもさとられるような気がするのであった。

「さっき電車の中でしかけた話ね、覚えていらっしゃる?」

ひろ子が訊《き》いた。

「後家《ごけ》のがんばり、かい?」

二人が話しやめたその位置で、重吉は、はっきりと又その表現をとりあげた。

「わたしには、ね。どうしてああ急におっしゃったのか、きっかけが見つからないのよ。さっきから考えているけれど。……でも、きっとそういうところが出来ているんでしょうね」

たとえば同じ夜の道を、こうして二人で歩いている。その歩きぶりも心持も、一人で出来るだけ早くといそいで歩いているときと、どんなにちがうことだろう。ひろ子はそれも一つの例として話した。

「自分でどこをどうがんばっているのかわからないところが、つまりくせものね」

「心配しなくてもいいんだ。ただ、これまでひろ子は、云わば一人ぼっちでがんばって来たんだから、どうしても、そういうところも出来たのさ。又それだからこそ、もったというようなところもあるんだし。――しかし、もう条件が変ったんだからね……そうだろう?」

「ほんとねえ」

うれしい方へ条件が変って僅《わず》か半月ばかりのこの頃。それにくらべて条件が変るとすれば、より悪くしか変りようのなかったこれまでの十数年間。

「なんて云っていいか分らないようだわ。一層、一層、あなたの細君であろうとして、そのために、そんながんばりが身につくなんて、……」

「ああいう時代だったんだから無理もないさ。どっちを見ても崩れていて生活の基準がなくなった中で、謂《いわ》ばそれを自分から押しやることで、どうやら自分を真直《まっすぐ》にもって来たというところもあるんだから」

話しながら二人がのぼりかかっていた大きい勾配《こうばい》の坂の中途で重吉が立ちどまった。そしてひろ子に訊いた。

「この坂は、どの坂だろう」

「――どの坂って?」

「もとの家へゆくのに、いつも通った坂があったろう? あれはどの坂かい?」

「ああ、あれは、この坂よ」

「これっぽっちの狭い坂だった、あれかい? ごちゃごちゃ店なんか並んだ……」

「そうなのよ。すっかり変っちゃったでしょう。あの頃はまだずっと急だったしね」

「そうか！」

さも合点がいったように、

「それでやっとわかった」

重吉は又歩き出した。

「帰って来た日、むこうの角から入ってこの坂まで来たんだよ、多分この見当だと思うのに、坂の様子がまるっきりちがうもんだからそれで又すっかり迷っちゃったんだ」

ひろ子たちが今住んでいる弟の家は、その坂をのぼって少し行った焼けのこりの一郭にあった。十月十四日の朝、網走《あばしり》から上野へついた重吉は、十三年前ひろ子とはじめて持った家を目当にさがして来て、三時間もその辺をぐるぐる迷ったのであった。

おそい夕飯をすましてから、重吉は、ひろ子が重吉の家からもらって来ていたはったい粉をたべている。もとは客間に使われていた洋風板じきの室に食卓を入れて、食事にもお客用にも使って二人は暮しているのであった。

格別、彼のために新調されたのでもない座布団の上にあぐらをくんで、うまがって、はったい粉をたべている重吉を、ひろ子は飽かず眺める、という字のままのこころもちで見まもった。

今夜に限らず重吉と一緒に食卓に向っているとき、ひろ子の心にはいつも真新しい感動があった。こんなに自然な男である重吉。簡単な、いもの煮たのさえ美味《おい》しがって、友達と一緒に妻と一緒にたべることを愉快がる重吉。自然なままの人間に、こわらしい罪名をつけて、たった四畳の室《へや》へ何しに十二年もの間、押しこんで暮させたのか。そこにどんなよりどころがあったのか。権力だからそれが出来たというならば、その不条理が不審でたまらないのであった。

「もういいの？」

「ああ、もういい」

「——さっきの話——あの、がんばりのことだけれど、よく云って下すったわね」

重吉は、ちょっと改まった視線でひろ子を見ていたが、

「でも、さっきひろ子は泣いたんだろう」

いくらか、からかい気味に云った。

「それは泣いたわ。泣けるのがあたりまえよ。そうじゃないの。だから、よく云って下すったというのよ。これから、何でもあなたの気がついたことはみんな云って頂《ちょう》

戴《だい》ね。これは本当のお願いよ」

手紙ばかりで暮した年月は、それらの手紙がどんなに正直であったにしろ、整理されたものであるにちがいなかった。その意味では、ひろ子が重吉に示す生活感情も計らぬきれいごととなっているとも思えた。

「わたしは、何でもよそゆきでなく自分があるとおりにするからね。いやだとお思いになることがあったら、どんなにべそをかいてもいいから、云って頂戴。腹の中で、ひろ子というのはこういうんだな、なんかと思わないでね」

「いつか、そう思ったことがあったかい?」

「これまではなかったわ。段々いそがしくおなりになるでしょう? こんな話をゆっくりしていられなくなるのは見えているのよ。ですから、それまでに、痛棒《つうぼう》はたっぷりほしいのよ」

「よし。わかった」

ひろ子は、重吉がかけている深い古い肱《ひじ》かけ椅子《いす》の足《あし》許《もと》に足台をひきよせてその上にかけ、鼠《ねずみ》がかじった米袋の穴をつくろっていた。小切れを当てて上から縫っている手許を見おろしていた重吉が、

「つぎは、裏からあてるもんだよ」

と云った。いかにも、それだけは確実だ、という云いかたで、ひろ子は思わず笑い出した。

「どうしてそんなこと知っていらっしゃるの」

「和裁工だったんだぜ。ひろ子といえども、裁縫で五円八十銭稼いだことはなかろう」

重吉は、

「僕がやってやろう、見ていてごらん、うまいんだから」

袋をとって、ひっくりかえして、内側からつぎきれを当てて、縫い出した。つかみ針で、左手の拇指《おやゆび》と人さし指のはらでおさえた布《きれ》の方へ針をぶつけてゆくようなぎごちない手つきで、しかし一針一針と縫ってゆく。はじめ笑って見ていた口元がかすかに震えて来て、ひろ子は深く唇をかんだ。口許《くちもと》を力ませるような表情で、濃い睫《まつ》毛《げ》を伏せ、針を運んでいる重吉のうしろに、ひろ子はまざまざと牢獄《ろうごく》の高い小さい窓を見た。そこに鉄格子《てつごうし》がはまっていて、雲しか見えず、オホーツク海をわたって吹く風の音しかきこえない高窓を見た。その下に体の大きい重吉がはげた赭土色《あかつちいろ》の獄衣を着て、いがぐり頭で、終日そうやって縫っている。重吉の生きている精神にかけかまいなく、それが規則だからと、朝ごとに彼に向ってぶちこまれるボロ。どんな物音も立たない、機械的な、

それだから無限につづいてゆく、惨酷《さんこく》さ。まるで、感傷がなく、ユーモアをもって縫っている重吉が、最後の糸どめをするのをひろ子は待ちかねた。そして、

「見せて」

手にとりあげて、それを見た。針めがそろっている。ひとつびとつは不器用な針目だが、それは律気《りちぎ》にそろっている。そろった針目は、ひろ子の目に、重吉が坐らされていた板じきの上の薄べりの目とも映った。

「うまいだろう？」

「うますぎるわ、でもね、わたしはもう一生あなたには針はもって頂きたくないわ」

ひろ子は立って行って硯箱《すずりばこ》をもって来た。

「これはこうしておくの」

その日の日づけをかいて、和裁工石田重吉記念作品と、つぎきれの上に書きつけた。

さきへ二階へあがって、ゆっくり床をのべながらひろ子は、朝からのことを思いかえした。すべてのことが、重吉に云われた後家《ごけ》のがんばりを中心に思いめぐらされるのであったが、並んだ二つの臥床《ねどこ》を丁寧にこしらえて行くうちに、ひろ子の心に、次第に深まる駭《おどろ》きがあった。ひろ子にとって、ずばりと後家のがんばりを警告してくれるのが、良人《おっと》である重吉よりほかにない実際だとすれば、本当に後家になった日本の数百万の妻たちには、誰が親身にそのことを云ってくれるのだろう。一生懸命に暮せばこそ身につきもするそういう女のがんばりについてその一途《いちず》さにねうちがあるからこそ、一方のひずみとして現れるがんばりは、もっとひろやかで聡《さと》くより柔和なものに高められなければならないのだと、誰が、良人のいない、暮しのきつい後家たちに向って云ってくれるのだろう。そして、がんばらずに生きられる条件を見出してくれるのだろう。それを思うと、自分をこめて、ひろ子の眼ににじむ涙があった。

床の上に立って着換えをする重吉に、寝間着の紐《ひも》をわたしながら、ひろ子は、愛称のようにゆっくりと、

「石田さん」

重吉の姓をよんだ。

「わたしは、あなたから後家のがんばりを云われるのだと思うと、本当の後家さんにすまないように思うわ。知っていらっしゃる？　つやちゃんだって後家さんなのよ」

重吉の弟の直次は、広島で戦死したのであった。

三

　遠い郊外へ出勤する重吉の外出が、段々規則的になり、来客が益々《ますます》ふえ、隠されていた歴史の水底から一つの動きが、渦巻きながらその秋の日本の社会の表面に上昇しはじめて来た。十月十日に解放された徳田・志賀の名で発表されたパンフレット型の「赤旗」は重吉がかえって間もなく出版され、広い範囲での話題となっていた。其《それ》を読むほどの人々は、様々な期待、要求、満足、不満足に、おのずからこの十数年間濃くされて来た個人個人の気質や生きこしかたの色と匂《にお》いを絡み合わせて、其につ いて語っていた。忙しくなってゆく迅《はや》さは、重吉が市中の混雑や、つっけんどんな乗物の出入りに馴《な》れるよりも急速であった。永年長い道を歩いたことのなかった重吉は、怪訝《けげん》そうに、

「変だねえ、どうしてこんなところが痛いんだろう」

　靴下をぬいで、ずきずき疼《うず》く踵《かかと》をおさえた。

「やっぱり疲れるんだろうか」

「そうですとも！　あれだけの間に、わたしたちが会って話の出来た時間が、一体どの位あったとお思いになる？　たった百八九十時間ぐらいよ、まる八日ないのよ。ですもの……およそわかるわ、一日にどんなに少ししか歩かなかったか……」

　前の晩、おそくまでお客があって、その朝、ひろ子は、起きぬけからすこしあわてた。重吉は、入念に新聞をよみ、紙を出して何かノートを書きつけ、その間には荒れている庭を眺めて、

「あの樽《たる》、何か埋めていたのかい」

　掘りだしたまま、まだ槙《まき》の樹の下にころがされている空樽に目をとめたりした。西日のさす側の枝から見事に紅葉しかけている楓《かえで》が秋の朝風にすがすがしかった。弁当を包んでいると、置時計を見た重吉が、俄《にわか》に、

「ひろ子、あの時計あっているかい」

と云った。

「あっていると思うわ」

「ラジオかけて御覧」

　丁度中間で、いくらダイアルをまわしても聴えて来る音楽もなかった。重吉は、いそいで紙片をまとめて身支度にとりかかった。ひろ子は、急にとりいそいだ気になって、

「一寸《ちょっと》待って。わたし、まだなんだから」

　もう一つ自分の弁当をつめた。その日は、ひろ子も同

じ方角に出かけなければならないのであった。一緒に出かけようとばかりせき立って、ひろ子が食卓のまわりでのぼせていると、重吉が、

「ひろ子、ここが駄目だよ」

ぶらぶらしてはまらないカフス・ボタンの袖口《そでぐち》をつき出した。洋服を着はじめてから日のたたない重吉には、あちこちで止めたり、しめたりするボタンやネクタイが苦手で、支度《したく》にはいつも閉口した。シャツのカフスがどう間違えて縫ったものか特別せまくて普通にボタンをとめてからでは手をとおしにくかった。

ひろ子は、友人の贈物である綺麗《きれい》な細工のボタンを、粗末なシャツのカフスにとめた。うしろの衿《えり》ボタンも妙になってカラーがさか立っている。重吉は自分のまわりを動くひろ子の頭越しに時計を見ながら、いかにも当惑したように、

「時間がないな」

と云った。

「九時半までに必ず行かなけりゃならなかったんだ」

「まあ！　あすこまで二時間かかるでしょう。困ったわ。それなら、はっきり云っておいて下さればよかったのに。——いつも通りかと思った」

なおあわててひろ子は、半分ふざけ、半分は本気で重吉の大きい体をつかまえ、少し荒っぽく、

「——こっちを向いて」

カラーをつけ、

「こんどはこっち」

これを前でとめネクタイをしめさせた。

「自分でカフス・ボタンもつけられないなんて、わるい御亭主の見本なのよ」

重吉は迷惑げに、あちこちまわされて、支度が終ると、すぐ出て行った。上りぐちで、

「おいてきぼりになっちゃった！」

そう云いながらひろ子が、重吉の帰る時間をきいた。

「何時ごろ？　いつも頃？」

これも貰《もら》いもののハンティングのつばを、一寸《ちょっと》ひき下げるようにして、重吉は無言のまま大股《おおまた》に竹垣の角をまわって見えなくなって行った。ひろ子は、暫《しばら》くそこに佇《たたず》んだまま、むかごの葉がゆれている竹垣の角を眺めていた。重吉は、口をきかずに出て行った。意識した手荒さでまわした重吉の体の厚みが、手のひらに不自然に印象されて、それはひろ子のこころもちをかげらせた。

自分の用事がすんで、ひろ子が帰ったのは五時すぎで

あった。御飯をたくことと、おつゆのだしをとっておくことだけをいつも頼む合い世帯のおよに、

「ただいま。――石田、かえりました？」

　ききながら、ひろ子は上り口を入った。

「まだですよ」

「そう。――」

「だしは七輪《しちりん》にかけてありますから……どなたかお客さまです」

　がらんとした室《へや》に、ひろ子の又従弟《またいとこ》に当る青年がひとりで坐っていた。樺太《からふと》の製紙会社につとめている父親や、引上げて来た母親、子供たちの様子をきいたりして夕飯のしたくが終ったとき、敷石の上を来る重吉の靴音がきこえた。

　ひろ子は、上り口へかけて出て行った。

「おかえりなさい」

　重吉は黙って、踵《かかと》と踵をこすり合わせるようなやりかたで靴をぬぎすてて上り、ハンティングを、そこの帽子かけにかけた。いつもの重吉は、書類入の鞄《かばん》から帽子から、ひどくくたびれたときには、その場で窮屈な上着までひろ子の腕へぬぎかけるのであった。

「けさはよっぽどおくれて？」

「一時間ばかりおくれた」

　青年のいる室へ入って、重吉は、簡単に挨拶《あいさつ》すると、そこに来ている雑誌の封をあけて目をとおしはじめた。

「お着かえにならないの」

「………」

　重吉は、洋服のまま、どうしたのか、ひるの弁当があまっていたのを鞄から出して、先《ま》ずそれをたべはじめた。

「どうして？――こっち上ればいいのに」

「いいんだ」

　つとめて、ひろ子は若い又従弟と口をきいて食事をすませた。重吉は、すぐ、

「あがるよ」

　鞄をもって、二階へ登って行った。とりのこされたひろ子は体じゅうがよじれるように苦しくなった。

　行ってみると、重吉はぬいだシャツや服を机の上につみ上げて、そのよこのところに本をのせて見ていた。ひろ子は、みんなどけてそれを衣紋竿《えもんざお》につるした。

「――ね、どうなすったの？」

「どうもしない」

「いいえ。こんなのあたりまえじゃないわ……いつものようじゃないわ。ね、どうして？」

重吉は椅子《いす》の上で顔を横に向け、ひろ子を見ないようにしている姿勢のまま、

「どうもしない。きょうから、何でもみんな自分ですることにきめたんだ」

と云った。

「…………」

「すっかり、考え直したんだ。何の気なく、してくれるとおりして貰っていたんだが。俺も甘えていたんだ。——わるい亭主の見本だと思われているとは思わなかった」

冗談よりほかの意味はありようもなく云った言葉が、重吉をそんなに傷《きず》つけたことが、ひろ子をおそれさせた。

「御免なさい。わたしふざけて云ったのに——」

「——しかし、ひろ子はしんではおそらくそう感じているところがあったんだ。……世間には良人《おっと》のことは何でもよろこんでする細君もあるんだろうが。——自分のことを自分でするのはあたり前なんだから、もうすっかり自分でする——監獄じゃそうしてやって来たんだ」

ひろ子は、思わず重吉の両肩をつかまえた。

「変よ、監獄じゃ、なんて！　それは変よ！」

涙をあふらしながら、ひろ子は恐怖をもって感じた。どういう複雑な動機からか、ともかく重吉は、ひろ子が想像出来るよりも遥かに深い幻滅のようなものを、二人の生活について感じたのだ、ということを。ひろ子は絶望感からそのまま立っていられなくなった。前の畳へ崩れこんで重吉の膝《ひざ》の上に頭を落した。

「考えて頂戴《ちょうだい》。あなたのことはあなたがなさい、というような心持で、どうして十何年が、やって来られたのよ」

ひろ子がそんな石のような女で、身のまわりのことにも今後一切手をかりまいと思いきめたなら、その重吉にとって、ひろ子の示す愛着は、どんな真実の意味があり得よう。二人の自然な愛情はなくて、重吉が決して惑溺《わくげき》することのない女の寧《むし》ろ主我刻薄《こくはく》な甘えと、ひろ子がそれについて自卑ばかりを感じるような欲情があるというのだろうか。

「あんまり平凡すぎる！」

ひろ子は、激しく泣きだしながら頭をふった。

「わたしは、いや！　こんなの、いや！　あんまり平凡だ」

それにしても、ひろ子には分らなかった。重吉が、こんなに永年の間、互に暮して来たあげく、突然、云ってみれば、今瞼《まぶた》から鱗《うろこ》が落ちた、という風にそれほど深い

幻滅を発見したというのは、どういう理由があるのだろう。重吉もひろ子も、劣らず自然なままの生れつきであったから、一方で離反して、一方で繋《つな》がれてゆくというようなゆがんだ人工の夫婦暮しは出来なかった。真実重吉の幻滅がとりかえせないものならば、それはひろ子にとっても、これからの生活は成り立たないということなのであった。

　ひろ子は泣きながら、泣いている自分の頭が重吉の膝の上にあること、重吉はそうして泣くひろ子を、自分から離そうとしていないことを、とりすがる一本の綱のように鋭く感じた。ひろ子のこの苦痛の深さに、一心に暮した十二年の歳月が折りたたまって投影しているとおり、重吉の索漠たる思いにも、同じ長い年月に亘《わた》って生活して来た彼のひどい環境の照りかえしが決してないと、どうして云えよう。

　閃《ひらめ》く稲妻のようにひろ子の心を一つの思い当りが走った。それが、泣き膨《は》れたひろ子の精神の渾沌《こんとん》を一条の光となって射とおした。ひろ子は、重吉の手をとって、

「ね、云ってもいい？」

ときいた。

「いいさ」

「わたしが、あなたの気もちを傷けたのは本当にわるかったわ。どうか許して頂戴《ちょうだい》。――そしてね、あなたは、あんなに永い間牢屋《ろうや》に暮していらしたでしょう？　あすこには、決して、あなたに対する絶対の支持というものは存在しなかったのよ。いつだって、二重の、いつでも逃げ腰の親切か、さもなければはぐらかししかなかったのよ。そうでしょう？」

「………」

「絶対の支持、ということがわかる？　その幅の中で、どんなに憎まれ口をきいたにしても、馬鹿をしたにしても、それでも、なお絶対の支持であるという、そういう絶対の支持がわかる？」

　ひろ子は泣き泣き云った。

「ひろ子の支持は、そういう絶対の支持だということがわかる？」

　永い間沈黙していた後、重吉は、はじめて顔を向けて、正面からひろ子を見た。ああ、やっと重吉にとってひろ子は再び見るに耐えるものになった。ひろ子は、両手の間に重吉の顔を挟んだ。

「ね、わかる？」

「――絶対の支持なら、どうしてあんなことを云うのか

い」

「わるい御亭主の見本?」

「そうさ」

「あら、だって母親だって自分の可愛い児《かわいこ》に云うわ、わるい児の見本ですよ、ぐらい……」

「そういう調子じゃなかった」

ひろ子は、じっと重吉の顔をみつめた。苦しく、重く閉されていた重吉の表情はほぐれはじめて、二つの眼の裡《うち》にはいつもの重吉の精気のこもった艶《つや》が甦《よみがえ》っている。ひろ子は、うれしさで、とんぼがえりを打ちたいようだった。

「生きかえって来た、生きかえって来た」

ひろ子は、小さい声で早口に囁《ささや》いた。

「なにが?」

「——わたしたちが……」

重吉は、やっとわかったがまだ怪訝《けげん》という風に、

「しかし、ひろ子の調子に、そんなユーモラスなところはなかったぜ」

と云った。

「そうだったこと? ——」

ひろ子は、恐縮しながら、いたずらっぽく承認した。

「そこが、つまりあなたのおっしゃるが ん ば りの情けなさなのね、きっと。——でも、もうすこしの御辛棒よ、じき無くなってよ」

重吉を励しでもするように云った。

「あなただって相当強襲なんですもの」

こわい、絶壁をやっと通過したときのように、ひろ子は体じゅう軟かに力ぬけがした。ひろ子は、重吉の膝《ひざ》を撫《な》でた。

「一日じゅう、あんないやな気持で仕事していらしたの、わるかったわねえ」

「そうでもないさ」

率直に重吉は云った。

「家《うち》の近くへ来るにつれて、だんだんいやな気持になったんだ」

「そりゃそうね、ああ思えば、もう本質的に家なんてどこにもないんですもの」

うちがない、ということは、ひろ子にどっさりのことを思わせた。十月十日に解放された重吉の同志たちの主だった人々は、殆《ほとん》どみんな妻をもたず、従ってうちをもっていなかった。うちも妻も、闘争の永い過程にいろいろな形でこわされ、とられた。人間らしさを極限まで

はぎとられた。その痛苦から屈従させようと試みられた。ひろ子にしろ、つかまる度に、女の看守長にまで云われることは、重吉の妻になっているな、ということだった。一層軟かく重吉の膝に頭を埋めながら、ひろ子は、

「げんまん」

重吉に向って小指をさし出した。

「二度ともう憎らしいことは云わないから、あなたも約束して。さっきのようなことは云いっこなし」

自分たちの生活を毒し、あわよくば其《それ》をこわす力は、決して無くなっていない。ひろ子は身をひきしめてそのことを思った。正面から攻撃しなくなったとき、それは、嘗《かつ》て打撃を加えたその痕跡《こんせき》から、そのひずみから、なお襲いかかって来る。ひろ子は、頰をもたせている重吉の左の膝《ひざ》の上の方を考え沈みながら撫でた。そこに、着物の上からもかすかにわかる肉の凹《へこ》みがあった。大腿《だいたい》のところに、木刀《ぼくとう》か竹刀《しない》かで、内出血して、筋肉の組織がこわされるまで擲《なぐ》り叩《たた》いて重吉を拷問した丁度その幅に肉が凹んでいて、今も決して癒《なお》らずのこっているのであった。

四

腰かける高いテーブルで、重吉が書きものをしていた。その下に低い机をすえて、ひろ子が、その清書をやっていた。

「何だか足のさきがつめたいな」

重吉が、日ざしは暖かいのに、という風に南の縁側の日向《ひなた》を眺めながら云った。十一月に入ったばかりの穏やかな昼すぎであった。

「ほんとなら今頃菊の花がきれいなのにね」

毛布を重吉の足にかけながらひろ子が云った。

「この辺は花やもすっかり焼けちまったのよ」

焼跡にかこまれたその界隈《かいわい》は、初冬のしずけさも明るさも例年とはちがったひろさで感じられた。夜になると、田端の汽車の汽笛が、つい間近にきこえて来た。

「久しぶりで、たっぷり炭をおこしてあげたいけれど、あんまりのぞみがないわ」

「いいさ。寒けりゃいくらでも着られるだけ結構なもんだ」

ペンをもったなり口を利《き》いていた重吉は、又つづきを書きはじめた。長い年月、ほんとうに温く、人間らしく

あついものを食べることもなく暮して来た重吉は、今のところ、何でもあつくして、それからたべるのが気に入った。揚げたての精進《しょうじん》あげまで、

「やくと、なおうまいね」

電熱のコンロに焙《あぶ》ってたべた。

「あつくしようよ」

おつゆでも、お茶でも、生活の愉《たの》しさは湯気とともに、というように、あつくするのであった。ひろ子には、そういう重吉の特別な嗜好《しこう》が実感された。さっき、コンロに湯わかしをかけたとき、

「たしかに俺はこの頃茶がすきになったね」

重吉が、自分を珍しがるように云った。

「もとは、ちっとも美味《うま》いなんと思わなかったが……」

「この頃はみんなそうなのよ。ほかに何にもないんですもの。お茶の出しがらの葉っぱ、ね。あれを、はじめの時分は馬の餌《えさ》に集めていたけれど、あとでは人間もたべろ、と云ったわ」

「僕はなかでくったよ、腹がすいてすいてたまらないんだ」

暫《しばら》く仕事をしつづけて、ひろ子によみとれない箇所《かしょ》が出て来た。

「これ、何処《どこ》へつづくのかしら」

下から消しの多い草稿をさし上げて見せた。

「ポツダム宣言の趣旨に立脚して……その次」

行を目で追って、

「ここだ」

重吉は、もっているペンで大きいバッテンをつけて見せた。

「今後、最も厳重に――」

「そこまでとぶの？　八艘《はっそう》とびね」

二人は又無言になった。写し役のひろ子の方に段々ゆとりが出来て来た。晩の支度《したく》に階下へおりたり、お茶をいれたりしながら、仕事をつづけ、重吉は、わきでひろ子がそういう風に時々立ったりすることがまるで気にならないらしく、ゆったりとかまえ、しかも集注して、消したり書いたり根よく働いている。

頬杖《ほおづえ》をついて、ひろ子はその雰囲気にとけこんだ。こんなに楽な、しかもしっとり重く実った穀物の穂をゆするようにたっぷり充実した仕事のこころもちを、経験したことがあったろうか。襖《ふすま》のあいている奥の三畳へ視線をやって、ひろ子は暫く凝《じ》っとそっちを眺めていた。北側の三畳の障子に明るく午後の日ざしがたまっていて、

その壁よりに、一台の折りたたみ寝台が片づけてあった。三つに折りたたまれて錯綜《さくそう》して見える寝台の鉄の横金やところどころ錆《さ》びたニッケル色のスプリングがひろ子のいるところからよく見える。重吉がいた網走《あばしり》へ行こうとしてこの家を出てゆくとき、ひろ子はその寝台を折りたたんでその隅に片づけた。それなりそこで、きょうまでうっすり埃《ほこり》をかぶっている。重吉がそれを見つけて、
「便利なものがあるじゃないか。一寸《ちょっと》休むとき使おうよ」
そういったときも、ひろ子は、すぐそれをもち出す気になれなかった。

この一人用の寝台の金具を見るとき、ひろ子がきまって思い出す一つの情景がある。それは東に一間のれんじ窓があって、西へよった南は廊下なしの手摺《てす》りつきになった浅い六畳の二階座敷である。れんじ窓よりにこの寝台が置かれて、上に水色格子のタオルのかけものがひろげてあり、薄べったい枕《まくら》がのせられてある。入ったばかりの右側は大きい書物机で、その机と寝台との間には、僅《わず》か二畳ばかりの畳の空きがある。その茶色の古畳の上にも、ベッドの上にも机の上にも、竹すだれで遮《さえぎ》りきれない午後の西日が夕方まで暑気に燃えていた。その座敷は、目には見えないほこりが焦げる匂《にお》いがしていた。救いようなく空気は乾燥していた。そして、西日は実に眩《まぶ》しかった。

それは、ひろ子が四年間暮した目白の家の二階であった。二階はその一室しかなくて、ひろ子は、片手にタオルを握ったなり、乾いた空気に喘《あえ》ぐような思いで仕事をした。

その座敷のそとに物干がついていた。物干に、かなり大きい風知草《ふうちそう》の鉢が置かれてある。それは一九四一年の真夏のことであった。その年の一月から、ひろ子の文筆上の仕事は封鎖されて、生活は苦しかった。巣鴨《すがも》にいた重吉は、ひろ子が一人で無理な生活の形を保とうと焦慮していることに賛成していなかった。弟の行雄の一家と一緒に暮すがよいという考えであった。けれども、ひろ子は、抵抗する心もちなしにそういう生活に移れなかった。二十年も別に暮して来た旧《ふる》い家へ、今そこに住んでいる人々の心もちからみれば、必要からよりも我から求めた苦労をしていると思われている条件のひろ子が、収入がなくなって戻ってゆく。それは耐えがたかった。姉さん来ればいいのにと行雄も云っているのに行かないのは、体裁をかまっているひろ子の俗っぽさだ。そう重吉の手紙にかかれていた。

三年前にも一年と数ヵ月、書くものの発表が禁止された。しかしそのときは、ひろ子一人ではなかった。近い友人たち何人かが同じ事情におかれた。その頃は、まだ文学者一般に、そういう処置に対して憤る感情が生きていて、ひろ子の苦しさも一人ぎりのものではなかった。それについて話す対手《あいて》があったのであった。

三年たった四一年には、ぐるりの有様《ありさま》が一変していた。作品の発表を「禁止されるような作家」と、そうでない作家との間には、治安維持法という鉄条網のはられた、うちこえがたい空虚地帯が出来ていた。更に、一方には中国、満州と前線を活躍する作家たちの気分と経済のインフレーション活況があって、ひろ子の立場は、まるで孤独な河岸の石垣が、自分を洗って流れ走ってゆく膨《ふく》らんだ水の圧力に堪えているような状態だった。

経済上苦しいばかりか、心が息づめられた。その窒息《ちっそく》しかかっている思いを、重吉に告げたところで、どうなろう。重吉に面会する数分の間、本当にその間だけひろ子は晴れやかになって笑えた。重吉も晴々して喋《しゃべ》るひろ子を見て、愉快になった。だが巣鴨を出ると、よってゆけるような友達の家は遠すぎたりして、行雄のところへ行き、自分の内面とかかわりようもない声と動きにみちた暮しの様を見ると、ひろ子は、せめてまだあの家があるうちに、という風に気をせいて目白へ帰るのであった。

それにしても、何と二階の座敷は暑くて、乾きあがっていただろう！　仕事の封じられた大きい机は、何と嵩《かさ》ばって、艶《つや》がなくなっていただろう。

或る晩、ひろ子は、心のもってゆき場がなくなって、駅前の通りへふらりと出て行った。よしず張りの植木屋があって、歩道に風知草《ふうちそう》の鉢が並んでいた。たっぷり水をうたれ、露のたまった細葉を青々と電燈下にしげらせている風知草の鉢は、異常にひろ子をよろこばせた。どうしてもそれが欲しくなった。ひろ子は、亢奮《こうふん》した気持でその鉢を買い、夜おそく店をしまってから運んで来て貰《もら》って、物干においた。

洗濯物をどっさり干しつらねるというような落付いた日暮しを失っていたひろ子は、がらんとした物干に置かれた、その風知草に、数日の間、熱心に水をやった。けれども、益々《ますます》苦しさが激しく、しず心が失われてゆくにつれ、哀れな風知草までが苦しい夏の乾きあがった生活にまきこまれて行った。風知草はいつの間にか、枯れ葉を見せはじめた。ひろ子は、けわしい眼づかいでそれを見ていた。が、水はもうやらなかった。

あの夏、たとえば、どんなに一人暮しの食事をして暮していたのか、今になってひろ子には思い出せもしなかった。思い出すのは、却《かえ》って、省線の巣鴨駅に咲いていた萩《はぎ》の花枝である。省線の電車が、颯《さ》っと風をきって通過したとき、あおりで堤に咲きつらなっていた萩の花房が瞬間大ゆれに揺れて乱れた。病的になっていたひろ子の神経は、その萩の花の大きいゆれをわが魂の大ゆれのようにはっと感じた。自分の哭《な》こうとする心がそこにあらわされたように感じた。

そういう夜と昼、ひろ子が臥《ね》て、起き出たのが、あの寝台であった。寝台をみると、乾きあがって、心のやり場もなかった四一年の夏がそこにまざまざと泛《うか》び上るのであった。

寝台を買ったのは三五年の初夏であった。或る早朝、ひろ子がたった一人そのベッドに寝ていた二階の屏風《びょうぶ》越しに、ソフト帽の頭がのぞいた。それは、ひろ子をつれてゆくために、風呂場の戸をこじあけて侵入した特高の男であった。

風知草の鉢は、ひろ子が友人にゆずって出たその家の物干で、すっかり乾からび、やがて棄てられたのだが、ひろ子の記憶に刻みつけられているもう一つの風知草があった。その風知草は、小ぢんまりした鉢植で、巣鴨《すがも》の拘置所の女区第十房の窓の前におかれていた。出来るかぎりぴったりと窓に近づけて置いてあるのに、風知草の細い葉のさきさえも戦《そよ》がなかった。いつみても、どんなに待っていても、夜中でさえもその風知草の葉が動くということはなかった。夏は、六十八年ぶりという暑熱で、温室のように傾斜したガラス屋根の建物を蒸《む》し、焙《あぶ》りこげつかせていたのに。——

ひろ子は思い出にせき上げた。総《すべ》て、すべてのこういうことを、どうして重吉に話しきれるだろう。重吉が帰って、こうして、ひろ子の息づきはゆるやかになり、自分を崩すまいとする緊張から解放されて、はじめて、自分のこれまでの辛さや、それに耐えている女がはために与えるこわらしさを見ることが出来た。ひろ子をよく知っていて、つき合いの間には入りくんだいきさつもあった或る作家が、短篇の中に気質のちがう姉妹を扱っていたことがあった。情感に生きる妹娘が所謂《いわゆる》身もちもいい、しっかりものの姉について「そりゃ姉さんは親類じゅうの褒《ほ》めものなんだから」という意味を云うくだりがあった。第三者にはまるで、ひろ子にかかわりない一つの物語としてあらわされた会話であったが、ひろ子は、その作者がその作者のもちまえの声で、ひろ子に向って其《それ》を云っている響を感じたことがあった。そのとき、ひろ子は、その本を手にもって、永い間、その数行の文字を見つめていた。そのときひろ子の胸に湧《わ》いた云いつくせない感情は、口で話せるものだろうか。

ひろ子は立ちあがって、書いている重吉の肩へ手をやった。

「——どうした」

「小説をかかして」

ひろ子は重吉のあいている方の手をとった。

「ね、小説がかけるように働かして。——お願いだから……」

亢奮しているひろ子の顔つきを見て、重吉はおかしみをこめた好意の笑顔になった。

「鎮まれ、しずまれ」

ペンをもっている指先で、ひろ子のおでこをまじないのようにぐりぐりした。

「それを云っているのは、俺の方だよ。かんちがえをしないでくれ」

その時分、そろそろ新しい文学の団体も出来かかりははじめていた。十数年前にも一緒に仕事をしていたような評論家、詩人、作家などが、また集って、口かせのはずされた日本の心の声をあげようとしているのであった。

五

ひろ子は、行手の道の上にゆるやかな角度で視線をおとしながら歩いていた。おろしていくらもたたないのに、粗末な下駄《げた》は前がわれて、あぶなっかしかった。低い丘の起伏の間をぬっているその道は、土ほこりが深くてぽくぽくのなかにごろた石がどっさりころがっている。左手は、色づきはじめた灌木《かんぼく》におおわれた浅い谷間になっていた。

ひろ子の歩きつきに、何となしおとなしいような懇《ねんご》ろなような様子があるのは、下駄がわれかかっているからばかりではなかった。歩いているその道が、よその道路を通る事務的なこころもちとはちがった気持をひろ子にもたせていた。その気持は、ずっと昔、小石川のある道をあるくとき、ひろ子の気分に湧《わ》いたものと何処《どこ》やら似ていた。その道に重吉が住んでいた。ひた向きにその一点しか目ざしていないのに、外からはどこへゆくか一応分らないようにして歩いている。おもしろいその気持に似たところがあり、しかも、この道の上では、おのずとべつのはにかみもあった。その秋、自立会への道と云えば、普通の田舎道《いなかみち》ではなかった。自立会を十月十日に解放された共産党員たちの住んでいるところと知っているほどの人々は、そこへゆく道、その道を行き交《か》う人の通りに特別な思いをはらった。配給所へゆくのと同じ心でそこを通る人はなかった。よかれあしかれ、自分の生活と関係のある新しい動力の発源地をそこに感じ、そこの様子を知ろうとして、淋《さび》しいガード下から曲って丘をめぐるその一本道へ出た。そこを歩くひろ子は、あんまり行く先がはっきりしているのと、いそいそしている自分があらわなのとを、はにかんでいるのであった。

　行手の木立の間に、それらしい新しい建物が見えるところへ来た。すると、左手の草むらのうしろから、

「ひろ子さん」

　大きい声で呼ぶ女の声がした。ひろ子は、道の上に立ちどまって見まわした。

「ここです、お待ちしていたの、御弁当をたべながら――」

　あわてて立つ拍子《ひょうし》にとりまとめた紙包を、まだ胸の前にたくしこみながら、小さい男の子をつれた瀬川牧子が、高い草の間から歩いて出て来た。

「まあ。――どうして？　まち伏せ？」

　牧子は数年このかた埼玉の町に住んでいて、滅多《めった》に会うことも出来なかった。

「思いがけないところから現れたのねえ」

「よかったわ、うまくつかまえられて」

　上機嫌で牧子は男の児《こ》に、

「純ちゃん、これがおまくのおばちゃんよ、覚えている？」

と云った。三つぐらいの純吉が遊びに来たとき、ひろ子はその子と小さい枕《まくら》をぶつけ合って遊んだ。それが大変気に入って、おまくのおばちゃんという名をもらったのであった。

「きょう、こちらへいらっしゃるとお友達から又聞きいたしましてね。お家《うち》までとてもゆけないし、こっちなら電車が国分寺まで来るから、思い切って出て来たの、よかったわ、お会い出来て」

　ほかに通る人のない道を、二人の女は五つの児の足幅にそって歩いて行った。

「元気らしいわね――」

　ひろ子は、牧子にはその意味のわかる笑いかたで、

「牧子さんだって、もう元気だわ。ねえ」

と云った。

その初夏、空襲の間に会ったとき、牧子はやつれて不安な眼つきをしていた。埼玉でもその町は安全と云えず、食糧の事情もむずかしかった。牧子の不安は、そういう日常だのに、そこの会社づとめをしている瀬川泰二が、戦争も最後の段階にさしかかっていると云って、しきりに何か考え、牧子の知らない時間をよそで過して夜更《ふ》けて帰るようになって来た。牧子は、

「もし又あんなことになったら、私たちの生活は今度こそどうなるのかしらと思って……」

野良日《のらび》にやけて、雀斑《そばかす》が見えるようになった顔を沈痛にふせた。

「瀬川はそれでいいかもしれないけれども――」

瀬川夫婦の友人に玉井志朗という男があった。大学が同期で、学内運動の先頭に立っていた秀才であり、万事目に立つ男だったのが、つかまった。これ迄、何年間ものがれていたのが不思議であった。つかまって、拘置所に入れられて、少くとも五年か七年帰れまいと本人さえ云っていたのに、急に出た。その男の伯父が、前法相であった。入れかわりに、玉井のぐるりの友人は、一人のこさず被害をうけた。その前、一年半の実刑までを受けて出て来た瀬川は、ただ工場へつとめて、やっとヤスリを使い覚えたというばかりだのに、つかまえられたばかりか予防拘禁所に三年も置かれた。大した理由はなくてお気の毒だ、と云いながら、三年置いた。牧子は瀬川の母、その姉、良人《おっと》とまるで立場のちがう妹夫婦という錯雑した家族の間で、子供を育てながら精一杯の努力でやりくりして、瀬川の出て来るのを待った。瀬川は、前の冬にかえって、埼玉のそこへ勤めはじめていたのであった。

そのときも、ひろ子と牧子とは、焼跡の通りを並んで歩きながら話していた。

「あなたの苦労は見ているから、いい加減が云えないわ。――でもね、牧子さん、どう？　あのいい眼つきをした若い瀬川さんが、俺はもう女房孝行だけして子を育てることにきめたよと云って、段々張がなくなって、じじむさい男になって行くのをうれしがって見ていられること？」

牧子は、

「――そうねえ」

心から吐息《といき》をついた。瀬川の生きかたを理解し、瀬川の性格の美しさがわかっていても、くりかえし、くりか

えし執拗《しつよう》に生活を破壊されることに牧子は殆《ほとん》ど耐えがたくなって来ていたのであった。

「年末になると、わたし段々おなかが重くなるし、そうすると又暫《しばら》くお会い出来ないから、きょうこそと思って……」

牧子は、いかにも心の祝いをあらわすように、

「これをおばちゃんに上げましょうね」

袋のよこにさし出ていた白い小菊の花束をくれた。

「いいにおい。――うれしいわ、丁度石田がねているから」

「病気がおわるいの？」

「足なのよ。痛くて歩けなくなったの。たださえくたびれるのに、よく方角を間違えて、途方もなく歩いたりするんですもの」

道が二股《ふたまた》にわかれて、一方の草堤に自立会と明瞭《めいりょう》に書いて矢じるしをつけた立札が立っていた。ひろ子たちの前の方を、背広の男が一人ゆっくり歩いていた。遠くからその立札に目をつけているのが、うしろつきでわかった。あの人も行くのかしら。そう思って見ていると、その男は立札のところで歩調をゆるめ、自立会という三つの字を改めてとっくりたしかめるように見て、それなり来た道をまっすぐ雑木林の方へおりて行った。

太いタイアの跡が柔かい土にめりこんでついている。草道はそこから自立会の建物についてうねり、入口の前に通じた。

建物の横手に大型トラックが来ていて、手拭《てぬぐい》で頭をくるりと包んだジャムパー姿の若い人が三四人で、トラックの上から床几《しょうぎ》をおろしているところであった。床几は、粗末ではあるがどれも真新しく木の香がした。真新しいのは、その床几ばかりでなかった。自立会という建物そのものが、出来たばかりというよりまだ半出来の真新しさで、広い畑から敷地を区切っているあらい竹垣のうちには、ついきのうまでこっぱが散らばり、おが屑《くず》が匂《にお》っていたような様子がある。思想犯として刑期を終った出獄者を、そのあとまでもかためて住わせて思想善導をしようとして、本願寺が、この建物をこしらえた。国分寺の駅からよっぽど奥へ入った畑と丘の間の隔離された一郭《かく》として、これをこしらえた。十月十日、出獄した同志たちは、治安維持法撤廃によって解体する予防拘禁所から、すぐ生活に必要な寝具、日用品、食糧、家具などをトラックにつみこんで、ここへ引越して来た。

重吉が網走《あばしり》からもってかえって来た人絹《じんけん》の古い風呂敷

包みの中には、日の丸のついた石鹸《せっけん》バコ、ライオンはみがきの紙袋、よれよれになった鉄道地図、そして、一まとめに大事にくくった書類が入っていた。その束の中に、一通の電報があった。デタラスグカエレイイエノヨウイモアル。同志二人の連名である。丁寧にたたんで使いのこりの封緘《ふうかん》の間にはさまれているその電報を見たとき、ひろ子は、それを監獄で読んだときの重吉の思いを、そのまま、わが胸に感じた。網走へ。宮城へ。この電報はうたれた。その「イエ」は、この自立会のことであった。

壁が乾きたての小アパートという風なその二階建の建物は、ひろい農地のまんなかにポツンとたって秋日和《あきびより》に照らされている。門と玄関口との間が広場で、その一方に足場をほぐした丸太や板がつみ重ねてあった。それによりかかったりして、十五六人の女のひとたちがかたまっていた。まちまちの服装で、だれもかれも大きい袋持参で子供づれのひとも多い。子供たちは母のまわりをはなれないようにしながら、その辺で遊んでおり、赤ちゃんを洋装の上におんぶした若い母が、集って何か笑っている。一年生の遠足でもあるのをそこで待ちあわせている姉や母たちというその場の空気である。牧子は、

「大分お集りだこと……」

小声になって、自分と子供はひろ子からはなれるようにした。

「わたしは、ただあなたにお目にかかりたくて来たんですから、皆さんとは別なんです。——お待ちしておりますわ」

「何にも大してむずかしい集りじゃないらしいことよ。かまわないじゃないの、いらっしゃいよ」

ひろ子は、きょうの女のひと達の集りは、これから何か仕事をしてゆく人々の顔あわせのような意味のものとして、重吉から伝えられていた。

「——石田さんでしょう?」

赤ちゃんおぶっている若いひとと話していた一人がひろ子によって来た。

「もう眼はよくおなりになったんですか」

ひろ子が熱射病で一時視力を失っていたことを知っていて、きいてくれる人があり、又逆にひろ子の方から、

「まあ、来ていたの」

と、足早によってゆく若い人々もあった。

服装がばらばらなとおり、めいめいの生活もめいめいの小道の上に営まれて来ているのだけれども、きょうは、そのめいめいが、どこかでつかまっていて離さなかった

一本の綱を、公然と手繰《たぐ》りあってここに顔を合わせた、そういう、一種のつつましさと心はずみの混った雰囲気が材木置場のまわり、婦人たちの間にただよっていた。何かのはじまりという期待と、同時に見当のつかなさもその顔々にあって、それは、玄関口の敷居や階段につけられた土足のあとの一つ一つがまだ目新しい自立会の生活全体の新しさと、全く調和している。

日向《ひなた》をさけて、建物のひさしの下によって佇《たたず》みながら、ひろ子は、この女のひとたちの集っている光景を美しいと思って眺めた。そこにはいろんな顔をした子供たちがいる。その母たち一つ一つの顔には生きて来た経歴が表情となって刻み出ており、しかも、このひとときの共通な信頼にくつろぎ、秋の日向にかたまっている。目に見えない旗日があった。ひろ子は、この広場の上を、いまおだやかにことなく過ぎてゆく時の流れの深みを、感動なしに感じることが出来なかった。

「どうしたんでしょう……もうそろそろ二時ですよ」

腕時計を見た一人がつぶやいた。集りは一時から開かれる予定であった。

「きいて来ましょうか」

建物の中へその人が入って行った。そして鬚《ひげ》を生やした小柄な男と一緒に現れた。その鬚をつけたひとは、ちょっと片手を腰に当てる恰好《かっこう》で、

「徳田さんは今地方から来た人と会議中ですから、それがすんだらすぐはじめます。すみませんがもう少し待って下さい」

もう一遍、

「会議がすめば、つづいてすぐやりますから」

とくりかえした。よく響く声のたちで、眼や額の皮膚は清げなそのひとが、どういうわけか小柄な体にすこしあかっぽい大鬚をつけて、年のわからないような威風あたりを払っている様子にはユーモアがあった。拘置所では世間並に髪を生やしておくのにさえ蓄髪願《ちくはつねがい》という書類を出さなければならなかった。こんな大きい鬚をもっているために、この同志はどんな書類を書き、人間は自分の鬚については、それをのばしても刈っても自由な権利をもっているのだということについて、がんばって来たのだろう。人権に関する最初の戦利品というようなその鬚をみて、ひろ子は微笑をおさえることが出来なかった。

鬚の同志がきょうの世話役らしく、暫《しばら》くすると階段の下から、

「みんな、集って下さい」

また響きのいい声で呼んだ。牧子と子供とが、どうしようかしら、という風にひろ子のわきに立って躊躇《ちゅうちょ》しているのに目をとめた。

「あなたも来て下さい。遠慮なんかいりゃしない」

一同は二階の一室の三方へ詰って坐った。建物のはずれの室で二方に大きい窓が開いた床の間つきの六畳であった。二三人の男のひとたちが、床の間のかまちに腰かけて、三尺の入口のふみこみのところだけ、すこしすきがのこされた。

「あ、ようござんす。それはまたそれで、あとからやりますから……」

ござんす、というところがいく分鼻にかかる訛《なま》りを響かせながら、坐っているみんなに挨拶《あいさつ》するようにして徳田球一が入って来た。一方の窓を背にして置かれていた小机の前に坐った。

「どうも今日はお忙しいところをすみませんでした」

女のひとたちは、そろって行儀よくお辞儀をした。又そろって頭をあげて、黙ったまま眼にちからを入れた表情で、カーキ色の国防服めいたものを着ている、はげ上った、精悍《せいかん》な風貌《ふうぼう》を見つめた。

「わたしは、外国へやられたり、牢屋《ろうや》へ入ったりばかりしていて、これまでに結婚生活をしたのは、たった七ヵ月ぐらいのもんでした。だから、御婦人の生活をよく知っているとは云えないかもしれないが、見ていると、実に日本の婦人の生活は過労です。気の毒にたえないほど疲れはてた状態だと思うんだが、どうですか」

赤ちゃんを背中から膝《ひざ》の上にだきとり、さもなければ牧子のように一人わきに坐らせて、もう一人はおなかの中で今育てているというようなひとも幾人か加っている一同は、全く云われるとおりという面持《おももち》で応《こた》えた。

「日本の男は婦人たちをもっと、しんから可愛《かわい》がらなくちゃいかんと思うんです。婦人の生活が、もっと合理的になるように、過労しないですむように、大いに努力して、改善して行かなくちゃならない」

そして、日本の社会の歴史の中で婦人がおかれて来た事情と、民主主義というものの、三つの段階と、それぞれの段階での婦人の立場が説明された。

婦人ばかりがぎっしりつまった狭い室《へや》だが、開けはなされた二つの大窓から流通する光線と大気とは、すがすがしくて、秋の午後の清潔なぬくもりが室じゅうにとけている。窓からは遠く森や丘のつらなった外景と、その上の空が見えていて、風景は骨組の大きい一人物の肖像のバックをなした。深くはげ上ったかたい前頭。熱中して性急に話すにつれて、その主張をききての心の中へ刺しこもうとするように動き出す右の手と人さし指の独特な表情。引きしまって、ぼやついたところのない音声と、南方風なきれの大きい眦《まなじり》。話につれて閃《ひらめ》く白眼。その顔のすべての曲線が勁《つよ》く、緊張していた。博《ひろ》い引例や、自在な諷刺《ふうし》で雄弁であり、折々非常に無邪気に破顔《はがん》すると大きい口元はまきあがり、鼻柱もキューと弓なりに張っている。ひろ子は自分が美術家であったら、この、独特な、がっちりと動的に出来上った人物をどういう手法であらわすだろうと思った。一番ふさわしいのは、永年かかって、漆《うるし》で塗りかためた乾漆《かんしつ》であると思えた。顔全体が赧《あか》みがかった茶色で、眦を黒々と、白眼を冴《さ》えて鼻は大きく、そこにどんな雨がふりそそごうと、その雨は粒々になって鼻のさきや顎《あご》、額からころがりおちてしまって、ちっともしんはぬれもくさりもしない乾漆のつよさ。同時に、そとからの様々な意志に向っても屢々《しばしば》それをはじき返すだろうような一徹さ。それはだぶついていつも曖昧《あいまい》さを漂わせている日本の名士づらに鋭く対照する面構《つらがま》えである。

この指導者が、縦横無尽という風に、ときに悪態さえ交えながら、しかも、婦人たちの本能的なつつしみには自然のいたわりをもっていて、荒っぽく、しかも淡白な話ぶりをもっていることに、注意をひかれた。この人の悪口は、火の中から出したばっかりの鉄《かな》ごてのようだ。あつくて、ジリッとし、やけどをさせ、また消毒力ももっている。その味は、雨の滴もころがり落ちてしみこめない漆ぬりの風貌《ふうぼう》全体と、一致していた。

この人物をとり囲んで坐っている婦人たちは、何とぼんやりと軟かく、婦人たち、という一般性の中に自分たちの肉体と個性とをとかしこんでいるだろう。それにしても、一つ一つの顔は、人生の一つ一つを物語っており、婦人の様々な必要、希望、苦痛そのものの生きた姿として、そこにつめかけ坐っている。

「坊や、いい子でしょう、おとなに、お話きいてましょうね」

もじつく子供にそう云って、その小さい肩へ片手をかけて、母たちは熱心に傾聴している。自分で自分を解決してゆこうと欲している。そういう熱意があふれ感じられた。

ひろ子は、さっき建物のそとで待っているときにうけたと同じような感動を、一座の光景から感じた。婦人の集会でこれまでただ一度もこんなに公然と、しかも新しい社会の建設にともなう婦人の将来を話し合う場面はなかった。

説明が終ってから、婦人の側からの発言が求められた。一座をみわたせば、そこに坐っているほどの女のひとたちは、みんな十分会合に馴《な》れていると思えた。落付きのいい坐り工合が、それを語っていた。しかし、自分から発言する人はいなかった。そこに、すべての婦人が苦しく、ちりぢりばらばらにさせられて凌《しの》いで来た十数年の月日がてりかえされた。中国地方から来ていた一人のひとが、その地方の婦人の事情を報告した。ひろ子が名ざされて、一九三二年から以後の婦人の生活や文化の状況を短くまとめて話した。居合わせている婦人たちは、ひろ子が知っているよりもっと細部についてわかっている。けれども、十八年、監獄におかれた人は、それについて知っていて知っていないだろう。ひろ子は、そのことをことわって簡単に話した。

段々座がくつろいで、いくつもの声が物を云いはじめた。二十歳《はたち》をすこし出たばかりぐらいのふっくりとして愛らしい人と、速記をやってもう仕事をたすけている二十四五のひととが、臨時の書記にきめられた。数人のひとが、又この次日をきめて集るということになった。婦人に関係する綱領《こうりょう》がつくられる仕事があった。

「長井さん、あなたが引こんでいるってことはないわ、出なさいよ」

「ええ。――そうも思うんだけれどもね、……」

かたまって話し合いながら階段をおりてゆく婦人たちは、主に、十月十日にかえった良人《おっと》と一緒に、ここに住んでいる人たちであった。

会合がすむとすぐ下の炊事場で、これらの人たちが分担している活動がはじまった。台の下やその他の隅々はまだ真新しいコンクリート床で、みんながきまって盛《さかん》に往来するところだけ泥あとのついた炊事場で、ポンプをくみ上げる音、薪《まき》をわる音がおこった。

夕闇《ゆうやみ》の濃くなったそとへ出ようとする玄関口の受付に、電燈がともっていた。そこにかたまっている若い人々の群の中から、つとはなれて、ひろ子の前に来て立った人があった。その顔は笑っている。瞬間、とまどったひろ子は、目を据えてみて、

「まあ、ようこそ!」

覚えず片手をさし出した。太平洋戦争がはじまる前まで、新交響楽団の定期演奏会は前売切符を会員に送った。

その時分にひろ子もよくききにゆき、山沼というその青年も、大抵《たいてい》ききに来ていた。音楽をきいた帰りに、お茶をのみに歩いたりしても、山沼は、或る種の若い人のするような話しぶりをせず、いつも落付いた科学者であった。山沼に会ったのは古くて、ひろ子の友達の長男と同級のよしみで、落ちあったのが縁であった。こういう青年も、今はこの場所に来ている。しかも、受付にかたまって、若い人々の中にいたときの空気でみれば、山沼はおそらく、ひろ子などよりはるかにここに近く暮しはじめている様子だった。

「何年ぶりでしょう。――お元気でいいわね」

「石田さん、体どうですか」

山沼は、やはり、もとの通りやさしく、しかし必要なことしか云わなかった。

「じゃあ、また」

「お元気で。よろしく」

ひろ子は、待っていた牧子と一緒になった。純吉は、暗いし眠いし歩けなくなって、牧子におんぶされている。

「失礼ですがあの方、よく御存じですか?」

しめりはじめた草むらが匂《にお》う道を歩きながら牧子がきいた。

「よくって云えるかどうかしらないけれど――なあぜ?」

「たしか、瀬川の御友達のかただったと思うんですけれど……わたしは御存じないんです」

きょうが目には見えない女と子供のひとつの旗日であったように、誰の目にも見えないカドリールの輪がある。そうひろ子は思った。古風なカドリールの音楽につれて、手から手へ繋《つな》がりあって、送られて、まわって、又新しい手につながれて動いてゆく、見えない仲間のカドリールがあるという陽気な気がした。

「ここは、まるでノアの箱舟ね」

ひろ子が、笑って云った。

「何でも一応あるのね、あんなに大きい髯《ひげ》まであったわ。気がついたでしょう?」

「ほんと」

眠って軟くまるまる純吉をゆりあげながら牧子も笑った。そして、二人は明るいとき通ったほこりの深いゴロタ石の道を駅に向った。先へゆく一団の中に懐中電燈をもっている人があって、その蒼《あお》い光の条《すじ》が、ときどき前方の木立の幹や草堤の一部をパッと照らし出した。

六

重吉の左脚の筋炎は、一週間ほどして段々納まりはじめた。日当りのいい八畳に臥《ね》ている重吉の湿布をとりかえながら、

「こんどの足いたは、可哀想《かわいそう》だったけれど、わるいばかりでもなかったわねえ」

ひろ子が、云った。

「こんなにして、昼間、しずかに臥《ね》ていらっしゃると、しんから休まるでしょう？」

「たしかに、そういうところはあるね」

「世話するものがついていて、すこし工合をわるくして臥ているというようなきもちなんか、あなたとしてこんどがはじめてなのねえ」

そういうことのほかに、幾日も外出しないで重吉がうちにいるということは、ひろ子にとっていろいろの意味をもたらした。

自立会へ行った翌々日、卓の上に飾っていた牧子からの白い小菊の水をとりかえていると、臥ている重吉が、彼の公判に関係のある古い書類を出すように云った。

「在るんだろう？」

「それはとってあるわ」

そう云いながら、余りしまいこんでいて、その紙ばさみがなかなか見つからなかった。ベッドのしまってある奥の小部屋で、いくつもの包みの紐《ひも》をといて見ているうちに、必要な書類が出るより先に、一つの大型ハトロン封筒が出た。裏に、文学報国会と紫のゴム印が捺《お》されてある。封筒の中にはひろ子の小説をうつした原稿が入っていた。

見つかった書類と一緒に、ひろ子はその封筒をもち出した。そして、重吉の仕事が一段落ついたとき、

「こういうものが出たわ」

その封筒を見せた。

裏をかえしてみて、重吉は、

「文学報国会とあるじゃないか、何だい」

と云った。

「なかを見てよ」

「その日の雪」という題と名だけはひろ子の自筆でかかれている三十枚ほどの小説を、重吉は怪訝《けげん》そうに、ところどころよんだ。

「誰かに写させたのかい？」

「文学報国会で、戦争中、作品集を出す計画があったん

です。そのとき、わたしも会員だったから、作品一篇自選しておくれと云って来たの。それを送ったら、都合によってお返しするとかえして来たのよ」

「ひろ子が自分から送ったのか」

「ええ」

「わざわざ写させてか？」

「そうなの」

重吉は、口元に一種の表情をうかべて、少し念入りにその原稿を見直した。

「婦人雑誌に、何だか中途半端な小説をいくつか書いていたときがあった、あの一つだね」

「そうなの」

原稿を床のそとの畳へ放り出すように置いた。

「ほかの人達もみんな出したのか」

「そうでしょうと思うわ」

「そして、その本は出たのかね」

「どうなのかしら――わたしは見たことないけれど……」

重吉はしばらく黙って、ひろ子の顔をまじまじと見つめた。ひろ子も、その重吉の二つの眼が、ふだんとちがって濃い睫毛《まつげ》に黒くふちとられた四角い二つのまなことなって自分の上にあるのを見ていた。

「ひろ子、覚えているかい？　俺が、文学報国会なんてものは脱退しろ、とあんなに云ったとき、何てがんばったか。――あなたには外の様子が分らないからって、がんばったんだぜ」

そのときのいやさが忘られないように、重吉はひろ子の口真似《くちまね》をして云った。

「そうなのよ。だから、わたし、この封筒もお目にかける気になったの」

「わからないことがあるもんか――ちゃんとわかっていたじゃないか。――会費を送るのはやめたかい？」

「やめたわ。それは大抵《たいてい》の人がやめたでしょう」

もと文芸家協会として組織されていたものが、団体ぐるみ文学報国会というものになって、会員の一人だったひろ子も自然そこにひっくるめられていた。

またしばらく黙っていたのち、重吉がいかにも笑止千万《しょうしせんばん》という顔つきで、

「この小説、もしもさきでことわって来なかったら、ひろ子はのせていいと思ったのかい」

「のせたい、と思ったのじゃあないのよ。のせた方がいいだろう、そう思ったのね。あの時分……」

そのことが話したくて、ひろ子は、その封筒も重吉の前に持ち出したのであった。戦争が進み、情報局がすべての文化統制を行って、文学者やその作品をすっかり軍用に統一しはじめた頃、ひろ子たち一群の作家は、不安な状況に陥った。一九四一年の一月から、ひろ子ははっきり作品発表を禁止されて、それからは却《かえ》って、立場も心もちもきっちり定った。生活万端《ばんたん》いかにも苦しいけれども、自分は自分なり、と落付くところがあった。それまでの一年間ばかりはすべてが不安定で、ひろ子は、自分だけが、例えば文学報国会を脱退することで、一層くっきりと目立って孤立することがこわかった。防空壕《ぼうくうごう》にたった一人で入っているより多勢といたいこころもちがあった。文学の分野でも、情報局の形をとった軍部の兇悪《きょうあく》な襲撃を、たった一人で、我ここに在りという風に、受けとめる豪気がひろ子にはなかった。みんなのいるところに出来るだけ自分も近くいたいという人恋しさがあった。けれども、重吉が、笑止千万という表情でひろ子を見るとおり、ひろ子のそんなこころもちは、書くものを御用に立てない以上、役人にとっても笑止千万なことであったろう。その頃文学報国会の役人は、もう文学者ではなくて、役人どころか情報局の軍人が入って来ていた。

「あのころ、ひろ子が、つべこべ云うのが、不思議でたまらなかった。実にはっきりしているんだもの。どうして、自分の亭主の頸《くび》に縄をかけているものを一緒んなってひっぱるようなことをするんだろうかと思った」

「私もそう思うわ。だから、あなたは、よくああいう風におだやかに云っていらっしゃれたとびっくりするの」

面会のとき、文学報国会を脱退するしないの話が出た時、重吉は、おだやかにそのことを云い、ただ、おどろくばかりの根気づよさで、それをくりかえした。きょうも。あしたも。又その次に会ったときも。ひろ子が、遂に云いわけや口実をこねくりまわす余地がなくなる迄くりかえした。

「わたしが、本当にすっきりしたのは、あなたの公判をずうっと一緒にやって行って、それが終ったときだったと思います。――手紙にも書いたわねえ」

「うん」

「前から、いつも云っていたでしょう？　自分という船の自分のコースがしっかり出来たら、どんなにいい気持でしょうって。岸沿いに、岸の灯にひきよせられたり、そうかと思うと濤《なみ》に押しのけられたりしていないで、水の深い沖を自分のコースに従って堂々進行する船になりたいって。──あなたの公判がすんで、江波土《えばど》に行ったことがあったでしょう。あのとき、はっきりわかったのよ、自分がいつの間にかもう沖へ出たことが。自分のコースというものはもう辿《たど》られていたことが分ったの。……だから、わかるでしょう？　私がどんなにあなたの力漕《りきそう》をありがたく思ったか」

ひろ子の妹が、疎開して、夷隅川《いすみがわ》のそばの障子も畳もない小屋に菰垂《こもだ》れの姫というような暮しをしていた。ひろ子はそこで、潮の香をかぎ、鯨油《げいゆ》ランプの光にてらされる夜、濤の音をきき、豆の花と松の若芽の伸びを見ながら、井戸ばたでよごれた皿などを洗って数日くらした。その数日は、それまでの数年間のくらしの精髄が若松のかおりをこめた丸い露の玉に凝って、ひろ子の心情に滴《したた》りおちるような日々であった。

「──チェホフが、おくさんのクニッペルにやった手紙およみになった？」

ひろ子は、封筒の中へ、原稿をしまいながら、重吉にきいた。

「今おぼえていないな」

「チェホフは、しゃんとした人だったのねえ、クニッペルに、芸術家としてお前自身の線を出せ、自分の線を発見しろ、とくりかえして云っているのよ。──でも、私はつくづく思ったわ。クニッペルにはおそらく特色とか個性とかいう位にしかうけとられなかったでしょうと。──ある芸術家の線なんて、全く歴史的だわ、ねえ。線としてまとまる要素なんかほんとに複雑だわ。しかし、まとまるためには微妙きわまる媒介体がいるのよ。それは、理窟《りくつ》じゃないわ、ただの理窟じゃないわ。実に人間らしい情理が一つになったものだわ──そうでしょう？」

重吉の床のわきで羽織のほころびをつくろいながら、ひろ子はそんなことを熱心に話した。もう重吉は、つぎは俺がしてやると云わず、よみかけの書物を枕《まくら》のわきに伏せながら、仰向きにねていた。

七

十日ほど重吉が引こもっていたうちに、丘と丘の間にある自立会に向って、四方から流れよって来ていた力が、渦になって、そろそろと仕事の中心を、市内へ押し移しはじめた。

ある朝、出がけに、重吉はひろ子に一枚の紙きれをわたした。

「こんど事務所がそこになるんだよ、きょう、昼ごろ、弁当とどけて貰《もら》えるだろうか」

「この新しい方へ?」

「ああ」

「いいわ」

紙きれには鉛筆であっさり地図がかかれていた。元電気熔接《ようせつ》学校というところが赤旗編輯局《へんしゅうきょく》と示されている。

「この地図頂いておいていいの? あなたは大丈夫?」

「大丈夫だ。代々木の駅からすぐだよ、二本目の道を来ると、左側だ」

時間をはからって、ひろ子は弁当包みをもって代々木駅に降りた。ごくたまに乗換のとき、しかもひろ子の記憶では、のりまちがえて間誤付《まごつ》きながら乗りかえるようなとき、二三度のぼりおりしただけの代々木駅の前に立って、地図のいう二本めの道をさがしたが、はっきり見当がつかなかった。やや暫《しばら》く立っていて、ひろ子にはそれが二本めと思えたアスファルトのひろい道を左へ歩き出した。じきだというのに、左側にそれらしい建物もなくて、人家らしいものはなくなり、ガードと、神宮外《がい》苑《えん》の一部が見えはじめた。ひろ子は、心細くなってリアカーを曳《ひ》いた男と立ち話をしていたエプロン姿のお神さんに、電気熔接学校と云って訊《き》いてみた。そこのガードをくぐって左へ出ると、ロータリーと交番があって、そこを又左へとおそわった。その辺はすっかりやけ原で、左手にいくらか焼けのこった町筋がある。そちらへ辿《たど》ってゆくと、右手にコンクリートの小ぶりな二階建が見えはじめた。重吉は左側だと云った。だのに、右側にあるのがそれらしい。半信半疑に近よったら、長方形の紙に、赤旗編輯局とはり出されて、両開きのガラス戸の入口がしまっていた。

赤旗編輯局。――ひろ子は、その字がよめる距離から入口のドアをあけるまで、くりかえしくりかえし、その五字を心に反覆した。これまで、日本ではただの一遍も通行人に読まれたことのなかった表札であった。赤旗という新聞を知っているものも、その編輯局と印刷局が、どういうところにあるのかは知っていなかった。人々が十数年前、どこか市内の土蔵の地下室にその印刷所があったことを知ったときは、スパイによってその場所があばかれ、当時活動していた重吉たちすべてに、事実とちがう誹謗《ひぼう》の告発がされた時であった。ひろ子の文学上の友人で、その頃、印刷所関係の仕事をしていた詩人があった。このひとは、十一年後の十月十日に解放された。重吉たちはもとより、とりわけその友達が、こうして大きく貼《は》り出されている表札をよんだとき、涙は彼のさりげない笑いの裡《うち》にきらめいただろうと、思いやった。一枚の赤旗のために、それをもって女がつかまれば、陰毛をやかれるような拷問を受けた。それを知っていて、女は、やはり赤旗をもって歩きもしたのであった。

ひろ子は、これまで開けたことのなかった大きな箱のふたでもとるように、丁寧にそっと入口のガラス戸を押して入った。入ったばかりの右手に受付のようなところがあって、つき当りは、薄暗いガランとした広土間《ひろどま》であった。土間には太い柱がたっている。

ひろ子は、その辺に誰もいないので、コトリ、コトリ下駄《げた》の音をさせながら、左手の階段を二階へのぼって行った。元は活動小屋だったのを、学校に直したというその建物は荒れていた。二階の壁の上塗りははげ落ち、きずだらけで随分きたなかった。妙な建てかたで、数の少い外窓の内側が窮屈な廊下になっていて、その中に広間があった。階段口の右手に、狭い小室《こべや》が一つある。

ひろ子は、荒れてきたない廊下のところに立って、重吉はどこにいるかしら、と思った。建物じゅうにまだ人はごく少ししかいないらしかった。永い間人気なく、しめこまれていた埃《ほこり》と湿気のにおう広間の一隅で、その日の午後から開かれる解放運動犠牲者追悼会のために、演壇に下げる下げビラを書いている人たちが四五人働いているかぎりだった。重吉はそこには見当らなかった。すると、階下から二人づれの若い男が、足音を揃《そろ》えるように登って来て、ひろ子を一寸《ちよつと》見て、わきを通りぬけ、右手つき当りのドアの中へ入った。そこには人がいるらしい。しかし、ひろ子は、どうしても、ずけずけ入って行って、内部を知らない室のドアをあける気がしなかった。

ひろ子が小さかったとき、建築家であった父が、八重洲町《やえすちよう》の古い煉瓦《れんが》のビルディングの中に事務所をもっていた。その事務所を、ひろ子はどんなに尊敬し、憧《あこが》れ、好奇心を動かされたろう。ジリンと入口のベルを手前にひっぱって鳴らすと、爺《じい》さんの小使いが出て来た。そして、父のデスクのわきに案内された。事務所は、どこもアラビア糊《のり》のような匂《にお》いがした。ひろ子は父にことわり、その許しが出ないと、半地下室で青写真が水槽に浮いている素晴らしいみものさえ、勝手に見にはゆかなかった。

日本ではじめての日の目を見るようになった赤旗編輯《へんしゅう》局《きょく》のきたない壁も、古くさくてごたついた間どりも、埃《ほこり》くささも、ひろ子の心にとっては、昔父の事務所で感じたこころもちに似た思いを誘うのであった。ひろ子は、感動のあふれた、子供っぽい顔をして、廊下に立ったままでいた。

廊下のつき当りが、どこかへ曲っているらしく、そっちから不意に重吉が出て来た。ひろ子は、思わずよって行った。そして、

「きたないけれど――いいわ」

と云った。重吉は笑った。

「こっちへ来るといい」

つき当りのドアの中は、この建物全体と同じようにまだがらんとしていた。むき出しの床に、粗末な板テーブルと床几《しょうぎ》とが二列ほどに置かれていた。一方の床几に見知らない人が黒い外套《がいとう》の襟の上から、やせたボンノクボを見せてあちら向きにかけていた。つき当りの板テーブルに、重吉よりはおくれて宮城から出獄した仲間の一人がいた。公判廷でみたときよりももっとやせて、一層角のついた正八角形という顔の感じである。ひろ子は、その手を執《と》って挨拶《あいさつ》した。さっきの男二人は、入れちがいに出てゆき、重吉が、

「弁当もって来たかい」

ときいた。

「御一緒にたべたら？」

「僕はあるんです」

そのひとは、握り飯を出した。重吉とひろ子は弁当箱をあけ、鰯《いわし》のやいたのを三人でわけて板テーブルの上で食事をはじめた。まだ湯をわかす設備もなかった。

そして、食べているところへ、一人新聞記者が入って来た。その記者は重吉とうち合わせてあった用向きについて事務的に話してから、煙草《たばこ》に火をつけ、世間話をはじめた。

「この間うちから僕は徳田さんにも会ったし、志賀さんにも会えたんですが、袴田里見さんていうのは、一体どんな人です。どうにも会えないで残念なんだが」

ひろ子は、ひどく面白がった顔つきで重吉を見た。重吉はおかしそうに笑っていたが、一寸となりを見てから、

「すぐ近くにいますよ」

と云った。

「え？　じゃきょう会えますね」

「ここにいるのが、同志袴田です」

記者の真向いで鰯《いわし》をかじっていたひとが、

「やあ」

と、笑い出した。

「どうも――これは……」

記者は、今更床几《しょうぎ》から立上るのも不自然で間誤付《まごつ》きながら、片脚をそろりと床几の下へかくすようにした。

「ほかの政党だと、幹部連のえばりかたがちがうから、どこにいたって入ってさえ行けば一目でわかるんですが、どうも共産党の人は……失礼しました」

名刺を出して、頭を下げた。

格別用談もなくてその記者が去り、やがて黒外套《くろがいとう》の見知らない人も出て行った。二人きりになったとき、重吉が、出ていたノートを書類鞄《かばん》にしまいながら、

「ひろ子、来たついでに経歴書、出してゆくか」

と云った。

「経歴書って――」

突然な気がして、ひろ子は躊躇《ちゅうちょ》した。経歴書を出すということは、正式に組織上の手続きをするという意味であろう。

「それは、わたしとしては当然なことだけれど……」

ひろ子には、今、直《す》ぐ、ここで、という用意がなかった。二つの仕事が両側から一時に迫って感じられた。文学の仕事と、ひろ子が女であるということから自然おこって来る婦人関係の仕事と。その頃、ひろ子には、あとの方の用事が多かった。書くものも、所謂啓蒙風《いわゆるけいもうふう》のもののばかりの結果になっていた。

重吉は、いくらか促すように、

「――今、みんなの経歴をあつめているんだ」

と云った。

「――仕事、どういう風になるのかしら。それが分らなくて」

ひろ子が短い啓蒙的なものをかくたびに、重吉は、仕事を整理しろ、と云っていた。そんなことで、いつ小説が書けるか、と云っていた。文化の各方面で、それぞれ本当の専門家が生れなければならないことは痛感されていた。昔のプロレタリア文化運動とそれにしたがった人々の仕事ぶりの推移をみれば、それはすべての人に肯《うなず》ける必要なのであった。小説はいつ書くのか、と、とがめるように云う時さえある重吉の考えは、経歴書とどういう角度で結び合わされているのだろう。拒絶する理由はどこにもなかった。それはひろ子にとって、ひろ子が石田の妻であることに等しく自然な本質に立っている。

が……

「今すぐ書けなければ、あとでもいいんだ」

そこへ、又見知らない黒外套の人が戻って来た。ひろ子は、十分話し合えず、すまない、いやな心持でその話はうち切った。

八時すぎて夕飯が終ったとき、ひろ子から再びその話をとりあげた。

「きょう、もしかしたら、あれを書くようにと思っておよびになったの？」

「そういうわけでもなかった。――どうせ来たんだからと思っただけさ」

ひろ子は、洗いものはあとまわしにして、昼間自分の心に湧《わ》いた躊躇《ちゅうちょ》について説明した。

「仕事のことが、その点ではっきりわかれば、わたしは勿論《もちろん》いやというわけはないんです」

「そんなことは、ひろ子自身の仕事ぶりで、何が一番適当したことか客観的に証明してゆけばいいんだ」

「そういう風にやって行っていいなら、ほんとに、うれしいわ」

「だってそれが当然だろう」

「そうだと思うわ。でもね、それが当然だと思われているときいたら、どんなにいろんな人がよろこぶかわからないと思ってよ――何となしに心配していると思うわ。場ちがいのことで、自分の専門が、分らないようになるんじゃないかと心配している人が少くないんだと思うんです……」

重吉は、自身が文学の仕事から政治の分野に移って行った時代の、非合法の激しい日々を深く思いかえす風だった。

「もとの弾圧や苦労がひどすぎたから、今でもまだおじけづいているところもあるんだね」

「その点だけを一方的に誇張して知ったかぶりをするのが見識だと思っている妙な連中もあるし……治安維持法というものがなかったみたいに云う人があるわ。それがどんなことをやったから、ああなったのか考える必要もないみたいにいう人もあるわ」

しばらく黙っていて、重吉は、

「だが、いまの、一番ふさわしい仕事をしていい、ということは、作家なら作家としての日常に、歴史的な責任を求めないということじゃあないんだよ」

ひろ子の理解を補おうとするようにつけ加えた。

「それは、わかるわ。求められるというわけのことじゃないんですもの、土台——自分が求めて、その門に到った、ということなんだもの……」

「文化関係の人は概してこだわるね」

ひろ子の場合をこめて、更にひろ子の知らない、いくつかの例を、心のうちで調べるように重吉が云った。

「——やっぱり生活や仕事のやりかたが個人的なせいかしれないね。……夫婦なんかの場合、ギャップはうめられなくなるからね」

最後のひとことを、ひろ子は瞳を大きくしてきいた。重吉がそれを云ったということではなく、一番しまいに、ひろ子が自分で自分のこころもちをきめたのち、はじめて重吉はそれを云った。そのことが、ひろ子のきもに銘じたのであった。


十二月はじめに、はじめての大会がもたれることになった。赤旗編輯局《へんしゆうきよく》という表札と同様に衆目の前でもたれる大会として、それは最初のことであったが、歴史の中では第四回目に当った。

いろいろの大衆的集会も活気にみちてもたれていて、一九四五年の冬は、日本の民主主義の無邪気な発足の姿であった。

木枯《こがらし》の吹く午後おそく、ひろ子は、前後左右ぎっしり職場の若い婦人たちで埋った講堂で、ニュース映画を観《み》ていた。それは「君たちは話すことが出来る」と云う題であった。十月十日に、同志たちが解放される前後を中心として、治安維持法と、その非道な所業、その法律の撤廃を描いた映画であった。山本宣治《せんじ》を殺して出来た治安維持法が、小林多喜二を虐殺し、渡辺政之輔《まさのすけ》その他たくさんの人々を犠牲とした。小林多喜二が命を失ったときの顔が大うつしにされたとき、ひろ子は総毛だって涙をためた。ひろ子は、この顔を自分の眼で見た。小林のおかあさんは、この息子の顔の上に身をなげふせて、優しく優しくこめかみの傷を撫《な》でながら、どんなに泣いたろう。あんちゃん、どげにきつかったろうなあ、そう云って撫でては泣いた。

その治安維持法によって獄につながれている人々の、生活ぶりが、薄暗いのぞき穴をとおしてうつされた。やがて、この悪法は撤廃されることになって、画面に一つの力づよい手が現れて、特高と書いた塗札をひきむしった。検事局思想部の掛札も、もぎとって床にすてられた。画面にふたたび、府中刑務所のいかめしい正門が見えて来た。遂にこの扉の開かれる日が来ました、という言葉とともに、しずかに、ひろく一杯に刑務所の大門が開いた。急にカメラの角度がかわって、ひろ子たちの方へのしかかって来るように、その門の中からスクラムを組み、旗をかざし、解放された同志たちを先頭にした大部隊が進行して来た。真中に徳田、並んで志賀、その他ひろ子の顔も見分けられない幾人かの人たちが、笑い、挨拶《あいさつ》の手を高くふりながらこちらに向って進行して来た。隊伍《たいご》の足なみは段々精力的に高まって来て、ある角では出獄した同志たちが、肩車ではこばれる姿が見えた。或るところでは、体をうしろに反《そ》らせた駈足《かけあし》となり、幾本もの旗は列をとりまいてひらめき、わっしょ、わっしょという地鳴りのような声々とザッザッ、ザッザッと規則正しくふみしめる靴音は津波のように迫って、やがてその蜒々《えんえん》たる列伍《れつご》は、歴史的な時間の彼方《かなた》に次第次第と遠のいて行った。幾千人もの鼓動とともにはき出される、そのわっしょ、わっしょという力のこもった声と、ザッザッ、ザッザッという地ひびきとは、ひろ子を泣かせて、涙を抑えかねた。まわりでもこのとき泣いている人がどっさりあった。涙で頰をぬらしながら、なお、その身内をせき上げるような熱い轟《とどろ》きを追って画面に見入っているひろ子の心の視野に、丁度その隊伍の消え去ろうとするかなたから、二重映しになって一人の和服姿の男が、風呂敷包みを下げ、草履《ぞうり》ばきでこちらに向って歩いて来るのが見えるような気がした。こちらに向って歩いて来る人物はぼっつりとたった一人である。しかし、その透明な体の影をつらぬいて、なおわっしょ、わっしょという、ときの声が響いており、ザッザッ、ザッザッという地ひびきはとどろいている。透明な影のように画面から歩み出し、しかし、くっきりと着ている紺絣《こんがすり》までも見える人物は、出獄したばかりのイガグリで、笑っていてそれは重吉であった。重吉は一人で歩いている。「君たちは話すことが出来る」と、今は工場の広庭でかたまって話している人々の間を、重吉は歩いて来る。「君たち話すことが出来る」円く集って話している女のひとたちのよこを、重吉は歩いて来る。ひろ子は、見ている画面が益々《ますます》幾重にもなって、きのう見て来た代々木の事務所の入口に、かかげられていた横看板の字が、そこに浮んで来るように思えた。すこしくずした太い字で、日本共産党とかかれている。それは、いかにも大きい板をこしらえたどこかの土木業の誰かが勢こんで筆をふるったという風な文字で、肉太で、べろべろして、ちっとも立派ではなかった。しかし、その大看板が車よせの庇《ひさし》の上で、うららかな冬日を満面にうけているところは、粗野だが真情のある大きな髭男《ひげおとこ》がよろこび笑っているような印象を与えた。通りから見あげて、ひとりでに口元がくずれ、昔の女が笑いをころすときしたようにひろ子は、元禄袖《げんろくそで》のたもとで口をおさえた。その玄関の中では、きのう、もう多勢の人たちが働いていた。重吉たちのように、のびかかったおもしろい髪で働いている人が少くなかった。まるで短かった重吉のイガグリは、ひろ子がさわると、ごく若い栗《くり》のいがのような弾力と柔かさで掌《てのひら》にこたえるように伸びて来ていた。そういう髪の人々が、いそがしそうにその建物を出たり入ったりしながら、第四回の、大会の準備をすすめていた。

野溝七生子

灰色の扉　Doppelgängerin

クノよ。私はこのことを、たうとうお前に語つてきかせようと思ふやうになつた。それほどこの頃私が経た経験が奇怪であり、そして、もつと不可《いけ》ないことには、次第にそれについての思考に、生命的な促迫を交へるやうになつて来たからだ。

クノよ。お前は思ひ出さないだらうか。私がお前の家を最後に訪問した時、明り窓の下の臥榻の中で、私がその日、お前の家に来る途中で、道端に閉まつてゐた灰色の扉の中から、蒼ざめた顔が、ぴよこりと往来を覗《のぞ》き出たのを、私が見たといふことを話したのを。その顔は、誰に似てゐたと私は云つたつけ。だが、お前は何だつて、あんなに顔色を変へたのだらう。お前は、そして私に次を云はせようとはしなかつた。

その顔は、私がどうしても、一度はどこかで見たことのある顔だつたのだ。誰の顔だといふのだらう。いくら私が会ひたいと思つても、私の意志だけでは決してどうすることもできない、(唯、もしかして、再びあゝいふ夕暮時の偶然のほかには、)もう、どうしても会ふことのできない顔だつたのだが。クノよ。私がさう云へば、お前はたぶん私が、亡くなりなすつた私達の母様の顔を幻視したのであらうとでも思ふだらう。ところで実際は、私が見たといふのは、なつかしい少女の時の、私自身の顔であつたのにちがひないのだ。その時のことを話すなら、私が通つた道の両側には、驚くべき大きい、たくさんの向日葵《ひまはり》が、鈍色《にびいろ》の空の下に、皆、西に向つて花を開いてゐた。

クノよ。お前、小さい女の子が、真向に、びゆんびゆんと鳴る鞭を、振り上げた父親に追つかけられてゐると仮定したら？　まだしもクノよ。さういふことには決して価しないのに、その子は顔から無罪の血を流してゐたとしたら？　子供の顔を引き裂いた強靭《きやうじん》な鞣《なめ》し革の鞭が、父親の持物である硬悍《かんごは》い巨大なアラビヤ馬を責めるものと、まつたく同じものであつたことなぞ、しばしば、私はかういふ幼い時の追憶の中で気が狂ふことだ。変質者である父親が、子供を虐害して、子供の母親に対するSadismus の彼の病慾を、恣《ほしゐ》ままにしてゐたのだと、今にして考へ得られないものであるか。あの道端の大きい向日葵のかたはらで、花に向つて開いた扉の中に、私が見たといふのは、そんな時の、灰のやうに蒼ざめて無辜《むこ》の眼眸《まなざし》を大きく見張つた、十三歳の女の子の顔であつた。これが、私が私自身の顔を見たことの最初である。クノよ。このことが、私が今から話さなければならないこの不吉な出来事の最も発端にあつたといふことを、よく覚えてゐてお呉れ。

それまでにも、私は、どうもはつきりとは云はれないのだが、私自身の姿を、いくどか見てゐたのではないのだらうか。

私は、雨の降る街を歩いてゐた。かういふ時、T字形をした通路の上で、突然、私の行手を横ぎつて、忽《たちま》ち消えて行つた一つの姿を私は見る。姿は、白い炎が燃え上つて消え去るやうに過ぎた。私は街角まで、一飛びに後を追ふのだ。私はたしかに人の姿を見た。それだのに、両側が枳殻《からたち》の生垣になつてゐる一脈の寂しい道の上には、誰も居はしなかつた。おまけに、それはまさしく私の姿だつたのに相違ないと思ひこませたことだつた。

クノよ。若しお前がその時私と一緒に歩いてゐたのだとしたならば、お前もまた私が見たあの姿を、きつと私であると断定したのに相違はないのだ。それは確かにお前が、かつて見た、月の蒼い夜、樹の下の小流れの沐浴《ゆあみ》から這《は》ひ上つた私の姿である。私は、身を傾けて濡れ髪を絞つてゐた。小流れと、私の髪と、どちらもあんなに黒く見えたことはなかつただらう。お前はその時、私の沐浴の姿を見つけると、叫び声を上げて逃げて行つてしまつたではなかつたか。

仮に、唯一重の白衣を体にひたと捲《ま》きつけて、街を過ぎ通つた人が他にあつたとしても、私がそれを私自身であると幻覚したことが、まつたく理由がなかつたのではないといふことがわかるであらう。しかも、あのやうな姿が私をほかにして、きつと今一つあり得るだらうか。すくなくも、やつと空想の許される範囲でしかないだらうではないか。

　沐浴といへば、クノよ。私達はいつぞやは街角に立つて「灰吹屋」といふ奇妙な家号を持つてゐる角店を囲つた、不思議に暗い銅板の塀に貼りつけた「悲劇モニカ・フオゲルザング」の辻びらを、永い間、眺めてゐたことがあつた。〔そ〕して、私達は白昼、幻影を夢みたことだ。忽ちにして私達の視野はひらけ、千人の女の中に唯一人の、フオゲルザングの家のモニカが沐浴する腕の白大理石が、きらめく瀬を乱して、波はモニカの胸に高まり、モニカは流れに、麗しい髪と両肩を浸してゐた。流れに沿ふ両側の丘の、芝草を照らして、その時のやうに明るく燦《きらめ》いた太陽のひろい光線を、私は今までの生涯にかつて見なかつたほどだ。それだのに、お前は、そのあとでは却《かへ》つて私を、恐しいものをでも見るかのやうな、絶望に砕けた眼眸で、いつまでもじつと眺めながら、じつと眺めながら嘆息したつけ。

「モニカを見ることができたのは、たぶん、あんただけよ。」

　と、お前は呟《つぶや》いた。（お前も知つてゐるであらう。明治神宮の舗石の参道に、地上幾尺かのあたりを、まちがひもなく、緑の岸を持つた爽《さは》やかな湯の川が、真昼間、淙々《そうそう》と流れ走るのを見たといふ東京市の無数の人々のことを。それは決して伝説ではない。この真夏の出来事であつたのだから、お前は忘れはしないだらう。）それ故、今となつて想到するのも、あれがまさしくモニカであつたか、または、私の「第二の私」ではなかつたのか。

　それにしても、その後お前が来て、何とか云つては帰つて行つたあとに、どんなに沢山のものが、私の周囲から（父様の下すつた短刀や拳銃なんぞも）なくなつてゐたことであつたらう。お前はそれらのものを私から取り上げたつきり、何と云つても返しては呉れなかつたり（つまりは、それらのものを一目見ただけでも、私が容易に錯乱するだらうといふ、その時の私自身には、まだ想像もし得なかつた惧《おそ》れが、もうすでにお前には充分あつたのだ。）または、私が唯一人でゐる郊外のこの小さい家から、私達の家族の所に帰り、再び彼等の間で生活をするやうにと、時には執拗《しつえう》にも、お前はそれを私に強要した。ずゐぶんと、思ひ合はされることだ。

　自分のDoppelgängerを見たものは、間もなく死なななければならないのだといふことを、お前は、賢くも知つてゐたのだらうか。私が私自身を知るよりも、お前は、もつと早く私を知つてゐたのだ。そして、私の見たといふモニカ・フオゲルザングを、お前は、私が私のDoppel-gängerinを見たのだと解釈したのだ。私はあんまり馬鹿なことを云つてゐるのだらうか。

　私がモニカの幻影をお前に語つてから、私達の間には、いくらかの年月がすでに横たはつてゐる。その間に私達は、お母様を亡くしてしまつた。ほら、覚えてゐるだらう。あの不幸な日に、私達が二人きりで母様のお柩《ひつぎ》の傍《そば》にゐて、不思議にも、兄さん達も姉さんも、大勢の家族の誰一人もが、私達の話すことを少しもきかなかつた短い時間のあつたことを。

「クノや、私達の母様の恥辱は、やうやく終つたのだよ。」

　と、私は云つた。すると、お前の小さい手が、じつとりと汗ばんで、私の手の中で慄《ふる》へた。お前の可愛らしい唇は、何かを云はうとして、小さい三角や四角を作つた。だが、お前は何も云はなかつた。おまけに、私が何を云つてゐるのか、解ることができないのだらう、私を眺めてゐたあんなに大きいお前の眼を、私はかつて知らない。私は、お前の手をぎゆうぎゆう握りしめた。

「クノや。私達のお父様は、をかしなことを仰云《おつしや》るんだね。獅子《しし》は、生れて三日目の我子を、谷底に蹴落すつて、お父さまは、自分の子を打《ぶ》つ時、いつでもあんな不思議なことを仰云つただらう。あれは何の事だらうね。」

　するとお前は、私が何を云はうとしてゐるかを、突然、諒解《りやうかい》したといふやうに、大きい声を出した。

「お父様は、御病気なのよ。ヌマさん。あんなことを仰云つたのは、あれは御病気のせゐなのよ。」

　お前は、何といふ好《い》い子なのだらう。優しいクノよ。お前もお父様から同じやうなことをせられてゐながら、お前の姉さんの前に、お前は、お父様を弁護しようとするのだ。そこで私がかう答へた。

「さうさ。お父様は御病気なんだよ。御病気なんだとも。クノや、だからね、その為に、私が父様を憎むのだらうとまちがつては不可ないのよ。だけどね、あれは何だらう、クノや、あのね、拍車のついた長靴で、胸を蹴つとばされたことがあるのかえ、お前には。私は知つてるよ、よくしなふ鞣し革の鞭でひつぱたいてね、あの長靴で、横つ腹のところを蹴つとばしてやるとね、お馬は驚風に罹《かか》つたみたいに、天井まで飛び上つて、奔《か》け出すのだつて。それから、子供にさうするとね、クノや、いいかい、ご門から表玄関にまで三丁はあるだらうと云はれてゐる(私達の乾《いぬゐ》の邸のことよ。)長い石畳の両側に一ぱいに敷きつめた砂利だたみの中に、子供の小さい体はフツトボールのやうに飛び込むの。胸も頭もすつかり砂利の中に埋まつてしまつてね、子供の顔が仰向《あふむ》きになつたり、地びたに擦りついたりするの。泣く声が出ないで、涙がね、一ぱい、たくさんたくさん、一ぱい流れて、それからね、唇が真紅に染つたのさ。母さんが、お玄関の式台を、足袋はだしの儘《まま》でとび出していらした。子供は決して声を立てなかつたの。踏まれて、げつげつ血を吐きながら母さんの顔をじつと眺るの。子供の胸の上で拍車ががちやがちや鳴つてゐたのだよ。あれが母様の心臓を、ぢかに踏みつけたのさ。拍車が染まれ。子供は、あの可哀さうな母様がその時、憎らしくて憎らしくて仕方がなかつた。それからね、きつと父さんのお馬を殺してしまはなくちやと、考へてゐるの。あの頃うちの厩《うまや》には、お馬が四頭繋《つな》いであつたでせう。あれを殺すのよ。鞭ではたかれたり、拍車で蹴つとばされたり、父様のお馬は、この子一人でたくさんだからね、だから、どうしてもあの四頭の馬を殺してしまつてやらうと、子供は決心したのよ。恐しいね、恥辱さ。自分の生んだ子供が、自分の眼の前で、お馬よりも、ひどくされてゐるのを（お馬は血は吐かないからね。）唯、歯を喰ひしばつて見てゐなくてはならない母親は恥辱だよ。兄さん達や姉さんの小さかつた時、ちよつとでも母さんが、子供をたすけようとなさると、母さんの愛が、子供にばかし現はれるのを見て、父様は、子供を殺すほど、百倍ひどくなさるんだつて云ふぢやないか。だから、私達の時には、もうね、母さんは黙つて黙つて、子供がどんな目に会ふんだか、よくよく見てゐらしたのよ。それつきり、母さんの、あの美しい大きい眼は決して笑つたことがなかつたつていふの。で、それからね、そんなことのあとでは、いつも母さんが抱いて下さらうとなすつたけれど、私は母さんの胸を突き飛ばして、召し使ひのところに逃げて行くの。決して決して抱いてなんぞいらなかつたわ。いつかね、そんな時、母さんは、一度、あつと云つて、後に倒れなすつたことがあつたの。さうしたらばね、ひとがね、私が母さんを打つたのだといふのよ。誓つて、私はそんなことは決してしはしなかつたの。さうさう、子供の背中一面に、砂利のあとが、紫色に窪《くぼ》んでゐたつてことは、あれは何なの。

　その頃ね士官候補生だつた大きい兄さんのお部屋に、仏蘭西《フランス》のお友達から贈られたといふ、ルイ王朝時代の古風な短剣があつたのを覚えてゐないこと？　あれがなくなつて騒いだことがあつたでしよ。どうしたのだか知つてるの？　私が持ち出したのよ。何故か私は、どんなに大きいお馬だつて、耳下［腺］のところを突き刺すと、きつと一堪りもないのだつてことを、ちやんと知つてゐたの。お馬の平頸のところにまたがつて、一頭一頭、そこを狙つて突つとほしてやらうと思つたの。ところがね、馬丁《べつたう》がとんで来て、引きずりおろしたのだか何だか、子供の体は厩舎《きうしや》の板敷の上の敷藁の中に、落つこちてゐたんだよ。私は馬丁が私の手を摑《つか》んで、何か恐ろしい声でどなつたのを忘れない。私は大声に泣き出した。心外で、心外でたまらなくて、私は泣いたり喚いたりして、一方の自由だつた手で馬丁の顔を、いくつもいくつも打つたの。私の泣き声がね、あんなに遠くの本邸の奥の奥の、母様のお居間にまできこえたつていふんだよ。何といふ幸ひだつたらう。その日、お父様はお不在《るす》だつたのよ。母さんは、馬丁に暇を呉れるといつてききなさらなかつたの。その男は、地びたにすわつて母様にお辞儀をしたの。その男は、歪《ゆが》んだ頰の上に実直な涙をたくさん流して、十たび謝つたり懇願したりした。でも、ききなさらなかつた。あんなに強硬だつた母さんを私はそれつきり知らない。母さんはおあしを、手にたくさん持つていらした。その上その上持つていらした。それを馬丁の両手の中に、上から上から圧《お》しつけなすつた。馬丁の指の間からは、銀貨がばらばらこぼれ落ちた。クノや、爪立《つまだち》してその男の顔を打つたあの手が、お前の今もつてゐるこの小さい手よりも、まだまだ、ずつとずつと小さかつた時のことだつたのよ。それにしてもあの短剣はどうしたのだらう。母様が、私から取り上げなすつてそれきり、もう誰も見たものはなかつたのだがね。ずつとずつと後に、あれの要《い》ることがあつて、私は、武器庫の二階の、埃《ほこり》が一吋《インチ》も溜つてゐる甲冑《かつちう》や古代の武器ががらくたとつまつてゐる古櫃《こひつ》の間を、ずゐぶん掻きまはして見たのだけれど、決して出て来なかつた。それのありかはもう決して母さんのお口からは、きくこともできなくなつてしまつたのだね。生涯、子供の顔よりほか見なかつた母さんの悲しい大きい眼は、たうとう、もう永久に閉ぢられてしまつたのだね。また、ほかの時に、私は母さんの歔《すす》欷《りな》きの音をきいたことがあつたの。母さんが子供のことで泣いていらしたのを。母さんは母さんの生涯に、千たびも子供のことで泣きなすつたのよ。その子供は誰によつて生れた子供なのだらう。生れなければよかつたのさ。だが、もう誰も子供のことで母さんを辱めることはできやしない。これでおしまひさ。お前は父様が大きい兄さんの足を逆さに持つて奥庭の天水桶《をけ》の中に浸《つ》けなすつたといふ話を、母さんからきいたことはなかつたのかい。（母様は、私をなだめたり慰めたりするのに、きつと、兄さん達や姉さんもどんなにひどくせられたかといふことを話しなすつたのよ。）そのお話をきいただけで、私は呼吸が塞《つま》つて、気を失つてしまつたことがあつたの。まだしもそんな目に会はないで助つた自分の幸運を、馬鹿らしくも、私はどんなに喜んだことだらう。クノや、獅子もね、あんな不思議な病気を持つてゐるのだらうか。え、人類であることは何て恥しいことだらう。父であることの罪、母であることの罪を、野獣は知つてゐるのかね。何ていふ恥辱だろ、何ていふ恥辱だろ、私は母様のお柩に誓つて、私もまた、いつかは子を生まなければならない女の運命と心を、今、この中に封じ込む。今日以後、私は決して女ではないことよ。」

　さう云つて、私は母様のお柩の上に片手を置いたのだ。するとお前はいきなり、袂《たもと》ぐるみそれを引つたくつて、さうしてでもゐなければ私の腕がなくなつてでもしまふかのやうに、しつかりと、お前の胸の上に押しつけてゐた。

「ヌマさん。可哀さうな気ちがひ。」

　と、お前は喚いた。それから、お前は何といふ大きい声で泣き出したのだらう。そこで私もたうとう泣き出した。兄さん達が飛んで来た。姉さんは、来るといきなり私達にとびついて泣いた。私は、あんなに声を上げて泣いたことはなかつた。私は泣き声が止まらなくて、どうしても止まらなくて、おしまひには困つたほどだつた。私達の泣く声が長い廊下とたくさんの部屋とを徹《とほ》つて、表の応接室にゐた弔問客にまで聞えたといふではなかつたのか。そして、私達の家族が大勢だから私達の心や身の上が、いろいろ苦しいのだらうなんて、全く見当のちがつた取り沙汰が、そのことで間もなく世間に伝はつたといふことだ。クノよ。なほ、私がいふのは、あの時、父様が、一等あとから私達の傍にいらして、

「どうぞ、もう。どうぞ、もう。お前達、何故《なぜ》さう泣くのかい。」

　と、仰云つたことだ。もしその時まで、私の中に、ほんの僅かでも、父様を憎む心が残つてゐたのだとしても、その心は、あの瞬間に、もうそれつきりで消散してしまつてゐたのだ。お前は、だから、これだけは、きつと安

心してゐて好いのだ。だがクノよ。お前が私に向つて云つた言葉はなかなか真実だ。私はきちがひだ。母様を亡くした悲しみが、私の心をすつかり攪乱《かくらん》してしまつたのには相違なかつたのだ。あのお葬ひの済んだ夜の出来事は、全く、私がきちがひででもなければ、あんな事は、決してあり得ないことだつたらう。だが、あのことについて、わざわざ書きつけようとは思はない。あの事は、私達の、どのきやうだいもが、生涯、決して忘れることはできない事実なのだから、さうまでして何も、あの苦しい記憶を揺り起すにはあたらないことだ。それにしても、何といふお前は静かな和《やはら》かい心なのだらう。私も、すぐそのあとで、飛んで行つて見たのだが、小さい姪《めひ》達の寝室に、鍵《かぎ》をかけて歩いたのは、お前だつたのに相違ないと、私は今もさう信じてゐるのだ。皆が、あの出来事に動顛《どうてん》してしまつて十幾人の召使ひ達でさへ、誰一人も見送るもののなかつた私を、お前が自分で坂下の自動車にまで送つて来て呉れた。私は踏台に片足をかけたままで、お前を顧みてさう云つた。

「クノや、どうぞ、私が今帰つて行くのをごめんしてちやうだいよ。だけどね、私は人間の生活を見るのは、もう、厭《いや》なのよ。人間の生活を見るのは、どうしてもどうしても、私は厭なんだからね。」

（私の眼の前には、指頭から、ぼたぼたと血の垂れてゐた大きい兄さんの手と、兄さんの奥さんの蠟《らふ》色をした顔とが、いつまでもいつまでも、自動車の中にまでくつついて来た。あのやうな時だつたのに、その顔は、残らずのきやうだいの裡《うち》から、そして母様の愛情からさへ、私達の大きい兄さんの心を、全く根こそぎ奪つて行つてしまつた。何ていふ美しさだつたのだらう。）

「ええ、ええ。ヌマさん、あんたはもう、当分、うちに帰つて来ちや駄目よ。」

と、さう云つて、お前の手が、私を、背後から、優しく輌《くるま》の中に押し込んだのだ。

「クノや、では、私を放逐するのかえ。」

と、私が身を浮かして、また下りさうにすると、お前の手で扉を、かまはず私の顔に、ばたんと叩きつけた。

「好《い》いから、好いから、」

と、お前は何か云ひかけたのだが、云ひきれないで、不意に両手で顔をかくして、くるりと後向きになつて、泣きながら坂を駈け上つて行つた。

忘れない。クノよ。何だつてお前は、私のあはれな、ひん曲りの人生のために、しばしば、あんなにも多量な涙を流して呉れたのだらうか。

あれから、たつぷり一年は経つてゐる。その間に、私はお前のところに二度、行つたきりだ。私の郊外の小さい家の中での、無価値な生活は、概《おほむ》ね、静かに過ぎた。それだのに何故、私が、急にお前に会ひたがつたり、それができないかと思つて、この手紙を書かなければならなくなつたりしたのか。それを云へば、つまりはお前がいつぞやから、私のために恐れてゐた惧れが、こんどこその的確に私自身の上に来たからだ。即ち、この頃に、私はもう決してまちがひなく、私のDoppelgängerinを、まさしく見た。しばしば私は見、また感じることもできる。

最近に、私が見た私の姿といふのは、彪煥《ひうくわん》とした支那服をまとつて、手に樒《しきみ》の枝を持つてゐた。この私の姿は、私自身の死に供へるもののやうに、あの神聖な樹の枝を、その心臓に最も近い胸の上に、押しつけてゐた。(ああ、だが、この私の姿が、実際は心臓を持つてゐたのだらうか、どうだか。)それを私が見かけたのは、繁華きはまる午《ひる》さがりのきららかな商店通りだつたのに、何故か、すたすたと歩いて行く私のその姿の周囲にだけは、人足がまるつきり絶えて、この姿から放散する雀《すずめ》色時の、物寂しい瘴気《しやうき》が、あたり一ぱいに漂つてゐた。例の妖《あや》しい偶然にほかならないのだ。この時が、ほかのどの場合よりも、私の眼が、私の「第二の私」を、最も永く見ることのできた時だつた。

そこで、クノよ。私が、たうとう是非ともお前に云はなければならなくなつたことは、お前もよく知つてゐる大きい兄さんのお友達であるあの人が、突然、大きい兄さんと、兄さんの奥さんと一緒に、私のところを訪ねて来たことだ。

私達は、私の十六の年に、私達の乾《いぬゐ》の邸で会つたのがおしまひで、まる七年間といふもの、私はまつたくあの人を見なかつた。私はあの人が、あれから間もなくあの人の故国に帰つて行つたといふことは知つてゐたのだが、いつ、また、私達のところに引き返して来たのかは少しも知らなかつた。

以前、私達が別れた時には、あの人は、私の頭の一呎《フイート》半も上から、優しく、さよならを浴びせかけたのだ。私達は、扉のところまで行つて、もう一度さよならをした。扉の外には黄金色の夕暮があつた。あの人は、その方に出て行かうとしたが、突然、あとがへりをして来て、私にたづねた。

「あなたは、私に何も仰云ることはないのですか。」

「さよなら。」

と、私は答へた。するとあの人は、

「ほんとに、あなたは私に、何も仰云ることはないのですか。私達は、今、お別れです。明日は、私達の運命が、どう変つて行くかもわからないのに、ああ、あなたは何といふ子供だ。だが、あなたは、いつかは私を解つて下さるでせうね。せめては、その希望だけを私に、残して置いて下さい。」

さう云つて、あの人は急いで出て行つてしまつたのだ。それきり、七年も会はないでゐたのだから、私は、もう生涯、あの人を見ることはないのだらうと思つてゐたことだつた。

で、私とあの人とは、かういう工合に話し始めた。私は、まつたく叙景を抜きにして、私達の言葉だけを、お前に伝へるのだ。

「あなたは、こんな寂しいところに、唯一人で暮していらつしやるのですか。唯一人で。あなたは夜を恐れなさいませんか。」

「夜を恐れるのですつて？　何故、私に夜が恐しいのでせう。私は人を恐れるのです。」

「おお、むしろその方がましでせう。」

それから、あの人は大きい兄さんの方に向いてから云つた。

「あなたは私達の言葉を、少し補《たす》けて下さるでせうね。でなければ私には、到底あなたの妹さんを理解することはできないのです。」

「さうです。誰もこの子のことは理解することはできません。きやうだいだといつても、それはむつかしいことです。妹は、私達の家族の中に一つの象徴として存在してゐるのです。」

「私の祖国の娘達は、人を愛さない前に、人を恐れるなどといふやうなことは知りません。それともお妹さんは、かつては『愛した』ことがおありですか。」

「妹は、『人間の恐るべき』を知つて、『人間の愛すべき』を、かつて知りません。」

「驚くべきことです。どのやうな不幸がお妹さんを、そのやうにしてしまつたのでせう。」

「不幸ですつて？　おお、いいえ、あなたには、東洋の憂鬱とは、どのやうなものであるか、決してお解りになることはできません。」

と、私は、一足とびに答へた。

「私には、解らないのですつて?」

「これは遺伝の法則です。私は、この心を私達の母さんから習ひました。母さんは、私がこんなに小さい子供だつた時から、私に、人生とは、どのやうなものであるかを教へました。いいえ、母さんが、私に向つて唯の一言も、そのやうなことを云つたのではありません。けれども、私は、何故か、それは苦悩と悔恨の堆積にほかならないのだといふことを習つてしまつてゐました。」

「おお、何といふことです。あなたのお母様は、そんなに不幸だつたのですか。」

「不幸ですつて。どうぞそのやうなことを仰云らないで下さいまし。母さまだけの不幸ではありませんことよ。母さまは、その心をお祖母様から習ひました。これは人間に生れたものの、皆の不幸です。」

「おお、解りました。あなたはあなたについて、最もむつかしいことを仰云いました。だが、私には、容易《たやす》く解ることができます。あなたは、非常に不幸でいらつしやる。」

「不幸だなんて、不幸だなんて、あなたはまちがつてばかしいらつしやいますね。」

「さうです。たぶん、私はまちがつてゐるのでせう。あなたのお妹さんを理解することは何とむつかしいこと。どうぞ私にきかして下さい。では、あなた方のお父様とお母様とは。」

すると、大きい兄さんがかう答へた。

「あれこそ、最も奇怪な現象でした。あなたは、私達の父が、母を愛してはゐなかつたのだとでも、思つていらつしやるのではありませんか。」

「勿論、私は、私の考へのまちがつてゐることを望んではゐるのですが。」

「大ちがひです。父は、確かに母を愛してゐました。だが、私達に解つたのは、唯それだけでした。私達には、それ以上にも、それ以外にも、彼等を理解することはできません。親といふものが、彼等の子供にとつては、何と不思議な、まつたく不思議といふよりない、あれは何でせう。私には解りません。」

「私も、さう思います。」

と、あの人が答へた。それから、あの人は私の方を振り返つて、突然、独逸語《ドイツ》で話し始めた。

「あなたの兄さんには耳があります。どうぞあなたも独逸語でお話し下さい。(あの人はまた、まちがつたのだ。私に独逸語を教へたのが、大きい兄さんとあの人とであつたといふことを、あの人は思ひ出さなかつた。だがクノよ、或は私がまちがつてゐるのかも知れない。あの人の実際に憚《はばか》つたのは、兄さんの美しい奥さんのことではなかつたのだらうか。彼女こそ最も仏蘭西語の達者であつた。あの人はそれを知つてゐたのだ。あの人は、兄さんの奥さんの前で、私と話すために、どんなに骨を折つて、私に独逸語を教へ込まうとしたことだつたか、これはお前の、夢にも知らなかつたことだが。）私は最も厳粛です。どうぞお答へ下さい。私の友情は、あなたにとつて、何の価値もないものでせうか。あなたは、誰かを愛していらつしやるのですか。」

これに対して私の答はたつた一言で済んだ。

「いいえ。」

そして、私はあの人に、くるりと背を向けた。すると、私はそこにかかつてゐる額縁の中の、私達の母様の肖像を見ることができた。

「私は、それを信じてゐました。」

と、あの人が云つた。そして、あの人は私の両肩に手をかけて、私の体を、あの人の方にぐるりと捻《ね》ぢ向けた。

「たとへば。」

と、あの人は云つた。

「たとへば、私が非常にあなたを愛して、そして、あなたも私を愛して、すると、あなたは結婚なさいますか。」

「いいえ。」

そして、私は、また母様の方に、くるりと向いてしまつた。

「そんなに、母様を御覧にならないで下さい。」

と、あの人は命令するやうに云つた。そしてあの人はもう一度、肩をとつて、ぐるりと私をあの人の方に捻ぢ向けた。

「あなたは、唯一言で、私の希望を枯らしてしまはうとなさるのですね。おお、少しの芽も、それに残して置いては下さらないのですか。」

と、かうあの人は私を詰《なじ》つた。そこで私はかう答へた。

「たとへば、いいえ。」

「同じことです。」

と、あの人は呟《つぶや》いた。私は云つた。

「誰が、私を愛することができるのでせう。誰を、私が愛することができるのですか。私は、ほんとに憎らしい子なのです。」

それから、私はもうあの人に帰つて貰はうと思つたのだ。あの人は、扉のところで立ちどまつた。

「どうぞ、私の可哀さうな花に水をやつて下さい。彼等はすつかり忘れられてゐたのです。」

　私は、あの人が持つて来た、パラピン紙の花束をほぐした。中からは、六つの薔薇の花と樒の小枝を結びつけたものが出て来た。

　私は満足して、この贈り物を受けたのだ。

「薔薇はたいそう美しいですこと。そして、樒の枝も。まつたく皆、私の気に入りましたのです。」

「何よりです。私もうれしいのです。」

「あなたが、私のために、わざわざお撰びになつたこの樒の枝は、まつたく私にはふさはしいのです。これは、死者への供へものなのでせうね。」

「おお、あなたは大変まちがつていらつしやいます。この樹は幸福の象徴です。あなたはこの樹の枝を、あなたのその美しい頭髪のぐるりに、いつかはお捲きになるでせう。（あの人はさう言ひながら、指先を、私の腕にそつと触れた。）ほら、おききなさい。私達の結婚式の鐘の音が、夕雲の上から響いて来ます。これは、月桂樹の枝なのですよ。」

「ローレル？」

　私は、びつくりして叫んだ。

「おお、あなたは少しも御存じないのですか。私は、いつか、いつか、この枝を持つてゐたことがあるのですよ。」

「おお、知つてゐますとも。私は見ましたよ。その時のあなたを。」

　クノよ。思ひ出しておくれ。私も見た。私はその瞬間に、私である支那服の女が、何かの緑葉樹の枝を捧げて、巷《ちまた》の向ふ側の埃《ほこり》の中を通りすぎたのを、もいちど見た。

　私は、とび上つてたづねた。

「いつ、どこで、あなたは私を御覧になつたのですか。」

「むかし。あなたのお父様の庭園で。」

　あの人は、静かに答へた。

　大きい風の吹き通る音が過ぎて行つた。私は扉を開いた、そして私は私達が、七年前にさよならをした時と、まつたく少しも変らない同じ黄金色の黄昏《たそがれ》を、扉の外に見た。私はこの夕暮の中に、あの贈り物を、遠く投げ捨てた。

「さよなら。」

　と、私は云つた。

「ああ、今でも、私に仰云ることはただそれだけですか。私達の間には、すでに七年といふ大切な、多くの時間が失はれてしまつてゐるのです。そしてまだ、この上もですつて？　ああ、ほんとにあなたは私に、何も仰云ることはないのですか。ああ、あなたは何といふ子供だ。あなたは人生の最も美しい経験を、失はうとしていらつしやるのです。あなたはきつと後悔なさらないでせうか。だが、あなたは、いつかは私を解つて下さるでせうね。」

「私は後悔をいたしません。」

そこで、あの人は出て行つた。

「さよなら。」

私は、さう云つて、あの人の背後に、私の家の扉を閉めきつたのだ。

あの人は帰つて行つた。クノよ。あの人は帰つたのだ。

クノよ。だが、ほんたうにあの人は帰つて行つたのだらうか。さきに、私が是非、お前に云はなければならないと云つたのは、このことなのだ。つまり、あの人は、初めから、私の所に少しも来はしなかつたのではないのだらうか。もつと云へば、今日、私のところに来たあの人は、決して帰りもしなければ、来もしなかつたのだ。あの人は、むかし、お父様の庭園で、私のところに来た時以来、七年前から、決して帰つて行くことなしに、常に、私の中にゐたのではなかつたのだらうか。

クノよ。今日の美しいたそがれを見たか。

私は、先刻《さつき》まで、戸外を歩いてゐた。私は和《やは》らかい夕靄《もや》が、だんだんと、次第に刺すやうな透徹した夜気に変つて行つてしまつたまで、永い散歩を続けてゐた。私は、非常に疲れて帰つて来た。私はすぐ、そこに、一瞬間前まで、私以外の何者かが、ゐたらしかつたことに気がついた。先刻、私は、暫《しばら》く横になりたい気持がしたから、となりの寝室に行つたのだ。見ると、仄《ほの》暗い中に、私の寝台の上が高まつてゐた。確かに、人が寝てゐた。私は、見なくても、それが誰であるかが解る。私なのだ。そこで、私は書斎に引き返して来て、肘《ひぢ》かけ椅子の中で暫く眠つた。

私は、間もなく眼がさめた。そして、昨日から、お前に書き続けて来たこの手紙を、更に、書き続けてゐる。

クノよ。お前は、まさか、これが私の遺書だなどとは思はないだらう。私も、そのやうなものにはならないことを、希望するのだとも。だが、これを書いてゐる最中に、このやうなことがあつた。（おお、今もだ。誰かの手が、私の肩に重い。）私は振り向かないでも、私の背後に立つてゐるのが、誰であるかを知つてゐる。ところで、私は、ほんの先刻、私の肩の上に載つてゐる、重い手の持主が、ふと、優しく、嘆息するのをきいた。それから、低い、和かい声が、慄《ふる》へながら囁いた。

「verstehest du ? verstehest du ?」

あの人の声だ。私は、いきなり飛び上つて振り返つた。そこにゐたのは、私であつた。いえ、誰でもなかつた。そこには、誰も決して居はしなかつたのだ。それにしても、あの人は私に向つて初めて du といふ愛称で、呼びかけたのだ。

「お前、解つたかい。お前、解つたかい。」

と二度、あの人の声が繰り返したのは、どういふことなのだらう。

クノよ。私はもう、すつかり疲れた。あの人か、私か、どつちかが死ぬのであらう。もしも、あの人が、昨日までは生きてゐたとしても、今はもうたぶん、死んでゐるのだらう。（あの人は、私のところに来たのだもの。）明日は、私達の大きい兄さんが、きつと、あの人の死を、私に知らして下さるのではないのだらうか。さうすれば、私は助かるのだ。でなければ、私が死ななければならないのだらう。

クノよ。人生のことが、どう変つて行くか私には、決して見当がつかない。結局、私は運命の恣ままに任して来た。そして、私がどうにか私の意志どほり曲げ得たと思つた運命が、やつぱり、運命自身の仕事だつたといふことを知つたのだ。これが、私の Doppelgängerin に、ほかならない。人生のことは、むつかしい。非常にむつかしいのだね。

クノよ。それにしても、お前が大きい兄さんに会つたならば、この頃に、兄さんが、奥さんと、あの人と一緒に、私のところにいらしたことがあつたかどうだかを、尋ねて御覧。（奥さんが、その時一言も口を利かなかつたことを、私は、今思ひ出した。）兄さんのお返事を、最も、私はききたいと思つてゐるのだ。だが残念ながら、もしかして、たぶん、もう、間に合はないだらう。

Doppelgänger(in)　屢々往来する人。幽霊。お化。

Tobari Deutsch=Japanisches Wörterbuch より

解説

解説

岩淵宏子

本巻は、日本の女性解放運動の原点となった女性誌『青鞜』（一九一一年九月～一九一六年二月）に参加したか、あるいは、その影響下にあった作家の作品を収録している。『青鞜』賛助員であった長谷川時雨、創刊号にだけ社員として名を連ねた野上弥生子、作品を掲載している吉屋信子を除くと、鷹野つぎ、宮本百合子、野溝七生子は、『青鞜』に参加してはいないが、その影響下にいた後続の作家たちである。

長谷川時雨の「薄ずみいろ」は、一九一五（大正四）年から一九一六年にかけて『青鞜』に掲載された小説であるが、野上弥生子「噂」も一九一五年、吉屋信子「花物語」は一九一六年から一九二六年にかけて連載されており、鷹野つぎ「悲しき配分」は一九二二年、宮本百合子「一本の花」は一九二七（昭和二）年、野溝七生子「灰色の扉」は一九二八年の作品である。このように本巻は、大正初年から昭和初年にかけて発表された作品を中心に編集をしている（ただし、各々の作家がその後発表した作品も収録したため、宮本百合子と吉屋信子は戦後の作品も掲載することとなった）。以下、本巻の中心をなす大正初年から昭和初年にかけての作品が、どのような社会事象および女性運動を背景に生み出されたのか、概観したい。

まず社会事象からみていこう。明治国家の富国強兵路線の総決算が日露戦争であり、国民は兵士として、あるいは銃後の守りとして戦争を担った。その体験は国民に政治的諸権利獲得への流れをつくりだせ、民主主義・自由主義的風潮が顕著になり、いわゆる大正デモクラシーが開幕する。憲政擁護運動、普通選挙運動、各種の社会運動の進展、吉野作造の民本主義や自由主義・社会主義思想の昂揚等があり、従来の諸制度・諸思想の改革が試みられた。このデモクラシーの時代の中で、女性もさまざまな分野で、明治国家がつくりあげた枠を打ち破る運動を展開するが、一九三一年の満州事変から十五年戦争に突入し、運動は閉塞したといわれている。

この間、一九一四年から一九一八年まで第一次世界大戦が起こる。日本は、中国大陸侵略の足掛りを摑もうと日英同盟を理由に参戦し、この大戦により本格的な工業国・資本主義国となった。それにつれて近代的工場労働者が増加し、一九一二年にできた労働組合運動の源流である友愛会の組織も順調に伸び、五周年大会では、女性労働者も正会員として認められ婦人部も設立された。一九一九年には、会員三万人を超え、会名も翌々年には日本労働総同盟と改称し、八時間労働制や男女平等賃金を含む要求を掲げ、女性二人も理事に選ばれた。

このように資本主義の発展は女性を労働力として広く雇用するようになり、とくに大都市での、一定の専門的技能・学識を持った女性が注目を集めるようになる。第一次世界大戦後は、教員・事務員・タイピスト・記者・看護婦などの職業についている女性を職業婦人と呼ぶようになった。政治運動・社会運動に携わる女性とともに、職業婦人は女性の社会的進出を象徴したが、その歩みは伝統的価値観からする偏見と差別に取り巻かれていて、苦闘の連続であったことはいうまでもない。

こうした女性たちの活躍の背景には、一九一〇年代以降、高等女学校で学ぶ女性が急増し、一九二〇年、高等女学校令が改正され、従来の原則四年制を男子中学校と同等の五年制も可とし、「高等科」や「専攻科」が設けられることにより、男子高等学校水準の公教育が行われるようになったことは見逃せない。しかし、四年制大学進学への道は依然として閉じられており、一九二〇年から東京帝国大学では聴講生として女子の入学を認めたが、正規の学生ではなかった。野上弥生子「真知子」の真知子は、この帝大の聴講生である。

他方、隣国ロシアでは、一九一七年に革命が成功し、地上で唯一の社会主義国としてソビエト社会主義共和国連邦が誕生する。この革命は、日本の社会・労働運動を刺激し、第一次世界大戦後の社会主義運動隆盛の一因をなした。一九二一年に創刊された『種蒔く人』から始まる日本のプロレタリア文学運動にも大きな影響を与え、たびたび組織の分裂・統合を経て、「文戦」派と「戦旗」派に分かれて隆盛をみたが、国家権力の弾圧により一九三三年に小林多喜二が一晩の拷問によって虐殺されて、日本プロレタリア作家同盟は一九三四年に解散を余儀なくされ、運動は瓦解する。「戦旗」派を代表する宮本百合子の「乳房」(一九三五年)は、そうした困難な時代状況のなかで正統派プロレタリア文学を自負して発表した作品であった。また、この時期、同伴者文学と呼ばれる文学も登場する。同伴者とは、ある思想に共鳴するが自らは運動に参加せず、これを支援する者を指す。同伴者文学といわれる野上弥生子「真知子」(一九二八年)は、こうした時代のなかから生み出されたのである。

続いて、女性運動の歩みをみておこう。その烽火は、初の女だけの手による女のための文芸雑誌『青鞜』によって打ち上げられた。平塚らいてうが中心となって、女を抑圧し拘束する家父長的家制度や伝統的な結婚制度に反逆し、今日にまで続くジェンダー(文化的・社会的性差)の呪縛を、法律や制度、倫理やモラルのなかから剔抉した『青鞜』は、以降の女性解放運動の原点になったと評価されている。とりわけ性と生殖における自己決定権の主張は画期的である。すなわち、女性の市民的権利を追求した第一波フェミニズム運動にたいして、一九六〇年代から七〇年代にかけて展開し、性と生殖という私的領域に貫徹するセクシュアリティの政治学にメスをいれた第二波フェミニズム運動の先蹤《せんしょう》をなすものであったからである。『青鞜』運動については、本書の前巻に詳しいので、参照されたい。

『青鞜』終刊後、女性問題を鋭く取り上げたのは、一九一六年一月、中央公論社から創刊された『婦人公論』であった。世にいう母性保護論争である。与謝野晶子が「女子の徹底した独立〈紫影録〉」(一九一八・三)で、妊娠および育児における女性の経済的独立の必要性を説いたのに対し、平塚らいてうが「母性保護の主張は依頼主義か――与謝野、嘉悦二氏へ」(一九一八・五)で、母性の国家的保護を主張したことから論争の火蓋は切って落とされた。両者の度重なる応酬に山川菊栄は、晶子を女権運動の系譜に、らいてうを母権運動の系統に位置づけ、それらの主張の一面の真理を認めつつ、社会主義革命の必然性を示唆した。今日では、育児期における女性の労働問題などに立ち入ると、晶子とらいてうの考え方は近似していて、論争の焦点も職業か育児かという単純な二者択一に収斂できないといわれているが、この論争による収穫のひとつは、論者たちが各々理想実現に向かって新たな段階に飛躍する契機となったことであった。

らいてうは、一九二〇年三月、市川房枝や奥むめおたちと「新婦人協会」を結成する。らいてうの構想は、当時の女性を取り巻く劣悪な環境を、産む性としての母と子供の危機として捉え、母性の権利を確立しようとする点に立脚していた。同協会は、一九二〇年から二二年にかけて、「治安警察法第五条修正(女子の政治参加解禁)」、「花柳病男子結婚制限法制定」、「婦人参政権(選挙法改正)要求」の三つの請願および法律改正を、主として議会に対する請願運動として行った。その結果、「治安警察法第五条第二項（女子の政談演説会禁止）」の改正のみ両院を通過した。女性の政談集会への参加および発起が認められ、戦前の日本では女性の政治的権利獲得に成功した唯一の例である。このようにささやかではあるが画期的な前進をみせたのだが、らいてうの理想とする母性の権利の獲得要求は実らず、同協会は、一九二二年一二月に解散し、婦人参政権運動は、市川房枝を中心とする「婦人参政権獲得期成同盟会」（のち「婦選獲得同盟」）に引き継がれることになる。

この時期には、生活の合理化や西洋化が進行し、新聞・雑誌を中心とした出版メディア、映画が大衆を捉え、ヒロインが中心の演劇・映画も多く登場する。演劇では、イプセン「人形の家」（一九一一年）やトルストイ「復活」（一九一四年）のヒロインを演じた松井須磨子が舞台女優の花形として人気を博し、かつての女形《おんながた》が女優に代わった映画界では、「虞美人草」（一九二一年）に主演した栗島すみ子が初の人気女優映画スターとなって、女優の地位を不動のものとした。女性は、このように大衆文化の中心的担い手となった。

また、一般向けの婦人雑誌も多数創刊される。母性保護論争の舞台となった『婦人公論』が一九一六年一月、『主婦之友』が一九一七年二月、『婦人界』が同一〇月、『婦人倶楽部』が一九二〇年一〇月に創刊され、出版文化の時代でもあった。吉屋信子の花の名に寄せて多彩な少女たちを描く五二編の短編小説群「花物語」も、『少女画報』（一九一二年創刊）、『少女倶楽部』（一九二三年創刊）を舞台に人気を博し、近代日本の少女小説ジャンルの代表作となった。

以上のように、『青鞜』の時代に広がった女性の自覚と解放の動向は、大正デモクラシーの民主主義・自由主義的雰囲気のなかで、さらに政治・教育・労働・職業・文化など多角的方面から促進されたことは見てきた通りである。その結果、本巻収録作品の大きな特徴としては、すべての作品がセクシュアリティやジェンダーの問題を孕ませているといっても過言ではない点にある。それは、すでに言及した宮本百合子の「乳房」や野上弥生子の「真知子」でさえも、たんにプロレタリア文学や同伴者文学という特色を備えているだけに留まらない。「乳房」は、国家権力や革命運動に通底するセクシズムとジェンダー構造を浮き彫りにしており、「真知子」も、のちのハウスキーパー問題に繋がる革命運動のなかでの性差別を描出しているからである。

セクシュアリティの問題系としては、宮本百合子の「一本の花」が、レズビアニズムの苦渋を描き出したレズビアン表象となっている。この背景には、一九一一（明治四四）年に日本で始まったといわれるレズビアニズムのカテゴリー化の問題、すなわち、レズビアニズムを正常な異性愛に対する異常な愛と位置づける規範が密接に関わっていよう。

その他の作品は、いずれも家父長的なジェンダー社会・文化・制度の問題点をさまざまな角度から炙り出している。野上弥生子「噂」には、姦通罪が象徴的なように、結婚生活における夫と妻の非対称性が痛烈に照らし出されている。長谷川時雨「薄ずみいろ」と「渡りきらぬ橋」は、家制度下における政略結婚に苦しめられた自伝的小説であり自叙伝である。鷹野つぎ「悲しき配分」は、家父長制度下における夫婦の非対称的な力関係への疑義が描かれ、野溝七生子「灰色の扉」は、父親によるドメスティック・バイオレンスを受けた女性が、自身のドッペルゲンガーを視るほど病む姿を描破している。宮本百合子「風知草」は、女性の受ける抑圧が階級支配と性支配の両方からなされている構造に光を当てた。吉屋信子「花物語」は、家父長制下での生きにくさも含む少女たちの直面する問題を幅広く取り上げ、今日に至る少女小説の礎を築いた。同じく吉屋信子「鬼火」は、敗戦後、ガス代を払えぬ貧しさに付け込まれ肉体関係を強要されて自死する人妻の悲劇を通して、折あらば金銭の対価として女性の肉体を要求する男性中心主義的思考の陋劣さを焙り出し、出棺時の門火である鬼火と狐火の意を重ね合わせた題名に、つきぬ怨念が託されている。

それぞれの作品の内容や意義については、本巻の詳しい解説によられたいが、『青鞜』は日本の女性解放運動の原点になったばかりでなく、男性文学とは異なる女性文学独自のテーマや視点を切り拓くことに、多大な貢献をしたことが明らかであろう。翻って、収録作品の背景をなす社会事象や女性運動を確認すると、女性の社会的地位や評価は時代とともに改善され向上していくにも拘わらず、セクシュアリティやジェンダーの問題は依然として女性たちを重く呪縛していたことが、各々の作品から明確に裏付けられる。女性文学は、女性が切り拓いた豊かな文化と地平を明らかにするだけでなく、女の問題の根深さに気づかせてくれる宝庫でもあることを、改めて認識しないではいられない。

野上弥生子

一八八五(明治一八)年五月六日～一九八五(昭和六〇)年三月三〇日

大分県北海部郡臼杵町(現・臼杵市)で臼杵の御三家といわれる隆盛期にある醸造業小手川家の長女として生まれた。一八九九(明治三二)年、臼杵尋常高等小学校卒業後、片道四日をかけて上京し、言論人の叔父小手川豊次郎の知人島田三郎(毎日新聞社)の紹介で作家木下尚江に会う。木下の紹介によって巌本善治校長の明治女学校普通科に入学することになる。日清戦争から日露戦争に至る時代の流れの中で、試験もなく修身もなく、「君が代」を歌った覚えもなく、教育勅語というものも聞かなかったという西欧的・自由主義的なユニークな校風、とりわけ同校の「いわゆる精神主義」を受容したことが弥生子の生涯を決定したといわれている。さらに、同校の高度な英語教育についていくために、同郷の第一高等学校生野上豊一郎に英語の家庭教師を頼む。一九〇六年、普通科高等科合わせて六年間の学業を終え、高等科最後のたった一人の卒業生となった弥生子は、同年八月、東京帝国大学文科大学英文学科在学中の豊一郎と結婚(入籍は一九〇八年一〇月)、一生勉強を続けるのに最良の相手と確信しての自由結婚であったと推測されている。

夏目漱石門下の豊一郎は、漱石山房の文学的雰囲気を弥生子につぶさに語り、妻の習作を漱石のもとに持参して指導を仰いだ。漱石からは、まず写生文から始めること、文学者として歳を取ること、思索総合の哲学を持つことを教えられる。弥生子は、終生これを守り、勤勉な読書から得た知恵と不断の努力によって、明治・大正・昭和の八〇年にわたり末広がりな作家的成長を遂げることになった。

習作「明暗」(一九〇六)に漱石から懇切な評をもらった翌年二月、漱石の推挽で「縁」が『ホトトギス』の巻頭に、六月、「大傑作」という漱石の評を付して「七夕さま」が同誌に掲載されるという幸運な作家的出発をする。

大正期に入ると、一九一四(大正三)年の「新らしき命」が、第二子出産を素材として、陣痛・出産・産後を女の身体の内側から描出しており、与謝野晶子の詩「第一の陣痛」(一九一五)より一年早く出産をテーマにしていて注目される。また、「二人の小さいヴァガボンド」(一九一六)には、子供の成長を見守る知的な母親像が描かれていて、書斎派母親作家の特色を発揮していると評される。他方、本巻収録の「噂」(一九一五)は、男権的なジェンダー文化の下での夫婦の非対称性を炙り出しており、妻の直面するジェンダーの問題を抉り出したフェミニステイックな小説と評価できよう。

また、この期には多くの翻訳を発表しており、ギリシャ神話の翻訳『伝説の時代――神々と英雄の物語』(一九一三)は、漱石の序文を貰って刊行している。また、書下ろし童話『人形の望』(一九一四)には、人間にとって最も大切なのは知恵であるという信念が披瀝されており、弥生子の生涯を貫く姿勢ともなった。

このように写生派的習作から次第に本格小説へと歩を進めていったが、素材的には妻・母としての生活、翻訳や翻案、少女小説を含む児童文学などを専らにしてきた書斎派作家に転機が訪れる。「海神丸」(一九二二)は、郷里で起きた高吉丸遭難事件を素材にし、五九日間漂流した海神丸の中で起こった飢餓の極限状況での人肉食問題に挑んだ小説である。大岡昇平『野火』(一九五一)や武田泰淳『ひかりごけ』(一九五四)の先駆となった点でも意義深い。人肉食という陰惨な主題を扱いながら、金毘羅信仰の神秘による救済を描き込むことで、理想主義の文学といわれる特質が鮮やかである。この小説により新生面が開けて作品世界が拡がり、社会的見識も深めていった。

一九二九(昭和四)年一〇月のニューヨークの株式暴落に端を発した大恐慌は翌年から日本に昭和恐慌を巻き起こす。さらに、一九三一年の満州事変から日本は十五年戦争へと突き進むことになった。こうした時代を背景にプロレタリア文学運動は全盛期を迎える。プロレタリア文学とは、社会主義的ないしは共産主義的な文学の総称だが、一九二八年から一九三一年までが全盛で、国家権力の弾圧により一九三四年には壊滅状態になる。「真知子」(一九二八～一九三〇)、「若い息子」(一九三二)、「迷路」(一九三六～一九三七、一九四九～一九五六)は、いずれも昭和初年から一〇年代のファシズム化の時代を背景にした小説で、社会矛盾を自覚し、社会運動との関係性の中で、いかに生きるかという人間の生き方を問うた三部作といわれている。

本巻収録の「真知子」は、真知子の革命運動への接近と批判をめぐって、同伴者的思想性の脆弱さや教養主義の限界が指摘されてきた。しかし、革命運動が貧困とともに男のエゴによる女の苦しみをなくさなければ意味がないと主張する真知子の批判は、当時の運動の限界を正確に衝いたものであり、フェミニズムの視点を高く評価したい。

「若い息子」は、真知子の問題意識を一歩進めて、社会との対決を示す旧制高等学校生工藤圭次と母の物語である。彼は、左翼運動であるR・S(読書会)への参加を求められ、学生運動に近づく。資金カンパに応じたため革命運動との関連から検挙され、学校から謹慎処分を受ける。謹慎は一カ月で解けるが、退学処分となった仲間への不当な処分に反発し、母親の引き留めにも拘わらず学生運動に立ち上がっていくのであった。同作発表から二カ月後に小林多喜二が一晩の拷問によって獄中死し、初出時と単行本収録時のいずれも伏字が極めて多いことから、時代の重圧に抗する作品であったことが窺える。

「迷路」は、戦前に「黒い行列」「迷路」として『中央公論』に発表したものを、戦後徹底的に改作して、一九四八年、『迷路』第一部、第二部として刊行。引き続き「迷路」第三部から第六部までをそれぞれ標題を付して『世界』に発表し完結させた。昭和一〇年代の軍国主義化の時代に、国家権力の弾圧により転向を余儀なくされた青年たちが、困難な時代の中で「良心の彷徨」をする姿を描き出した壮大な作品である。社会運動で東大から放逐された転向者菅野省三、農化学実験所で働く生化学者小田健、新聞記者で転向者の木津正雄らのそれぞれの良心の行く末が描かれていく。省三は、転向者の良心的に生きる道を求めて、西教史研究に生き甲斐を見出そうとしているときに召集され、大連に渡る。そこで解放工作をしている旧友木津に再会し、延安に逃れようとして味方の銃弾に倒れるというように、ファシズムや戦争の残酷さがリアルに描破されている。他方、戦時下の華族・政財界が重層的批判的に描かれているが、能狂いの老貴族江島宗通を通して体制への懐疑が表現され、弥生子の批判精神が躍如している代表作である。

弥生子の最高傑作という誉高い「秀吉と利休」(一九六二～一九六三)は、織田信長・豊臣秀吉に仕えて寵遇された侘茶の完成者千利休の最晩年の三カ年を描いた小説。秀吉の命によって切腹・さらし首という生前の彼からは信じられない転落の最後について、従来からさまざまな失脚の要因が指摘されてきた。同小説では、傑出した二人の宿命的な人間的葛藤、すなわち利休は、秀吉の庇護に対して感謝と反発、尊敬と侮蔑が表裏となっていたとする一方、秀吉は、「天下一の茶頭」を側近にはべらす得意さと、偉大な師の前で気おくれを感じさせられる忌々しさ・みじめさがあり、これが利休の悲惨な最期の真の要因とする。しかし最後は、利休自身が権力に屈せず芸術家としての自己を守り通したと描出されており、この小説も、歴史の衣を借りながら、良心的な生き方を問うた作品といえよう。

絶筆となる「森」(一九七二～一九八五)は、弥生子八七歳から百歳直前に逝去するまで書き継がれた自伝的作品である。一五歳で上京し入学した弥生子の明治女学校普通科時代の三年間を素材にしている。終章のほとんど結末部分に達していながら完結をみなかったことは惜しまれるが、最後まで現役作家を貫き通したことは、他に類をみない見事な作家的生涯であった。

　以上のように野上弥生子の文学は、大正期教養主義に根ざした理想主義の文学であり、知的で緻密なリアリズム文学であるが、フェミニズム文学としての側面も再評価されるべきだろう。


噂　小説は、実家の父の看護がてら子供たちを連れて帰郷した茂子が、冬の間は故郷に留まって、春頃のよい気候になってから途中の名所めぐりでもしながら帰るつもりであったのが、父が急に亡くなったため、四十九日の忌日が済むと年内の帰京を思い立ち、夫の準三にその相談の手紙を書くところから始まっている。

　準三は、大学の教員でもあろうか。茂子もまた、「静かな書斎」で過ごすことの多い生活を送っている知的な女性である。茂子の家庭は、実家のような前近代的な大家族ではなく、核家族である。さらに、明治の終りから大正のはじめの時代においては、夫婦は珍しいほど対等な対関係を形成しており、まさしく新しい近代的な知的家庭を営んでいる。しかし、この知的で近代的な家庭は、茂子の帰京をめぐって思わぬ〈噂〉に取り巻かれることになる。

　準三の友人たちは、茂子の長い留守を、準三の「情的事件《アムウレット》」に対する茂子の嫉妬によると捉える〈噂〉をまく。〈噂〉自体は、何の根拠もない憶測であったが、語り手は、「夫婦関係が十年近くの月日の間に漸次《だん〱》と異様な変化、複雑なつながりを取つて来た」（傍線引用者）こと、〈噂〉は二人の愛の変化が「原因となつて生じたに外ならぬ」とも語っているのである。

　「異様な変化」とは、茂子にとって「良人はもう単なる良人では」なくなり、両親・兄弟・親戚・友人・先生という役割を一人ですべて担う全人格的存在になったということを指している。そのために夫婦関係におけるエロスが消滅してしまった点に問題があるのである。そんな折、準三に積極的にアプローチしてきたのが、準三の亡くなった友人の妻で、茂子とも親しいA子である。知的書斎派である茂子とは対照的に性的魅力溢れた行動的なA子は、大胆にも準三への思いを打ち明ける。このことを茂子に話して彼女の嫉妬を煽ろうとする夫に対して茂子は、夫とA子との関係の本質が、「情的友愛《アミチエ・セクジユエル》」ではなく「性的友愛《アミチエ・セクジユエル》」であるとズバリと指摘するのであった。

　しかし、茂子は自分には夫を責める資格がないと思うのである。夫にたいしては「峻厳な聖教徒《ピュリタン》」のように接するが、空想の世界では「異性に対する稀れなる讃美、崇拝、憧憬、驚歎」の思いを誰憚ることなく自由に繰り広げているからだという。ギリシャ神話のアポロ、ロシアの作家メレジュコフスキィ、美貌の詩人シュレー、西洋雑誌の広告絵の印度人などが対象としてあげられている。このように現実的には何らの異性関係があるわけでもないのに、茂子が罪の意識に苛まれるのは、姦通罪の強いる貞操観念の呪縛であろう。と同時に、茂子にとっての罪の意識とは、不平等な結婚生活のなかを生き抜くための一つの方法であるとも考えられる。「凡ての事件、凡ての事物、凡ての接触をぢつと見詰めよう、味はう」という観照者という自己認識も、茂子生来の資質もさることながら、一見対等な対関係を形成しているかにみえながら、本質においては妻に屈辱的な関係性を強いるジェンダー文化規範が厳然と存在している結婚生活のなかで、サバイバルのために選んだ身の処し方であることに気づかされる。

帰京に際し迎えを頼む電報を打ったのに来てくれなかった夫に対して、茂子の脳裏には、あの〈噂〉がふと掠める。茂子は、罪ある者ゆえ観照者に留まっていようとしていた決意を忘れ、留守中の夫とA子との関係を探るように「何んとなく胡散《うさん》らしい顔をして久しぶりの家の中をあちこちと見て歩」くのであった。

『噂』は、同時代としては、きわめて稀な知的家庭でさえ、〈噂〉という取るに足らないものによって揺らいでしまうということを浮き彫りにしている。このことから、〈噂〉は、近代的な家庭のもつ脆さの象徴であり、近代的な家庭の幻想を暴く記号であるともいえよう。なぜ近代家庭が脆いかは、先に指摘したように一見対等な対関係を育んでいるかにみえながら、姦通罪に象徴されるような男権主義のジェンダー文化が貫徹しているために、結婚生活における男女の非対称性が夫婦関係を微妙に捩れさせていくからである。

真知子　「結婚問題について、母がこのごろ急にあせり出したのを、真知子は見逭さなかつた」という書き出しで始まるこの小説は、知的で独立心に富んだ美貌の女性曾根真知子の結婚問題が、プロレタリア運動に接近していく動機と経過にリンクさせながら描かれていく。

高級官僚だった父親はすでに亡く、現在の曾根家の当主である腹違いの兄は、北海道の大学で生物学を教えている。父親が財産を残さなかったために、兄からの仕送りに頼る曾根家では、母親が中流上層階級としての対面を精一杯取りつくろい、兄嫁の実家で資産家の病院田口家を筆頭とする一族との付き合いに神経をすり減らしている。間もなく二四歳になる真知子は、帝大で社会学を聴講しており、田口家やその上に広がる上流階級に「退屈と滑稽と醜陋」の深い嫌悪感を抱いている。真知子たち三姉妹の長女辰子は、多額納税議員の息子上村に、容姿の劣る次女のみね子は、もと曾根家の書生で山形の高等学校教師の山瀬に嫁ぎ、現在は母と真知子だけが、小石川の古く広大な邸で、女中二人を使って暮らしている。

　田口家の菊見に招待された真知子は、旧家で大資本家の後嗣河井輝彦に出会う。ケンブリッジ大学留学で考古学を専攻し帰国して半年の河井は、数々の社交場面で真知子と接触する機会を得るたびに控えめな好意を示した末に、唐突に求婚する。しかし真知子は、特権階級の男性のエゴイズムと捉え拒絶する。

　聴講生仲間の大庭米子は、東北の地主の娘だが、農村の疲弊による実家の没落を、資本主義体制が「すべての貧困と社会的不平均」の根源であると捉え、運動に飛び込む決意をして大学を去る。三河島のセツルメントの託児所で保母として働き始めた米子を訪ねた真知子は、そこで京都学連事件の被告になっている革命運動家の関三郎に出会う。貧農出身にそぐわぬ蒼白の美貌の持ち主である関の冷たい態度に反発を感じる真知子であったが、強く惹かれていく。そして関との結婚を、自らの階級性脱却と革命運動へリンクする唯一の道と考えて自分から愛を打ち明けるが、関の性的放恣による米子の妊娠を知り、男のエゴイズムと革命思想の教条性に幻滅する。他方、河井輝彦が、労働争議の最中に会社の全財産を職工の共同管理に委ねる決定をした報を聞き、河井に対する「彼女自身の隠されてゐた愛」をはじめてはっきり自覚するのであった。

　「若い息子」「迷路」と併せて三部作といわれ、いずれも、社会問題との関連において良心的な生き方を探る作品である。弥生子初の長編小説である本作の評価は従来、思想小説として読む立場と、若い女性の結婚問題を扱った風俗小説と読む立場に分かれていたが、真知子の革命運動への接近と批判に結婚問題が絡んでいることから、階級脱却どころか財閥の御曹子との結婚を選ぶ結末に、その成長の限界や作者の思想的限界、ひいては同伴者作家の観念性が指摘されてきた。しかし、真知子に代表される知的青年層の反体制運動への関わり方についてはともかく、本作執筆時点では、関の性倫理に象徴されるコロンタイズムは、まだ決定的誤謬とはみなされていなかったこと、さらに、革命の名のもとでのあからさまな性差別である後のハウスキーパー問題につながる性格をはらんでいたことから、革命運動が貧困とともに、男のエゴによる女の苦しみをなくさなければ意味がないと主張する真知子の革命運動批判は、当時の運動の虚を正確に衝いていたものと評価すべきだろう。この小説の観念性はむしろ、革命運動への信念と同志である関との愛情問題のはざまで引き裂かれていたはずの米子の苦悩を通して、女の問題を充分剔抉できなかったところにこそ求められるべきではないだろうか。

【解題】

「噂」

〈初出〉署名・野上彌生子、『文章世界』第一〇巻第二号、一九一五（大正四）年二月、総振仮名。

〈底本〉『野上彌生子全集』第二巻（岩波書店、一九八〇・八）

「真知子」

〈初出〉署名・野上彌生子、次のような小題で連載された。

「真知子」『改造』第一〇巻第八号、一九二八（昭和三）年八月

「或るソシアリスト」『改造』第一〇巻第九号、一九二八（昭和三）年九月

「旦那様、子供、犬」『改造』第一一巻第一号、一九二九（昭和四）年一月

「冷たい靄」『改造』第一一巻第三号、一九二九（昭和四）年三月

「燃ゆる薔薇」『改造』第一一巻第一〇号、一九二九（昭和四）年一〇月

「銀の独楽」『改造』第一二巻第一号、一九三〇（昭和五）年一月

「彼女と春」『改造』第一二巻第五号、一九三〇（昭和五）年五月

「血」『中央公論』第四五巻第一二号、一九三〇（昭和五）年一二月

〈底本〉『野上彌生子全集』第七巻（岩波書店、一九八一・七）

【略年譜】

一八八五（明治一八）年

五月六日、醸造業小手川角三郎・マサの長女として、大分県北海部郡臼杵町五一一（現臼杵市浜町一組）に生まれる。戸籍名ヤヱ。

一八九五（明治二八）年　一〇歳

三月、臼杵尋常小学校卒業。四月、臼杵尋常高等小学校入学。

一八九九（明治三二）年　一四歳

臼杵尋常高等学校卒業。

一九〇〇（明治三三）年　一五歳

上京。叔父小手川豊次郎の知人島田三郎（毎日新聞社）の紹介で木下尚江に会い、付き添われて巌本善治を訪ね、明治女学校普通科へ入学。

一九〇二（明治三五）年　一七歳

同郷出身の第一高等学校生野上豊一郎に英語を習う。

一九〇六（明治三九）年　二一歳

明治女学校高等科卒業。東京帝国大学文科大学英文学科生の豊一郎と結婚（入籍は四一年一〇月二八日）。

一九〇七（明治四〇）年　二二歳

前年、習作「明暗」を書き、豊一郎の手を経て夏目漱石の指導を受ける。「縁」（『ホトトギス』）「七夕さま」（同）「仏の座」（『中央公論』）発表（署名はいずれも野上八重子）。

一九〇八（明治四一）年　二三歳

「紫苑」「柿羊羹」「お隣」「池畔」を、野上八重子の署名で発表。「病人」（署名は彌生女）、「女同士」（署名は彌

生子）発表。

一九〇九（明治四二）年　二四歳
「郭公の話」（署名は野上彌生子、以後この署名に統一）、「林檎」「墓地を通る」発表。豊一郎、国民新聞社入社（一九一一年まで）。

一九一〇（明治四三）年　二五歳
一月二九日、長男素一出生。豊一郎、法政大学講師となる。「母上様」「閑居」「飼犬」、翻訳「人形」発表。

一九一一（明治四四）年　二六歳
「墓地を通る　第二」、「父親と三人の娘」、初の少女小説「桃咲く郷」発表。九月、『青鞜』創刊、社員となるが、翌月退社、以後は外部からの寄稿家となる。

一九一三（大正二）年　二八歳
九月一〇日、次男茂吉郎出生。翻訳『伝説の時代——神々と英雄の物語』、夏目漱石の序文を付して尚文堂より刊行。翻訳「ソニヤ・コヴァレフスキイの自伝」を『青鞜』に連載開始、一九二四年、岩波書店より刊行。

一九一四（大正三）年　二九歳
書き下ろし童話『人形の望』（「愛子叢書第五編」実業之日本社）刊行。以後児童文学多数発表。

一九一五（大正四）年　三〇歳
「父の死」「噂」「二人の学校友達の対話」「K男爵夫人の遺書」他発表。

一九一六（大正五）年　三一歳
第一短編集『新しき命』（自費出版、岩波書店）刊行。夏目漱石没。湯浅芳子、初めて来訪。

一九一八（大正七）年　三三歳
四月一三日、三男耀三出生。「助教授Bの幸福」、「私の小説について——江口渙氏へ——」発表。

一九二〇（大正九）年　三五歳
翻訳『ハイヂ』（『世界少年少女名作集』第八巻、家庭読物刊行会）刊行。以後、翻訳、翻案児童文学多数刊行。豊一郎、法政大学教授となる。

一九二二（大正一一）年　三七歳
作品集『小説六つ』（改造社）刊行。「海神丸」発表、『ヴェストポケット傑作叢書』第十九篇（春陽堂）として刊行。一九二四年、『海神丸　其他』（改造社）刊行。中條（宮本）百合子を知る。

一九二六（大正一五・昭和元）年　四一歳
戯曲集『人間創造』（岩波書店）刊行。「大石良雄」発表。

一九二八（昭和三）年　四三歳
北軽井沢大学村の山荘完成、以後毎年、夏をここで過ごす。長編「真知子」の分載開始、一九三〇年完結、一九三一年、鉄塔書院より刊行。

一九三二（昭和七）年　四七歳
「若い息子」発表、一九三三年、刊行（岩波書店）。

一九三四（昭和九）年　四九歳
三月、豊一郎、法政騒動のため法政大学教授を辞任、以降、能楽研究に打ち込む。『コドモアサヒ』に毎月童話発表。

一九三五（昭和一〇）年　五〇歳
秋、長男素一同伴で台湾旅行。『コドモアサヒ』に童話九編、「哀しき少年」発表。
一九三六（昭和一一）年　五一歳
長男素一、イタリアへ留学。「黒い行列」（『迷路』第一部原形）発表。『若き友への手紙』（刀江書院）刊行。
一九三七（昭和一二）年　五二歳
「迷路」（『迷路』第二部）発表。
一九三八（昭和一三）年　五三歳
豊一郎、「能の研究」で文学博士、法政大学名誉教授となる。日英交換教授として渡欧する豊一郎に同伴し、翌年末帰国。
一九四二（昭和一七）年　五七歳
紀行文『欧米の旅』上（下は一九四三年、岩波書店）、『朝鮮・台湾・海南諸港』（豊一郎と共著、拓南社）、作品集『山姥』（中央公論社）刊行。前年、随筆集『藤』（甲鳥書林）刊行。
一九四四（昭和一九）年　五九歳
北軽井沢の山荘に疎開。
一九四五（昭和二〇）年　六〇歳
四月、荒川区日暮里の自宅、空襲で焼失。一二月、長男素一、一〇年ぶりに帰国。『山荘記』（「日本叢書21」、生活社）刊行。
一九四六（昭和二一）年　六一歳
『続山荘記』（「日本叢書23」生活社）刊行。
一九四七（昭和二二）年　六二歳
一月、日本芸術院会員となる。随筆集『山彦』（生活社）、小説集『明月』（東京出版）、『草分』（小山書店）刊行。
一九四八（昭和二三）年　六三歳
豊一郎、法政大学総長となる。
九月、五年間の山荘生活を切り上げ、購入した世田谷区成城の自宅に入る。
一九四九（昭和二四）年　六四歳
『迷路』第一・第二部（岩波書店）刊行。
『迷路』第三部以降を一月から一九五六年一〇月の第六部まで『世界』に分載。『野上彌生子選集』全七巻（中央公論社）刊行開始（一九五二年完結）。
一九五〇（昭和二五）年　六五歳
二月二三日、豊一郎脳溢血で急逝。
八月、「二つの声」（『女性改造』）の中に、ガントレット恒子・平塚らいてう・植村環・上代たのと連名で、「非武装国日本女性の講和問題についての希望要項」を掲げる。
一九五一（昭和二六）年　六六歳
一月二一日、宮本百合子急逝。宮本百合子との対談「女性の眼を世界へ」（『婦人公論』二月）、平林たい子との対談「人間・宮本百合子」（『文学界』四月）、中島健蔵との対談「女流作家」（『改造』九月）。田辺元との交友始まる。
一九五三（昭和二八）年　六八歳
『若き姉妹よ　いかに生くべきか』（岩波書店）、『政治への開眼――若き世代の友へ――』（和光社）刊行。
一九五六（昭和三一）年　七一歳

荒正人との対談「『迷路』を終って」（『世界』一二月）。
一九五七（昭和三二）年　七二歳
中国対外文化協会・中国作家協会の招きにより訪中。
一九五八（昭和三三）年　七三歳
『迷路』四分冊（岩波文庫）刊行、第九回読売文学賞受賞。
一九五九（昭和三四）年　七四歳
『私の中国旅行』（岩波新書）刊行。
一九六〇（昭和三五）年　七五歳
安保反対の文学者のデモに参加。
一九六二（昭和三七）年　七七歳
「秀吉と利休」連載開始、翌年完結。
一九六四（昭和三九）年　七九歳
『秀吉と利休』（中央公論社）刊行、第三回女流文学賞受賞。『鬼女山房記』（岩波書店）刊行。
一九六五（昭和四〇）年　八〇歳
文化功労者に選ばれる。
一九六六（昭和四一）年　八一歳
『笛　鈴蘭』（岩波書店）刊行。
一九七〇（昭和四五）年　八五歳
学者、文化人一九名の「日米安保廃棄声明」に参加。
一九七一（昭和四六）年　八六歳
文化勲章受賞。
一九七二（昭和四七）年　八七歳
「森」の断続連載開始。一九八五年死去によって中絶。一九八五年刊行（新潮社）。
一九八〇（昭和五五）年　九五歳
『野上彌生子全集』全二三巻・別巻三（岩波書店）刊行開始、一九八一年、朝日賞受賞、一九八二年完結。
一九八四（昭和五九）年　九九歳
『野上彌生子日記──震災前後』（岩波書店）刊行。
一九八五（昭和六〇）年
三月三〇日、死去。

［参考文献］

渡辺澄子『野上彌生子研究』（八木書店、一九六九・一二）
渡辺澄子『野上彌生子研究　増補版』（八木書店、一九七九・六）
瀬沼茂樹『野上彌生子の世界』（岩波書店、一九八四・一）
助川徳是『野上彌生子と大正教養派』（桜楓社、一九八四・一）
渡辺澄子『野上彌生子の文学』（桜楓社、一九八四・五）
助川徳是編『新潮日本文学アルバム　野上彌生子』（新潮社、一九八六・五）
挟間久『野上彌生子の道』（大分合同新聞社、一九八七・一）
逆井尚子『野上彌生子』（未來社、一九九二・一二）
中村智子『人間・野上弥生子──「野上弥生子日記」から』（思想の科学社、一九九四・五）
田村道美『野上弥生子と「世界名作大観」──野上弥生子における西欧文学受容の一側面』（香川大学教育学部、一九九九・一）

宇田健・武田篤司編『田辺元・野上彌生子　往復書簡』(岩波書店、二〇〇二・一〇)
稲垣信子『「野上彌生子日記」を読む』上・下(明治書院、二〇〇三・三)
宇田健『田辺元・野上彌生子　往復書簡　私注』(私家版、二〇〇三・一二)
渡邊澄子『野上彌生子――人と文学』(勉誠出版、二〇〇七・二)
藪禎子『女性作家評伝シリーズ3　野上彌生子』(新典社、二〇〇九・一〇)
岩橋邦枝『評伝野上彌生子――迷路をぬけて森へ』(新潮社、二〇一一・九)
奥寺榮悦『文化勲章の恋　評伝・野上彌生子』(文芸社、二〇一六・七)

(岩淵宏子)

長谷川時雨

一八七九(明治一二)年一〇月一日～一九四一(昭和一六)年八月二二日

長谷川時雨(本名やす)は、一八七九(明治一二)年一〇月一日、東京府日本橋区通油町に生まれた。父は免許代言人(弁護士)・長谷川深造、母はその後妻・多喜(戸籍名は多起)。七人兄弟の長子たる長女であり、末妹はるは画家。

幼少期から長唄・踊・二弦琴を習ったり、祖母に連れられて芝居見物に通ったりなどして育ち、これらの経験が後に演劇界で活躍する下地を作ったことが窺われる。草双紙や翻訳小説などの読書も好み、高い向学心を抱いて育つが、女に学問は不要と考える実母によって、学びの機会は悉く奪われた。この母との葛藤や、その延長線上に用意された結婚の苦い記憶が、女の解放にこだわる時雨の文学姿勢を作ったとみられている。

一〇代に入ると、父の書生から一高生になった鵜沢総明(後明治大学総長)の影響を受け、西洋文学や演劇の知識を得た。年頃を迎えると母によって旧岡山藩主池田章政侯爵邸へ行儀見習いに出されるが、そこでも時雨の文学への情熱はやまず、夜は読書に耽り、体調を崩して家に戻ってからは佐佐木信綱に師事して古典文学の講義を受けるなどしている。

一八九七年、名家長谷川家との政略結婚を狙った鉄成金水橋家の道楽息子信蔵と一八歳で結婚。時雨には自身の結婚に関して何ら抵抗が許されず、不幸を明確に予感しながら婚礼準備に当たらねばならなかった。この時味わった恐怖の思いは、後に「薄ずみいろ」(『青鞜』第五巻第九号、一九一五)に著されている。新婚生活は惨憺たるものではあったが、放蕩が過ぎた信蔵が四年後に水橋家から勘当され、夫婦で釜石鉱山へ向かったことで転機が訪れる。

夫の不在が多いために時雨には多くの執筆時間がもたらされ、その中から生みだした「うづみ火」が『女学世界』(一九〇一)の特賞を受けることとなる。なお、「時雨」という号は、雨好きの時雨がみちのくの雨を眺めた折に感じた侘しさからつけたものという。執筆に反対する周囲へのカムフラージュのために一九〇二年秋から使い始めた。

以後、各誌に投稿を重ねるようになった時雨は、この頃から、早稲田で文学を学ぶ中谷徳太郎と文通を始める。時雨は二五歳で釜石から単身帰京。信蔵とはこの三年後に協議離婚が成立している。

結婚生活から解放された時雨は実家に身を寄せたが、そこはすっかり様変わりしており、疑獄事件に連座して父は隠居の身となり、代わって旅館経営で家計を支えるようになった母は社会に出たことで意識を変え、時雨に理解を示すようになっていた。

中谷の影響で演劇に関心を持ち始めた時雨は、その翌年一九〇五年一〇月には「海潮音」で読売新聞の懸賞脚本に当選、選者の坪内逍遥に師事しながら劇作家としてのスタートを切った。時雨の脚本は「覇王丸」(『演劇画報』一九〇八。のち「花王丸」に改題)や「操」(『演劇画報』一九一〇。翌年「さくら吹雪」に改題)など次々と歌舞伎座で上演され好評を博し、演劇界の寵児となってゆく。また、三二歳で初の女性評伝『日本美人伝』(聚精堂、一九一一)を刊行。フェミニズムの意をこめて書かれた、優れた女性たちの紹介は、時雨の生涯の仕事となってゆく。三三歳の時には中谷と演劇研究誌『シバヰ』を創刊、三五歳で六代目菊五郎と劇団狂言座を立ち上げるなど、女性として時代を大きく先取りした業績を残した。

しかし、一九一四(大正三)年頃から時雨は劇評を残して演劇界から遠ざかっていく。原因は三つ挙げられ、まずは母の事業が失敗、同時に父の看病、甥の養育など長谷川家の様々な負担を背負うことになったこと。また、日本の伝統を守って、その上に新しい創造を生み出していこうとする時雨の理想が、新旧交代時の演劇界にあってどちらにも受け入れられなかったこと。さらには一二歳年下の三上於菟吉と内縁関係になったことである。時雨は遊び人の於菟吉の中に秀でた文才を確信し、円本時代の大衆作家として世に出すことに奔走する。だが、この時期からの時雨は、於菟吉のみならず、後進の女性を育て、羽ばたかせる仕事に熱中し、「女流文壇の大御所」と呼ばれるようになっていた。大正初期以後、晩年にいたるまでの時雨の思いは、随筆『草魚』（一九三五、サイレン社）に綴られている。

一九二三年には親友岡田八千代と『女人芸術』を創刊したが、関東大震災によりわずか二号で途絶。それを一九二八（昭和三）年七月に改めて創刊、この時は既に成功を収めていた於菟吉が資金を提供した。女性作家の発掘・育成と女性の地位向上を掲げた『女人芸術』は、その目標通り『放浪記』の林芙美子や「晩春騒夜」（一九二八）の上田（円地）文子、「聖母のゐる黄昏」（一九二九）の大田洋子らを世に送り出し、ほかにも中條（宮本）百合子や窪川（佐多）稲子、松田解子・真杉静枝ら多くの女性作家に発表の場を提供した。時雨もここに随筆「日本橋」（『女人芸術』一九二九～一九三二。のち『旧聞日本橋』と改題、岡倉書房より刊行）を連載、自身の育った日本橋界隈を背景に、時代の移り変わりや市井の人々の姿を自伝的に描いた。当初はイデオロギーの不明確さを批判されてもいた『女人芸術』だが、昭和恐慌のさなかプロレタリア文学に接近、左翼的な内容のために発禁処分が重なり、一九三二年六月をもって廃刊に追い込まれた。

『女人芸術』を惜しむ声は大きく、女性作家たちの求めに応じた時雨は翌三三年、「三三三（燦々）と輝く会」（「輝ク会」）を結成し機関誌『輝ク』を発刊、執筆陣に平塚らいてうや柳原白蓮、大仏次郎や獅子文六ら人気作家を揃え、人気を誇った。しかしながら、その内容は時局に合わせて次第に戦争協力的な方向へ転回していく。「皇軍慰問号」を刊行し、「輝ク部隊」を結成して銃後女性を統率し、慰問袋を募り、慰問団を戦地に派遣する等、その活動は『女人芸術』の対極に位置するものであった。一九四〇年、「輝ク部隊」の南方方面慰問団団長として台湾・広東・海南島などを慰問する中で体調を崩した時雨は帰国後白血球顆粒細胞減少症のため、八月二二日、慶應義塾大学病院で没した。享年六一歳。

自叙伝「渡りきらぬ橋」は遺稿であり、「薄ずみいろ」と重なる前半生に加えて離婚後の顛末、実家や実母の変化、於菟吉との恋愛にも及び、『女人芸術』に達するところで閉じられている。多忙や病状悪化のため未完のままに残されたものだろう。時雨の転換点として注目される『女人芸術』から『輝ク』への大きな舵切りについては「女たちの進出を願ってのもの」（尾形明子）とみられているが、その思いが時雨自身の言葉で語られることはないままとなった。

薄ずみいろ　演劇界で名を成した時雨がその座を退き、作家として新たなスタートを切るにあたり、「奈々子」の筆名で発表した自伝的小説。一九一五年一一月からの連載発表だが、内容は一八九七年から一九〇七年までの水橋信蔵との結婚生活を素材にしており、まさに薄墨色の辛い半生のイメージカラーがタイトルとなっている。

「わたし」は「堅気一方な場所」に生まれ、「よっぽど世間とは足並みが遅れていて女というものは三界《さんがい》に家なしという流儀に育てられてきた」ために、自分の結婚について何らの発言も認められず、黙って嫁がされた。相手の男への嫌悪の気配だけは強烈に察知できたがために、「何処《どこ》の国に嫁《かた》づいて、自分の身が穢《けが》れたと苦しむ女がありましょうか」という辛さを味わい、瞬時も新婚の甘い時間を夢見る機会は持てなかった。

作中、見合いの話が持ち込まれるまでのいきさつや、見合い当日の模様、結納から婚礼までの運びなどが記録的に描写され、本人がどうしても承服しがたい結婚を、両親が有無を言わさず進めていくことの恐ろしさが強調されていく。嫌な客を嫌い通せる傾城や芸妓に我が身を引き比べ、「堅気《かたぎ》な家の娘ほど虐げられるものはない」という恨みを抱くくだりは、中流以上の家に生まれた娘ほど、花柳界以上に異性選択の自由から遠ざけられていたという明治期の現実を今に伝える。

親の決めた相手との結婚は、明治期には一般化していたとはいえ、婚礼を終えるくらいまでは、まだ相手への期待を抱くことができる。だが、「わたし」の場合は、祖母の「この子は妙な子だ、一目見て嫌だ、厭《きら》いだといった人は、不思議に好い人じゃない」という証言が物語るように人物判断の予知力があり、顔だけ確認した新郎についても、「自分の直覚《しらせ》」によって「わたしとあの人とは、どうしても他人」ということを明確に察知してしまった。

したがって、見合いから婚礼の当日まででいっそう恐怖の日々を過ごすことになり、懇願の余地も与えてくれない両親の仕打ちに傷ついていく。「わたし」は、婚礼の日までに死のうか逃げようか、と思い惑いはするものの、それを決行するほどの強い心があるわけではない。そんな自分を「心の卑怯者」と呼んでいる。

「わたし」は「霊魂」と「肉体」を分けて考え、「霊魂の貞操は汚さない」と考えることで自分の内面に整理をつけようとしながらも、「心の疵《きず》は体とともに、どうして癒すことが出来ましょう」と、そのように割り切ることの難しさにあえいでいる。「私」にできるのは、盃の取り交わしの際に酒を一口も含まないという自分だけにしかわからない抵抗の行為だけであった。「わたしの心持ちを書きたいのは、これからの事なのですが」と書き尽くせない思いの存在を匂わせつつ筆が置かれ、この先は「渡りきらぬ橋」に引き継がれることになる。

渡りきらぬ橋　「薄ずみいろ」が、意に染まぬ縁談の顚末を婚礼当日まで描いているのに対し、「渡りきらぬ橋」は、前半で詳しい自身の生い立ちを、後半で破綻した嫁ぎ先での様子や離縁後の行動を描いている。

「薄ずみいろ」では両親、とくに実母が、自身を理解してくれない頑なな存在として描かれていたのに対し、本作品では、母の生い立ちから書き起こし、その視野の狭さまで含めて家や姑によく仕えた主婦として温かく描きあげている。

「わたくし」は寺子屋式の秋山源泉学校を出て、生け花や茶の湯を習い、池田侯爵邸への行儀見習い、そして竹柏園への入門と、家の外でさまざまな学びの場を経験した一方、家内では実母によって掃除・裁縫ほか生活全般にわたって厳しいしつけを叩き込まれる。よいとばかりはいえない環境ながら、明治期中流家庭の主婦になるには必要な教育だったといえよう。だが、「わたくし」本人は、嫁ぐまでの自身の足跡を「内面的生活闘争史」と呼び、「日に日に進歩した女子教育とは、およそ反対の歩きかたであった」と振返っている。

暗い覚悟の末に嫁いだ婚家は、派手好みな遊び好きの家風で「わたくし」の実家とは価値観がかけ離れていた。ほどなくして道楽息子の夫が勘当を言い渡された時、離婚のチャンスと期待したが叶わず、三年の約束で釜石の鉱山に行かされることになり、「わたくし」も同行する。放縦な夫が不在がちなことは淋しさにはつながらず、逆に生まれて初めて自由に読書や執筆にいそしむ時間を得ることとなった。文通相手との恋愛もはじまり、「真の青春」を手にすることになる。帰京後、多少こじれたものの、やっと婚家から解放された「わたくし」は、幼い少女たちに混じって女子語学校（現雙葉学園）の初等科で英語を学び出しもする。

実父はすでに汚職事件への連座から公職を退き、それに代わって実母が温泉宿や料亭の経営に乗り出していた。すでに女流歌舞伎作家として名を挙げた「わたくし」に対し、実母はもはや勉学を遮るようなことは言わなくなっていた。長く家の中にいた母は商売に乗り出したことで初めて社会を知り、ようやく「女も何か知らなければ、こんなことしか出来ない」という後悔を味わい、大事にしてくれるようになったという。このあたりの実母の境遇や心境の変化、価値観の転換というものは、新しい女の出現を生んだ大正初期という時代の縮図とみることができる。そして「渡りきらぬ橋」は、「わたくし」の演劇界での飛躍、家内に持ちあがったさまざまな問題とその責任を一手に引き受ける重圧、三上於菟吉との恋愛のはじまりにまで触れ、『女人芸術』の話題へとたどり着く直前で幕を下ろしている。

【解題】

「薄ずみいろ」

〈初出〉署名・奈々子、第一回・『青鞜』第五巻第九号、一九一五（大正四）年一〇月一日／第二回・同誌第五巻第一〇号、同年一一月一日／第三回・同誌第五巻第一一号、同年一二月一日／第四回・同誌第六巻第一号、一九一六（大正五）年一月一日。

〈底本〉署名・奈々子、尾形明子編・解説『長谷川時雨作品集』（藤原書店、二〇〇九・一一）

「渡りきらぬ橋」

〈初出〉署名・長谷川時雨、第一回・『新女苑』第五巻一一号、一九四一（昭和一六）年一一月一日／第二回・同誌第五巻一二号、同年一二月一日／第三回・同誌第六巻一号、一九四二（昭和一七）年一月一日。タイトル表示は各回「遺稿　渡りきらぬ橋」。

〈底本〉署名・長谷川時雨、尾形明子編・解説『長谷川時雨作品集』（藤原書店、二〇〇九・一一）

【略年譜】

一八七九（明治一二）年

一〇月一日、東京府日本橋区通油町に生まれる。本名やす。父、深造は伊勢出身の免許代言人（弁護士）。母、多喜（戸籍上は多起）は江戸の御家人の娘で、深造の後妻。

一八八四（明治一七）年　五歳

寺子屋秋山源泉学校へ入学。

一八九三（明治二六）年　一四歳

長谷川家元書生の鵜沢総明氏から西洋文学や演劇の知識を吸収。友人と回覧誌『秋の錦』を作る。竹柏園、佐佐木信綱に師事、『万葉集』や『源氏物語』などの講義を受ける。

一八九七（明治三〇）年　一八歳

一種の政略結婚で水橋信蔵と嫌々結婚。夫は婚前からの道楽が止まず、時雨は離婚を申入れたが聞き入れられなかった。

一九〇一（明治三四）年　二二歳

放蕩の止まない夫が水橋家から勘当され、釜石鉱山へ赴く。時雨も三年の約束で同行。夫が留守がちなために自由な執筆が可能になり、水橋康子名で投稿した一〇枚ほどの「うづみ火」が特賞で『女学世界』一一月増刊号の巻頭を飾る。以後、しぐれ女、長谷川康子の名で投稿を重ねる。

一九〇二（明治三五）年　二三歳

一一月、『読売新聞』にしぐれ女の名で小品「晩餐」を発表。

一九〇四（明治三七）年　二五歳

約束の三年が経ち、時雨は単身帰京。

釜石在住時から文通していた中谷徳太郎の影響で演劇に熱中する。一二月、「山家の朝」を『読売新聞』に発表。

一九〇五（明治三八）年　二六歳
一〇月、「海潮音」が『読売新聞』の懸賞脚本に当選。劇作家としての出発を果たす。選者の坪内逍遥に師事。

一九〇七（明治四〇）年　二八歳
水橋信蔵との協議離婚成立。一月に歌劇「吹雪の宮」を、三月に脚本「二つ胡蝶」を、九月に「風鈴の音」を『心の花』各号に発表。一二月、「廿八日」を『趣味』に、「落窪」を『新思潮』に発表。築地の女子語学校（現雙葉学園）にて半年間英語を学ぶ。

一九〇八（明治四一）年　二九歳
帝国義勇艦隊建設のための募集脚本に史劇「覇王丸」が当選、『演劇画報』二月号に掲載された。二月、「花王丸」と改題し、六代目菊五郎、中村吉衛門らによって歌舞伎座で上演された。「海潮音」が八月の新富座を皮切りに各地で上演され好評を博す。

一九〇九（明治四二）年　三〇歳
初めての新聞連載「晩鐘」を『日本新聞』に連載（一一四回）。

一九一〇（明治四三）年　三一歳
「操」が『演劇画報』八・九月号に分載。

一九一一（明治四四）年　三二歳
二月、前年発表の「操」を「さくら吹雪」と改題して歌舞伎座上演。六代目菊五郎の当り芸となり時雨の戯曲家としての地位も確立した。一一月、女性評伝の第一作『日本美人伝』（聚精堂）刊。

一九一二（明治四五）年　三三歳
一月、演劇研究誌『シバヰ』を中谷徳太郎と創刊、七月までに六冊発刊。同誌発表の「竹取物語」が歌右衛門の好演で大評判となる。四月、「舞踊研究会」を六代目菊五郎や舞踊家らと創立、歌舞伎座などで七回発表会を行う。『臙脂伝』（聚精堂）出版。

一九一三（大正二）年　三四歳
二月、『シバヰ』を復刊するが、六代目菊五郎と発足する劇団「狂言座」（一二月設立）の忙しさで中絶。六月、『読売新聞』に「明治美人伝」の連載開始。歌舞伎座・市村座などで公演多数。

一九一四（大正三）年　三五歳
二月、狂言座、帝国劇場で第一回公演。逍遥の「新曲浦島」を時雨が脚色演出。一一月、市村座で第二回公演、時雨は舞踊劇「歌舞伎草子」、奈々子の筆名で「ふらすこ」発表。

一九一五（大正四）年　三六歳
中谷徳太郎と離別。三上於菟吉との交際が始まる。『青鞜』に「奈々子」の名で「石のをんな」（五月）、「薄ずみいろ」（一一月〜翌年一月）を発表。

一九一六（大正五）年　三七歳
於菟吉との交際深まる。女性雑誌『家庭』を三号出す。

一九一八（大正七）年　三九歳
六月、『美人伝』（東京社）出版。『読売新聞』『婦人画報』連載中から多くの読者を獲得。七月、父深造死去。一二月、『情熱の女』（玄文社）出版。

一九一九（大正八）年　四〇歳
四月、牛込矢来町に三上於菟吉と世帯を持つ。長男の於菟吉と分家の家長になっていた時雨は入籍が難しく、内縁関係を貫く。

一九二一（大正一〇）年　四二歳
於菟吉、大衆小説へ手腕発揮し出し、同時に女性問題も発覚。

一九二三（大正一二）年　四四歳
六月、山村耕花版画による『動物自叙伝』（大鐙閣）出版。七月、元泉社から『女人芸術』（前期）を創刊するも、関東大震災にあい二号で終わる。

一九二八（昭和三）年　四九歳
七月、於菟吉の資金援助により、改めて『女人芸術』創刊。

一九二九（昭和四）年　五〇歳
四月、「旧聞日本橋」を『女人芸術』に発表。六月、小説集『処女時代』（平凡社）・九月、『時雨脚本集1』（女人芸術社出版）。

一九三〇（昭和五）年　五一歳
七月、時雨・於菟吉共著『春の鳥』（平凡社）刊。プロレタリア文学運動の中で、『女人芸術』も反体制の色を強め、九・一〇月号が発禁処分を受ける。

一九三二（昭和七）年　五三歳
六月、『女人芸術』が満四年、五巻六号四八冊目発行で廃刊。時雨の病気と資金難が直接の原因。

一九三三（昭和八）年　五四歳
回復した時雨の呼びかけで「輝ク会」設立。四月、機関誌『輝ク』創刊。

一九三四（昭和九）年　五五歳
一月、母多喜死去。女性の演劇集団「燦々会」結成。「雪之丞変化」を『毎日新聞』に連載。

一九三五（昭和一〇）年　五六歳
『旧聞日本橋』（岡倉書房）刊。於菟吉、出版社「サイレン社」を設立。

一九三六（昭和一一）年　五七歳
二月、『近代美人伝』をサイレン社から出版。七月、於菟吉が倒れる。『読売新聞』連載中の「日蓮」は於菟吉の名のまま時雨が書き継いだ。一一月、『春帯記』（岡倉書房）刊。

一九三七（昭和一二）年　五八歳
『輝ク』、時局色を強める。一〇月号を「皇軍慰問号」とする。

一九三八（昭和一三）年　五九歳
『輝ク』の方向転換に反発も多く、第六巻三・五号休刊。八月、『評釈一葉小説全集』（冨山房）刊。

一九三九（昭和一四）年　六〇歳
一月、「輝ク部隊」結成宣言、八月、

発会式。二月、随筆集『桃』（中央公論社）、一〇月、『随筆きもの』刊。

一九四〇（昭和一五）年　六一歳

一月、軍部の資金援助を受け、『輝ク部隊』『海の銃後』の文集を作成、紀元二六〇〇年祝賀として前線に送る。小説「剛き人」発表。

一九四一（昭和一六）年　六一歳

一月、海軍の資金援助で『海の勇士慰問文集』第二輯発刊。輝ク部隊の南支方面慰問団の団長として中国の海南島を一カ月廻る。帰国後は日本女流文学者会の設立に奔走、後の女流文学者会の基礎を作る。於菟吉の看病に加えて自身の仕事も多忙を極め、八月一二日に白血球顆粒細胞減少症を発病、二二日に永眠。六一歳一〇カ月。二四日芝青松寺で輝ク部隊葬。『輝ク』は一〇二号で終刊。時雨の没後、一二月から翌年七月にかけて『長谷川時雨全集』全五巻（日本文林社）が刊行される。また、小説集『時代の女』（興亜日本社、一九四一・一〇）・随筆集『働くをんな』（実業之日本社、一九四二・五）も没後に刊行、遺稿「渡りきらぬ橋」が『新女苑』（一九四二・一一〜四三・二）に連載される。

＊年譜作成にあたり、『明治文学全集82　明治女流文学集（二）』（筑摩書房、一九六五・一二）／『明治文学全集85　明治史劇集』（同、一九六六・一一）／『明治文学全集86　明治近代劇集』（同、一九六九・三）／長谷川仁・紅野敏郎編『長谷川時雨　人と生涯』（ドメス出版、一九八二・三）／尾形明子編・解説『長谷川時雨作品集』（藤原書店、二〇〇九・一一）所収の各年譜を参照した。

[参考文献]

長谷川時雨『評釈　一葉小説全集』（冨山房、一九三八・八）

塩田良平「長谷川時雨」（『明治女流作家』青梧堂、一九四二・七）

生田花世『一葉と時雨』（潮文閣、一九四三・一〇）

吉屋信子「美女しぐれ　長谷川時雨と私」（吉屋信子『自伝的女流文壇史』中央公論社、一九六二・一〇）

板垣直子「女人芸術」（『明治・大正・昭和の女流文学』桜楓社、一九六七・六）

昭和女子大学近代文学研究室「長谷川時雨」（『近代文学研究叢書』第四八巻、一九七九・一）

尾形明子『女人芸術の世界　長谷川時雨とその周辺』（ドメス出版、一九八〇・一〇）

尾形明子『女人芸術の人びと』（ドメス出版、一九八一・一一）

長谷川仁・紅野敏郎編『長谷川時雨　人と生涯』（ドメス出版、一九八二・三）

尾形明子『「輝ク」の時代・長谷川時雨とその周辺』（ドメス出版、一九九三・九）

岩橋邦枝『評伝　長谷川時雨』（筑摩書房、一九九三・九）
尾形明子「渡り切らぬ橋——長谷川時雨、その生と作品」（『フェミニズム批評への招待』學藝書林、一九九五・五）
長谷川時雨と「女人芸術」研究会編『昭和を生きた女性たち「女人芸術」の人々　聞き書き』（長谷川時雨と「女人芸術」研究会、一九九七・三）
井上理恵「長谷川時雨「ある日の午後」」（『二〇世紀の戯曲　日本近代戯曲の世界』社会評論社、一九九八・二）
根岸泰子「女人芸術」（渡邊澄子編『女性文学を学ぶ人のために』世界思想社、二〇〇〇・一〇）
佐々木美智子「女流文学者会成立とその後」（『新潟大学国語国文学会誌』第四六号、二〇〇四・七）
日本近代演劇史研究会編『二〇世紀の戯曲　日本近代戯曲の世界　改訂版』（社会評論社、二〇〇五・六）
寺田詩麻「長谷川時雨「さくら吹雪」について」（『演劇学論集』第四三号、二〇〇五・一〇）
井上理恵「序論　日本の女性劇作家概観」（『演劇学論集』第四三号、二〇〇五・一〇）
森下真理『わたしの長谷川時雨』（ドメス出版、二〇〇五・一二）
渡辺彩「愛することの暴力性——長谷川時雨「石のをんな」を中心とする初期テーマをめぐって」（『近代文学研究と資料』（第二次）第一号、二〇〇七・三）
尾形明子「館蔵資料紹介　長谷川時雨資料」（日本近代文学館、二〇〇七・五）
日本女流文学者会編『女流文学者会・記録』（中央公論新社、二〇〇七・九）
渡辺彩「「美人」の発見——長谷川時雨と女性評伝」（『近代文学研究と資料』（第二次）第二号、二〇〇八・三）
中央区教育委員会『長谷川時雨その生涯と業績　中央区立郷土天文館所蔵目録』（東京都中央区教育委員会、二〇〇八・三）
森下真理「長谷川時雨——女流歌舞伎脚本化のパイオニア」（『歴史読本』新人物往来社　二〇〇八・四）
尾形明子「長谷川時雨と同時代人——与謝野晶子、神崎清、谷崎精二、秋田雨雀、…」（『環　歴史・環境・文明』第四〇号、二〇一〇・一）
鬼頭七美「長谷川時雨『近代美人伝』という書物：虹と裸婦と明治の芸妓」（『論樹』第二三号、二〇一一・一二）

（小林美恵子）

吉屋信子　一八九六（明治二九）年一月一二日〜一九七三（昭和四八）年七月一一日

吉屋信子は、一八九六（明治二九）年一月一二日、吉屋雄一・マサの第五子として新潟市に生まれた。兄弟中唯一の女児である。当時は、社会及び家庭においても男性支配が一般的であったが、そうした男尊女卑の風習や社会慣習への違和や反発が、吉屋文学の特色である女性主義や男性中心社会への批判など、フェミニストとしての資質を培った大きな要因といわれている。父は、明治政府の官吏であり、足尾鉱毒事件の渦中で下都賀郡長を務めた彼は、行政の責任者として事件収束に奔走した。

一九〇八年、栃木県下都賀郡立栃木高等女学校に入学。作家になることを夢見て少女雑誌への投稿を始める。俳句が初めて『少女世界』で活字となり、「柱によりて」が同誌の「栴檀《せんだん》賞」を受賞する。

一九一二年、女学校卒業後は進学を希望するが認められず、花嫁修業を強制される。父の転任に伴い鹿沼に転居し、日光小学校の代用教員となるが、すぐに辞める。爾後、大人向けの雑誌『文章世界』『新潮』に投稿し、短文や詩歌がたびたび入賞した。一九一五（大正四）年、東京の毛利邸内、林氏方に寄寓することによって念願の上京を果たした信子は、山田嘉吉の英語塾で行われていた読書会に参加し、『青鞜』の平塚らいてう、伊藤野枝らとエレン・ケイの『恋愛と結婚』他を読んだことは、作家形成の道程からみてきわめて重要であろう。

一九一六年、『少女画報』に投稿した「花物語」の第一篇「鈴蘭」が採用され、以後、花にちなむ少女たちの五二の物語が同誌および『少女倶楽部』に掲載され、少女小説作家として絶大な人気を博することになる。一九一八年、私立玉成保姆養成所に入学、神田の基督教女子青年会（ＹＷＣＡ）寄宿舎などから通学し、同世代の「新しい女」たちと親交を結んだ。

一九一九年、『大阪朝日新聞』の懸賞長編小説に応募、「地の果まで」が一等当選を果たす。翌年、女同士の愛を謳った『屋根裏の二処女』を刊行。一九二一年、東西『朝日新聞』に「海の極みまで」を連載、映画化・舞台化もされ、新進流行作家となる。一九二五年には、個人雑誌『黒薔薇《くろしょうび》』を創刊、「或る愚かしき者の話」などを掲載。さらに一九二七（昭和二）年から、「空の彼方へ」が『主婦之友』に連載され、大人の読者を対象とする作家として認められた時期である。私生活では、一九二三年に、生涯のパートナーとなる門馬千代と知り合う。

一九二八年、「地の果まで」「海の極みまで」の二作が、翌年三月刊行の円本『現代長篇小説全集』（新潮社）に入ることになり、その印税二万円で門馬千代と一年ほどヨーロッパ、アメリカなどを旅行し見聞を広げる。

帰国した信子に執筆依頼が殺到し、まず帰国の船中で構想を得た「暴風雨《あらし》の薔薇」（『主婦之友』）を発表、好評を得る。この小説は、親友の夫を恋した女性が友情を守って身を引くという内容で、異性愛より強い女同士の連帯というテーマは、「女の友情」（『婦人倶楽部』）『東京日日新聞』）「良人の貞操」（『大阪毎日新聞』『東京日日新聞』）へと引き継がれる。一九三六年から三七年にかけて連載された「良人の貞操」は、姦通罪によって実質的には女だけの貞操が問われた時代を背景に爆発的なブームとなった。他に、「男の償ひ」（『主婦之友』）「女の階級」（『読売新聞』）など多数の連載を持ち、大衆小説作家として不動の地位を築く。

他方、出版社からの強い要請で、「からたちの花」（『少女の友』）、「あの道この道」（『少女倶楽部』）、「小さき花々」（『少女の友』）などの少女小説の連載も数多く引き受け、愛読される。

多作の過労から節筆を決意して『主婦之友』の専属作家となった一九三七年、日本は日中戦争に突入する。軍国主義へとひた走った暗い時代を背景に、女性誌は一斉に時局に呼応した戦時色を打ち出す。なかでも『主婦之友』は最大部数を誇るメディアであり、人気絶頂の信子は、はしなくも銃後の女性を鼓舞する役割を果たすことになる。『主婦之友』の特派員として一九三七年、中国東北部や中ソ国境、上海を訪れ、戦況報告を行い、翌年には、政府の情報局が派遣する「ペン部隊」海軍班の紅一点として漢口へ赴き、従軍記を発表。その後も、中国東北部、インドネシアなどへ特派されて報告執筆し、戦局の拡大・進行とともに戦争イデオロギーへと巻き込まれてゆく。

この期を代表する小説に、「女の教室」「新しき日」（『大坂毎日新聞』『東京日日新聞』）などがあるが、妻を二度までも亡くした献身的な愛妻家が大東亜共栄圏のために生きることで、不幸を克服し再生を誓うという「月から来た男」（『主婦之友』）は、後年、国家主義的な姿勢を批判されることとなる。

一九四〇年、日本女流文学者会が発足し代表となる。同会は、一九四二年、日本文学報国会の傘下に統合され、信子は多忙のあまり体をこわす。

一九四四年、空襲激化の東京を離れ、鎌倉の別荘へ疎開。小説発表の場も奪われ、同地で句誌『鶴』『若葉』『寒雷』『ホトトギス』に投句するなど句作に打ち込んだ。

戦後、新たな境地を切り拓くのは、一九四八年頃から書き始められた中・短編の中間小説においてである。「みをつくし」「鶴」「鬼火」「凍蝶《いてちょう》」「後家サロン」「蕃社《ばんしゃ》の落日」などで、多くは敗戦の混迷と貧困の時代を生きる庶民の姿や、国家が犯した犯罪による悲劇を描いており、信子の戦争協力への贖罪意識が窺えよう。

　これらと並行して一九五一年から翌年にかけて連載された長編小説「安宅家の人々」（『毎日新聞』）は、ヒューマニスティックな佳品として高い評価を得る。ほかに新たな傾向を示したものに、歴史や実在の人物に取材した「二世の母」「苦楽の園」「香取夫人の生涯」などがあり、調べて書く小説の面白さにめざめたという。この延長線上に、一九六四年から翌年にかけて連載したノンフィクション作品「ときの声」（『読売新聞』）がある。救世軍の山室軍平とその家族、周辺の人々による公娼制度廃止運動の歴史を描出したもので、フェミニスト作家としての真価を発揮した代表作である。また、好評を博した回想録的な人物伝『自伝的女流文壇史』『私の見た人』『私の見た美人たち』、俳人や歌人たちの生涯を綴った『底のぬけた柄杓《ひしゃく》』『ある女人像――近代女流歌人伝――』などの伝記物の系譜もある。

　一九六二年春、終の棲家となる鎌倉の新居に移り住む。吉屋文学の掉尾を飾ったのは、従来歴史では表舞台に立たされなかった女性を主人公とした歴史小説である。一九六六年一月から一〇月まで『朝日新聞』夕刊に「徳川の夫人たち」を連載。三代将軍家光に求められて心ならずも還俗し、寵愛を一身に受けたお万の方が、春日局亡き後、侍妾《じし》兼大奥取締役となるも、御台所の弟鷹司信平との許されざる恋に懊悩し、大奥を退くまでを描いている。翌年から一年間、四代以降一五代までの将軍後宮の女性たちに光をあてた続編も連載、テレビ放映・舞台上演も行われ、ベストセラーとなった。「従来の卑俗な大奥観を一掃して、大奥女中たちをワーキングウーマンとして捉えたところが新機軸」（田辺聖子）と評価され、菊池寛賞を受賞。さらに時代を遡った「女人平家」を一九七〇年七月から翌年一〇月まで『週刊朝日』に連載した。

　この後、「太閤北政所」を書く予定であったが、一九七三年七月一一日、直腸癌のため逝去、七七歳であった。終の棲家は、鎌倉市に寄付され、「吉屋信子記念館」となっている。

　吉屋信子は以上のように、少女小説というジャンルの確立と発展に大きく寄与し、現代にまで影響を与え続けているだけでなく、戦前では大衆小説作家としても揺るぎない地位を築いた。さらには戦後、中・短編の優れた中間小説やノンフィクション作品を発表、最晩年には、女性に照準を合わせた新しい歴史小説を開拓した。このような幅広い領域で活躍し、しかも、どのジャンルにおいても、フェミニストと

しての特色を刻印している作家は、他に類を見ないだろう。（岩淵宏子）

花物語　雑誌投稿者としてすでにその名を知られていた吉屋が『少女画報』に送った「鈴蘭」を認められ、連載が決定、作家としてのスタートを切る契機となった作品。これをもって吉屋は少女小説の第一人者となった。様々な花の名の題を持つ短編は五二編（注）にのぼり、その名を象徴する少女の多彩な姿がそれぞれに描かれた。

冒頭に、洋館に集まった七人の少女たちが一人ずつ花の名にまつわる物語を語り合うという場の設定が示される。第一作の「鈴蘭」では、毎夜女学校のピアノが無断で何者かに演奏されていたが、それは元の持ち主の伊太利人女性宣教師の遺児が母を懐かしんでのしわざ、これを見逃してやったのが自分の母であることをふさ子が語る。続く「月見草」は、長崎出身の母が、諸国を転々とする苦難の中いつも故郷の港を懐かしんだと語った友・おゆうさん、まだ見ぬ長崎へ向かったそのおゆうさんの行方を思う静枝の話。「白萩」は、病身の自分を励ますための口癖「運命にまかせましょう」という句が、京の公家の出身と思われる、若く美しい尼の心をも慰めたというゆかりの回想。生き別れた実母と、幼いころに一度だけ偶然に出会い、その面影を抱き続けるつゆ子が、母との再会の思い出を語る「野菊」。「山茶花」は、「永久に呪われた村」（注　未解放部落）の少女と出会い、その子の母を助けるため、医師である父を説得し、この村に向かわしめた姉の、勇気ある生前の姿を語る瑠璃子の話。「水仙」では、外交官の娘・露路が、北京在住時、父と清朝の名残の残る宮城を訪れたおり、昔の夢を慕って廃宮の奥深くをさまよう、狂人となったさる大官の娘と出会ったエピソードを語る。

この六作に「名も無き花」の輝子を加え七人の少女は出揃うが、読者の熱烈な支持を受け、連載は継続した。「いずれも今はここにいない、すでに失われた女性たちの面影」が語られ、「彼らへの思慕が感傷的な言葉によって語られる」（菅聡子）という共通点は以後も変わらない。

各話の題材は、家族関係、病身、貧富の格差や職場におけるハラスメント等にも及び、異性関係を除けば、読者層の少女たちが直面する問題の諸相を幅広く取り上げている。少女の友愛物語はキリスト教文化を取り入れて麗しく描かれ、「婦徳的な教訓を主テーマとする同時代の少女小説とは一線を画し」（久米依子）、あくまで少女たちに寄り添い、家父長制下の生きにくさにも切り込み、以後現代にまで引き継がれる少女小説の礎を築いた。

（注）他に「山茶花」「桐の花」を加えない全五〇編、「薊の花」「からたちの花」まで加えて全五四編とする数え方もある。

鬼火　戦後間もない一九五一（昭和二六）年に「女流文学者会」が発足し、諸領域にわたる女性文学者たちのまとめ役として吉屋信子が会長に就任した。この会が設けた「女流文学者賞」は、一九六一年以後は中央公論社の主催となり、『婦人公論』の「女流文学賞」を経て現在は「婦人公論文芸賞」に引き継がれ、女性文学の振興に寄与している。その一九五二年の受賞作がこの『鬼火』である。大衆小説作家として評の対象にされることさえほとんどなかった吉屋は、この受賞を大変喜んだという。

　一九四八年から約一〇年間、吉屋は怪談的な内容を含む短編小説を多く手掛け、自らの新境地を見出していた。吉屋のこれらの作品は「優霊物語」（東雅夫）とも呼ばれ、現実には存在しがたいものに思いを馳せる点でロマンチシズムと近距離にある怪異を描き、恐怖を煽ることを目的とはしていない。「現実の世界のどこかに漂う妖しさ、幻影、奇妙な運命…を取り上げ」たいという吉屋の思いは、戦後の混乱期をこの世とあの世の混濁した場ととらえ、そこに生きる人々が嘗めた厳しさ苦しさをくみ上げる形で『鬼火』の中にも活かされている。

　作品の舞台は復興の勢いと敗戦の傷跡とが混じり合う一九四九年ごろの東京である。復員後、しばらくは伯父の露天商など手伝っていた忠七は、瓦斯が復活した東京で「堂々たる瓦斯会社」に就職し、集金人になる。大会社の名において、生活が困窮する家々から厳しく使用料を取り立てるこの仕事は、忠七の優越感をくすぐり、得意にさせた。

　ある晩秋の朝、すがれた紫苑の咲くみすぼらしい家に集金に入った忠七は、帯さえ身につけないこの家の主婦に瓦斯代を請求するが、支払いの猶予を請うこの女に欲情を催し、瓦斯代の立替えと引きかえに関係を求める。結局袖にされ、数日後、今日こそ瓦斯代を徴収しようと再度女の家に踏み込んだ忠七は、そこで紫苑の花が供えられた彼女の夫の遺体と、首を吊った彼女の遺体を発見する。集金鞄の中の金をそこに置き、「かんべんしてくれ、おれは坊主になる！」とわめいて駈け出した忠七は、以後行方知れずとなった。

　女が「紫苑」の花の精と目されるところから、『花物語』との関連も指摘され、そこからの脱皮を示すとするもの（大塚豊子）、もしくは延長線上に位置するとみるもの（毛利優花）等がある。

【解題】

「花物語」

一九一六（大正五）年五月から一九二五（大正一四）年一〇月に至るまで、『少女画報』『少女倶楽部』誌上に、五二話が断続的に連載された。初版は『花物語』(洛陽堂、一九二〇・五)。今回所収の六作品については以下の通り。

〈初出〉署名・いずれも吉屋信子。「鈴蘭」(『少女画報』第五年第七号、一九一六(大正五)年七月一日)/「月見草」(同誌第五年第八号、同年八月一日)/「白萩」(同誌第五年第九号、同年九月一日)/「野菊」(同誌第五年第一〇号、同年一〇月一日)/「山茶花」(同誌第五年第一一号、同年一一月一日)/「水仙」(同誌第五年第一二号、同年一二月一日)。

〈底本〉署名・吉屋信子、『花物語』上巻(国書刊行会、一九八五・五)。

「鬼火」

〈初出〉署名・吉屋信子、『婦人公論』第三七巻二号、一九五一(昭和二六)年二月一日。

〈底本〉署名・吉屋信子、『吉屋信子全集』第一〇巻(朝日新聞社、一九七五・一一)。

[略年譜]

一八九六(明治二九)年
一月一二日、新潟市営所通の県庁官舎に父雄一、母マサの長女として生まれる。当時父は新潟県警務課長。すでに四人の兄があった。

一九〇八(明治四一)年　一二歳
栃木高等女学校(現栃木女子高校)入学。『少女世界』『少女界』などへの投稿を始める。

一九一〇(明治四三)年　一四歳
三年生の時「少女界」の懸賞に応募、「鳴らずの太鼓」が一等当選、賞金一〇円を貰う。

一九一一(明治四四)年　一五歳
『文学世界』や『新潮』に投書を始め、採用され始める。

一九一二(明治四五・大正元)年　一六歳
栃木高女(四年制)卒業。進学・上京を希望したが、親に反対される。

一九一三(大正二)年　一七歳
一時日光小学校の代用教員となって家を離れたが、程なくして実家に戻り、投書を続けた。

一九一五(大正四)年　一九歳
『良友』『幼年世界』に童話を寄稿、稿料を得る。この頃、野上弥生子、竹久夢二、生田春月・花世、岡本かの子らを次々と訪問。

一九一六(大正五)年　二〇歳
『青鞜』に詩や小説を発表。五月、『少女画報』の編集部に送った「花物語」第一話(鈴蘭)が採用され掲載、引き続き一九二四年頃まで、五二編を連載した。

一九一七(大正六)年　二一歳
四谷のバプテスト女子学寮に入舎、玉成保姆養成所に通学する。近くに山田嘉吉・わか夫妻もおり、英語や婦人問題を学ぶ。年末、それまでの童話を集めて「赤い夢」を出版(洛陽堂）。
一九一八（大正七）年　二二歳
バプテスト女子学寮を退寮し、神田の基督教女子青年会（ＹＷＣＡ）の寄宿舎に入った。
一九一九（大正八）年　二三歳
『大阪朝日新聞』の懸賞小説応募のため北海道十勝にいる三兄忠明の許に身を寄せ、三カ月かけて「地の果まで」を執筆。その直後、実父死去。宇都宮で母、弟と暮しながら、「屋根裏の二処女」を一気に書き上げた。
一二月、「地の果まで」一等当選、賞金二千円。
一九二〇（大正九）年　二四歳
母や弟とともに上京、巣鴨の長兄貞一宅に寄寓する。元旦から『大阪朝日新聞』で「地の果まで」連載開始。
一九二一（大正一〇）年　二五歳
「地の果まで」の好評を受け、『朝日新聞』で引き続き「海の極みまで」の連載を開始。

一九二二（大正一一）年　二六歳
「海の極みまで」が映画化される。
国民新聞社の婦人記者だった山高しげりと出会い親しくなる。
一九二三（大正一二）年　二七歳
一月、山高しげりから、三歳年下の数学女教師・門馬千代を紹介される。
一九二四（大正一三）年　二八歳
一月、千代が下関高女に赴任、吉屋も同行。やがて吉屋は一人帰京、大森に母と家を持った。
一九二五（大正一四）年　二九歳
一月、個人雑誌『黒薔薇』を創刊。八月第八号まで続けた。三月、千代、下関から帰京。
一九二六（大正一五）年　三〇歳
下落合に洋館を建て、千代との共同生活を開始。以後、千代は吉屋の秘書役を務め、家事一切を取り仕切る。
一九二七（昭和二）年　三一歳
「空の彼方へ」を『主婦之友』に連載。

一九二八（昭和三）年　三二歳
新潮社から『吉屋信子集』刊行。九月、その印税（二万円）によって、千代を伴って渡欧。モスクワでは中條百合子、湯浅芳子と会う。ドイツ、ベルギーを経てパリに到着、約一年滞在した。
一九二九（昭和四）年　三三歳
九月末帰国。その帰国の船中に「暴風雨の薔薇」のノートをまとめ、帰国後これを執筆。
一九三〇（昭和五）年　三四歳
『主婦之友』連載の「暴風雨の薔薇」が好評を得、これ以後同誌をはじめ婦人雑誌その他の注文に追われることになる。
一九三三（昭和八）年　三七歳
「女の友情」が新年より『婦人倶楽部』に連載され、大きな反響を得る。二年間の連載ののち、さらに続編執筆となり、吉屋の婦人雑誌連載小説では記念碑的な作品となる。

一九三六（昭和一一）年　四〇歳
秋から『東京日日新聞』・『大阪毎日新聞』に「良人の貞操」執筆。一二月、フィリピン取材旅行に出立した。
一九三八（昭和一三）年　四二歳
八月、『主婦之友』特派員として満ソ国境へ、九月には情報局派遣従軍文士海軍班（団長菊池寛）の一員として揚子江艦隊の旅艦安宅に乗って漢口に赴き、『主婦之友』にそれぞれ現地報告、従軍記を発表。
一九三九（昭和一四）年　四三歳
元旦から「女の教室」を『毎日新聞』で連載開始。春、鎌倉の大仏裏に、晩年の母のため、また時々の休養のための家を建てた。
一九四〇（昭和一五）年　四四歳
『主婦之友』特派員として九月、満州開拓団見学、年末には蘭印（インドネシア）へ。
一九四一（昭和一六）年　四五歳
二月、蘭印より帰国し、「現地報告蘭印」を『主婦之友』四、五月号に発表。一〇月、同じく『主婦之友』特派で仏印（現ベトナム）、タイに向かい、ハノイ、ユエ等を経てサイゴンに至り待機中、日米開戦を知り、急遽帰国。
一九四二（昭和一七）年　四六歳
四月、「親しき日」を『東京日日新聞』・『大阪毎日新聞』で連載開始。
一九四三（昭和一八）年　四七歳
軍部の圧力による執筆の制限等で、前年連載の「新しき日」の出版許可を得られず、また体調もすぐれず、執筆は激減。
一九四四（昭和一九）年　四八歳
三月末入院、四月手術、五月鎌倉に疎開。
一九四五（昭和二〇）年　四九歳
三月一〇日の空襲で東京の留守宅消失。五月、鎌倉在住の文士が本を持ち寄って開いた貸本屋「鎌倉文庫」に参加。
一九四九（昭和二四）年　五三歳
四月、戦後初めての新聞小説「妻の部屋」を『毎日新聞』夕刊に連載。
一九五〇（昭和二五）年　五四歳
一月、母マサ死去。年末、千代田二番町に転居。
一九五一（昭和二六）年　五五歳
八月から「安宅家の人々」を『毎日新聞』に連載。
一九五二（昭和二七）年　五六歳
五月、前年『婦人公論』執筆の短編「鬼火」により第四回女流文学者賞受賞。
一九五三（昭和二八）年　五七歳
『婦人公論』三月号、吉田首相を囲む座談会での吉屋の発言「自分の息子を国に捧げることに誇りを感じなければ――」が物議を醸す。
一九五七（昭和三二）年　六一歳
二月、長年共同生活した千代を養女とする。
一九六二（昭和三七）年　六六歳

四月、鎌倉長谷の新居に移る。
一九六六（昭和四一）年　七〇歳
一月四日「徳川の夫人たち」『朝日新聞』夕刊連載開始。
一九六七（昭和四二）年　七一歳
一月、宮中歌会始に出席。一一月、「半世紀にわたる読者と共に歩んだ衰えざる文学活動」が認められ、菊池寛賞を受賞。
一九七〇（昭和四五）年　七四歳
二月、『週刊朝日』に「女人平家」連載開始。多年にわたる文学活動が評価され、紫綬褒章を受ける。
一九七一（昭和四六）年　七五歳
テレビ朝日で「女人平家」がテレビ化される。結腸癌が見つかり、鎌倉の恵風園病院に入院。すでに遺書を執筆、記念館としての自宅の保存を望んだ。
一九七三（昭和四八）年　七七歳
母校栃木女子高校に文学碑建立。七月一一日に恵風園病院にて逝去。勲三等瑞宝章を受ける。鎌倉高徳院の墓地に埋葬される。戒名は「紫雲院香誉信子大姉」。
一九七四（昭和四九）年
土地、邸宅、蔵書等を鎌倉市に寄贈。市は遺宅を「吉屋信子記念館」とし、現在に至る。
一九七五（昭和五〇）年
二月から『吉屋信子全集』（全一二巻）を朝日新聞社より順次刊行。

＊年譜作成にあたり、『吉屋信子全集』第一二巻（朝日新聞社、一九七六・一）、駒尺喜美『吉屋信子——隠れフェミニスト』（リブロポート、一九九四・一二）、佐伯彰一・松本健一監修『作家の自伝66　吉屋信子』（日本図書センター、一九九八・四）所収の各年譜等を参照し、著作権者の吉屋幸子氏からもアドバイスをいただいた。

［参考文献］

村松定孝『近代女流作家の肖像』（東書選書、一九八〇・五）
吉武照子『女人　吉屋信子』（文藝春秋、一九八二・一二）
大塚豊子「吉屋信子の短篇小説——『鬼火』を中心に」（『学苑』第五二九号、一九八四・一）
板垣直子『近代作家叢書56　婦人作家評伝』（日本図書センター、一九八七・一〇）
吉川豊子「研究動向　吉屋信子」（『昭和文学研究』第二七号、一九九三・七）
駒尺喜美『吉屋信子　隠れフェミニスト』（リブロポート、一九九四・一二）
吉川豊子「『青鞜』から「大衆小説」作家への道——吉屋信子『屋根裏の二処女』」（岩淵宏子・北田幸恵・高良留美子編『フェミニズム批評への招待』学藝書林、一九九五・五）
吉川豊子「『或る女』／『真珠夫人』

／『海の極みまで』――初期「三部作」の時代と「戦略」」（『昭和文学研究』第三五集、一九九七・七）
安藤恭子「吉屋信子『花物語』における境界規定――〈少女〉の主体化への道程」（『日本文学』第四六巻一一号、一九九七・一一）
田辺聖子『ゆめはるか吉屋信子――秋灯机の上の幾山河』上・下（朝日新聞社、一九九九・九）
横川寿美子「吉屋信子「花物語」の変容過程をさぐる――少女たちの共同体をめぐって」（『美作女子大学美作女子短期大学部紀要』第三四号、二〇〇一・三）
北田幸恵「女性解放への夢と陥穽――吉屋信子の報告文学」（岡野幸江・北田幸恵・長谷川啓・渡邊澄子編『女たちの戦争責任』東京堂出版、二〇〇四・九）
神奈川文学振興会編『生誕一〇〇年吉屋信子展　女たちをめぐる物語』岩淵宏子「解説」（神奈川県立近代文学館、二〇〇六・四）
中村舞「吉屋信子の少女小説研究――母親像を中心に」（『梅花児童文学』第一四号、二〇〇六・六）
東雅夫「解説　幻想と現実と」（『文豪怪談傑作選　吉屋信子集　生霊』所収、筑摩書房、二〇〇六・九）
山田昭子「吉屋信子『三色菫』論――『花物語』における父親および異性愛」（『専修国文』第八〇号、二〇〇七・一）
高橋重美「夢の主体化――吉屋信子『花物語』初期作の〈抒情〉を再考する」（『日本文学』第五六巻二号、二〇〇七・二）
福田委千代「吉屋信子『紅雀』――二人のヒロイン『少女の友』の少女小説」（『学苑』第七九七号、二〇〇七・三）
毛利優花「〝少女〟的であることの他者性――吉屋信子「鬼火」」（『金城学院大学大学院文学研究科論集』第一四巻、二〇〇八・三）
高橋重美「花々の闘う時間――近代少女表象形成における『花物語』変容の位置と意義」（『日本近代文学』第七九号、二〇〇八・一一）
ＫＡＷＡＤＥ道の手帖『吉屋信子　黒薔薇の處女たちのために紡いだ夢』（河出書房新社、二〇〇八・一二）
山田昭子「特集　抒情の行方　吉屋信子、その〈小女性〉――童話から少女小説へ」（『芸術至上主義文芸』第三〇号、二〇一〇・一一）
小平麻衣子「〈研究へのいざない〉吉屋信子『もう一人の私』を読む」（『国文』一一三八号、二〇一〇・一二）
小林美恵子「吉屋信子『屋根裏の二処女』――「屋根裏」を出る〈異端児〉たち」（新・フェミニズム批評の会編『大正女性文学論』翰林書房、二〇一〇・一二）
菅聡子『女が国家を裏切るとき――女学生、一葉、吉屋信子』（岩波書店、二〇一一・一）

毛利優花「吉屋信子『花物語』「曼珠沙華」における死の様相」（『金城日本語日本文化』第八八号、二〇一二・三）
黒澤亜里子「大正期少女小説から通俗小説への一系譜——吉屋信子の「女の友情」をめぐって」（『沖縄国際大学文学部紀要』第一九巻一号、一九九〇・八）
藤田篤子「吉屋信子「蝶」——昭和十年代における女性の「怪奇小説心理ホラー」の受容について」（『愛知大学国文学』第五二号、二〇一三・一）
久米依子「二つの文壇と越境——一九三〇年代の吉屋信子評からゼロ年代のエンタメ状況へ」（『国文目白』第五二号、二〇一三・二）
森山祐子「吉屋信子『花物語』論——中原淳一の挿絵との関連について」（『学習院大学国語国文学会誌』第五六号、二〇一三・三）
久米依子『「少女小説」の生成　ジェンダー・ポリティクスの世紀』（青弓社、二〇一三・六）
小林美恵子「吉屋信子『良人の貞操』論——邦子の築いた〈王国〉」（新・フェミニズム批評の会編『昭和前期女性文学論』翰林書房、二〇一六・一〇）
竹田志保『吉屋信子研究』（翰林書房、二〇一八・三）
（小林美恵子）

鷹野つぎ

一八九〇（明治二三）年八月一五日～一九四三（昭和一八）年三月一九日

静岡県浜名郡浜松町下垂一九番地に、岸弥助、なをの二女として生まれる。本名、次。生家は老舗の商家であった。小学校高等科二年の頃から、長兄・信太郎の勧めで雑誌『少年』を取り寄せて読み、時に投稿していたつぎの読書熱は、母の理解や浜松高等女学校時代の親友・矢口かよ、国語教師らの影響でいっそう高まっていく。尾崎紅葉の死に衝撃を受け、作家という存在を心に留めた彼女は、紅葉はむろんのこと、与謝野晶子や島崎藤村ら日本文学から、ユーゴーやチエホフなどの翻訳までを広く愛読する少女へと成長する。一九〇五（明治三八）年、『女子文壇』が創刊されると、投稿者となり、入選するようにもなった。

一九〇七年三月、浜松高等女学校を卒業後、県立静岡高等女学校研究科に入学するが、夏にはトラホームに罹って帰郷し、やがて退学。その後、町の文学同好会に参加し、鷹野弥三郎と出会い、恋仲となった。二人の仲を許さない両親に反発して家を出、一九〇八年には、名古屋新聞に入社した弥三郎の住む名古屋へ奔る。弥三郎が名古屋新聞豊橋支局長になったため、豊橋に移住。一九一四（大正三）年一月、夫婦で同人雑誌『一隅』を創刊。ともに毎号、小説一編を載せ、以後一〇集まで刊行した。

一九一七年一一月、弥三郎の時事新報社への入社とともに一家は東京に戻るが、関東大震災後に彼が罷免されたことにより、つぎや子供たちは、長く貧窮に耐えねばならないことになる。この後、昭和初期にかけては、貧困に加え、自己の発病や、子供たちと両親の死が相次ぎ、まさに試練の時となった。

その間、彼女の転機となったのは、一九二〇年、弥三郎に伴われて島崎藤村のもとを訪ねたことである。藤村の指導を受けることになったつぎは、一九二二年四月に藤村が創刊した婦人のための文芸雑誌『処女地』にも参加。同誌の主要メンバーとして活躍。同年一二月、最初の小説集『悲しき配分』が藤村の序文を付して新潮社より刊行される。

これは、『処女地』に参加する前の作品を中心とした一冊である。自己の日常に題材を採った作品が多く、本書に収録した彼女の代表作「悲しき配分」では、夫婦の非対称的な力関係への疑義や、母性の問題が提示されている。こうした問題意識は、翌一九二三年五月に刊行された『真実の鞭』（二松堂）等において、さらに追求されることとなった。

このように、自身の経験を踏まえて、夫婦関係や親子の在り方を論じる筆は、その後、世人の声に振り回されて自己を忘れがちな女性の現状に警鐘を鳴らす随筆「対象に動かさる丶女性の悲しみ」や、男性の影に隠れてついぞ本心を語ることなく終わる女の哀れで旧式な生き方に言及する随筆「あの友の話」など、広く女性一般の問題にも及ぶ。

個人の生活圏に足場を置きながら世間を見渡す彼女のスタンスは、後続の著作にも共通している。たとえば、『随筆集　子供と母の領分』（古今書院、一九三五）では、子供との会話やエピソード、見聞きした知人の話等を参照しつつ、母子の関係性や子供の本質、彼らの現状に関して考察し、理想的な母性の姿についても詳細に論じた。

この書においてつぎは、女性に対し、夫に扶養されているという卑下した気弱さを払拭し、母性の自覚を持つことが必要であると説く。また、逞しい父性が、母たる者の心情を濃やかにすると述べ、母性を左右する夫の在り方にも言及している。

さらに、郷里浜松の四季の移ろいと

行事を主軸とし、つぎが七歳から一〇歳頃の思い出を描いた『四季と子供』（古今書院、一九四一）では、単なる回想に留まらず、全章を通じ、人にとって「良い幼時生活の大切な事」を示す。そして、子供に潤いのある生活を与えるためには、「四季の歓び」を伝えることが不可欠であることを鮮明に浮かび上がらせていくのである。

つぎは、これらを含む七冊の著書を刊行し、一九四三（昭和一八）年に亡くなった。その後、『限りなき美』（立誠社、一九四三）、『太陽の花』（輝文館、同）、『娘と時代』（三国書房、一九四四）、『春夏秋冬』（山根書房、同）の四冊が相次いで刊行された。

悲しき配分　第一創作集『悲しき配分』（新潮社、一九二二）に収録された鷹野つぎの代表作。

夫の単身赴任中、自分が家庭の中心となる心の張り合いを経験した妻・桂子が、夫の帰宅後、全ての権限が彼の手中へと戻っていく様に強い違和感を覚えるようになるまでを描いた小説。

桂子は、夫がいない一年あまりの間、彼に代わり家庭の全てを取り仕切ることに重い責任を感じつつも、いつしか母子の日々に快い発奮を覚えるようになっていた。夫がいる頃とは違い、子供たちに余裕を持って接することが可能になると、彼女は、母親としての幸せを噛みしめるようになる。子供たちもまた、父親の不在を観念した今は、母に頼りきり、その笑顔を彼女一人に向けるようになっていた。

このような生活を送るうち、子供たちに対し、怒り・憎しみと愛しさの両方を感じ、揺れ動いていた桂子の気持ちは落ち着いていく。夫不在の母子の時間は、彼女の心を満たしたのである。

しかし、夫が単身赴任を終え、ともに暮らすようになると、家庭内の全権限は当然のように彼の手に帰していく。と同時に、子供たちの笑顔や関心も桂子ではなく、夫に向けられるものとなった。しだいに夫と子供たちとの輪から外れ、現状への違和感を抱え込む桂子は、そのような自分に罪悪感を覚える。

かつてのような平和な母子の時間は終わりを告げ、彼女は育児をしてきた長い年月の間には、「父親の知らない過酷な時」も持たねばならなかったこと、「子供等に与へた苦い筈の手の味ひ」を思わずにはいられないのであった。

この小説では、家父長制度下における夫婦の非対称的な力関係への疑義が示されている。と同時に、子供たちへの愛憎のはざまで揺れ動く母親の日常を描き出すことで、従来の母性神話を解体する女の実態を打ち出してもいる。

本作が発表された大正時代の中・後期が『青鞜』の時代を経て、女性解放運動の隆盛期であったことを想起すると、同時代的意義が明らかとなろう。たとえば、女性の社会的・政治的権利の獲得を目指し、平塚らいてうや市川房枝らが女性による初の政治団体・新婦人協会を設立したのは、一九二〇年のことだ。

また、一九一八年から翌年にかけて、平塚らいてうや与謝野晶子、山川菊栄、山田わからが、母性保護論争を展開したことが想起される。つぎの小説の特色は、これらの影響を受けつつも（彼女自身は影響を否定している）、抽象的な議論ではなく、生活感情に根差した女の解放欲求を日常生活のなかで具体的に写し出した点にある。

もっとも、作品中で桂子は、必ずしも強い家父長制度批判を展開しているわけではない。むしろ、夫を中心として回っていく家庭の在り方に馴染めず、抵抗を感じてしまう自分を度々自戒してさえいる。しかし、繰り返される桂子の逡巡そのものが、家父長制度の矛盾に対する彼女の止むに止まれぬ反発を、逆に浮かび上がらせる結果となっている。桂子には、家庭内での権力配分の不条理や、妻であることと母であることとの配分に悩む自身の問題を、普遍的問題としてとらえようとする視点があることも重要だ。

「悲しき配分」の意義は、当時盛んに論議された家庭における夫婦関係と母性という二つの問題系を別個に扱わず、その相関こそを浮き彫りにした点にあろう。当時、女性ひいては国家にとって大切なものと度々俎上に載せられた母性の確立やその全き発現には、夫の在り様が強く影響していることを描いた点は注目すべきである。

前述の母性保護論争は、女性の経済的自立の是非や、母性の経済的な保護をめぐる応酬から始まった。これに対しつぎは、経済的問題だけでなく、夫婦関係が母性にも関わるという視点を提出した。夫の単身赴任中と帰任後の生活を対比的に描き出すことで、問題の所在が夫の存在にほかならないことを浮かび上がらせたのである。

［解題］

「悲しき配分」
〈初出〉署名・鷹野つぎ、『小説集　悲しき配分』（新潮社、一九二二・一二）
〈底本〉署名・鷹野つぎ、鷹野つぎ著作集刊行会編『鷹野つぎ著作集』第一巻（谷島屋、一九七九・六）

［略年譜］

一八九〇（明治二三）年
八月一五日、静岡県浜名郡浜松町に、岸弥助、なをの二女として生まれる。本名、次。
一八九七（明治三〇）年　七歳
浜松町立尋常高等小学校尋常科に入学。

一九〇一（明治三四）年　一一歳
浜松町立尋常高等小学校尋常科卒業。四月、同校高等科入学。
一九〇四（明治三七）年　一四歳
浜松高等女学校二学年に編入学。翌年創刊された『女子文壇』に投稿し、度々入賞。
一九〇七（明治四〇）年　一七歳
浜松高等女学校を卒業。県立静岡高等女学校研究科に入学するが、トラホームのため、夏には帰郷し、退学。町の「文学同好会」に入会し、鷹野弥三郎と知り合う。
一九一〇（明治四三）年　二〇歳
弥三郎が名古屋新聞豊橋支局長となり、二人は豊橋に移り住む。
一九一一（明治四四）年　二一歳
一月、長男正弥が誕生。弥三郎との結婚を両親から認めてもらえずにいたつぎは、俳諧の宗匠・松島十湖の養女として入籍した後、正式に彼の妻となった。
一九一三（大正二）年　二三歳
六月、次男次弥が誕生。
一九一四（大正三）年　二四歳
一月、夫と同人雑誌『一隅』を創刊。以後、一〇集まで刊行。
一九一五（大正四）年　二五歳
一二月、長女参弥子が誕生するが、翌年、小児脚気により死亡。
一九一七（大正六）年　二七歳
五月、二女三弥子が誕生。一一月、弥三郎が時事新報社に入社し、一家は上京する。
一九二〇（大正九）年　三〇歳
弥三郎の縁により、島崎藤村と初めて会う。以後、藤村の指導を受ける。
一九二一（大正一〇）年　三一歳
九月、三女弥誉栄が誕生。
一九二二（大正一一）年　三二歳
四月、藤村が『処女地』を創刊。一九二三年一月、第一〇号まで刊行。一つぎも参加し、同誌に作品を発表していく。
一二月、『小説集　悲しき配分』を新潮社より刊行。
一九二三（大正一二）年　三三歳
五月、『真実の鞭』を二松堂書店より刊行。九月の関東大震災で時事新報社の社屋が全焼。事業縮小のため、弥三郎は罷免される。生活は困窮し、つぎは結核を発病。昭和一〇年代にかけて、長男や三女、その後生まれた五男、さらには両親を相次いで亡くす。
一九二四（大正一三）年　三四歳
三月、『小説集　ある道化役』を紅玉堂書店より刊行。つぎ、結核を発症。
一九二六（大正一五）年　三六歳
一一月、四男真弥が誕生。
一九二九（昭和四）年　三九歳
四月、五男節弥が誕生。
一九三五（昭和一〇）年　四五歳
一一月、『感想集　子供と母の領分』を古今書院より刊行。つぎ、結核が再発する。

一九三六（昭和一一）年　四六歳
五月一八日、つぎは東京市立サナトリウムに入院。五月二三日、三男も結核のため、同院に入院。一〇月、両者ともに中野区の個人病院浄風園に転院。

一九三七（昭和一二）年　四七歳
三月三〇日、三男、結核のため死亡。

一九三九（昭和一四）年　四九歳
一〇月二九日、つぎ、完治せぬまま退院。夫婦で中野区沼袋に住む。

一九四〇（昭和一五）年　五〇歳
四月、『随筆集　幽明記』を古今書院より刊行。五月、『四季と子供』を古今書院より刊行。

一九四一（昭和一六）年　五一歳
四月一二日、四男真弥、急性肺炎にて死亡。信州松原に埋葬。

一九四二（昭和一七）年　五二歳
一〇月、『女性の首途』を古今書院より刊行。

一九四三（昭和一八）年　五三歳
三月一九日、つぎは結核のため、中野区沼袋の家で死亡。一〇月一八日、弥三郎、結核のため死亡。一一月、『限りなき美』が遺児の手により、立誠社から刊行される。

一九四四（昭和一九）年
一月、『娘と時代』（三国書房）が、二月、『太陽の花』（輝文館）が、三月、『春夏秋冬』（山根書房）が、それぞれ刊行される。

＊年譜は、東栄蔵『鷹野つぎ　人と文学』（銀河書房、一九八三・七）に拠り、作成した。

【参考文献】

藤枝静男「平沢計七・鷹野つぎのこと」（『群像』第三四巻一〇号、一九七九・一〇）

後藤悦良『鷹野つぎ　人と文学』（浜松市立高等学校同窓会、一九八一・一〇）

東栄蔵『鷹野つぎ　人と文学』（銀河書房、一九八三・七）

紅野敏郎「逍遙・文学誌（68）「新文芸」（下）関根秀雄・土居光知・塩谷栄・鷹野つぎら」（『国文学　解釈と教材の研究』學燈社、第四二巻二号、一九九七・二）

永渕朋枝「藤村「処女地」に執筆した女性作家達（2）加藤みどり、島崎静子、鷹野つぎ、若杉鳥子」（『神女大国文』第二〇巻、二〇〇九・三）

中島佐和子「鷹野つぎ・〈作家〉のまなざし――「悲しき配分」を中心にして」（新・フェミニズム批評の会編『大正女性文学論』翰林書房、二〇一〇・一二）

（橋本のぞみ）

宮本百合子　一八九九（明治三二）二月一三日〜一九五一（昭和二六）年一月二一日

宮本百合子は、近代建築の草分けである中條精一郎と、日本弘道会の創立者西村茂樹の娘である葭江の長女として東京小石川に生まれた。本郷区立誠之尋常小学校から東京女子高等師範学校附属高等女学校（お茶の水高女）に進んだ百合子は、一九一六（大正五）年、同校を卒業して日本女子大学校英文学部予科へ入学する。この年、第一作「貧しき人々の群」を坪内逍遥の推薦で『中央公論』に発表し、弱冠一七歳の天才少女という名を一躍文壇に馳せ、女子大は一九一七年一月一八日付で退学し、作家生活に入った。以下、三四年間の作家生活を四期に分けて、見てゆきたい。

第一期は、第一作からソビエトへ旅立つまでの約一一年間。

「貧しき人々の群」は、人道主義隆盛の時代的動向のなかで、白樺派やロシア文学、とくにトルストイの影響下にある作品である。東北の寒村での貧農に対する熱い同情が強いモチーフになっていて、全編に社会改良のひたむきな願望を漲らせており、それはそのまま百合子の生涯を貫く基調となった。

一九一八年九月、仕事で渡米する父についてアメリカ遊学の途につき、翌年一〇月、親の反対を押し切って同地で古代ペルシャ語の研究者荒木茂と結婚する。しかし、帰国後、人生観・家庭観の齟齬による懊悩の数年間を過ごし、ロシア文学者湯浅芳子との邂逅が転機となって、一九二四年夏、事実上の離婚をする。その顚末を描いたのが、長編『伸子』（一九二四〜一九二六。一九二八刊）である。伸子の恋愛と結婚から離婚に至るまでの経緯を描いた小説であるが、仕事と結婚、妻・母という性役割、自立をめざす娘にとっての母・父との関係性、女友達とのシスターフッドなど今日的な諸問題を形象化しており、近年いっそう高い評価を受けている。他に、少女のセクシュアリティを照射した「未開な風景」（一九二七）、本巻収録のレズビアニズムの苦渋を抉った「一本の花」（同）は見逃せない。

第二期は、ソビエト遊学時代と、それに続く日本プロレタリア作家同盟時代で、宮本顕治が検挙される一九三三（昭和八）年末までの六年間。

一九二七年末、一九二五年三月から共同生活を始めた湯浅芳子に同行し、革命後一〇年目のソビエトを訪れる。西ヨーロッパ旅行を含む満三年間のソビエト遊学は、百合子に社会主義の優位を信じさせ、後半生を一筋に貫く世界観を確立させた。一九三〇年一一月に帰国後、直ちに日本プロレタリア作家同盟に加盟し、翌年一〇月、非合法の日本共産党に入党、作家同盟常任中央委員、日本プロレタリア文化連盟中央協議会委員などを歴任する。一九三二年二月、約七年間共に暮らした湯浅芳子と別れ、日本共産党の最高指導者だった宮本顕治と再婚する。しかし、二カ月後にはじまった文化団体大弾圧のため、顕治は地下に潜り、一九三三年末に検挙される。爾来敗戦までの一二年間、二人は隔絶の生活を余儀なくされる。

　プロレタリア文学陣営に身を投じた最初の一年間は、破竹の勢いでソビエト紀行を執筆する。文芸評論では「社会主義リアリズムの問題について」（一九三三）が注目される。「一九三二年の春」（一九三二～一九三三）、「刻々」（一九三三執筆。一九五一年発表）は、はじめての検挙の体験をもとに当時の警察と留置所の非人間的実態を告発した優れた記録文学である。

　第三期は、日本プロレタリア作家同盟が解散した一九三四年二月から敗戦までの約一一年間。

　うち続く弾圧で組織は瓦解し、最愛の夫は獄に繋がれ、自身もたび重なる検挙・投獄・執筆禁止などの迫害にあい、両親の死もいずれも獄中で迎える。しかし、一九三七年、筆名を中條から宮本に変え、獄中非転向の政治犯の妻を名のることにより、不屈な抵抗の姿勢を示す。そのため一九四一年一二月九日、太平洋戦争勃発の翌日に文学者ではただ一人検挙され、翌年七月、拘置所で熱射病にかかって昏倒、危うく一命をとりとめるという苛酷な状況が続くが、屈せずに獄中の夫を支え、非転向を貫いた。この厳冬の時代に百合子は、真に独自の存在になったといわれている。

　この一一年間に執筆できたのは四年に満たないが、旺盛な仕事を残した。この期は、小説より評論に比重がかかるが、とくに転向文学批判の「冬を越す蕾」（一九三四）は重要である。また、圧巻は「婦人と文学」（一九三九～一九四〇）で、三宅花圃以来の女性作家とその作品を取り上げ、社会との関連性において論じた先駆的な日本近代女性文学史である。小説では、プロレタリア文学の健在を示した「小祝の一家」（一九三四）「乳房」（一九三五）、社会主義リアリズムの実験的連作「雑沓」「海流」「道づれ」（一九三七）、戦争に抗する女性の生き方を描いた「築地河岸」（一九三七）「鏡の中の月」（同）「杉垣」（一九三九）「雪の後」（のち「今朝の雪」と改題。一九四一）などがある。なお、獄中の顕治への一千通の手紙は、戦時下の貴重な人間記録であり、百合子研究の宝庫である。

　第四期は、敗戦から一九五一年一月の急逝までの戦後の約五年間。

　敗戦により日本は大転換を遂げる。百合子は、平和と民主主義のオピニオン・リーダーとして時代の注目を集め、民主的文化運動や婦人運動の指導的役割を果たす一方、新日本文学会創立に力を尽くし、評論「歌声よ、おこれ」（一九四六）とともに旺盛な創作活動にも入り、民主主義文学の重要な担い手となった。

まず、自ら「第二の処女作」と呼んだ自伝的小説「播州平野」（一九四六〜一九四七）と「風知草」（一九四六）が奔流の溢れるように書き出される。続いて、『伸子』に続く自伝的長編小説で、ソビエトへ遊学するまでの湯浅との共同生活を描いた「二つの庭」（一九四七）と、満三年間のソビエト遊学時代を扱った「道標」（一九四七〜一九五〇）が執筆される。社会評論では、日本の民主化や反戦平和、婦人問題に精力的に論陣を張る一方、文芸評論では、政治と文学や社会主義リアリズムの創作方法を論じた重要論文を次々と執筆した。「よもの眺め」（一九四六）、「作家の経験」（一九四七）、「現代文学の広場」（一九五〇）、「心に疼く欲求がある」（同）、「人間性・政治・文学（1）」（一九五一）などである。

戦後の百合子は八面六臂の活動を展開し、創作意欲にも溢れんばかりであったが、一九四二年の熱射病以来健康を損ねていて、戦後わずか六年目の一九五一年一月二一日、電撃性髄膜炎菌敗血症のため五二歳を目前にして急逝した。

百合子の文学的生涯は以上のように、人道主義文学からプロレタリア文学、さらには民主主義文学へという軌跡のなかで捉えられるが、どの期のテクストにも女の問題を見据えるまなざしが通底していることから、フェミニズム文学としても高く評価されている。

一本の花　ある婦人団体の機関誌の編集の仕事をする二七歳の白杉朝子の、セクシュアル・アイデンティティの危機が主要テーマとなっている。朝子は三年前に夫を亡くし、現在は、女子大で心理学を教えている女友達の幸子と一緒に暮らしている。二人の関係性は、朝子の側から次のように捉えられている。

> 朝子は、幸子を愛していた。彼女は幸子のどんな些《さ》細《さい》な癖も知っていたし、欠点も、美しき善良さをも知っていた。幸子が癇癪《かんしゃく》を起し、またそれが時々起るのであったが、とても怖い顔をして朝子に食ってかかる。そのときの、世にも見っともない幸子の顔付を思い出してさえ、朝子は滑稽《こっけい》と幸福とを感じ、腹から笑うことが出来た。（略）幸子といて、互に扶《たす》けつつ生活を運んで行くことに、朝子は真実の不平や否定の理由を心のどこにも持っていなかった。

朝子にとって幸子との穏やかな生活は、勤務先の上司である諸戸や相原、編集の仕事で関わりのある磯田印刷の社長たちの対女性関係は言うに及ばず、原稿を依頼している藤堂の夫婦生活や朝子自身のかつての結婚生活、さらには独身の職員久保の一人暮らしと比較しても、一種の理想的な生活と意識されている。リリアン・フェダマンは、レズビアンを次のように定義しているが、まさしく二人の関係に当てはまる。

> 〈レズビアン〉とは、二人の女性が、お互いに対して最も強い感情と愛情を注ぐ関係のことをいう。性的接触は、程度の差はあれ、その関係の一部かもしれないし、完全に欠如しているかもしれない。この二人の女性は、好んで、お互いの時間の大部分を共に過ごし、お互いの人生の大部分の局面を共有する。(『レズビアンの歴史』筑摩書房、一九九六・一二)

にも拘わらず、ある晩朝子は、幸子の従兄弟で二年ばかり前に離婚している大平に、「――変りもん同士で、面白くやってゆけると思うんだがな……自由に……」と囁かれて、「心を奪われた異様な感じ」になり、「一思いに目を瞑《つぶ》って墜落したい狂的な欲望」をかきたてられるというアンビバレンスな状態に陥ってしまう。この朝子のセクシュアル・アイデンティティの危機は、まず夥しい群衆をみることによって、続いてエミール・ベルハーレンの『明るい時』を想起することによって回避されてゆく。

しかし、『明るい時』が、男女の精神と肉体のむすびつきに最上の価値と幸福を見出す愛の賛歌であることに着目すると、朝子の深層には、レズビアニズムの抱える困難さゆえに、ヘテロセクシュアリティへ身をずらそうとする苦渋が読み取れる。すなわち、ヘテロセクシュアリティという社会的性規範への志向を揺曳させているのである。

「一本の花」は、一九一一(明治四四)年に日本で始まったと言われるレズビアニズムのカテゴリー化の問題、すなわち、レズビアニズムを〈正常〉な異性愛に対する〈異常〉な愛と位置づける規範を背景に書かれた小説である。朝子の揺れるセクシュアリティは、レズビアニズムの苦渋であり、制度としてのセクシュアリティを剔抉した小説といってよいだろう。

乳房　昭和期の合法左翼の最大拠点として知られていた東京市電争議が二度にわたる大争議に敗北を帰し、昭和期に入ってから初めて設立された無産者託児所運動も挫折した後に、それらの運動に邁進する人々の姿を描いた小説である。小林多喜二が拷問により獄中死し、夫宮本顕治も検挙され、日本プロレタリア作家同盟が解散を余儀なくされ、運動は壊滅状態となった時期であり、加えて、百合子は実家の両親を相次いで亡くした厳冬の時期でもあった。それゆえいっそう、自身と同士と労働者たちを励ます意図を込めての執筆だった。また、島木健作「癩」（一九三四）、村山知義「白夜」（同）、中野重治「村の家」（一九三五）など転向小説の代表作が次々と書かれたなかで、「正統的なプロレタリア文学の作品」と自負している。

　蛇窪無産者託児所の保姆ひろ子が主人公だが、彼女を取り巻き、「生活と職場」を覆そうとする力は三つある。一番手ごわい相手は国家権力で、二番目に家主の藤井、三番目は本来同志であるはずの東交のダラ幹たちである。

　まず国家権力との軋轢だが、ひろ子の夫深川重吉は、半年ほど前に未決に廻された政治犯で、不屈の闘士である。夫を奪われたひろ子は、「子供を産んだことのない女のつめたい乳首」をもつと表現され、託児所に赤ん坊を預けに来るお花さんは、貧困のため「暖かみだけはある」「栄養不良」の母乳しか出ない乳房をもっている。二人は、産む権利と産んでも育てる権利を踏み躙られていて、その乳房は、いずれも命を育むことが困難なところに、権力の非情さが照らし出されている。「この社会での女の悲しみと憤りの二つの絵」とは、彼女たちの乳房が個人のものでありながら個人のものではなく、権力のものであることを鋭く抉り出している。母性を礼賛することにより国家権力の秩序に絡め取ろうとする母性ファシズムは、セクシュアリティまで徹底的に収奪していくところに、ジェンダー文化の欺瞞性と、ファシズムの本質を暴き出しているのである。

　家主の藤井は、家賃を取れる見込みなしとみると、ごろつきを雇って殴り込みをさせるので評判の男である。家賃を滞納している蛇窪無産者託児所にもやってきて凄むばかりか、託児所の標識を泥溝にぶち込むという嫌がらせに出、家作という資本を盾に、託児所を潰しにかかる階級の敵として描き出されている。

　本来同志であるはずの東交のダラ幹をはじめとする左翼運動の男たちも、思想的・政治的に堕落しているばかりでなく、あからさまな性差別をする男たちである。託児所の人手不足のなか、市電争議の応援演説に駆り出されたひろ子に対し、ストライキを打つか否かという大切な討論に影響の出ない「実質的な激励の役にも立たない前座」で話をさせるという「すれきった」「政治的な技術」であしらう。

　革命運動のなかの性差別が、もっとも露骨な形で表出しているのが、ハウスキーパー問題である。同僚の飯田タミノから、スパイの疑いのある臼井のハウスキーパーになるかもしれないと仄めかされたひろ子は、「あっちじゃ、女の同志をハウスキーパーだの秘書だのという名目で同棲《どうせい》させて、性的交渉まで持ったりするようなのはよくないとされているらしいわね。」と思わずアドバイスしないではいられない。ハウスキーパー制度の非人間性について本格的に論議されるのは第二次世界大戦後の政治と文学論争においてであり、『乳房』での否定的言及は、きわめて早い時期のものといえる。ハウスキーパーとしての任務は、家事一切を切りまわし、相手の男と性的関係ももち、ごく普通の夫婦ものとして世間から疑われないよう隣近所にも気を配らなければならなかった。また、危険な街頭連絡にも出歩き、原稿の浄書や非合法文書を管理することも重要な任務であった。これらの仕事をしても党内での地位はきわめて弱く、卑められ蔑視されていた。プロレタリア運動の確かな一翼を担い、階級闘争、革命運動への献身のために身命を賭してハウスキーパーになった女性たちを、無残にも卑しめ貶しめる結果となったのは、革命運動にさえ根強くあった性差別、ジェンダー規範にほかならない。

「乳房」は、国家権力と革命運動に通底するセクシズムとジェンダー構造をみごとに形象化しえており、優れたプロレタリア文学であると同時に、その枠組みを超えた今日性をも備えていると評価できよう。

風知草　百合子の戦後の代表作である。獄から帰ってきたばかりの革命家の夫石田重吉と小説家の妻ひろ子の現在の夫婦関係を軸として、日本共産党の再建や女たちの組織化、新日本文学会の創立という新しい時代の動きと、戦時中の弾圧やそれに対する抵抗という過去の歴史を描き出そうとした小説である。一二年間獄中非転向を貫いた宮本顕治と、非転向作家宮本百合子の第二の新婚生活を素材にしており、一二年という特殊な歴史を有する夫婦ゆえの自負と自賛に満ちている反面、長く隔絶の生活を余儀なくされてきたことから起こる夫婦の感情の齟齬と危機が重要なテーマとなっている。〈後家のがんばり〉と〈悪い御亭主の見本〉という人口に膾炙したエピソードがそれであり、タイトルの風知草の枯死とは深い関わりがある。

二つのエピソードは、いずれも性支配がかかわっているのだが、紙幅関係から、〈後家のがんばり〉問題を取り上げたい。ことの発端は、重吉の健康診断のために夫婦で外出した帰りの満員電車の中で、重吉がひろ子に唐突に、「ひろ子に、何だか後家のがんばりみたいなところが出来ているんじゃないか」と指摘したのである。重吉が〈後家のがんばり〉と呼んだ「きっかけ」は、電車の中で、ひろ子が行動の主導権を取り、重吉をかばい、労わろうとした点にある。ひろ子の行動が、女は男に従い、男によって庇護される、という性役割を逸脱したからである。特殊な事情をもつ夫婦ゆえに、愛らしい妻でありたいと願っているひろ子は、重吉のことばが性差別用語であることに気づかず、戦争中の辛苦の生活や戦争未亡人の問題を挿入し、「女性の生活闘争の傷痕の問題」と捉えてゆく。すなわち、性支配の問題を階級支配の問題にすりかえてしまっているのである。

一方、風知草の枯死は、重吉の収監、「治安維持法という鉄条網のはられた」なかでの経済的逼迫、仲間からの分断と仲間の裏切りによる耐えきれないほどの「孤独」など孤立無援の行き詰まった状況下で、ひろ子は心の潤いを求めて風知草の鉢を買ったにも拘わらず、枯れると知りつつ放置するほど精神を疲弊させていたことが背景となっている。風知草の枯死とは、ひろ子の権力との闘いのあかしであり、痛めつけられたひろ子のいわば形代《かたしろ》であると同時に、風知草を枯死させるほど追い詰められながらも辛く苦しい状況を踏み堪えた、ひろ子の〈がんばり〉の表象といえよう。

風知草の枯死と〈後家のがんばり〉とは、〈女のがんばり〉をめぐる両義的エピソードになっている。風知草の枯死に象徴される〈女のがんばり〉は、国家権力との闘いであり、反権力陣営においてきわめて高く評価される。他方、電車のなかのエピソードは、性役割を逸脱しており、〈後家のがんばり〉という表現で性支配によって貶められることを如実に示している。二つのエピソードは、家父長制社会において女性がダブル・スタンダードに支配されていることを裏付けており、同時に、女性の受ける抑圧が階級支配と性支配の両方からなされている構造を浮き彫りにしている。ともに国家権力と闘った同志でもある夫による性支配が拭いがたく存在していたことを、「風知草」は期せずして鮮やかに浮かび上がらせた小説といえよう。

【解題】

「一本の花」

〈初出〉署名・中條百合子、『改造』一九二七（昭和二）年一二月。

〈底本〉『宮本百合子全集』第三巻（新日本出版社、二〇〇一・二）

「乳房」

〈初出〉署名・中條百合子、『中央公論』一九三五（昭和一〇）年四月。

〈底本〉『宮本百合子全集』第五巻（新日本出版社、二〇〇一・七）

「風知草」

〈初出〉署名・宮本百合子、『文藝春秋』一九四六（昭和二一）年九・一〇・一一月。

〈底本〉『宮本百合子全集』第六巻（新日本出版社、二〇〇一・一二）

【略年譜】

一八九九（明治三二）年

二月一三日、中條精一郎（文部省建築技手、のち建築家）、葭江の長女として、東京市小石川区原町（現・文京区千石）に生まれる。本名ユリ。

一九一一（明治四四）年　一二歳
三月、誠之尋常小学校卒業。東京女子高等師範学校附属高等女学校（お茶の水高女）入学。

一九一六（大正五）年　一七歳
お茶の水高等女学校卒業。日本女子大学校英文学部予科入学。九月、第一作「貧しき人々の群」を中條百合子の筆名で『中央公論』に発表。

一九一七（大正六）年　一八歳
一月一八日、日本女子大学校を退学し、作家生活に入る。「日は輝けり」「禰宜様宮田」発表。

一九一八（大正七）年　一九歳
「一つの芽生」「地は饒なり」「三郎爺」発表。「風に乗って来るコロボックル」脱稿（没後発表）。九月、父とともに渡米。

一九一九（大正八）年　二〇歳
コロンビア大学聴講生となる。一〇月、古代ペルシャ語研究者荒木茂と結婚（戸籍面は翌年八月）。一二月、糖尿病の母出産間近のため単身帰国（荒木は翌春帰国）。「一つの出来事」「美しき月夜」発表。

一九二〇（大正九）年　二一歳
「渋谷家の始祖」「加護」発表。

一九二一（大正一〇）年　二二歳
「我に叛く」発表。

一九二二（大正一一）年　二三歳
一月、荒木茂、女子学習院の専任教師となる。五月、荒木茂『ペルシャ文学史考』（岩波書店）刊行。七月、ロシア飢饉救済婦人有志会の発起人となり、与謝野晶子、山川菊栄らとともに協力する。「午市」「黄昏」、戯曲「火のついた踵」発表。

一九二三（大正一二）年　二四歳
九月一日、関東大震災。三宅やす子主宰の『ウーマンカレント』を中心とする災害救済婦人団の仕事に参加。

一九二四（大正一三）年　二五歳
四月、湯浅芳子と邂逅。八月、荒木茂と実際上の離婚（戸籍面では一九二五年四月届出）。「ふるき小画」（のち「古き小画」と改題）「伊太利亜の古陶」「心の河」発表。『伸子』執筆開始（さまざまな小題で『改造』九月から翌々年九月まで連載。一九二八年刊行）。

一九二五（大正一四）年　二六歳
三月、湯浅芳子と暮らし始める。

一九二六（大正一五・昭和元）年　二七歳
「格子縞の毛布」「氷蔵の二階」発表。

一九二七（昭和二）年　二八歳
「白い蚊帳」「未開な風景」「一本の花」発表。一一月三〇日、湯浅とソビエトへ出発、一二月一五日、モスクワ着。

一九二八（昭和三）年　二九歳
八月三日、弟英男自殺の報を受ける。紀行文「モスクワ印象記」発表。

一九二九（昭和四）年　三〇歳

一月から四月まで胆嚢炎を患う。五月から、湯浅とともに西欧旅行に出、実家の家族とパリで落ち合う。湯浅は八月に、百合子は一一月末にソビエトへ戻る。一〇月にウォール街の大恐慌勃発。
一九三〇（昭和五）年　三一歳
紀行文「ロンドン一九二九年」「子供・子供・子供のモスクワ」発表。
一一月、日本へ帰国。一二月、日本プロレタリア作家同盟に加盟。
一九三一（昭和六）年　三二歳
ソビエト紀行を二〇数編執筆。一〇月、日本共産党へ入党。作家同盟常任中央委員、日本プロレタリア文化連盟創立、中央協議会委員等歴任。
一九三二（昭和七）年　三三歳
二月、宮本顕治と結婚（入籍は一九三四年二月）。四月、文化団体大弾圧で初めて検挙され、七月釈放。顕治は非合法生活に入る（翌年末検挙）。九月、再検挙され翌月釈放。「一九三二年の春」発表。
一九三三（昭和八）年　三四歳
「刻々」執筆（没後発表）。
一九三四（昭和九）年　三五歳
一月、検挙。二月、日本プロレタリア作家同盟解散。六月、母危篤のため釈放される。「小祝の一家」、感想・小品「母」、評論「冬を越す蕾」発表。
一九三五（昭和一〇）年　三六歳
五月、検挙。一〇月、治安維持法違反で起訴、入獄。「乳房」発表。
一九三六（昭和一一）年　三七歳
一月、父急死。三月出獄。六月、公判（懲役二年執行猶予四年）。感想・小品「わが父」、「マキシム・ゴーリキーの生涯」「『或る女』についてのノート」などの評論発表。
一九三七（昭和一二）年　三八歳
一〇月、筆名を宮本に改める。小説「雑沓」「猫車」「海流」「築地河岸」「鏡の中の月」など、評論「今日の文学の鳥瞰図」「こわれた鏡」など、小説七編、評論・感想約八〇編を発表。
一九三八（昭和一三）年　三九歳
年頭より執筆禁止で経済的安定を失う。「二人いるとき」、評論「歴史の落穂」発表。
一九三九（昭和一四）年　四〇歳
漸次執筆禁止解除。「その年」「日々の映り」「杉垣」発表。のち『婦人と文学』としてまとめられる日本近代女性文学史を七月から翌年一〇月まで連載。
一九四〇（昭和一五）年　四一歳
四月、顕治の公判開始、傍聴。小説「広場」「おもかげ」「三月の第四日曜」「朝の風」、評論「昭和の十四年間」「列のこころ」など小説四編、評論・感想九〇編近く執筆。
一九四一（昭和一六）年　四二歳
二月、再び執筆禁止。にも拘わらず、小説二編、評論・感想五〇余編発表。

一二月八日、太平洋戦争に突入し、翌日検挙される。
一九四二（昭和一七）年　四三歳
七月、熱射病で倒れ、人事不省になり、執行停止で出獄。
一九四三（昭和一八）年　四四歳
一〇月、遺稿「彼等は絶望しなかった」（没後発表）。
一九四五（昭和二〇）年　四六歳
八月、終戦。一〇月九日、顕治、網走刑務所を出所し、一四日、帰宅。「新日本文学会」「婦人民主クラブ」創立のため尽力。
一九四六（昭和二一）年　四七歳
日本共産党の役員の他、新日本文学会・婦人民主クラブ・文芸家協会・放送委員会など多方面にわたり活動。評論「歌声よ、おこれ」、小説「播州平野」「風知草」発表。
一九四七（昭和二二）年　四八歳
「二つの庭」発表。「道標」連載開始。
一二月、「播州平野」「風知草」毎日出版文化賞受賞。
一九四八（昭和二三）年　四九歳
健康を害し、心臓・腎臓が損なわれる。評論「両輪」「平和への荷役」発表。『女性の歴史』刊行。
一九四九（昭和二四）年　五〇歳
自宅療養しながら「道標」を書き継ぐ。
一九五〇（昭和二五）年　五一歳
評論「現代文学の広場」「心に疼く欲求がある」発表。「道標」完結。
一二月八日、東京大学の戦没学生記念集会で講演。
一九五一（昭和二六）年
一月二一日、電撃性髄膜炎菌敗血症のため死去。評論「人間性・政治・文学（1）」発表。

［参考文献］

臼井吉見編『宮本百合子研究』（津人書房、一九四八・一〇）
宮本百合子追想録編纂会編『宮本百合子』（岩崎書店、一九五一・五）
戸台俊一編『宮本百合子研究』（春潮社、一九五二・一）
蔵原惟人『小林多喜二と宮本百合子』（河出書房、一九五三・三）
多喜二・百合子研究会編『年刊　多喜二・百合子研究』第1集／第2集（河出書房、一九五四・四／一九五五・九）
宮本顕治『宮本百合子の世界』（河出書房、一九五四・九）
本多秋五編『宮本百合子研究』（新潮社、一九五七・四）
多喜二・百合子研究会編『宮本百合子読本』（淡路書房新社、一九五七・九）
本多秋五『戦時戦後の先行者たち』（晶文社、一九六三・九）
湯浅芳子『いっぴき狼』（筑摩書房、一九六六・二）
島為男『宮本百合子――抵抗に生きた大正精神』（桜楓社、一九六七・八）
平林たい子『宮本百合子』（文藝春秋、

一九七二・六）
本多秋五『第三版　転向文学論』（未來社、一九七二・一一）
中野重治『小林多喜二と宮本百合子』（講談社、一九七二・一一）
中村智子『宮本百合子』（筑摩書房、一九七三・六）
中里喜昭『宮本百合子』（汐文社、一九七四・五）
多喜二・百合子研究会編『宮本百合子　作品と生涯』（新日本出版社、一九七六・一二）
大森寿恵子『早春の巣立ち――若き日の宮本百合子』（新日本出版社、一九七七・二）
水野明善『近代文学の成立と宮本百合子』（新日本出版社、一九八〇・七）
沢部仁美『百合子、ダスヴィダーニヤ　湯浅芳子の青春』（文藝春秋、一九九〇・二。署名・沢部ひとみ、学陽書房、一九九六・九）
沼沢和子『宮本百合子』（武蔵野書房、一九九三・一〇）
岩淵宏子『宮本百合子――家族、政治、そしてフェミニズム』（翰林書房、一九九六・一〇）
中村智子『百合子めぐり』（未來社、一九九八・一二）
平田敏子（聞き書き・斎藤麗子）『回想　宮本百合子』（私家版、二〇〇〇・五）
岩淵宏子・北田幸恵・沼沢和子編『宮本百合子の時空』（翰林書房、二〇〇一・六）
近藤宏子『重治・百合子覚書――あこがれと苦さ――』（社会評論社、二〇〇二・九）
「特集　宮本百合子の新しさ」（『国文学　解釈と鑑賞』二〇〇六・四）
黒澤亜里子編『往復書簡　宮本百合子と湯浅芳子』（翰林書房、二〇〇八・三）

（岩淵宏子）

野溝七生子　一八九七（明治三〇）年一月二日～一九八七（昭和六二）年二月一二日

軍人であった父・野溝甚四郎と母・正尾の二女として、兵庫県姫路市に生まれる。大分県立大分高等女学校を卒業後、同志社大学英文科専門部予科に入学。卒業後、女学校時代の友人・辛島キミの影響を受けて上京し、創設されたばかりの東洋大学専門学部文化学科で西洋哲学を学ぶ才媛であった。関東大震災後の一九二三（大正一二）

年、小説「山梔」を『福岡日日新聞』の懸賞公募に応募し、入選。賞金一〇〇〇円を獲得する。審査にあたった島崎藤村、田山花袋、徳田秋声に絶賛され、翌年の九月九日より同紙に連載された。

　このデビュー作「山梔」は、家父長制度下で幼時より父から暴力を受け続け、心の傷を抱えたまま成長した少女・阿字子が恋愛・結婚を頑なに拒み、〈少女〉に留まることを希求する物語である。本書に収録した「灰色の扉 Doppelgängerin」を含む後続する小説の多くが、人物名や細部の設定を異にしつつも、阿字子のその後を多面的に辿り、暴力の記憶に囚われ続ける彼女の苦悩や、その成長忌避に焦点化した内容であることは注目されよう。

　これらの間には、ゆえなき暴力をふるう父や、夫と子の間で板挟みとなり苦しむ母、結婚により性格を歪められた兄嫁、主人公に七年前から想いを寄せてプロポーズをする男性、異性を拒む主人公等、偏差はあるものの、その設定には共通点が多い。登場人物の名も、阿字子の後身を「ヌマ」とし、彼女の妹・空のそれを「クノ」としたものが複数あり、作品間の連関をうかがわせる。

　このような童心への飽くなき憧憬は、一九二五年頃に成ったとされる小説「眉輪」では、少年王・眉輪を主人公とし、彼の中で童心が失われていく過程と、その復活に向けて尽力する人々を描くという形に変奏されている。『古事記』や『日本書紀』に記された眉輪王の変に拠る「眉輪」は、天皇家に関する題材ゆえ当時は未発表に終わったが、その後、七五年もの時を経て、ようやく二〇〇〇（平成一二）年に上梓された作品である。

　一九三〇（昭和五）年九月、『都新聞』の懸賞に応募した長編小説「女獣心理」が入賞し、賞金一〇〇〇円を獲得。翌年一月一日より、七二回にわたり同紙に木村荘八の挿絵入りで連載された。

　本作では、恋愛や結婚に背を向けて、女同士の連帯のうちに活路を見出し、ナルシシズムを強めていく主人公・征矢を描く。彼女を孤独な女王と称し、その誇り高さを讃える運びが注目される。

　一九三九年頃、北原白秋のもとで知り合った鎌田敬止と同居生活をはじめるが、婚姻関係はない。

　一九四二年頃から結核のため療養生活を経験するが、戦後は再び旺盛な執筆活動を展開。短編小説集『南天屋敷』（角川書店、一九四六）や『月影』（青磁社、一九四八）、短編「ヌマ叔母さん」（『白山春秋』一九五五）などを発表する一方、成瀬正勝に学殖を買われて東洋大学文学部国文学科専任講師となる。

　同大学助教授を経て、教授となる頃から新橋の第一ホテルを定宿とし、この一室から大学に通う。一九六四年四月には、東洋大学短期大学講師を兼任し、教育に努めた。

一九五七年頃から最晩年にかけては、比較文学的な視点から東西文化の交流を研究すると同時に、一九五九年頃から森鷗外の詩歌や戯曲、翻訳等を自在に論じた。

未婚の身でホテルに常住して執筆活動を続け、最高学府で教鞭をとるという彼女の生き方は、同時代の女性として、きわめて稀有なものである。

灰色の扉 Doppelgängerin 成長した女性が、恋愛・結婚を恐れ拒絶する心と、異性を恋い慕う心とに引き裂かれ、自己のドッペルゲンガー(分身)を視るまでに病みゆく姿を描いた作品。「私」ことヌマが、妹のクノに宛てた手紙に、自身の体験を認めていくというスタイルを採る。

初めてヌマが「もう一人の自分」の顔を見たのは、クノを最後に尋ねた日であるという。「道端に閉まつてゐた灰色の扉の中」から突如として現れ出た青白い顔の少女を、一三歳の自分であると感じた「私」は、父親から暴力を受けていた当時を克明に思い出し、その記憶がドッペルゲンガーを見るようになった元凶であると実感する。彼女のドッペルゲンガー体験がいっそうリアリティを持つのは、母の葬儀以後のことである。母の亡骸をまえに、感情を爆発させた「私」は、母親がいかに父親から「恥辱」を受けてきたかをクノに語り聞かせた。父親の拍車のついた長靴で胸を蹴られ、鞣し革の鞭で馬のように打たれた子供の頃の自分たち。そのような夫の横暴を止めることもできず、暴力におびえる子供たちの姿を不本意にも見続けなければならなかった母親の「恥辱」。今後は母の哀れな一生を反面教師とし、女の運命に逆らって生きることを断言した「私」は家を飛び出し、それ以後、郊外の家で一人暮らしを続けている。彼女は、この一年ほどの間に、自己のドッペルゲンガーをしばしば鮮明に見るようになっているのだという。

こうして、自身の危機的状況をさまざまに振り返ってきたヌマは、「私がたうとう是非ともお前に云はなければならなくなつたこと」として、兄の友人である「あの人」との七年ぶりの再会を語り出す。「あの人」は昔と同様、ヌマへの愛を囁き、彼女の気持ちを確かめようと矢継ぎ早に質問を繰り返すが、ヌマは頑ななまでに拒絶の姿勢を貫いた。父からの度重なる暴力により、男性への恐怖を増し、母の生き方を通じ、女であることの理不尽さを痛感したヌマは、異性を遠ざけ生きてきたからである。

しかし、女としての生き方を拒否し、「人間の生活を見るのは、もう、厭」と、郊外に一人逃れ出るような表層の意識に反し、彼女の心の深層には、七年前に帰国し、彼女の前から姿を消した兄の友人への抜きがたい愛情があった。相容れない二つのはざまで葛藤するヌマは、日を追うにつれていっそう明瞭な分身を視るようになり、やがて「あの人」のプロポーズが彼女の心を致命的に追い込んでいく様子が記される。

本作は、人間の「心」に注目が集まり、文学界でも「意識の流れ」が描かれるようになった昭和初期に、尾崎翠らとともに時代に先駆け、女の内面を可視化した野溝の短編の一つ。「心」の迷いを前景化した分身小説は、昭和に入り本格的に流布したが、このジャンルにおいても、野溝はパイオニアの一人である。

興味深いのは、しだいに追い込まれていくヌマの心が、「山梔」などと同様、〈夕暮れ〉時に激しく動きざわめき、〈月夜〉に大きく解放される点である。古来、〈夕暮れ〉は逢魔が時といい、きわめて不安な、魔の跋扈する時空とされてきた。また〈月夜〉は、精神の働きを活発にする力を有すると同時に、人を狂気へと誘う時空でもある。明から暗へと移り変わる〈夕暮れ〉から、漆黒の世を光が照らし出す〈月夜〉へ。これはまさに、少女時代と現在とを往還するヌマの苦しみ、および本心の解放が人間界での逸脱へとつながる彼女の現状を端的に物語る巧みな設定である。

このように、「灰色の扉　Doppelgängerin」は、家父長制のもとで虐げられる女性の悲劇を取り上げ、暴力が被害者の心にドッペルゲンガーを宿すほどの深刻なダメージを与える、きわめて非人間的なものであることを、象徴的表現を駆使し、強く訴えた小説であるといえよう。

【解題】

「灰色の扉　Doppelgängerin」

〈初出〉署名・正尾子、『近代風景』第三巻第一号、一九二八・一

〈底本〉署名・野溝七生子、『野溝七生子作品集』（立風書房、一九八三・一二）

【略年譜】

一八九七（明治三〇）年

一月二日、父野溝甚四郎、母正尾の二女として、兵庫県姫路市に生まれる。戸籍名は「ナオ」。九人中七番目の子供であったことから、「七生」と表記した。

一九〇三（明治三六）年　六歳

石川県立女子師範学校附属尋常小学校入学。

一九〇九（明治四二）年　一二歳

香川県立丸亀高等女学校入学。
一九一二（明治四五・大正元）年　一五歳
父が退役し、大分市に転居。大分県立大分高等女学校に転入。
一九一三（大正二）年　一六歳
大分県立大分高等女学校卒業。
一九一六（大正五）年　一九歳
同志社大学英文科専門部予科入学。夏頃、体調を崩し、比叡山で療養する。そこで知り合った辻潤や宮嶋資夫らから、ハウプトマン『沈鐘』に登場するラウテンデラインの名に因み、ラウと呼ばれる。
一九二一（大正一〇）年　二四歳
同志社大学英文科専門部予科卒業。大分高等女学校の友人で東洋大学に学ぶ辛島キミの存在に刺激を受けて上京し、東洋大学専門学部文化学科（西洋哲学）に入学。
一九二三（大正一二）年　二六歳
九月一日、関東大震災。一〇月末頃に『福岡日日新聞』の懸賞小説募集を知り、学友・長沢ふく宅で「山梔」を執筆し、応募した。
一九二四（大正一三）年　二七歳
三月、東洋大学専門学部文化学科卒業。この後一年間、ドイツ文学専攻の研究生となる。八月、「山梔」が特選に入選し、九月九日より『福岡日日新聞』に連載される。
一九二五（大正一四）年　二八歳
四月三〇日より、「暖炉」を『信濃毎日新聞』に連載。この頃、懸賞応募のため、小説「眉輪」を執筆するが、未発表。七生子は終生、この作品の発表を夢見ていたという。
一九二六（大正一五・昭和元）年　二九歳
九月、『山梔』（春秋社）を刊行。大分高等女学校の先輩が北原白秋夫人であった縁で、詩誌『近代風景』に参加。一一月、その創刊号に、短編「寒い家」とエッセー「映画所感」を発表。以後、約二年間、同誌に短編などを掲載。
一九二七（昭和二）年　三〇歳
義兄の紹介でフランス空軍将校ピエール・E・ドフルノーを識る。また、北原白秋のもとで、鎌田敬止と知り合う。
一九二八（昭和三）年　三一歳
一月、短編「灰色の扉」、四月、短編「奈良の幻」をともに『近代風景』に発表。
八月、長谷川時雨主宰の『女人芸術』に参加し、短編「黄昏の花」などを発表。
一九三〇（昭和五）年　三三歳
九月、『都新聞』の懸賞小説に応募した長編小説「女獣心理」が入賞し、賞金一〇〇〇円を獲得。
一九三一（昭和六）年　三四歳
一月一日より、「女獣心理」が『都新聞』に七二回にわたり連載される。
一九三九（昭和一四）年　四二歳
大森区調布嶺町に転居。一二月、鎌田敬止が八雲書林（後の白玉書房）を設立。この頃から、二人の同居生活が始まったと推定される。

一九四〇（昭和一五）年　四三歳
七月、『女獣心理』（八雲書林）刊行。

一九四六（昭和二一）年　四九歳
三月、短編小説集『南天屋敷』（角川書店）を刊行。

一九四八（昭和二三）年　五一歳
六月、短編小説集『月影』（青磁社）を刊行。

一九五一（昭和二六）年　五四歳
成瀬正勝に招聘され、東洋大学文学部国文学科専任講師となり、近代文学を担当する。

一九五二（昭和二七）年　五五歳
東洋大学文学部助教授となる。

一九五五（昭和三〇）年　五八歳
六月、短編小説「ヌマ叔母さん」（『白山春秋』創刊号）を発表。この頃から、新橋第一ホテルを定宿とするようになったとされる。

一九五六（昭和三一）年　五九歳
東洋大学文学部教授となる。

一九五九（昭和三四）年　六二歳
五月、東洋大学にアジア・アフリカ文化研究所が設立され、研究員を兼務する。六月、「森鷗外とゲーテ（主としてファウストについて）」（『文学論藻』第一四号）を発表。以後、最晩年まで鷗外に関する論考を発表し続けた。

一九六四（昭和三九）年　六七歳
この年から、東洋大学短期大学の講師を兼任。

一九六七（昭和四二）年　七〇歳
三月、東洋大学を定年退官。その後、非常勤講師となり、「文学概論」を担当。

一九六九（昭和四四）年　七二歳
三月二八日から四月一一日にかけてヨーロッパを旅行。この年から三年ほど、南日本短期大学国文科教授として集中講義などで定期的に出講する。

一九七〇（昭和四五）年　七三歳
七月二九日から八月一九日にかけてヨーロッパを旅行。念願のギリシャの地を初めて踏む。

一九七一（昭和四六）年　七四歳
七月二七日から八月一七日にかけて、近畿日本ツーリスト企画「野溝先生とヨーロッパへ行こう」により、ヨーロッパ各地をめぐる。

一九八〇（昭和五五）年　八三歳
四月、短編小説集『ヌマ叔母さん』（深夜叢書社）を刊行。

一九八一（昭和五六）年　八四歳
五月、『森鷗外訳ファウスト』（白玉書房）を自費刊行。

一九八三（昭和五八）年　八六歳
四月、新橋第一ホテルから東京都西多摩郡瑞穂町の仁友病院へ移る。

一九八七（昭和六二）年　九〇歳
二月一二日、急性心不全のため、仁友病院で死去。
葬儀・告別式が同月一四日、横浜市

戸塚区の宝寿院で行われた。

＊年譜の作成にあたり、岩切信一郎・滝正人編「野溝七生子年譜」（『野溝七生子作品集』立風書房、一九八三・一二）、及び岩切信一郎編「年譜――野溝七生子」（野溝七生子『山梔』講談社文芸文庫、二〇〇〇・二）を参照した。

【参考文献】

橋本真理「月影の作家、野溝七生子蘇る」（『潮』第二八三号、潮出版社、一九八二・一一）

林礼子『希臘の独り子――私にとっての野溝七生子』（林礼子出版事務局、一九八五・一二）

矢川澄子『野溝七生子というひと――散けし団欒』（晶文社、一九九〇・一）

高原英理『少女領域』（国書刊行会、一九九九・一〇）

岩切信一郎「野溝七生子の新聞小説作品について――「山梔」（福岡日日新聞）、「暖炉」（信濃毎日新聞）、「女獣心理」（都新聞）」（『東京文化短期大学紀要』第一八号、二〇〇一・三）

川崎賢子「隠喩と検閲――野溝七生子「阿兄何涙潸々」をめぐって」（『文学』第四巻五号、二〇〇三・五）

佐藤明日香「野溝七生子の思想」（『年報日本思想史』第三号、二〇〇四・三）

腰原哲朗『信州文学の肖像』（松本大学出版会、二〇〇六・五）

川原塚瑞穂「野溝七生子」（『明治 大正 昭和に生きた女性作家たち――木村曙 樋口一葉 金子みすゞ 尾崎翠 野溝七生子 円地文子』お茶の水学術事業会、二〇〇八・一一）

小平麻衣子「蒼白き光芒――野溝七生子「眉輪」を読む」（『日本文学』第五九巻七号、二〇一〇・七）

橋本のぞみ「野溝七生子『山梔』――〈美しい心〉の復活へ向けて」（新・フェミニズム批評の会編『大正女性文学論』翰林書房、二〇一〇・一二）

寺田操『尾崎翠と野溝七生子――二十一世紀を先取りした女性たち』（白地社、二〇一一・五）

江黒清美『「少女」と「老女」の聖域――尾崎翠・野溝七生子・森茉莉を読む』（學藝書林、二〇一二・九）

橋本のぞみ「野溝七生子の作品世界――「灰色の扉 Doppelgängerin」を中心に」（『国文目白』第五二号、二〇一三・二）

青木和子『「野溝七生子」を散歩する――少女小説の視点』（ひろしま女性学研究所、二〇一四・一二）

橋本のぞみ「〈童心〉をめぐる攻防――野溝七生子『眉輪』」（『国文目白』第五四号、二〇一五・二）

（橋本のぞみ）

編者紹介

岩淵宏子（いわぶち・ひろこ）
日本女子大学名誉教授
著　書『宮本百合子――家族、政治、そしてフェミニズム』
翰林書房、一九九六
『はじめて学ぶ日本女性文学史【近現代編】』（共編著）
ミネルヴァ書房、二〇〇五
『少女小説事典』（共編著）東京堂出版、二〇一五

協力執筆者紹介

小林美恵子（こばやし・みえこ）
沼津工業高等専門学校教授
著　書『昭和十年代の佐多稲子』双文社出版、二〇〇五
「吉村昭『仮釈放』――個人的「論理」と更生との距離」
『国文目白』第五二号、二〇一三・二
「佐多稲子『夢の彼方』論――「国策に絶たれた〈夢〉」
『国文目白』第五四号、二〇一五・二

橋本のぞみ（はしもと・のぞみ）
日本女子大学他非常勤講師
著　書『樋口一葉　初期小説の展開』翰林書房、二〇一〇
「「新しい女」の平和思想――斎賀琴にみる宮田脩、成瀬仁蔵の影響」『『青鞜』と世界の「新しい女」たち』（共著）
翰林書房、二〇一一

［新編］日本女性文学全集　第五巻

二〇一八年六月一五日　第一刷発行
二〇二〇年七月三〇日　第二刷発行*

著者代表　野上弥生子
責任編集　岩淵宏子
発行者　山本有紀乃
発行所　六花出版
東京都千代田区神田神保町一丁目二八
電話〇三―三二九三―八七八七
印刷製本　栄光
装幀者　川畑博昭

*第二刷はPOD（オンデマンド印刷）すなわち乾式トナーを使用し低温印字する印刷によるものです。

ISBN978-4-86617-047-3

監修／岩淵宏子　長谷川啓

〔新編〕日本女性文学全集　全12巻

菊判・並製・平均五五〇頁
定価各巻／五〇〇〇円＋税

◆第一巻（既刊）　**渡邊澄子責任編集**

三宅花圃　藪の鶯、八重桜、萩桔梗　**中島湘煙**　同胞姉妹に告ぐ、山間の名花、湘煙日記〈抄〉　**木村曙**　婦女の鑑　**若松賤子**　花嫁のベール、小公子　**清水紫琴**　泣いて愛する姉妹に告ぐ、女文学者何ぞ出ることの遅きや、こわれ指環、一青年異様の述懐、移民学園

◆第二巻（既刊）　**北田幸恵責任編集**

樋口一葉　雪の日、琴の音、花ごもり、やみ夜、大つごもり、たけくらべ、軒もる月、にごりえ、十三夜、わかれ道、裏紫、われから、日記〈抄〉　**田沢稲舟**　月にうたふさんげのひとふし、医学修業、しろばら、五大堂　**北田薄氷**　三人やもめ、浅ましの姿、鬼千疋、黒眼鏡、乳母、白髪染　**管野須賀子**　あしたの露、おもかげ、絶交、日本魂、最後の夢、肱鉄砲、死出の道艸　**石上露子**　兵士、しのび音、自伝 落葉のくに

◆第三巻（既刊）　**吉川豊子責任編集**

大塚楠緒子　応募兵、いつまで草、志のび音、金時計、みなそこ、軍事小説 一美人、湯の香、ひかりもの、命の親、白馬、客間、虞美人草、交通遮断、来賓、鵙が音、寂寞、あきらめ、カンフル、上下、はがき　**森しげ**　内証事、おそろひ、おはま　**岡田八千代**　新緑（上）、黄楊の櫛　**尾島菊子**　妹の縁、赤坂、老、河原の対面　**水野仙子**　徒労、四十余日、娘、女医の話　**国木田治子**　モデル、鵜　**小栗籌子**　多事、おきな　**永代美知代**　ある女の手紙、一銭銅貨

◆第四巻（既刊）　**尾形明子責任編集**

平塚らいてう　元始女性は太陽であった。―青鞜発刊に際して―　**与謝野晶子**　そぞろごと、激動の中を行く　**田村俊子**　生血、木乃伊の口紅　**木内錠**　老師　**加藤みどり**　執着　**岩野清**　愛の争闘　**斎賀琴**　夜汽車　**素木しづ**　松葉杖をつく女　**伊藤野枝**　乞食の名誉　**生田花世**　得たる『いのち』（感想）、結婚（前号の続）

◆第五巻（既刊）　**岩淵宏子責任編集**

野上弥生子　噂、真知子　**長谷川時雨**　薄ずみいろ、渡りきらぬ橋　**吉屋信子**　花物語〈抄〉、鬼火　**鷹野つぎ**　悲しき配分　**宮本百合子**　一本の花、乳房、風知草　**野溝七生子**　灰色の扉

◇第六巻　**長谷川啓責任編集**

平林たい子　夜風、殴る、私は生きる、鬼子母神　**林芙美子**　清貧の書、河沙魚、骨、下町　**尾崎翠**　第七官界彷徨、こほろぎ嬢　**佐多稲子**　牡丹のある家、虚偽、白と紫、由縁の子　**壺井栄**　大根の葉、妻の座　**中里恒子**　日光室、まりあんぬ物語、誰袖草

◇第七巻　**沼沢和子責任編集**

大谷藤子　須崎屋、山村の女達、風の声　**矢田津世子**　父、神楽坂、茶粥の記、鴻ノ巣女房　**岡本かの子**　金魚撩乱、老妓抄、家霊、鮨　**網野菊**　風呂敷、憑きもの、業、さくらの花　**大田洋子**　屍の街　**宇野千代**　おはん、幸福

◇第八巻　**小林裕子責任編集**

円地文子　なまみこ物語　**幸田文**　流れる　**住井すゑ**　遠雷　**大原富枝**　壁紙を貼る女　**芝木好子**　青磁砧　**森茉莉**　恋人たちの森　**瀬戸内寂聴**　夏の終り　**三浦綾子**　尾灯

◇第九巻　**竹内栄美子責任編集**

石牟礼道子　水はみどろの宮　**森崎和江**　からゆきさん〈抄〉　**有吉佐和子**　地唄　**曾野綾子**　音戸の瀬戸　**林京子**　それはそれは　**竹西寛子**　儀式　**宮尾登美子**　きのね〈抄〉　**秋元松代**　日々の敵　**原田康子**　蠟涙　**吉田知子**　水曜日

◇第一〇巻　**水田宗子責任編集**

倉橋由美子　パルタイ　**河野多恵子**　不意の声　**大庭みな子**　火草、寂兮寥兮　**富岡多恵子**　新家族、遠い空、斑猫　**高橋たか子**　人形愛　**三枝和子**　恋愛小説の陥穽〈抄〉　**岩橋邦枝**　逆光線　**田辺聖子**　あんたが大将―日本女性解放小史、篝火草の窓

◇第一一巻　**岡野幸江責任編集**

加藤幸子　夢の壁　**米谷ふみ子**　過越しの祭　**森瑤子**　熱い風　**干刈あがた**　樹下の家族　**津島佑子**　真昼へ　**増田みず子**　内気な夜景　**髙樹のぶ子**　光抱く友よ　**中沢けい**　海を感じる時　**李良枝**　由熙

◇第一二巻　**矢澤美佐紀責任編集**

山田詠美　ベッドタイムアイズ　**荻野アンナ**　背負い水　**松本侑子**　巨食症の明けない夜明け　**小川洋子**　冷めない紅茶　**村田喜代子**　白い山　**多和田葉子**　ゴットハルト鉄道　**川上弘美**　蛇を踏む　**鷺沢萠**　葉桜の日　**角田光代**　幸福な遊戯　**江國香織**　号泣する準備はできていた、じゃこじゃこのビスケット　**桐野夏生**　錆びる心